「完美英語會話寶典」使用的是Perfect English

用 Perfect English 說出來的話，會給你帶來無限
的財富，說得越多，你賺的錢越多。

聽到你說
Perfect English → 朋友增加 → 人脈即金脈

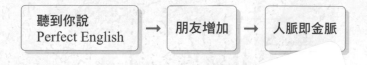

 你

大家不會說，也不會

「完美英語會話寶典」

1. 不需要背。

2. 馬上可以在「快手」和「抖音」的
「劉毅完美英語」網站上使用。

3. 想說什麼，查「完美英語會話寶典」，
找出你要的句子，抄就對了。

4. 抄、抄、抄，不斷地抄，抄多了，
就會變成自己的語言。

✕ 1. **背單字** ⇨ ｛ 今天背，明天忘，
（沒有用） ｛ 背了也是白背，吃大虧了！

？ 2. **背句子** ⇨ ｛ 比背單字好，但一句多義，
（沒有用） ｛ 你不知何時使用。

補教協會輔導理事長謝智芳先生說：「今年77歲的劉毅老師從事教學工作超過50年，他說50年來只做兩件事情，就是教學跟寫作。

劉老師目前在「抖音」有超過136萬的粉絲，在「快手」的粉絲已將近170萬，是兩岸唯一的百萬級的網紅老師，劉老師長久以來在補教界享有盛名，他曾憑藉細心研發的「一口氣英語」系列，在兩岸颳起背誦英語，用嘴學英語的旋風。近年來也指導出不少名師，對教育界與補教界都有卓越貢獻，去年剛獲得中華民國補習教育協會的「卓越貢獻獎」。

今年在教學熱誠與學生的簇擁下，再度推出「完美英語會話寶典」，這本書取材自美國口語精華，沒有錯誤，只有感情和善意，容易記，相信會受到兩岸教育界重大的關注。

「中華民國補習教育協會」理事長賴義方，輔導理事長謝智芳，以及「中華民國課後教育協會」理事長陳伯宇，為了表示對劉毅老師的支持，特別到劉毅老師的「學習出版公司」預購300本「完美英語會話寶典」，作為會員研習教材，相信會員研習之後，每個人都能夠說出完美的英語，也期望大家都能夠人手一本，提升臺灣的美語會話能力。」

在網站上使用英文較划得來！

　　我們每天在網站上寫中文，不如試著用英文寫，比較划得來！中文進步有限，英文進步會嚇死人！完全不懂英文的人，該怎麼辦？可以用抄的，抄我在「快手」或「抖音」中的句子。使用「完美英語」，一開口，便讓人震撼！慢慢說，更是精彩！在手機上使用英文，一石二鳥，進步的成果，會讓自己都不相信。

Wake up, everybody!（大家醒醒吧！）
Come to your senses!（醒過來吧！）
It's time to be smart.（聰明點。）

No more Chinese.（把中文放一邊。）
You don't need it.（你不需要。）
You already know it.（你已經會了。）

Stop using Chinese.（不要用中文。）
It's not worth it.（划不來。）
Start using English now!
（現在就開始使用英文吧！）

　　中文再怎麼學，總是有很多人比你好。說「完美英語」，立刻勝過所有的人。在我的網站上，用英文和全球百萬人互動！

～⌇　大家喜歡說英文──是我畢生的願望　⌇～

我每天瘋狂地編「完美英語」，已經到達如痴如醉的地步。最重要的是：1. 容易記住。2. 馬上用得到。3. 要使人佩服，自己說得高興。如：

I'm joyful.
I'm joyous.
I'm full of joy.

　　這三句話是同義句，都表示「我很高興，又都有joy，只要唸一遍，再在我網站使用後，終生不會忘記。說「完美英語」很有趣，如：

You're a peach. （你很棒。）
You're a good egg. （你是好人。）
You're a sharp cookie. （你非常聰明。）

　　好記嗎？對外國人說這三句話，自己都會笑！說「完美英語」，等於展現出一個藝術品，會讓別人喜歡你。

編者的話

「完美英語會話寶典」製作過程相當艱辛。先請美國口語專家 Edward McGuire 收集美國人口中常說的話，每天寫幾組，傳給我們挑選，有時寫得不好，挑選不到幾個。

1. 美籍口語專家 Edward McGuire 原創 →
2. 劉毅老師挑選適合中國人的句子 →
3. 美籍語法專家 Laura E. Stewart 校對修正 →

4. 劉毅老師與美籍老師討論後，再挑選 →
5. 錄製短視頻在「快手」和「抖音」上播放 →
6. 謝靜芳老師將句組分類，再給 Laura E. Stewart 修正 →

7. 劉毅老師和蔡琇瑩老師再校對，絕不避重就輕 →
8. 請美籍播音員 Stephanie 老師錄音，順便校對 →
9. 請美術編輯白雪嬌小姐負責整本書的設計 →
10. 「完美英語會話寶典」

「完美英語」必須符合中國的文化，容易記下來，不容易忘。唸起來順，隨時可以用到。中國人聽得舒服，美國人聽得佩服。

這些資料我們都會傳到美國，給文法權威教授 Laura E. Stewart 嚴格校對。最難的是分類，謝靜芳老師，以她30多年的經驗來分類。如果碰到相同的句子，則要另外再改寫。

我每天不眠不休研究「完美英語」已經 20 多年，我不會累，甘之如飴。每當碰到優美的句子，都興奮不已。例如：

Live without fear. (活著不要恐懼。)

Listen without judgement. (聽別人說話不要評論。)

Love without conditions. (愛不要有條件。)

這三句話是不是聽一遍就記起來了？而且是心靈雞湯。我每天在「快手」和「抖音」上教「完美英語」，我越教越快樂，因為我在傳播這個學英文的新方法。

「完美英語會話寶典」是用來查閱的，有了這本書，你想說什麼話，都可以在「索引」中查到。只要常用手機抄書中的句子，在我的「快手」和「抖音」的網站上留言，和我交流，你的英文就會越來越好。和我用英文交流的，最小七歲，也有很多青少年，沒有一個比我年紀大的。

　　我們的目標是，讓14億中國人「喜歡」說英文。學英文最大的困難，是你不喜歡學，有人一輩子打死，都不想開口說英文，是「啞巴英語」使大家對英文失去了信心。現在有了手機，有了「完美英語會話寶典」，你可以每天使用英文，進而和世界各地的朋友交流！我確信，「完美英語」會讓你喜歡說英文，只要喜歡、著迷，英文不要學，自然就會了。小孩一旦在手機上使用「完美英語」，他就不會去玩遊戲了。平常我們在手機上用中文留言，是在浪費時間，因為中文你已經會了，進步有限。英文則不然，你寫的是「完美英語」，每一句都正確，每一句都有生命和靈魂，你寫得很有自信，你知道，沒有人能比你好。簡單地說：

　　　　Write comments in Perfect English.
　　　　（用「完美英語」留言。）
　　　　No one is better.（沒有人比你好。）
　　　　You can be the best.（你可以是最好的。）

　　以前我們背單字，一個一個字背，太痛苦了！背的時候痛苦，你不知道怎麼用，也痛苦，一用就錯，學了不能用，是人生最大的浪費。如果只單背一個句子，因為--句多義，你還是不知道怎麼使用。「完美英語」三句一組，信手捻來，排列組合之後，就是一篇文章，文章鏗鏘有聲，句子短、有力量，誰都喜歡看，誰都喜歡聽。

　　「完美英語會話寶典」能順利出版，還要感謝資深的黃淑貞小姐及蘇淑玲小姐，負責打字及版面編排，讓每一頁都賞心悅目。

　　本書雖經審慎編校，疏漏之處恐所難免，誠盼各界先進不吝指正。

劉毅

CONTENTS

目
錄

親愛的讀者：

Adapt to the new.（適應新的。）
Adopt the good.（接受好的。）
Be adept at important things.（精通重要的事。）

簡單三句話學會 adapt/adopt/adept 的用法。大家學不會，因為字典上沒有，網路上查不到。避重就輕是所有老師的致命傷。

老人之所以老得快，因為不願意接受新的東西，不願意學習，老是回想過去。我們必須：

Look ahead.（向前看。）
Don't look back.（別向後看。）
Don't dwell on the past.（不要懷念過去。）

我58歲時，曾經被前妻要求解散公司，退休養老。轉眼20年過去，每天依然工作10小時以上，無論結婚、打官司、出外旅遊，都不影響我創新、研發。

Be adept at making money.（要很懂得如何賺錢。）
Be adept at learning fast.（學得快。）
Be adept at improving yourself.（改善自己。）

自媒體時代來臨了！大家只看手機，你發的每一條視頻，一定要有價值和亮點，才會有愈來愈多的粉絲。

劉　毅

1. 喜怒哀樂
Personal Feelings

用手機掃瞄聽錄音

1. 高興

□ 1. I'm overjoyed.　　　　　　　我非常高興。
I'm walking on air.　　　　　我非常高興。
This is the life!　　　　　　　這才是生活！

□ 2. I'm on cloud nine!　　　　　　我非常高興！
I'm in seventh heaven!　　　我感到非常快樂！
I'm as happy as can be!　　我非常快樂！

□ 3. I'm delighted.　　　　　　　　我很高興。
I'm over the moon!　　　　　我非常快樂！
What a pleasure!　　　　　　眞令人愉快！

** ─────────────

1. overjoyed〔‚ovɚˈdʒɔɪd〕*adj.* 狂喜的；極度高興的；欣喜若狂的
   air〔ɛr〕*n.* 空氣　　***walk on air*** 興高采烈；洋洋得意
   This is the life! 這才是生活！【表示對目前的生活很滿意】
2. ***on cloud nine*** 非常興奮的；非常高興的（= *extremely happy*）
   be in seventh heaven 在七重天；在極樂世界；感到非常快樂【七重
   天是猶太人認爲神與天使居住的最上層天】（= *feel extremely happy*）
   as…as can be 非常…；極爲…
3. delighted〔dɪˈlaɪtɪd〕*adj.* 高興的
   moon〔mun〕*n.* 月亮　　***over the moon*** 非常快樂；歡天喜地
   pleasure〔ˈplɛʒɚ〕*n.* 快樂；愉快；樂趣　　***What a pleasure!***
   　　也可説成：What a pleasure this is!（這眞令人愉快！）

☐ **4.** I'm so glad. 　　　　　　　　　我很高興。

I'm ecstatic. 　　　　　　　　　我欣喜若狂。

I'm both happy and satisfied. 　我既快樂又滿足。

☐ **5.** I feel great. 　　　　　　　　　我覺得很棒。

I couldn't feel better. 　　　　　我覺得好極了。

I'm on top of the world. 　　　　我太幸福了。

☐ **6.** All is well. 　　　　　　　　　一切都很好。

I'm doing fine. 　　　　　　　　我很好。

Couldn't be better. 　　　　　　非常好。

** ─────

4. so〔so〕*adv.* 很；非常　　glad〔glæd〕*adj.* 高興的

ecstatic〔ɪk'stætɪk〕*adj.* 欣喜若狂的

satisfied〔'sætɪs,faɪd〕*adj.* 滿足的；滿意的

5. great〔gret〕*adj.* 極好的；很棒的　　***I couldn't feel better.*** 字面

的意思是「我不可能覺得更好了。」也就是「我覺得好極了。」

on top of the world 心滿意足；欣喜若狂；極度幸福

（= *extremely happy*）

6. well〔wɛl〕*adj.* 令人滿意的；正好的

All is well. = Everything is fine.（一切都很好。）

do〔du〕*v.* 進展　　fine〔faɪn〕*adv.* 很好地

Couldn't be better.「不可能更好。」也就是「非常好。」在此等於

I couldn't be better.（我非常好。）或 It couldn't be better.

（非常好。）

♣ 表示一切都很好，可以說下面九句話

☐ **7.** Things are fine.　　　　　　　　　　一切都很好。

　　 Not too bad.　　　　　　　　　　　不會太糟。

　　 Can't complain.　　　　　　　　　沒什麼好抱怨的。

☐ **8.** Everything is great.　　　　　　　　一切都很好。

　　 Everything is fine.　　　　　　　　一切都很好。

　　 Everything is A-OK.　　　　　　　一切都很完美。

☐ **9.** All is going well.　　　　　　　　　一切都很順利。

　　 So far, so good.　　　　　　　　　到目前為止還好。

　　 No problems yet.　　　　　　　　　目前沒問題。

【當別人問你：How's it going?（情況如何？）你就可以這麼回答】

** ———————————

7. fine〔faɪn〕*adj.* 好的　　***Things are fine.*** = Everything is OK.
Not too bad. 源自 It's not too bad. 也可說成：Things are OK.
　（一切都很好。）　　complain〔kəm'plen〕*v.* 抱怨
Can't complain. 源自 I can't complain.（我沒什麼好抱怨的。）
　　也就是 I'm fine.（我很好。）

8. great〔gret〕*adj.* 極好的；很棒的
A-OK〔'e,o'ke〕*adj.* 一切正常的；極好的；完美的（= *perfect*）
Everything is A-OK. = Everything is perfect.

9. go〔go〕*v.* 進行；進展　　***so far*** 到目前為止
So far, so good. 到目前為止還好。　　yet〔jɛt〕*adv.* 到目前為止
No problems yet. 源自 There are no problems yet. 也可說成：
　　No problem yet.（= *There is no problem yet.*）意思相同。

☐ **10.** Lucky me.　　　　　　　　　我真幸運。

I lucked out.　　　　　　　　我運氣很好。

Lady Luck was with me.　　　幸運女神特別眷顧我。

☐ **11.** Things are going right.　　　　事情進展得很順利。

Things are going my way.　　情況對我有利。

I'm on a roll.　　　　　　　我運氣很好。

☐ **12.** No big worries.　　　　　　　沒什麼大問題。

No serious problems.　　　　沒嚴重的問題。

I'm so fortunate.　　　　　　我太幸運了。

** ————————————

10. lucky〔'lʌkɪ〕*adj.* 幸運的　　***Lucky me.*** = I was lucky.

luck out 運氣好；十分走運　　***Lady Luck*** 幸運女神

11. go〔go〕*v.* 進展　　***go right*** 進展順利

Things are going my way.「事情都按照我的方式進行。」也就是

「情況對我有利。」也可說成：Things are happening the way

I want.（事情都依照我希望的發生了。）

roll〔rol〕*n.* 滾動　　***be on a roll*** 連連獲勝；連續走運

12. 前兩句的句首都省略了 There are。

worry〔'wɝɪ〕*n.* 煩惱的事　　***no worries*** 不用擔心；沒問題

No big worries. 也可說成：There is nothing to worry about.

（沒什麼好擔心的。）I have nothing to worry about.

（我沒什麼好擔心的。）

serious〔'sɪrɪəs〕*adj.* 嚴重的

so〔so〕*adv.* 很；非常　　fortunate〔'fɔrtʃənɪt〕*adj.* 幸運的

☐ **13.** I made it.　　　　　　　　　　我成功了。

I was accepted.　　　　　　　　我被接受了。

I got in.　　　　　　　　　　　　我考上了。

☐ **14.** Nothing stops me.　　　　　　沒有什麼能阻止我。

Nothing stands in my way.　　沒有什麼能阻礙我。

I get what I want.　　　　　　　我總是能得到我想要的。

☐ **15.** I'm so happy.　　　　　　　　我很快樂。

I'm jumping for joy.　　　　　　我高興得跳起來。

What a wonderful moment!　　多麼美妙的時刻！

** ─────────────────────

13. *make it* 成功；辦到　　accept〔əkˋsɛpt〕*v.* 接受　　*get in* 進入

I got in. 字面的意思是「我進入了。」在此引申為「我考上了。」也可

說成：I'm in.（我考上了。）They took me.（他們錄取我了。）

I was admitted.（我獲准入學了。）【admit〔ədˋmɪt〕*v.* 准許進入】

14. stop〔stɑp〕*v.* 阻止　　*stand in one's way* 阻礙某人

Nothing stands in my way.（沒有什麼能阻礙我。）

＝ There is nothing that can stop me.

I get what I want. 也可說成：I always get what I want.

（我總是能得到我想要的。）

15. jump〔dʒʌmp〕*v.* 跳　　joy〔dʒɔɪ〕*n.* 快樂；高興

jump for joy 欣喜雀躍；高興得跳起來

What a + N. (+ S. + V.)! 多麼… !

wonderful〔ˋwʌndəˌfəl〕*adj.* 極好的；很棒的

moment〔ˋmomənt〕*n.* 時刻

☐ 16. It was extremely funny. 太好笑了。
It was so hilarious. 太好笑了。
I laughed my head off! 我笑翻了！

☐ 17. It was a ton of fun. 眞有趣。
I enjoyed myself. 我玩得很愉快。
I had a whale of a time! 我玩得很愉快！

☐ 18. I laughed like crazy. 我瘋狂地笑。
I laughed so hard. 我拼命地笑。
I split my sides laughing. 我笑破肚皮。

＊＊ ───────

16. extremely〔ɪkˈstrimlɪ〕*adv.* 極度地；非常地
funny〔ˈfʌnɪ〕*adj.* 好笑的
hilarious〔həˈlɛrɪəs〕*adj.* 引人大笑的（＝*funny*）
laugh** one's **head off 大笑；狂笑（＝*laugh a lot*）

17. ton〔tʌn〕*n.* 公噸 ***a ton of*** 很多 fun〔fʌn〕*n.* 樂趣
It was a ton of fun. 眞有趣。（＝*It was a lot of fun.*）
***enjoy** oneself* 玩得愉快 whale〔hwel〕*n.* 鯨魚
a whale of 極好的；大得不得了的
I had a whale of time! 我玩得很愉快！（＝*I had a great time!*）
【***have a great time*** 玩得很愉快】

18. 這三句話意思相同。 crazy〔ˈkrezɪ〕*adj.* 瘋狂地
like crazy 發狂似地；拼命地 hard〔hɑrd〕*adv.* 拼命地；激烈地
I laughed so hard.（＝*I laughed like crazy.*）也可説成：
　I couldn't stop laughing.（我笑個不停。）
split〔splɪt〕*v.* 使分裂 side〔saɪd〕*n.*（身體的）腹側
split** one's **sides laughing 笑破肚皮

☐ **19.** I feel safe here. | 我在這裡覺得很安全。
I'm very comfortable here. | 我在這裡非常自在。
I'm as snug as a bug in a rug. | 我非常溫暖舒適。

☐ **20.** I'm feeling perfect. | 我覺得好極了。
I'm absolutely fine. | 我非常好。
I'm feeling right as rain. | 我覺得非常健康。

☐ **21.** Isn't this great? | 這不是很棒嗎？
Isn't this grand? | 這不是很好嗎？
This is perfect to me. | 這對我而言非常完美。

** ————————————

19. comfortable〔'kʌmfətəbḷ〕*adj.* 舒服的；自在的
snug〔snʌg〕*adj.* 溫暖而舒適的（= *cozy*）
bug〔bʌg〕*n.* 小蟲
rug〔rʌg〕*n.*（小塊的）地毯【「大片地毯」則是 carpet】
as snug as a bug in a rug（像地毯裡的小蟲一樣）非常溫暖舒適
（= *as snug as a bug*）【snug, bug 和 rug 有押韻】
I'm as snug as a bug in a rug. = I feel comfortable.
= I feel cozy.【cozy〔'kozɪ〕*adj.* 溫暖而舒適的】
20. perfect〔'pɝfɪkt〕*adj.* 完美的；理想的
absolutely〔'æbsəˌlutlɪ〕*adv.* 絕對地；完全地
right as rain 非常健康（= *very healthy*）；毫無問題
I'm feeling right as rain. 我覺得非常健康。（= *I'm in excellent health/condition/shape.*）【excellent〔'ɛksḷənt〕*adj.* 極佳的】
21. great〔gret〕*adj.* 極好的；很棒的
grand〔grænd〕*adj.* 盛大的；極好的；非常令人滿意的（= *wonderful*）

□ 22. What a great day! 　　　　　　　多麼美好的一天！
It's wonderful to be alive! 　　　　能活著眞是太棒了！
I thank my lucky stars! 　　　　　我很慶幸運氣很好！

□ 23. What a lovely day! 　　　　　　　眞是美好的一天！
The weather is perfect. 　　　　　天氣非常好。
The temperature is just right. 　　　溫度剛剛好。

□ 24. It's a perfect day. 　　　　　　　今天天氣很晴朗。
The sky is crystal clear. 　　　　　天空晴朗無雲。
Who could ask for anything more? 　夫復何求？

** ——————————————

22. great〔gret〕*adj.* 極好的；很棒的
wonderful〔'wʌndəfəl〕*adj.* 很棒的　　alive〔ə'laɪv〕*adj.* 活著的
lucky〔'lʌkɪ〕*adj.* 幸運的　***thank one's lucky stars*** 慶幸運氣好；
　慶幸自己福星高照（*= be very grateful for something*）

23. lovely〔'lʌvlɪ〕*adj.* 美好的
What a lovely day! = It's a beautiful day!
weather〔'wɛðə〕*n.* 天氣　　perfect〔'pɜfɪkt〕*adj.* 完美的；非常好的
temperature〔'tɛmprətʃə〕*n.* 溫度　***just right*** 剛好

24. ***perfect day*** 晴朗的一天　　sky〔skaɪ〕*n.* 天空
crystal〔'krɪstḷ〕*n.* 水晶
clear〔klɪr〕*adj.* 明亮的；（天空）晴朗的；無雲的
crystal clear 水晶般清澈的；非常清楚的
The sky is crystal clear. = The sky is perfectly clear.
　　= There isn't a cloud in the sky.　　***ask for*** 要求
Who could ask for anything more? 「誰能要求更多？」也就是一切
　已經很完美了，「夫復何求？」（*= What more could you ask for?*）

2. 興奮

□ **25**. I'm thrilled.　　　　　　　　　我很興奮。

I'm feeling excited.　　　　　我覺得很興奮。

I'm all keyed up.　　　　　　　我非常激動。

□ **26**. I'm psyched.　　　　　　　　　我很興奮。

I'm very excited.　　　　　　　我非常興奮。

I'm all fired up.　　　　　　　我非常興奮。

□ **27**. It gets me excited.　　　　　　它使我感到興奮。

It makes my heart race.　　　它使我的心狂跳。

It turns me on.　　　　　　　　它使我很感興趣。

** ─────────────

25. thrilled〔θrɪld〕*adj.* 興奮的（= *excited*）

excited〔ɪk'saɪtɪd〕*adj.* 興奮的

keyed up 激動的（= *excited*）

I'm all keyed up. = I'm excited.

26. psyched〔saɪkt〕*adj.* 極度興奮的

fire up 使熱情高漲；使非常興奮　　***be all fired up*** 非常興奮

27. get〔gɛt〕*v.* 使　　heart〔hɑrt〕*n.* 心

race〔res〕*v.* 疾行；(快)跑

It makes my heart race.（它使我的心狂跳。）

= It makes my heart beat very fast.【beat〔bit〕*v.*（心臟）跳動】

turn on 使感興趣　　***It turns me on.*** = It interests me.

1.
喜怒哀樂

3. 生氣

□ **28.** I'm angry. 　　　　　　　　　　　　我很生氣。

　　　 I'm furious. 　　　　　　　　　　　我非常生氣。

　　　 I'm mad as hell. 　　　　　　　　我氣得要命。

□ **29.** I'm annoyed. 　　　　　　　　　　　我很生氣。

　　　 I'm far from pleased. 　　　　　　我非常不高興。

　　　 I'm upset at the moment. 　　　　我現在很不高興。

□ **30.** I'm not happy. 　　　　　　　　　　我不快樂。

　　　 I'm feeling down. 　　　　　　　　我悶悶不樂。

　　　 I'm in a bad mood. 　　　　　　　我心情不好。

＊＊ —————————————————

28. angry〔'æŋgrɪ〕*adj.* 生氣的　　furious〔'fjʊrɪəs〕*adj.* 狂怒的
　　mad〔mæd〕*adj.* 瘋狂的；憤怒的；生氣的
　　hell〔hɛl〕*n.* 地獄
　　as hell 很；非常；要命【用於強調壞事或令人不快的事】

29. annoyed〔ə'nɔɪd〕*adj.* 惱怒的　　***far from*** 一點也不
　　pleased〔plizd〕*adj.* 高興的　　upset〔ʌp'sɛt〕*adj.* 不高興的
　　moment〔'momənt〕*n.* 時刻　　***at the moment*** 現在；目前

30. down〔daʊn〕*adj.* 不高興的；沮喪的　　mood〔mud〕*n.* 心情
　　be in a bad mood 心情不好

□ **31**. I'm very upset.   我很不高興。

I'm feeling pissed off.   我覺得很生氣。

I'm not in a good mood.   我心情不好。

□ **32**. I'm going crazy.   我快瘋了。

I'm becoming nuts.   我快瘋了。

I'm losing my mind.   我快瘋了。

□ **33**. I lost my temper.   我發了脾氣。

I lost control.   我失去控制。

I started going crazy.   我開始抓狂。

**

---

31. upset〔ʌp'sɛt〕*adj.* 不高興的

piss〔pɪs〕*v.* 小便　　*piss off* 使生氣

I'm feeling pissed off. 我覺得很生氣。(= *I'm angry.*)

mood〔mud〕*n.* 心情　　*be in a good mood* 心情好

be not in a good mood 心情不好 (= *be in a bad mood*)

32. go〔go〕*v.* 變得　　crazy〔'krezɪ〕*adj.* 瘋狂的；發狂的

go crazy 發瘋；發狂　　nuts〔nʌts〕*adj.* 發瘋的 (= *crazy*)

lose〔luz〕*v.* 失去　　mind〔maɪnd〕*n.* 心；精神的正常狀態

lose one's mind 發瘋 (= *become crazy*)

33. temper〔'tɛmpɚ〕*n.* 脾氣　　*lose one's temper* 發脾氣

control〔kən'trol〕*n.* 控制　　*lose control* 失去控制

start + *V-ing* 開始…

**1.
喜怒哀樂**

4. 驚嘆‧驚訝‧驚嚇

☐ **34.** Wow!　　　　　　　　　哇！

Whoa!　　　　　　　　哇！

Oh, boy!　　　　　　　喔，哇！

☐ **35.** Wonderful!　　　　　　太棒了！

Fantastic!　　　　　　太棒了！

Fabulous!　　　　　　太棒了！

☐ **36.** Amazing!　　　　　　　太棒了！

Incredible!　　　　　　眞是令人難以置信！

Unbelievable!　　　　眞是令人無法相信！

＊＊ ────────────

34. wow〔waʊ〕*interj.* 哇　　whoa〔hwo , wo〕*interj.* 哇
oh〔o〕*interj.* 喔　　boy〔bɔɪ〕*interj.* 哇；好傢伙

35. wonderful〔ˈwʌndɚfəl〕*adj.* 很棒的；令人驚奇的

fantastic〔fænˈtæstɪk〕*adj.* 極好的；很棒的

fabulous〔ˈfæbjələs〕*adj.* 極好的；很棒的

36. amazing〔əˈmezɪŋ〕*adj.* 驚人的；很棒的

incredible〔ɪnˈkrɛdəbḷ〕*adj.* 令人難以置信的

unbelievable〔ˌʌnbəˈlivəbḷ〕*adj.* 令人無法相信的

☐ **37.** My God! 　　我的天啊！

Oh, man! 　　喔，天啊！

Holy cow! 　　天啊！

☐ **38.** It was a shock. 　　它令人震驚。

It was a surprise. 　　它令人驚訝。

I never expected it. 　　我完全沒想到會這樣。

☐ **39.** I'm shocked. 　　我很震驚。

I'm stunned. 　　我嚇呆了。

I'm very surprised. 　　我非常驚訝。

** ──────────────

37. God〔gɑd〕*n.* 上帝　　***My God!*** 我的天啊！

oh〔o〕*interj.* 喔

man〔mæn〕*n.* 男人　*interj.* 哎呀；天啊

holy〔'holɪ〕*adj.* 神聖的　　cow〔kau〕*n.* 母牛

Holy cow! 天啊！

COW

38. shock〔ʃɑk〕*n.* 震驚；引起震驚的事件

surprise〔sə'praɪz〕*n.* 驚訝；令人驚訝的事

expect〔ɪk'spɛkt〕*v.* 預期；期待

39. shocked〔ʃɑkt〕*adj.* 震驚的　　stun〔stʌn〕*v.* 使目瞪口呆

stunned〔stʌnd〕*adj.* 震驚的；目瞪口呆的

surprised〔sə'praɪzd〕*adj.* 驚訝的

□ **40.** What a surprise!　　　　　　真令人驚訝！
　　Who would have thought it?　誰會想到那個？
　　I'll be damned!　　　　　　　我太吃驚了！

□ **41.** It was so sudden!　　　　　這太突然了！
　　It came out of nowhere!　　這真是出乎意料！
　　It caught me by surprise!　它讓我措手不及！

□ **42.** It amazed me.　　　　　　這使我很驚訝。
　　It was impressive.　　　　　這令人印象深刻。
　　It blew my mind!　　　　　　這使我很震撼！

＊＊ ————————————————————

40. surprise〔sə'praɪz〕*n.* 驚訝；令人驚訝的事
　　think〔θɪŋk〕*v.* 想；想像；預料
　　damn〔dæm〕*v.* 嚴厲批評；譴責　　***I'll be damned!***【用於強調
　　對於某事你有多驚訝】我太吃驚了！(= *I'm very surprised!*)

41. so〔so〕*adv.* 很；非常　　sudden〔'sʌdn〕*adj.* 突然的
　　nowhere〔'no͵hwɛr〕*n.* 無人知道的地方　　***come out of nowhere***
　　突然出現；出乎意料地發生　　***It came out of nowhere!*** = It was
　　completely unexpected! (這完全是出乎意料！)
　　catch/take sb. by surprise 讓某人感到意外；讓某人措手不及
　　It caught me by surprise! 也可說成：I didn't expect it at all!
　　(我完全沒預料到！)【*not…at all* 一點也不
　　expect〔ɪk'spɛkt〕*v.* 預期；期待】

42. amaze〔ə'mez〕*v.* 使驚訝
　　impressive〔ɪm'prɛsɪv〕*adj.* 令人印象深刻的；令人難忘的
　　blow one's mind 使某人很震撼；令某人大開眼界
　　It blew my mind! = It astonished me! = I'm stunned! = I'm
　　astonished!【astonish〔ə'stɑnɪʃ〕*v.* 使驚訝　　stun〔stʌn〕*v.*
　　使目瞪口呆】

□ **43.** You startled me! 　　　　你嚇了我一跳！

You frightened me! 　　　　你嚇到我了！

You scared me to death! 　　你把我嚇得半死！

□ **44.** The movie was so scary. 　　這部電影眞可怕。

I was terrified. 　　我嚇壞了。

My heart was in my mouth. 　　我的心都快跳出來了。

□ **45.** It frightened me. 　　　　它嚇到我了。

It shocked me. 　　　　它使我震驚。

It made my hair stand on end. 　它使我毛骨悚然。

【碰到恐怖的事情，你就可以說這三句話】

make *one's* hair
stand on end

**

43. startle〔'stɑrtḷ〕*v.* 使吃驚；使嚇一跳

frighten〔'fraɪtṇ〕*v.* 使害怕；使驚嚇

scare〔skɛr〕*v.* 使驚嚇

scare sb. to death 把某人嚇得半死；使某人害怕得要命

44. scary〔'skɛrɪ〕*adj.* 可怕的

terrified〔'tɛrə,faɪd〕*adj.* 嚇壞了的；害怕的

*sb's **heart is in his/her mouth*** 字面的意思是「某人的心在嘴裡」，

　　也就是中文說的「心快跳出來了」，表示「非常緊張；非常驚恐」。

45. shock〔ʃɑk〕*v.* 使震驚　　hair〔hɛr〕*n.* 毛髮

stand〔stænd〕*v.* 站立；直立；豎著

end〔ɛnd〕*n.* 末端　　***on end*** 豎著

*make one's **hair stand on end*** 使某人毛骨悚然；令某人非常害怕

It made my hair stand on end. = It horrified me.

　　【horrify〔'hɑrə,faɪ〕*v.* 使驚嚇】

5. 困惑

☐ **46.** I'm confused. ┊ 我很困惑。

I'm puzzled. ┊ 我很困惑。

I'm at my wits' end. ┊ 我束手無策。

☐ **47.** I have no clue. ┊ 我不知道。

It's lost on me. ┊ 我不懂。

It's foreign to me. ┊ 我覺得很陌生。

☐ **48.** It's difficult to understand. ┊ 這很難了解。

It's not easy to accept. ┊ 這很難接受。

I can't wrap my head around it. ┊ 我無法了解。

**

46. confused〔kən'fjuzd〕*adj.* 困惑的 puzzled〔'pʌzl̩d〕*adj.* 困惑的
wit〔wɪt〕*n.* 機智 end〔ɛnd〕*n.* 盡頭；末端
at one's wits' end 字面的意思是「某人的機智已到盡頭」，表示「智窮
計竭；束手無策；無計可施；不知所措」。
I'm at my wits' end. 也可説成：I cannot think of a solution.
（我想不出解決之道。）【solution〔sə'luʃən〕*n.* 解決之道】

47. clue〔klu〕*n.* 線索 ***have no clue*** 不知道（= *have no idea*）
be lost on sb. 某人不明白 ***It's lost on me.*** 也可説成：It's too
difficult for me.（這對我而言太難了。）
foreign〔'fɔrɪn〕*adj.* 外國的；陌生的 < *to* > ***It's foreign to me.***
= It's unfamiliar to me.【unfamiliar〔ˌʌnfə'mɪljɚ〕*adj.* 不熟悉的】

48. accept〔ək'sɛpt〕*v.* 接受 wrap〔ræp〕*v.* 包裹；捲繞
wrap one's head around sth. 了解某事（= *understand sth.*）

□ **49.** I'm baffled.　　　　　　　　　　我很困惑。

I don't get it.　　　　　　　　　我不了解。

I'm all messed up.　　　　　　　我非常困惑。

□ **50.** I was thinking hard.　　　　　　我正在認真地想。

I was deep in thought.　　　　　我正在沈思。

I forgot where I was.　　　　　　我沒注意到周遭的情況。

□ **51.** I need some air.　　　　　　　　我需要去透透氣。

I need to go outside.　　　　　　我需要去外面。

I need to clear my head.　　　　我需要使我的頭腦清楚。

** ——————————

49. baffled〔'bæfḷd〕*adj.* 困惑的　　　***get it*** 了解；明白

all〔ɔl〕*adv.* 完全；全然　　　***messed up*** 困惑的；迷惘的

50. hard〔hɑrd〕*adv.* 努力地；認真地　　　***think hard*** 認真地想

deep〔dip〕*adj.* 深的　　　thought〔θɔt〕*n.* 思想；思考

be deep in thought 沈思中　　　forget〔fɚ'gɛt〕*v.* 忘記

I forgot where I was. 字面的意思是「我忘了自己身在何處。」

引申為「我沒注意到周遭的情況。」(= *I wasn't aware of my surroundings.*) 或「我不知道發生了什麼事。」(= *I wasn't aware of what was going on.*) 或「我沒在注意。」(= *I wasn't paying attention.*)

51. air〔ɛr〕*n.* 空氣　　　***I need some air.*** 我需要一些空氣，也就是

「我需要去透透氣。」也可説成：I need to get some fresh air.

(我需要呼吸一些新鮮的空氣。)【fresh〔frɛʃ〕*adj.* 新鮮的】

outside〔'aʊt'saɪd〕*adv.* 在外面　　　clear〔klɪr〕*v.* 使(頭腦)清楚

head〔hɛd〕*n.* 頭；頭腦

6. 猶豫

☐ **52**. I'm not sure.   我不確定。
I'm still on the fence.   我還沒決定。
I haven't made up my mind.   我還沒下定決心。

☐ **53**. I haven't decided.   我還沒決定。
I'm still considering it.   我還在考慮。
It's still on the table.   這還在討論中。

☐ **54**. I could go either way.   我都可以。
I feel both good and bad.   我覺得有好有壞。
I have mixed feelings.   我的心情很複雜。

** ———

52. sure〔ʃʊr〕*adj.* 確定的   still〔stɪl〕*adv.* 仍然
fence〔fɛns〕*n.* 籬笆；圍牆   ***on the fence*** 騎牆；持觀望態度
make up *one's* ***mind*** 決定；下定決心

53. decide〔dɪ'saɪd〕*v.* 決定
I haven't decided. 也可說成：I'm undecided. 意思相同。
consider〔kən'sɪdɚ〕*v.* 考慮
on the table 字面的意思是「在桌子上」，指的是計畫或建議「在討
論中」(= *under discussion*)。

54. either〔'iðɚ〕*adj.* (兩者) 任一的   ***go either way*** (兩者) 都可以
I could go either way. = I could choose either one.
mixed〔mɪkst〕*adj.* 混合的   feeling〔'filɪŋ〕*n.* 感覺；感情
have mixed feelings 有複雜的心情；悲喜交加；喜憂參半；百感
交集 (= *feel pleased and not pleased about something at the
same time*)

☐ **55**. I'm undecided.　　　　　　　我還沒有決定。

　　 I haven't decided yet.　　　　我還沒決定。

　　 It's still up in the air.　　　　還沒決定。

☐ **56**. I'm still thinking.　　　　　我還在想。

　　 I don't know yet.　　　　　　我還不知道。

　　 I can't make up my mind.　　我無法下定決心。

☐ **57**. I'm uncertain.　　　　　　　我不確定。

　　 I'm not sure yet.　　　　　　我還不確定。

　　 Give me a little more time.　　再多給我一點時間。

**

55. undecided〔͵ʌndɪ'saɪdɪd〕*adj.* 未決定的

　　 not…yet 尚未…；還沒…

　　 decide〔dɪ'saɪd〕*v.* 決定

　　 up in the air 懸而未決（= *not yet determined* ; *uncertain*）

56. ***I'm still thinking***.（我還在想。）也可說成：I'm still

　　 considering it.（我還在考慮。）【consider〔kən'sɪdɚ〕*v.* 考慮】

　　 make up *one's* ***mind*** 下定決心；決心

57. uncertain〔ʌn'sɝtṇ〕*adj.* 不確定的

　　 sure〔ʃʊr〕*adj.* 確定的

1. 喜怒哀樂

7. 緊張・擔心

□ **58.** I'm nervous. 　　　　　　　我很緊張。

I feel a bit shaky. 　　　　　我覺得有點發抖。

I have butterflies. 　　　　　我感到緊張。

□ **59.** I'm burned out! 　　　　　　我筋疲力盡！

I'm stressed out! 　　　　　我壓力超大！

I'm really tense! 　　　　　　我好緊張！

□ **60.** I'm so uptight. 　　　　　　　我很緊張。

I'm on edge. 　　　　　　　　我很緊張。

I'm on pins and needles. 　　我如坐針氈。

** ─────────────

butterflies in
one's stomach

58. nervous〔'nɜvəs〕*adj.* 緊張的　　***a bit*** 有一點
shaky〔'ʃekɪ〕*adj.* 發抖的；搖晃的
butterfly〔'bʌtə,flaɪ〕*n.* 蝴蝶
have butterflies (*in one's stomach*) 感到緊張
【have 也可用 get 或 feel 代替】
I have butterflies. = I'm nervous.

59. ***burn out*** 燒盡；耗盡精力　　***be burned out*** 累壞了
stress〔strɛs〕*n.* 壓力　*v.* 使緊張
stressed out 壓力很大的；緊張的 (= *stressed* = *tense*)
tense〔tɛns〕*adj.* 緊張的

60. 這三句話意思相同，都等於 I'm nervous. 　　so〔so〕*adv.* 很；非常
uptight〔'ʌp,taɪt〕*adj.* 緊張的；焦慮的　　edge〔ɛdʒ〕*n.* 邊緣
on edge 緊張的；煩躁的　　pin〔pɪn〕*n.* 大頭針；別針
needle〔'nidḷ〕*n.* 針　　***be on pins and needles*** 如坐針氈；坐立不安

☐ **61.** There are many people.　　　有很多人。

I'm scared to speak.　　　　我不敢說話。

I get stage fright.　　　　　我怯場。

☐ **62.** I'm very tense.　　　　　　我很緊張。

I have a dry mouth.　　　　　我的嘴巴很乾。

I am a bundle of nerves.　　　我很緊張。

☐ **63.** I'm jumpy.　　　　　　　　我很焦慮。

I'm so jittery.　　　　　　　我很忐忑不安。

I'm shaking in my shoes.　　　我嚇得發抖。

** ―――――――――――――

61. scared〔skɛrd〕*adj.* 受驚嚇的；害怕的　　stage〔stedʒ〕*n.* 舞台
fright〔fraɪt〕*n.* 驚嚇　***stage fright***（初次上台時的）怯場；恐懼不安
get stage fright 怯場（ = *have stage fright*）
I get stage fright. 也可説成：I get nervous before going
　onstage.（我上台之前會緊張。）I get nervous while onstage.
　（我在台上會緊張。）【onstage〔ˈɑnˈstedʒ〕*adv., adj.* 在舞台上（的）】

62. tense〔tɛns〕*adj.* 緊張的（ = *nervous*）
dry〔draɪ〕*adj.* 乾的　　mouth〔maʊθ〕*n.* 嘴巴
bundle〔ˈbʌndl̩〕*n.* 束；捆　***a bundle of*** 一大堆（ = *a lot of*）
nerve〔nɝv〕*n.* 神經；(*pl.*) 神經質；焦慮
a bundle of nerves 焦躁的人；緊張不安的人
I'm a bundle of nerves. = I'm very nervous.

63. jumpy〔ˈdʒʌmpɪ〕*adj.* 緊張的；焦慮的；神經質的（ = *nervous*）
jittery〔ˈdʒɪtərɪ〕*adj.* 忐忑不安的；神經過敏的
shake〔ʃek〕*v.* 發抖　***shake in*** *one's* ***shoes*** 嚇得發抖

☐ **64**. I was worried. 　　　　　　　　我很擔心。

I was tense. 　　　　　　　　　　我很緊張。

I was really stressed out. 　　　　我的壓力好大。

☐ **65**. I'm in a jam. 　　　　　　　　　我有麻煩了。

I'm in a tough spot. 　　　　　　　我的處境很艱困。

I'm stuck between a rock 　　　　　我被困住了，不知道怎麼辦。
and a hard place.

☐ **66**. I didn't sleep well. 　　　　　　　我沒睡好。

I was worried and nervous. 　　　　我很擔心而且緊張。

I tossed and turned all night. 　　　我整晚翻來覆去睡不著。

＊＊ ───────────────

64. worried〔ˈwɜɪd〕 *adj.* 擔心的　　　tense〔tɛns〕 *adj.* 緊張的

stress〔strɛs〕 *n.* 壓力；緊張　*v.* 使緊張

stressed out 緊張的；有壓力的

65. jam〔dʒæm〕 *n.* 原指「堵塞」，在此作「困境、窘境」解。

in a jam 有麻煩　　***I'm in a jam.*** = I'm in trouble.

tough〔tʌf〕 *adj.* 困難的　　　spot〔spɑt〕 *n.* 地點

in a tough spot 處境艱困　　***I'm in a tough spot.*** = I'm in a
difficult situation.　　stick〔stɪk〕 *v.* 困住

I'm stuck between a rock and a hard place.「我被困在岩石和堅硬
的地方之間。」表示：①我的情況很困難。(=*I'm in a very difficult
position.*) ②我很難做決定。(=*I'm facing a hard decision.*)

66. nervous〔ˈnɜvəs〕 *adj.* 緊張的　　　toss〔tɔs〕 *v.* 翻滾；翻來翻去

turn〔tɜn〕 *v.* 翻動；翻轉

toss and turn 翻來覆去；輾轉反側【通常表示難以入睡】

8. 後悔

□ **67.** Foolish me. 　　　　　　　　　　　我眞笨。

　　　I was a fool. 　　　　　　　　　　我是個傻瓜。

　　　That was silly of me. 　　　　　　我眞愚蠢。

□ **68.** I started too soon. 　　　　　　　我太早開始了。

　　　I did it too early. 　　　　　　　我太早做了。

　　　I jumped the gun. 　　　　　　　我太早行動了。

□ **69.** I acted suddenly. 　　　　　　　我突然就行動了。

　　　I did it without thinking. 　　　　我想都沒想就去做了。

　　　It was spur of the moment. 　　　那是一時衝動。

**

67. foolish〔'fulɪʃ〕*adj.* 愚蠢的　　***Foolish me.*** = I was foolish.
　　fool〔ful〕*n.* 傻瓜　　silly〔'sɪlɪ〕*adj.* 愚蠢的
　　That was silly of me. 也可說成：Silly me.（ = *I was silly.*）

68. jump〔dʒʌmp〕*v.* 跳；在…發出指示之前搶先行動　　gun〔gʌn〕*n.* 槍
　　jump the gun ①（比賽時）槍聲未響就起跑；搶跑　②行動過早
　　I jumped the gun. = I did it too soon. = I acted too soon.
　　　這三句話都是指「太早行動」，暗示「時機未到；太草率了」，所以也可
　　　說成：I was too hasty.（我太草率了。）I should have waited.
　　　（我應該再等等。）〔hasty〔'hestɪ〕*adj.* 匆促的；草率的〕

69. act〔ækt〕*v.* 行動　　suddenly〔'sʌdn̩lɪ〕*adv.* 突然地
　　spur〔spɝ〕*n.* 馬刺；刺激；驅策　　moment〔'momənt〕*n.* 時刻
　　spur of the moment 一時衝動；一時興起
　　It was spur of the moment. 那是一時衝動。(= *It was impulsive.*）
　　　〔impulsive〔ɪm'pʌlsɪv〕*adj.* 衝動的；由衝動造成的〕

□ **70.** I changed my mind.   我改變心意了。

I want to take it back.   我想要收回所說的話。

I have reconsidered.   我已經重新考慮了。

□ **71.** I said something stupid.   我說了愚蠢的話。

It was foolish and embarrassing.   那既愚蠢又令人尷尬。

I shouldn't have said that.   我不該那麼說的。

□ **72.** I feel embarrassed.   我覺得很尷尬。

I feel a bit ashamed.   我覺得有點丟臉。

My tail is between my legs.   我垂頭喪氣。

** ————————————————————

70. mind〔maɪnd〕*n.* 想法   ***change one's mind*** 改變心意

take back 撤回；撤銷（以前說過的話等）

reconsider〔͵rikən'sɪdɚ〕*v.* 重新考慮

71. stupid〔'stjupɪd〕*adj.* 愚蠢的   foolish〔'fulɪʃ〕*adj.* 愚蠢的

embarrassing〔ɪm'bærəsɪŋ〕*adj.* 令人尷尬的

「***shouldn't have + p.p.***」表「當時不該做而做」。

72. embarrassed〔ɪm'bærəst〕*adj.* 尷尬的   ***a bit*** 有一點

ashamed〔ə'ʃemd〕*adj.* 感到羞恥的   tail〔tel〕*n.* 尾巴

one's tail is between one's legs 夾著尾巴；垂頭喪氣；畏縮

【源自被擊敗而把尾巴夾在腿間的狗之畏縮狀】

My tail is between my legs.（我垂頭喪氣。）也可說成：

I'm ashamed of myself.（我覺得羞愧。）I feel humiliated.

（我覺得丟臉。）【humiliated〔hju'mɪlɪ͵etɪd〕*adj.* 丟臉的】

□ **73.** Silly me! 　　　　　　　　　　　　我真傻！
　　　Stupid me! 　　　　　　　　　　　我真笨！
　　　I wasn't thinking! 　　　　　　　　我沒想清楚！

□ **74.** I made a mistake. 　　　　　　　　我犯了錯。
　　　I did something stupid. 　　　　　我做了愚蠢的事。
　　　I could kick myself. 　　　　　　　我很後悔。

□ **75.** I didn't think. 　　　　　　　　　我沒想清楚。
　　　I acted on the spur of the moment. 　我一時衝動才那麼做。
　　　It was in the heat of the moment. 　我一時激動才那麼做。

＊＊————————

73. silly〔'sɪlɪ〕*adj.* 愚蠢的；傻的　　***Silly me!*** = I was silly!
silly〔'stjupɪd〕*adj.* 愚蠢的；笨的
Stupid me! = I was stupid!　　think〔θɪŋk〕*v.* 想；思考
I wasn't thinking! 我沒考慮到！；我沒想清楚！；我疏忽了！
　(= *I wasn't paying attention!*)【***pay attention*** 注意】
74. ***make a mistake*** 犯錯　　kick〔kɪk〕*v.* 踢
kick oneself 自責；內咎；懊悔
I could kick myself. 我很後悔。(= *I really regret that*)
75. act〔ækt〕*v.* 行為；採取行動　　spur〔spɝ〕*n.* 刺馬釘；刺激；激勵
moment〔'momənt〕*n.* 時刻
on the spur of the moment 一時衝動；心血來潮
I acted on the spur of the moment. 也可說成：I was impulsive.
　(我很衝動。)【impulsive〔ɪm'pʌlsɪv〕*adj.* 衝動的】
heat〔hit〕*n.* 熱；興奮；激怒
in the heat of the moment 盛怒之下；一時激動之下
It was in the heat of the moment. 我一時激動才那麼做。
　(= *I was too excited to stop and think first.*)

☐ **76.** I lost my temper.   我發了脾氣。

I said something awful.   我說了很糟的話。

I wish I could take it back.   我希望可以收回那些話。

☐ **77.** I said something foolish.   我說了愚蠢的話。

I embarrassed myself.   我讓自己很尷尬。

I put my foot in my mouth.   我說錯話。

☐ **78.** It was embarrassing.   眞難爲情。

I was embarrassed.   我覺得很尷尬。

My face turned beet red.   我滿臉通紅。

【說錯話時就說這六句話】

** ─────────

76. temper〔'tɛmpɚ〕*n.* 脾氣   ***lose one's temper*** 發脾氣

awful〔'ɔful〕*adj.* 可怕的；很糟的   wish〔wɪʃ〕*v.* 希望；但願

take back 收回；撤回

77. foolish〔'fulɪʃ〕*adj.* 愚蠢的   embarrass〔ɪm'bærəs〕*v.* 使尷尬

put one's foot in one's mouth 把腳放進自己的嘴巴裡，引申爲「說話
不得體；說錯話」。這個說法可能源自 1870 年代牛隻常見的致命疾病「口
蹄疫」(foot-and-mouth disease)，比喻說錯話，會讓人惹上麻煩。

78. embarrassing〔ɪm'bærəsɪŋ〕*adj.* 令人尷尬的

embarrassed〔ɪm'bærəst〕*adj.* 覺得尷尬的

turn〔tɝn〕*v.* 變成；變得   beet〔bit〕*n.* 甜菜根

beet red 像紅甜菜根般紅的

turn beet red 滿臉通紅【也可只說 turn red】

beet

9. 沮喪

☐ **79.** I'm lonely.　　　　　　　　　我很寂寞。

I'm all alone.　　　　　　　我獨自一人。

I'm all by myself.　　　　　我孤單一人。

☐ **80.** I feel down.　　　　　　　　　我悶悶不樂。

I feel low.　　　　　　　　　我覺得情緒低落。

I'm depressed.　　　　　　　我很沮喪。

☐ **81.** I'm discouraged.　　　　　　　我很氣餒。

I'm bummed out.　　　　　　我很失望。

I'm in low spirits.　　　　　我意志消沈。

**───────────

79. lonely〔ˈlonlɪ〕*adj.* 孤獨的；寂寞的

alone〔əˈlon〕*adj.* 獨自的；孤獨的　　***all alone*** 獨自一人

by oneself 獨自　　***all by oneself***（完全）孤單一人

80. down〔daʊn〕*adj.* 沮喪的；不高興的；消沈的

low〔lo〕*adj.* 無精打采的；情緒低落的；悶悶不樂的

depressed〔dɪˈprɛst〕*adj.* 沮喪的

81. discouraged〔dɪˈskɝɪdʒd〕*adj.* 氣餒的

bum sb. out 使某人失望（= *disappoint sb.*）

I'm bummed out. 我很失望（= *I'm disappointed.*）

spirit〔ˈspɪrɪt〕*n.* 精神　　***in low spirits*** 垂頭喪氣；意志消沈

I'm in low spirits. = I'm sad.

1.
喜怒哀樂

□ **82.** I'm alone.   我一個人。

I'm by myself.   我獨自一人。

I'm on my own.   我獨自一人。

□ **83.** I'm really down.   我眞的很沮喪。

I'm in pain.   我很痛苦。

I have a heavy heart.   我的心情很沈重。

□ **84.** I'm feeling down.   我心情不好。

I'm feeling blue.   我覺得很憂鬱。

I'm down in the dumps.   我的心情很沮喪。

** ─────

82. alone〔ə'lon〕*adj.* 獨自的;孤獨的   ***by oneself*** 獨自
on one's own ①獨力;靠自己 ②單獨地;獨自

83. down〔daʊn〕*adj.* 沮喪的;不高興的;消沈的
pain〔pen〕*n.* 痛苦   ***be in pain*** 很痛苦
I'm in pain. = I'm suffering. = I'm hurting.
heavy〔'hɛvɪ〕*adj.* 沈重的   ***have a heavy heart*** 很痛苦
I have a heavy heart. 也可說成:My heart is aching.
(我的心很痛。)I'm heartbroken.(我很傷心。)

84. feel〔fil〕*v.* 覺得   blue〔blu〕*adj.* 憂鬱的;沮喪的
dumps〔dʌmps〕*n.* 意志消沈
down in the dumps 心情沮喪;悶悶不樂
I'm down in the dumps. = I'm depressed.
【depressed〔dɪ'prɛst〕*adj.* 沮喪的】

10. 悲傷・失望

☐ **85.** So sad. 　　　　　　　真令人難過。

So full of sorrow. 　　　　真是充滿悲傷。

It was a tearjerker. 　　　　這是一部賺人熱淚的作品。

☐ **86.** I'm so sad. 　　　　　　我好難過。

I'm very depressed. 　　　　我非常沮喪。

I'm feeling so blue. 　　　　我覺得好鬱悶。

☐ **87.** My heart is broken. 　　　我的心碎了。

My heart is heavy. 　　　　我的心情沈重。

You broke my heart. 　　　你傷了我的心。

**─────────────

85. 前兩句的句首都省略了 It was。

sad〔sæd〕*adj.* 傷心的；難過的；令人難過的　　***be full of*** 充滿了

sorrow〔'saro〕*n.* 悲傷　　tearjerker〔'tɪr,dʒ3ˋkɚ〕*n.* 賺人熱淚的
電影或戲劇【tear〔tɪr〕*n.* 眼淚　　jerk〔dʒ3ˋk〕*v.* 急拉】

86. so〔so〕*adv.* 很；非常　　depressed〔dɪ'prɛst〕*adj.* 沮喪的

blue〔blu〕*adj.* 憂鬱的；鬱悶的

87. heart〔hart〕*n.* 心　　broken〔'brokən〕*adj.* 破碎的

heavy〔'hɛvɪ〕*adj.* 沈重的

My heart is heavy. 我的心情沈重。(= *I'm sad.*)

break〔brek〕*v.* 使破碎

break *one's* ***heart*** 使某人心碎；使某人傷心；使某人失戀

☐ **88.** I'm very disappointed. 　　　　　　我非常失望。

That's bad news. 　　　　　　　　　那是個壞消息。

It hurts to hear that. 　　　　　　　　聽到那件事很令人傷心。

☐ **89.** What a letdown! 　　　　　　　　眞是令人失望！

I'm disappointed. 　　　　　　　　我好失望。

My hopes are dashed! 　　　　　　　我的希望破滅了！

☐ **90.** I almost cried. 　　　　　　　　我差點哭出來。

I got tears in my eyes. 　　　　　　　我的眼眶充滿淚水。

I had a lump in my throat. 　　　　　　我哽咽欲泣。

** ——————————————

88. disappointed〔͵dɪsə'pɔɪntɪd〕*adj.* 失望的

news〔njuz〕*n.* 新聞；消息　　hurt〔hɝt〕*v.* 傷害；令人傷心

It hurts to hear that. = I'm sorry to hear that.

89. letdown〔'lɛt͵daʊn〕*n.* 消沈；失望（ = *disappointment* ）

What a letdown! = What a disappointment! = What a bummer!

hope〔hop〕*n.* 希望　　dash〔dæʃ〕*v.* 猛撞；撞碎；擊碎

90. get〔gɛt〕*v.* 有（ = *have* ）　　tear〔tɪr〕*n.* 眼淚

lump〔lʌmp〕*n.* 小塊　　throat〔θrot〕*n.* 喉嚨

lump in *one's* ***throat***（因感動或悲傷而）如骨鯁在喉；哽咽欲泣；

喉嚨哽住

I had a lump in my throat. = I had a lot of emotion.（我情緒

很激動。）= I was nearly overcome with emotion.（我激動

得差點無法控制。）〔emotion〔ɪ'moʃən〕*n.* 情緒

overcome〔͵ovɚ'kʌm〕*v.* 打敗；使軟弱〕

11. 疲倦

☐ **91.** I'm burned out.　　　　　　我筋疲力盡。

I have no energy left.　　　我沒有力氣了。

My tank is empty.　　　　　我沒有體力了。

☐ **92.** I'm spent.　　　　　　　　我筋疲力盡。

I'm drained.　　　　　　　我累壞了。

I have zero energy.　　　　我沒有力氣了。

☐ **93.** I'm dead tired.　　　　　　我累死了。

I'm beat.　　　　　　　　　我筋疲力盡。

I have run out of steam.　　我已經沒力氣了。

**　────────────

91. *be burned out* 筋疲力盡【就像蠟燭被燒光 (burned out) 一樣】

energy〔ˈɛnədʒɪ〕 *n.* 精力；活力　　　left〔lɛft〕 *adj.* 剩下的

tank〔tæŋk〕 *n.* 油箱 (= *gas tank*)　　***My tank is empty.*** 字面的

意思是「我的油箱空了。」也就是「我沒有體力了。」

92. 這三句話意思相同。　　spent〔spɛnt〕 *adj.* 筋疲力盡的

drain〔dren〕 *v.* 使耗盡；使枯竭；使 (體力) 衰弱

drained〔drend〕 *adj.* 疲憊不堪的；累極了

zero〔ˈzɪro〕 *adj.* 零的；一點也沒有的；全無的

I'm spent. = I'm drained. = I have zero energy. = I'm exhausted.

（我筋疲力盡。）= I'm out of energy. (我沒力氣了。)

【exhausted〔ɪgˈzɔstɪd〕 *adj.* 筋疲力盡的　*be out of* 沒有】

93. dead〔dɛd〕 *adj.* 死的　*adv.* 完全地；全然

dead tired 極疲倦 (= *exhausted*)　　beat〔bit〕 *adj.* 筋疲力盡的

run out of 用完　　steam〔stim〕 *n.* 蒸汽；精力

I have run out of steam. = I have run out of energy.

☐ **94**. I'm out of gas. 我筋疲力盡了。
I'm out of juice. 我筋疲力盡了。
I'm running on fumes. 我疲憊不堪。

☐ **95**. My battery is almost out. 我的電池差不多沒電了。
It's almost dead. 幾乎沒電了。
It needs recharging. 需要重新充電。

☐ **96**. I'm so sleepy. 我很想睡。
I'm so tired. 我很累。
I can't stop yawning. 我不停地打哈欠。

** ───────────────

94. ***be out of*** 用完 gas〔gæs〕*n.* 瓦斯；汽油（= *gasoline*）
be out of gas 筋疲力盡 juice〔dʒus〕*n.* 果汁；汽油或電等能源
be out of juice 字面的意思是「沒有電了」，引申為「筋疲力盡了」
 （= *be out of gas*）。

be running on fumes 原本用來描述「電池或燃料被耗盡的情況」，
 沒有油時就會冒煙，在此引申為「疲憊不堪」。
fume〔fjum〕*n.* 煙霧，須用複數，單數作「怒氣」解。

95. battery〔'bætərɪ〕*n.* 電池 almost〔'ɔl‚most〕*adv.* 幾乎
out〔aut〕*adj.* 耗盡的 dead〔dɛd〕*adj.* 沒電的
recharge〔ri'tʃardʒ〕*v.* 再充電 ***It needs recharging.*** 也可說
 成：It needs charging up.【charge〔tʃardʒ〕*v.* 充電，這個句子
 要注意，needs 後面要用主動的動名詞，代表被動的含意】

96. so〔so〕*adv.* 很；非常 sleepy〔'slipɪ〕*adj.* 想睡的
tired〔taɪrd〕*adj.* 疲倦的 ***stop + V-ing*** 停止…
yawn〔jɔn〕*v.* 打哈欠

12. 有興趣・很期待

□ **97.** I'm willing. 　　　　　　　　　我願意。
　　　 I'm up for it. 　　　　　　　　我願意。
　　　 I'm down for it. 　　　　　　　我願意。

□ **98.** I'm game for anything. 　　　　我願意嘗試任何事。
　　　 I'm more than willing. 　　　　我非常願意。
　　　 I'm up for that. 　　　　　　　我非常願意做那件事。

□ **99.** I'm totally willing. 　　　　　　我完全願意。
　　　 I'll do what is necessary. 　　我願意做一切必要的事。
　　　 I'll do what it takes. 　　　　我會盡一切力量。

** ————————————————

97. willing〔ˈwɪlɪŋ〕*adj.* 願意的
　　be up for sth. 非常願意做某事（= *be ready and willing to do sth.*）
　　I'm up for it. 我願意。（= *I'm willing to do it.*）【源自當詢問意願時，
　　　會要求願意的人「起立」（stand up）或「舉手」（put your hand up）】
　　be down for 列入…的名單
　　I'm down for it. 我願意；我要加入。（= *I'm willing to do it.*）【源自
　　　當你同意做某事時，你會「寫下你的名字」（put your name down）】
　　I'm up for it. 和 *I'm down for it.* 意思相同，都表示「我願意。」
98. game〔gem〕*adj.* 樂意的；願意的（= *ready and willing*）
　　more than 不只是；非常地
99. totally〔ˈtotl̩ɪ〕*adv.* 完全地
　　necessary〔ˈnɛsəˌsɛrɪ〕*adj.* 必要的；必需的　　take〔tek〕*v.* 需要
　　I'll do what it takes. 我會做需要做的事，引申為「我會不惜一切
　　　代價；我會盡一切力量。」（= *I'll do whatever is necessary.*
　　　= *I'll do whatever I have to do.*）

1. 喜怒哀樂

□ **100.** I'm ready.
I'm ready whenever you
are ready.
I'm ready, willing, and
able.

我準備好了。
你準備好的時候，我就準備
好了。
我準備好了，我願意，而且
能夠做任何事。

□ **101.** I'm dying to do that.
I want it so badly.
I just can't wait.

我很想做那件事。
我很想要那樣。
我真的等不及了。

□ **102.** I love doing it.
It never bores me.
I never tire of it.

我很愛做這個。
這絕不會使我覺得無聊。
我絕不會對它厭倦。

** ————

100. ready〔ˈrɛdɪ〕*adj.* 準備好的
whenever〔hwɛnˈɛvɚ〕*conj.* 無論何時
willing〔ˈwɪlɪŋ〕*adj.* 願意的　　able〔ˈeblˌ〕*adj.* 能夠的；有能力的
ready, willing, and able 準備好，有意願，而且有能力

101. ***be dying to V.*** 極想做…　　badly〔ˈbædlɪ〕*adv.* 很；非常
I can't wait. 我等不及了。

102. bore〔bor〕*v.* 使無聊　　tire〔taɪr〕*v.* 疲倦；厭倦
tire of 對…厭倦（= *be tired of*）
I never tire of it.（我絕不會對它厭倦。）= I'm never tired of it.
　　= I never get sick of it.【tired〔taɪrd〕*adj.* 厭倦的＜*of*＞
　　sick〔sɪk〕*adj.* 厭倦的＜*of*＞】

□ **103**. I volunteer. 我自願。

I'm a volunteer. 我自願。

I do it for free. 我免費來做。

□ **104**. I want to do it. 我想要做。

Give me a try. 讓我試試看。

Give me a shot. 讓我試試看。

□ **105**. I know it well. 我很熟悉這個。

I'm cut out for it. 我很適合做這個。

It's right up my alley. 它很適合我。

**

103. volunteer〔ˌvɑlən'tɪr〕*v.* 自願　*n.* 自願者

free〔fri〕*adj.* 免費的

for free 免費（＝ *free of charge*）【charge〔tʃɑrdʒ〕*n.* 費用】

104. try〔traɪ〕*n.* 試；嘗試　　shot〔ʃɑt〕*n.* 嘗試

Give me a try. 讓我試試看。（＝ *Give me a shot.* ＝ *Let me try.*）

105. ***know…well*** 很熟悉⋯　　***be cut out for*** 很適合做

I'm cut out for it. 也可說成：I am naturally able to do it.（我天
　生就會做這個。）或 I'm well suited to do it.（我很適合做這個。）
　【naturally〔'nætʃərəlɪ〕*adv.* 天生地　　well〔wɛl〕*adv.* 相當地
　suited〔'sutɪd〕*adj.* 適合的】　　alley〔'ælɪ〕*n.* 巷子

right up one's ***alley*** ①合某人的口味 ②是某人的專長

It's right up my alley.（它很適合我。）＝ It's perfect for me.
　＝ It fits me like a glove.【***fit*** *sb.* ***like a glove*** 非常適合某人】

□ **106**. It charms me. 　　　　　　　　　它使我著迷。
　　　It captivates me. 　　　　　　　它使我著迷。
　　　It's fascinating to me. 　　　　它使我著迷。

□ **107**. I've prepared a long time. 　　我已經準備很久了。
　　　I'm ready for this! 　　　　　　這個我已經準備好了！
　　　I was born ready. 　　　　　　　我一生下來就已經準備好了。

□ **108**. I started this. 　　　　　　　　這件事是我開始的。
　　　I'll finish it. 　　　　　　　　我會把它做完。
　　　In for a penny, in for a 　　　既然做了，就要做到底。
　　　　　pound.

＊＊ ————————————————————

106. charm〔tʃɑrm〕*v.* 使著迷【charming〔'tʃɑrmɪŋ〕*adj.* 迷人的】
　　captivate〔'kæptə‚vet〕*v.* 使著迷（= *charm* = *fascinate*
　　= *enthrall*〔ɪn'θrɔl〕）　　fascinating〔'fæsn‚etɪŋ〕*adj.* 迷人的
107. prepare〔prɪ'pɛr〕*v.* 準備　　　***(for) a long time*** 很久
　　ready〔'rɛdɪ〕*adj.* 準備好的　　born〔bɔrn〕*adj.* 出生的
　　be born… 生而…的　　***be born ready*** 一生下來就準備好的【表示
　　非常渴望而且已經準備好做某事，其他類似的說法有：be born rich（天生
　　就有錢），be born smart（天生就是聰明的）】
　　I was born ready. = I've always been ready for this.
108. start〔stɑrt〕*v.* 開始　　finish〔'fɪnɪʃ〕*v.* 結束；完成
　　penny〔'pɛnɪ〕*n.* 一便士　　pound〔paʊnd〕*n.* 一英鎊
　　In for a penny, in for a pound. 這句話據傳源自英國，可能和偷竊
　　有關，意思是指偷一便士要坐牢，偷一英鎊也要坐牢，那偷一英鎊好
　　了，現在即指「既然做了，就做到底；一不做，二不休。」也可簡單
　　地說 In for a penny. 意思相同。也可說成：I'll finish it no
　　matter what.（無論如何我都會把它做完。）

□ **109**.	I can tell.	我看得出來。
	I feel it.	我感覺得到。
	I sense it.	我感覺得到。
□ **110**.	I have a hunch.	我有一種直覺。
	I have a gut feeling.	我有第六感。
	I think it's going to happen.	我認為這件事即將發生。
□ **111**.	I can't wait.	我等不及了。
	I'm looking forward to it.	我很期待。
	I'm counting down the days.	我一直在對剩下的日子倒數計時。

** ——————————

109. tell〔tɛl〕v. 知道；看出

I can tell. 我看得出來；我知道。(= I know.) 如果強調是過去的情況，也可說成：I could tell. (= I knew.)

110. hunch〔hʌntʃ〕n. 預感；直覺

gut〔gʌt〕adj. 本能的；直覺的　n. 腸　　***a gut feeling*** 第六感

I have a gut feeling. (我有第六感。)

= I have an intuition. 〖intuition〔͵ɪntjʊˈɪʃən〕n. 直覺〗

111. 這三句話意思相同。　　wait〔wet〕v. 等

I can't wait. 我等不及了。　　***look forward to*** 期待

count〔kaʊnt〕v. 數　　***count down*** 對⋯倒數計時

I'm counting down the days. = I can't wait.

= I'm looking forward to it. = I'm eagerly waiting for it.

〖eagerly〔ˈigəlɪ〕adv. 渴望地；熱切地〗

1.
喜怒哀樂

13. 沒興趣・不在乎

☐ **112**. I don't care! 　　　　　　　我不在乎！

　　　I could care less! 　　　　　我一點也不在乎！

　　　I couldn't care less! 　　　　我一點也不在乎！

☐ **113**. It's not my concern. 　　　　那不是我關心的事。

　　　It doesn't affect me. 　　　　那對我沒有影響。

　　　No skin off my nose. 　　　　我一點都不在乎。

☐ **114**. I don't want to discuss it. 　　我不想討論。

　　　I don't want to deal with it. 　我不想處理。

　　　Let's sweep it under the rug. 　我們避而不談吧。

✱✱ ————————————————

112. 這三句話意思相同。　　　care〔kɛr〕v. 在乎

I could care less!「我能更不在乎！」也就是「我一點也不在乎！」

（= *I don't care!*）　　*I couldn't care less!*「我無法更不在乎！」

表示「我一點也不在乎！」（= *I don't care!*）

113. concern〔kən'sɝn〕n. 關心的事　　*It's not my concern.*（那不是我

關心的事。）也可說成：It's none of my business.（那不關我的事。）

affect〔ə'fɛkt〕v. 影響　　skin〔skɪn〕n. 皮膚

no skin off one's nose 與某人毫不相干；某人毫不在乎

No skin off my nose. 我一點都不在乎。（= *I don't care.*）

114. discuss〔dɪ'skʌs〕v. 討論　　*deal with* 應付；處理

sweep〔swip〕v. 掃　　rug〔rʌg〕n.（小塊）地毯

sweep…under the rug 隱瞞；掩蓋；忘掉；避而不談

☐ **115.** I don't love it.　　　　　　　我不喜歡它。

I don't hate it.　　　　　　　我不討厭它。

I'm lukewarm about it.　　　　我對它沒什麼興趣。

☐ **116.** I'm out.　　　　　　　　　　我不參加了。

Don't include me.　　　　　　不要包括我在內。

I'm not on board.　　　　　　我沒有要參加。

☐ **117.** I don't feel like it.　　　　　我不想要做這個。

I have no desire.　　　　　　我不想要做。

I'm not in the mood.　　　　　我沒那個心情。

**

115. hate〔het〕v. 恨；討厭　　lukewarm〔'luk'wɔrm〕adj.（液體）微
溫的；沒有興趣的；冷淡的；不熱心的

I'm lukewarm about it.（我對它沒什麼興趣。）也可說成：I don't
have a strong feeling about it.（我對它沒什麼強烈的感覺。）或
It's just okay.（它還可以。）

116. ***I'm out.*** 我不參加了。(= *I'm not going to do it.*)

(↔ *I'm in.* 算我一份。)　　　include〔ɪn'klud〕v. 包括

board〔bord〕n. 木板　　***on board*** ①在船上；在飛機上　②是…的
一員；想要加入 (= *willing to participate*)

I'm not on board. 我沒有要參加。(= *I'm not going to do it.*)

117. ***feel like*** 想要

I don't feel like it. 我不想要做這個。(= *I don't want to do it.*)

desire〔dɪ'zaɪr〕n. 慾望；渴望　　***I have no desire.*** 我並不渴望，
引申為「我不想要做。」(= *I don't want to do it.*)

mood〔mud〕n. 心情　　***be in the mood*** 有做…的心情

□ **118.** It's not for me. 這不適合我。
I'm not interested. 我不感興趣。
My heart isn't in it. 我對這個不感興趣。

□ **119.** I lose interest. 我失去興趣了。
I get bored fast. 我很快就厭煩了。
It turns me off. 我對它不感興趣了。

□ **120.** I don't go for that. 我不喜歡那個。
It's not my thing. 那不是我喜歡的。
It's not my cup of tea. 那不是我喜愛的東西。

【碰到不喜歡的事物，可說這三句話】

** ———————————————

118. for〔fɔr〕*prep.* 適合於　　***It's not for me.*** （這不適合我。）也可
說成：I don't care for it. （我不喜歡這個。）【*care for* 喜歡】
interested〔'ɪntrɪstɪd〕*adj.* 感興趣的　　heart〔hɑrt〕*n.* 心
My heart isn't in it. 我的心思不在這裡面，表示「我對這個不感興
趣。」(= *I'm not interested in it.* = *I'm not enthusiastic about
it.*)【enthusiastic〔ɪn,θjuzɪ'æstɪk〕*adj.* 熱中的】

119. lose〔luz〕*v.* 失去　　interest〔'ɪntrɪst〕*n.* 興趣　*v.* 使感興趣
bored〔bord〕*adj.* 覺得無聊的；厭倦的；厭煩的
turn off 使失去興趣；使不喜歡
It turns me off. = It doesn't interest me.

120. 這三句話意思相同。
go for 喜歡 (= *like a particular type of person or thing*)
one's thing 某人擅長的事；某人喜歡的東西
one's cup of tea 某人喜愛的東西

14. 自我勉勵

☐ **121.** Now, I'm nobody.　　　　　　　現在，我只是個小人物。

Someday, I'll be somebody.　　　有一天，我會成爲大人物。

I'll achieve my potential.　　　　我會發揮我的潛力。

☐ **122.** I'll try to improve.　　　　　　　我會努力改進。

I'll try to do better.　　　　　　我會努力做得更好。

I won't be satisfied.　　　　　　我不會滿足的。

☐ **123.** I refuse to lose.　　　　　　　　我不會輸。

I refuse to quit.　　　　　　　　我不會放棄。

Over my dead body.　　　　　　除非我死。

**

121. nobody〔'no͵bɑdɪ〕*pron.* 沒有人　*n.* 小人物；無名小卒

someday〔'sʌm͵de〕*adv.*（將來）有一天（= *some day*）

somebody〔'sʌm͵bɑdɪ〕*pron.* 某人　*n.* 了不起的人；重要人物

achieve〔ə'tʃiv〕*v.* 達到；實現　　potential〔pə'tɛnʃəl〕*n.* 潛力

achieve/realize/reach one's (full) potential　發揮潛力

122. try〔traɪ〕*v.* 嘗試；努力　　improve〔ɪm'pruv〕*v.* 改善

satisfied〔'sætɪs͵faɪd〕*adj.* 滿足的

123. refuse〔rɪ'fjuz〕*v.* 拒絕　　lose〔luz〕*v.* 輸；失敗

quit〔kwɪt〕*v.* 放棄（= *give up*）　　*I refuse to quit.* = I won't

give up.【*give up* 放棄】　　*dead body* 屍體

Over my dead body. 字面的意思是「從我的屍體跨過去。」引申爲

「除非我死；絕對不可以。」（= *It will happen only if I am dead.*）

□ **124**. I've got to be careful. 我必須小心點。
I've made some mistakes. 我已經犯了一些錯。
I'm on thin ice. 我現在處境很危險。

□ **125**. I'm ready. 我準備好了。
I can handle it. 這我可以處理。
Bring it on. 放馬過來。

□ **126**. I'll do my best. 我會盡力。
I'll give my all. 我會盡全力。
I'll give one hundred percent. 我會盡全力。

**

124. ***have got to*** 必須 (= *have to*)　carefull〔'kɛrfəl〕*adj.* 小心的
make a mistake 犯錯　　thin〔θɪn〕*adj.* 薄的
ice〔aɪs〕*n.* 冰　　***on thin ice*** 如履薄冰；處於危險境地
I'm on thin ice. = I'm hanging by a thread.
　　【thread〔θrɛd〕*n.* 線　***hang by a thread*** 千鈞一髮；危在旦夕】
125. ready〔'rɛdɪ〕*adj.* 準備好的　　handle〔'hændl̩〕*v.* 處理
bring on 使發生；使出現
Bring it on. 使它發生吧，引申為「放馬過來；我跟你拼了。」
　　也可說成：I accept the challenge. (我接受這項挑戰。)
　　【challenge〔'tʃælɪndʒ〕*n.* 挑戰】
126. ***do one's best*** 盡力　　***give one's all*** 盡全力 (= *give it one's all*)
percent〔pə'sɛnt〕*n.* 百分之⋯
give one hundred percent 盡全力
I'll give one hundred percent. = I'll give it my all.
　　= I'll do as much as I can.

□ **127.** It's OK by me.   我沒問題。
       I'm fine with it.   我沒問題。
       I'm cool with it.   我沒問題。

□ **128.** I'm not afraid.   我不害怕。
       I don't fear you.   我不怕你。
       You don't scare me.   你嚇不了我。

□ **129.** You can defeat me, but   你可以打敗我,但絕對不可
       never win.   能成為贏家。
       You can kill me, but never   士可殺,不可辱。
       humiliate me.
       You can destroy me, but   你可以摧毀我,但絕不可能
       never conquer me.   征服我。

**

127. 這三句話意思相同。   OK〔'o'ke〕*adj.* 沒問題的
fine〔faɪn〕*adj.* 好的   *It's OK by me.*(我沒問題。)
    = It's OK with me. = It's fine with me. = I'm fine with it.
cool〔kul〕*adj.* 酷的;很棒的;令人滿意的
I'm cool with it. 我沒問題;我不介意;我無所謂;我覺得很好。
  (= *No problem.* = *It's not a problem for me.*)

128. afraid〔ə'fred〕*adj.* 害怕的   fear〔fɪr〕*v.* 害怕
scare〔skɛr〕*v.* 使驚嚇

129. defeat〔dɪ'fit〕*v.* 打敗   win〔wɪn〕*v.* 贏
humiliate〔hju'mɪlɪ,et〕*v.* 羞辱;使丟臉
destroy〔dɪ'strɔɪ〕*v.* 摧毀   conquer〔'kɑŋkɚ〕*v.* 征服
You can destroy me, but never conquer me. = You can ruin
   me, but you'll never control me. 【ruin〔'ruɪn〕*v.* 毀滅】

爭吵無贏家

爭吵無贏家，避開是最簡單的方法。在網路上罵我的人，我會回答：

It was painful.（我很痛苦。）
It hurt my feelings.（我很心痛。）
It was like a knife in the heart.
（這就像是一把刀，插在我的心上。）

這三句話，一說出來，外國人一定會佩服。可以再說三句：

I'm sad.（我很傷心。）
I feel bad.（我很難過。）
I'm unhappy about it.（我很難受。）

說「完美英語」能夠改變命運，愈說愈喜歡說。期待好朋友，和我在「快手」和「抖音」平台的百萬粉絲交流，快樂無比。

Join us for great learning.（我們一起學習。）
Join us for laughter and fun.（我們一起歡樂。）
Join us for friendship and support.（我們相互支持。）

感謝「大高雄補教協會」理事長劉秀鳳頒發獎牌！
很想再去一次，期待好朋友邀請！

2. 日常生活
Daily Life

用手機掃瞄聽錄音

1. 要早睡早起

☐ **130.** Oops! 　　　　　　　　　啊！

My bad! 　　　　　　　是我的錯！

Pardon me! 　　　　　對不起！

☐ **131.** Were you asleep? 　　　你在睡覺嗎？

Were you sleeping? 　　你在睡覺嗎？

Did I wake you up? 　　我吵醒你了嗎？

☐ **132.** I hope you weren't sleeping. 　我希望你沒在睡。

I hope I didn't wake you up. 　希望我沒有吵醒你。

I'm sorry if I woke you up. 　如果我吵醒你的話，我很

抱歉。

**

130. oops〔ups〕*interj.* 啊！【表示驚訝、驚慌或歉意】

bad〔bæd〕*n.* 壞的事物　　***my bad*** 是我不好；是我的錯

(= *my fault*)　　pardon〔'pɑrdṇ〕*v.* 原諒

Pardon me! 對不起！(= *I beg your pardon!*)

131. asleep〔ə'slip〕*adj.* 睡著的　　***wake sb. up*** 吵醒某人

夜裡打電話給別人時，可以說這三句話，要注意，三句話都用過去式。

132. hope〔hop〕*v.* 希望　　sorry〔'sɔrɪ〕*adj.* 抱歉的

☐ **133.** You're still up!　　　　　　　你還沒睡！

Why are you up so late?　　你爲什麼這麼晚還沒睡？

Why are you still awake?　　你爲什麼還沒睡？

♣ **早睡早起身體好**

☐ **134.** Hit the sack early.　　　　　　要早睡。

Rise and shine early.　　　　要早起。

You'll feel fresh and strong.　你會覺得神清氣爽、身體健壯。

☐ **135.** Go to bed early.　　　　　　　要早點上床睡覺。

Turn in early.　　　　　　　要早點睡。

Don't stay up late.　　　　　不要熬夜。

** ————————————————————————

133. still〔stɪl〕*adv.* 仍然；還是

up〔ʌp〕*adj.* 起來的；沒有睡覺的　　late〔let〕*adv.* 晚

Why are you up so late? 也可說成：Why are you still up?（你
爲什麼還沒睡？）Why aren't you in bed?（你爲什麼還沒睡？）

　　【*in bed* 在床上睡覺】　　awake〔ə'wek〕*adj.* 醒著的

134. hit〔hɪt〕*v.* 打；擊　　sack〔sæk〕*n.* 大袋

hit the sack 就寢；睡覺（= *hit the hay* = *turn in* = *go to bed*）

rise〔raɪz〕*v.* 上升；起床　　shine〔ʃaɪn〕*v.* 發光；發亮

rise and shine 快起床　　***Rise and shine early.*** 要早起。（= *Get
up early.*）　　fresh〔frɛʃ〕*adj.* 新鮮的；清爽的；有精神的

135. ***go to bed*** 上床睡覺　　***turn in*** 就寢

stay up 熬夜（= *sit up* = *burn the midnight oil*）

2. 該睡了

☐ 136. Time for bed. 　　　　　　睡覺的時間到了。
　　　　Turn off the light. 　　　　關燈。
　　　　Switch off the light. 　　　關燈。

☐ 137. I'm off to bed. 　　　　　　我要上床睡覺了。
　　　　It's bedtime. 　　　　　　睡覺的時間到了。
　　　　Time to crash. 　　　　　　該睡覺了。

☐ 138. Sleep well. 　　　　　　　　好好睡。
　　　　Sleep tight. 　　　　　　　好好睡。
　　　　Get a good night's sleep. 　要有一夜好眠。

∗∗ ────────────────

136. ***Time for bed.*** 是由 It's time for bed. 簡化而來。
　　turn off 關掉　　light〔laɪt〕*n.* 燈
　　switch off 關掉【「關燈」不能說成：*Close the light.*（誤）】

137. ***be off to bed*** 上床睡覺　　bedtime〔'bɛd,taɪm〕*n.* 就寢時間
　　crash〔kræʃ〕*v.* 睡；住宿；（飛機）墜毀
　　Time to crash. 源自 It's time to crash.
　　It's time to V. 該做…的時候到了

138. sleep〔slip〕*v. n.* 睡覺　　tight〔taɪt〕*adv.* 充分地
　　sleep tight 酣睡　　***a good night's sleep*** 一夜好眠

3. 起床

☐ 139. Wake up! 　　　　　　　　起床！
　　　　Get up! 　　　　　　　　起床！
　　　　Rise and shine! 　　　　快起床！

☐ 140. Wake up! 　　　　　　　　起床！
　　　　Open your eyes! 　　　　張開你的眼睛！
　　　　Don't let life pass you by. 　別讓你的生命匆匆流逝。

☐ 141. Wake up early. 　　　　　　早點起床。
　　　　Jump out of bed. 　　　　快起床。
　　　　Take on the day! 　　　　接受新的一天的挑戰！

＊＊ ————————————————

139. ***wake up*** 醒來；起床　　***get up*** 起床
　　rise〔raɪz〕*v.* 起床　　shine〔ʃaɪn〕*v.* 發光；發亮
　　rise and shine 快起床（= *get up*）

140. open〔'opən〕*v.* 張開　　let〔lɛt〕*v.* 讓
　　pass sb. by 從某人身旁過去；（某人）沒有從中受益；失之交臂
　　（*if something passes you by, it happens, but you get no*
　　advantage from it）

141. early〔'ɝlɪ〕*adj.* 早的　*adv.* 早　　jump〔dʒʌmp〕*v.* 跳
　　out of 離開　　***jump out of bed*** 從床上跳下來；快起床
　　take on 承擔；接受；接受～的挑戰

☐ **142.** I'm up.　　　　　　　　　我起來了。

　　　　 I'm awake.　　　　　　　　我醒了。

　　　　 I'm out of bed.　　　　　　我起床了。

☐ **143.** Are you up?　　　　　　　你起來了嗎？

　　　　 Are you awake?　　　　　　你醒了嗎？

　　　　 Are you conscious?　　　　你清醒了嗎？

☐ **144.** What a surprise!　　　　　真令人驚訝！

　　　　 You're up early!　　　　　你起得真早！

　　　　 You're an early riser.　　　你是個早起的人。

** ————————

142. 前兩句話意思相同。

　　　up〔ʌp〕*adj.* 起來的；沒有睡覺的　*adv.* 起來

　　　awake〔ə'wek〕*adj.* 醒著的　　*be out of bed* 起床

　　　I'm out of bed. 也可説成：I'm up and around.（我起床了。）

　　　【*be up and around* 起床到處走動】

143. conscious〔'kɑnʃəs〕*adj.* 神志清醒的；有意識的

144. surprise〔sə'praɪz〕*n.* 令人驚訝的事

　　　what〔hwɑt〕*adv.* 多麼【用於感嘆句】

　　　What a surprise! 真令人驚訝！

　　　early〔'ɝlɪ〕*adj.* 早的　*adv.* 早　　riser〔'raɪzɚ〕*n.* 起床者

　　　an early riser 早起者（↔ *a night owl* 夜貓子）

4. 早安

2.
日常生活

☐ **145.** Morning. | 早安。
How was your night? | 昨天晚上如何？
Did you sleep well? | 你睡得好嗎？

☐ **146.** Sleep well? | 睡得好嗎？
You OK? | 你還好嗎？
Ready for the day? | 準備好迎接新的一天了嗎？

【早上和同事、同學見面時，就可以這麼說】

☐ **147.** You look sleepy. | 你看起來很想睡。
You look sluggish. | 你看起來懶洋洋的。
Did you have a sleepless
night? | 你是不是沒睡好？

** ─────────────

145. ***Morning***. (早安。) 源自 Good morning. (早安。)

146. ***Sleep well?*** (睡得好嗎？) 是由 Did you sleep well? (你睡得好
嗎？) 簡化而來。 OK〔'o'ke〕*adj.* 好的；可以的
You OK? 是 Are you OK? (你還好嗎？) 的省略。
ready〔'rɛdɪ〕*adj.* 準備好的 ***Ready for the day?*** 是 Are you
ready for the day? (你準備好迎接新的一天了嗎？) 的省略。

147. sleepy〔'slipɪ〕*adj.* 想睡的
sluggish〔'slʌgɪʃ〕*adj.* 遲鈍的；呆滯的；行動緩慢的 (= *dull*)
sleepless〔'sliplɪs〕*adj.* 失眠的
have a sleepless night 一整晚沒睡；失眠

5. 睡得很熟

□ **148.** Not a word was spoken.　沒有人說話。
Not a sound was heard.　沒聽到任何聲音。
It was nothing but crickets!　除了蟋蟀聲之外，什麼聲音都沒有！

□ **149.** I fell asleep quickly.　我很快就睡著了。
I was out like a light.　我立刻就睡著了。
I slept deeply.　我睡得很熟。

□ **150.** I slept like a baby.　我睡得很熟。
I slept like a log.　我睡得很熟。
I slept like a dead man.　我睡得像死豬一樣。

**

148. word〔wɝd〕*n.* 字；言語；話　***Not a word was spoken.*** 也可說成：No one said anything.（沒有人說話。）
Not a sound was heard. 也可說成：It was silent.（安靜無聲。）
but〔bʌt〕*prep.* 除了　cricket〔'krɪkɪt〕*n.* 蟋蟀
It was nothing but crickets!（除了蟋蟀聲之外，什麼聲音都沒有！）
強調非常安靜，也可引申為「沒有人回應！」

149. fall〔fɔl〕*v.* 變成（某種狀態）　asleep〔ə'slip〕*adj.* 睡著的
fall asleep 睡著　***out like a light*** 立刻入睡；突然昏倒【比喻睡著的速度就像關燈一樣快，幾乎同時發生】
I was out like a light. = I fell asleep quickly.（我很快就睡著了。）
deeply〔'dipli〕*adv.* 深深地；徹底地
I slept deeply. 我睡得很熟。（= *I slept soundly.*）

150. baby〔'bebɪ〕*n.* 嬰兒　***sleep like a baby*** 睡得很沈；熟睡
log〔lɔg, lɑg〕*n.* 圓木　***sleep like a log*** 睡得很沈；熟睡
I slept like a dead man. 也可說成：I slept like the dead.「我睡得像死人一樣。」表示「我睡得很熟。」【*the dead* 死者】

6. 睡過頭

☐ **151.** I got up late. 　　　　　　　　　　我很晚才起床。

　　　 I woke up late. 　　　　　　　　　我很晚才起床。

　　　 I didn't hear my alarm. 　　　　　我沒聽到鬧鐘響。

　　　【遲到時，你可以說這三句話】

☐ **152.** I slept in. 　　　　　　　　　　　我睡到很晚才起床。

　　　 I slept late. 　　　　　　　　　　我睡到很晚才起床。

　　　 I overslept. 　　　　　　　　　　我睡過頭了。

☐ **153.** I stayed up late. 　　　　　　　　我熬夜到很晚。

　　　 I went to bed late. 　　　　　　　我很晚才睡。

　　　 I hit the sack after midnight. 　　我半夜十二點以後才睡。

** ─────────────────

151. ***get up*** 起床

　　 late〔let〕*adv.* 晚；很晚地　　***wake up*** 醒來；起床

　　 alarm〔ə'lɑrm〕*n.* 鬧鐘（ = *alarm clock*）

152. ***sleep in*** 睡到很晚才起床（ = *get up late* = *sleep later than usual*）

　　 sleep late 睡到很晚才起床（ = *get up late*）

　　 oversleep〔'ovɚ'slip〕*v.* 睡過頭

153. ***stay up*** 熬夜（ = *sit up*）　　***go to bed*** 上床睡覺

　　 hit〔hɪt〕*v.* 打；擊　　sack〔sæk〕*n.* 大袋　　***hit the sack*** 睡覺

　　（ = *hit the hay* = *turn in* = *go to bed* = *go to sleep*）

　　 midnight〔'mɪd,naɪt〕*n.* 午夜；半夜十二點

7. 找東西

☐ **154.** Where's my phone?　　　　　　　我的手機在哪裡？
I misplaced it.　　　　　　　　　　我忘了放在哪裡了。
I can't find it.　　　　　　　　　　我找不到。

☐ **155.** I can't find my phone.　　　　　我找不到我的手機。
It's disappeared.　　　　　　　　它消失了。
It's vanished into thin air.　　　　它消失得無影無蹤。

☐ **156.** I misplaced my phone.　　　　　我忘了把手機放在哪裡了。
I've searched high and low.　　　我到處都找過了。
Can you help me look for it?　　你能幫我找嗎？

** ————————————

154. phone〔fon〕*n.* 電話【在此指 cell phone（手機）】
misplace〔mɪs'ples〕*v.* 將⋯放錯位置；不知道把⋯放在何處
155. disappear〔͵dɪsə'pɪr〕*v.* 消失
vanish〔'vænɪʃ〕*v.* 消失（= *disappear*）
air〔ɛr〕*n.* 空氣　　***into thin air*** 無影無蹤；不留痕跡地
vanish/disappear into thin air 消失得無影無蹤（= *vanish/ disappear completely*）
156. search〔sɝtʃ〕*v.* 搜尋　　***high and low*** 上上下下；到處
look for 尋找

2. 日常生活

☐ **157.** I'm missing my phone.　　　　　　我的手機不見了。

　　　I can't find it anywhere!　　　　　我到處都找不到！

　　　It's not in the usual place.　　　　它不在平常會在的地方。

☐ **158.** It's gone.　　　　　　　　　　它不見了。

　　　It's not around.　　　　　　　　附近都沒有。

　　　It's nowhere to be found.　　　　到處都找不到。

☐ **159.** It's missing.　　　　　　　　　它不見了。

　　　It's just gone.　　　　　　　　它就是消失了。

　　　Please help me look.　　　　　　請幫我找一下。

**─────────

157. miss〔mɪs〕*v.* 發覺…不見了

phone〔fon〕*n.* 電話；手機（ = *cell phone* ）

I'm missing my phone. 我的手機不見了。

= I can't find my phone. = I don't know where my phone is.

= I've lost my phone.

anywhere〔'ɛnɪ͵hwɛr〕*adv.* 任何地方

usual〔'juʒʊəl〕*adj.* 平常的；通常的

158. gone〔gɑn〕*adj.* 離去的；不見了的；遺失了的

around〔ə'raʊnd〕*adv.* 在附近

nowhere〔'no͵hwɛr〕*adv.* 什麼地方都沒有

159. missing〔'mɪsɪŋ〕*adj.* 找不到的；失蹤的

look〔lʊk〕*v.* 看；尋找

8. 安慰

□ **160.** There, there.　　好了，好了。
You'll be all right.　　你會沒問題的。
You're gonna be okay.　　你會沒問題的。

□ **161.** It's okay.　　沒關係。
Nobody is perfect.　　沒有人是完美的。
We all make mistakes.　　我們都會犯錯。

□ **162.** Let it go.　　算了吧。
Just forget about it.　　就忘了吧。
Put it out of your mind.　　把它忘了吧。

**_____

160. ***there, there*** 好了，好了【用於安慰】　　***all right*** 好的；沒問題的
gonna〔ˈgɔnə〕將會（= *going to* ）
okay〔oˈke〕*adj.* 好的；沒問題的（= *OK* = *O.K.* ）

161. perfect〔ˈpɝfɪkt〕*adj.* 完美的
mistake〔məˈstek〕*n.* 錯誤　　***make a mistake*** 犯錯

162. ***let it go*** 隨它去；放下吧；忘了吧　　just〔dʒʌst〕*adv.* 就
forget〔fəˈgɛt〕*v.* 忘記　　***forget about*** 忘記；對…不放在心上
put* sth. *out of your mind 忘掉…
Put it out of your mind. 把它忘了吧。（= *Forget about it.* ）

9. 丟垃圾、應門

2.
日
常
生
活

☐ 163. It's garbage.   它是垃圾。

It's trash.   它是垃圾。

Throw it away.   把它丟掉。

☐ 164. Toss it.   扔了它。

Throw it out.   把它丟出去。

Get rid of it.   把它丟掉。

☐ 165. I got the door.   我來開門。

I'll get the door.   我來開門。

I'll open it.   我來開。

**

163. garbage〔'gɑrbɪdʒ〕*n.* 垃圾

trash〔træʃ〕*n.* 垃圾 (= *garbage* = *junk*)

throw away 丟掉

164. toss〔tɔs〕*v.* 拋；扔；投擲   ***throw out*** 丟出去

get rid of 擺脫；除去；消除；丟棄

165. get〔gɛt〕*v.* 處理；應付 (電話、門鈴等需要馬上處理的狀況)

get the door 開門 (= *open the door*)

表示「我來開門。」可以用 I got the door. 和 I'll get the door.，

在此用過去式和未來式皆可。

10. 看電視

□ 166. Turn it on.　　　　　　　　　把它打開。
　　　　Turn it up.　　　　　　　　開大聲一點。
　　　　Change the channel.　　　　　轉台。

□ 167. Poor thing.　　　　　　　　　眞可憐。
　　　　I feel sorry for it.　　　　　我爲牠感到難過。
　　　　It's pitiful.　　　　　　　　牠很可憐。

□ 168. I watched TV all day.　　　　　我看電視看了一整天。
　　　　I watched videos all weekend.　我整個週末都在看影片。
　　　　I binge-watched like crazy!　　我瘋狂追劇！

**————————————————————————————

166. **turn on** 打開（電源）　　　**turn up** 開大聲
　　change〔tʃendʒ〕*v.* 改換；變更　　channel〔'tʃænl̩〕*n.* 頻道
　　change the channel 轉台（= *switch the channel*）
167. poor〔pur〕*adj.* 可憐的；不幸的
　　poor thing 可憐的人；可憐的傢伙；眞可憐
　　sorry〔'sɔrɪ〕*adj.* 難過的
　　pitiful〔'pɪtɪfəl〕*adj.* 可憐的；令人同情的

168. **all day** 整天　　video〔'vɪdɪ,o〕*n.* 影片
　　weekend〔'wik'ɛnd〕*n.* 週末　　binge〔bɪndʒ〕*n.* 狂飲；狂歡
　　binge-watch *v.* 連續看電視節目；追劇　　crazy〔'krezɪ〕*adj.* 瘋狂的
　　like crazy 拚命地；猛烈地　　**I binge-watched like crazy!**（我瘋
　　狂追劇！）也可說成：I watched one episode after another!（我
　　一集接著一集看！）【episode〔'ɛpə,sod〕*n.* 一集】

11. 講電話

2.
日
常
生
活

□ 169. Who's calling? 請問是哪位？
　　　 Who's speaking? 請問是哪位？
　　　 Who is this, please? 請問是哪位？
　　　【接電話時，可說這三句】

□ 170. We keep calling each other. 我們一直打電話給對方。
　　　 We've had no luck 我們運氣不好，一直沒接通。
　　　　connecting.
　　　 We've been playing phone 我們一直在玩電話捉迷藏。
　　　　tag.

□ 171. Let's meet in person. 我們見個面吧。
　　　 Let's talk face to face. 我們面對面談吧。
　　　 That's better than over the 那比透過電話好。
　　　　phone.

** ───────────────

169. 這三句話是電話用語，意思相同，都表示「請問是哪位？」
　　 call〔kɔl〕v. 打電話；打電話給（某人）
170. ***each other*** 彼此　　luck〔lʌk〕n. 運氣
　　 connect〔kə'nɛkt〕v. 連接；接通
　　 tag〔tæg〕n. 捉人遊戲；捉迷藏【一個跑、一個追】
　　 play phone tag 玩電話捉迷藏【是指當你打電話找某人，他沒接到，
　　　而他打來，你又沒接到的情況】
171. meet〔mit〕v. 會面　　***in person*** 親自地；本人；當面地
　　 face to face 面對面地　　***over the phone*** 透過電話

12. 使用手機

□ 172. I can't hear you well.　　　　　我無法聽清楚你說的話。

The connection is bad.　　　　信號很差。

It's not clear.　　　　　　　　聽不清楚。

□ 173. Who's calling you?　　　　　　誰打電話給你？

Who's on the phone?　　　　　電話中的是誰？

Mind if I ask?　　　　　　　　介意我問你嗎？

□ 174. Who are you texting?　　　　　你在傳簡訊給誰？

Who is the lucky person?　　　那個幸運兒是誰？

Hope I'm not being too nosy.　希望我不會太多管閒事。

** ————————————————

172. connection〔kə'nɛkʃən〕*n.* 連接；（通訊的）信號

The connection is bad. *也可説成*：We have a bad connection.

（我們的信號很差。）　　clear〔klɪr〕*adj.* 清楚的

173. call〔kɔl〕*v.* 打電話給（某人）

on the phone 在電話中　　mind〔maɪnd〕*v.* 介意

Mind if I ask? *源自* Do you mind if I ask?（你介意我問你嗎？）

174. text〔tɛkst〕*v.* 傳簡訊給　　lucky〔'lʌkɪ〕*adj.* 幸運的

hope〔hop〕*v.* 希望

nosy〔'nozɪ〕*adj.* 愛問東問西的；多管閒事的

Hope I'm not being too nosy. *源自* I hope I'm not being too
nosy.

♣ 手機快沒電了

□ **175.** My phone is low. 　　　　　　我的手機快沒電了。
　　　 It's almost dead. 　　　　　　它幾乎沒電了。
　　　 I need to charge it. 　　　　　　我需要替它充電。

□ **176.** My phone's almost dead. 　　　　我的手機快要沒電了。
　　　 My battery is low. 　　　　　　我的電池快沒電了。
　　　 It's almost out of juice. 　　　　它幾乎沒電了。

□ **177.** My phone is dead. 　　　　　　我的手機沒電了。
　　　 My phone is out. 　　　　　　我的手機沒電了。
　　　 I need to charge it up. 　　　　我需要充電。

**————————

175. phone〔fon〕*n.* 電話【在此指 cell phone（手機）】
　　 low〔lo〕*adj.* 低的；能量快耗盡的；不夠的；缺乏的
　　 My phone is low. 可說成：My phone is running low. 或
　　　 My phone is getting low. 意思相同。【run〔rʌn〕*v.* 變得】
　　 almost〔'ɔl,most〕*adv.* 幾乎；快要
　　 dead〔dɛd〕*adj.* 沒電的　　 charge〔tʃɑrdʒ〕*v.* 給…充電
176. battery〔'bætərɪ〕*n.* 電池
　　 My battery is low. 「我的電池的電是很低。」也就是「我的電池快沒
　　　 電了。」(= *My battery is running low.*)【***run low*** 缺乏】
　　 juice〔dʒus〕*n.* 果汁；電力　　 ***out of juice*** 沒電了；沒油了
177. out〔aut〕*adj.* 故障的；耗盡的
　　 My phone is out. 有兩個意思：①我的手機故障了。
　　　 ②我的手機沒電了。　　 ***charge…up*** 給…充電（= *charge*）

□ **178**. Attach the cord. 要接上充電線。
Plug it in. 要把它的插頭插入插座。
Charge it up. 要替它充電。

♣ **將手機關靜音**

□ **179**. Put your phones on silent. 請將你們的手機關靜音。
Turn your phones off. 把你們的手機關掉。
Pay attention in class. 上課要專心。

♣ **用手機付款**

□ **180**. Use your phone. 用你的手機。
Scan the QR code on the wall. 掃瞄牆上的 QR 碼。
Order and pay on your phone. 用你的手機訂餐並付錢。

QR code

**

178. attach〔ə'tætʃ〕*v.* 黏；貼；接上
cord〔kɔrd〕*n.* 細繩；電線　***Attach the cord.*** 接上
充電線。(= ***Connect the cord.***)　***plug in*** 把⋯的插頭插入插座
Plug it in. 也可說成：Plug it in to the wall. (把它的插頭插入牆上
的插座。)　***charge up*** 給⋯充電 (= ***charge***)

179. put〔put〕*v.* 使處於 (某種狀態)
phone〔fon〕*n.* 電話【在此指 cell phone (手機)】
silent〔'saɪlənt〕*adj.* 寂靜無聲的　***put⋯on silent*** 將⋯關靜音
(= ***put⋯on silent mode***)　***turn off*** 關掉 (電源)
attention〔ə'tɛnʃən〕*n.* 注意；專心　***pay attention*** 注意；專心

180. scan〔skæn〕*v.* 掃瞄　code〔kod〕*n.* 代碼；電碼
QR code QR 碼；二維條碼　order〔'ɔrdɚ〕*v.* 訂購；點餐
pay〔pe〕*v.* 付錢　***on one's phone*** 用電話

13. 自拍

☐ **181**. Let's take a selfie.   我們來自拍吧。
　　　　Come stand by me.   來站在我的旁邊。
　　　　Closer, ready, smile!   靠近一點，準備好，微笑！

☐ **182**. I'm awful at pictures.   我拍照的技術很糟。
　　　　I take lousy photos.   我拍的照片很差。
　　　　Would you mind?   你介意嗎？

☐ **183**. My, how interesting!   天啊，真是有趣！
　　　　Mind if I ask?   介意我問嗎？
　　　　Who's that in the picture?   那張照片裡面的是誰？

**

181. take〔tek〕*v.* 拍（照）　　selfie〔'sɛlfɪ〕*n.* 自拍
　　by〔baɪ〕*prep.* 在…旁邊　　***Come stand by me.*** （來站在我的旁
　　邊。）源自 Come and stand by me. 或 Come to stand by me.
　　close〔klos〕*adj.* 靠近的　　ready〔'rɛdɪ〕*adj.* 準備好的
　　smile〔smaɪl〕*v.* 微笑　　***Closer, ready, smile!*** = Get closer!
　　Get ready! Smile!【拍照用語】
182. awful〔'ɔfḷ〕*adj.* 可怕的；很糟的　　picture〔'pɪktʃɚ〕*n.* 照片
　　I'm awful at pictures. 也可說成：I'm not a good photographer.
　　（我不擅長拍照。）【photographer〔fə'tɑgrəfɚ〕*n.* 攝影師】
　　lousy〔'lauzɪ〕*adj.* 差勁的　　photo〔'foto〕*n.* 相片（= *photograph*）
　　take photos 拍照　　mind〔maɪnd〕*v.* 介意
　　說 ***Would you mind?*** 比 Do you mind? 更客氣。
183. my〔maɪ〕*interj.* 天啊；哎呀【表示驚訝、疑惑等】
　　how〔hau〕*adv.* 多麼地　　interesting〔'ɪntrɪstɪŋ〕*adj.* 有趣的
　　Mind if I ask? 源自 Do you mind if I ask? （如果我問的話，
　　你介意嗎？）

14. 趕時間

☐ **184**. I'm in a hurry.　　　　　　　我在趕時間。

I'm in a rush.　　　　　　　　我在趕時間。

I don't have all day.　　　　　我沒有很多時間。

☐ **185**. My time is limited.　　　　　我的時間有限。

I have to go fast.　　　　　　我必須趕快。

I have no time to waste.　　　我沒有時間可以浪費。

☐ **186**. Time is running out.　　　　　時間快到了。

Time is almost gone.　　　　　時間就快沒有了。

We don't have much time left.　我們剩下的時間不多了。

**————————————————————

184. hurry〔`ˈhɝɪ`〕*n.* 匆忙　　***in a hurry*** 匆忙

rush〔`rʌʃ`〕*n.* 匆忙　　***in a rush*** 匆忙 (= *in a hurry*)

I don't have all day. 字面的意思是「我沒有一整天。」也就是「我
　沒有很多時間。」(= *I don't have a lot of time.*) 如果要用來抱怨
　對方拖拖拉拉,讓你等得不耐煩時,就可翻成「我沒時間跟你耗。」

185. limited〔`ˈlɪmɪtɪd`〕*adj.* 有限的　　go〔`go`〕*v.* 移動;前進;開始行動

go fast 趕快 (= *move fast* = *do something quickly*)

waste〔`west`〕*v.* 浪費

186. 這三句是同義句。　　***run out*** 用完;耗盡;(時間)到了

Time is running out. 時間快到了。(= *Time is almost up.*)

　　【up〔`ʌp`〕*adv.* (時間)到】

gone〔`gɔn`〕*adj.* 離去的;不復存在的;用光了的

Time is almost gone. 時間就快沒有了。(= *Time is almost up.*)

left〔`lɛft`〕*adj.* 剩下的

□ **187.** Okay!　　　　　　　　　好！

Okey-dokey!　　　　　可以！

All right.　　　　　　　沒問題。

□ **188.** Wait a minute.　　　　等一下。

Just a minute.　　　　　等一下。

Hold on for just a minute.　等一下就好。

【這三句中的 minute，都可代換成 second 或 moment】

□ **189.** Won't be long.　　　　　不會很久。

Coming real soon.　　　很快就來。

Coming right up.　　　　馬上來。

** ――――――――――

187. 這三句話意思相同。　　okay〔'oke〕*adj.* 好的；可以的；沒問題的
(*= OK = O.K. = okey-dokey*〔͵okɪ'dokɪ〕*= all right*)

188. 這三句話意思相同。　　minute〔'mɪnɪt〕*n.* 分鐘；片刻
hold on (稍等) 這個片語源自打電話時，叫人「抓住話筒不要放」
(*= wait and not hang up the telephone*)，現在即使不在電話中，
也被普遍地使用。如果要加強語氣，可說：Hold on for just one
minute. (只要等我一分鐘就好。)

189. 當有人在等待某物時，就可跟他說這三句話。
long〔lɔŋ〕*adj.* 費時很久的　　***Won't be long.*** 源自 It won't be
long. 也可說成：It will be here soon. (很快就來。)
real〔'riəl〕*adv.* 真正地；非常　　soon〔sun〕*adv.* 很快地
Coming real soon. 源自 It's coming real soon. (很快就來。)
come up 出現　　right〔raɪt〕*adv.* 立刻；馬上
Coming right up. (你的餐點) 馬上來。(*= Right away.*) 源自 It's
coming right up. 也可說成：I will bring you what you have
asked for. (我會把你要的拿來給你。)【通常是服務生會說的話】

☐ **190**. Something came up.　　　　　有事情發生了。
　　 Something happened.　　　　有事情發生了。
　　 I got held up.　　　　　　　我被耽擱了。

☐ **191**. I'm running late.　　　　　我要遲到了。
　　 I'm behind schedule.　　　　我會晚到。
　　 I can't make it on time.　　我無法準時到達。

☐ **192**. I'm in a jam.　　　　　　我有困難。
　　 I'm in a pickle.　　　　　我有困難。
　　 I'm in trouble.　　　　　我有麻煩。

**

^{190.} ***come up*** 發生（ = *happen* ）　　happen〔ˋhæpən〕*v.* 發生
hold up 妨礙；阻止；耽擱（ = *delay* ）

^{191.} run〔rʌn〕*v.* 變成；變得　　late〔let〕*adj.* 遲到的
be running late 要遲到了；會遲到
I'm running late. 也可說成：I'm late.（我遲到了。）
schedule〔ˋskɛdʒul〕*n.* 時間表　　***behind schedule*** 比預定的時間晚
I'm behind schedule.（ = *I'm late.* ）表示「事情花費的時間比我預期的要久。」（ = *This is taking longer than I expected.* ）
make it 成功；辦到；能來　　***on time*** 準時

^{192.} 這三句話意思相同。
jam〔dʒæm〕*n.* 果醬；擁塞；困境（ = *difficult situation* ）
be in a jam 處於困境（ = *be in trouble* ）【jam 的基本意思是「堵住；阻塞」，所以可用來指「塞車」或「困難的情況」】
pickle〔ˋpɪkl̩〕*n.* 醃菜；泡菜；窘境；苦境
be in a pickle 陷入困難；處於窘境（ = *be in trouble* ）【源自各種蔬菜被醃漬成為泡菜，全都混雜在一起，很難分辨，故比喻「情況艱難」】
trouble〔ˋtrʌbl̩〕*n.* 麻煩　　***be in trouble*** 有麻煩

15. 求救

☐ **193.** I sense trouble is coming. 我覺得麻煩就要來了。
Something bad is on its way. 有不好的事要發生了。
There's a storm on the horizon. 有風暴即將來臨。

♣ 遇到緊急狀況，打電話求救

☐ **194.** Emergency! 緊急情況！
Call an ambulance! 叫救護車！
Give our address! 報我們的住址！

☐ **195.** I have an emergency. 我有緊急情況。
I need help right away. 我立刻需要幫助。
I'm at 1234 Main Street. 我在主街 1234 號。

**

193. sense〔sɛns〕v. 感覺到；察覺 ***be on*** *one's **way*** 在進行中；接近
Something bad is on its way. 有不好的事要發生了。(= *Something
bad is going to happen*.) storm〔stɔrm〕n. 暴風雨；風暴
horizon〔hə'raɪzn〕n. 地平線 ***on the horizon*** 即將來臨的
There's a storm on the horizon. 也可說成：Something bad is
going to happen. (有不好的事情要發生了。)
194. emergency〔ɪ'mɜdʒənsɪ〕n. 緊急情況
call〔kɔl〕v. 叫；打電話給 ambulance〔'æmbjələns〕n. 救護車
give〔gɪv〕v. 提供；說出 address〔ə'drɛs , 'ædrɛs〕n. 住址
Give our address! = Tell them our address!
195. ***I have an emergency***. 也可說成：There is an emergency.
(有緊急事件。) ***right away*** 立刻
I need help right away. 也可說成：I need help ASAP. (我需要
盡快的協助。)【***ASAP*** 盡快 (= *as soon as possible*)】
main〔men〕adj. 主要的

16. 要出門了

□ **196.** What a relief!　　　　　　　眞是令人鬆了一口氣！

It's a weight off my back.　　　我如釋重負。

It's a load off my mind.　　　　我放下心中的大石頭。

□ **197.** Today is my big day.　　　　今天是我的重要日子。

Wish me luck.　　　　　　　　祝我好運。

Cross your fingers for me.　　　要爲我祈求好運。

cross your
fingers

□ **198.** So long.　　　　　　　　　再見。

Catch you later.　　　　　　　待會見。

See you around.　　　　　　　待會見。

【「再見」不要總是説 Good-bye.，可説這三句話】

** _____

196. relief〔rɪˋlif〕*n.* 放心；鬆了一口氣

weight〔wet〕*n.* 重量；重物　　off〔ɔf〕*prep.* 脱離

back〔bæk〕*n.* 背　　*a weight off one's back* 如釋重負

load〔lod〕*n.* 重擔　　mind〔maɪnd〕*n.* 心；精神

a load off one's mind 解除心中的重擔（= *a weight off one's mind*
= *a weight off one's shoulders*）【shoulders〔ˋʃoldɚz〕*n. pl.* 肩膀】

197. big〔bɪg〕*adj.* 重要的　　wish〔wɪʃ〕*v.* 祝（某人）…

luck〔lʌk〕*n.* 運氣；幸運　　cross〔krɔs〕*v.* 使交叉

cross one's fingers（交叉手指）祈求好運

198. *so long* 再見　　catch〔kætʃ〕*v.* 抓到；找到

later〔ˋletɚ〕*adv.* 之後；隨後　　around〔əˋraʊnd〕*adv.* 在附近

see you around ①在附近看見你 ②待會見；再見（= *see you later*）

17. 想談一談

2.
日常生活

□ 199. Pardon me. 對不起。
Excuse me. 對不起。
Sorry to bother you. 抱歉打擾你。

□ 200. Got a minute? 有時間嗎？
Can we talk? 我們能談一談嗎？
Can we have a word? 我們能談一談嗎？

□ 201. Have a sec? 有時間嗎？
Have a moment? 有時間嗎？
Can we have a quick talk? 我們能很快地談一下嗎？

** ————————————————

199. pardon〔'pɑrdn̩〕*v. n.* 原諒
Pardon me. 對不起。(= *I beg your pardon.*)
excuse〔ɪk'skjuz〕*v.* 原諒　　bother〔'bɑðɚ〕*v.* 打擾
Sorry to bother you. 源自 I'm sorry to bother you.

200. minute〔'mɪnɪt〕*n.* 分鐘；一會兒；片刻
Got a minute? 是由 Have you got a minute? (你有時間嗎？)
省略而來。【*have got* 有】　　talk〔tɔk〕*v. n.* 談話
word〔wɝd〕*n.* (單獨進行的) 簡短的交談
have a word 簡短談幾句

201. sec〔sɛk〕*n.* 片刻；一會兒
Have a sec? 源自 Do you have a sec? (你有時間嗎？)
moment〔'momənt〕*n.* 片刻　　*Have a moment?* 源自 Do you
have a moment? 也可說成：Have a few seconds? (有一點時
間嗎？)【second〔'sɛkənd〕*n.* 秒；瞬間；片刻】
quick〔kwɪk〕*adj.* 快的　　*Can we have a quick talk?* 也可說
成：Can we talk for a second? (我們可以談一下嗎？)

♣ 問別人有空嗎

☐ **202.** Do you have time? ｜ 你有時間嗎？
Are you free right now? ｜ 你現在有空嗎？
Are you available? ｜ 你有空嗎？

☐ **203.** Am I bothering you? ｜ 我有打擾到你嗎？
Am I disturbing you? ｜ 我有打擾到你嗎？
I hope not. ｜ 我希望沒有。

☐ **204.** Can we talk alone? ｜ 我們可以單獨談談嗎？
Can we speak in private? ｜ 我們可以私底下談談嗎？
Can I have a word with you? ｜ 我可以和你談一談嗎？

2. 日常生活

**

202. free〔fri〕*adj.* 有空的　***right now*** 現在
available〔ə'veləbḷ〕*adj.* 有空的
203. bother〔'bɑðə〕*v.* 打擾　disturb〔dɪ'stɜb〕*v.* 打擾
hope〔hop〕*v.* 希望
I hope not. 源自 I hope I'm not bothering you.（我希望我沒有
打擾到你。）可加強語氣說成：I really hope not.（我真的希望
沒有。）
204. talk〔tɔk〕*v.* 談話　alone〔ə'lon〕*adv.* 單獨地
private〔'praɪvɪt〕*adj.* 私人的　***in private*** 私底下地
word〔wɜd〕*n.* 談話　***have a word with*** *sb*. 和某人談一談

18. 告知重要消息

☐ 205. Big news.　　　　　　　　　　　　大消息。

Did you hear?　　　　　　　　　　你聽說了嗎？

Everyone's talking about it.　　　每個人都在談論這件事。

☐ 206. I have some good news.　　　　　我有一些好消息。

I have some bad news.　　　　　我有一些壞消息。

Which do you want to hear　　　你想要先聽哪一個？
　　　first?

☐ 207. Guess what?　　　　　　　　　　猜猜看發生什麼事？

Have you heard?　　　　　　　　你聽說了嗎？

You won't believe it.　　　　　你不會相信的。

**　　——————————

205. news 〔 njuz 〕 *n.* 新聞；消息

　　　hear 〔 hɪr 〕 *v.* 聽說　　***talk about*** 談論

206. first 〔 fɝst 〕 *adv.* 先

207. guess 〔 gɛs 〕 *v.* 猜　　***Guess what?*** 猜猜看發生什麼事？

　　　believe 〔 bɪˈliv 〕 *v.* 相信

□ **208.** Please listen.　　　　　　　　　　　請仔細聽。

I have something to tell you.　　　　我有件事要告訴你。

I have important news.　　　　　　　我有重要的消息。

□ **209.** I bring news.　　　　　　　　　　　我帶來消息。

I have information.　　　　　　　　　我有消息要給你。

You must hear it.　　　　　　　　　　你必須聽一下。

□ **210.** It's just out.　　　　　　　　　　　這是最新的。

It's the latest news.　　　　　　　　這是最新消息。

It's hot off the press.　　　　　　　這是最新消息。

**

208. listen〔'lɪsn̩〕*v.* 傾聽；注意聽

important〔ɪm'pɔrtn̩t〕*adj.* 重要的

news〔njuz〕*n.* 消息；新聞【不可數名詞】

209. bring〔brɪŋ〕*v.* 帶來　　*I bring news.* 可加長爲：I bring news
for you.（我帶來消息要給你。）

information〔ˌɪnfɚ'meʃən〕*n.* 消息；訊息；資訊【不可數名詞】

I have information. 源自 I have information for you. 要注意
information 不可數，不可説成：*I have an information.*【誤】

210. just〔dʒʌst〕*adv.* 剛剛　　out〔aʊt〕*adv.* 出來

It's just out.「這剛剛出來。」也就是「這是最新的。」也可説成：
It's just been released.（這是剛剛公布的。）

【release〔rɪ'lis〕*v.* 公開】

latest〔'letɪst〕*adj.* 最新的　　hot〔hɑt〕*adj.* 熱的；（報導）最新的

off〔ɔf〕*prep.* 離開　　press〔prɛs〕*n.* 印刷

hot off the press「剛印好的；剛出版的」，引申爲「（新聞）最新的」。

♣ 覺得驚訝

□ 211. What did you say?   你說什麼？

My mind was elsewhere.   我心不在焉。

I was thinking about   我正在想別的事。

    something else.

□ 212. Since when?   從什麼時候開始的？

First time I've heard that!   我第一次聽到那件事！

That's news to me!   那對我來說是新聞！

□ 213. You can't be serious!   你不可能是認真的！

You must be kidding!   你一定是在開玩笑！

Don't make me laugh!   不要讓我笑！

**

211. mind〔maɪnd〕*n.* 心；想法　　elsewhere〔'ɛls,hwɛr〕*adv.* 在別處
My mind was elsewhere. 我的心在別處，也就是「我心不在焉。」
(= *I was distracted.* = *I wasn't paying attention.*)〖distract
〔dɪ'strækt〕*v.* 使分心　　*pay attention* 注意〗
think about 想到；考慮　　else〔ɛls〕*adj.* 其他的
212. since〔sɪns〕*prep.* 自從　　*first time* 第一次
First time I've heard that! 源自 This is the first time I've heard
that! (這是我第一次聽到那件事！)　　news〔njuz〕*n.* 新聞
213. *can't* + *V.* 不可能…　　serious〔'sɪrɪəs〕*adj.* 認真的
must + *V.* 一定…　　kid〔kɪd〕*v.* 開玩笑　　laugh〔læf〕*v.* 笑

♣ **You don't say!**（不會吧！）

☐ **214.** You don't say!　　　　　　不會吧！

　　　Is that true?　　　　　　　那是眞的嗎？

　　　It's hard to believe.　　　　很難相信。

☐ **215.** You blow my mind!　　　你使我震驚！

　　　You blow me away!　　　你使我很震撼！

　　　You truly amaze me!　　　你眞的使我大吃一驚！

☐ **216.** I was unprepared.　　　　我沒有準備。

　　　It was unexpected.　　　　這完全出乎意料。

　　　You caught me off guard.　你使我措手不及。

** ────────────

214. ***You don't say!***【用以表達驚奇】不會這樣吧！；不至於吧！；
　　　眞的嗎！也可説成：What a surprise!（眞令人驚訝！）
　　　That's amazing!（眞令人驚訝！）
　　　hard〔hɑrd〕*adj.* 困難的　　believe〔bɪ'liv〕*v.* 相信

215. blow〔blo〕*v.* 吹；使爆炸
　　　blow one's mind 令人十分震驚；令人昏頭
　　　blow sb. away 使某人震驚　　truly〔'trulɪ〕*adv.* 眞地
　　　amaze〔ə'mez〕*v.* 使驚訝；使大吃一驚

216. unprepared〔͵ʌnprɪ'pɛrd〕*adj.* 沒有準備的
　　　unexpected〔͵ʌnɪk'spɛktɪd〕*adj.* 出乎意料的；意想不到的
　　　guard〔gɑrd〕*n.* 警戒　　***off* (one's) *guard*** 沒有提防；沒有防備
　　　catch sb. off guard 使某人措手不及

♣ **You don't say.** (可不是嗎。)

☐ **217.** You don't say.   可不是嗎。

I'm not surprised.   我並不驚訝。

That's no surprise.   那一點都不令人驚訝。

☐ **218.** No problem.   沒問題。

I don't mind.   我不介意。

Fine with me!   我沒問題！

☐ **219.** I know what you're saying.   我知道你在說什麼。

I know what you mean.   我知道你的意思。

Great minds think alike.   【諺】英雄所見略同。

** ───────────

217. ***You don't say.*** ①不會這樣吧。【表示驚訝】 ②可不是嗎。【用在別人講
了一件大家都看得出來的事，帶有諷刺的語氣】也可説成：That's not
surprising at all. (那一點都不令人驚訝。) 或 That was to be
expected. (那是預料得到的。) 【 *not…at all* 一點也不】
surprise〔səˋpraɪz〕*v.* 使驚訝　*n.* 驚訝
no〔no〕*adv.* 一點…也沒有

218. problem〔ˋprɑbləm〕*n.* 問題　　mind〔maɪnd〕*v.* 介意
fine〔faɪn〕*adj.* 好的　　***Fine with me!*** (我可以！；我沒問題！)
源自 It's fine with me! 也可説成：Cool with me! (我沒問題！)
OK with me! (我沒問題！) 或 OK by me! (我沒問題！)
【cool〔kul〕*adj.* 酷的；令人滿意的】

219. mean〔min〕*v.* 意思是　　great〔gret〕*adj.* 偉大的
mind〔maɪnd〕*n.* 頭腦；人　　***great mind*** 偉人
alike〔əˋlaɪk〕*adv.* 同樣地
Great minds think alike. 【諺】偉人的想法相同；英雄所見略同。

2.
日
常
生
活

19. 保密

☐ **220.** Shhhh!　　　　　　　　　噓！
Silence!　　　　　　　　安靜！
Hush, hush!　　　　　　　噓，安靜！

☐ **221.** Promise me.　　　　　　　答應我。
Let's pinky swear, OK?　　我們打勾勾，好嗎？
Let's promise each other.　我們彼此約定好。

☐ **222.** Keep it a secret.　　　　　要保密。
Don't spill the beans.　　不要洩露祕密。
Don't let the cat out of the bag.　不要洩露祕密。

**

220. 這三句話意思相同。　　　shhhh〔ʃ〕*interj.* 噓；安靜一點（= *quiet*
　= *be quiet*）　　silence〔'saɪləns〕*n.* 沈默；寂靜；安靜
Silence! 噓！；安靜！；肅靜！（= *Be quiet! = Shut up!*）
hush〔hʌʃ〕*v.* 安靜；靜下來；噓！
Hush, hush! 噓，安靜！（= *Be quiet!*）
221. promise〔'prɑmɪs〕*v.* 答應；承諾；保證
pinky〔'pɪŋkɪ〕*n.* （手的）小指（= *pinkie = little finger*）
swear〔swɛr〕*v.* 發誓；約定　　*pinky swear* 打勾勾【是一種常見
　的手指姿勢，表示「約定；承諾」，也可說成 pinky promise】
each other 彼此；互相
222. keep〔kip〕*v.* 保持；使維持　　secret〔'sikrɪt〕*n.* 祕密 *adj.* 祕密的
Keep it a secret. 也可說成：Keep it secret.【此時 secret 是形容詞】
spill〔spɪl〕*v.* 灑出　　bean〔bin〕*n.* 豆子
spill the beans （不小心）洩露祕密；說溜嘴
let the cat out of the bag 洩露祕密

spill the beans

2.
日常生活

□ **223.** Keep silent.   要保持沈默。
       Say nothing.   什麼都別說。
       Tell no one.   不要告訴任何人。

□ **224.** Don't tell a soul.   不要告訴任何人。
       This is for your ears only.   這只有你能聽到。
       Loose lips sink ships.   走漏風聲，會讓船沈掉。

□ **225.** It's private.   這是很私人的。
       It's personal.   這是很個人的。
       I promise I won't tell.   我保證不會說出去。

**————————————————

223. silent〔'saɪlənt〕*adj.* 沈默的；安靜的
nothing〔'nʌθɪŋ〕*pron.* 什麼也沒有   ***no one*** 沒有一個人
224. soul〔sol〕*n.* 靈魂；人   ***Don't tell a soul.*** (不要告訴任何人。)
也可說成 Don't tell anyone. 意思相同。   ear〔ɪr〕*n.* 耳朵
for your ears only 只有你能聽到【***for your eyes only*** 只有你能看到】
loose〔lus〕*adj.* 鬆的；無節制的   lips〔lɪps〕*n. pl.* 嘴唇；嘴
sink〔sɪŋk〕*v.* 使沈沒
Loose lips sink ships. (議論不密，船艦則沈；走漏風聲，會讓船沈
掉。) 是二戰時期的著名標語，要求士兵對敏感的訊息保密。在一戰
期間，英國軍人的信件會受到審查，把可能洩露軍情的部份塗掉，然
後信才能被郵寄出去。保密政策也是「蘋果」公司的企業文化，在它
草創時期，公司大廳就寫著："Loose lips sink ships."
225. 前兩句的意思相同。
private〔'praɪvɪt〕*adj.* 私人的；不公開的；祕密的
personal〔'pɝsn̩l〕*adj.* 個人的；私人的；涉及隱私的
tell〔tɛl〕*v.* 說；洩露   ***I promise I won't tell.*** 也可說成：I
promise I won't tell anybody. (我保證我不會告訴任何人。)

□ **226.** It's a secret. 這是個祕密。

　　Keep it in confidence. 要保密。

　　Between you and me. 不要告訴別人。

□ **227.** Don't tell anyone. 不要告訴任何人。

　　It's our secret. 這是我們的祕密。

　　It's just between us. 這是我們之間的祕密。

□ **228.** Mum's the word. 不要說出去。

　　Keep it hush-hush. 要保密。

　　Keep it under wraps. 要保守祕密。

**

226. secret〔'sikrɪt〕*n.* 祕密　　confidence〔'kɑnfədəns〕*n.* 信心；祕密

　　in confidence 祕密地；私下地

　　Keep it in confidence. 要保密。(= *Keep it secret.*)

　　between〔bə'twin〕*prep.* 在 (兩者) 之間

　　between you and me (這是) 我們之間的祕密；別對他人講

　　Between you and me. 是由 It's between you and me. 簡化而來。

227. just〔dʒʌst〕*adv.* 就；只是

　　between us (這是) 我們之間的祕密 (= *between you and me*)

228. mum〔mʌm〕*adj.* 沈默的；不說話的　　*n.* 沈默【***keep mum*** 保密

　　Keep mum about this. (這件事不要說出去。)】

　　Mum's the word. 不要說出去；要保密。(= *Don't tell anyone.*

　　= *Keep it a secret.*)　　wrap〔ræp〕*n.* 包裹物

　　keep~under wraps 將~保守祕密

20. 發誓保證

□ **229.** I swear it. | 我發誓。
I keep my promises. | 我會遵守諾言。
I keep my word. | 我會遵守諾言。

□ **230.** I promise you. | 我向你保證。
I guarantee you. | 我向你保證。
You have my word. | 我向你保證。

□ **231.** I assure you. | 我向你保證。
You can count on me. | 你可以信賴我。
On my word of honor, I'll | 我以自己的信譽擔保，我會
  help you out. | 幫助你渡過難關。

** ————————

229. swear〔swɛr〕*v.* 發誓；發誓保證
promise〔'prɑmɪs〕*n.* 諾言　*v.* 承諾；答應；保證
keep** one's **promise 遵守諾言
word〔wɜd〕*n.* 承諾；約定；保證
*one's **word*** 承諾；保證　　***keep** one's **word*** 遵守諾言
230. guarantee〔,gærən'ti〕*v.* 保證；對…保證
I guarantee you. 也可說成：I guarantee it.
You have my word. 也可說成：I give you my word.
231. assure〔ə'ʃur〕*v.* 向…保證
count on 依賴；信賴（= *depend on* = *rely on*）
honor〔'ɑnɚ〕*n.* 名譽　　*one's **word of honor*** 莊嚴的承諾
on** one's **word of honor 以自己的信譽擔保
help** sb. **out 幫助某人渡過難關

♣ 一言爲定

□ **232.** A promise is a promise. 　　　一言爲定。

I say what I do. 　　　我說到做到。

I do what I say. 　　　我言出必行。

□ **233.** I say what I mean. 　　　我是認眞的。

I mean what I say. 　　　我是認眞的。

I really mean it. 　　　我是說眞的。

□ **234.** You'll be OK. 　　　你會沒事的。

Trust me, I know. 　　　相信我，我知道。

You have nothing to worry 　　　你沒什麼好擔心的。

　　　about.

**

---

232. promise〔'prɑmɪs〕 *n.* 諾言

A promise is a promise. = I keep my word.（我遵守諾言。）

what I do 我做的事　　***what I say*** 我說的話

233. mean〔min〕 *v.* 意思是；意圖說

I say what I mean.「我說我想要說的話。」引申爲「我是認眞的。」

I mean it. 我是認眞的；我不是在開玩笑。(= *I mean what I say.*)

234. OK〔'o'ke〕 *adj.* 好的；沒問題的　　　trust〔trʌst〕 *v.* 信任；相信

Trust me 後常接逗點，再接另一句話，中間省略連接詞。

worry about 擔心

☐ **235.** Do you promise?　　　　　　你能保證嗎？

You must promise.　　　　　你必須做出承諾。

Let's pinky swear.　　　　　我們來打勾勾。

☐ **236.** A deal is a deal.　　　　　　一言為定。

A promise is a promise.　　一言為定。

My word is my bond.　　　我一向信守諾言。

☐ **237.** I give you my word.　　　　我向你保證。

You can rely on me.　　　　你可以信賴我。

I won't let you down.　　　我不會讓你失望。

＊＊ ─────────────────

235. promise〔'prɑmɪs〕*v. n.* 承諾；保證

pinky〔'pɪŋkɪ〕*n.* (手的) 小指 (= *pinkie* = *little finger*)

swear〔swɛr〕*v.* 發誓　　***pinky swear*** 打勾勾 (= *pinky promise*)

236. deal〔dil〕*n.* 交易；協議

A deal is a deal. 協議就是協議，也就是「一言為定。」

A promise is a promise. 承諾就是承諾，也就是「一言為定。」

one's ***word*** 承諾　　　bond〔bɑnd〕*n.* 束縛；約定；契約

My word is my bond. 我的承諾就是我的契約，引申為「我一向信守

諾言。」(= *I will do as I promised.*)

237. ***give*** *sb. one's* ***word*** 向某人保證　　rely〔rɪ'laɪ〕*v.* 信賴

rely on 信賴 (= *depend on* = *count on*)

let *sb.* ***down*** 讓某人失望

21. 表示關心

☐ **238.** I'm after you!　　　　　　　　我正在追你！

　　　I'm coming for you!　　　　　我來找你了！

　　　I'm going to get you.　　　　我會抓到你的。

☐ **239.** Where were you?　　　　　　你去哪裡了？

　　　Where have you been?　　　你跑到哪裡去了？

　　　I was trying to reach you.　　我一直想要連絡你。

☐ **240.** What occurred?　　　　　　　發生什麼事了？

　　　What went on?　　　　　　發生什麼事了？

　　　What actually happened?　　到底發生了什麼事？

＊＊

238. after〔ˈæftɚ〕*v.* 追趕；追蹤；追求

　　I'm after you! 我正在追你！（*= I'm coming after you!* ）

　　get〔gɛt〕*v.* 捕獲；抓到

239. ***have been*** 曾經去過　　　***try to V.*** 試圖…；想要…

　　reach〔ritʃ〕*v.* （以電話等）連絡

　　I was trying to reach you. 也可説成：I've been trying to call

　　　you.（我一直想要打電話給你。）

240. 這三句話意思相同。　　　occur〔əˈkɝ〕*v.* 發生　　***go on*** 發生

　　What went on? 發生什麼事了？（*= What occurred?*

　　　= What happened? = What took place? ）【***take place*** 發生】

　　actually〔ˈæktʃuəlɪ〕*adv.* 實際上　　happen〔ˈhæpən〕*v.* 發生

☐ **241.** What are you thinking? 你在想什麼？

What's your game? 你在玩什麼把戲？

What are you trying to do? 你想要做什麼？

☐ **242.** Everything is OK. 一切都可以。

Everything is permitted. 一切都可以。

No rules at all. 沒有任何規定。

☐ **243.** You can do anything. 你可以做任何事。

It's all okay. 全部都可以。

Anything goes! 什麼都可以！

2.
日常生活

** ───────────

241. think〔θɪŋk〕*v.* 思索；想

game〔gem〕*n.* 遊戲；比賽；策略；詭計；計謀

What's your game?（你在玩什麼把戲？；你在搞什麼鬼？）也可

説成：What are you doing?（你在做什麼？）What's your

intention?（你有什麼企圖？）【intention〔ɪn'tɛnʃən〕*n.* 意圖】

try to V. 試圖…；想要…

242. OK〔'o'ke〕*adj.* 好的；沒問題的

Everything is OK. = Everything is fine. = Everything is allowed.

permit〔pɚ'mɪt〕*v.* 允許（= *allow*）　　***no⋯at all*** 完全沒有…

rule〔rul〕*n.* 規則；規定　　***No rules at all.*** = There are no rules.

243. okay〔'o'ke〕*adj.* 好的；沒問題的（= *OK* = *O.K.*）

go〔go〕*v.* 被允許；被接受　　***Anything goes!***（什麼都可以！）

也可説成：Anything is acceptable!（任何事情都可以接受！）

Anything is allowed!（任何事情都可以！）【acceptable

〔ək'sɛptəbl̩〕*adj.* 可接受的　　allow〔ə'lau〕*v.* 允許】

♣ 怎麼了？

☐ **244.** You look tired. 你看起來很累。

You look different. 你看起來和平常不同。

You don't look yourself. 你的氣色不太好。

☐ **245.** I'm concerned. 我很擔心。

I'm worried about you. 我很擔心你。

Is everything okay? 一切都還好嗎？

☐ **246.** What's wrong? 怎麼了？

Why are you upset? 你為什麼不高興？

You got a problem with that? 你對那個有意見嗎？

**

244. look〔lʊk〕*v.* 看起來　　tired〔taɪrd〕*adj.* 疲倦的
different〔'dɪfrənt〕*adj.* 不同的　　***look*** *oneself*（樣子）與平常
無異；（氣色、情緒等方面）看來無異（= *look one's usual self*）
You don't look yourself.「你看起來和平常不一樣。」引申為「你的
氣色不太好。」和 You don't look like yourself. 意思相同。
245. concerned〔kən'sɝnd〕*adj.* 擔心的；關心的
worry〔'wɝɪ〕*v.* 擔心；使擔心　　***be worried about*** 擔心
okay〔'o'ke〕*adj.* 好的；沒問題的（= *OK* = *O.K.*）
246. wrong〔rɔŋ〕*adj.* 不對勁的　　upset〔ʌp'sɛt〕*adj.* 不高興的
You got… 你有…（= *You have*…）
You got a problem with that? ①你對那個有什麼問題嗎？　②你對
那個有意見嗎？也可說成：Is that a problem for you?（你對那
個有意見嗎？）Is that OK with you?（你覺得那個可以嗎？）

♣ 你有什麼煩惱？

□ 247. What's eating you? 你有什麼心事？
What's bothering you? 你有什麼困擾？
What's troubling you? 你有什麼煩惱？

□ 248. You look worried. 你看起來很擔心。
Is anything wrong? 有什麼事不對勁？
What's on your mind? 你有什麼心事？

□ 249. What's the matter? 怎麼了？
I can tell something's 我看得出來有事困擾你。
  bothering you.
It's obvious from your face. 從你的臉上很明顯可以看
得出來。

** ─────────────────

247. eat〔ɪt〕v. 吃；煩擾；打擾 bother〔'baðɚ〕v. 使困擾；使煩擾
trouble〔'trʌbḷ〕v. 使煩惱
248. look〔lʊk〕v. 看起來 worried〔'wɜɪd〕adj. 擔心的
wrong〔rɔŋ〕adj. 不對勁的
What's on your mind? 有兩個意思：①你有什麼心事？ ②你在想什
麼？要看前後句意和實際情況來決定是哪種意思。
249. ***the matter*** 困擾的事 tell〔tɛl〕v. 看出
obvious〔'abvɪəs〕adj. 明顯的 ***It's obvious from your face.*** 也
可說成：It's obvious from the expression on your face.（從你
臉上的表情很明顯可以看得出來。）It's written all over your face.
（你的思緒全寫在臉上。）【expression〔ɪk'sprɛʃən〕n. 表情
be written all over one's *face* （思緒）全寫在臉上】

♣ 你還好嗎？

☐ **250.** How are you feeling? | 你覺得如何？
How are you handling things? | 你事情處理得如何？
How are you holding up? | 你還好嗎？

☐ **251.** You feeling blue? | 你覺得憂鬱嗎？
You look sad. | 你看起來很悲傷。
You look depressed. | 你看起來很沮喪。

☐ **252.** You feel better? | 你覺得比較好了嗎？
Getting stronger? | 有越來越強壯嗎？
Back to normal? | 有回復正常嗎？

2.
日
常
生
活

** ─────────────

250. handle〔'hændḷ〕*v.* 處理；應付（= *deal with*）
How are you handling things? 也可說成：How are things
going?（情況如何？）Are you doing OK?（你還好嗎？）
【go〔go〕*v.* 進展　do〔du〕*v.* 進展】　***hold up*** 堅持；保持良好
How are you holding up?（你還好嗎？）在知道對方經歷一些悲傷
或辛苦的事情，會用這句話來表達關心。也可說成：How are you
doing?（你好嗎？）Are you managing OK?（你還好嗎？）
【manage〔'mænɪdʒ〕*v.* 應付】
251. blue〔blu〕*adj.* 憂鬱的　***You feeling blue?*** 源自 Are you
feeling blue?　look〔lʊk〕*v.* 看起來
sad〔sæd〕*adj.* 悲傷的　depressed〔dɪ'prɛst〕*adj.* 沮喪的
252. ***You feel better?*** 源自 Do you feel better?
strong〔strɔŋ〕*adj.* 強壯的　***Getting stronger?*** 源自 Are you
getting stronger? 也可說成：Are you getting your strength
back?（你恢復體力了嗎？）【strength〔strɛŋθ〕*n.* 力量；體力】
normal〔'nɔrmḷ〕*n.* 常態　***be back to normal*** 回復正常狀態（= *return
to normal*）　***Back to normal?*** 源自 Are you back to normal?

2. 日常生活

22. 願意幫忙

☐ **253.** What can I do for you?   我能為你做什麼？

I'm always here to help.   我隨時願意幫忙。

Don't be afraid to ask.   不要害怕，儘管開口。

☐ **254.** Short on cash?   缺錢嗎？

I can lend you some.   我可以借你一些。

Don't be polite; it's OK.   不要客氣；沒關係。

☐ **255.** I can help you out.   我可以幫你渡過難關。

I can lend you a hand.   我可以幫助你。

My time is your time.   我的時間就是你的時間。

** ————————

253. afraid〔ə'fred〕*adj.* 害怕的

ask〔æsk〕*v.* 詢問；要求；請求

254. ***be short on*** 缺少（= *be short of*）   cash〔kæʃ〕*n.* 現金；錢

Short on cash? 源自 Are you short on cash?（你缺錢嗎？）

cash 可代換成 money。   lend〔lɛnd〕*v.* 借（出）

polite〔pə'laɪt〕*adj.* 有禮貌的；客氣的

OK〔'o'ke〕*adj.* 好的；可以的   ***It's OK.*** 沒關係。

255. ***help sb. out*** 幫助某人渡過難關

lend sb. a hand 幫助某人（= *lend sb. a helping hand*）

♣ 感同身受

☐ 256. I know you.　　　　　　　　　我了解你。

　　　I can see right through you.　　我可以完全地看穿你。

　　　I know you like the back of　　我對你很熟悉。
　　　　　my hand.

☐ 257. I feel your pain.　　　　　　　我能感受到你的痛苦。

　　　You have my deepest　　　　　謹致上我最深的哀悼。
　　　　　sympathy.

　　　Anything I can do for you?　　有什麼我可以為你做的嗎？

☐ 258. I know how you feel.　　　　　我知道你的感受。

　　　I can see it in your eyes.　　我可以從你的眼中看出來。

　　　It's written all over your face.　全寫在你的臉上了。

** ──────────────

256. *I know you*. 可加強語氣說成：I know the real you. (我了解真正的
　　你。) *see through* 看穿　　right〔raɪt〕*adv.* 完全地；徹底地
　　back〔bæk〕*n.* 背　　*know…like the back of one's hand* 熟知

257. feel〔fil〕*v.* 感覺；感受　　pain〔pen〕*n.* 痛苦
　　deep〔dip〕*adj.* 深的　　sympathy〔'sɪmpəθɪ〕*n.* 同情；哀悼
　　You have my deepest sympathy. = You have my sincere
　　condolences. = I am so sorry for you.【sincere〔sɪn'sɪr〕*adj.*
　　真誠的　　condolence〔kən'doləns〕*n.* 哀悼；(*pl.*) 弔辭；弔唁】

258. *how you feel* 你的感受　　*It's written all over your face*. 字面
　　的意思是「它完全寫在你的臉上。」指的是「你的情緒非常明顯。」
　　(= *It's obvious from the expression on your face*.)
　　【obvious〔'abvɪəs〕*adj.* 明顯的　　expression〔ɪk'sprɛʃən〕*n.* 表情】

2. 日常生活

□ **259.** I'm sorry for you. | 我為你難過。
I understand what you're going through. | 我了解你經歷的事。
My heart goes out to you. | 我很同情你。

□ **260.** I know your problems. | 我知道你的問題。
I understand your pain. | 我了解你的痛苦。
I see your monsters. | 我看到你心裡的野獸。

□ **261.** I'm always available. | 我永遠有空。
I'm at your service. | 我隨時為你效勞。
I'm at your beck and call. | 我全聽你指揮。

** ——————————

259. sorry〔'sɔrɪ〕*adj.* 抱歉的；難過的
go through 經歷　　heart〔hɑrt〕*v.* 心；同情心
*one's **heart/sympathy/thoughts** go out to sb.* 同情某人
My heart goes out to you. 我很同情你。
= You have my sympathy.【sympathy〔'sɪmpəθɪ〕*n.* 同情】

260. pain〔pen〕*n.* 痛苦　　monster〔'mɑnstɚ〕*n.* 怪物；怪獸
I see your monsters.（我看到你心裡的野獸。）【源自一首歌曲 "Monsters"，歌詞是：I see your monsters / I see your pain / Tell me your problems / I'll chase them away / I'll be your lighthouse / I'll make it okay / When I see your monsters / I'll stand there so brave】也可說成：
I know what your demons are.（我知道你在煩惱什麼。）I understand what you are afraid of.（我知道你在怕什麼。）I understand what's bothering you.（我知道你有什麼困擾。）【demon〔'dimən〕*n.* 惡魔；(*pl.*) 令人煩惱的事物　　bother〔'bɑðɚ〕*v.* 使困擾】

261. available〔ə'veləbḷ〕*adj.* 有空的　　service〔'sɝvɪs〕*n.* 服務
be at *one's **service*** 隨時為某人效勞
beck〔bɛk〕*n.* 命令；召喚　　call〔kɔl〕*n.* 叫喊；召喚
be at *one's **beck and call*** 聽命於某人；受某人指揮

□ 262. I want to help you.　　　　　我想要幫忙你。

I can lend a hand.　　　　　我可以幫忙。

If I can, I will.　　　　　如果可以的話，我會幫忙。

□ 263. You helped me big time.　　　你幫了我很大的忙。

I want to pay you back.　　　我想要回報你。

One good deed deserves　　　【諺】禮尚往來。

another.

□ 264. A favor for a favor.　　　　　你對我好，我也對你好。

You help me, and I'll help you.　你幫助我，我也幫助你。

You scratch my back, and I'll　　你抓我的背，我也抓你的

scratch yours.　　　　　　背；你幫我，我也幫你。

2. 日常生活

** ———————————————————————————

262. *lend a hand*　幫忙；協助 (= *lend a helping hand*)

263. *big time*　大大地 (= *greatly*)　　*pay back*　償還；回報 (= *repay*)

deed〔dɪd〕*n.* 行為　　deserve〔dɪˈzɝv〕*v.* 應得

One good deed deserves another.　好心有好報；善有善報；禮尚往

來。(= *One good turn deserves another.*)【turn〔tɝn〕*n.* 行為】

264. favor〔ˈfevɚ〕*n.* 恩惠

A favor for a favor.　源自 If you do me a favor, I'll do you a

favor. (如果你幫助我，我也會幫助你。)【*do sb. a favor*　幫助某人】

scratch〔skrætʃ〕*v.* 抓；搔

You scratch my back, and I'll scratch yours.

= Scratch my back, and I will scratch yours.

23. 閒話家常

☐ **265.** Let's chat. | 我們來聊天吧。
Let's catch up. | 我們聊聊近況吧。
Let's shoot the breeze. | 我們來聊天吧。

☐ **266.** What's the latest? | 有什麼最新的消息？
What's the news? | 有什麼新消息？
Tell me about it. | 告訴我吧。

☐ **267.** What's new? | 你好嗎？
What's been going on? | 近況如何？
What have you been up to? | 你最近在忙什麼？

**

265. chat〔tʃæt〕*v.* 聊天　　*catch up* 趕上；討論最新情況
shoot〔ʃut〕*v.* 射擊　　breeze〔briz〕*n.* 微風
shoot the breeze 聊天（= *shoot the bull* = *spend time talking about unimportant things*）

266. latest〔'letɪst〕*adj.* 最新的　　*the latest* 最新的消息
news〔njuz〕*n.* 新聞；（新）消息

267. ***What's new?*** 其實不是真正在問「有什麼新鮮事？」而是打招呼用語，相當於 How are you?（你好嗎？）也可說成：What's happening?（你好嗎？）　　*go on* 發生
What's been going on? 不是在問「正在發生什麼事？」就只是在打招呼，表示「近況如何？」相當於 What's happening?（你好嗎？）或 How have you been?（你最近好嗎？）　　*be up to* 從事
What have you been up to? = What have you been doing lately?（你最近在忙什麼？）【lately〔'letlɪ〕*adv.* 最近】

□ **268**. How's everything?　　　　　　情況如何？

How goes it?　　　　　　　　情況如何？

Having a good day?　　　　　今天過得好嗎？

□ **269**. What do you want to do?　　　你想要做什麼？

What do you feel like doing?　你想要做什麼？

What are you in the mood for?　你想要做什麼？

□ **270**. What's your plan?　　　　　　你有什麼計劃？

What's your goal?　　　　　　你有什麼目標？

What do you really want to do?　你真正想做的是什麼？

** ─────────────────

268. go〔go〕*v.* 進展

How goes it? 也可說成：How's it going?（情況如何？）或
How's everything going with you?（你一切情況如何？）

Having a good day? 源自 Are you having a good day?

269. ***feel like + V-ing***　想要…　　mood〔mud〕*n.* 心情

be in the mood for　有做…的心情

270. plan〔plæn〕*n.* 計劃　　goal〔gol〕*n.* 目標

really〔'riəlɪ〕*adv.* 真地

♣ 問朋友在想什麼

□ 271. What are you up to?　　　　　　你正在做什麼？

What are you planning to do?　你計畫做什麼？

What do you have in mind?　　你在想什麼？

□ 272. Give me a heads-up.　　　　　要預先通知我。

Give me advance notice.　　　要預先通知我。

Tell me ahead of time.　　　　要提前告訴我。

□ 273. Tell me who.　　　　　　　　告訴我有誰。

Who's involved?　　　　　　　有誰牽涉在內？

Name names.　　　　　　　　說出他們的名字。

** ——————————————

271. **be up to** 從事　　***What are you up to?*** (= *What are you doing?*)

也可以翻譯成「你在搞什麼鬼？」視上下文而定。

have *sth.* ***in mind*** 心中想某事

272. heads-up〔'hɛdz'ʌp〕*n.* 警告 (= *warning*)

advance〔əd'væns〕*adj.* 預先的；事先的

notice〔'notɪs〕*n.* 通知　　***advance notice*** 預先通知

ahead of time 提前 (= *in advance*)

273. involve〔ɪn'valv〕*v.* 使牽涉在內

name〔nem〕*n.* 名字　*v.* 說出名字

name names 說出 (相關者的) 名字；指名道姓

♣ 今天過得好嗎

☐ **274.** How was your day?　　　　　你今天過得如何？

　　　　How did everything go?　　　一切進展得如何？

　　　　Did you have a good one?　　你今天過得好嗎？

☐ **275.** Have a good day?　　　　　今天過得好嗎？

　　　　How did it go?　　　　　　情況如何？

　　　　Tell me all about it.　　　　全都告訴我吧。

☐ **276.** How was your weekend?　　你週末過得如何？

　　　　What did you do?　　　　　你做了什麼？

　　　　Anything special?　　　　　有什麼特別的嗎？

＊＊―――――――――――

274. go〔go〕v. 進展　　***Did you have a good one?*** 也可說成：

　　Did you have a good day? (你今天過得好嗎？) 或

　　Did everything go well today? (今天一切都順利嗎？)

275. ***Have a good day?*** 源自 Did you have a good day?

　　How did it go? 也可說成：How was it? (情況如何？)

　　tell *sb.* ***about*** *sth.* 告訴某人某事

276. weekend〔ˈwikˈɛnd〕n. 週末　　special〔ˈspɛʃəl〕adj. 特別的

　　Anything special? 源自 Did you do anything special? (你有做

　　什麼特別的事嗎？) 也可說成：Anything interesting? (有什麼有

　　趣的事嗎？) 或 Anything exciting? (有什麼刺激的事嗎？) 或

　　Anything out of the ordinary? (有什麼不尋常的事嗎？)

　　【ordinary〔ˈɔrdn͵ɛrɪ〕adj. 普通的　n. 普通的狀態

　　out of the ordinary 特殊的；異常的】

♣ 詢問情況如何

☐ **277.** How was it? 情況如何？

How did it turn out? 結果如何？

What happened? 發生了什麼事？

☐ **278.** Please talk straight. 請直說。

Keep it simple. 要簡單地說。

Put it in plain language. 要淺顯易懂地說。

☐ **279.** Please let me know. 請讓我知道。

Keep me posted. 讓我知道最新消息。

Keep your ear to the ground. 隨時注意事情的發展。

**

277. ***turn out*** 結果（成為）　　happen〔'hæpən〕*v.* 發生

278. straight〔stret〕*adv.* 直率地；坦白地

simple〔'sɪmpl̩〕*adj.* 簡單的

Keep it simple. 要保持簡單，在此引申為「要簡單地說。」

put〔pʊt〕*v.* 說　　in〔ɪn〕*prep.* 用…（語言）

plain〔plen〕*adj.* 淺顯易懂的　　language〔'læŋgwɪdʒ〕*n.* 語言

279. post〔post〕*v.* 把（最新）消息告訴（某人）

keep sb. posted 讓某人知道最新消息（= *keep sb. informed*）

keep *one's* ***ear to the ground*** 字面的意思是「把耳朵貼在地面上」，

可以聽到遠方的動靜，引申為「隨時關注事情的發展」。

♣ 問朋友在笑什麼

280. What's so funny? 　　　　什麼事這麼好笑？
　　　Why are you laughing? 　　你為什麼笑？
　　　Could you share it with me? 你可以和我分享嗎？

281. What's so amusing? 　　　什麼事這麼好笑？
　　　What's so humorous? 　　什麼事這麼幽默？
　　　What are you laughing at? 你在笑什麼？

282. Why are you silent? 　　　你為什麼沈默？
　　　Why don't you answer? 　　你為什麼不回答？
　　　Cat got your tongue? 　　你怎麼不說話了？

**

280. so〔so〕*adv.* 如此地　　funny〔ˈfʌnɪ〕*adj.* 好笑的
　　laugh〔læf〕*v.* 笑　　share〔ʃɛr〕*v.* 分享
281. amusing〔əˈmjuzɪŋ〕*adj.* 好笑的；有趣的
　　humorous〔ˈhjumərəs〕*adj.* 幽默的
　　laugh at 看（聽）到…而笑；嘲笑
282. silent〔ˈsaɪlənt〕*adj.* 沈默的；安靜的
　　answer〔ˈænsɚ〕*v.* 回答　　tongue〔tʌŋ〕*n.* 舌頭
　　Cat got your tongue? 源自 Has the cat got your tongue? 字面的
　　　意思是「貓咬掉你的舌頭了嗎？」引申為「你怎麼不說話了？」也可
　　　說成：You're unusually quiet.（你異常地安靜。）【unusually
　　〔ʌnˈjuʒʊəlɪ〕*adv.* 不尋常地　　quiet〔ˈkwaɪət〕*adj.* 安靜的】

♣ 猜猜看

□ **283.** I kid you not.　　　　　　　　我沒跟你開玩笑。
　　　I'm not kidding.　　　　　　　我沒有在開玩笑。
　　　I mean it.　　　　　　　　　　我是認真的。

□ **284.** I have a problem.　　　　　　　我有一個問題。
　　　I'm facing some trouble.　　　　我面臨了一些麻煩。
　　　May I pick your brain?　　　　　我可以請教你嗎？

□ **285.** Take a guess.　　　　　　　　　猜猜看。
　　　Make a guess.　　　　　　　　猜猜看。
　　　What do you think?　　　　　　你認為答案是什麼？

**

283. kid〔kɪd〕v. 開玩笑
　I kid you not. 我沒跟你開玩笑。(= *I'm not kidding you.*
　　= *I'm not kidding.* = *I'm not joking.* = *I'm not joking with you.*)
　【joke〔dʒok〕v. 開玩笑】
　I mean it. 我是認真的。(= *I'm serious.*)【serious〔'sɪrɪəs〕*adj.* 認真的】
284. face〔fes〕v. 面對；面臨　　trouble〔'trʌbḷ〕n. 麻煩；困難
　pick〔pɪk〕v. 挑；摘取　　brain〔bren〕n. 頭腦
　pick *one's* **brain** 請教某人
285. guess〔gɛs〕n. v. 猜測
　take a guess 猜測 (= *make a guess* = *guess*)
　What do you think? 也可說成：What do you think the answer
　　is? (你認為答案是什麼？) 或 What do you think it is? (你認為
　　那是什麼？)

♣ 猜不出來

☐ **286.** That's a good question. | 那是個好問題。
I have no answer. | 我沒有答案。
You got me there. | 你考倒我了。

☐ **287.** You got me. | 你難倒我了。
I have no idea. | 我不知道。
I don't know the answer. | 我不知道答案。

☐ **288.** Beats me. | 我不知道。
I haven't got a clue. | 我不知道。
Your guess is as good as mine. | 我跟你一樣不知道。

** ——————————————

286. question〔'kwɛstʃən〕*n.* 問題　　answer〔'ænsə〕*n.* 答案
get〔gɛt〕*v.* 把⋯難倒；使困惑
there〔ðɛr〕*adv.* 在那裡；在那一點上；在那問題上
You got me there. 你考倒我了；我不知道。(= *I don't know.*
= *I have no idea.* = *It beats me.*)

287. ***You got me.*** (你難倒我了。) 也可說成：I don't have an answer.
(我不知道答案。)　　idea〔aɪ'diə〕*n.* 想法
I have no idea. 我不知道。(= *I don't know.*)

288. beat〔bit〕*v.* 打敗　***Beats me.*** 我不知道。(= *I don't know.*)
haven't got 沒有 (= *don't have*)　　clue〔klu〕*n.* 線索
I haven't got a clue. 我沒有線索，引申為「我不知道。」(= *I don't
know.*)　　guess〔gɛs〕*n.* 猜測　　***as good as*** 和⋯一樣
Your guess is as good as mine. 你的猜測和我的一樣，也就是「我
和你一樣不知道。」

2.
日常生活

♣ 猜對了

☐ **289.** Give me five!   我們擊掌吧！
      Fist bump!   擊拳吧！
      Elbow bump!   碰肘吧！

☐ **290.** I knew it!   我就知道！
      I was right.   我是對的。
      I'm pretty good at guessing.   我很會猜。

☐ **291.** I know what you're doing.   我知道你在做什麼。
      You're just like me.   你就像我一樣。
      It takes one to know one.   咱們彼此彼此。

**─────────────

289. 和某人打招呼時，可說這三句話。   ***Give me five!*** (我們擊掌吧！)
源自 Give me five fingers! 意指雙方舉手互相擊掌，也可說成：
"High five!" (我們擊掌吧！) 用於打招呼或互相慶賀。
fist〔fɪst〕*n.* 拳頭   bump〔bʌmp〕*n.* 碰撞
fist bump 擊拳【to touch fists instead of shaking hands (擊拳而非
握手)，源自拳擊，拳擊手開始比賽時會碰手套的動作，用於問候或是慶祝】
elbow〔ˈɛl͵bo〕*n.* 手肘
elbow bump 碰肘【to touch elbows instead of shaking hands
(碰手肘而非握手)，因應疫情而出現的動作，同樣用於打招呼或互相慶賀】

290. right〔raɪt〕*adj.* 對的；正確的   pretty〔ˈprɪtɪ〕*adv.* 相當
be good at 擅長   guess〔gɛs〕*v.* 猜

291. like〔laɪk〕*prep.* 像   take〔tek〕*v.* 需要
It takes one to know one. 字面的意思是「需要一個人才能了解一個
人。」指的是你和我是同類的人，才能了解，所以和中文的「咱們彼
此彼此」意思差不多。

♣ 問朋友的意見

□ **292.** Listen up. 注意聽。

Listen carefully. 仔細聽。

Lend an ear. 請專心聽。

□ **293.** Just listen. 只要注意聽就好。

Let me talk. 讓我說。

Hear me out. 把我的話聽完。

□ **294.** Listen to me. 聽我說。

Don't interrupt. 不要打斷。

Listen till I finish. 要聽我說完。

**

---

292. listen〔ˈlɪsn̩〕*v.* 聽

listen up 大家注意了；注意聽

carefully〔ˈkɛrfəlɪ〕*adv.* 小心地；仔細地

lend〔lɛnd〕*v.* 借（出）　　ear〔ɪr〕*n.* 耳朵

lend an ear (to~) 注意聽（~）　　***Lend an ear.*** （請專心聽。）也

可說成：Lend your ear. 也可加長說成：Lend an/your ear to me.

「把你的耳朵借給我。」也就是「請專心聽。」

293. ***hear sb. out*** 把某人的話從頭到尾聽完

294. ***listen to*** 聽；傾聽；注意聽　　interrupt〔͵ɪntəˈrʌpt〕*v.* 打斷

till〔tɪl〕*conj.* 直到　　finish〔ˈfɪnɪʃ〕*v.* 結束；完成

2.
日常生活

☐ 295. I have an idea.   我有個點子。
It's just a thought.   它只是個想法。
Want to hear it?   想要聽聽看嗎？

☐ 296. What do you think?   你認為怎樣？
How do you feel?   你覺得如何？
What's your take?   你有什麼看法？

☐ 297. I'd like your advice.   我想要你的建議。
I want to learn from you.   我要向你學習。
I'd love to pick your brain.   我很想要請教你。

**

295. idea〔aɪˈdɪə〕*n.* 點子；想法
thought〔θɔt〕*n.* 想法
Want to hear it? 源自 Do you want to hear it? 意思相同。

296. take〔tek〕*n.* 態度（= *attitude*）；看法（= *opinion*）

297. ***would like*** 想要   advice〔ədˈvaɪs〕*n.* 勸告；建議
would love 很想要；很願意   pick〔pɪk〕*v.* 撿拾；抽取
brain〔bren〕*n.* 頭腦   ***pick one's brain*** 請教某人
I'd love to pick your brain. 也可說成：I'd love to know what
you think.（我很想要知道你的想法。）【***what you think*** 你的想法】

♣ 誰先

☐ **298.** Who first? 　　　　　　　　　　誰先？

Who goes first? 　　　　　　　　誰先？

Who gets the first turn? 　　　　誰是第一個？

☐ **299.** Last time was me. 　　　　　　上次是我。

This time it's you. 　　　　　　　這次是你。

What's fair is fair. 　　　　　　　應該要公平才對。

☐ **300.** You already went. 　　　　　　你已經去過了。

Give somebody else a chance. 　給其他人一個機會。

It's good to take turns. 　　　　　輪流比較好。

** ───────────

298. first〔fɜst〕*adv.* 第一；最先　　***go first*** 先

turn〔tɜn〕*n.* 輪流；（依次輪流時各自的）一次機會

299. time〔taɪm〕*n.* 次　　***last time*** 上次

this time 這次　　fair〔fɛr〕*adj.* 公平的

What's fair is fair. 應該公平的就要公平。(= *Fair's fair.*)

300. already〔ɔl'rɛdɪ〕*adv.* 已經　　else〔ɛls〕*adj.* 其他的

chance〔tʃæns〕*n.* 機會　　***take turns*** 輪流

♣ 扯平

□ **301.** Take it or leave it. | 要就接受，不要就算了。
Accept it or not. | 接不接受隨便你。
Want it or not? | 你要還是不要？

□ **302.** About how much? | 大約多少？
Give me an estimate. | 給我一個估計值。
Give me a ballpark figure. | 給我一個約略的數字。

□ **303.** I don't owe you. | 我不欠你。
You don't owe me. | 你也不欠我。
We're even-steven. | 我們互不相欠。

** ─────────

301. leave〔liv〕*v.* 留下
Take it or leave it. 要就拿走，不要就算了。
accept〔ək'sɛpt〕*v.* 接受
Accept it or not. 源自 You can accept it or not.
Want it or not? 源自 Do you want it or not?

302. estimate〔'ɛstəmɪt〕*n.* 估計；估價
ballpark〔'bɔl,pɑrk〕*n.* (棒) 球場　*adj.* 約略的 (= *approximate*)
figure〔'fɪgjɚ , 'fɪgɚ〕*n.* 數字

303. owe〔o〕*v.* 欠　　even〔'ivən〕*adj.* 同樣的；均衡的；對等的
even-steven〔'ivən'stivən〕*adj.* 互不相欠的

♣ 提議停止爭吵

☐ **304.** Let's not discuss it. 　　　　我們不要討論了。
It could upset people. 　　　　這可能會使人不高興。
It's a real hot potato. 　　　　這真是一個棘手的問題。

☐ **305.** Let's not argue. 　　　　我們不要爭論吧。
Let's keep it friendly. 　　　　我們保持友好吧。
Let's make this win-win. 　　　　我們使它成為雙贏的局面吧。

☐ **306.** Let's stop fighting. 　　　　我們不要再吵架了。
Let's end the argument. 　　　　我們停止爭執吧。
Let's hug it out. 　　　　我們抱一下吧。

2.
日常生活

**
_____

304. discuss〔dɪˋskʌs〕v. 討論　　upset〔ʌpˋsɛt〕v. 使生氣；使煩惱
real〔ˋriəl〕adj. 真的　　hot〔hɑt〕adj. 熱的；燙的
potato〔pəˋteto〕n. 馬鈴薯
hot potato 燙手山芋；棘手的問題；難題
It's a real hot potato. 也可說成：It's a controversial issue.
（這是個有爭議的問題。）It's an unpleasant thing.（這是一
件令人不愉快的事。）【controversial〔͵kɑntrəˋvɝʃəl〕adj. 有爭議的
issue〔ˋɪʃju〕n. 問題　　unpleasant〔ʌnˋplɛznt〕adj. 令人不愉快的】

305. argue〔ˋɑrgju〕v. 爭論　　friendly〔ˋfrɛndlɪ〕adj. 友善的；友好的
keep it friendly 保持友好
win-win〔ˋwɪn͵wɪn〕adj. 雙贏的；雙方都獲利的

306. fight〔faɪt〕v. 打架；吵架　　end〔ɛnd〕v. 結束
argument〔ˋɑrgjəmənt〕n. 爭論　　hug〔hʌg〕v. 擁抱
hug it out（二人和解後）抱一下（= *reconcile with sb. by*
hugging）【reconcile〔ˋrɛkən͵saɪl〕v. 和解】

♣ 想上廁所

2.
日常生活

☐ 307. What a strange odor!   味道眞奇怪！
　　　 Did you just fart?   你剛剛放屁了嗎？
　　　 Did you pass gas?   你放屁了嗎？

☐ 308. Let's bolt.   我們走吧。
　　　 Let's leave right now.   我們馬上離開。
　　　 Let's blow this joint.   我們離開這個地方。

☐ 309. Nature calls.   我要上廁所。
　　　 I need a bathroom.   我需要上廁所。
　　　 I need to use the facilities.   我需要上廁所。

**

307. odor〔ˋodɚ〕*n.* 味道　　just〔dʒʌst〕*adv.* 剛剛
　　　 fart〔fɑrt〕*v.* 放屁　　pass〔pæs〕*v.* 經過；使通過；排出
　　　 gas〔gæs〕*n.* 氣體；瓦斯；胃氣；腸氣
　　　 pass gas 放屁（= *pass wind* = *fart*）

308. bolt〔bolt〕*n.* 霹靂；閃電　*v.* 衝出；逃走；快速移動
　　　 Let's bolt. 我們走吧。（= *Let's go.* = *Let's get out of here.*）
　　　 right now 現在；立刻；馬上　　blow〔blo〕*v.* 吹；炸毀；迅速離開
　　　 joint〔dʒɔɪnt〕*n.* 餐館；酒吧；俱樂部；公共場所；地方（= *place*）

309. nature〔ˋnetʃɚ〕*n.* 大自然；生理的需求
　　　 Nature calls.（我要上廁所。）也可說成：I have to go to the
　　　　 bathroom.（我必須去上廁所。）
　　　 bathroom〔ˋbæθˏrum〕*n.* 浴室；廁所
　　　 I need a bathroom. 我需要一間廁所，也就是「我需要上廁所。」
　　　　（= *I need to go to the bathroom.*）
　　　 facilities〔fəˋsɪlətɪz〕*n. pl.* 設施；衛浴；廁所
　　　 use the facilities 去上廁所（= *go to the restroom/bathroom/toilet*）

3. 談論自己
About Me

用手機掃瞄聽錄音

1. 喜好

□ **310**. I'm a people person.　　　　　　　我善於交際。
I enjoy making new friends.　　　　我喜歡結交新朋友。
I'm good at breaking the ice.　　　我擅長打破冷場。

□ **311**. I enjoy long talks.　　　　　　　我喜歡長時間的交談。
I love to chew the fat.　　　　　我喜愛聊天。
It's fun to gossip and chat.　　　閒聊很有趣。

□ **312**. I enjoy watching people.　　　　　我喜歡看人。
I like to people-watch.　　　　　我喜歡觀察人。
It's fun to observe others.　　　觀察別人很有趣。

3.
談
論
自
己

** ──────────────

310.　***people person*** 善於交際的人
I'm a people person. = I enjoy being with other people.
　make friends 交朋友　　***be good at*** 擅長　　ice〔aɪs〕*n.* 冰
　break the ice 破冰；打破僵局；打破冷場　　***I'm good at breaking***
　　the ice. = I'm good at talking with new people.

311.　long〔lɔŋ〕*adj.* 長時間的　　talk〔tɔk〕*n.* 談話；交談
　chew〔tʃu〕*v.* 咀嚼　　fat〔fæt〕*n.* 油脂；肥肉
　chew the fat 聊天　　fun〔fʌn〕*adj.* 有趣的
　gossip〔ˈgasəp〕*v.* 說閒話　　chat〔tʃæt〕*v.* 聊天

312.　***enjoy + V-ing*** 喜歡…　　watch〔watʃ〕*v.* 觀看；觀察
　people-watch〔ˈpipl͵watʃ〕*v.* 觀察人
　observe〔əbˈzɝv〕*v.* 觀察　　others〔ˈʌðɚz〕*pron.* 別人

☐ **313.** I like meeting people.   我喜歡認識朋友。

I love making friends.   我很愛交朋友。

That's my big thing in life.   那是我生活中的大事。

☐ **314.** I enjoy being used.   我喜歡被利用。

I enjoy being taken advantage of.   我喜歡被利用。

Squeeze me dry like an orange.   像柳橙一樣把我榨乾。

☐ **315.** I like casual styles.   我喜歡輕便的款式。

I like loose fitting clothes.   我喜歡寬鬆的衣服。

I don't like anything too tight.   我不喜歡太緊的衣服。

3.
談論自己

** ————————

313. meet〔mit〕*v.* 認識   ***make friends*** 交朋友

thing〔θɪŋ〕*n.* 事情；行為；特質；自己很喜歡或拿手的活動【如：
   Baseball is his thing. (他很喜歡棒球；他打棒球很拿手。)】

my thing 我很喜歡做的事 (= *what I love to do*)

That's my big thing in life. 「那是我生活中的大事。」也就是「那
   是我很喜歡做的事。」也可說成：That's my passion. (那是我的
   愛好。)【passion〔ˈpæʃən〕*n.* 熱情；愛好】

314. enjoy〔ɪnˈdʒɔɪ〕*v.* 喜歡   ***enjoy + V-ing*** 喜歡…

use〔juz〕*v.* 使用；利用   advantage〔ədˈvæntɪdʒ〕*n.* 優點；優勢

take advantage of 利用；佔…的便宜

squeeze〔skwiz〕*v.* 壓榨；擠壓   dry〔draɪ〕*adj.* 乾的

squeeze ~ dry 把 ~ 榨乾   orange〔ˈɔrɪndʒ〕*n.* 柳橙

315. casual〔ˈkæʒuəl〕*adj.* 非正式的；輕便的

style〔staɪl〕*n.* 風格；款式

fitting〔ˈfɪtɪŋ〕*adj.* 適合的；合身的   ***loose fitting*** 寬鬆的

clothes〔kloz〕*n. pl.* 衣服   tight〔taɪt〕*adj.* 緊的

loose   tight

2. 優缺點

☐ **316**. I'm flexible. 　　　　　我很有彈性。

I can change. 　　　　　我可以改變。

I can give or take a bit. 　　　　　我可以稍微做修正。

☐ **317**. I'm not old-fashioned. 　　　　　我不會守舊。

I'm not conservative. 　　　　　我不會保守。

I'm not a stick in the mud. 　　　　　我不是墨守成規的人。

☐ **318**. I'm always on the go. 　　　　　我總是到處走動。

I'm always on the move. 　　　　　我總是動個不停。

I would never let grass 　　　　　我絕不會待在一個地方不動。
　　　grow under my feet.

**

316. flexible〔ˈflɛksəbḷ〕*adj.* 有彈性的；可變通的

change〔tʃendʒ〕*v.* 改變

give or take 允許有小誤差　　***a bit*** 一點（= *a little*）

317. old-fashioned〔ˈoldˈfæʃənd〕*adj.* 老派的；過時的

conservative〔kənˈsɜvətɪv〕*adj.* 保守的；傳統的（= *traditional*
= *old-fashioned*）　　stick〔stɪk〕*n.* 棍子

mud〔mʌd〕*n.* 泥巴　　***a stick in the mud*** 字面的意思是「插在泥
巴裡的棍子」，引申為「守舊、保守的人；墨守成規的人」。

318. ***on the go*** ①不斷地走動 ②忙個不停

on the move 在走動；在動個不停

grass〔græs〕*n.* 草　　grow〔gro〕*v.* 生長

let (the) grass grow under *one's feet* 某人待在一個地方不動

♣ 喜歡獨處

☐ **319**. I enjoy solitude. 　　我喜歡孤獨。

　　I love peace and quiet. 　　我喜愛安靜。

　　Silence is golden to me. 　　對我而言，沈默是金。

☐ **320**. I need some alone time. 　　我需要一些獨處的時間。

　　It calms me down. 　　它能使我平靜下來。

　　It clears my head. 　　它能使我的頭腦清楚。

☐ **321**. This is me. 　　這就是我。

　　This is who I am. 　　我就是這個樣子。

　　I can't change. 　　我無法改變。

3. 談論自己

**

319. solitude〔'sɑlə,tjud〕 *n.* 孤獨；獨處　　peace〔pis〕 *n.* 平靜；寧靜
quiet〔'kwaɪət〕 *n.* 平靜；寧靜　　***peace and quiet*** 安靜
silence〔'saɪləns〕 *n.* 沈默；安靜　　golden〔'goldn̩〕 *adj.* 金的
Silence is golden. (沈默是金。) 源自諺語：Speech is silver,
　　silence is golden. (說話是銀，沈默是金。)

320. alone〔ə'lon〕 *adj.* 獨自的；單獨的　　***alone time*** 獨處的時間
I need some alone time. = I need to spend some time by myself.
　　【spend〔spɛnd〕 *v.* 度過　　***by oneself*** 獨自】
calm〔kɑm〕 *v.* 使平靜；使鎮定
calm down 使平靜下來；使鎮定下來
clear〔klɪr〕 *v.* 使 (頭腦) 清楚　　***clear one's head*** 使頭腦清楚

321. ***This is who I am.*** 我就是這個樣子。(= *This is what I'm like.*
　　= *This is me.*)　　change〔tʃendʒ〕 *v.* 改變

□ **322.** I have one weakness.   我有一個缺點。

       I have one drawback.   我有一個缺點。

       I'm always changing my mind.   我老是改變心意。

□ **323.** I often change my mind.   我常常改變心意。

       I can change on a dime.   我會迅速變卦。

       I make a lot of last-minute   我經常最後一分鐘才做

         decisions.   決定。

□ **324.** I'm not patient.   我沒有耐心。

       I hate to wait.   我討厭等待。

       I like things quick.   我喜歡所有的事都快一

       【當你趕時間的時候，可以說這三句話】   點。

3. 談論自己

** ─────────

322. weakness〔ˈwiknɪs〕 *n.* 缺點   drawback〔ˈdrɔ͵bæk〕 *n.* 缺點
   change one's mind 改變心意   *I'm always changing*
     my mind. 用「現在進行式」，表示說話者認為不良的習慣。

323. dime〔daɪm〕 *n.* 十分硬幣；一角硬幣
   on a dime 立刻；迅速地（= *in an instant* = *very quickly*）
   change on a dime 源自賽車用語 turn on a dime（在極小的空間中
     轉身），在此引申為「在極短的時間內改變」（= *change in a very*
     short time）。   last-minute〔ˈlæstˈmɪnɪt〕 *adj.* 最後一分鐘的
   decision〔dɪˈsɪʒən〕 *n.* 決定   *make a decision* 做決定
   I make a lot of last-minute decisions.
   = I often decide at the last possible moment.
   = I put off making decisions. 【*put off* 拖延】

324. patient〔ˈpeʃənt〕 *adj.* 有耐心的   hate〔het〕 *v.* 討厭
   「like + 受詞 + 補語」表「喜歡…呈現某種狀態」。
   quick〔kwɪk〕 *adj.* 快的

□ 325. I'm a forgetful person.   我是個健忘的人。

I often misplace things.   我常常忘記東西放哪裡。

I'm the type of person who is   我是那種老是掉東西的人。
   always losing things.

□ 326. I'm awkward with technology.   我對現代科技不熟。

I'm clumsy.   我很笨拙。

I'm all thumbs.   我一竅不通。

□ 327. I had to work hard.   我必須非常努力。

I've paid my dues.   我經歷了苦難。

I wasn't an overnight success.   我並非一夜成名。

3.
談
論
自
己

**————————————

325. forgetful〔fɚ'gɛtfəl〕*adj.* 健忘的
  misplace〔mɪs'ples〕*v.* 忘記把⋯放在哪裡
  type〔taɪp〕*n.* 類型   lose〔luz〕*v.* 遺失

326. awkward〔'ɔkwɚd〕*adj.* 笨拙的；不熟練的
  technology〔tɛk'nɑlədʒɪ〕*n.* 科技
  clumsy〔'klʌmzɪ〕*adj.* 笨拙的（= *awkward*）；不擅長的（= *inept*）
  I'm clumsy. 也可說成：I'm useless at fixing things.（我不會修
   理東西。）   thumb〔θʌm〕*n.* 大拇指
  be all thumbs 笨手笨腳；一竅不通

327. *work hard* 努力   due〔dju〕*n. pl.* 應繳的費用；責任；義務
  pay one's dues 盡責任；經歷苦難；取得經驗
  I've paid my dues. 也可說成：I've experienced difficulties.
  （我經歷了許多困難。）【experience〔ɪk'spɪrɪəns〕*v.* 經歷】
  overnight〔'ovɚ'naɪt〕*adj.* 一夜之間的
  success〔sək'sɛs〕*n.* 成功；成功的人
  I wasn't an overnight success.（我並非一夜成名。）（= *I didn't*
  succeed immediately.）

3. 消遣

☐ **328**. I don't smoke. | 我不抽煙。
I don't drink. | 我不喝酒。
I like to enjoy a good life. | 我喜歡享受好的生活。

☐ **329**. I'm a small potato. | 我是個小人物。
I'm a mouse potato. | 我是個電腦迷。
But I'm not a couch potato. | 但我不會看太多電視。

☐ **330**. I enjoy travel. | 我喜歡旅行。
I like foreign movies. | 我喜歡外國電影。
I love to speak English. | 我愛說英文。

3. 談論自己

**

---

328. smoke〔smok〕*v.* 抽煙　　drink〔drɪŋk〕*v.* 喝；喝酒
enjoy〔ɪn'dʒɔɪ〕*v.* 喜歡

329. potato〔pə'teto〕*n.* 馬鈴薯
small potato 小人物；微不足道的人
I'm a small potato. = I'm not important.
mouse〔maʊs〕*n.* 滑鼠

mouse potato

mouse potato 滑鼠馬鈴薯【指將大量休閒時間耗在
電腦上的人】；整天黏在電腦前的人；電腦迷
I'm a mouse potato. = I use a computer a lot.
couch〔kaʊtʃ〕*n.* 長沙發

couch potato

couch potato 成天坐在沙發上看電視的人；極為懶惰的人
I'm not a couch potato. = I don't watch much TV.

330. travel〔'trævl〕*n., v.* 旅行　　foreign〔'fɔrɪn〕*adj.* 外國的

□ **331**. I'm a movie lover.　　　　　　　我很愛電影。

　　　　I'm a moviegoer.　　　　　　　　我常看電影。

　　　　I'm a big movie fan.　　　　　　　我是超級的電影迷。

□ **332**. I'm fond of movies.　　　　　　　我喜歡電影。

　　　　I'm a devoted moviegoer.　　　　　我是忠實的電影迷。

　　　　I have a soft spot for cinema.　　　我對電影特別的喜愛。

□ **333**. I'm crazy about traveling.　　　　我非常喜歡旅行。

　　　　I'm mad for touring.　　　　　　　我超愛旅行。

　　　　I just love going overseas.　　　　我真的很愛出國。

3.
談
論
自
己

** ─────────────

331. lover〔'lʌvɚ〕*n.* 情人；愛好者　　***movie lover*** 電影愛好者

　　goer〔'goɚ〕*n.* 去的人；經常出席的人

　　moviegoer〔'muvɪ,goɚ〕*n.* 常看電影的人；電影迷

　　big〔bɪg〕*adj.* 大的；非常的；偏愛的

　　fan〔fæn〕*n.* 迷；狂熱者　　***big fan*** 超級粉絲；鐵粉

332. fond〔fɑnd〕*adj.* 喜歡的　　***be fond of*** 喜歡

　　devoted〔dɪ'votɪd〕*adj.* 忠實的

　　I'm a devoted moviegoer. 也可説成：I go to the movies very

　　　often.（我很常去看電影。）　　soft〔sɔft〕*adj.* 柔軟的

　　spot〔spɑt〕*n.* 點；地點　　***soft spot*** 弱點；喜愛

　　have a soft spot for 十分喜愛（= *like…very much*）

　　cinema〔'sɪnəmə〕*n.* 電影【集合名詞】

　　I have a soft spot for cinema. = I am fond of movies.

333. ***be crazy about*** 為～瘋狂；非常喜歡

　　mad〔mæd〕*adj.* 瘋狂的；著迷的　　tour〔tʊr〕*v.* 旅行（= *travel*）

　　just〔dʒʌst〕*adv.* 完全；真地　　overseas〔'ovɚ'siz〕*adv.* 在海外

　　go overseas 出國（= *go abroad*）

4. 家庭觀

□ **334**. I love my home.　　　　　　　　　　我愛我的家。
I'm so happy to be here.　　　　　　　我在這裡真高興。
Home is where the heart is.　　　　　家是心之所在。

□ **335**. My family comes first.　　　　　　我的家庭最重要。
My family is so important.　　　　　我的家庭非常重要。
I'm big on family.　　　　　　　　我真的很愛我的家庭。

□ **336**. My friends and family are
　　perfect.　　　　　　　　　　我的朋友和家人都很完美。
My job is the best in the world.　　我的工作是全世界最棒的。
I'm the luckiest person alive.　　我是全世界最幸運的人。

3. 談論自己

** ─────────────────

334. so〔so〕*adv.* 很；非常　　where〔hwɛr〕*conj.* …的地方
heart〔hɑrt〕*n.* 心　　***Home is where the heart is.***「家在哪裡，心
就在哪裡；家是心之所在；心靈的歸屬地就是家。」也可説成：Home
is the best place.（家是最好的地方。）Home is the place where
one feels most comfortable.（家是個讓人覺得最舒服的地方。）

335. family〔'fæməlɪ〕*n.* 家庭；家人　　come〔kʌm〕*v.* 位居
come first 最重要　　***My family comes first.*** 我的家庭最重要。
(= *My family is the most important thing to me.*)
big〔bɪg〕*adj.* 大的；很喜歡的；偏愛的　　***be big on*** 很喜歡；偏愛
I'm big on family. 我真的很愛我的家庭。(= *I really enjoy my
family.*)

336. perfect〔'pɝfɪkt〕*adj.* 完美的　　lucky〔'lʌkɪ〕*adj.* 幸運的
luckiest〔'lʌkɪɪst〕*adj.* 最幸運的　　alive〔ə'laɪv〕*adj.* 活著的；
在世的；當今的【用於最高級形容詞所修飾的名詞之後，強調該名詞】
I'm the luckiest person alive. 也可説成：I'm so lucky.（我非常
幸運。）或 I'm very fortunate.（我非常幸運。）

☐ **337.** I love my fans.   我愛我的粉絲。

I cherish my followers.   我珍惜我的追隨者。

You're all forever in my heart.   你們永遠在我的心中。

☐ **338.** My address is Zhongshan Road.   我的地址是中山路。

Section two, Number 1234.   二段，1234 號。

It's on the third floor.   是在三樓。

☐ **339.** This is my apartment.   這是我的公寓。

It's my humble home.   這是我簡陋的家。

My home is your home.   我的家就是你家。

3.
談論自己

** ──────────

337. fan〔fæn〕*n.* 迷；粉絲   cherish〔'tʃɛrɪʃ〕*v.* 珍惜

follower〔'faloɚ〕*n.* 追隨者；追蹤者

forever〔fɚ'ɛvɚ〕*adv.* 永遠   heart〔hɑrt〕*n.* 心

in** one's **heart 在…的內心深處

You're all forever in my heart. 也可說成：I will never forget

you.（我絕不會忘記你們。）

338. address〔ə'drɛs , 'ædrɛs〕*n.* 地址

section〔'sɛkʃən〕*n.* 地段；地區；區域   ***section two*** 二段

number〔'nʌmbɚ〕*n.* 號碼   floor〔flor〕*n.* 樓層

339. apartment〔ə'pɑrtmənt〕*n.* 公寓

humble〔'hʌmbl̩〕*adj.* 簡陋的

5. 金錢觀

☐ 340. I'm saving money.　　　　　　　我正在存錢。

I'm depositing money.　　　　　我正在存錢。

I'm banking my money for　　　　我爲了未來把錢存在銀行

　the future.　　　　　　　　　裡。

☐ 341. I'm not stingy.　　　　　　　　我不小氣。

I'm not cheap.　　　　　　　　我不會小氣。

I can't take it with me.　　　　我沒辦法把錢帶進棺材裡。

☐ 342. Help me a little now.　　　　　現在幫我一點小忙。

I'll repay you in spades.　　　　我會好好地報答你。

I'll return the favor big time.　　我會大大地回報這個恩惠。

【這三句話的意思是「滴水之恩，當湧泉相報」】

**

340. save〔sev〕v. 存（錢）　　　deposit〔dɪ'pɑzɪt〕v. 存（款）
bank〔bæŋk〕v. 存（款）於銀行　　n. 銀行
future〔'fjutʃɚ〕n. 未來

341. stingy〔'stɪndʒɪ〕adj. 吝嗇的；小氣的
cheap〔tʃip〕adj. 便宜的；小氣的
take sth. with sb. 隨身攜帶某物　　*I can't take it with me.* 中的
it 是指錢財（money）、身外之物（material things）。

342. *a little* 一點　　repay〔rɪ'pe〕v. 報答
in spades 非常；極度；大量　　return〔rɪ'tɝn〕v. 回報
favor〔'fevɚ〕n. 恩惠　　*big time* 很大程度上；非常大

談論自己

6. 生活習慣

☐ 343. I take a lot of showers. | 我很常淋浴。
I like to stay clean. | 我喜歡保持乾淨。
Taking a bath is too slow. | 泡澡太慢了。

☐ 344. I take a nap after lunch. | 我午餐後會小睡片刻。
It gives me energy. | 它能使我有活力。
A quick nap is healthy. | 小睡一下有益健康。

☐ 345. I like to take naps. | 我喜歡睡午覺。
They recharge my batteries. | 睡午覺能使我恢復體力。
A power nap is part of my day. | 每天睡午覺讓我精力充沛。

3.
談論自己

** ─────

343. shower〔ˈʃaʊɚ〕*n.* 淋浴　***take a shower*** 淋浴
stay〔ste〕*v.* 保持　　bath〔bæθ〕*n.* 洗澡
take a bath 洗澡；泡澡　　slow〔slo〕*adj.* 慢的

nap

344. nap〔næp〕*n.* 小睡　***take a nap*** 小睡片刻；睡午覺
energy〔ˈɛnɚdʒɪ〕*n.* 精力
A quick nap is healthy.（小睡一下有益健康。）也可說成：
A short nap is good for you.（小睡一下對你有好處。）

345. recharge〔riˈtʃɑrdʒ〕*v.* 給（電池）再充電
battery〔ˈbætərɪ〕*n.* 電池
recharge one's batteries 充電；使恢復體力
power〔ˈpaʊɚ〕*n.* 力量
power nap 恢復精力的小睡；白天裡的小睡
be (a) part of … 是…的一部份

□ 346.　I go to bed early.　　　　　　　　　我很早睡。
　　　　Early to bed, early to rise.　　　　　早睡早起。
　　　　After 10 p.m., I'm done.　　　　　　晚上十點過後，我的一天
　　　　【說明自己的作息時間，可以這麼說】　　就結束了。

□ 347.　I'm a night owl.　　　　　　　　　　我是個夜貓子。
　　　　For me, life starts after 10　　　　　對我而言，晚上十點以後，
　　　　　　p.m.　　　　　　　　　　　　　我的生活才開始。
　　　　I can party all night.　　　　　　　　我可以整晚狂歡作樂。

□ 348.　I'm nocturnal.　　　　　　　　　　　我是夜行動物。
　　　　When others go to bed, I get　　　　當別人睡覺時，我才開始
　　　　　　going.　　　　　　　　　　　　活動。
　　　　Sometimes I stay up all night.　　　　有時候我會整晚熬夜不睡。

**3.
談論自己**

** ─────────────

346.　***go to bed*** 上床睡覺
　　early〔ˋɝlɪ〕*adj.* 早的　*adv.* 早　　rise〔raɪz〕*v.* 起床
　　Early to bed, ***early to rise***. 源自諺語：Early to bed and early to
　　rise makes a man healthy, wealthy, and wise. (早睡早起使人
　　健康、有錢，又聰明。)【wealthy〔ˋwɛlθɪ〕*adj.* 有錢的】
　　p.m.〔ˋpiˋɛm〕*adv.* 下午　　done〔dʌn〕*adj.* 完成的；結束的
347.　owl〔aʊl〕*n.* 貓頭鷹；熬夜的人
　　night owl 夜貓子 (↔ *early riser* 早起的人)
　　party〔ˋpartɪ〕*v.* 開派對；狂歡作樂
348.　nocturnal〔nɑkˋtɝnl̩〕*adj.* 夜間活動的　　others〔ˋʌðɚz〕*pron.* 別人
　　get going 出發 (= *depart*)；開始行動 (= *start taking some action*)
　　sometimes〔ˋsʌmˏtaɪmz〕*adv.* 有時候　　***stay up*** 熬夜

7. 自我勉勵

☐ **349.** I'm doing so-so.   我還好。

I'm getting by.   我還過得去。

Could be better, could be worse!   可能更好，也可能更壞！

☐ **350.** I'm surviving.   我還過得去。

I'm getting along.   我還能應付。

I'm doing well enough.   我還可以。

☐ **351.** I'm not giving up.   我不會放棄。

I'll keep trying.   我會持續努力。

I refuse to fail.   我拒絕失敗。

3.
談論自己

** ───────────

349. do〔du〕*v.* 進展   so-so〔'so,so〕*adv.* 還好；還過得去

get by 勉強應付過去；勉強混過去；還過得去

Could be better, could be worse! 源自 I could be better,
   or I could be worse!（我可能更好，也可能更壞！）

350. survive〔sə'vaɪv〕*v.* 存活；繼續生存

I'm surviving. = I'm getting by.【*get by* 還過得去】

get along（成功地）對付；應付

I'm getting along. 也可說成：I'm doing OK.（我的情況還好。）

well enough 還好；還可以

I'm doing well enough. 也可說成：I'm doing fine.（我還可以。）
   或 Things are fine.（情況還不錯。）

351. *give up* 放棄   *keep* + *V-ing* 持續…   try〔traɪ〕*v.* 嘗試；努力

refuse〔rɪ'fjuz〕*v.* 拒絕   fail〔fel〕*v.* 失敗

♣ 努力學好英文

□ **352.** My English is bad.　　　　　　　我的英文不好。
My vocabulary is limited.　　　我的字彙量有限。
My grammar is awful.　　　　　我的文法很糟。

□ **353.** I'm behind.　　　　　　　　　　我落後大家。
I'm trying to catch up.　　　　我正努力要趕上。
I like to stay ahead.　　　　　我喜歡保持領先。

□ **354.** I'll do my best.　　　　　　　　我會盡力。
I'm going all out.　　　　　　我會盡全力。
Impossible is not in my　　　　我的詞彙裡沒有「不可能」。
　　vocabulary.

**　**

352. vocabulary (vəˈkæbjə͵lɛrɪ) *n.* 字彙
limited (ˈlɪmɪtɪd) *adj.* 有限的
grammar (ˈgræmɚ) *n.* 文法
awful (ˈɔfḷ) *adj.* 可怕的；很糟的
353. behind (bɪˈhaɪnd) *adv.* 在後面；落後
try to V. 試圖…；努力…　　***catch up*** 趕上
stay (ste) *v.* 保持　　ahead (əˈhɛd) *adv.* 在前面
354. ***do one's best*** 盡力　　***go all out*** 盡最大努力
impossible (ɪmˈpɑsəbḷ) *adj.* 不可能的
sth. is not in one's vocabulary 某人的詞彙裡沒有～

♣ 心態很年輕

□ **355.** I'm young in spirit.　　　　　我的心態很年輕。

　　 I'm young at heart.　　　　　我有年輕的心。

　　 I never feel old.　　　　　我從不覺得老。

□ **356.** Age means nothing.　　　　　年齡不代表什麼。

　　 It's all in your mind.　　　　　這全看你的心態。

　　 I'm as fit as a fiddle.　　　　　我非常健康。

□ **357.** I did a ton.　　　　　我做了很多事情。

　　 I got a lot done.　　　　　我完成了很多工作。

　　 I accomplished a lot.　　　　　我完成了很多事情。

3.
談論自己

＊＊

355. young〔jʌŋ〕*adj.* 年輕的　spirit〔'spɪrɪt〕*n.* 精神；心態
I'm young in spirit. (我的心態很年輕。) 也可説成：I'm lively,
lighthearted, and fun-loving. (我充滿活力、心情輕鬆，而且喜歡
玩樂。)　heart〔hɑrt〕*n.* 心　never〔'nɛvɚ〕*adv.* 從不；絕不

356. age〔edʒ〕*n.* 年齡　mean〔min〕*v.* 意思是；意謂者
nothing〔'nʌθɪŋ〕*pron.* 沒有東西；無足輕重者
mean nothing 毫無意義　mind〔maɪnd〕*n.* 心；精神；想法
fit〔fɪt〕*adj.* 健康的　fiddle〔'fɪdl〕*n.* 小提琴
as fit as a fiddle 非常健康

357. ton〔tʌn〕*n.* 公噸【重量單位】　***a ton*** 很多；大量（= *a lot*）
I did a ton. 源自 I did a ton of stuff.【stuff〔stʌf〕*n.* 東西；事情】
get〔gɛt〕*v.* 使　done〔dʌn〕*adj.* 完成的
accomplish〔ə'kɑmplɪʃ〕*v.* 完成　***a lot*** 很多

♣ **喜歡學英文**

☐ **358.** I'm addicted to studying
　　　English.

　　　I'm hooked on it.

　　　I can't live without it.

我對學習英文上癮。

我對它上癮。

我不能沒有它。

☐ **359.** I love what I do.

　　　I want to share it with you.

　　　I want you to love it, too.

我喜歡我做的事。

我想要和你分享。

我希望你也喜歡。

☐ **360.** It's my passion.

　　　It's what I love to do.

　　　It's a labor of love.

這是我的愛好。

這是我很喜歡做的事。

這是我心甘情願做的事。

** ────────────

358. addict〔əˋdɪkt〕*v.* 使上癮　　***be addicted to*** 對…上癮

　　hook〔hʊk〕*n.* 鉤子　*v.* 用鉤子鉤住

　　be hooked on 對…上癮（= *be addicted to*）

　　can't live without 不能沒有（= *can't do without*）

359. ***what I do*** 我做的事　　share〔ʃɛr〕*v.* 分享

360. passion〔ˋpæʃən〕*n.* 熱情；愛好

　　labor〔ˋlebɚ〕*n.* 勞動；工作

　　labor of love 爲愛好而做的工作；心甘情願做的事

英文不必學，只要會「抄」！

　　我在高雄演講時，有老師問：「如果你是教育部長，你該如何改革英語教學？」我贊成大陸「瘋狂英語」李陽老師的辦法——取消「升大學英語考試」這個怪獸。

　　學英文應該先從「說」開始，現在有了手機，可天天在「快手」和「抖音」上，和我用「完美英語」交流，進而和全球交流。

　　英文不必學，只要「抄，抄，抄！」Just copy, copy, copy all the way! Write comments in my English words.
（用我的英語來留言。）
While writing Chinese, you learn nothing.
While writing English, you learn, gain, and grow.
While writing Perfect English, you are in seventh heaven.

　　說「完美英語」，天天進步，天天有成就感，年紀越大，越開心。I'm online all day and all night. I'm working ten hours or more. I never feel beat or tired. It's a labor of love. 我日夜都在網路上。我每天工作十小時以上，我從不覺得累。我喜歡！我快樂！

4. 社交生活
Social Life

用手機掃瞄聽錄音

1. 初次見面

♣「久仰大名」英文怎麼説？

□ **361.** Nice to meet you.　很高興認識你。
I've heard a lot about you.　我久仰你大名。
Your reputation precedes you.　久仰你大名。

□ **362.** Here's my number.　這是我的電話號碼。
Call me anytime.　隨時打電話給我。
Let's keep in touch.　我們保持連絡吧。

□ **363.** Text me.　傳簡訊給我。
Send me a text.　傳簡訊給我。
Shoot me an e-mail.　發電子郵件給我。

** _____

361. meet〔mit〕*v.* 遇見；認識　　reputation〔ˏrɛpjəˈteʃən〕*n.* 名聲
precede〔prɪˈsid〕*v.* 在…之前　***Your reputation precedes you.***
　「你的名聲走在你前面。」表示「久仰大名。」

362. number〔ˈnʌmbɚ〕*n.* 號碼；電話號碼（= *telephone number*）
anytime〔ˈɛnɪˏtaɪm〕*adv.* 隨時　　touch〔tʌtʃ〕*n.* 接觸；連絡
keep in touch 保持連絡

363. text〔tɛkst〕*v.* 傳簡訊　*n.* 簡訊（= *text message*）
send〔sɛnd〕*v.* 傳；寄　　shoot〔ʃut〕*v.* 發射；投出；拋出
e-mail〔ˈiˏmel〕*n.* 電子郵件（= *electronic mail*）
　【electronic〔ɪˏlɛkˈtrɑnɪk〕*adj.* 電子的　　mail〔mel〕*n.* 郵件】

♣ 詢問姓名電話

☐ **364.** May I ask your name? 　　　　　　　我可以問你的名字嗎？

　　　　What name do you go by? 　　　　你叫什麼名字？

　　　　What should I call you? 　　　　我應該怎麼稱呼你？

☐ **365.** What's your number? 　　　　　　你的電話號碼幾號？

　　　　Mind if I call you? 　　　　　　你介意我打電話給你嗎？

　　　　I can give you mine. 　　　　　　我可以給你我的電話號碼。

☐ **366.** Nice meeting you. 　　　　　　　很高興認識你。

　　　　Nice talking to you. 　　　　　很高興和你說話。

　　　　Hope to see you again. 　　　　希望能再次見到你。

【和新朋友道別時可說這三句話】

＊＊

364. ***go by*** 以…為名　　**call**〔kɔl〕*v.* 叫；稱呼

365. number〔ˈnʌmbɚ〕*n.* 號碼；電話號碼（ = *telephone number*）

　　　mind〔maɪnd〕*v.* 介意

　　　Mind if I call you? 源自 Do you mind if I call you?

　　　mine 在此指 my number（我的電話號碼）。

366. nice〔naɪs〕*adj.* 好的　　meet〔mit〕*v.* 遇見；認識

　　　Nice meeting you. 源自 It was nice meeting you.

　　　Nice talking to you. 源自 It's been nice talking to you.

　　　Hope to see you again. 是由 I hope to see you again. 簡化而來。

♣ 詢問家鄉、就讀學校

☐ **367.** Where are you from?　你是哪裡人？

　　　 What country?　什麼國家？

　　　 What nationality?　什麼國籍？

☐ **368.** Where do you live?　你住在哪裡？

　　　 Where's your home?　你家在哪裡？

　　　 What part of the country do　你住在國內的哪個地區？
　　　　 you live in?

☐ **369.** What grade are you in?　你讀幾年級？

　　　 Where do you go to school?　你在哪裡上學？

　　　 What's your favorite subject?　你最喜愛的科目是什麼？

【可以問小朋友上面這三句話】

＊＊ ─────────

367. country〔ˋkʌntrɪ〕*n.* 國家

　　 nationality〔͵næʃənˋælətɪ〕*n.* 國籍

368. part〔part〕*n.* 部份；地區

369. grade〔gred〕*n.* 年級　　***go to school*** 上學

　　 favorite〔ˋfevərɪt〕*adj.* 最喜愛的

　　 subject〔ˋsʌbdʒɪkt〕*n.* 科目

♣ 詢問職業、婚姻狀況

□ **370.** What do you do?　　　　　　　　你是做什麼的？

　　　　Are you in business?　　　　　你是做生意的嗎？

　　　　What's your line of work?　　你從事什麼行業？

【要記住：What do you do? 是問工作，不是問「你在做什麼？」】

□ **371.** Are you single?　　　　　　　　你單身嗎？

　　　　Are you married?　　　　　　你已婚嗎？

　　　　Have any kids?　　　　　　　有小孩嗎？

【說這三句話前，可先說 "May I ask,"】

□ **372.** Can we take a picture together?　我們能不能一起合照？

　　　　Just the two of us.　　　　　就我們兩個。

　　　　That would make my day.　　那會使我非常高興。

4.
社交生活

** ────────────

370. ***What do you do?*** 【問職業】你是做什麼的？
　　　business〔'bɪznɪs〕*n.* 商業；生意
　　　in business 經商　　　***line of work*** 行業；職業

371. single〔'sɪŋgl̩〕*adj.* 單身的
　　　married〔'mærɪd〕*adj.* 已婚的　　kid〔kɪd〕*n.* 小孩
　　　Have any kids? 源自 Do you have any kids?

372. ***take a picture*** 拍照　　　together〔tə'gɛðɚ〕*adv.* 一起
　　　make *one's* ***day*** 使某人非常高興

♣ **詢問嗜好**

☐ 373.　What are you into?　　　　　你對什麼有興趣？

What are your hobbies?　　　你有什麼嗜好？

Are you in any clubs?　　　　你有參加任何社團嗎？

☐ 374.　What do you do for fun?　　你會做什麼事來娛樂？

What do you like to do?　　　你喜歡做什麼？

What are your interests?　　你的興趣是什麼？

☐ 375.　Do you play cards?　　　　你會玩紙牌遊戲嗎？

Know any games?　　　　　你知道任何遊戲嗎？

What can you play?　　　　你會玩什麼？

＊＊ ────────────────

373.　into〔'ɪntu〕*prep.* 熱中～的；對～有興趣

What are you into?

= What are you interested in?

hobby〔'hɑbɪ〕*n.* 嗜好　　　club〔klʌb〕*n.* 俱樂部；社團

374.　fun〔fʌn〕*n.* 樂趣　　　***for fun*** 爲了好玩

interest〔'ɪntrɪst〕*n.* 興趣

375.　cards〔kɑrdz〕*n.* 紙牌遊戲　　***play cards*** 玩紙牌遊戲

Know any games? 源自 Do you know any games?

♣ 一見如故

☐ 376. You and I are similar. 你和我很相似。
We have a lot in common. 我們有很多共同點。
We are a lot alike. 我們很像。

☐ 377. We're like-minded. 我們志同道合。
We like similar things. 我們喜歡類似的事物。
We have the same taste. 我們有同樣的愛好。

☐ 378. We go well together. 我們很相配。
We have common interests. 我們有共同的興趣。
We're birds of a feather. 我們是同一類的人。

**

4.
社交生活

376. similar〔'sɪmələ 〕*adj.* 相似的；類似的
　　　a lot 很；非常；很多（－*much*）
　　　common〔'kɑmən〕*adj.* 共同的　　*in common* 相同；相似
　　　have…in common 有…共同點　　alike〔ə'laɪk〕*adj.* 相像的
377. like-minded〔'laɪk'maɪndɪd〕*adj.* 志趣相投的；看法相同的
　　　We're like-minded. 也可說成：We have similar tastes.（我們的
　　　愛好相似。）We have similar opinions.（我們的看法相似。）
　　　taste〔test〕*n.*（個人的）愛好；興趣；嗜好；品味
　　　We have the same taste. = We like the same things.
378. *go together* 相配　　*go well together* 很相配（＝*suit one another*）
　　　interest〔'ɪntrɪst〕*n.* 興趣　　feather〔'fɛðə〕*n.* 羽毛
　　　We're birds of a feather. 我們是同種羽毛的鳥，也就是「我們是
　　　同一類的人。」（＝*We're very similar.* = *We're two of a kind.*）
　　　源自諺語：Birds of a feather flock together.（物以類聚。）
　　　【句中的 a ＝ the same　　flock〔flɑk〕*v.* 聚集】

□ **379.** We hit it off. | 我們一拍即合。
We get along really well. | 我們處得很好。
We have good chemistry. | 我們很投緣。

□ **380.** We're friendly. | 我們很友善。
We're getting along. | 我們處得很好。
We're on good terms. | 我們的關係很好。

□ **381.** Let's hang out. | 我們聚一聚吧。
Let's spend time together. | 我們聚一聚吧。
I enjoy being with you. | 我喜歡和你在一起。

＊＊―――――――――――

379. ***hit it off*** 相處得很好；情投意合；性情相投；一拍即合
get along 相處融洽；和睦相處
chemistry〔ˈkɛmɪstrɪ〕*n.*（男女間的）化學作用；（與人的）緣份；
很來電；很有默契

380. friendly〔ˈfrɛndlɪ〕*adj.* 友善的　　***get along*** 處得好
terms〔tɜmz〕*n. pl.*（與人的）關係　　***be on good terms*** 關係很好
We're on good terms. 我們的關係很好。(= *We have a good
relationship.*)【relationship〔rɪˈleʃənˏʃɪp〕*n.* 關係】

381. ***hang out*** ①待在這裡 ②聚一聚
Let's hang out. 我們聚一聚吧。(= *Let's hang around.*
= *Let's spend time together.*)【***hang around*** 閒晃】
spend〔spɛnd〕*v.* 度過　　together〔təˈgɛðɚ〕*adv.* 一起
enjoy〔ɪnˈdʒɔɪ〕*v.* 喜歡

♣ 保持聯絡

☐ **382.** Let's meet again. | 我們再見一次面吧。
It was a good time. | 我玩得很愉快。
I owe it all to you. | 這全都要歸功於你。

☐ **383.** My door is open. | 我的門是開著的。
You are always welcome. | 隨時歡迎你。
You have an open invitation. | 隨時都歡迎你來。

☐ **384.** May I have your WeChat? | 可以給我你的微信嗎？
May I scan your QR code? | 我可以掃瞄你的 QR 碼嗎？
Mind if we connect? | 介意和我連絡嗎？

** ——————————

382. meet〔mit〕*v.* 會面
It was a good time. 也可說成：I had a good time.（我玩得很愉快。）
owe〔o〕*v.* 欠；歸功於　***owe sth. to sb.*** 把某事歸功於某人

383. open〔'opən〕*adj.* 開著的；開放的；不限制的
welcome〔'wɛlkəm〕*adj.* 受歡迎的
invitation〔͵ɪnvə'teʃən〕*n.* 請帖；邀請
open invitation 無時間限制的邀請；隨時有效的邀請
【一般的請帖（invitation）上面都會註明時間，但是給人家
一個沒註明時間的請帖，就叫作 open invitation，表示隨時都歡迎他來】

invitation

384. WeChat〔'wi'tʃæt〕*n.* 微信【一種通訊軟體】　scan〔skæn〕*v.* 掃瞄
code〔kod〕*n.* 密碼　***QR code*** QR 碼　mind〔maɪnd〕*v.* 介意
connect〔kə'nɛkt〕*v.* 連接；聯繫　***Mind if we connect?*** 源自
Do you mind if we connect? 也可說成：May I contact you?
（我可以和你連絡嗎？）【contact〔'kɑntækt〕*v.* 連絡】

☐ **385.** Contact me.　　　　　　　　　　　　和我連絡。

　　　 Message me.　　　　　　　　　　　傳訊息給我。

　　　 Send me a message.　　　　　　　傳個訊息給我。

☐ **386.** We'll do fine.　　　　　　　　　　我們會很好。

　　　 We'll get along great.　　　　　　我們會處得很好。

　　　 We'll be bosom buddies.　　　　　我們會成爲知心的兄弟。

☐ **387.** Keep in touch.　　　　　　　　　　要保持連絡。

　　　 Don't disappear.　　　　　　　　　不要消失。

　　　 Don't forget about me.　　　　　　不要忘了我。

【和朋友道別時可以説這三句話】

**

385. contact〔'kɑntækt〕*v.* 連絡

　　 message〔'mɛsɪdʒ〕*n.* 訊息　*v.* 傳訊息給（某人）

　　 send〔sɛnd〕*v.* 寄；送；傳遞

text

386. do〔du〕*v.* 做；行動；表現；進展

　　 fine〔faɪn〕*adv.* 很好（= *very well*）　　***get along*** 相處

　　 great〔gret〕*adv.* 很好　　bosom〔'bʊzəm〕*adj.* 知心的

　　 buddy〔'bʌdɪ〕*n.* 夥伴；兄弟

387. touch〔tʌtʃ〕*n.* 接觸；連絡　　***keep in touch*** 保持連絡

　　 disappear〔,dɪsə'pɪr〕*v.* 消失　　***forget about*** 忘記

2. 似曾相識

☐ **388.** Have we met before? 　　我們以前見過嗎？

　　I think I know you. 　　我想我認識你。

　　I just can't place you. 　　我就是想不起你的名字。

☐ **389.** I remember you. 　　我記得你。

　　I know your face. 　　我認得你的臉。

　　We've met before. 　　我們以前見過。

☐ **390.** I'm bad with names. 　　我不擅長記人名。

　　I'm good with faces. 　　我擅長記住臉。

　　I know we have met. 　　我知道我們見過面。

** ——————————

388. ***I think I know you****. 可說成：I think I know you from somewhere. (我也許是在某處見過你。) (= *I have probably seen you around somewhere.*)

place (ples) *v.* 認出；記得；想起…的名字 (= *recognize someone and remember his/her name*)

389. ***I know your face****. 也可說成：Your face is so familiar. (你看起來很面熟。)【familiar (fə'mɪljɚ) *adj.* 熟悉的】

390. bad (bæd) *adj.* 拙劣的；不能勝任的；不擅長的

I'm bad with names*. = I'm bad at remembering names.

good (gud) *adj.* 擅長的；對…拿手的

I'm good with faces*.

= I'm good at remembering faces.

meet (mit) *v.* 遇見；認識

♣ **覺得面熟**

☐ **391.** You look just like my friend.　　你看起來好像我的朋友。
You're almost identical.　　你們幾乎一模一樣。
You're a dead ringer for him.　　你和他長得很像。

☐ **392.** You two look alike.　　你們兩個看起來很像。
You two could be twins.　　你們兩個可能是雙胞胎。
You're the spitting image of　　你們彼此非常像。
　　each other.

☐ **393.** Speak of the devil.　　【諺】說曹操，曹操就到。
We were just talking about you.　　我們正在談論你。
And here you are.　　然後你就來了。

** ──────────────

391. just〔dʒʌst〕*adv.* 真地；【與進行式連用】正在
identical〔aɪˈdɛntɪkl̩〕*adj.* 完全相同的
dead〔dɛd〕*adj.* 完全的；確實的　　ringer〔ˈrɪŋɚ〕*n.* 搖鈴的人；鳴鐘
的人；冒名參加比賽的人；頂替的人；酷似的人或物 (= *dead ringer*)
You're a dead ringer for him. 字面的意思是「你是冒名頂替他的
人。」非常相像才能頂替，所以引申為「你和他長得很像。」(= *You
look exactly like him.*)【exactly〔ɪgˈzæktlɪ〕*adv.* 完全地】

392. alike〔əˈlaɪk〕*adj.* 相像的　　twins〔twɪnz〕*n. pl.* 雙胞胎
spit〔spɪt〕*v.* 吐口水　　image〔ˈɪmɪdʒ〕*n.* 形象；影像
spitting image 酷似的人或物
You're the spitting image of each other. 你們彼此非常相像。
(= *You look exactly alike.*)

393. ***speak of*** 談到　　devil〔ˈdɛvl̩〕*n.* 魔鬼
Speak of the devil. (說曹操，曹操就到。) 是句諺語，源自 Speak of
the devil and he is sure to appear.
here you are 你來了　　***talk about*** 談論

♣ 問對方記不記得

□ **394.** Remember that? | 你記得嗎？
Do you recall? | 你想起來了嗎？
Does that sound familiar? | 那個聽起來很熟悉嗎？

□ **395.** Does this ring a bell? | 這聽起來很熟悉嗎？
Does this look familiar? | 這看起來很熟悉嗎？
Do you remember this? | 你記得這個嗎？

□ **396.** Can you place this? | 你記得這個嗎？
Have you seen this before? | 你以前看過這個嗎？
Anything come to mind? | 有想起任何事嗎？

** ───────

394. remember〔rɪˋmɛmbɚ〕*v.* 記得
Remember that? 源自 Do you remember that?
recall〔rɪˋkɔl〕*v.* 記得；想起（= *remember*）
sound〔saʊnd〕*v.* 聽起來 familiar〔fəˋmɪljɚ〕*adj.* 熟悉的

395. ring〔rɪŋ〕*v.* 使發出聲響 bell〔bɛl〕*n.* 鈴；鐘
ring a bell 聽起來很熟悉【源自長久以來都是用鈴聲、鐘聲提醒人們做某事】
Does this ring a bell? 也可說成：Do you remember this?（你記得這個嗎？）Does this remind you of anything?（這有使你想起何事嗎？）【***remind sb. of sth.*** 使某人想起某事】
look〔lʊk〕*v.* 看起來

396. place〔ples〕*v.* 放置；記得（= *remember*）；想起⋯的名字
sth. come to mind （事情）浮現腦海；想起某事

☐ 397. I forgot.　　　　　　　　　　　　我忘了。

I failed to remember.　　　　　　　我不記得了。

It slipped my mind.　　　　　　　　我忘了。

☐ 398. I suddenly became aware.　　　　我突然開始察覺到。

It was eye-opening.　　　　　　　　這令人恍然大悟。

It was an aha moment!　　　　　　　原來如此！

☐ 399. It came to mind.　　　　　　　　我想到了。

It crossed my mind.　　　　　　　　我想到了。

I suddenly thought of it.　　　　　　我突然想到了。

*

397. *fail to V.* 無法…　　slip〔slɪp〕*v.* 從（記憶）中溜走

sth. slip one's mind 某人忘記某事

It slipped my mind. 我忘了。(= *I forgot.* = *I failed to remember.*)

398. suddenly〔'sʌdn̩lɪ〕*adv.* 突然地　　aware〔ə'wɛr〕*adj.* 察覺到的

eye-opening〔'aɪ,opənɪŋ〕*adj.* 令人大開眼界的；使人恍然大悟的

It was eye-opening. = I suddenly understood.

aha〔ɑ'hɑ〕*interj.*【表示驚、喜、勝利或嘲諷等所發出之聲】啊哈

aha moment 頓悟時刻；茅塞頓開

It was an aha moment! 原來如此！(= *I had a sudden insight!*)

【insight〔'ɪn,saɪt〕*n.* 洞察力；深刻的理解】

399. *come to mind* （事情）浮現腦海

cross〔krɔs〕*v.* 橫越、浮現於（心頭）

cross one's mind （事情）湧上心頭　　*think of* 想到

3. 見到朋友

☐ **400.** Hey! 　　　　　　　嘿！
　　　 Hi! 　　　　　　　　嗨！
　　　 Hello! 　　　　　　　哈囉！

☐ **401.** What's new? 　　　　最近怎麼樣？
　　　 What's up? 　　　　　有什麼事？
　　　 What's going on? 　　發生什麼事？

☐ **402.** Nothing much. 　　　　沒什麼。
　　　 Nothing new. 　　　　　沒什麼新鮮事。
　　　 Same old thing. 　　　老樣子。

【回答 "What's up?"（有什麼事嗎？）不能說：I'm doing fine.
（我很好。）要說這三句話】

4. 社交生活

** ————————

400. hey〔he〕*interj.* 嘿　　hi〔haɪ〕*interj.* 嗨
　　 hello〔hə'lo〕*interj.* 哈囉

401. ***What's new?*** 字面的意思是「有什麼新鮮事？」也就是「最近怎麼樣？」、
　　「有什麼變化沒有？」其實是在問「你好嗎？」。
　　 up〔ʌp〕*adv.*【口語】（事情）發生
　　 What's up? 字面的意思是「有什麼事？」不是真的在問發生什麼事，
　　　只是在打招呼，相當於「你好嗎？」。　　***go on*** 發生
　　 What's going on?「發生什麼事？」是打招呼用語，等於「你好嗎？」。

402. ***Same old thing.*** 也可說成：Same old, same old.（老樣子。）

♣ 好久不見

☐ **403.** It's been a while! 　　　　　好久不見！

　　　　Where have you been? 　　你到哪裡去了？

　　　　We all missed you. 　　　　我們都很想念你。

☐ **404.** Long time no see. 　　　　好久不見。

　　　　It's been forever! 　　　　好久不見！

　　　　How nice to see you! 　　看到你真好！

☐ **405.** You all right? 　　　　　　你好嗎？

　　　　It's been ages. 　　　　　已經很久沒見了。

　　　　So nice to see you. 　　　能見到你真好。

** ─────────

403. while〔hwaɪl〕*n.* 一段時間

　　　It's been a while!「已經有一段時間了！」引申為「好久不見！」

　　　miss〔mɪs〕*v.* 想念

404. *Long time no see.* 可能是唯一來自中文的美語，現在美國人用得很

　　　普遍。不可說成：*Long time no see you.*（誤）

　　　forever〔fəˋɛvə〕*adv.* 永遠　*n.* 極長的一段時間

　　　It's been forever!「已經有好長的一段時間！」引申為「好久不見！」

　　　how〔haʊ〕*adv.* 多麼地　　nice〔naɪs〕*adj.* 好的

405. *You all right?* 源自 Are you all right?

　　　ages〔ˋedʒɪz〕*n. pl.* 很長的時間　　so〔so〕*adv.* 很；非常

　　　So nice to see you. 源自 It's so nice to see you.

☐ **406.** What a nice surprise!   真是令人驚喜！

It's been a long time.   好久不見。

It seems like forever since   自從我們上次見面以來似乎
      we last met.   過了很久。

☐ **407.** How's your family?   你的家人好嗎？

How is everyone?   每個人都好嗎？

Is everyone doing OK?   大家都還好嗎？

☐ **408.** Give him my regards.   請代我向他問候。

Give him my best wishes.   請代我向他問候。

Tell him I said hello.   告訴他我向他問好。

** ─────────────

406. what〔hwɑt〕*adj.*【用於感嘆句】多麼的   nice〔naɪs〕*adj.* 好的
surprise〔səˊpraɪz〕*n.* 令人驚訝的事
It's been a long time.「已經好久了。」引申為「好久不見。」
seem〔sim〕*v.* 似乎   forever〔fɚˊɛvɚ〕*adv.* 永遠 *n.* 很長的時間
last〔læst〕*adv.* 上次   *Seems like forever since we last met.*
  = It seems like forever since we last met.

407. family〔ˊfæməlɪ〕*n.* 家庭；家人   do〔du〕*v.* 進展
OK〔ˊoˊke〕*adv.* 好地；沒問題地

408. regards〔rɪˊgɑrdz〕*n. pl.* 問候
Give him my regards. 也可說成：Give him my best regards.
（請代我向他問候。）   wishes〔ˊwɪʃɪz〕*n. pl.* 祝福
Give him my best wishes. 也常說成：Give him my best. 意思
相同。   *say hello* 說 hello；問好

□ **409.** What a surprise! 　　　　　　　　真令人驚訝！

Fancy meeting you here! 　　　想不到會在這裡見到你！

Where have you been hiding? 　你最近躲到哪裡去了？

□ **410.** I seldom see you. 　　　　　　　我很少看見你。

You're not around much. 　　　你不常在附近。

Where have you been keeping 　你最近躲到哪裡去了？

　　yourself?

□ **411.** Keeping busy? 　　　　　　　　最近很忙嗎？

Keeping your nose clean? 　　　沒有惹是生非吧？

Staying out of trouble? 　　　　沒有惹麻煩吧？

＊＊ ————————————————

409. what〔hwɑt〕*adj.*【用於感嘆句】多麼的　　surprise〔sə'praɪz〕*n.* 驚訝

fancy〔'fænsɪ〕*v.* 想想看【用於祈使語氣，表示輕微的驚訝】

meet〔mit〕*v.* 遇見　　***Fancy meeting you here!*** = How nice

　　to meet you here!（能在這裡見到你真好！）

hide〔haɪd〕*v.* 躲藏　　***Where have you been hiding?*** 也可說成：

　　Where have you been?（你去哪裡了？）

410. around〔ə'raʊnd〕*adv.* 在附近

much〔mʌtʃ〕*adv.* 非常地；常常　　keep〔kip〕*v.* 使停留

411. 這三句前面都省略了 Have you been。

Keeping busy?（一直很忙嗎？）也可說成：Been keeping busy?

　　（一直很忙嗎？）Have you been busy?（你一直很忙嗎？）

　　What have you been doing?（你最近在做什麼？）

nose〔noz〕*n.* 鼻子

keep *one's* ***nose clean*** 不要惹是生非；安分守己

Keeping your nose clean? = Staying out of trouble?

stay out of 遠離　　***stay out of trouble*** 遠離麻煩；不要惹麻煩

□ **412.** What a small world! 這世界真小！

What a coincidence! 真巧！

Fancy running into you here! 沒想到會在這裡遇見你！

□ **413.** What a lucky break! 真幸運！

What a happy coincidence! 真是令人愉快的巧合！

It's serendipity! 這是緣份！

□ **414.** What a joy! 真令人高興！

What a pleasure! 真令人愉快！

How delightful to see friends 有朋自遠方來，不亦樂乎！
   from afar!

** ————————————————

412. what〔hwɑt〕*adj.*【用於感嘆句】多麼的　　world〔wɝld〕*n.* 世界
   What a small world! 這世界真小！【遇見一位意料之外的人時常用的
   感嘆語】　coincidence〔koˈɪnsədəns〕*n.* 巧合
   fancy〔ˈfænsɪ〕*v.* 想像；想想看；真想不到
   fancy + V-ing 真想不到…　***run into*** 偶然遇見
   Fancy running into you here! 也可說成：I can't believe you're
   here!（我真不敢相信你在這裡！）

413. lucky〔ˈlʌkɪ〕*adj.* 幸運的　　break〔brek〕*n.* 機會；運氣；幸運
   a lucky break 幸運　　***What a lucky break!*** 真幸運！（= *How
   lucky!* = *How fortunate!*）
   serendipity〔ˌsɛrənˈdɪpətɪ〕*n.*（偶然發現有趣或珍貴之物的）機緣；幸
   運；機緣湊巧　　***It's serendipity!*** 也可說成：It's fate!（這是命中注
   定！）或 That was exceptionally good luck!（真是太幸運了！）
   【fate〔fet〕*n.* 命運　exceptionally〔ɪkˈsɛpʃənḷɪ〕*adv.* 特別地；非常地】

414. joy〔dʒɔɪ〕*n.* 歡喜；快樂；高興；令人高興的事物
   pleasure〔ˈplɛʒɚ〕*n.* 快樂；愉快；喜悅；樂趣
   how〔haʊ〕*adv.* 多麼地　　delightful〔dɪˈlaɪtfəl〕*adj.* 愉快的
   afar〔əˈfɑr〕*adv.* 遙遠地；在遠處　　***from afar*** 從遠處

♣ 稱讚朋友

☐ **415.** I like your outfit.   我喜歡你的服裝。

       So stylish.   非常時尚。

       Very fashionable.   非常時髦。

☐ **416.** Did you get a haircut?   你剪頭髮了嗎？

       That's a nice hairstyle.   那個髮型很不錯。

       You look like a million bucks.   你看起來很棒。

☐ **417.** You're fun to be with.   和你在一起很愉快。

       You're lots of fun.   你非常風趣。

       You're a good time.   和你在一起很愉快。

** ──────────────

415. outfit〔ˈaʊtˌfɪt〕*n.* 服裝   so〔so〕*adv.* 很；非常
     stylish〔ˈstaɪlɪʃ〕*adj.* 時尚的；時髦的；流行的
     fashionable〔ˈfæʃənəbḷ〕*adj.* 時髦的（= *stylish*）

416. haircut〔ˈhɛrˌkʌt〕*n.* 理髮   nice〔naɪs〕*adj.* 好的
     hairstyle〔ˈhɛrˌstaɪl〕*n.* 髮型   million〔ˈmɪljən〕*n.* 百萬
     buck〔bʌk〕*n.* 美元（= *dollar*）
     look like a million bucks 看起來很棒（= *look excellent*）

417. fun〔fʌn〕*adj.* 有趣的   *n.* 樂趣；有趣的人或事物
     You're a good time. 字面的意思是「你是一段美好的時光。」引申為
     「和你在一起很愉快。」（= *I have a good time being with you.*）

4. 打電話約朋友見面

☐ **418.** You free? | 你有空嗎？
You available? | 你有空嗎？
Do you have time? | 你有時間嗎？

☐ **419.** Want to hang out? | 要聚一聚嗎？
Want to get together? | 要聚一聚嗎？
Let's spend some time together. | 我們一起聚一聚吧。

☐ **420.** Where shall we go? | 我們要去哪裡？
What shall we do? | 我們要做什麼？
I'm open to suggestions. | 我願意接受建議。

＊＊ ─────

418. free〔fri〕*adj.* 有空的
You free? 是 Are you free? 的省略。
available〔ə'veləbḷ〕*adj.* 有空的
You available? 是 Are you available? 的省略。

hang out

419. ***hang out*** 出去玩；和朋友在一起
Want to hang out? 是由 Do you want to hang out? 簡化而來。
together〔tə'gɛðɚ〕*adv.* 一起 ***get together*** 聚在一起
Want to get together? 是由 Do you want to get together? 簡化
而來。 spend〔spɛnd〕*v.* 度過

420. shall〔ʃæl〕*aux.* 將；會；打算要
open〔'opən〕*adj.* 開放的；願意接受的
be open to 願意接受 suggestion〔səg'dʒɛstʃən〕*n.* 建議

4.
社交生活

♣ 約定地點

☐ **421.** Can we meet?　　　　　　　　　　我們可以碰面嗎？

　　　Get together sometime?　　　　可以找個時間聚一聚嗎？

　　　It would be my pleasure.　　　　這會是我的榮幸。

☐ **422.** When should we meet?　　　　　我們該什麼時候見面？

　　　What time should we meet?　　我們該什麼時候見面？

　　　Morning, afternoon, or night?　早上、下午，還是晚上？

☐ **423.** Where?　　　　　　　　　　　在哪裡？

　　　What place?　　　　　　　什麼地方？

　　　What location?　　　　　　什麼地點？

**　　****　――――――――――――

421. meet〔mit〕*v.* 會面

**　*get together*** 聚在一起

　sometime〔'sʌm,taɪm〕*adv.* 某時

**　*Get together sometime?*** 源自 Can we get together sometime?

　（我們可以找個時間聚一聚嗎？）

　pleasure〔'plɛʒɚ〕*n.* 樂趣；榮幸；光榮

422. when〔hwɛn〕*adv.* 何時（= *what time*）

423. location〔lo'keʃən〕*n.* 地點

♣ 約定時間

☐ **424.** We'll meet at seven.　　　我們七點碰面。
Be on time.　　　　　　要準時。
Don't be late.　　　　　不要遲到。

☐ **425.** I'll be there on time.　　　我會準時到那裡。
On the dot.　　　　　　會準時。
On the nose.　　　　　　會準時。

☐ **426.** Please show up.　　　　　請你要出現。
Please attend.　　　　　請你要參加。
Be there or be square.　我們不見不散。

【和朋友相約時可以說這三句話】

**
424. meet〔mit〕*v.* 會面　　***on time*** 準時
late〔let〕*adj.* 遲到的

on time

425. dot〔dɑt〕*n.* 點　　***on the dot*** 準時
On the dot. 源自 I'll be there on the dot.
nose〔noz〕*n.* 鼻子　　***on the nose*** 準確地；精確地
On the nose. 源自 I'll be there on the nose.

426. ***show up*** 出現　　attend〔ə'tɛnd〕*v.* 參加
be there 在那裡；到那裡
square〔skwɛr〕*adj.* 落伍的；古板的　*n.* 落伍的人；無趣的人
Be there or be square. 字面的意思是「你一定要去，否則你就是個
無趣的人。」引申為「我們不見不散。」

☐ **427.**	Show up!	要出現！
	Be there!	要去那裡！
	Don't stand me up.	不要放我鴿子。

☐ **428.**	Please come.	請過來。
	Please be there.	請出席。
	I want you there.	我想要你在場。

☐ **429.**	No matter what.	無論如何。
	Rain or shine.	無論晴雨。
	I'll be there for sure.	我一定會去那裡。

**　――――――――

427. *show up* 出現　　there〔ðɛr〕*adv.* 在那裡；到那裡
be there 在那裡；到那裡　　*stand sb. up* 放某人鴿子；爽約
Don't stand me up. 不要讓我一直站，引申為「不要放我鴿子。」

428. *I want you there.* 我想要你在那裡，也就是「我想要你在場。」
也可說成：I want you to be there. (我想要你在場。)
I'd like to see you there. (我想要在那裡看到你。)
I really hope you'll come. (我真的希望你能來。)

429. *no matter what* 無論如何 (= *come what may*)
no matter what 源自 no matter what happens「無論發生什麼事」，
簡化為「無論如何」。
rain〔ren〕*v.* 下雨　　shine〔ʃaɪn〕*v.* 發光；照耀
rain or shine 無論晴雨　　*for sure* 一定

♣ 臨時有事

☐ **430**. I'm coming. 我來了。

I'm on my way. 我在路上了。

I'll be there soon. 我很快就到了。

☐ **431**. I can't make it. 我不能去了。

Something came up. 有事情發生。

Another time, OK? 改天，好嗎？

☐ **432**. I have to cancel. 我必須取消。

Let's reschedule. 我們重新安排時間吧。

Can I have a rain check? 我可以改天嗎？

【有事取消約會可說上面六句話】

**———————————

430. ***on one's way*** 在途中　　there〔ðɛr〕*adv.* 在那裡；到那裡
soon〔sun〕*adv.* 不久；很快
431. ***make it*** 成功；辦到；能來　　***come up*** 發生
another time 下次；換個時間；改天
Another time, OK? 也可說成：Let's meet another
time, OK? (我們改天再見面，好嗎？)
432. cancel〔'kænsḷ〕*v.* 取消
reschedule〔ri'skɛdʒʊl〕*v.* 重新安排時間；改期
rain check ①貨到優先購物憑單　②雨天換票證；
(球賽等) 因雨改期延用票　③延期；改期

rain check

♣ 就快到了

☐ **433.** I'm out the door.　　　　　　我出門了。

I'll be there in a minute.　　　我馬上就到。

I'll be there shortly.　　　　　我立刻就到。

☐ **434.** Sorry I'm late.　　　　　　　抱歉，我遲到了。

I was held up.　　　　　　　　我有事耽擱了。

Sorry you had to wait.　　　　抱歉必須讓你等。

♣ 安慰遲到的人

☐ **435.** It's OK.　　　　　　　　　　沒關係。

I'm glad you showed up.　　　我很高興你出現了。

Better late than never.　　　　遲到總比不到好。

**

433. ***be out the door*** 出門　　**minute**〔ˈmɪnɪt〕*n.* 分鐘；片刻

in a minute 立刻　　**shortly**〔ˈʃɔrtlɪ〕*adv.* 立刻；不久

I'm out the door. 未必是指真正出門，如果你在家接到電話，你也可
以說：***I'm out the door.*** 當然，如果你真的已經出門，上了汽車，
接到電話，也可說：***I'm out the door.*** I'm just getting in my
car.（我出門了。我剛上車。）

注意：***I'm out the door.*** 不可說成 *I'm out of the door.*（誤）

434. **late**〔let〕*adj.* 遲到的　　***hold up*** 延遲；使耽擱

435. 朋友遲到了，說 "You're late." 會讓人不舒服，要說
這三句話。　　　OK〔ˈoˈke〕*adj.* 好的；沒問題的
glad〔glæd〕*adj.* 高興的　　***show up*** 出現

late

Better late than never. 是諺語，意思是「遲做總比不做好。」在此
引申為「遲到總比不到好。」源自 It's better for someone or
something to be late than to never arrive.

♣ 客人來到家裡

□ **436.** You're here!   你來了！

You came!   你來了！

You showed up!   你出現了！

□ **437.** Great timing.   時間剛剛好。

Perfect timing.   時間剛剛好。

You're right on time!   你來得正好！

□ **438.** The more the merrier.   人越多越好。

More people, more fun.   人越多越有樂趣。

You're more than welcome.   非常歡迎你。

** ——————————————

436. ***show up*** 出現   here〔hɪr〕*adv.* 在這裡；到這裡

You're here! 你來了！(= *You came!* = *You showed up!*
= *You got here!* = *You made it!*)【***make it*** 成功；辦到；能來】

437. great〔gret〕*adj.* 極好的；很棒的   timing〔'taɪmɪŋ〕*n.* 時機
perfect〔'pɝfɪkt〕*adj.* 完美的   right〔raɪt〕*adv.* 恰好；正好
on time 準時   ***right on time*** ①很準時 ②時機正好
You're right on time! 你來得正好！(= *You arrived at the
perfect time!*)

438. 「the + 比較級,the + 比較級」表「越…就越~」。
merry〔'mɛrɪ〕*adj.* 愉快的
The more the merrier. 越多越好；多多益善。【句子短,逗點省略】
fun〔fʌn〕*n.* 樂趣   ***more than*** 非常(= *very*)
welcome〔'wɛlkəm〕*adj.* 受歡迎的

4. 社交生活

☐ **439.** Welcome.　　　　　　　　　　　歡迎。

Come on in.　　　　　　　　　進來吧。

Make yourself at home.　　　　不要拘束。

☐ **440.** Just relax.　　　　　　　　　放輕鬆一點。

Help yourself to anything.　　　想要什麼自己拿。

Sit anywhere you like.　　　　喜歡坐哪裡就坐哪裡。

☐ **441.** Don't be polite.　　　　　　　不要客氣。

Don't be courteous.　　　　　不要客氣。

Just be yourself.　　　　　　做你自己就好。

** ────────────────

439. welcome〔'wɛlkəm〕*interj.* 歡迎
　　come on in 進來吧　　***make*** *oneself* ***at home*** 不拘束
440. just〔dʒʌst〕*adv.* 只；就　　relax〔rɪ'læks〕*v.* 放鬆
　　help *oneself* ***to*** 自行取用
　　anywhere〔'ɛnɪˌhwɛr〕*adv.* 任何地方；隨便什麼地方
　　like〔laɪk〕*v.* 喜歡
441. polite〔pə'laɪt〕*adj.* 有禮貌的；客氣的
　　courteous〔'kɜtɪəs〕*adj.* 有禮貌的；客氣的
　　yourself〔jʊr'sɛlf〕*pron.* 你自己
　　Just be yourself. = Just act natural.（只要自然就好。）
　　　　= Just act as you naturally would.（只要自然就好。）
　　【act〔ækt〕*v.* 舉止；表現　　natural〔'nætʃərəl〕*adj.* 自然的
　　　naturally〔'nætʃərəlɪ〕*adv.* 自然地】

4. 社交生活

☐ **442.** Nice to see you. 很高興見到你。

I'm glad you're here. 我很高興你能來這裡。

So good you could make it. 你能來眞好。

☐ **443.** Get over here. 過來這裡。

Give me a hug. 給我抱一下。

Bring it in! 抱一下！

☐ **444.** Have a seat. 請坐。

Be seated. 請坐。

Please sit down. 請坐。

** ————————————

442. ***Nice to see you.*** 源自 It's nice to see you. (很高興見到你。)

glad〔glæd〕*adj.* 高興的　so〔so〕*adv.* 很；非常

make it 成功；辦到；能來

So good you could make it. 源自 It is so good that you could
make it. (你能來眞好。)【 *so…that* 如此…以致於 】

443. ***get over here*** 過來這裡；來這邊　hug〔hʌg〕*n.* 擁抱

Bring it in! 源自 Bring it in for a hug! (抱一下！) 等於 Give
me a hug! (給我抱一下！)

444. seat〔sit〕*n.* 座位　*v.* 使就座　***have a seat*** 坐下

be seated 坐下　***sit down*** 坐下

5. 有話直說

☐ **445**. Do you know?　　你知道嗎？

Can you tell me?　　你可以告訴我嗎？

Please explain.　　請說明一下。

☐ **446**. Give me the details.　　告訴我細節。

Describe it for me.　　向我描述這件事。

Shed some light.　　說明一下。

☐ **447**. I'm all ears.　　我洗耳恭聽。

I'm listening.　　我正在專心聽。

Fill me in.　　要詳細地告訴我。

**────────

445. tell〔tɛl〕v. 告訴

explain〔ɪk'splen〕v. 解釋；說明

446. give〔gɪv〕v. 給與；告訴（= *tell*）　　detail〔'ditel〕n. 細節

describe〔dɪ'skraɪb〕v. 描述　　shed〔ʃɛd〕v. 發射；發出（光）

shed some light (***on*** *sth.*)　說明一下

Shed some light. 也可說成：Explain what happened.（說明發生了什麼事。）

447. ear〔ɪr〕n. 耳朵　　***be all ears***　凝神傾聽；專注地聽

listen〔'lɪsn〕v. 聽；注意聽　　***fill sb. in***　詳細告訴某人

☐ **448**. Don't be shy.   不要害羞。

      Speak up.   大聲說出來。

      Just say it.   儘管說吧。

☐ **449**. Double-time.   快點。

      Chop-chop.   趕快。

      Speed it up.   講快點。

☐ **450**. Keep it simple.   要簡單一點。

      Get to the point.   要切中要點。

      Make it short and sweet.   要簡短扼要。

**

448. shy〔ʃaɪ〕*adj.* 害羞的

    speak up 大聲說   just〔dʒʌst〕*adv.* 就

449. double〔'dʌbḷ〕*adj.* 兩倍的

    double-time〔'dʌbḷ‚taɪm〕*v.* 用加倍的速度進行（= *move at*
      double time）   chop〔tʃɑp〕*v.* 剁；砍；劈

    chop-chop〔'tʃɑp‚tʃɑp〕*interj.* 趕快；行動要快   ***speed up*** 加速

    Speed it up**.**「使它加速。」在此引申為「講快點。」

450. keep〔kip〕*v.* 使保持   simple〔'sɪmpḷ〕*adj.* 簡單的

    get to 到達   point〔pɔɪnt〕*n.* 重點

    get to the point 切中要點；直截了當地說

    short and sweet 簡短扼要；直截了當

□ **451**. Tell me everything.　　　　　全都告訴我。

Tell me the whole story.　　　　把一切都告訴我。

Lay it all out.　　　　　　　　告訴我所有的細節。

□ **452**. Reveal everything.　　　　　　要透露一切。

Tell me clearly.　　　　　　　清楚地告訴我。

Put everything on the table.　　要毫無保留。

□ **453**. Tell me what's what.　　　　　告訴我事情的真相。

What's the whole story?　　　　事情全部的經過是什麼？

What's the truth of the matter?　事情的真相是什麼？

** ————————

451. whole〔hol〕*adj.* 整個的；全部的；所有的

story〔'storɪ〕*n.* 故事；詳情；情況

the whole story 事情的全部經過

Tell me the whole story. 把一切都告訴我。(= *Tell me everything.* = *Tell me the story from start to finish.*)【***from start to finish*** 從頭到尾】　***lay out*** 解釋；說明

Lay it all out. 字面意思是「把它全部都攤開來。」也就是「告訴我所有的細節。」(= *Tell me all the details.*)【detail〔'ditel〕*n.* 細節】

452. reveal〔rɪ'vil〕*v.* 透露；洩漏　　clearly〔'klɪrlɪ〕*adv.* 清楚地

Put everything on the table. 把一切都放在桌上，源自打牌，把牌攤在桌上，讓大家清楚看見，引申為「要毫無保留。」(= *Hold nothing back.*)【***hold back*** 保留】

453. ***what's what*** 事情的真相

Tell me what's what. 告訴我事情的真相。(= *Tell me the facts.* = *Tell me the facts of the situation.*)【fact〔fækt〕*n.* 事實】

truth〔truθ〕*n.* 事實；真相　　matter〔'mætɚ〕*n.* 事情

What's the truth of the matter? 事情的真相是什麼？

(= *What are the facts?* = *What really happened?*)

454. Be blunt. 有話直說。

Come out with it. 說出來吧。

Don't beat around the bush. 不要拐彎抹角。

455. Be open. 坦白一點。

Be candid. 坦白一點。

Say it to my face. 當著我的面說出來。

456. Start speaking. 開始說吧。

Say it quickly. 快說。

Spit it out! 坦白說！

＊＊

454. blunt〔blʌnt〕*adj.* 直言不諱的

come out with 說出

Come out with it. 說出來吧；開門見山地說。（= *Just say it.*）

beat〔bit〕*v.* 打　　around〔ə'raʊnd〕*prep.* 在…周圍

bush〔bʊʃ〕*n.* 灌木叢

beat around the bush 說話拐彎抹角（= *beat about the bush*）

455. open〔'opən〕*adj.* 公開的；坦率的

candid〔'kændɪd〕*adj.* 坦白的；直率的

to one's face 當著某人的面

456. ***start + V-ing*** 開始…　　speak〔spik〕*v.* 說

quickly〔'kwɪklɪ〕*adv.* 快地

spit〔spɪt〕*v.* 吐出　　***spit it out*** 坦白說出

□ **457.** Speak frankly. 　　　　　　　　坦白說。

　　　Speak plainly. 　　　　　　　　說明白。

　　　Let's talk turkey. 　　　　　　我們打開天窗說亮話。

□ **458.** Cut to the chase. 　　　　　　說重點吧。

　　　Come to the point. 　　　　　　說重點吧。

　　　What do you want from me? 　　你到底要我怎樣？

□ **459.** What do you expect? 　　　　你有什麼期望？

　　　I can't read minds. 　　　　　我不會讀心術。

　　　Give me a hint. 　　　　　　　給我一個暗示。

**

457. frankly〔'fræŋklɪ〕*adv.* 坦白地（= *honestly*）
plainly〔'plenlɪ〕*adv.* 明白地；清楚地　　turkey〔'tɝkɪ〕*n.* 火雞
talk turkey 坦白說（= *talk frankly* = *speak plainly* = *get to the point*）

458. chase〔tʃes〕*n.* 追逐　　***Cut to the chase.*** 言歸正傳；切入正題；
說重點吧。（= *Come to the point.* = *Get to the important part.*
= *Skip the details.*）【skip〔skɪp〕*v.* 省略　　detail〔'ditel〕*n.* 細節】
源自拍電影，動作片中最精彩的部份就是追逐（chase）的場面，直接
剪到最精彩的部份，也就是「說重點吧。」　　point〔pɔɪnt〕*n.* 要點
come to the point 談到要點；直截了當地說（= *get to the point*）
What do you want from me? = What do you want me to do?
= What do you expect?【expect〔ɪk'spɛkt〕*v.* 期待】

459. expect〔ɪk'spɛkt〕*v.* 預期；期望　　read〔rid〕*v.* 讀；察覺；看出
mind〔maɪnd〕*n.* 心；精神；頭腦；想法
read one's mind 看出某人的心思　　hint〔hɪnt〕*n.* 暗示

♣ 我同意

☐ **460**. I agree with you. ┃ 我同意你的看法。

That makes two of us. ┃ 我和你想的一樣。

That goes double for me. ┃ 我們的想法一致。

☐ **461**. Right back at you. ┃ 你也一樣。

We feel the same way. ┃ 我們有同樣的感覺。

We think alike. ┃ 我們的想法相同。

☐ **462**. Ditto. ┃ 我也一樣。

Likewise. ┃ 我也一樣。

Same here. ┃ 我也一樣。

**────

460. agree〔ə'gri〕*v.* 同意　　***agree with sb.*** 同意某人

That makes two of us. 我也一樣。(= *That is true for me, too.*)

double〔'dʌbḷ〕*adj.* 雙重的；兩倍的

That goes double for ～. ～也一樣。

461. ***Right back at you.*** 你也是。(= *You too.*)；你也一樣。(= *The same to you.* = *I could say the same thing to you.*)　　way〔we〕*n.* 樣子

feel the same way 有同樣的感覺　　alike〔ə'laɪk〕*adv.* 同樣地

462. 凡是和某人有同樣的感覺，或是有相同的情況，都可說這三句話。

ditto〔'dɪto〕*adv.* 同樣地　　likewise〔'laɪk,waɪz〕*adv.* 同樣地

Same here. 我也是；我也一樣。

例如：A: I prefer tea to coffee. (我喜歡茶勝過咖啡。)

B: *Ditto*. (我也一樣。)

A: I didn't do the homework. (我沒做功課。)

B: *Same here*. (我也一樣。)

A: Nice to meet you. (很高興認識你。)

B: *Likewise*. (我也一樣。)

4.

社交生活

6. 沒聽清楚

☐ **463**. Louder, please. 請大聲一點。

Speak up a little. 說大聲一點。

I can't hear you. 我聽不見你說的話。

☐ **464**. Could you slow down? 你能減慢速度嗎？

Say it slowly. 慢慢說。

I didn't get that. 我沒聽懂。

☐ **465**. I missed it. 我錯過了那個。

I didn't catch that. 我沒聽懂。

I wasn't paying attention. 我沒注意聽。

＊＊————————————

463. louder〔'laʊdə〕*adv.* 更大聲地〔loud 的比較級〕

speak up 大聲說　　***a little*** 一點　　hear〔hɪr〕*v.* 聽見

I can't hear you. 我聽不見你說的話。

（＝*I can't hear what you said.*）

464. ***slow down*** 減低速度；變慢

slowly〔'sloʊlɪ〕*adv.* 慢慢地　　get〔gɛt〕*v.* 了解

465. miss〔mɪs〕*v.* 錯過　　catch〔kætʃ〕*v.* 聽懂；了解

attention〔ə'tɛnʃən〕*n.* 注意　　***pay attention*** 注意

♣ 沒聽懂

☐ **466.** I'm lost.   我不懂。

I'm confused.   我很困惑。

I'm not following you.   我沒聽懂你說的話。

☐ **467.** What's your point?   你的重點是什麼？

What's your meaning?   你的意思是什麼？

What are you trying to say?   你想要說的是什麼？

☐ **468.** Can you explain it?   你能解釋一下嗎？

Can you describe it?   你能描述一下嗎？

Tell me all about it.   全都告訴我吧。

**

466. lost〔lɔst〕*adj.* 迷惑的；迷惘的
I'm lost. 我不懂。(= *I don't understand.* = *I don't get it.*
= *You've lost me.*)【*get it* 了解   lose〔luz〕*v.* 失去；使迷惑】
confused〔kən'fjuzd〕*adj.* 困惑的
follow〔'falo〕*v.* 聽得懂；了解

POINT

467. point〔pɔɪnt〕*n.* 要點；重點
meaning〔'minɪŋ〕*n.* 意義；意思
try〔traɪ〕*v.* 嘗試；努力   *try to V.* 試圖…；想要…

468. explain〔ɪk'splen〕*v.* 解釋；說明
describe〔dɪ'skraɪb〕*v.* 描述；形容
tell sb. about sth. 告訴某人某事

□ **469.** You lost me.	我沒聽懂你說的話。
	I don't follow.	我沒聽懂。
	I don't understand.	我沒聽懂。

□ **470.** I'm at a loss.	我很困惑。
	I have no idea what you mean.	我不知道你的意思。
	You'll have to go through it again.	你必須再說一遍。

♣ 我不懂

□ **471.** It's above me.	這個我不懂。
	It's beyond me.	這個我不懂。
	It's over my head.	我無法理解。

** ———————————————

469. lose〔luz〕*v.* 失去；使迷惑   ***You lost me.*** 字面的意思是「你失去了我了。」引申為「你使我迷惑；我沒聽懂你說的話。」(= *I don't understand.* = *I couldn't follow what you said.*) 也可說成：You're losing me. 意思相同。
follow〔'falo〕*v.* 跟隨；聽懂   understand〔ˌʌndɚ'stænd〕*v.* 了解

470. loss〔lɔs〕*n.* 喪失   ***at a loss*** 感到困惑；茫然不知所措
idea〔aɪ'diə〕*n.* 點子；想法   ***have no idea*** 不知道 (= *don't know*)   mean〔min〕*v.* 意思是   ***go through*** 重複

471. above〔ə'bʌv〕*prep.* 在~之上；高於；超過
be above sb. 超過某人的理解能力
beyond〔bɪ'jɑnd〕*prep.* 超出~範圍
be beyond sb. 超出某人的理解能力   ***over one's head*** 某人無法理解的   ***It's above me.*** 這個我不懂。(= *It's beyond me.* = *It's above my head.* = *It's over my head.* = *It's beyond my grasp.* = *It's out of my range.*)【grasp〔græsp〕*n.* 抓住；掌握；理解力   range〔rendʒ〕*n.* (理解) 範圍   ***out of one's range*** 超出某人的理解範圍】

4.
社交生活

♣ 我懂了

☐ **472.** I got you.　　　　　　　　　　　我了解你的意思。
　　　　I get it.　　　　　　　　　　　　我懂了。
　　　　I see your point.　　　　　　　　我了解你的意思。

☐ **473.** I hear you.　　　　　　　　　　　我明白你的意思。
　　　　I feel you.　　　　　　　　　　　我懂你的意思。
　　　　I understand you.　　　　　　　　我了解你的意思。

☐ **474.** Copy that!　　　　　　　　　　　收到！
　　　　Roger that!　　　　　　　　　　　收到！
　　　　Received and understood!　　　　　收到而且明白了！

**

472. get〔gɛt〕v. 得到；了解
　　I got you. 我了解你的意思。(= *I understand you.*) 也可說成：
　　　I get it. (我了解你的意思。) I get it. (我懂了。)
　　see〔si〕v. 知道；了解　　point〔pɔɪnt〕n. 要點；重點
　　I see your point. 我了解你的意思。(= *I understand what you*
　　　are trying to say.)

473. 這三句話意思相同。　　hear〔hɪr〕v. 聽見；感覺出；聽明白
　　feel〔fil〕v. 感受到　　*I feel you.* 我懂你的意思。
　　I hear you. 我明白你的意思。(= *I feel you.* = *I understand you.*
　　　= *I know what you mean.*)

474. 前兩句意思相同，都等於 OK! (好的！) Got it! (知道了！)
　　Understood! (了解了！)　　copy〔ˋkɑpɪ〕v. 抄寫；複製
　　roger〔ˋrɑdʒɚ〕interj.【通信】知道了；收到了
　　Copy that! (收到！) 和 *Roger that!* (收到！) 都來自無線電用語，也
　　　可以簡化成 Copy! 和 Roger! 意思相同。　　receive〔rɪˋsiv〕v. 收到
　　Received and understood! 源自 The message is received and
　　　understood!【message〔ˋmɛsɪdʒ〕n. 訊息】

7. 提出請求

☐ **475.** What was your reason? | 你的理由是什麼？
Why did you do it? | 你爲什麼那麼做？
Explain yourself. | 解釋一下你爲什麼那麼做。

☐ **476.** Tell me about it. | 告訴我這件事。
Help me understand. | 幫助我了解。
Clue me in. | 要告訴我。

☐ **477.** Don't keep it from me. | 不要對我隱瞞這件事。
Don't refuse it to me. | 不要拒絕告訴我這件事。
Don't hold out on me. | 不要向我隱瞞情況。

** ——————————

475. reason〔'rizn〕*n.* 理由　　explain〔ɪk'splen〕*v.* 解釋；說明
explain *oneself* ①把自己的意思說清楚 ②爲自己的行爲作解釋
Explain yourself. 解釋一下你爲什麼那麼做。(= *Explain why you did it.*)

476. ***help*** *sb.* (*to*) *V.* 幫助某人… 　　clue〔klu〕*n.* 線索　*v.* 傳達給 (某人) 消息；告訴 (某人) (…事) < *in* >
Clue me in. (要告訴我。) 也可說成：Let me in on it. (對我說出這件事。) 【*let sb. in on* 對某人說出…】

477. ***keep…from*** 阻止；防止　　***keep*** *sth.* ***from*** *sb.* 對某人隱瞞某事
refuse〔rɪ'fjuz〕*v.* 拒絕給予；不允許
refuse *sth.* ***to*** *sb.* 拒絕給人某物
Don't refuse it to me. (不要拒絕告訴我這件事。) 也可說成：Tell me. (告訴我吧。)　　***hold out on*** *sb.* 拒絕幫助某人；向某人隱瞞情況 (= *keep sth. from sb.*)

♣ 答應吧！

□ **478.** Say yes!　　　　　　　　　　　答應吧！
　　　Please accept.　　　　　　　　請接受吧。
　　　Please agree.　　　　　　　　　請同意吧。

□ **479.** Don't tell anyone.　　　　　　不要告訴任何人。
　　　Don't let it get around.　　　不要讓它傳開來。
　　　Keep it under wraps.　　　　　要保密。

□ **480.** Rules are just rules.　　　　　規定就只是規定。
　　　Don't be so strict.　　　　　　不要這麼嚴格。
　　　Bend the rules.　　　　　　　　通融一下。

** ――――

478. *say yes* 答應　　accept〔əkˋsɛpt〕*v.* 接受
　　Please accept. 也可說成：Please accept it. 意思相同。
　　agree〔əˋgri〕*v.* 同意
　　Please agree. 也可說成：Please agree to it. 意思相同。
479. *get around* （消息）傳開；散播（= *get about*）
　　wrap〔ræp〕*v.* 包裹　*n.* 包裹物；外衣；圍巾；披肩
　　wraps〔ræps〕*n. pl.* 祕密；限制
　　keep…under wraps 將…保守祕密（= *keep…secret*）
480. rule〔rul〕*n.* 規則；規定　　just〔dʒʌst〕*adv.* 只
　　so〔so〕*adv.* 如此地；這麼地　　strict〔strɪkt〕*adj.* 嚴格的
　　bend〔bɛnd〕*v.* 使彎曲；（為自己方便而）改變（規則等）
　　bend the rules （根據情況）放寬規定；變通；通融
　　Bend the rules. （通融一下。）也可說成：Make an exception.
　　（破例一次。）【exception〔ɪkˋsɛpʃən〕*n.* 例外】

8. 斷然拒絕

☐ **481**.　You wish! 　　　　　　　　　你想得美！
　　　　　Keep dreaming! 　　　　　　做你的夢吧！
　　　　　Fat chance! 　　　　　　　　你沒機會！

☐ **482**.　Not at all! 　　　　　　　　一點也不！
　　　　　Not for a moment! 　　　　絕不！
　　　　　Not for a second! 　　　　絕不！

☐ **483**.　Never. 　　　　　　　　　　絕對不會。
　　　　　Not likely. 　　　　　　　　不可能。
　　　　　That'll be the day. 　　　　那絕不可能發生。

** ────────────────

481.　wish〔wɪʃ〕v. 但願；希望　　***you wish*** 你想得美【表示絕不可能】
　　　You wish! = That's impossible! = It won't happen!
　　　keep〔kip〕v. 持續　　***keep + V-ing*** 持續…
　　　dream〔drim〕v. 做夢　　fat〔fæt〕adj. 胖的
　　　chance〔tʃæns〕n. 機會；希望；可能性
　　　fat chance 極不可能；渺小的機會；希望很小
　　　Fat chance! = That's impossible! = It'll never happen!
　　　= Highly unlikely!【highly〔'haɪlɪ〕adv. 非常】

482.　這三句話意思相同，都等於 Never!（絕不！）No!（不！）
　　　　Not a chance!（不可能！）Forget about it!（想都別想！）
　　　　No way!（不行！）　　***not at all*** 一點也不；絕不
　　　moment〔'momənt〕n. 片刻　　***not for a moment*** 絕不；從來沒有
　　　second〔'sɛkənd〕n. 秒　　***not for a second*** 絕不

483.　never〔'nɛvɚ〕adv. 絕不（= *not at any time*）
　　　likely〔'laɪklɪ〕adj. 可能的　　***Not likely.*** 源自 It's not likely.
　　　That'll be the day. 源自 That'll be a day worth waiting for.
　　　（那將會是值得等待的一天。）是反語，真正的意思是「不會有那麼
　　　　一天。」也就是「那是絕不可能發生的；永遠不可能有那樣的事。」
　　　　（= *It won't happen.* = *It will never happen.*）

♣ 拒絕回答

□ **484.** I refuse to answer.　　　　　我拒絕回答。

I'm remaining silent.　　　　　我要保持沈默。

I plead the Fifth.　　　　　　我要行使緘默權。

□ **485.** No means no.　　　　　　　不要就是不要。

That's final.　　　　　　　　這是最後的決定。

I won't change it.　　　　　　我不會改變的。

□ **486.** Sorry, no dice.　　　　　　抱歉，不可能。

It's not going to happen.　　　　這是不會發生的。

Absolutely not.　　　　　　　絕對不會。

**────

484. refuse〔rɪ'fjuz〕*v.* 拒絕　　remain〔rɪ'men〕*v.* 保持

silent〔'saɪlənt〕*adj.* 安靜的；沈默的

plead〔plid〕*v.* 為⋯辯護；以⋯為藉口　　***the fifth*** 第五號的人或物

plead the Fifth 行使緘默權 (= *take the Fifth*)【由於美國憲法第五條
修正案承認被告有緘默權】

I plead the Fifth. 我要行使緘默權。(= *I'm taking the Fifth
Amendment.*)【amendment〔ə'mɛndmənt〕*n.* 修正案】

485. mean〔min〕*v.* 意思是　　final〔'faɪnḷ〕*adj.* 最終的；決定性的

change〔tʃendʒ〕*v.* 改變

486. dice〔daɪs〕*n. pl.* 骰子　　***no dice*** 不行；不可能 (= *no chance*)

be going to V. 將會⋯　　happen〔'hæpən〕*v.* 發生

absolutely〔'æbsə͵lutlɪ〕*adv.* 絕對地

♣ 拒絕邀約

□ **487**. Let me be honest. 　　　　　　我跟你說實話吧。
　　　 Let me tell you the truth. 　　　　我跟你說實話吧。
　　　 I'm going to level with you. 　　　我要對你說實話。

□ **488**. Here's the thing. 　　　　　　　事情是這樣的。
　　　 Here's what I want to say. 　　　　以下就是我想說的。
　　　 The fact of the matter is this. 　　　事情的真相是這樣的。

□ **489**. That's what I think. 　　　　　　那就是我的想法。
　　　 That's how I feel. 　　　　　　　那就是我的感覺。
　　　 Make no bones about it. 　　　　　我實話實說。

**

487. 這三句話意思相同。　　　honest（'ɑnɪst）*adj.* 誠實的
truth（truθ）*n.* 事實；真相
level（'lɛvḷ）*v.* 成為水平狀態；直率地講；（對人）說實話
level with 對⋯說實話（= *be straight with*）

488. 當你想要強調某事，或糾正某人時，就可說這三句話。
Here's the thing.（事情是這樣的。）也可說成：Here's what is
　important.（重要的是這個。）
fact（fækt）*n.* 事實　　matter（'mætɚ）*n.* 事情
the fact of the matter 事情的真相；事實（= *the fact* = *the truth*）

489. ***what I think*** 我的想法　　***how I feel*** 我的感覺
bone（bon）*n.* 骨頭
make no bones about 對⋯毫不猶豫；對⋯直言不諱；對⋯實話實說
Make no bones about it. 源自 I make no bones about it.
　（我實話實說。）

490. I'm a bad dancer. | 我不會跳舞。
I'm awkward and clumsy. | 我非常笨拙。
I have two left feet. | 我跳舞時笨手笨腳。

491. I'm rusty. | 我很生疏。
I'm out of practice. | 我疏於練習。
I haven't done this in a while. | 我有一陣子沒做這個了。

492. I'm not qualified. | 我資格不符。
I have no chance of winning. | 我不可能贏。
I'm out of the running. | 我沒有獲勝的機會。

** ———————————

490. dancer〔'dænsɚ〕 n. 舞者
I'm a bad dancer.（我不會跳舞。）也可說成：I'm not good at dancing.（我不擅長跳舞。）【**be good at** 精通；擅長】
awkward〔'ɔkwɚd〕 adj. 笨拙的　　clumsy〔'klʌmzɪ〕 adj. 笨拙的
I'm awkward and clumsy.（我非常笨拙。）也可說成：I'm not graceful at all.（我一點也不優雅。）【graceful〔'gresfəl〕 adj.
優雅的】　　left〔lɛft〕 adj. 左邊的　　feet〔fit〕 n. pl. 腳
have two left feet 有兩隻左腳，引申為「（跳舞時）笨手笨腳」。
I have two left feet.（我跳舞時笨手笨腳。）也可說成：I'm a bad dancer.（我跳舞跳得不好。）

491. rusty〔'rʌstɪ〕 adj. 生銹的；生疏的；荒廢的
practice〔'præktɪs〕 n. 練習
out of practice 因缺乏練習而生疏；疏於練習
while〔hwaɪl〕 n. 一下子；一陣子

492. qualified〔'kwɑlə,faɪd〕 adj. 合格的
chance〔tʃæns〕 n. 機會；可能性　　running〔'rʌnɪŋ〕 n. 跑步
be out of the running ①未參加賽跑　②無獲勝機會（= *not have
a chance of success*）

☐ **493**. All joking aside.　　　　別開玩笑。

No more kidding.　　　　不要再開玩笑了。

Let's get serious.　　　　我們認眞一點吧。

☐ **494**. Cancel it.　　　　把它取消。

Call it off.　　　　把它取消。

I'm not doing it.　　　　我不會做這件事。

☐ **495**. I can't be there.　　　　我不能去。

I can't make it.　　　　我不能去。

I have something going on.　　　　我有別的事情要做。

**

493. joke〔dʒok〕*v.* 開玩笑

all joking aside 別開玩笑；說眞的（= *all joking apart*）

All joking aside. 也可說成：Let's put all joking aside.（我們別開玩笑了。）【***put…aside*** 把…丟到一邊】

no more 不再　　kid〔kɪd〕*v.* 開玩笑

serious〔'sɪrɪəs〕*adj.* 認眞的；嚴肅的

494. cancel〔'kænsḷ〕*v.* 取消　　***call off*** 取消（= *cancel*）

I'm not doing it. 我不會做這件事。（= *I will not do it.*）

495. ***be there*** 在那裡；到那裡　　***make it*** 成功；辦到；能來

go on 進行；發生

I have something going on. 我有別的事情要做。（= *I have something to do.*）也可說成：I have plans.（我有別的計劃。）

♣ 拒絕同情

□ **496.** No sympathy, please.   請不要同情我。
No pity party for me.   不要可憐我。
Don't feel sorry for me.   不要為我感到難過。

□ **497.** I don't need help.   我不需要幫忙。
I got this, thanks.   這個我能處理，謝謝。
I can manage.   我能自行處理。

□ **498.** Thanks, but no thanks.   謝謝，但我並不需要。
It's a nice gesture.   這是個善意的表示。
It's the thought that counts.   心意最重要。

**

496. sympathy〔'sɪmpəθɪ〕*n.* 同情　　pity〔'pɪtɪ〕*n.* 同情；可憐
pity party 憐惜派對；自憐自艾的派對
No pity party for me. 字面的意思是「不要為我開憐惜派對。」也就
是「不要可憐我。」　　sorry〔'sɔrɪ〕*adj.* 遺憾的；難過的

497. ***I got this.*** 這個我能處理。(= *I can do this.* = *I can deal with this.*)
manage〔'mænɪdʒ〕*v.* 處理；應付；處理事務；設法應付
I can manage.（我能自行處理。）也可說成：I can manage it.
意思相同。

498. thanks〔θæŋks〕*n. pl.* 謝謝　　***Thanks, but no thanks.*** = Thanks,
but no, thanks. = I appreciate it, but no, thank you. = I'm
grateful, but I don't need it.【appreciate〔ə'priʃɪˌet〕*v.* 感激
grateful〔'gretfəl〕*adj.* 感激的】　　nice〔naɪs〕*adj.* 好的
gesture〔'dʒɛstʃɚ〕*n.* 姿勢；（心意的）表示
thought〔θɔt〕*n.* 想法　　count〔kaʊnt〕*v.* 重要（ = *matter* ）

4.
社交生活

9. 感謝

☐ **499.** Thanks a heap.   非常感謝。

         Thanks a million.   多謝。

         Thanks a bundle.   多謝。

☐ **500.** I'm thankful.   我很感謝。

         I'm grateful.   我很感謝。

         Much obliged.   非常感激。

☐ **501.** I'm indebted.   我很感激。

         I'm in your debt.   我很感激你。

         Much appreciated.   非常感激。

** ──────────────

499. heap〔hip〕*n.* 一堆　　million〔'mɪljən〕*n.* 百萬
bundle〔'bʌndl̩〕*n.* 一大堆；一把；一捆
Thanks a heap. 非常感謝。(= *Thanks a million.* = *Thanks a
bunch.* = *Thanks a lot.*)

500. thankful〔'θæŋkfəl〕*adj.* 感謝的
grateful〔'gretfəl〕*adj.* 感激的
obliged〔ə'blaɪdʒd〕*adj.* 感激的　　***Much obliged.*** 源自 I'm
much obliged.（我非常感激。) 不可説成：*Very obliged.*【誤】

501. indebted〔ɪn'dɛtɪd〕*adj.* 感激的　　debt〔dɛt〕*n.* 債務
in one's ***debt*** 欠某人的錢；受某人的恩惠
appreciated〔ə'priʃɪˌetɪd〕*adj.* 感激的

□**502.** Thanks for your help.   謝謝你的幫忙。
　　　 I appreciate it.   我很感激。
　　　 I'm very grateful.   我非常感激。

□**503.** I owe you one.   我欠你一次。
　　　 I owe you something nice.   我應該為你做點好事。
　　　 I won't forget it.   我不會忘記的。

□**504.** You helped me out.   你幫我度過難關。
　　　 You were a lifesaver.   你是我的救星。
　　　 I couldn't have done it   沒有你，我是不可能做到的。
　　　　 without you.

**

502. thanks〔θæŋks〕*n. pl.* 感謝 <*for*>   help〔hɛlp〕*n., v.* 幫忙
　　　 appreciate〔ə'priʃɪ͵et〕*v.* 感激
　　　 grateful〔'gretfəl〕*adj.* 感激的

503. owe〔o〕*v.* 欠
　　　 I owe you one. 我欠你一次；我非常感激你。
　　　 owe sb. sth. 應該為某人做某事   forget〔fə'gɛt〕*v.* 忘記

504. *help sb. out* 幫助某人度過難關
　　　 lifesaver〔'laɪf͵sevə〕*n.* 救命者；救星

♣ 激動得說不出話來

☐ 505. I'm amazed. 　　　　　　　　　　我很驚訝。
I'm speechless. 　　　　　　　　　我驚訝得說不出話來。
I'm flabbergasted. 　　　　　　　　我大吃一驚。

☐ 506. I was choked up. 　　　　　　　　我激動得說不出話來。
I was tongue-tied. 　　　　　　　　我說不出話來。
I was at a loss for words. 　　　　我不知道該說什麼。

☐ 507. Words fail me. 　　　　　　　　　我說不出話來。
It's beyond words. 　　　　　　　　這是用言語無法形容的。
I can't put words to it. 　　　　　我很難用言語形容。

**

505. amaze〔ə'mez〕v. 使驚訝
speechless〔'spitʃlɪs〕adj. 目瞪口呆的；驚訝得說不出話來的
flabbergast〔'flæbə‚gæst〕v. 使大吃一驚

506. choke〔tʃok〕v. 使窒息；使噎住；(感情的激動)使呼吸困難(說不出話來)　　**choke up** 使激動得說不出話來
tongue〔tʌŋ〕n. 舌頭　　tie〔taɪ〕v. 綁
tongue-tied〔'tʌŋ‚taɪd〕adj. (通常因緊張而)張口結舌的；說不出話的
at a loss 感到困惑；茫然　　words〔wɜdz〕n. pl. 言詞；話
be at a loss for words 不知道該說什麼

507. fail〔fel〕v. 對⋯派不上用場；使失望　　**Words fail me.** 言語對我派不上用場，也就是「我說不出話來。」(= *I'm speechless.*)
beyond〔bɪ'jɑnd〕prep. 超出⋯的範圍
It's beyond words. 這超出言語的範圍，也就是「這是用言語無法形容的。」(= *It's beyond description.*)【description〔dɪ'skrɪpʃən〕n. 形容】　　**put words to sth.** 用言語形容⋯
I can't put words to it. = I can't put it into words. = I don't know how to describe it. 【describe〔dɪ'skraɪb〕v. 描述；形容】

□ **508.** What can I say?

I have no words.

I don't know what to say.

我能說什麼呢？

我無話可說。

我不知道該說什麼。

□ **509.** Thanks for the heads-up.

I appreciate the warning.

It's better knowing beforehand.

謝謝你的警告。

我很感激你的警告。

事先知道比較好。

□ **510.** Thank you for everything.

You have done so much.

We are lucky to have you.

謝謝你的一切。

你已經做了很多。

有你我們很幸運。

** ────────────

508. word〔wɝd〕*n.* 言辭；話　　***what to say*** 該說什麼

509. heads-up〔'hɛdz'ʌp〕*n.* 警告（= *warning*）

appreciate〔ə'priʃɪ,et〕*v.* 感激

warning〔'wɔrnɪŋ〕*n.* 警告

beforehand〔bɪ'for,hænd〕*adv.* 預先；事先（= *in advance*）

510. ***thank*** *sb.* ***for*** *sth.* 感謝某人某事　　***so much*** 很多

lucky〔'lʌkɪ〕*adj.* 幸運的

10. 道歉

□ **511.** Oops! 啊！

Oh my God! 我的天啊！

I'm so sorry. 我很抱歉。

□ **512.** My bad. 是我的錯。

It's my fault. 是我的錯。

I take the blame. 我要承擔責任。

□ **513.** I got it wrong. 我誤會了。

I was mistaken. 我弄錯了。

I stand corrected. 我認錯。

**

511. oops〔ups〕*interj.* 啊！【表示驚訝、驚慌或歉意】(= *whoops*)

Oh my God!（我的天啊！）現在也常寫成：OMG! 意思相同。

512. fault〔fɔlt〕*n.* 過錯　　bad〔bæd〕*n.* 壞的事物

My bad.（是我的錯。）是慣用句，也可說成：My mistake.（是我的錯。）　　take〔tek〕*v.* 承擔

blame〔blem〕*v.* 責備　*n.* 責任　*take the blame* 承擔責任

513. get〔gɛt〕*v.* 了解　*get it wrong* 誤解

mistaken〔mə'stekən〕*adj.* 錯誤的；弄錯的；誤解的

stand〔stænd〕*v.* 站著；處於（接受…的狀態）

correct〔kə'rɛkt〕*v.* 改正

stand corrected 接受改正；承認有錯

☐ **514.** I'm sorry.   很抱歉。

Forgive me.   原諒我吧。

It won't happen again.   這種事不會再發生。

☐ **515.** I'm really sorry.   我真的很抱歉。

I'm extremely sorry.   我非常抱歉。

I apologize from the bottom   我衷心地向你道歉。
    of my heart.

☐ **516.** Pardon me.   原諒我。

It was totally my fault.   那全是我的錯。

Please accept my apology.   請接受我的道歉。

** ———————————

514. sorry〔'sɔrɪ〕 *adj.* 抱歉的
forgive〔fə'gɪv〕 *v.* 原諒   happen〔'hæpən〕 *v.* 發生

515. extremely〔ɪk'strimlɪ〕 *adv.* 非常地 (= *very*)
apologize〔ə'pɑlə͵dʒaɪz〕 *v.* 道歉
bottom〔'bɑtəm〕 *n.* 底部   heart〔hɑrt〕 *n.* 心
from the bottom of *one's* ***heart*** 衷心地

516. pardon〔'pɑrdn̩〕 *v.* 原諒   totally〔'totl̩ɪ〕 *adv.* 完全地
fault〔fɔlt〕 *n.* 過錯   accept〔ək'sɛpt〕 *v.* 接受
apology〔ə'pɑlədʒɪ〕 *n.* 道歉

□ **517.** Uh-oh! 　　　　　　　　　喔！

　　　 Oh my God! 　　　　　　　我的天啊！

　　　 I'm terribly sorry. 　　　　我非常抱歉。

□ **518.** My mistake! 　　　　　　　我的錯！

　　　 It's all my fault! 　　　　　這全都是我的錯！

　　　 I blame myself. 　　　　　我怪我自己。

□ **519.** I was confused. 　　　　　我很困惑。

　　　 I misunderstood. 　　　　　我誤會了。

　　　 It was a misunderstanding. 　那是一場誤會。

**

517. uh-oh〔'ʌˌo〕*interj.* 喔【表示意識到出錯了】

　　 Oh my God!（我的天啊！）現在也常寫成：OMG! 意思相同。

　　 terribly〔'tɛrəblɪ〕*adv.* 非常地

518. mistake〔mə'stek〕*n.* 錯誤

　　 My mistake! 源自 It's my mistake!（這是我的錯！）

　　 fault〔fɔlt〕*n.* 過錯　　 blame〔blem〕*v.* 責備；責怪

519. confused〔kən'fjuzd〕*adj.* 困惑的

　　 misunderstand〔ˌmɪsʌndɚ'stænd〕*v.* 誤解；誤會

　　 misunderstanding〔ˌmɪsʌndɚ'stændɪŋ〕*n.* 誤解；誤會

♣ 因為失敗而道歉

☐ **520.** I failed.　　　　　　　　　　　　我失敗了。

I blew it.　　　　　　　　　　　我搞砸了。

I made a mistake.　　　　　　　我犯了錯。

☐ **521.** I'm too new.　　　　　　　　　　我太不熟悉了。

I have no experience.　　　　　我沒有經驗。

I'm not in the game.　　　　　　我還在狀況外。

☐ **522.** I feel bad.　　　　　　　　　　　我覺得很難過。

I let you down.　　　　　　　　我讓你失望了。

I'm sorry to disappoint you.　我很抱歉，讓你失望了。

** ────────────

520. fail〔fel〕*v.* 失敗　　blow〔blo〕*v.* 吹；搞砸

blow it 搞砸　　mistake〔mə'stek〕*n.* 錯誤

make a mistake 犯錯

521. new〔nju〕*adj.* 新來的；無經驗的；不熟悉的

experience〔ɪk'spɪrɪəns〕*n.* 經驗

game〔gem〕*n.* 遊戲；比賽；比賽狀況

not in the game 心不在焉；在狀況外

522. bad〔bæd〕*adj.* 不愉快的　　***feel bad*** 感到難過

down〔daʊn〕*adj.* 不高興的；沮喪的　　***let sb. down*** 讓某人失望

disappoint〔ˌdɪsə'pɔɪnt〕*v.* 使失望

☐ **523**. It's beyond my control. 這是我無法控制的。
It's out of my hands. 這是我無法控制的。
There is nothing I can do. 我無能為力。

☐ **524**. I failed you. 我辜負了你。
I disappointed you. 我讓你失望。
I wasn't able. 我沒有能力。

☐ **525**. No more mistakes! 不會再犯錯了！
I now have experience. 我現在有經驗。
I've learned my lesson. 我已經學到教訓了。

**

523. beyond〔bɪ'jɑnd〕*prep.* 超出…的範圍；出乎…之外
control〔kən'trol〕*n.* 控制
out of *one's* ***hands*** 在某人的掌握之外；非某人所能控制或對付
It's out of my hands. 這是我無法控制的。(= *It's beyond my control.* = *I have no control over this.*)
There is nothing I can do. 我無能為力。(= *I can't help you.* = *I have no power to do anything.*)【power〔'pauɚ〕*n.* 力量】

524. fail〔fel〕*v.* 使失望 ***I failed you.*** 我辜負了你；我讓你失望。
(= *I let you down.*)【*let* *sb.* *down* 讓某人失望】
disappoint〔ˌdɪsə'pɔɪnt〕*v.* 使失望
able〔'ebl̩〕*adj.* 能夠的；有能力的
I wasn't able. 也可說成：I couldn't do it. (我無法做到。)

525. ***no more*** 不再 mistake〔mə'stek〕*n.* 錯誤
No more mistakes! 源自 I won't make any more mistakes!
(我不會再犯任何錯誤！) experience〔ɪk'spɪrɪəns〕*n.* 經驗
learn *one's* ***lesson*** 學到教訓 ***I've learned my lesson.*** 也可說成：I won't do that again. (我不會再那麼做。)

♣ 因為説錯話而道歉

☐ **526.** I take it back.　　　　　　　　我收回我說過的話。

I was wrong.　　　　　　　　我錯了。

I didn't mean it.　　　　　　我不是認眞的。

☐ **527.** No offense.　　　　　　　　　不要生氣。

No disrespect.　　　　　　　我不是故意對你無禮。

I don't want to upset you.　　我不想要惹你生氣。

☐ **528.** I was just kidding.　　　　　　我只是在開玩笑。

Don't lose your temper.　　　不要發脾氣。

Don't bite my head off.　　　不要對我亂發脾氣。

** ────────────

526. ***take back*** 撤回；撤銷（以前說過的話）　　***I take it back.*** 這個我
撤回，也就是「我收回我說過的話。」　　wrong〔rɔŋ〕*adj.* 錯誤的
mean〔min〕*v.* 意圖說　　***I mean it.*** 我是認眞的；我不是在開玩笑。
I didn't mean it. 我不是認眞的；我只是在開玩笑。（= *I was just
kidding.*）也可說成：I shouldn't have said that.（我當時不
應該那麼說。）【***shouldn't have*** 表「過去不該做而做」】

527. offense〔ə'fɛns〕*n.* 冒犯；無禮；傷感情；生氣
No offense. 也可說成：Take no offense.（不要生氣。）或
I meant no offense.（我不是故意冒犯的。）
disrespect〔͵dɪsrɪ'spɛkt〕*n.* 不尊敬；無禮
No disrespect. 源自 I meant no disrespect.（我不是有意對你無禮。）
upset〔ʌp'sɛt〕*v.* 使心煩；使惱怒；使生氣

528. kid〔kɪd〕*v.* 開玩笑　　lose〔luz〕*v.* 失去
temper〔'tɛmpɚ〕*n.* 脾氣　　***lose one's temper*** 發脾氣
bite〔baɪt〕*v.* 咬　　***bite one's head off*** 對…亂發脾氣

□ **529.** Pardon my French. 請原諒我罵髒話。
Sorry for swearing. 很抱歉我罵髒話。
Excuse my cursing. 請原諒我罵髒話。

□ **530.** Don't take me seriously. 不要對我的話太認真。
Don't believe what I say. 不要相信我說的話。
I'm just talking nonsense. 我只是在亂說。

□ **531.** Keep your shirt on. 別生氣。
Keep your pants on. 保持冷靜。
Take a deep breath. 做個深呼吸。

【除了以上三句外，也可說：Relax.（放輕鬆。）Calm down.（冷靜
下來。）】

**

529. pardon〔'pardn̩〕v. 原諒；寬恕　　French〔frɛntʃ〕n. 法文
Pardon my French. 並非是字面的意思「原諒我的法文。」而是指
「請原諒我罵髒話。」（= *Excuse my bad language.*）其他和國家
有關的慣用語有：Let's go Dutch.（我們各付各的。）It's all
Greek to me.（這我完全不懂。）【Dutch〔dʌtʃ〕adj. 荷蘭的
Greek〔grik〕n. 希臘文】
swear〔swɛr〕v. 發誓；罵髒話　　curse〔kɝs〕v. 詛咒；罵髒話

530. seriously〔'sɪrɪəslɪ〕adv. 認真地　　***take ~ seriously*** 認真看待~
nonsense〔'nɑn,sɛns〕n. 無意義的話；胡說；廢話
talk nonsense 胡說八道

531. shirt〔ʃɝt〕n. 襯衫　　on〔ɑn〕adj. 穿著的
keep** one's **shirt on 別生氣；別發火（= *not get annoyed*）
pants〔pænts〕n. pl. 長褲　　***keep** one's **pants on*** 保持冷靜
（= *remain calm*）　　deep〔dip〕adj. 深的
breath〔brɛθ〕n. 呼吸　　***take a deep breath*** 做個深呼吸

♣ 因為打擾而道歉

□ **532.** Sorry to barge in.　　　　　　很抱歉要插嘴。
　　　Sorry to jump in.　　　　　　很抱歉要打斷。
　　　Pardon the interruption.　　　請原諒我打斷談話。

□ **533.** I'll leave you alone.　　　　　我不會煩你。
　　　I'll stop bothering you.　　　　我會停止打擾你。
　　　I'll get out of your hair.　　　我不會再煩你。

□ **534.** I'll let you get on.　　　　　　我會讓你繼續做。
　　　I can see you're busy.　　　　我看得出來你很忙。
　　　I'll get out of your way now.　我現在不妨礙你了。

** ─────────────

532. barge〔bɑrdʒ〕*v.* 闖（入）；擠（進）；干預；插嘴
　　　barge in 插嘴（＝*interrupt*）　　jump〔dʒʌmp〕*v.* 跳
　　　jump in 突然加入；插話；打斷（＝*interrupt*）
　　　pardon〔'pɑrdn̩〕*v.* 原諒；寬恕
　　　interruption〔ˌɪntə'rʌpʃən〕*n.* 打斷；打岔
　　　Pardon the interruption. ＝ Please pardon my interrupting.
　　　【interrupt〔ˌɪntə'rʌpt〕*v.* 打斷】
533. leave〔liv〕*v.* 使處於（某種狀態）　　alone〔ə'lon〕*adj.* 獨自的
　　　leave sb. alone 別煩別人　　***stop*** ＋ ***V-ing*** 停止…
　　　bother〔'bɑðɚ〕*v.* 打擾　　hair〔hɛr〕*n.* 頭髮
　　　get out of one's hair 離某人遠一點（以免惹惱某人）；不再
　　　　煩擾某人（↔ *get in one's hair* 激怒某人）
　　　I'll get out of your hair. 我不會再煩你。
　　　　（＝ *I'll get out of your way.*）
534. let〔lɛt〕*v.* 讓　　***get on*** 繼續做
　　　see〔si〕*v.* 知道；了解　　***get out of one's way*** 不妨礙某人

♣ 是無心之過

☐ **535.** I mean no harm. ｜ 我沒有惡意。

Don't take offense. ｜ 不要生氣。

Don't take it personally. ｜ 不要認為是針對你個人。

☐ **536.** It wasn't intentional. ｜ 那不是故意的。

I wasn't thinking. ｜ 我當時沒想清楚。

No offense intended. ｜ 不是有意要冒犯。

☐ **537.** It was an accident. ｜ 那是意外。

I didn't do it on purpose. ｜ 我不是故意那麼做的。

It was an honest mistake. ｜ 那是無心之過。

** ─────────────────────

535. mean〔min〕*v.* 有意；懷抱（意圖、感情等）

harm〔hɑrm〕*n.* 傷害；損害　　***mean no harm*** 沒有惡意

offense〔ə'fɛns〕*n.* 冒犯；無禮；傷感情；生氣

take offense 生氣　　personally〔'pɝsṇḷɪ〕*adv.* 個人地；針對個人地

take it personally 把某事看作是針對個人地

536. intentional〔ɪn'tɛnʃənḷ〕*adj.* 故意的

intend〔ɪn'tɛnd〕*v.* 意圖；打算

No offense intended. 「不是有意要冒犯。」也就是「沒有惡意；
　　無意傷人的心。」也可說成：No offense meant. 意思相同。

537. accident〔'æksədənt〕*n.* 意外　　purpose〔'pɝpəs〕*n.* 目的

on purpose 故意地　　honest〔'ɑnɪst〕*adj.* 誠實的

mistake〔mə'stek〕*n.* 錯誤

an honest mistake 誠實的錯誤；無心之過

♣ 別人說：**I'm sorry**. 時，你可以回答這九句話

☐ 538. It's OK. 　　　　　　　　　　沒關係。

　　　 Forget it. 　　　　　　　　　沒關係。

　　　 Don't worry about it. 　　　　別擔心那件事。

☐ 539. Don't mention it. 　　　　　　沒關係。

　　　 It's not a problem. 　　　　　沒什麼問題。

　　　 Consider it forgotten. 　　　　就忘了吧。

☐ 540. Oh, that's all right. 　　　　　喔，沒關係。

　　　 No harm done. 　　　　　　　沒有造成傷害。

　　　 No need to apologize. 　　　　不需要道歉。

** ————————————————————————

538. OK〔'o'ke〕*adj.* 好的；沒問題的　　forget〔fə'gɛt〕*v.* 忘記
　　　Forget it. 算了吧；沒關係；別再提了。　　worry〔'wɝɪ〕*v.* 擔心
　　　worry about 擔心

539. mention〔'mɛnʃən〕*v.* 提到
　　　Don't mention it.「別提了。」有兩個意思：①不客氣。(= *You're welcome*.) ②沒關係。(= *That's all right*.)
　　　It's not a problem.「這不是個問題。」也就是「沒什麼問題；沒關係；別放在心上。」(= *No problem*.)
　　　consider〔kən'sɪdə〕*v.* 認為　　***Consider it forgotten***.「認為它已經被忘記了。」也就是「就當這件事過去了；就忘了吧。」

540. oh〔o〕*interj.* 喔　　***that's all right*** 沒關係 (= *that's OK*)
　　　harm〔hɑrm〕*n.* 傷害　　***do harm*** 造成傷害
　　　No harm done.「沒有造成傷害。」也就是「沒有人受到傷害。」
　　　No need to V. 沒有…的必要；不必… (= *There is no need to V*.)
　　　apologize〔ə'pɑlə,dʒaɪz〕*v.* 道歉

11. 聚會演講，介紹來賓

□ **541.** Boys and girls.　　　　　　　　　孩子們。
Brothers and sisters.　　　　　兄弟姊妹們。
Greetings and welcome.　　　　大家好。

□ **542.** Somebody is here.　　　　　　　有人來了。
We're not alone.　　　　　　　我們不孤單。
We've got company.　　　　　　我們有同伴了。

□ **543.** Let's begin now.　　　　　　　　我們現在開始吧。
Let me introduce our guest.　　讓我來介紹我們的客人。
Without further ado, here she is.　閒話少說，她來了。

** ────────────────

541. 演講的開場白除了 "Ladies and gentlemen."（各位女士，各位先
　　生。）之外，也可說這三句話。
　　greetings〔'gritɪŋz 〕 *n. pl.* 大家好
　　welcome〔'wɛlkəm 〕 *interj.* 歡迎

542. somebody〔'sʌm,badɪ 〕 *pron.* 某人
　　here〔hɪr 〕 *adv.* 在這裡；到這裡
　　alone〔ə'lon 〕 *adj.* 單獨的；獨自的；孤獨的
　　we've got 我們有（ = *we have* ）
　　company〔'kʌmpənɪ 〕 *n.* 同伴；來客

543. begin〔bɪ'gɪn 〕 *v.* 開始　　introduce〔,ɪntrə'djus 〕 *v.* 介紹
　　guest〔gɛst 〕 *n.* 客人　　further〔'fɝðɚ 〕 *adj.* 更進一步的；更多的
　　ado〔ə'du 〕 *n.* 費力；麻煩　　***without further ado*** 不再囉嗦
　　Without further ado, here she is. 閒話少說，她來了。
　　（ = *Enough said — here she is.* ）

♣ 鼓勵來賓上台

☐ **544.** You're up! 　　　　　　該你上場了！
　　　　 You're on! 　　　　　　該你上台了！
　　　　 Get ready to shine. 　　準備發光發亮了。

☐ **545.** Your turn! 　　　　　　輪到你了！
　　　　 You can do it! 　　　　你做得到！
　　　　 Go for it! 　　　　　　大膽試一試！

☐ **546.** You're next! 　　　　　下一個是你！
　　　　 Get ready. 　　　　　做好準備。
　　　　 Break a leg. 　　　　祝福你。

**

544. up〔ʌp〕*adv.* 向上地　　***You're up!*** 該你上場了！（ = *You're next!* = *It's your turn!*）【**be one's turn** 輪到某人】
on〔ɑn〕*adv.* 在…之上；舉行中；上演中
You're on! 該你上場了！（ = *It's your turn!*）
ready〔'rɛdɪ〕*adj.* 準備好的
shine〔ʃaɪn〕*v.* 發光；發亮；大放異彩；很出色
Get ready to shine.（準備發光發亮了。）也可說成：Show them what you've got.（讓他們看看你有多厲害。）

545. turn〔tɝn〕*n.* 輪流　　**(*it's*) *your turn*** 輪到你了
go for it 大膽試一試

546. next〔nɛkst〕*adj.* 下一個　　break〔brek〕*v.* 打斷
leg〔lɛg〕*n.* 腿；（椅子的）腳
break a leg 祝福；祝…成功【***break a leg*** 不是字面的意思「斷條腿吧」，而是真心地祝對方一切順利。源自伊莉莎白女王時期，觀眾欣賞表演時，如果覺得滿意，不是用手鼓掌（applause），而是會拿椅子用力撞擊地板，如果他們太喜歡那場演出，椅子的腳就會被撞到折斷】

12. 舉杯敬酒

♣ 敘舊

□ 547. We hit it off right from the start.　　我們從一開始就合得來。
We became fast friends.　　　　　　我們成為好朋友。
You're my kind of person.　　　　　我喜歡你這樣的人。

□ 548. You're a great friend.　　　　　　你是個很棒的朋友。
A true-blue buddy.　　　　　　　　是個忠誠堅定的夥伴。
Like a brother to me.　　　　　　　就像是我的兄弟一樣。

□ 549. I cherish you.　　　　　　　　　我很珍惜你。
You're true blue.　　　　　　　　你非常忠誠。
You're loyal and dependable.　　　你忠實又可靠。

**

547. *hit it off* 合得來　　right 在此作「就」講，是副詞，用來加強語氣。
from the start 一開始
fast friend 指「忠實、可靠的朋友」，fast 作「忠實的、可靠的」解。
第三句，如果男人對男人，一般說成：You're my kind of guy.
one's kind of 某人喜歡的類型 (= a type that one likes)
You're my kind of person. 字面的意思是「你是我這類型的人。」引
　　申為「我喜歡你這樣的人。」例如：It's my kind of place. (這是
　　我喜歡的地方。) It's my kind of music. (我喜歡這個音樂。)
548. great 〔 gret 〕 *adj.* 很棒的　　true-blue *adj.* 忠誠堅定的；可靠的
buddy 〔 'bʌdɪ 〕 *n.* 兄弟；同伴；夥伴　　like 〔 laɪk 〕 *prep.* 像
Like a brother to me. 源自 You are like a brother to me.
549. cherish 〔 'tʃɛrɪʃ 〕 *v.* 珍惜
true blue 忠誠的；忠實的 (= loyal = faithful) 在中世紀時期，顏
　　色都有其象徵性的意義，而藍色 (blue) 就是忠實的象徵。(*In
　　medieval times the colors were symbols of different things.
　　Blue was the symbol of faithfulness, truth, and loyalty.*)
loyal 〔 'lɔɪəl 〕 *adj.* 忠實的　　dependable 〔 dɪ'pɛndəbḷ 〕 *adj.* 可靠的

☐ **550.** We met ages ago.   我們很久以前就認識了。
We're old acquaintances.   我們認識很久了。
We go way back.   我們認識很久了。

☐ **551.** We have a long history.   我們認識很久了。
We're old friends.   我們是老朋友。
We've known each other a   我們認識很久了。
    long time.

☐ **552.** We're like family.   我們就像家人一樣。
We're buddy-buddy.   我們很親密。
We're best friends forever.   我們永遠是最好的朋友。

** ————————

550. meet〔mit〕*v.* 會面;認識   ages〔'edʒɪz〕*n. pl.* 長時間
acquaintance〔ə'kwentəns〕*n.* 認識的人
old acquaintance 舊識   ***way back*** 很久以前
go way back 認識(某人)很久了(*= go back a long way = have*
been friends for a very long time = have known each other for
a long time)   ***We go way back.*** 我們認識很久了。(*= We go*
back a long way.)【***go back a long way*** 認識很久了】
551. history〔'hɪstrɪ〕*n.* 歷史   ***We have a long history.*** 我們有很長的
歷史,也就是「我們認識很久了。」(*= We've known each other a*
long time.)   ***old friend*** 老朋友   ***each other*** 彼此
We've known each other a long time. 我們認識很久了。
(*= We've known each other for a long time.*)
552. like〔laɪk〕*prep.* 像   family〔'fæməlɪ〕*n.* 家人
buddy〔'bʌdɪ〕*n.* 好朋友;哥兒們;夥伴
buddy-buddy〔'bʌdɪ'bʌdɪ〕*adj.* 很親密的
We're buddy-buddy. = We're good friends.
forever〔fə'ɛvə〕*adv.* 永遠

4. **社交生活**

☐ **553.** We are best friends.　　　　　　我們是最好的朋友。

We are super close.　　　　　　我們非常親密。

We are as thick as thieves.　　　我們很親密。

☐ **554.** We're close friends.　　　　　　我們是親密的朋友。

We're bosom buddies.　　　　　　我們是知己。

We've known each other for　　　我們已經認識很久了。
　　a long time.

☐ **555.** We're friends forever.　　　　　我們是永遠的朋友。

We're friends till we die.　　　　我們是終生的朋友。

Always close no matter what!　　無論如何，都要一直很親密！

** ─────────────────────────────

553. super〔ˋsupɚ〕*adv.* 非常；超　　close〔klos〕*adj.* 親密的

thick〔θɪk〕*adj.* 厚的；濃的；親密的

thief〔θif〕*n.* 小偷【複數形是 thieves〔θivz〕】

(*as*) *thick as thieves* 很親密

554. bosom〔ˋbʊzəm〕*n.* 胸部　*adj.* 親密的；知己的

buddy〔ˋbʌdɪ〕*n.* 好朋友；哥兒們；夥伴

bosom buddy 密友；知己（= *bosom friend* = *close friend*）

each other 彼此

555. forever〔fəˋɛvɚ〕*adv.* 永遠　　till〔tɪl〕*conj.* 直到

no matter what 無論如何　*Always close no matter what!* 源
自 We will always be close no matter what!（無論如何，我們
一直都會很親密。）

♣ 乾杯！

□ **556.** I'd like to give a toast.　　　　我想要舉杯祝賀。
To health and happiness!　　　爲健康和幸福乾杯！
To friendship and future　　　　爲友誼和未來的成功乾杯！
　　　success!

□ **557.** Cheers!　　　　　　　　　　乾杯！
Bottoms up!　　　　　　　　乾杯！
Friends forever!　　　　　　友誼長存！

□ **558.** Cheers to all!　　　　　　　大家乾杯！
Good health!　　　　　　　　祝大家健康！
Down the hatch!　　　　　　乾杯！

**

556. toast〔tost〕 *n.* ①吐司 ②乾杯；舉杯祝賀　 *v.* 爲～乾杯
give a toast 舉杯祝賀（ = *make a toast* ）
health〔hɛlθ〕 *n.* 健康　　happiness〔'hæpɪnɪs〕 *n.* 快樂；幸福
To health and happiness! 源自 Let's toast to health and
　happiness!（讓我們爲健康和幸福乾杯！）
friendship〔'frɛndʃɪp〕 *n.* 友誼
future〔'fjutʃɚ〕 *n., adj.* 未來（的）　　success〔sək'sɛs〕 *n.* 成功
557. cheers〔tʃɪrz〕 *interj.* 乾杯！　 *n. pl.* 乾杯
bottom〔'batəm〕 *n.* 底部　 ***Bottoms up!*** 乾杯！
forever〔fɚ'ɛvɚ〕 *adv.* 永遠地
558. hatch〔hætʃ〕 *n.* 艙門；艙口　 ***Down the hatch!*** 乾杯！

4. 社交生活

13. 溫馨祝福

□ 559. Have a marvelous Monday!　　　祝你有個很棒的星期一！
It's a new week.　　　　　　　　這是新的一週。
Let's make it happen!　　　　　　勇往直前吧！

□ 560. Happy Tuesday!　　　　　　　　星期二愉快！
Have a terrific Tuesday!　　　　　祝你有個很棒的星期二！
Do tremendous things!　　　　　　要做大事！

□ 561. Happy Wednesday!　　　　　　　星期三愉快！
Have a wonderful Wednesday!　　　祝你有個很棒的星期三！
Let's get over the hump!　　　　　讓我們安然度過星期三吧！

＊＊ ─────────────────────────────

559. marvelous〔'mɑrvləs〕*adj.* 很棒的　　Monday〔'mʌnde〕*n.* 星期一
make it happen 去做吧；成功實踐
Let's make it happen! 我們勇往直前吧！（= *Let's do it!* ）
560. Tuesday〔'tjuzde〕*n.* 星期二　　terrific〔tə'rɪfɪk〕*adj.* 很棒的
tremendous〔trɪ'mɛndəs〕*adj.* 巨大的；很了不起的
Do tremendous things! 要做大事！（= *Do big things!*
= *Do successful things!* ）
561. Wednesday〔'wɛnzde〕*n.* 星期三
wonderful〔'wʌndəfəl〕*adj.* 很棒的
hump〔hʌmp〕*n.* 小圓丘；（駝）峰
be over the hump 脫離危機；越過山峰；完成了最困難的部份；度過
難關了（= *get past the midpoint*）【當人們提到 hump，通常是指中點
（the halfway point），過了這一點後，事情就變得較容易。例如：This
is a difficult project, but we're over the hump now and it's all
downhill from here (*easier from now on*).（這是個困難的計劃，但
我們已經完成了最困難的部份，現在起就比較容易了。）】
Let's get over the hump.「讓我們度過難關吧。」也可指「讓我們
安然度過星期三吧。」因為 ***hump day*** 是「星期三；一週工作日的
中間那天（the middle of the workweek）」。

☐ 562. Have a thrilling Thursday!   祝你有個令人興奮的星期四！

Have a thankful Thursday!   祝你有個充滿感激的星期四！

Have an attitude of   要有心存感激的態度！
    gratitude!

☐ 563. Happy Friday!   星期五快樂！

Have a fabulous day!   祝你有個很棒的一天！

Let's have a fun final day!   讓我們擁有一個有趣的最後
    上班日吧！

☐ 564. Happy Saturday!   星期六快樂！

Have a sensational day!   祝你有個很棒的一天！

Do it all, and have a ball!   要全都做完，並且玩得愉快！

＊＊

4. 社交生活

562. **thrilling** (ˈθrɪlɪŋ) *adj.* 令人興奮的；刺激的 (= *exciting*)
    Thursday (ˈθɝsde) *n.* 星期四   **thankful** (ˈθæŋkfəl) *adj.* 感激的
    attitude (ˈætəˌtjud) *n.* 態度   **gratitude** (ˈgrætəˌtjud) *n.* 感激

563. **Friday** (ˈfraɪde) *n.* 星期五   **fabulous** (ˈfæbjələs) *adj.* 很棒的
    fun (fʌn) *adj.* 有趣的   **final** (ˈfaɪnḷ) *adj.* 最後的
    final day 在此是指 the last day of the workweek（一週工作日
      的最後一天）。
    Let's have a fun final day! = Let's have a great last day!
      = Let's enjoy the last day!

564. **Saturday** (ˈsætəˌde) *n.* 星期六   **sensational** (sɛnˈseʃənḷ) *adj.*
    轟動的；很棒的 (= *great* = *wonderful*)
    ball (bɔl) *n.* 球；舞會；極美好的時光
    have a ball 玩得很愉快 (= *have fun* = *enjoy yourself*)

□565. It's super Sunday! 今天是超級星期天！
It's a day for R&R! 今天是休息和娛樂的日子！
Enjoy family, friends, and 好好享受和家人、朋友相聚
fun! 的時光，並且玩得愉快！

□566. Have a great day! 祝你有個很棒的一天！
Have a happy day! 祝你有個愉快的一天！
Remember: Every day is a 要記得：日日都是好日。
good day.

♣ 回覆祝福

□567. You too. 你也是。
The same to you. 你也一樣。
Right back at you. 你也一樣。

＊＊ ——————————————————

565. super〔ˋsupɚ〕*adj.* 超級的；極好的　　Sunday〔ˋsʌnde〕*n.* 星期天
R&R 在此是指 rest and recreation（休息和娛樂）。
It's a day for R&R! = It's a day for rest and recreation! = It's a
day to have fun!【*have fun* 玩得愉快】
enjoy〔ɪnˋdʒɔɪ〕*v.* 享受　　family〔ˋfæməlɪ〕*n.* 家人
fun〔fʌn〕*n.* 樂趣；有趣的人或事物
Enjoy family, friends, and fun! = Have a good time with your
family and friends!【*have a good time* 玩得愉快】

566. great〔gret〕*adj.* 很棒的　　remember〔rɪˋmɛmbɚ〕*v.* 記得
Every day is a good day. 日日都是好日。
（ = *There is something good about every day.* ）

567. *You too.* 視上下文，有不同的解釋：① You did, too.（你也是。）
② You are, too.（你也是。）③ Same to you.（你也一樣。）
The same to you. 也可說成：Same to you.（你也一樣。）意思相同。
Right back at you. 也可說成：The same to you.（你也一樣。）
I feel the same way about you.（我對你有同樣的感覺。）或 It's
also true about you.（你也一樣。）【true〔tru〕*adj.* 一模一樣的】

14. 曲終人散

♣ 主人送客的台詞

□ 568. Please stay. | 請留下來。
Don't leave. | 不要走。
I enjoy your company. | 我喜歡你陪我。

□ 569. Drop by sometime. | 找個時間順道來找我玩。
Come see me. | 來看我。
Come over and visit. | 來找我玩。

□ 570. Take care now. | 保重。
Take it easy. | 再見。
Enjoy the rest of your day. | 祝你有美好的一天。

4. 社交生活

**

568. stay〔ste〕v. 停留　　leave〔liv〕v. 離開
enjoy〔ɪnˋdʒɔɪ〕v. 喜歡　　company〔ˋkʌmpənɪ〕n. 陪伴

569. *drop by* 順道拜訪　　sometime〔ˋsʌm͵taɪm〕adv. 某時
Come see me. 源自 Come and see me. (來看我。)
come over 過來　　visit〔ˋvɪzɪt〕v. 拜訪；作客
Come over and visit. = Stop by.【*stop by* 順道拜訪】

570. 和人道別時，可說這三句話。
take care 注意；小心；保重　　*take it easy* 放輕鬆；再見
enjoy〔ɪnˋdʒɔɪ〕v. 享受　　rest〔rɛst〕n. 其餘的人或物
Enjoy the rest of your day. 好好享受你今天其餘的時間，也就
是「祝你有美好的一天。」(= *Have a good one.*)

☐ **571**. It was fun.　　　　　　　　　　很有趣。

　　　　Let's do it again.　　　　　　　我們下次再約。

　　　　Till next time.　　　　　　　　下次再見。

☐ **572**. Keep in touch.　　　　　　　　要保持連絡。

　　　　Drop me a line.　　　　　　　要寫封信給我。

　　　　Don't be a stranger.　　　　　不要不連絡。

☐ **573**. See you soon.　　　　　　　　待會見。

　　　　See you around.　　　　　　　待會見。

　　　　Have a good one.　　　　　　　祝你有美好的一天。

**

571. fun〔 fʌn 〕*adj.* 有趣的

　　Let's do it again.「我們再做一次。」引申為「我們下次再約。」

　　　或「我們下次再出去。」(= *Let's go out again.*)

　　till〔 tɪl 〕*prep.* 直到 (= *until*)　　***next time*** 下次

　　Till next time. 等到下次再見的時候，也就是「下次再見。」(= *Until*

　　next time. = *See you next time.* = *Good-bye till next time.*)

572. touch〔 tʌtʃ 〕*n.* 接觸；連絡　　***keep in touch*** 保持連絡

　　line〔 laɪn 〕*n.* 短信　　***drop sb. a line*** 寄給某人一封短信

　　stranger〔'strendʒɚ〕*n.* 陌生人

573. soon〔 sun 〕*adv.* 很快　　***See you.*** 再見。

　　See you soon. 待會見。　　around〔 ə'raʊnd 〕*adv.* 在附近

　　See you around. 待會見。

　　Have a good one. 也可說成 : Have a good day. (祝你有美好的

　　　一天。)

♣ 客人要先走

☐ **574.** I have to run. 我要趕緊走了。
I have to leave. 我必須離開。
I'm out of time. 我沒有時間了。

☐ **575.** I'm going first. 我先走。
I'm leaving first. 我先離開。
I have to go. 我必須走。

☐ **576.** See you in the morning. 明天早上見。
See you after sunup. 明天天亮後見。
Catch you bright and early. 明天一大早見。

**

574. run〔rʌn〕v. 跑；趕快；迅速趕往
leave〔liv〕v. 離開 ***out of*** 沒有
575. go〔go〕v. 去；走；出發；動身 first〔fɝst〕adv. 先
576. ***see you*** 再見 sunup〔'sʌn,ʌp〕n. 日出 (= *sunrise*)
See you after sunup. = I'll see you early in the morning.
【***early in the morning*** 一大早】
catch〔kætʃ〕v. 看見 ***bright and early*** 一大早
Catch you bright and early. (明天一大早見。)
= I'll meet you first thing in the morning.
【***first thing in the morning*** 一大早 (= *very early in the morning*)】

♣ 相約再見

□ **577.** You go first.　　　　　　　你先走。

You go ahead.　　　　　　你先走。

You can take off.　　　　　你可以離開。

□ **578.** Don't disappear.　　　　　　不要消失。

Don't be a stranger.　　　不要不連絡。

Promise to keep in contact.　答應我要保持連絡。

□ **579.** Let's set a date.　　　　　　我們定個日期吧。

Let's make an appointment.　我們約個時間吧。

That way, we'll meet for

  sure.　　　　　　　　　那樣的話，我們一定會見面。

**

577. ***go ahead*** 先走 (= *go first*)　　***take off*** 起飛；脫掉；離開

578. disappear〔͵dɪsə'pɪr〕*v.* 消失　　stranger〔'strendʒɚ〕*n.* 陌生人

Don't be a stranger. 字面的意思是「不要當陌生人。」也就是「不要
不連絡。」　　promise〔'prɑmɪs〕*v.* 承諾；答應

contact〔'kɑntækt〕*n.* 接觸；連絡 (= *touch*)

keep in contact 保持連絡 (= *keep in touch*)

579. set〔sɛt〕*v.* 決定；指定 (時間、地點等)　　date〔det〕*n.* 日期

appointment〔ə'pɔɪntmənt〕*n.* 約定；約會　　***that way*** 那樣的話

meet〔mit〕*v.* 見面　　***for sure*** 一定；確定地

♣「再見」的幽默說法

☐ **580**. Later. 　　　　　　　　　待會見。
　　　 Later, gator. 　　　　　　　待會見。
　　　 See you later, alligator. 　　待會見。

☐ **581**. You take care. 　　　　　　你要保重。
　　　 Look after yourself. 　　　　好好照顧自己。
　　　 Stay healthy and safe. 　　　要保持健康，注意安全。

☐ **582**. Let me see you out. 　　　　讓我送你出去。
　　　 Let me walk you out. 　　　　讓我送你出去。
　　　 Let me see you to the door. 　讓我送你到門口。

**

580. 和人道別時可說這三句話。

　　　 later〔ˈletɚ〕*adv.* 待會；【用於道別】再見
　　　 Later. 源自 See you later.（待會見。）
　　　 gator〔ˈgetɚ〕是 alligator〔ˈælə͵getɚ〕*n.* 短吻鱷的簡稱。
　　　 Later, gator. 源自 See you later, alligator. 是幽默的說法，等於
　　　　 I'll see you later.（待會見。）

581. *take care* 小心；注意；保重　　　 *look after* 照顧
　　　 stay〔ste〕*v.* 保持　　　 healthy〔ˈhɛlθɪ〕*adj.* 健康的
　　　 safe〔sef〕*adj.* 安全的

582. 這三句話意思相同。　　　 see〔si〕*v.* 看見；送；護送（某人）
　　　 see sb. out 送某人到大門口
　　　 walk〔wɔk〕*v.*（陪著走路）送走（某人）
　　　 walk sb. out 送某人走出門外　　　 *see sb. to~* 送某人到~

♣ 感謝招待

□ **583.** You're a great host.　　　　　　你招待得很好。

Thank you for inviting me.　　　謝謝你邀請我。

Thank you for having me over.　謝謝你請我來。

□ **584.** I'll make it up to you.　　　　我會補償你。

I'll pay you back.　　　　　　　我會回報你。

I'll do something good for you.　我會為你做一些好事。

♣ 「再見」的外來語

□ **585.** Sayonara!　　　　　　　　　再見！

Adios!　　　　　　　　　　　再見！

Ciao!　　　　　　　　　　　再見！

** ──────────

583. great〔gret〕*adj.* 極好的；很棒的　　host〔host〕*n.* 主人
You're a great host.「你是很棒的主人。」也就是「你招待得很好。」
thank sb. for sth. 感謝某人某事
invite〔ɪn'vaɪt〕*v.* 邀請　　***have sb. over*** 請某人來家裡作客

584. ***make up*** 彌補；補償　　***make it up to sb.*** 補償某人
pay back 回報

585. sayonara〔'sajo'nara〕*interj.* 再見【日語】
adios〔ˌɑdɪ'os〕*interj.* 再見【西班牙語】
ciao〔tʃau〕*interj.* 再見【義大利語】

每一個視頻，都必須要有亮點

「自媒體時代」來臨了！百萬粉絲不是夢，我的祕訣是：每一個視頻，都必須要有乾貨，要讓網友得到實質的東西，要教一些網路上查不到的資訊。「完美英語」全部是新創的，有靈魂，說出來的話，有生命！例如，你可以對你所愛的人說：

You light up my life.（你照亮了我生命。）
You mean the world to me.（你對我最重要。）
You are my whole world.（你是我的一切。）

這樣三句話，誰不想學？誰不想說？誰不喜歡聽？
甜言蜜語，不花費一毛錢，卻價值億萬金！

My eyes only have you.（我眼睛裡只有你。）
I care a lot about you.（我很在意你。）
You bring me great joy.（你給我帶來極大的快樂。）

我每天在網站上和粉絲交流，我不會累，因為我用的是「完美英語」，愈來愈進步！粉絲愈來愈多！天下有什麼比「進步」更美？

5. 描述他人
Describing People

用手機掃瞄聽錄音

Part One ♣ 描述男生

1. 他個性很好

□ **586.** I know that guy.   我認識那個人。

I can't remember his name.   我不記得他的名字。

It's on the tip of my tongue.   我一時想不起來。

□ **587.** He's one year older than me.   他比我大一歲。

He's one year older than I.   他比我大一歲。

He's one year my senior.   他比我大一歲。

□ **588.** He didn't care about danger.   他不在意危險。

He wasn't worried about safety.   他不擔心安全。

He threw caution to the wind.   他做事情很魯莽。

** ────────────────────

586. guy〔gaɪ〕*n.* 人；傢伙   tip〔tɪp〕*n.* 尖端

tongue〔tʌŋ〕*n.* 舌頭   ***on the tip of*** *one's* ***tongue***（名字）就在
某人嘴邊的；某人差一點說出口的；某人一時想不起來

587. 這三句話意思相同。也可説成：He's my senior by one year.
（他比我大一歲。）【senior〔'sinjɚ〕*n.* 年長者】

588. ***care about*** 在乎；在意   danger〔'dendʒɚ〕*n.* 危險

be worried about 擔心   safety〔'seftɪ〕*n.* 安全

throw〔θro〕*v.* 丟；抛

caution〔'kɔʃən〕*n.* 小心；謹慎   wind〔wɪnd〕*n.* 風

throw caution to the wind 把謹慎丟到風中；魯莽行事

□ **589.** He's kind and calm.   他很善良又平靜。
He's as gentle as a lamb.   他非常溫和。
That's why everyone likes   那就是人人都喜歡他的原因。
    him.

□ **590.** He's outgoing.   他很外向。
He's a live wire.   他是個精力充沛的人。
He's a barrel of fun.   他非常有趣。

□ **591.** He's a very happy guy.   他是個很快樂的人。
He's always so cheerful.   他總是非常愉快。
He's like a dog with two   他非常開心。
    tails.

** ────────────

589. kind〔kaɪnd〕*adj.* 仁慈的；親切的　　calm〔kɑm〕*adj.* 平靜的
gentle〔'dʒɛntḷ〕*adj.* 溫和的　　lamb〔læm〕*n.* 小羊；羔羊
as gentle as a lamb 像小羊一樣溫和；非常溫和

590. outgoing〔'aʊt,goɪŋ〕*adj.* 外向的
live〔laɪv〕*adj.* 活的；有活力的；通電的　　wire〔waɪr〕*n.* 電線
live wire 有電流的電線；活躍而精力充沛的人；生龍活虎的人
He's a live wire. 也可說成：He's energetic. (他充滿活力。)
barrel〔'bærəl〕*n.* 大桶　　***a barrel of*** 很多 (= *a lot of*)
fun〔fʌn〕*n.* 樂趣；有趣；有趣的人或事物
He's a barrel of fun. 他非常有趣。(= *He's a lot of fun.*)

591. guy〔gaɪ〕*n.* (男) 人；傢伙　　cheerful〔'tʃɪrfəl〕*adj.* 愉快的
tail〔tel〕*n.* 尾巴
be like a dog with two tails 非常開心 (= *be very happy and excited*)【源自狗搖尾巴表示開心 (a dog wags its tail as a sign of pleasure or happiness)】

2. 他能力很強

☐ **592.** He did it quickly.　　　　　　他做得很快。

He did it in a rush.　　　　　　他做得很匆忙。

He threw it all together.　　　他把事情倉促做完。

☐ **593.** He solved the problem.　　　　他解決了問題。

It was like magic.　　　　　　就像變魔術一樣。

Like he pulled a rabbit out of　　就像是從帽子裡拉出一隻

　a hat.　　　　　　　　　　兔子一樣。

☐ **594.** He always survives.　　　　　　他總是能存活。

He always pulls through.　　　他總是能度過難關。

He's like a cat with nine lives.　他就像九命怪貓一樣。

**

---

592. quickly〔'kwɪklɪ〕*adv.* 快速地　　rush〔rʌʃ〕*n.* 匆忙

in a rush 匆忙地　　***throw sth. together*** 匆匆做成；倉促

拼湊（ = *make sth. quickly and not very carefully*）

593. solve〔sɑlv〕*n.* 解決　　like〔laɪk〕*prep.* 像

magic〔'mædʒɪk〕*n.* 魔術；魔法

like magic 像變魔術一樣；不可思議地　　pull〔pul〕*v.* 拉

rabbit〔'ræbɪt〕*n.* 兔子　　***pull a rabbit out of a hat***（像變魔術

一樣）從帽子裡拉出一隻兔子，引申為「作出驚人之舉」。

594. survive〔sə'vaɪv〕*v.* 活存；活下來；熬過來

pull through 恢復健康；度過難關

lives〔laɪvz〕*n. pl.* 生命【單數是 life】

a cat with nine lives 九命怪貓；生命力強

5.
描
述
他
人

3. 他非常迷人

☐ 595. He's handsome. 他很英俊。
He's good-looking. 他很好看。
He's a hunk. 他是個強壯、英俊且性感的
【用這三句話來稱讚帥哥】 男人。

☐ 596. He's very charming. 他非常迷人。
He's a Casanova. 他是個大眾情人。
He's a lady-killer. 他是個師奶殺手。

♣ 喜歡參加派對

☐ 597. He loves parties. 他超愛派對。
He goes crazy at parties. 他在派對上非常瘋狂。
He's a real party animal! 他真的是派對動物！

** ──────────

595. handsome〔'hænsəm〕adj. 英俊的
good-looking〔'gʊd'lʊkɪŋ〕adj. 好看的
hunk〔hʌŋk〕n. 大塊；厚塊；強壯、英俊且性感的男人
596. charming〔'tʃɑrmɪŋ〕adj. 迷人的　　Casanova〔ˌkæzə'novə〕n.
大眾情人【義大利冒險家、作家，18世紀享譽歐洲的大情聖】
lady-killer〔'ledɪˌkɪlə〕n. 使女人傾心的男人；大帥哥；師奶殺手
(= *a man who is very successful in attracting women but
then leaves them quickly*)
597. *go crazy* 發瘋　　party〔'pɑrtɪ〕n. 派對
animal〔'ænəmḷ〕n. 動物
party animal 派對動物；熱衷於參加派對的人
He's a real party animal! 也可說成：He really likes parties!
（他真的很喜歡派對！）

4. 他飛黃騰達

☐ **598.** He hit it big. 他非常成功。
He made a killing. 他賺了大錢。
He scored big time. 他獲得大成功。

☐ **599.** He hit the jackpot. 他獲得巨大成功。
He made money quickly. 他快速賺到錢。
He was a huge success. 他非常成功。

☐ **600.** He made a fortune! 他賺大錢！
He struck it rich! 他發大財！
He broke the bank! 他賺了很多錢！

**

598. hit〔hɪt〕v. 打；打中；命中
hit it big 非常成功；取得巨大的成功
killing〔'kɪlɪŋ〕n. 殺害；大賺錢 ***make a killing*** 賺大錢；發大財
score〔skor〕v. 得分；獲得（利益、成功等）
big time 收入最高；地位最高；第一流

599. jackpot〔'dʒæk͵pɑt〕n. 累積獎金
hit the jackpot 中大獎；獲得大成功 ***make money*** 賺錢
success〔sək'sɛs〕n. 成功；成功者 huge〔hjudʒ〕adj. 極大的

600. fortune〔'fɔrtʃən〕n. 財富；一大筆錢 ***make a fortune*** 發財
strike〔straɪk〕v. 敲打；使成（…狀態）
strike it rich 一夜致富；發大財（= *hit the jackpot* = *make a fortune*）
break the bank 原本的意思是「花光存款；傾家蕩產」，在賭博的說法
中，指的則是「贏的錢比莊家的賭本還多；把枱面上的錢都贏過來」，
在此即指「賺很多錢」。

5. 他是個大人物

☐ **601.** He's a big cheese. | 他是個大人物。
He's a big shot. | 他是個大人物。
He's a big wheel. | 他是個大人物。

☐ **602.** He's the boss. | 他是老闆。
He's the alpha. | 他主導一切。
He's in charge. | 他負責管理。

☐ **603.** He's top dog. | 他是發號施令的人。
He's top banana. | 他是重要人物。
He runs the show. | 他負責一切。

**————————————

601. cheese〔tʃiz〕*n.* 起司 **big cheese** 大人物（= *big shot* = *bigwig* ）
shot〔ʃɑt〕*n.* 射擊 **big shot** 大人物；重要人物
wheel〔hwil〕*n.* 輪子 **big wheel** 大人物；有權勢的人

602. boss〔bɔs〕*n.* 老闆 alpha〔'ælfə〕*n.* 希臘文的第一個字母；
（序列的）第一位；居統治地位的男性；佔主導地位的男性
in charge 負責 **He's in charge.**（他負責管理。）也可說成：He's
the one who's responsible.（他是負責人。）【responsible
〔rɪ'spɑnsəbḷ〕*adj.* 應負責任的】

603. top〔tɑp〕*adj.* 居首位的 **top dog** 主要人物；發號施令者（= *leader* ）
banana〔bə'nænə〕*n.* 香蕉 **top banana** 重要人物
run〔rʌn〕*v.* 使上演 show〔ʃo〕*n.* 演出
run the show 主管一切（= *be the leader* = *be in charge* ）
He's top dog. 他是發號施令的人；他負責一切。（= *He's top banana.*
= *He's the big shot.* = *He's the big cheese.* = *He's the boss.*
= *He's the person in charge.* = *He runs the show.* ）

6. 他是老闆

□ **604**. He's the head guy. 他是領導者。
He's the proprietor. 他是老闆。
He owns the business. 公司是他的。

□ **605**. He manages everything. 他管理一切。
He does every job. 他做所有的工作。
He's a one-man show. 他唱獨角戲；他一支獨秀。

□ **606**. He wears two hats. 他扮演兩個角色。
He's the owner. 他是老闆。
He's the top manager, too. 他也是總經理。

**

604. head〔hɛd〕*adj.* 首要的；領導的　　guy〔gaɪ〕*n.* 傢伙；人
proprietor〔prəˈpraɪətɚ〕*n.* 所有人；業主；經營者
own〔on〕*v.* 擁有　　business〔ˈbɪznɪs〕*n.* 企業；公司

605. manage〔ˈmænɪdʒ〕*v.* 管理；處理；巧妙地應付
show〔ʃo〕*n.* 表演；演出　*v.* 展現
one-man show 獨角戲【指一個人扮演大部分角色的表演，後來漸漸演變成比喻某項由單人籌辦或幾乎獨力進行的活動】
He's a one-man show. (他唱獨角戲。) 也可說成：He does
everything. (他什麼事都做。) He doesn't need any help.
(他不需要任何幫助。) He does it all. (他全部的事都做。)

606. wear〔wɛr〕*v.* 穿；戴　　hat〔hæt〕*n.* 帽子
wear two hats 一人兼兩職；一人扮演兩個角色
owner〔ˈonɚ〕*n.* 擁有者；老闆（ = *boss* ）
top〔tɑp〕*adj.* 最上面的；最重要的　　manager〔ˈmænɪdʒɚ〕*n.* 經理
top manager 總經理（ = *general manager* ）

♣ 他在幕後操控

☐ **607.** He pulls the strings. | 他在幕後操縱。
He's in total control. | 他完全掌控大局。
He's like a puppet master. | 他就像是操縱木偶的師傅。

☐ **608.** He's the real power. | 他是真正的掌權者。
He has secret control. | 他有祕密的掌控權。
He's the influence behind the | 他是幕後真正有影響力的
　　scenes. | 人。

☐ **609.** He was born poor. | 他出身貧寒。
He worked his tail off. | 他非常努力工作。
He went from rags to riches. | 他白手起家。

**────────

607. string〔strɪŋ〕*n.* 細繩;(操縱木偶的)線
　　pull the strings 在幕後操縱　　***in control*** 控制
　　total〔'totl〕*adj.* 完全的　　puppet〔'pʌpɪt〕*n.* 木偶;傀儡
　　master〔'mæstɚ〕*n.* 大師;師傅
608. power〔'pauɚ〕*n.* 擁有權力者　　secret〔'sikrɪt〕*adj.* 祕密的
　　control〔kən'trol〕*n.* 控制(權)
　　influence〔'ɪnfluəns〕*n.* 影響;有影響力的人
　　scene〔sin〕*n.* 場景;佈景　　***behind the scenes*** 在幕後
609. ***be born*** 出生;生而…的　　poor〔pur〕*adj.* 貧窮的
　　tail〔tel〕*n.* 尾巴　　***work*** *one's* ***tail off*** 非常努力工作 (= *work*
　　really hard)　　rag〔ræg〕*n.* 破布
　　rags〔rægz〕*n. pl.* 破衣服　　riches〔'rɪtʃɪz〕*n. pl.* 財富
　　go from rags to riches 從赤貧到巨富;白手起家

7. 他很自戀

☐ **610.** He loves himself.　　　　　　　他很愛自己。

He has a big ego.　　　　　　　他非常自負。

He's full of himself.　　　　　　他自以爲是，驕傲自大。

♣ 即興演出

☐ **611.** He didn't prepare.　　　　　　　他沒有準備。

He didn't practice.　　　　　　他沒有練習。

He spoke off the cuff.　　　　　他當場就發言了。

☐ **612.** He had no plan.　　　　　　　　他事前沒有計畫。

He did it without thinking.　　　他做之前沒有先想一想。

He did it on the spur of the　　　他這麼做是一時衝動。
　　moment.

**

610. ego〔'igo〕*n.* 自我；自負；自我中心

have a big ego 非常自負（*= have a high opinion of oneself*）

【***have a high opinion of*** oneself 自視過高】

be full of 充滿了　　***be full of*** oneself 自以爲是；驕傲自大

（*= be arrogant and conceited*）【arrogant〔'ærəgənt〕*adj.* 自大的

conceited〔kən'sitɪd〕*adj.* 自負的】

611. prepare〔prɪ'pɛr〕*v.* 準備　　practice〔'præktɪs〕*v.* 練習

cuff〔kʌf〕*n.* 袖口　　***off the cuff*** 即席；即興；當場；未準備地

（*= unprepared = without preparing*）

612. spur〔spɝ〕*n.* 馬刺；刺激　　moment〔'momənt〕*n.* 時刻；瞬間

on the spur of the moment 一時衝動

8. 他是個菜鳥

☐ 613. He's new.   他是新手。

He's green.   他沒有經驗。

He's inexperienced.   他沒有經驗。

☐ 614. He's a beginner.   他是個初學者。

He's a rookie.   他是個新手。

He's a greenhorn.   他是個新手。

☐ 615. He's a newbie.   他是個菜鳥。

He's a spring chicken.   他是新人。

He's wet behind the ears.   他乳臭未乾。

＊＊ ───────────

613. new〔nju〕*adj.* 新的；沒有經驗的；不熟悉的

    green〔grin〕*adj.* 未成熟的；無經驗的（＝*inexperienced*）

    inexperienced〔ˌɪnɪkˈspɪrɪənst〕*adj.* 無經驗的

614. beginner〔bɪˈgɪnɚ〕*n.* 初學者；新手

    rookie〔ˈrʊkɪ〕*n.* 新人；新手（－*newbie*）

    horn〔hɔrn〕*n.*（牛、羊的）角

    greenhorn〔ˈgrinˌhɔrn〕*n.* 新手；無經驗的人【源自年幼的公牛（ox），

      沒經驗（green），而且頭上的角（horn）還不成熟】

615. newbie〔ˈnubɪ〕*n.* 新手；菜鳥（＝*rookie*＝*beginner*）

    spring chicken（春天孵出的）小雞；無經驗天真無邪的年輕人

    wet〔wɛt〕*adj.* 濕的

    wet behind the ears 乳臭未乾；未經世故的；不老練的

    （＝*inexperienced*）

9. 他很膽小

☐ **616.** He's yellow.　　　　　　　　　　　他很膽小。
　　　　He's not brave.　　　　　　　　　　他不勇敢。
　　　　He lacks courage.　　　　　　　　　他缺乏勇氣。

☐ **617.** He's weak.　　　　　　　　　　　　他很弱。
　　　　He's like a paper tiger.　　　　　　他像隻紙老虎。
　　　　He's all show and no substance.　　他外強中乾。

☐ **618.** He did something wrong.　　　　　他做錯了某件事。
　　　　He tried to hide it.　　　　　　　　他想要隱藏。
　　　　He swept it under the rug.　　　　　他隱瞞那件事。

＊＊ ————————————

616. yellow〔'jɛlo〕*adj.* 膽怯的（= *cowardly*）
　　brave〔brev〕*adj.* 勇敢的　　lack〔læk〕*v.* 缺乏
　　courage〔'kɜɪdʒ〕*n.* 勇氣
617. weak〔wik〕*adj.* 虛弱的　　like〔laɪk〕*prep.* 像
　　paper tiger 紙老虎；外強中乾的人或事物
　　He's like a paper tiger.（他像隻紙老虎。）也可說成：He's all
　　　bark and no bite.（他只敢說，不敢做。）【bark〔bɑrk〕*n.* 吠叫
　　bite〔baɪt〕*n.* 咬】　　show〔ʃo〕*n.* 外表；樣子
　　substance〔'sʌbstəns〕*n.* 實質；內容
　　He's all show and no substance.「他只有外表，沒有實質內容。」
　　　引申為「他外強中乾。」（= *He's all bark and no bite.*）
618. hide〔haɪd〕*v.* 隱藏　　sweep〔swip〕*v.* 掃
　　rug〔rʌg〕*n.* 小塊地毯　　***sweep…under the rug*** 把某物掃到地毯
　　　下，引申為「隱藏…；不透露…」。
　　He swept it under the rug. 也可說成：He tried to hide it.（他想
　　　隱藏那件事。）

10. 他心不在焉

☐ **619.** He paid no attention.　　　　　他沒有在注意。
　　　　He ignored what was said.　　　他忽視別人說的話。
　　　　It went in one ear and out the　左耳進右耳出。
　　　　　other.

☐ **620.** He wasn't paying attention.　　他沒在注意。
　　　　He wasn't doing his job.　　　　他沒在做他該做的事。
　　　　He was asleep at the wheel.　　他很不專心。

☐ **621.** He's often out to lunch.　　　　他常常心不在焉。
　　　　He's very forgetful.　　　　　　他常常忘東忘西。
　　　　He's frequently inattentive.　　他常常注意力不集中。

**

619. attention〔ə'tɛnʃən〕*n.* 注意（力）　　***pay attention*** 注意
　　　ignore〔ɪg'nɔr〕*v.* 忽視；忽略　　***the other***（兩者）另一個
620. job〔dʒɑb〕*n.* 工作；任務；職責　　asleep〔ə'slip〕*adj.* 睡著的
　　　wheel〔hwil〕*n.* 輪子；（汽車的）方向盤
　　　at the wheel 握著方向盤；在駕駛
　　　He was asleep at the wheel. 字面的意思是「他在開車時睡著了。」
　　　　常引申為「他很不專心。」(= *He wasn't paying attention.*) 或
　　　　「他不夠機警。」(= *He wasn't alert.*)【alert〔ə'lɜt〕*adj.* 警覺的】
621. lunch〔lʌntʃ〕*v.* 吃午餐　　***be out to lunch*** 常出去吃午餐吃很久，
　　　　引申為「昏頭昏腦；心不在焉」(= *absentminded*)。
　　　forgetful〔fə'gɛtfəl〕*adj.* 健忘的
　　　frequently〔'frikwəntlɪ〕*adv.* 經常
　　　inattentive〔ˌɪnə'tɛntɪv〕*adj.* 不注意的；疏忽的；漫不經心的

11. 他會抽菸喝酒

□ **622**. He likes alcohol.　　　　　　　他喜歡喝酒。
He drinks like crazy.　　　　　　他拼命地喝酒。
He hits the bottle every night.　　他每天晚上酗酒。

□ **623**. He got drunk.　　　　　　　　他喝醉了。
He got smashed.　　　　　　　他喝醉了。
He was wasted.　　　　　　　他爛醉如泥。

□ **624**. He's a chain-smoker.　　　　　他是個老煙槍。
He smokes like a chimney.　　　他的煙癮很大。
I worry about his health.　　　　我很擔心他的健康。

＊＊──────────────────

622. alcohol〔'ælkə,hɔl〕*n.* 酒精；酒　　drink〔drɪŋk〕*v.* 喝；喝酒
crazy〔'krezɪ〕*adj.* 瘋狂的　　***like crazy*** 拼命地
hit〔hɪt〕*v.* 打；擊；沈溺於（喝酒等惡習）　　bottle〔'batl〕*n.* 瓶子
the bottle 酒；渴酒；酒癖　　***hit the bottle*** 酗酒

623. drunk〔drʌŋk〕*adj.* 酒醉的　　***He got drunk.*** 可加長為：He
drank too much and got drunk.（他喝太多喝醉了。）
smashed〔smæʃt〕*adj.* 酒醉的（＝*drunk*）
wasted〔'westɪd〕*adj.* 爛醉如泥的（＝*very drunk*）
「他喝醉了。」也可說成：He got bombed. He got loaded.
He got hammered. 意思相同。【bombed〔bamd〕*adj.* 酒醉的
loaded〔'lodɪd〕*adj.* 酒醉的　　hammered〔'hæməd〕*adj.* 爛醉的】

624. chain〔tʃen〕*n.* 鍊子　　chain-smoker *n.* 一根接一根吸煙的人；
老煙槍　　chimney〔'tʃɪmnɪ〕*n.* 煙囪
smoke like a chimney 吸煙像煙囪一樣；煙癮很大
worry about 擔心　　health〔hɛlθ〕*n.* 健康

12. 他話很多

☐ **625.** He's talkative. 　　　　　　他很喜歡說話。
　　　　He's a chatterbox. 　　　　　他總是說個不停。
　　　　He has the gift of gab. 　　　他的口才很好。

☐ **626.** He babbles. 　　　　　　　　他一直嘮叨。
　　　　He blabbers. 　　　　　　　他喋喋不休。
　　　　He runs off at the mouth. 　　他喋喋不休。

☐ **627.** He rattles on. 　　　　　　　他會喋喋不休地說。
　　　　He rambles on. 　　　　　　他會漫無邊際地一直說。
　　　　He's a motormouth. 　　　　他是個喋喋不休的人。

** ───────

625. talkative〔'tɔkətɪv〕*adj.* 喜歡說話的；多嘴的
　　chatterbox〔'tʃætɚ͵bɑks〕*n.* 喋喋不休的人 (= *chatterer* = *a talkative person*)【chatter *v.* 喋喋不休】　　***He's a chatterbox.*** 也可說成：
　　He loves to chat. (他很愛聊天。) 或 He talks a lot. (他話很多。)
　　gift〔gɪft〕*n.* 天賦；才能　　gab〔gæb〕*n.* 饒舌；喋喋不休
　　the gift of gab 口才；雄辯之才 (= *the gift of the gab*)
　　He has the gift of gab. 他的口才很好。(= *He speaks well.*)

626. babble〔'bæbl̩〕*v.* 模糊不清地說話；嘮叨
　　blabber〔'blæbɚ〕*v.* 喋喋不休
　　run off 逃跑；迅速寫出；流暢背出　　mouth〔maʊθ〕*n.* 嘴巴
　　run off at the mouth 講得太多；喋喋不休 (= *talk too much*)

627. rattle〔'rætl̩〕*v.* 喋喋不休　　***rattle on*** 喋喋不休地說
　　ramble〔'ræmbl̩〕*v.* 漫無邊際地說　　***ramble on*** 漫無邊際地一直說
　　motormouth〔͵motɚ'maʊθ〕*n.* 喋喋不休的人【motor〔'motɚ〕*n.* 馬達】
　　He's a motormouth. (他是個喋喋不休的人。)
　　= He talks to you all the time and very quickly.
　　　【*all the time* 一直】

□ **628.** He talks too much.   他話太多了。
        He never stops.   他從不停止。
        He'll chat your ear off.   他會對你喋喋不休地嘮叨。

□ **629.** He has a big mouth.   他很大嘴巴。
        He's a loudmouth.   他一直喋喋不休。
        We can hear him a mile   我們一哩之外就能聽見他的
          away.   聲音。

□ **630.** He got in trouble.   他惹上麻煩。
        He got what he deserved!   他活該！
        He had it coming!   他自找的！

**─────

628. never〔ˈnɛvɚ〕*adv.* 從未
    chat〔tʃæt〕*v.* 聊天　　ear〔ɪr〕*n.* 耳朵
    chat** one's **ear off 對某人喋喋不休地嘮叨（= *talk one's ear off*）
    He'll chat your ear off. 他會對你喋喋不休地嘮叨。
      (= *He'll talk to you for a long time.*)

629. ***a big mouth*** 大嘴巴；愛八卦、口無遮攔（的人）
    He has a big mouth. = He is a big mouth. = He is a bigmouth.
    loudmouth〔ˈlaʊdˌmaʊθ〕*n.* 多話、喋喋不休（的人）(= *big mouth*)
    He's a loudmouth. 他一直喋喋不休。(= *He has a loud mouth.*)
    away〔əˈwe〕*adv.* 某段距離以外

630. ***get in trouble*** 惹上麻煩　　deserve〔dɪˈzɝv〕*v.* 應得（賞罰）
    He got what he deserved! 「他得到他應得的！」也就是「他活該！」
    have it coming （某人）值得承受；應得報應；活該
    He had it coming! 他活該！；他自做自受！；他自找的！
      (= *He deserved it!*)

13. 他被蒙在鼓裡

☐ **631.** He's a know-it-all.　　　　　他自以爲無所不知。

　　　 He always thinks he's right.　　　他總是認爲自己是對的。

　　　 He thinks he knows everything.　　他認爲自己無所不知。

☐ **632.** He was in the dark.　　　　　他被蒙在鼓裡。

　　　 He was unaware.　　　　　　他不知道。

　　　 He was uninformed.　　　　　他不了解情況。

☐ **633.** He was ignored.　　　　　　他被忽視。

　　　 He was neglected.　　　　　他被忽略。

　　　 He was left out in the cold.　　他被冷落。

** ―――――――――――――

631. know-it-all〔'noɪt,ɔl〕*n.* 自以爲無所不知的人
He's a know-it-all. 他自以爲無所不知。(= *He thinks he knows everything and ignores others' opinions.*)

632. dark〔dɑrk〕*n.* 黑暗
be in the dark ①在黑暗中 ②（全然）不知
unaware〔,ʌnə'wɛr〕*adj.* 不知道的；未察覺到的
uninformed〔,ʌnɪn'fɔrmd〕*adj.* 未接到通知的；不了解情況的；無知的

633. ignore〔ɪg'nor〕*v.* 忽視　　neglect〔nɪ'glɛkt〕*v.* 忽略；忽視
leave out ①把…除外；遺漏 ②忽略；遺忘　　cold〔kold〕*n.* 寒冷
be left out in the cold 被冷落；被忽視；被排擠

5.
描述他人

14. 他行為異常

□ **634.** He has many problems. 　　　　　他有很多問題。

He's in lots of trouble. 　　　　　他有很多麻煩。

His life is a mess. 　　　　　他的生活一團糟。

□ **635.** His behavior is shocking. 　　　　　他的行為令人震驚。

He acts strange and unusual. 　　　　　他的行為怪異不尋常。

He's truly off the wall. 　　　　　他真的很奇怪。

□ **636.** He's been acting crazy. 　　　　　他近來行為很瘋狂。

His behavior has been weird. 　　　　　他近來的行為很怪異。

Many say he's off his rocker. 　　　　　很多人說他瘋了。

**————————————————

634. problem〔ˈprɑbləm〕*n.* 問題　　***be in trouble*** 有麻煩

lots of 很多的　　mess〔mɛs〕*n.* 亂七八糟

His life is a mess.（他的生活一團糟。）也可說成：His life is
full of problems.（他的生活充滿了問題。）【***be full of*** 充滿了】

635. behavior〔bɪˈhevjɚ〕*n.* 行為

shocking〔ˈʃɑkɪŋ〕*adj.* 令人震驚的　　act〔ækt〕*v.* 行為；表現得；
　顯得　　strange〔strendʒ〕*adj.* 奇怪的

unusual〔ʌnˈjuʒʊəl〕*adj.* 不尋常的

truly〔ˈtrulɪ〕*adv.* 真地　　wall〔wɔl〕*n.* 牆壁

off the wall 異常的；奇怪的（= *strange* = *unusual*）

636. crazy〔ˈkrezɪ〕*adj.* 瘋狂的　　weird〔wɪrd〕*adj.* 怪異的

many〔ˈmænɪ〕*pron.* 很多人（= *many people*）

rocker〔ˈrɑkɚ〕*n.* 搖椅；搖滾樂歌手；搖滾樂迷

off *one's* ***rocker*** 發瘋；精神失常（= *crazy*）

15. 他被詐騙

□ **637.** Someone cheated him.   有人騙了他。

He lost all his money.   他所有的錢都沒了。

He really lost his shirt.   他真的輸得精光。

□ **638.** He lost everything.   他失去一切。

He had nothing.   他一無所有。

He was badly off.   他很窮。

♣ **度過難關**

□ **639.** He got better.   他好多了。

He got over it.   他恢復了。

He pulled through.   他度過這一關了。

** ──────────

637. cheat〔tʃit〕*v.* 欺騙　　lose〔luz〕*v.* 失去；輸掉
shirt〔ʃɜt〕*n.* 襯衫
lose one's shirt 輸得精光（ *= lose everything* ）

638. nothing〔'nʌθɪŋ〕*pron.* 無事；無物
badly off 窮困；貧窮的（ ↔ *well off* 富裕的 ）

639. get〔gɛt〕*v.* 變得
get over 克服；從～中恢復（ *= overcome = recover from* ）
pull through 恢復健康；度過難關（ *= recover from illness or difficulties* ）

16. 他一敗塗地

☐ **640**. He failed badly.   他敗得很慘。

He was unsuccessful.   他沒有成功。

He really laid an egg.   他真的徹底失敗了。

☐ **641**. He's a loser.   他是個失敗的人。

He has little appeal.   他沒什麼吸引力。

He's a turkey.   他是個沒用的人。

☐ **642**. He's finished.   他完了。

He's history.   他已成歷史。

He's a goner.   他完蛋了。

** ———————————

640. fail〔fel〕v. 失敗　　badly〔'bædlɪ〕adv. 惡劣地；嚴重地
unsuccessful〔ˏʌnsək'sɛsfəl〕adj. 不成功的；失敗的
lay〔le〕v. 下（蛋）【三態變化：lay-laid-laid】
lay an egg 字面的意思是「下蛋」，和中文中的「零分」也就是「鴨蛋」
一樣，所以 ***lay an egg*** 也就引申為「徹底失敗」的意思。

641. loser〔'luzɚ〕n. 失敗者；輸家；魯蛇【網路用語】
little〔'lɪtl̩〕adj. 極少的
appeal〔ə'pil〕n. 吸引力；魅力（= *charm*）
turkey〔'tɝkɪ〕n. 火雞；失敗者（= *loser* = *failure*）；笨蛋
He's a loser. = He's a turkey. = He's a dud.
【dud〔dʌd〕n. 無用的人】

642. finished〔'fɪnɪʃt〕adj. 結束的；完蛋的
history〔'hɪstrɪ〕n. 歷史　　***be history*** 成為歷史；不復存在
goner〔'gɔnɚ〕n. 無可救藥的；無望的人

17. 他失業又沒錢

☐ **643.** He's not working.   他沒在工作。

He's unemployed.   他失業了。

He's out of work.   他失業了。

☐ **644.** He was expelled.   他被開除了。

He got the boot.   他被解僱了。

He got kicked out!   他被炒魷魚了！

☐ **645.** He was very poor.   他很窮。

He had no money or job.   他沒有錢，也沒有工作。

He was down and out.   他窮困潦倒。

**

643. unemployed〔͵ʌnɪmˋplɔɪd〕*adj.* 失業的【employ〔ɪmˋplɔɪ〕*v.* 雇用】
    out of work 失業的（= *out of a job* = *jobless*）

644. expel〔ɪkˋspɛl〕*v.* 將…逐出；驅趕；將…免職
    get〔gɛt〕*v.* 得到；被…
    boot〔but〕*n.* 靴子；解僱；開除
    get the boot 被解僱（= *be fired*）【得到靴子，引申爲「被踢出去」】
    kick out 踢出去；解僱；開除；炒（某人）魷魚

645. poor〔pʊr〕*adj.* 窮的   job〔dʒɑb〕*n.* 工作
    down and out 窮困潦倒（= *destitute*; *without money, a job, or*
    a place to live）【destitute〔ˋdɛstə͵tjut〕*adj.* 貧困的】

18. 他成績一落千丈

□ **646.** His mind is not sharp. 　　　　他的頭腦不太靈光。

He's not a deep thinker. 　　　　他的想法不是很深刻。

He's slow on the draw. 　　　　他的反應很慢。

□ **647.** He seldom listens. 　　　　他很少專心傾聽。

He pays no attention. 　　　　他從不注意聽。

It's in one ear and out the other. 　　　　總是左耳進，右耳出。

□ **648.** His grades dropped a lot. 　　　　他的成績一落千丈。

His parents grounded him. 　　　　他的父母罰他禁足。

He had weekends at home for a 　　　　他一個月的週末都待在家

　　　month. 　　　　裡。

**

646. mind〔maɪnd〕*n.* 頭腦　　sharp〔ʃɑrp〕*adj.* 聰明的；敏銳的

deep〔dip〕*adj.* 深的；深刻的

thinker〔'θɪŋkə〕*n.* 思考者；思想家　　slow〔slo〕*adj.* 慢的

draw〔drɔ〕*n.*（手槍）拔出

be slow on the draw 拔槍很慢；反應很慢

647. seldom〔'sɛldəm〕*adv.* 很少

listen〔'lɪsn̩〕*v.* 傾聽；注意聽　　***pay attention*** 注意

in one ear and out the other 一耳進，另一耳出；左耳進，右耳出

648. grade〔gred〕*n.* 成績　　drop〔drɑp〕*v.* 落下；下降

a lot 很多　　ground〔graʊnd〕*v.* 禁止某人外出；禁足

His parents grounded him. 他的父母罰他禁足。(= *His parents*

would not allow him to go out.)【allow〔ə'laʊ〕*v.* 允許】

have〔hæv〕*v.* 有；度過（時光等）　　weekend〔'wik'ɛnd〕*n.* 週末

19. 他脾氣不好

☐ **649.** He's cranky. | 他暴躁易怒。
He's moody. | 他喜怒無常。
He's in a bad mood. | 他心情不好。

☐ **650.** He's furious. | 他大發雷霆。
He's so angry. | 他非常生氣。
He's on the warpath. | 他快要發飆了。

☐ **651.** He often argues. | 他經常和別人爭論。
He always disagrees. | 他總是和他人意見不合。
He enjoys locking horns. | 他喜歡和人起爭執。

** ─────────────

649. cranky〔ˈkræŋkɪ〕*adj.* 古怪的；暴躁的；易怒的
moody〔ˈmudɪ〕*adj.* 情緒多變的；喜怒無常的
mood〔mud〕*n.* 心情　　***be in a bad mood*** 心情不好

650. furious〔ˈfjʊrɪəs〕*adj.* 狂怒的　　so〔so〕*adv.* 很；非常
warpath〔ˈwɔrˌpæθ〕*n.*（北美印地安人的）出征路線
on the warpath 字面的意思是「在出征路線上」，引申為「準備作戰；
　準備發飆；發怒中」。

651. 這三句後面都可以加上 with others 或 with everyone。
argue〔ˈɑrgju〕*v.* 爭論　　disagree〔ˌdɪsəˈgri〕*v.* 不同意；意見不合
enjoy〔ɪnˈdʒɔɪ〕*v.* 喜歡　　lock〔lɑk〕*v.* 鎖；鎖住
horn〔hɔrn〕*n.*（牛、鹿、羊等的）角
lock horns 爭執；格鬥【源自鹿等動物以角較勁之意】
He enjoys locking horns. 他喜歡和人起爭執。(= *He likes to lock horns.*)

5.
描述他人

♣ 他生氣了

□ **652.** He got angry.　　　　　　　　他生氣了。

He complained.　　　　　　　他在抱怨。

He raised a fuss.　　　　　　他憤怒地抗議。

□ **653.** He was super angry.　　　　他超級生氣。

He was furious.　　　　　　　他暴怒。

He was foaming at the mouth.　　他大發雷霆。

□ **654.** He got very angry.　　　　　他非常生氣。

He became so upset.　　　　　他很不高興。

He went through the roof.　　他大發雷霆。

** ─────────────

652. get〔gɛt〕*v.* 變得　　　angry〔'æŋgrɪ〕*adj.* 生氣的

complain〔kəm'plen〕*v.* 抱怨　　　raise〔rez〕*v.* 舉起；引起

fuss〔fʌs〕*n.* 大驚小怪；忙亂　　　***raise a fuss*** 憤怒地抗議

（= *protest angrily*）【protest〔prə'tɛst〕*v.* 抗議】

653. super〔'supɚ〕*adv.* 超級地；非常地（= *extremely*）

furious〔'fjʊrɪəs〕*adj.* 狂怒的

foam〔fom〕*n.* 泡沫　*v.* 起泡沫；震怒　　　mouth〔maʊθ〕*n.* 嘴巴

be foaming at the mouth 震怒；大發雷霆

654. so〔so〕*adv.* 很；非常　　　upset〔ʌp'sɛt〕*adj.* 不高興的

go through 穿越　　　roof〔ruf〕*n.* 屋頂

go through the roof 大發雷霆；暴跳如雷（= *hit the roof* = *hit the*

ceiling = *lose one's temper* = *blow one's top*）【hit〔hɪt〕*v.* 撞到

ceiling〔'silɪŋ〕*n.* 天花板】

He went through the roof. 他大發雷霆。（= *He suddenly became*

very angry.）【suddenly〔'sʌdn̩lɪ〕*adv.* 突然地】

□ **655.** It happened at once.   事情發生得很突然。

It occurred right away.   事情發生得很快。

He got angry at the drop of a hat.   他立刻就生氣了。

□ **656.** He got too excited.   他變得太激動。

He was behaving crazy.   他表現得很瘋狂。

He went ape.   他非常激動。

□ **657.** He blew up.   他大發脾氣。

He exploded.   他大發雷霆。

He lost his head.   他失去理智。

**───────────

655. happen〔'hæpən〕v. 發生   ***at once*** 立刻

occur〔ə'kɝ〕v. 發生   ***right away*** 立刻   drop〔drɑp〕n. 落下

at the drop of a hat「在帽子掉下去時」，引申為「一發出信號時；馬上；立刻」。源自十八世紀時，讓帽子掉下去或拿著帽子往下揮，就表示比賽或打鬥開始了。

He got angry at the drop of a hat. = He got angry immediately.

【immediately〔ɪ'midɪɪtlɪ〕adv. 立刻】

656. excited〔ɪk'saɪtɪd〕adj. 興奮的；激動的

behave〔bɪ'hev〕v. 行為舉止；表現得   crazy〔'krezɪ〕adj. 瘋狂的

go〔go〕v. 變得   ape〔ep〕n. 類人猿   adj. 瘋狂的；狂熱的

go ape 發瘋；極度激動；如痴如狂

657. ***blow up*** 爆炸；狂怒；大發脾氣

explode〔ɪk'splod〕v. 爆炸；(情緒)爆發   lose〔luz〕v. 失去

head〔hɛd〕n. 頭；冷靜   ***lose one's head*** 失去理智；慌亂

20. 他失控崩潰

658. He lost his cool.　　　　他失去冷靜。
He lost his temper.　　　他大發脾氣。
He hit the roof.　　　　　他大發雷霆。

659. He couldn't function.　　　他無法正常活動。
He lost control.　　　　　他失去控制。
He went to pieces.　　　　他崩潰了。

660. He fell apart.　　　　　　他崩潰了。
He couldn't think straight.　他無法清楚思考。
He was a basket case.　　　他精神瀕臨崩潰。

＊＊─────────────────────────

658. cool〔kul〕*n.* 冷靜；鎮靜　　***lose** one's **cool*** 失去冷靜
temper〔'tɛmpɚ〕*n.* 脾氣　　***lose** one's **temper*** 發脾氣
hit〔hɪt〕*v.* 撞到　　roof〔ruf〕*n.* 屋頂　　***hit the roof*** 勃然大怒；
大發雷霆（＝*hit the ceiling*）〔ceiling〔'silɪŋ〕*n.* 天花板〕

659. function〔'fʌŋkʃən〕*v.* 起作用；正常運作；正常活動
He couldn't function. 他無法正常活動。（＝*He couldn't function normally.*）也可說成：He couldn't do anything.（他什麼都不能做。）
〔normally〔'nɔrmḷɪ〕*adj.* 正常地〕　　control〔kən'trol〕*n.* 控制
lose control 失去控制　　piece〔pis〕*n.* 片；塊
go to pieces 變得粉碎；崩潰；變得無法控制自己
He went to pieces. 他崩潰了。（＝*He broke down.*）
〔***break down*** 崩潰〕

660. apart〔ə'pɑrt〕*adv.* 分開地；散開地　　***fall apart*** 散開；瓦解；碎裂
straight〔stret〕*adv.* 直接地；正確地
think straight 清楚思考（＝*think clearly*）
basket〔'bæskɪt〕*n.* 籃子　　case〔kes〕*n.* 例子；個案
basket case ①失去四肢的人　②精神極度緊張的人；精神瀕於崩潰的人

21. 他壓力很大

☐ **661.** He was so stressed-out.　　　　他非常緊張。

　　　　He couldn't do anything.　　　他什麼事都做不了。

　　　　He was a mess.　　　　　　　他思緒混亂。

☐ **662.** He lives like a speeding car.　他的生活步調像是在開快車。

　　　　He's always moving fast.　　　他的動作總是很快。

　　　　He lives life in the fast lane.　他過著忙碌而快節奏的生活。

☐ **663.** It's always money, money,　　　永遠都是錢、錢、錢。
　　　　　money.

　　　　That's all he thinks about.　　那就是他一直在想的。

　　　　He has a one-track mind.　　　他心裡只想著一件事。

** ————————————

661. so〔so〕*adv.* 很；非常　　stress〔strɛs〕*n.* 壓力　*v.* 使緊張

　　stressed-out *adj.* 有壓力的；緊張的（= *nervous*）

　　mess〔mɛs〕*n.* 雜亂、亂七八糟；（思緒）混亂的人

662. speeding〔'spidɪŋ〕*adj.* 快速行駛的；疾馳的

　　move〔muv〕*v.* 移動　　live〔lɪv〕*v.* 過著（…生活）

　　lane〔len〕*n.* 車道　　***fast lane*** 快車道

　　life in the fast lane 競爭激烈，忙碌而快節奏的生活方式

663. ***think about*** 想；考慮　　track〔træk〕*n.* 軌道

　　mind〔maɪnd〕*n.* 頭腦

　　one-track mind 字面的意思是「單一軌道的心」，引申為「心裡只

　　想著一件事」。

22. 他咄咄逼人

□ **664.** He criticized us.　　　　　　　　他批評我們。

He yelled at us loudly.　　　　　　他對我們大聲吼叫。

He read us the riot act.　　　　　　他嚴厲地訓誡我們。

□ **665.** He was forceful.　　　　　　　　他很強硬。

He was aggressive.　　　　　　　他很激進。

He was pushy.　　　　　　　　　他咄咄逼人。

□ **666.** He shows no kindness.　　　　　　他不仁慈。

He is cold-hearted.　　　　　　　他冷酷無情。

He has a heart of stone.　　　　　他鐵石心腸。

**

664. criticize〔ˋkrɪtəˌsaɪz〕v. 批評　　yell〔jɛl〕v. 大叫；大吼 < *at* >

loudly〔ˋlaʊdlɪ〕adv. 大聲地　　riot〔ˋraɪət〕n. 暴動

act〔ækt〕n. 法令；條例　　*the Riot Act* 取締暴動法【1715 年公布】

read the riot act ①（警察對騷擾者）警告　②嚴加責備；嚴厲地訓誡

He read us the riot act. = He scolded us. = He reprimanded us.

【scold〔skold〕v. 責罵　　reprimand〔ˌrɛprɪˋmænd〕v. 嚴厲譴責】

665. forceful〔ˋforsfəl〕adj. 強有力的

aggressive〔əˋgrɛsɪv〕adj. 侵略的；好鬥的；有衝勁的

pushy〔ˋpʊʃɪ〕adj. 有幹勁的；咄咄逼人的

666. show〔ʃo〕v. 展現　　kindness〔ˋkaɪndnɪs〕n. 親切；仁慈

cold-hearted〔ˌkoldˋhartɪd〕adj. 冷酷無情的

heart〔hart〕n. 心　　stone〔ston〕n. 石頭

have a heart of stone 有一副鐵石心腸

23. 他筋疲力盡

☐ 667. He's burned out.　　　　　　　　他筋疲力盡。

He's worn out.　　　　　　　　他疲憊不堪。

He's ready to drop.　　　　　　他隨時會倒下去。

☐ 668. He's unhealthy.　　　　　　　　他不健康。

He's in poor health.　　　　　　他身體不健康。

He has one foot in the grave.　他活不了多久了。

☐ 669. Like father, like son.　　　　　【諺】有其父必有其子。

He's a chip off the old block.　他很像他的父親。

The apple doesn't fall far　　　【諺】蘋果落地，離樹不
　　from the tree.　　　　　　　遠；虎父無犬子。

** ———————————————

667. ***burned out*** 筋疲力盡的（= *exhausted*）

worn out 筋疲力盡的；疲憊的（= *tired out*）

ready〔'rɛdɪ〕*adj.* 準備好的；隨時可以的

drop〔drɑp〕*v.* 落下；倒下；累倒

668. unhealthy〔ʌn'hɛlθɪ〕*adj.* 不健康的　　　poor〔pʊr〕*adj.* 差勁的

health〔hɛlθ〕*n.* 健康　***in poor health*** 身體不健康（↔ *in good health* 身體健康）　foot〔fʊt〕*n.* 腳　grave〔grev〕*n.* 墳墓

have one foot in the grave 一腳踏進墳墓；活不了多久

669. like〔laɪk〕*prep.* 像　***Like father, like son.*** 是諺

語，「像爸爸，像兒子。」引申為「有其父必有其子。」

chip〔tʃɪp〕*n.* 碎片　off〔ɔf〕*prep.* 從…脫離

block〔blɑk〕*n.* 木塊　***a chip off the old block***「從老木塊上掉下來的碎片」，引申為「酷似父（母）親；相貌或行為酷似父母的兒女」（= *look or behave like one of one's parents*）。

one foot in the grave

The apple doesn't fall far from the tree. 也可說成：The apple never falls far from the tree. 此諺語強調家族遺傳的延續性。

24. 要小心渣男

☐ **670.** Beware! 　　　　　　　要小心！
He's dangerous. 　　　　　他很危險。
He's like a snake in the grass. 　他很陰險。

☐ **671.** He's a lowlife. 　　　　　他是個壞人。
He's no good. 　　　　　　他毫無用處。
He's so low-class. 　　　　他很低級。

☐ **672.** He's a scumbag. 　　　　他是個渣男。
He's a jerk. 　　　　　　他是個笨蛋。
Don't trust that asshole. 　　不要相信那個混蛋。

** ——————————

670. beware〔bɪˋwɛr〕*v.* 小心；提防
dangerous〔ˋdendʒərəs〕*adj.* 危險的　　like〔laɪk〕*prep.* 像
snake〔snek〕*n.* 蛇　　grass〔græs〕*n.* 草
a snake in the grass 隱藏的敵人；不可信賴的人；潛伏的危險

671. lowlife〔ˋloˌlaɪf〕*n.* 卑鄙的人；壞人；罪犯（= *criminal*）；社會地位
低微的人　　***He's a lowlife.*** 他是個壞人。（= *He's no good.*）
no good 毫無用處　　so〔so〕*adv.* 很；非常
low-class〔ˌloˋklæs〕*adj.* 低級的（= *vulgar* = *coarse*）；
社會地位低的

672. 這三句話較沒禮貌，說的時候要小心。
scumbag〔ˋskʌmˌbæg〕*n.* 混蛋；渣男【scum〔skʌm〕*n.* 浮渣】
jerk〔dʒɝk〕*n.* 急拉；笨蛋　　trust〔trʌst〕*v.* 信任
asshole〔ˋæsˌhol〕*n.* 混蛋【ass〔æs〕*n.* 屁股　hole〔hol〕*n.* 洞】

Part Two ♣ 描述女生

25. 她家境富裕

☐ **673.** She's wealthy. 她很有錢。
She's well-off. 她很富裕。
She's well-to-do. 她很有錢。

☐ **674.** She's loaded. 她很有錢。
She's flush. 她的錢很多。
She's filthy rich! 她非常有錢!

☐ **675.** She grew up rich. 她在富有的家庭長大。
She had wealth and comfort. 她擁有財富和舒適。
She was born with a silver 她含著銀湯匙出生。
spoon in her mouth.

** ───────────

673. 這三句話意思相同。 wealthy〔'wɛlθɪ〕*adj.* 有錢的
well-off〔'wɛl'ɔf〕*adj.* 富裕的
well-to-do〔'wɛltə'du〕*adj.* 富有的;富裕的
wealthy = well-off = well-to-do = rich

674. 這三句話意思相同。 load〔lod〕*v.* 裝載
loaded〔'lodɪd〕*adj.* 錢很多的
flush〔flʌʃ〕*adj.* 盈滿的;泛濫的;富裕的;有很多錢的
filthy〔'fɪlθɪ〕*adj.* 污穢的;有錢的 rich〔rɪtʃ〕*adj.* 有錢的
filthy rich 非常有錢的 (= *very rich*)

675. ***grow up*** 長大;成長
She grew up rich. = She comes from a wealthy family.
wealth〔wɛlθ〕*n.* 財富 comfort〔'kʌmfət〕*n.* 舒適;安樂
silver〔'sɪlvə〕*adj.* 銀的 spoon〔spun〕*n.* 湯匙
be born with a silver spoon in *one's* ***mouth*** 含著銀湯匙出生;
出生在富有的家庭【在古代,有錢的人才會使用銀製餐具】

26. 人際關係

☐ **676.** She has connections. 　　　　她的關係很好。
　　　She has an inside track. 　　　　她佔優勢。
　　　She knows the right people. 　　她認識對她有用的人。

☐ **677.** She flatters a lot. 　　　　　她常常恭維別人。
　　　She sweet-talks a lot. 　　　　她滿口甜言蜜語。
　　　She tries to soft-soap everyone. 　她試圖拍每個人的馬屁。

♣ 她是花蝴蝶

☐ **678.** She's a social butterfly. 　　　她是社交蝴蝶。
　　　She knows everyone. 　　　　她認識每一個人。
　　　She loves to socialize. 　　　她喜歡社交。

** ——————————

676. connections〔kə'nɛkʃənz〕 *n. pl.* 人際關係；可利用的熟人
inside〔'ɪn'saɪd〕 *adj.* 內部的　　track〔træk〕 *n.* 軌道
have an inside track 佔優勢；處於有利的地位
right〔raɪt〕 *adj.* 正確的；合適的；上流社會的

677. flatter〔'flætɚ〕 *v.* 諂媚；奉承；恭維　　***a lot*** 常常
sweet-talk *v.* 以甜言蜜語欺騙；諂媚【sweet talk 爲名詞】
soft-soap *v.* 恭維；諂媚；拍馬屁【soft soap *n.* 軟皂；恭維的話】

678. social〔'soʃəl〕 *adj.* 社交的　　butterfly〔'bʌtɚ͵flaɪ〕 *n.* 蝴蝶
social butterfly 社交蝴蝶；喜歡社交、善於社交的人
social butterfly 不一定只指女性，男性也可以，用「蝴蝶」來形容
　這種人來往眾人之間，像蝴蝶往返於花叢之間一樣。
socialize〔'soʃəl͵aɪz〕 *v.* 交際；社交（= *mingle*）
She's a social butterfly. = She's very sociable.
　= She loves to socialize.【sociable〔'soʃəbl̩〕 *adj.* 善交際的】

27. 她很慷慨

☐ **679.** She's easy-going. | 她很隨和。
She's easy to deal with. | 她很容易相處。
She's down-to-earth. | 她很實際。

☐ **680.** She's too nice! | 她太好了！
She never does anything wrong. | 她從來不會做錯任何事。
She's a goody two-shoes. | 她是個自命清高的人。

☐ **681.** She's so generous. | 她非常慷慨。
She'll help you anytime. | 她任何時候都會幫你。
She'll give you the shirt off her | 她會把自己僅剩的家當
    back. | 都給你。

** ————————

679. easy-going〔ˈizɪˌgoɪŋ〕*adj.* 隨和的；悠哉悠哉的；隨遇而安的
deal with 應付；處理；打交道；對待
She's easy to deal with. 也可說成：She's not a difficult person.
（她不是一個難相處的人。）【difficult〔ˈdɪfəˌkʌlt〕*adj.* 難相處的】
down-to-earth〔ˌdauntəˈɝθ〕*adj.* 實際的；現實的（= *practical*
= *realistic*）【earth〔ɝθ〕*n.* 地球；地上；陸地】

680. goody〔ˈgudɪ〕*adj.* 偽善的；假正經的
goody two-shoes 行為極為端正的人；自命清高的人【Goody
Two-Shoes 是兒童故事 *The History of Little Goody Two-Shoes*
中主角的名字，這個故事使 "goody two-shoes" 普遍被用來指「品格
過度高尚的人」，有負面的意味，可作「自命清高的人」解】

681. generous〔ˈdʒɛnərəs〕*adj.* 慷慨的；大方的
anytime〔ˈɛnɪˌtaɪm〕*adv.* 在任何時候　shirt〔ʃɝt〕*n.* 襯衫
the shirt off *one's* ***back*** 某人僅剩的家當

28. 她揮金如土

☐ **682.** She spends a lot. 　　　　　她花很多錢。
　　　She's super wealthy. 　　　　她非常有錢。
　　　She has money to burn! 　　　她揮金如土！

☐ **683.** She loves to shop. 　　　　　她喜歡購物。
　　　She buys expensive things. 　　她都買昂貴的東西。
　　　She lives high off the hog. 　　她過著奢侈的生活。

☐ **684.** She was moving overseas. 　　她要移民國外了。
　　　She sold all her stuff. 　　　　她賣了她所有的東西。
　　　She sold everything, lock, 　　　她把全部的東西都賣掉了。
　　　　stock, and barrel.

** ————————————————————

682. ***She spends a lot***. 她花很多錢。(= *She spends a lot of money*.)
　　super〔'supɚ〕*adv.* 十分；非常　　burn〔bɝn〕*v.* 燃燒；消耗；浪費
　　have money to burn 有錢可以燒，表示「有的是錢；揮霍金錢；錢多
　　　到花不完」。　　***She has money to burn!*** (她揮金如土！) 也可說
　　　成：She has more than enough money! (她的錢多到花不完！)
　　　【***more than enough*** 太多；超過所需】

683. shop〔ʃɑp〕*v.* 購物　　hog〔hɑg〕*n.* 豬；公豬
　　high off the hog 奢侈地 (= *in a luxurious style*)【源自最上等的豬
　　　肉是豬的側腹上方的肉】
　　live high off the hog 過著奢侈的生活 (= *live a luxurious life*)
　　　【***live a~life*** 過著~生活　　luxurious〔lʌg'ʒʊrɪəs〕*adj.* 奢侈的】

684. move〔muv〕*v.* 搬家　　overseas〔'ovɚ'siz〕*adv.* 在海外；向海外
　　stuff〔stʌf〕*n.* 東西　　lock〔lɑk〕*n.* 鎖；槍機；(槍的) 保險栓
　　stock〔stɑk〕*n.* 股票；槍托　　barrel〔'bærəl〕*n.* 大桶；槍管
　　lock, stock, and barrel 全部；完全地【指的是槍的「槍機」、「槍托」、
　　　和「槍管」，這三部分組合起來就是一把槍了，引申為「全部；完全」】
　　She sold everything, lock, stock, and barrel. 她把全部的東西都
　　　賣掉了。(= *She sold everything she had*.)

29. 她非常迷人

685. She's so sexy. | 她很性感。
She's hot and spicy. | 她很火辣。
She's a head-turner. | 她回頭率很高。

686. She's beautiful. | 她很漂亮。
Gorgeous. | 非常漂亮。
A knock-out. | 是個大美女。

687. She's very attractive. | 她非常吸引人。
She's really good-looking. | 她真的很好看。
But she's just eye candy. | 但她只是虛有其表，華而不實。

** ─────────

685. sexy〔'sɛksɪ〕*adj.* 性感的   hot〔hɑt〕*adj.* 熱情的；辣的
spicy〔'spaɪsɪ〕*adj.* 辛辣的【*hot girl* 辣妹（= *spicy girl*）】
head-turner〔'hɛd'tɜnɚ〕*n.* 令人回頭的正妹（= *head turner*）【令人
忍不住想回頭再看一眼的女生，類似中文的「回頭率很高」】

686. gorgeous〔'gɔrdʒəs〕*adj.* 非常漂亮的
knock-out〔'nɑk,aʊt〕*n.* 大美女；非常迷人的人（= *knockout*）
【knock out 源自拳擊，作「把…擊倒」解，knock-out 這個複合名詞，
字面的意思是「擊倒；打出去」，引申為「大美女；非常迷人的人」】

687. attractive〔ə'træktɪv〕*adj.* 吸引人的
good-looking〔'gud'lukɪŋ〕*adj.* 好看的   candy〔'kændɪ〕*n.* 糖果
eye candy 養眼的人或物；令人賞心悅目的人或物；華而不實的人或物
（= *someone or something that is attractive but not very
interesting or useful*）
But she's just eye candy. 也可說成：But she's just nice to look
at.（但她只是好看而已。）But she's not that deep.（但她不是很
有深度；但她有點膚淺。）【deep〔dip〕*adj.* 莫測高深的】

□ **688**. She's perfect. 她很完美。

She's a ten. 她可稱得上是滿分。

She's a dream come true. 她是夢想的實現。

□ **689**. I have a crush on her. 我迷戀她。

She's my dream girl. 她是我的夢中情人。

I want to go out with her. 我想要和她交往。

□ **690**. She's a real looker. 她真的很漂亮。

I can't get her out of my mind. 我忘不了她。

I'm obsessed! 我著迷了！

** —————————————————

688. perfect〔ˈpɝfɪkt〕*adj.* 完美的　　ten 在這裡是指「完美的人」。

dream come true 是一個複合名詞，意思是「夢想的實現」。這個
用法很普遍，例如：I'm going to travel around the world.
　It will be a dream come true.（我要去環遊世界。這將是我
　夢想的實現。）

689. crush〔krʌʃ〕*n.* 迷戀　　***have a crush on*** *sb.* 迷戀某人

dream〔drim〕*adj.* 理想的；夢想的

dream girl 夢中情人　　***go out with*** 與（異性）交往

690. real〔ˈriəl〕*adj.* 真的　　looker〔ˈlʊkɚ〕*n.* 漂亮的人

get *sb.* ***out of your mind*** 忘了某人

obsessed〔əbˈsɛst〕*adj.* 著迷的；心神不寧的

30. 她是最棒的

☐ **691.** She's a sharp cookie.   她非常聰明。
She's as good as it gets.   她非常好。
She's a role model for many.   她是很多人的榜樣。

☐ **692.** She's my go-to person.   她是我必找的人。
She's the one I turn to.   她是我依賴的人。
She's my number one helper.   她是我的頭號幫手。

☐ **693.** She's the best, hands down!   她是最好的，確確實實！
Without a doubt!   毫無疑問！
That's for sure.   那是確定的。

** ───────────────

691. sharp〔ʃɑrp〕*adj.* 敏銳的；聰明的（= *smart*）

cookie〔'kʊkɪ〕*n.* 餅乾；人（= *person*）
sharp cookie 聰明的人（= *smart cookie*）
She's a sharp cookie. 她非常聰明。（= *She's bright.* = *She's smart.*
= *She's intelligent.*）   ***as good as it gets*** 字面的意思是「最好的
情況就是這樣了；不可能更好了」，也就是「非常好」。
She's as good as it gets. 她非常好。（= *She's excellent.*）
role〔rol〕*n.* 角色   model〔'mɑdl〕*n.* 榜樣
role model 榜樣；模範   ***many*** 在此指 many people（很多人）。

692. ***go-to person*** （解決問題或做事情）必找的人（= *someone sb. turns to*）
She's my go-to person. 源自 When I need help, I go to her.
She is the person/one I go/turn to.
turn to sb. 轉向某人；依賴某人；向某人求助
number one 第一的；最好的   helper〔'hɛlpɚ〕*n.* 幫手；助手

693. ***hands down*** ①輕易地；不費力地（= *easily*）【源自於賽馬時，騎師知道
自己必勝，就輕鬆自如地垂下雙手跑完最後一段賽程】②明白地；明確地
（= *unquestionably*）   doubt〔daʊt〕*n.* 懷疑
without a doubt 毫無疑問（= *without doubt* = *without question*
= *no doubt*）   ***for sure*** 確實；當然（= *without a doubt*）

♣ 人人稱讚

□ **694.** She won. | 她贏了。
She was victorious. | 她獲勝了。
She carried the day. | 她成功了。

□ **695.** She beat everyone. | 她擊敗了每一個人。
She came in first place. | 她得到第一名。
She took the prize. | 她獲勝了。

□ **696.** Everybody complimented her. | 大家都稱讚她。
They all said great things. | 大家都說她的好話。
They all sang her praises. | 大家都高度讚揚她。

** ─────────────

694. win〔wɪn〕*v.* 打贏；獲勝　　victorious〔vɪk'torɪəs〕*adj.* 勝利的
carry the day 獲勝；成功（ = *succeed* = *be victorious* ）

695. beat〔bit〕*v.* 打敗　　*come in*（比賽）得名次
place〔ples〕*n.* 順序；名次　　*first place* 第一名
come in first place 得第一名（ = *come in first* ）
prize〔praɪz〕*n.* 獎　　*take the prize* 獲勝（ = *triumph* = *achieve victory* ）〔triumph〔'traɪəmf〕*n. v.* 勝利　　victory〔'vɪktrɪ〕*n.* 勝利〕

696. compliment〔'kɑmplə,mɛnt〕*v.* 稱讚
great〔gret〕*adj.* 極好的；很棒的　　praise〔prez〕*n.* 稱讚
sing one's praises 高度讚揚某人（ = *praise sb. highly* ）

31. 她有很好的工作

☐ **697.** She has a great job.　　　　她有一份很棒的工作。

She has a beautiful family.　　她有一個美好的家庭。

She has the best of both worlds.　她兩邊生活都得意。

☐ **698.** Her job is awesome.　　　　她的工作很棒。

She has good hours and great pay.　她的工作時間輕鬆，薪水又高。

She's on the gravy train.　　她工作清閒而薪水很高。

☐ **699.** She was a failure.　　　　她過去失敗了。

She made a great comeback.　她捲土重來。

She rose from the dead.　　她起死回生。

**

697. great 〔 gret 〕 *adj.* 極好的；很棒的　　 job 〔 dʒɑb 〕 *n.* 工作
beautiful 〔 'bjutəfəl 〕 *adj.* 美麗的；美好的
the best of both worlds 兩個世界中最好的；兩全其美

698. awesome 〔 'ɔsəm 〕 *adj.* 很棒的
hours 〔 aʊrz 〕 *n. pl.* 營業時間；上班時間　　 pay 〔 pe 〕 *n.* 薪水
gravy 〔 'grevɪ 〕 *n.* 肉汁；容易取得的利益
on the gravy train 工作清閒而報酬高

699. failure 〔 'feljɚ 〕 *n.* 失敗；失敗者 (↔ *success n.* 成功；成功者)
comeback 〔 'kʌm,bæk 〕 *n.* 恢復；東山再起；捲土重來
make a comeback 東山再起；捲土重來
rise 〔 raɪz 〕 *v.* 升起；復活
rise from the dead 死而復活；起死回生

5.
描
述
他
人

32. 她非常可靠

☐ **700**.　She's calm.　　　　　　　她很鎮定。
　　　　She's confident.　　　　　她很有自信。
　　　　She's cool as a cucumber.　她非常冷靜。

☐ **701**.　She's dependable.　　　　她很可靠。
　　　　She's so reliable.　　　　她非常可靠。
　　　　She's as steady as a rock.　她非常可靠。

☐ **702**.　She's well-rounded.　　　她多才多藝。
　　　　She does it all.　　　　　她樣樣都會做。
　　　　She's a jack of all trades.　她無所不能。

**─────────────

700.　calm〔kɑm〕 *adj.* 冷靜的；鎮定的
　　　confident〔'kɑnfədənt〕 *adj.* 有自信的
　　　cool〔kul〕 *adj.* 冷靜的　　cucumber〔'kjukʌmbɚ〕 *n.* 胡瓜
　　　(*as*) *cool as a cucumber* 非常冷靜的

701.　dependable〔dɪ'pɛndəbḷ〕 *adj.* 可靠的　　so〔so〕 *adv.* 很；非常
　　　reliable〔rɪ'laɪəbḷ〕 *adj.* 可靠的
　　　steady〔'stɛdɪ〕 *adj.* 穩定的；可靠的；認真的　　rock〔rɑk〕 *n.* 岩石
　　　as steady as a rock 非常穩固；堅若磐石；(人) 非常可靠

702.　well-rounded〔'wɛl'raʊndɪd〕 *adj.* 面面俱到的；多才多藝的
　　　do it all ①樣樣都會做 ②服無期徒刑　　trade〔tred〕 *n.* 貿易；技藝
　　　a jack of all trades 萬事通；無所不能的人　源自諺語：A Jack of
　　　all trades is master of none. (萬能先生，無一精通；樣樣通，樣
　　　樣鬆。)【Jack 指「一般人」。***be master of*** 精通】原是貶損的意思，
　　　但現在常常只用 a jack of all trades，變成讚揚的用法。

33. 她喜歡掌控一切

□ **703.** She's the boss.　　　　　　她是老闆。
She makes the decisions.　　　她做決定。
She wears the pants.　　　　　她當家。

□ **704.** She sees everything.　　　　　她什麼都知道。
She knows what's going on.　　她知道發生了什麼事。
She never misses a beat.　　　她絕不會有閃失。

□ **705.** She's really in charge.　　　　她是真正的負責人。
She controls everything.　　　她掌控一切。
She's the power behind the　　她是幕後擁有實權的人。
　　throne.

** —————————————————

703. boss〔bɔs〕*n.* 老闆；主宰；統治者　　decision〔dɪ'sɪʒən〕*n.* 決定
make a decision 做決定　　wear〔wɛr〕*v.* 穿；戴
pants〔pænts〕*n. pl.* 長褲　　***wear the pants***（女人）當家；掌權
704. see〔si〕*v.* 知道；了解　　***She sees everything.*** 她什麼都知道。
　　（= *She always knows what's going on.*）
go on 發生　　miss〔mɪs〕*v.* 錯過；漏掉　　beat〔bit〕*n.* 拍子
never miss a beat 不漏拍；沒有閃失；不錯失良機
She never misses a beat. 也可說成：She never makes a mistake.
　　（她絕不會出錯。）
705. really〔'rɪəlɪ〕*adv.* 真正地　　***in charge*** 負責管理
control〔kən'trol〕*v.* 控制
power〔'pauɚ〕*n.* 力量；權力；勢力；控制力
throne〔θron〕*n.* 王座；王位
the power behind the throne 王位背後的勢力；幕後的操縱者

☐ **706.** She likes to be noticed.　她喜歡被人注意。
She loves getting attention.　她喜歡引人注意。
She enjoys the spotlight.　她喜歡受人矚目。

☐ **707.** She tries to control.　她想要掌控一切。
She likes to give orders.　她喜歡發號施令。
She's a backseat driver.　她是個好管閒事的人。

☐ **708.** She loves to control things.　她很愛掌控一切。
She needs to call the shots.　她需要發號施令。
She's a control freak.　她是個控制狂。

**————————————

706. like〔laɪk〕*v.* 喜歡　　notice〔'notɪs〕*v.* 注意到
attention〔ə'tɛnʃən〕*n.* 注意　　enjoy〔ɪn'dʒɔɪ〕*v.* 喜歡
spotlight〔'spɑt,laɪt〕*n.* 聚光燈；(衆人的)矚目
She enjoys the spotlight. 她喜歡受人矚目。(= *She likes to be the
center of attention.* = *She likes to be the focus of attention.*)
【center〔'sɛntɚ〕*n.* 中心　　focus〔'fokəs〕*n.* 焦點】

707. ***try to V.*** 試圖…；想要…　　control〔kən'trol〕*v. n.* 支配；控制
order〔'ɔrdɚ〕*n.* 命令　　***give orders*** 下命令
backseat〔'bæk,sit〕*n.* 後座
backseat driver ①坐在汽車後座，亂指揮駕駛的乘客　②所居地位不
重要，而不負責任地亂出意見的人；不知謙虛而好管閒事的人

708. shot〔ʃɑt〕*n.* 射擊　　***call the shots*** 發號施令
freak〔frik〕*n.* 反常的人；奇異的人；狂熱愛好者
control freak 控制狂；喜歡控制一切的人

5.
描
述
他
人

☐ **709.** She's too involved.　　　　她太投入了。
　　　　She's all over the place.　　她參與太多事了。
　　　　She's spread herself too　　她同時做太多事，所以都
　　　　　thin.　　　　　　　　　　沒做好。

☐ **710.** She has many interests.　　她有很多興趣。
　　　　She's doing lots of things.　她正在做很多事。
　　　　She has a finger in every pie.　她參與很多事。

☐ **711.** She's into everything.　　她什麼都喜歡。
　　　　She has a wide range of　　她的嗜好很廣泛。
　　　　　hobbies.
　　　　There's nothing she won't try.　沒有什麼是她不會嘗試的。

** ────────────

709. involved〔ɪnˈvɑlvd〕*adj.* 參與的；投入的
　　She's all over the place. 她到過很多地方，引申為「她參與太多事了。」
　　　（ = *She's involved in too many things.* ）【*be involved in* 參與】
　　spread〔sprɛd〕*v.* 薄薄地塗上一層（柔軟的食物，如奶油等）【三態同形】
　　thin〔θɪn〕*adj.* 薄的　　***spread*** *oneself* ***too thin*** 使自己像塗奶油一
　　　樣，為求大範圍，而塗得太薄，引申為「同時做太多事（以致於沒有時
　　　間或精神關注於任何一個）」。

710. interest〔ˈɪntrɪst〕*n.* 興趣　　pie〔paɪ〕*n.* 派
　　have a finger in every pie 參與很多事；多管閒事【源自到廚房的訪
　　　客忍不住伸出手指試菜】

711. into〔ˈɪntu〕*prep.* 喜歡；熱中於
　　wide〔waɪd〕*adj.* 寬的；（範圍）廣泛的　　range〔rendʒ〕*n.* 範圍
　　a wide range of 範圍廣泛的　　hobby〔ˈhɑbɪ〕*n.* 嗜好
　　try〔traɪ〕*v.* 嘗試

34. 她沈默寡言

☐ **712.** She seldom speaks.   她很少說話。

       She's silent around the house.   她在家很沈默。

       She's as quiet as a mouse.   她很文靜。

☐ **713.** She showed no emotion.   她沒有表現出任何情緒。

       She had no expression.   她沒有表情。

       She didn't even bat an eye!   她連眼睛都不眨一下！

♣ **手頭很緊**

☐ **714.** She has little money.   她的錢很少。

       She's very frugal.   她非常節儉。

       She's living on a shoestring.   她經濟拮据。

** ───────

712. seldom〔ˋsɛldəm〕*adv.* 很少   silent〔ˋsaɪlənt〕*adj.* 沈默的；安靜的
around〔əˋraund〕*prep.* 在…各處   *around the house* 在家裡
quiet〔ˋkwaɪət〕*adj.* 安靜的   mouse〔maus〕*n.* 老鼠
as quiet as a mouse 非常安靜；很文靜

713. show〔ʃo〕*v.* 展現   emotion〔ɪˋmoʃən〕*n.* 情緒
expression〔ɪkˋsprɛʃən〕*n.* 表達；表情
bat〔bæt〕*v.* 眨眼（= *wink*）   *not bat an eye*（連眼睛都不眨一下）面不改色（= *not bat an eyelid*）〔eyelid〔ˋaɪˏlɪd〕*n.* 眼皮〕

714. little〔ˋlɪtl̩〕*adj.* 極少的   frugal〔ˋfrugl̩〕*adj.* 節儉的（= *thrifty*）
live on ~ 靠~生活
shoestring〔ˋʃuˏstrɪŋ〕*n.* 鞋帶（= *shoelace*）；很少錢（= *very little money*）   *live on a shoestring* 靠很少的錢生活；經濟拮据

35. 她反對

☐ **715.** She was against it. 她反對。

She discouraged me. 她勸我不要做。

She threw cold water on it. 她潑我冷水。

☐ **716.** She wasn't for it. 她不贊成。

She shot it down. 她否決了。

She rejected my idea. 她拒絕我的意見。

☐ **717.** She surprised me. 她令我很驚訝。

She threw me a curve ball. 她令我驚訝。

I wasn't expecting it. 我沒有預料到。

＊＊ ————

715. against〔ə'gɛnst〕*prep.* 反對   discourage〔dɪs'kɝɪdʒ〕*v.* 勸阻
throw〔θro〕*v.* 丟；拋；發射；噴射
throw cold water on 潑…冷水；使氣餒

716. for〔fɔr〕*prep.* 支持；贊成   ***shoot down*** 擊落；否決
reject〔rɪ'dʒɛkt〕*v.* 拒絕   idea〔aɪ'diə〕*n.* 點子；想法

717. surprise〔sə'praɪz〕*v.* 使驚訝   curve〔kɝv〕*n.* 曲線；曲球
curve ball 曲球；變化球（= *curveball* = *curve*）
throw *sb.* ***a curve ball*** 字面的意思是「丟曲球給某人」，引申為「給
某人出難題；使某人驚訝」。
expect〔ɪk'spɛkt〕*v.* 預期；期待

5.
描
述
他
人

36. 她一無所知

☐ **718.** She was in the dark. 　　　　她被蒙在鼓裡。
　　　　She had no clue. 　　　　她完全不知道。
　　　　Nobody told her. 　　　　沒有人告訴她。

☐ **719.** It was so sad. 　　　　那太令人傷心了。
　　　　It broke her heart. 　　　　她的心都碎了。
　　　　She cried her heart out. 　　　　她號啕大哭。

♣ 小睡片刻

☐ **720.** She was exhausted. 　　　　她累壞了。
　　　　She took a nap. 　　　　她小睡片刻。
　　　　She got her second wind. 　　　　她恢復了元氣。

** ————————

718. *in the dark* ①在暗處 ②被蒙在鼓裡；完全不知
clue〔klu〕*n.* 線索
have no clue 完全不知道 (= *have no idea* = *don't know*)

719. so〔so〕*adv.* 很；非常　　sad〔sæd〕*adj.* 使人悲傷的
heart〔hɑrt〕*n.* 心　　*break one's heart* 使某人心碎
cry one's heart out 痛哭；號啕大哭

720. exhausted〔ɪgˈzɔstɪd〕*adj.* 筋疲力盡的　　nap〔næp〕*n.* 小睡
take a nap 小睡片刻　　wind〔wɪnd〕*n.* 風；呼吸；力量
second wind 恢復正常呼吸；恢復元氣
get one's second wind 恢復元氣；恢復正常
She got her second wind. 她恢復了元氣。(= *She recovered her energy.* = *She got her energy back.*) 〔recover〔rɪˈkʌvɚ〕*v.* 恢復
get back 取回；恢復　　energy〔ˈɛnɚdʒɪ〕*n.* 活力〕

37. 她生氣失控

□ **721.** She's in a bad mood.　　　　　她心情不好。
　　　She's angry and upset.　　　　她在生氣，很不高興。
　　　She woke up on the wrong　　她有起床氣。
　　　　　side of the bed.

□ **722.** She lost it.　　　　　　　　她失去理智。
　　　She went crazy.　　　　　　她發瘋了。
　　　She freaked out.　　　　　她抓狂了。

□ **723.** She went nuts.　　　　　　　她發瘋了。
　　　She went insane.　　　　　她瘋了。
　　　She went to pieces.　　　　她崩潰了。

** —————————

721. mood〔mud〕*n.* 心情　　***be in a bad mood*** 心情不好
upset〔ʌp'sɛt〕*adj.* 不高興的　　***wake up*** 醒來
get/wake up on the wrong side of the bed 古羅馬人認為從右邊起
　　床比較好，左邊不吉利，起床起錯邊，就會「心情不好」(= *be in a*
　　bad mood)，或「有起床氣」(= *wake up unhappy*)。
722. lose〔luz〕*v.* 失去　　***lose it*** （突然）失去理智；（突然）發怒；發火
go〔go〕*v.* 變得　　crazy〔'krezɪ〕*adj.* 瘋狂的　　***go crazy*** 發瘋
freak〔frik〕*n.* 怪人　　***freak out*** 發瘋；大發雷霆；大吃一驚
723. nuts〔nʌts〕*adj.* 發瘋的；發狂的
insane〔ɪn'sen〕*adj.* 瘋狂的 (= *nuts* = *crazy*)
piece〔pis〕*n.* 一片
go to pieces （肉體或精神）崩潰；變得無法控制自己

38. 她突然消失

□ **724.** She's gone.   她不見了。

         She's missing.   她失蹤了。

         She's absent without leave.   她不假外出。

□ **725.** She left so suddenly.   她非常突然地離開了。

         It was like a secret escape.   就像祕密脫逃一樣。

         She really flew the coop.   她真的是迅速逃走了。

□ **726.** She had a secret goal.   她有祕密目標。

         She had a secret plan.   她有祕密計劃。

         She had a hidden agenda.   她圖謀不軌。

** ———————————————

724. gone〔gɔn〕*adj.* 離去的；暫時不在的

　　She's gone.（她不見了。）也可説成：She's not here.（她不在。）

　　missing〔ˈmɪsɪŋ〕*adj.* 失蹤的；不在的；缺席的

　　She's missing.（她失蹤了。）也可説成：We don't know where she is.（我們不知道她在哪裡。）

　　absent〔ˈæbsn̩t〕*adj.* 缺席的　　leave〔liv〕*n.* 准假

　　be absent without leave 不假外出；擅離職守；曠職

725. so〔so〕*adv.* 很；非常　　suddenly〔ˈsʌdn̩lɪ〕*adv.* 突然地

　　secret〔ˈsikrɪt〕*adj.* 祕密的　　escape〔əˈskep〕*n.* 脫逃

　　fly〔flaɪ〕*v.* 飛；逃離　　coop〔kup〕*n.* 雞舍；狹窄的地方

　　fly the coop 溜走；迅速逃走

726. goal〔gol〕*n.* 目標　　hidden〔ˈhɪdn̩〕*adj.* 隱藏的；祕密的

　　agenda〔əˈdʒɛndə〕*n.* 議程；待辦事項；祕密計劃；祕密目標

　　She had a hidden agenda.（她有祕密的計劃；她圖謀不軌。）也可説成：She had an ulterior motive.（她別有用心；她不懷好意。）

　　【ulterior〔ʌlˈtɪrɪə〕*adj.*（因有不良企圖而）隱密的

　　motive〔ˈmotɪv〕*n.* 動機　　***ulterior motive*** 別有用心；不懷好意】

5.
描述他人

39. 她生病了

☐ **727.** She fell ill. 她生病了。

She got sick. 她生病了。

She came down with 她罹患了某種疾病。
  something.

☐ **728.** She has a sore throat. 她喉嚨痛。

She has a headache. 她頭痛。

She's in bad shape. 她身體狀況不好。

☐ **729.** She has a fever. 她發燒了。

She's hot to the touch. 她摸起來很燙。

She has a high temp. 她的體溫很高。

** ————————————

727. fall〔fɔl〕*v.* 變成（= *become*）　　ill〔ɪl〕*adj.* 生病的（= *sick*）

fall ill 生病了（= *get sick*）　　***come down with*** 罹患

728. sore〔sor〕*adj.* 疼痛的　　throat〔θrot〕*n.* 喉嚨

have a sore throat 喉嚨痛　　headache〔'hɛd,ek〕*n.* 頭痛

shape〔ʃep〕*n.*（健康）狀況

in bad shape 身體狀況不好（↔ *in good shape* 身體健康）

729. fever〔'fivɚ〕*n.* 發燒　　***have a fever*** 發燒

hot〔hɑt〕*adj.* 熱的；燙的；溫度高的　　touch〔tʌtʃ〕*n.* 觸摸

to the touch 摸起來

temp〔tɛmp〕*n.* 溫度；體溫（= *temperature*）

□ **730.** She's not working today.　　她今天沒上班。

She's not in the office.　　她不在辦公室。

It's her day off.　　她今天休假。

□ **731.** She's not in today.　　她今天沒進辦公室。

She took a sick day.　　她請病假。

She's under the weather.　　她身體不舒服。

□ **732.** Something is wrong.　　有點不對勁。

She's not herself.　　她不太舒服。

She needs to see a doctor.　　她需要去看醫生。

**

730. work〔wɜk〕*v.* 工作

office〔'ɔfɪs〕*n.* 辦公室　　off〔ɔf〕*adv.* 休息

731. in〔ɪn〕*adv.* 在辦公室　*prep.* 在…裡面

sick〔sɪk〕*adj.* 生病的

take a sick day (off) 請病假（ = *take a sick leave*）

weather〔'wɛðɚ〕*n.* 天氣　　***be under the weather*** 身體不舒服

732. wrong〔rɔŋ〕*adj.* 錯誤的；不對勁的

herself〔hɚ'sɛlf〕*pron.* 她自己；正常的她（ = *her normal self*）

She's not herself. 她不是正常的她；她不太舒服。

　（ = *She's not feeling herself.* ）

see a doctor 去看醫生；就診（ = *go to see a doctor*

　 = *go to the doctor* ）

Part Three ♣ 描述一對男女

40. 他們個性不合

☐ 733. She's saving money. 她正在存錢。
She's spending carefully. 她花錢很謹慎。
She's pinching pennies. 她精打細算。

☐ 734. He spends money so quickly! 他花錢花得很快!
He wastes cash so fast! 他錢花得很快!
He blows through money like 他拼命亂花錢!
crazy!

☐ 735. She eats like a bird! 她吃得很少!
He eats like a horse! 他吃得很多!
She's skinny, and he's huge! 她瘦得皮包骨,而他體型
龐大!

** ─────

733. save〔sev〕v. 存 (錢);節省　　spend〔spɛnd〕v. 花錢
pinch〔pɪntʃ〕v. 捏;節約;吝惜　　penny〔'pɛnɪ〕n. 一分錢
pinch pennies「節省一分錢」,連一分錢也要省,表示很「精打細算;
省吃儉用」。　***She's pinching pennies.***(她精打細算。)也可説
成:She's being frugal.(她很節儉。)She's being thrifty.(她
很節儉。)〔frugal〔'frugl〕adj. 節儉的　　thrifty〔'θrɪftɪ〕adj. 節儉的〕

734. cash〔kæʃ〕n. 現金;錢　　blow〔blo〕v. 揮霍;亂花 (錢)
blow through money 亂花錢　　***like crazy*** 拼命地
He blows through money like crazy! 也可説成:He spends
money like water!(他花錢如流水!)

735. ***eat like a bird*** 吃得極少　　***eat like a horse*** 吃得很多
skinny〔'skɪnɪ〕adj. 皮包骨的;極瘦的
huge〔hjudʒ〕adj. 巨大的;龐大的

□ **736**. He was a zero. 他一事無成。

He hardly did anything. 他幾乎沒做什麼事。

He did next to nothing. 他幾乎什麼事都沒做。

□ **737**. She's often worried. 她常常很擔心。

She easily worries. 她動不動就擔心。

She's a bundle of nerves! 她神經過敏！

□ **738**. They disliked each other. 他們不喜歡彼此。

They didn't get along well. 他們處得不好。

There was bad blood between 他們之間有敵意。
them.

＊＊────────────

736. zero〔'zɪro〕*n.* 零；無足輕重的人（= *failure* = *nobody*）

hardly〔'hɑrdlɪ〕*adv.* 幾乎不

next to 在～隔壁；幾乎【用於否定字前】

He hardly did anything. 他幾乎沒做什麼事。

（= *He did next to nothing.*）

737. worried〔'wɜɪd〕*adj.* 擔心的　　easily〔'izɪlɪ〕*adv.* 容易地

worry〔'wɜɪ〕*v.* 擔心　　bundle〔'bʌndl̩〕*n.* 一束；一把；一大堆

nerve〔nɜv〕*n.* 神經；*(pl.)* 神經過敏；神經質；焦慮

a bundle of nerves 神經過敏，非常焦慮的人

738. dislike〔dɪs'laɪk〕*v.* 不喜歡　　***get along well*** 相處融洽

blood〔blʌd〕*n.* 血　　***bad blood*** 仇恨；敵意

There was bad blood between them. 他們之間有敵意。

（= *There was ill feeling between them.*）【ill〔ɪl〕*adj.* 不好的】

♣ 經常吵架

□ **739.** They started out well.　　　　他們一開始很好。
　　　　It didn't last long.　　　　　但沒有持續很久。
　　　　It was a flash in the pan.　　只是曇花一現。

□ **740.** They often argue.　　　　　　他們常常爭論。
　　　　They always fight.　　　　　　他們老是吵架。
　　　　They lead a cat and dog life.　他們過著爭吵不休的生活。

□ **741.** They broke up.　　　　　　　他們分手了。
　　　　They split up.　　　　　　　他們分手了。
　　　　They're not together anymore.　他們沒在一起了。

＊＊──────────

739. ***start out*** 開始　　last〔læst〕*v.* 持續
　　long〔lɔŋ〕*adv.* 長久地　　flash〔flæʃ〕*n.* 閃光
　　pan〔pæn〕*n.* 平底鍋；(舊式槍砲的)藥池 (放置少量發火用火藥之
　　處)【源自(舊式燧發槍)空響之意；火藥雖爆發而子彈不射出】
　　a flash in the pan 曇花一現　　***It was a flash in the pan.*** 只是
　　曇花一現。(= *It was a sudden and brief success.*)
　　【sudden〔'sʌdn〕*adj.* 突然的　　brief〔brif〕*adj.* 短暫的】
740. argue〔'ɑrgju〕*v.* 爭論　　fight〔faɪt〕*v.* 打架；吵架 (= *argue*)
　　lead a ~ life 過著~生活　　***lead a cat and dog life*** 過著貓和狗的
　　生活，一般認為貓和狗天生合不來，也就是「過著不和睦的敵對生活；
　　過著爭吵不休的生活」(= *lead a cat-and-dog life*)。
　　They lead a cat and dog life. (他們過著爭吵不休的生活。)也可說成：
　　They don't get along together. (他們無法和睦相處。) They're
　　always arguing. (他們總是在爭論。)【***get along*** 和睦相處】
741. ***break up*** 分手　　split〔splɪt〕*v.* 分裂；分開
　　split up 離婚；分手　　***not…anymore*** 不再

41. 他們是天生一對

☐ 742. What a handsome couple! 多麼漂亮的一對！

He's like a movie star. 他就像是個電影明星。

She looks like a model. 她看起來像模特兒。

♣ 稱讚對方很相配

☐ 743. You two are compatible. 你們兩個很相配。

You're suitable for each other. 你們彼此適合。

You belong together. 你們很合適。

☐ 744. You two are the perfect couple. 你們倆是最完美的一對。

You're a match made in heaven. 你們是天造地設的一對。

You were made for each other. 你們是天生一對。

** ——————

742. handsome〔'hændsəm〕*adj.* 英俊的；好看的；漂亮的
couple〔'kʌpl̩〕*n.* 一對（男女）　　like〔laɪk〕*prep.* 像
movie star 電影明星　　look〔lʊk〕*v.* 看起來
model〔'madl̩〕*n.* 模特兒

743. compatible〔kəm'pætəbl̩〕*adj.* 能相容的；適合的
suitable〔'sutəbl̩〕*adj.* 適合的
belong〔bə'lɔŋ〕*v.* 應該歸屬於；適合

744. perfect〔'pɝfɪkt〕*adj.* 完美的　***You two are the perfect couple.***
（你們倆是完美的一對。）也可說成：You two are a perfect
couple. 意思相同。
match〔mætʃ〕*n.* （合適的）配偶；夫婦；很好的一對
a match made in heaven 天生一對；天作之合
heaven〔'hɛvən〕*n.* 天堂　　***be made for*** 生來適合

match

我從一位同學開始教起

1974年9月28日，我在台北市中華路北門口開設「劉毅升大學英語」。第一天上課，還以為自己名氣很大，結果只來了一位同學，她往後面一看，沒有人，想跑。我跟她說：「沒有關係，我教妳。」之後努力教了十年，學生才增加到一百多人，都沒有賺到錢。當時，看到別人的講義和教法，自以為三個月就能贏過他。其實，我的經驗是，廣告效果只是一時，要長期不斷努力。因為我做喜歡做的事，不覺得累，後來上課每堂300多人，週一至週日天天上課。

現在，即使只教一位同學，我也喜歡，因為教學相長，又能散播愛和絕招。我非常珍惜志同道合的朋友，過去，我不斷發明和創新學英文方法，教同學，編輯成書。轉眼之間，50多年過去，沒有一天停止。得到的結論是：英文不必學，只要「使用」。在我「快手」和「抖音」平台，和我百萬粉絲一起，用英文交朋友，談戀愛。不會寫？抄「完美英語會話寶典」，用優美的英文和全世界的人交流。每天在手機上，不停地看我的新「作品」，使用我們研究出的完美句子來留言，天天進步，天天有成就感，天天快樂！

Copy, copy, copy all the way!（抄，抄，抄到底！）
Use my sentences to write.（用我的句子寫。）
Write comments in my English words.（用我的英文留言就對了。）

中國人浪費太多時間學習這個「國際語言」，菲律賓第二大城市「宿霧」是「美語天堂」，那裡的人喜歡說英語，人人喜歡和你用英語聊天！讓14億人喜歡說「完美英語」是我的夢想！

6. 正面稱讚
Compliments

用手機掃瞄聽錄音

1. 稱讚聰明

☐ **745**. You're smart.　　　　　　　你很聰明。
You're intelligent.　　　　　　你很聰明。
You're full of wisdom.　　　　　你充滿智慧。

☐ **746**. You're clever.　　　　　　　你很聰明。
You're quick.　　　　　　　　你很聰明。
You're very bright.　　　　　　你非常聰明。

☐ **747**. You're wise.　　　　　　　你很有智慧。
You're brilliant.　　　　　　你很聰明。
You've got a good head on　　　你頭腦很好。
　　your shoulders.

**　*　　*

745. smart〔smɑrt〕*adj.* 聰明的
intelligent〔ɪnˈtɛlədʒənt〕*adj.* 聰明的
be full of 充滿　　wisdom〔ˈwɪzdəm〕*n.* 智慧
746. clever〔ˈklɛvɚ〕*adj.* 聰明的
quick〔kwɪk〕*adj.* 快的；聰明的　　bright〔braɪt〕*adj.* 聰明的
747. wise〔waɪz〕*adj.* 聰明的；有智慧的
brilliant〔ˈbrɪljənt〕*adj.* 聰明的
head〔hɛd〕*n.* 頭；頭腦　　shoulders〔ˈʃoldɚz〕*n. pl.* 肩膀
have (got) a good head on *one's* ***shoulders*** 有頭腦；精明；有見識

□ **748.** You're sharp. 你很敏銳。

You have a keen mind. 你的頭腦很聰明。

Your mind is clear. 你的頭腦很清楚。

□ **749.** You're a genius. 你是天才。

You're brainy. 你頭腦很好。

You're full of talent. 你才華洋溢。

□ **750.** You are a blessing. 你是上帝的恩賜。

Knowing you is an honor. 認識你是我的榮幸。

I am humbled by you. 我因你而謙卑。

** ──────────────

748. sharp〔ʃɑrp〕*adj.* 敏銳的；聰明的

keen〔kin〕*adj.* 敏捷的；聰明的

mind〔maɪnd〕*n.* 頭腦；智力

clear〔klɪr〕*adj.* 清楚的

749. genius〔'dʒinjəs〕*n.* 天才

brainy〔'breni〕*adj.* 頭腦好的；聰明的

be full of 充滿 talent〔'tælənt〕*n.* 天分；才能

750. blessing〔'blɛsɪŋ〕*n.* 恩賜；恩典

honor〔'ɑnɚ〕*n.* 光榮；榮耀

humble〔'hʌmbl̩〕*v.* 使變謙卑

□ **751.** You're alert.　　　　　　　　你注意力集中。
You're on the ball.　　　　　你很專心把事情做好。
You're really paying　　　　你真的很專心。
　　attention.

□ **752.** You're on top of things.　　你很專心。
You're not daydreaming.　你沒在亂想，你注意力集中。
You're not in a fog.　　　你並不迷糊。

□ **753.** You're up on things.　　　你很了解情況。
You're in the know.　　　你熟悉內幕消息。
You follow all the latest　你會密切注意所有最新的消
　　news.　　　　　　　　　息。

**　*　*** ──────────

751. alert〔ə'lɝt〕*adj.* 有警覺的；專心的
on the ball 專心把事情做好（*= paying attention and doing
　things well*）　　really〔'riəlɪ〕*adv.* 真地
attention〔ə'tɛnʃən〕*n.* 注意（力）；專心　　***pay attention*** 專心
752.
on top of things 掌握一切情況；很專心
daydream〔'de‚drim〕*v.* 做白日夢
You're not daydreaming. 除了可以表示「你沒在亂想」以外，還可表
　示「你不是在幻想。」如果有人說大話，吹牛他可以發大財，你可對他
　說："You're daydreaming."（你在幻想。）如果他的目標可以實現，
　你就說："You're not daydreaming."（你不是在幻想。）表示「你
　的目標可以實現。」　　fog〔fɔg , fɑg〕*n.* 霧　　***in a fog*** 迷糊的
753. ***be up on*** 熟悉；對⋯瞭如指掌（*= know a lot about something*）
things〔θɪŋz〕*n. pl.* 情況　　***in the know*** 知情；知道內幕
follow〔'fɑlo〕*v.* 密切注意　　latest〔'letɪst〕*adj.* 最新的
news〔njuz〕*n.* 新聞；消息

6.
正
面
稱
讚

□ **754**. You know the drill. | 你知道正確的步驟。
You know how it goes. | 你知道一切是如何進行的。
You're familiar with the | 你很熟悉例行程序。
　　routine.

□ **755**. You know a lot. | 你懂很多。
You're good at it. | 你很精通。
You know your stuff. | 你很擅長。

□ **756**. You know best. | 你最清楚，最適合做決定。
You're in charge. | 由你負責。
You're the doctor. | 你是專家，應該由你做決定。

** ───────────────

754. drill〔drɪl〕*n.* 正確的步驟　　go〔go〕*v.* 進行
familiar〔fəˈmɪljɚ〕*adj.* 熟悉的　　***be familiar with*** 熟悉
routine〔ruˈtin〕*n.* 例行公事；例行程序

755. ***be good at*** 精通；擅長
stuff〔stʌf〕*n.* 東西；自己擅長之處；專長（= *specialty*）
know one's stuff 知道自己的本分；精通；擅長
You know your stuff. 也可説成：You're an expert.（你是專家。）

756. ***know best*** 最適合承擔責任和做決定；最具權威；最懂得
You know best. = You have a lot of experience/knowledge
　　about this and can be trusted to make a decision for others.
in charge 負責；管理　　***You're in charge.*** 由你負責。（= *You*
　　have control over this situation.）【control〔kənˈtrol〕*n.* 控制權】
You're the doctor. 字面的意思是「你是醫生。」常引申爲「你是專
　　家，應該由你做決定。」（= *You're in charge.* = *I'll defer to your*
　　judgment.）【***defer to*** 聽從　　judgment〔ˈdʒʌdʒmənt〕*n.* 判斷】

2. 稱讚外表

☐ **757.** Your skin is fair. 你的皮膚很白皙。
　　Your face is clear. 你的臉完美無瑕。
　　You have a lovely complexion. 你的膚色很漂亮。

☐ **758.** You're glowing. 你閃閃發光。
　　You're beaming. 你笑容滿面。
　　You're sparkling. 你閃閃發光。

☐ **759.** You look divine. 你看起來很棒。
　　You look radiant. 你看起來容光煥發。
　　You look like an angel. 你看起來像天使一樣。

** ────────────

757. skin〔skɪn〕*n.* 皮膚　　fair〔fɛr〕*adj.* (肌膚) 白皙的
　　clear〔klɪr〕*adj.* 明亮的;亮麗的;無瑕疵的
　　lovely〔'lʌvlɪ〕*adj.* 可愛的;美麗的
　　complexion〔kəm'plɛkʃən〕*n.* 膚色
　　You have a lovely complexion. = You have beautiful skin.

758. glow〔glo〕*v.* 發光
　　beaming〔'bimɪŋ〕*adj.* 發光的;耀眼的;笑容滿面的 (= *smiling*)
　　sparkle〔'spɑrkl̩〕*v.* 閃耀;閃閃發光 (= *glow*)

759. look〔lʊk〕*v.* 看起來
　　divine〔də'vaɪn〕*adj.* 神聖的;神一般的;極好的;很棒的
　　radiant〔'redɪənt〕*adj.* 光輝燦爛的;光芒四射的
　　like〔laɪk〕*prep.* 像　　angel〔'endʒəl〕*n.* 天使

☐ **760.** You're beautiful. 　　　　　　你很漂亮。

You're bold. 　　　　　　　　你很勇敢。

You're magnificent. 　　　　　你很棒。

☐ **761.** You're psyched. 　　　　　　你非常興奮。

You're on fire. 　　　　　　　你充滿熱忱。

You're all fired up. 　　　　　你火力全開。

☐ **762.** You look fantastic. 　　　　　你看起來很棒。

You're looking younger. 　　　你看起來更年輕了。

What's going on with you? 　　你發生了什麼事？

** ────────────

760. bold〔bold〕*adj.* 大膽的；勇敢的

magnificent〔mæg'nɪfəsn̩t〕*adj.* 壯麗的；很棒的

761. 這三句話在此意思相同，都等於 You're enthusiastic.（你充滿
熱忱。）【enthusiastic〔ɪn,θjuzɪ'æstɪk〕*adj.* 熱心的；充滿熱忱的】

psyched〔saɪkt〕*adj.* 非常興奮的（= *extremely excited*）

on fire 著火的；興奮的；充滿熱忱的

fire up 使熱情高漲；使非常興奮　　*be all fired up* 非常興奮

762. look〔lʊk〕*v.* 看起來

fantastic〔fæn'tæstɪk〕*adj.* 很棒的

young〔jʌŋ〕*adj.* 年輕的　　*be going on* 發生

☐ **763.** You look great. 你看起來很棒。

You're looking good. 你看起來很好。

You haven't changed a bit. 你一點都沒變。

☐ **764.** You look marvelous. 你看起來非常出色。

You look so attractive. 你看起來很有吸引力。

You're all spruced up. 你打扮得很漂亮。

☐ **765.** You look fabulous! 你看起來好極了!

You look sensational! 你看起來非常好!

You're a sight for sore eyes. 看到你真高興。

** ——————————

763. great 〔 gret 〕 *adj.* 很棒的　change 〔 tʃendʒ 〕 *v.* 改變

a bit 一點 (= *a little*)

764. marvelous 〔'marvḷəs 〕 *adj.* 很棒的;出色的

so 〔 so 〕 *adv.* 很;非常

attractive 〔 ə'træktɪv 〕 *adj.* 有吸引力的;有魅力的

spruce 〔 sprus 〕 *v.* 打扮地整潔漂亮 < *up* >

765. fabulous 〔'fæbjələs 〕 *adj.* 極好的;很棒的

sensational 〔 sɛn'seʃənḷ 〕 *adj.* 極好的;很棒的

sight 〔 saɪt 〕 *n.* 景象;風景　sore 〔 sɔr 〕 *adj.* 痛的

a sight for sore eyes 喜歡看到的人或物

6.

正面稱讚

♣ **稱讚別人衣服穿得好看**

☐ **766.** You dress well. 你穿得很好看。
You're well dressed. 你穿得很時髦。
You have a good eye. 你的眼光很好。

☐ **767.** I like your style. 我喜歡你的風格。
You are fashionable. 你很時髦。
You have good taste. 你有好的品味。

☐ **768.** I love your new look. 我很喜歡你新的樣子。
Really nice change! 這個改變真棒！
I almost didn't recognize you. 我幾乎認不出你。

＊＊─────────────

766. dress 是及物和不及物兩用動詞，主動、被動意義相同。
dress〔drɛs〕v. 穿衣服；給…穿衣服 ***well dressed*** 衣著考究的；
穿著時髦的；穿得很體面的（= *well-dressed*）
eye〔aɪ〕n. 觀察力；眼光；眼力
You have a good eye. 也可說成：I like your taste in clothes.
（我喜歡你對衣服的品味。）I really like your style.（我真的很
喜歡你的風格。）【clothes〔kloz〕n. pl. 衣服】

767. style〔staɪl〕n. 風格 ***I like your style.*** = I like your look.
fashionable〔ˈfæʃənəbḷ〕adj. 流行的；時髦的
taste〔test〕n. 品味

768. look〔lʊk〕n. 樣子；外表 nice〔naɪs〕adj. 好的
change〔tʃendʒ〕n. 改變
Really nice change! 源自 It's a really nice change!
almost〔ˈɔl,most〕adv. 幾乎 recognize〔ˈrɛkəg,naɪz〕v. 認出

3. 完成任務

□ **769.** Bravo! 　　　　　好極了！
Kudos! 　　　　　做得好！
Congrats! 　　　　　恭喜！

□ **770.** Congratulations! 　　　　　恭喜！
Mission accomplished! 　　　　　任務完成了！
Job well done! 　　　　　做得很好！

□ **771.** You did it. 　　　　　你做到了。
You made it. 　　　　　你做到了。
You deserve praise. 　　　　　你應該被稱讚。

** ────────────────────

769. bravo〔'brɑvo〕*interj.* 好極了
kudos〔'kudos，'kjudɑs，'kudɑs〕*interj.* 做得好（= *good job*）
congrats〔kən'græts〕*n. pl.* 恭喜（= *congratulations*）

770. congratulations〔kən,grætʃə'leʃənz〕*n. pl.* 恭喜
mission〔'mɪʃən〕*n.* 任務　　accomplish〔ə'kɑmplɪʃ〕*v.* 完成
Mission accomplished! （任務完成了！）源自 The mission has been accomplished!
Job well done! （做得很好！）源自 The job is well done!

771. do〔du〕*v.* 完成；做完　　***make it*** 成功；辦到
deserve〔dɪ'zɝv〕*v.* 應得　　praise〔prez〕*n.* 稱讚

6.
正面稱讚

□ **772.** Good job! 做得好！

Great job! 做得很好！

You're a shooting star. 你會成功的。

□ **773.** You gave 100%! 你盡了全力！

You tried so hard. 你非常努力。

I'm so proud of you. 我以你為榮。

□ **774.** You did it right. 你做得對。

You did a great job. 你做得很好。

You nailed it! 你做得太好了！

＊＊ ─────

772. ***Good job!*** 做得好！（ = *Great job!* = *Well done!* = *Good going!*
= *Nice going!*） shoot〔ʃut〕*v.* 發射 ***shooting star*** 流星
You're a shooting star. 字面的意思是「你是流星。」引申為「你會
成功的。」（ = *You're going to be successful.*）

773. ***You gave 100%!***（你盡了全力！） = You gave your all!
= You gave it your all! ***try hard*** 努力
You tried so hard. 也可說成：You tried your best.（你盡力了。）
【***try one's best*** 盡力】

proud〔praʊd〕*adj.* 驕傲的；感到光榮的 ***be proud of*** 以～為榮

774. right〔raɪt〕*adv.* 正確地 great〔gret〕*adj.* 極好的；很棒的
do a great job 做得很好 nail〔nel〕*v.* 將⋯釘牢；把⋯做得很完美
You nailed it! = You did a great job! = Way to go! = Good for
you!【***Way to go!*** 太棒了！ ***Good for you!*** 你真棒！】

□ **775**. You gave everything. 你付出了一切。

You did your very best. 你盡了全力。

You gave it your best. 你盡了全力。

□ **776**. You're doing so well. 你表現得很好。

You make it look easy. 你看起來不費吹灰之力。

You're really in the groove. 你真的表現得很好。

□ **777**. You did a good job. 你做得很好。

You were very professional. 你非常專業。

People like you are hard to 像你這種人很少見。
　　　find.

** ———————————

775. give〔gɪv〕*v.* 付出　　***do one's best*** 盡力

do one's very best 盡全力　***give it one's best*** 盡力

776. do〔du〕*v.* 表現　***You make it look easy.*** 字面的意思是「你讓
它看起來很容易。」也就是「你看起來不費吹灰之力，超厲害的。」
(= *You do that very well*.)　　groove〔gruv〕*n.* 細長的凹槽

be in the groove 情況良好；表現理想；進行得很成功

You're really in the groove. 你真的表現得很好。

(= *You're performing very well*.)【perform〔pɚ'fɔrm〕*v.* 表現】

777. ***do a good job*** 做得好

professional〔prə'fɛʃənḷ〕*adj.* 專業的

like〔laɪk〕*prep.* 像　　hard〔hɑrd〕*adj.* 困難的

6.
正面稱讚

4. 非常佩服

☐ 778. You're the best. 你是最棒的。

You're above all the rest. 你勝過其他所有的人。

You're a big fish in a small pond. 你真是大材小用。

☐ 779. You're an ace. 你是一流的人才。

You're a gem. 你是很有價值的人。

You're the best of the best. 你是高手中的高手。

☐ 780. You are wonderful. 你很棒。

You are perfect. 你很完美。

Nobody can hold a candle to you. 沒有人比得上你。

** ────────────────

pond

778. above〔ə'bʌv〕*prep.* 在…之上；優於；勝過

rest〔rɛst〕*n.* 其餘的人或物　　fish〔fɪʃ〕*n.* 魚

pond〔pɑnd〕*n.* 池塘　　***a big fish in a small pond*** 大材小用

779. ace〔es〕*n.* 撲克牌的 A；一流的人才

gem〔dʒɛm〕*n.* 寶石【寶石是被人們所喜愛，所以在此 gem 指的是「被
人喜愛的人」、「有價值的人」】

the best of the best 是指「在最佳團體中最好的」，例如最好班級中
的第一名、最好的公司中的最佳人才，「高手中的高手」。

780. wonderful〔'wʌndəfəl〕*adj.* 很棒的

perfect〔'pɝfɪkt〕*adj.* 完美的　　hold〔hold〕*v.* 握住；拿著

candle〔'kændl̩〕*n.* 蠟燭

cannot hold a candle to 簡直不能與…相比

□ **781**. You rock. 你很棒。
You rule. 你很酷。
You're extraordinary. 你很傑出。

□ **782**. You're truly wonderful. 你真的很棒。
You're good enough. 你已經夠好了。
Don't change a thing. 什麼都不要改變。

□ **783**. You matter. 你很重要。
You're amazing. 你很棒。
You're alive for a reason. 你的存在是有原因的。

**

781. rock〔rɑk〕*n.* 岩石　*v.* 搖動；演奏搖滾樂；很強；很棒
rule〔rul〕*v.* 支配；統治；很酷 (= *rock*)
extraordinary〔ɛkstrəˈɔrdn͵ɛrɪ〕*adj.* 不尋常的；特別的；非凡的；
令人驚奇的 (= *outstanding* = *amazing* = *impressive*)

782. truly〔ˈtrulɪ〕*adv.* 真地　　wonderful〔ˈwʌndəfəl〕*adj.* 很棒的
enough〔əˈnʌf〕*adv.* 足夠地
Don't change a thing. 也可說成：You don't need to change
a thing. (你完全不需要改變。) Stay just the way you are.
(就保持你原來的樣子。) Just be yourself. (做你自己就好。)
【stay〔ste〕*v.* 保持　　way〔we〕*n.* 樣子】

783. matter〔ˈmætə〕*v.* 重要
amazing〔əˈmezɪŋ〕*adj.* 驚人的；很棒的
alive〔əˈlaɪv〕*adj.* 活著的　　reason〔ˈrizn̩〕*n.* 理由；原因
You're alive for a reason. 你的存在是有原因的。
(= *Your life has a purpose.*)【purpose〔ˈpɝpəs〕*n.* 目的】

6.
正面稱讚

784. You're terrific.   你很棒。

You're tremendous.   你很棒。

I'm so impressed by you.   我非常佩服你。

785. You are outstanding.   你很傑出。

You are one in a million.   你是百萬中選一。

You are a needle in a haystack.   像你這種人很難找到。

786. I salute you.   我向你致敬。

I applaud you.   我為你鼓掌。

My hat is off to you.   我向你致敬。

**

784. terrific〔təˋrɪfɪk〕 *adj.* 很棒的
tremendous〔trɪˋmɛndəs〕 *adj.* 巨大的；極好的；很棒的
impress〔ɪmˋprɛs〕 *v.* 使印象深刻；使欽佩

785. outstanding〔ˋautˋstændɪŋ〕 *adj.* 傑出的
million〔ˋmɪljən〕 *n.* 百萬

a needle
in a haystack

in a million 百萬裡挑一；極難得
one in a million 百萬中選一的人或物；極稀有的人或事物
needle〔ˋnidḷ〕 *n.* 針   haystack〔ˋheˌstæk〕 *n.* 稻草堆
a needle in a haystack 在稻草堆中的針，在此指「難得的人」。

786. salute〔səˋlut〕 *v.* 向…行禮；向…致敬
applaud〔əˋplɔd〕 *v.* 向…鼓掌；向…喝采   off〔ɔf〕 *adv.* 脫落地
My hat is off to you. (我向你脫帽致敬。) 也可說成：Hats off to
you. 或 I take my hat off to you. 意思相同。【*take off* 脫掉】

□ **787.** You're wonderful. 　　　你很棒。

You made me feel cheerful. 　　　你使我覺得很愉快。

I'm thankful and grateful. 　　　我非常感激。

□ **788.** You're fantastic. 　　　你很棒。

You're fabulous. 　　　你很棒。

You're far above the rest. 　　　你遠勝過其他人。

□ **789.** You impress me. 　　　你讓我很佩服。

You amaze me. 　　　你讓我大吃一驚。

You're so impressive. 　　　你太了不起了。

＊＊ ——————————————

787. wonderful〔ˈwʌndəfəl〕*adj.* 很棒的

cheerful〔ˈtʃɪrfəl〕*adj.* 快樂的　　thankful〔ˈθæŋkfəl〕*adj.* 感謝的
grateful〔ˈgretfəl〕*adj.* 感激的
三句話背了四個 ful 結尾的重要單字，説出來很幽默。

788. 三句的關鍵字都是 **f** 開頭。　　fantastic〔fænˈtæstɪk〕*adj.* 很棒的
fabulous〔ˈfæbjələs〕*adj.* 很棒的
far〔fɑr〕*adv.* 遠遠地；大大地；…得多
above〔əˈbʌv〕*prep.* 在…之上；優於；勝過
rest〔rɛst〕*n.* 其餘的人或物

789. impress〔ɪmˈprɛs〕*v.* 使印象深刻；使佩服
amaze〔əˈmez〕*v.* 使驚異；使大吃一驚　　so〔so〕*adv.* 很；非常
impressive〔ɪmˈprɛsɪv〕*adj.* 令人印象深刻的；令人難忘的
（= *amazing*）

☐ **790.** You're up and coming. 　　你很有前途。

You're rising fast. 　　你正在快速崛起。

You're a future star. 　　你是明日之星。

☐ **791.** I'm pretty good. 　　我相當好。

I'm better than most. 　　我比大多數的人好。

But you're the best. 　　但你是最好的。

☐ **792.** You make me proud. 　　你讓我感到驕傲。

You fill me with joy. 　　你使我充滿喜悅。

You're my pride and joy. 　　你是我的驕傲和快樂。

＊＊ ─────────────

^{790.} ***up and coming*** 有前途的 (= *promising*)

rise 〔 raɪz 〕 *v.* 發跡；崛起

You're rising fast. (你正在快速崛起。) 也可說成：You're

climbing fast. (你爬得很快。)

future 〔 'fjutʃɚ 〕 *n., adj.* 未來（的）　　star 〔 stɑr 〕 *n.* 星星；明星

^{791.} 當你認可另一個人的成就時，就可說這三句話。

pretty 〔 'prɪtɪ 〕 *adv.* 相當

most 〔 most 〕 *pron.* 大多數人 (= *most people*)

^{792.} proud 〔 praʊd 〕 *adj.* 驕傲的；自豪的　　***fill A with B*** 使 A 充滿 B

joy 〔 dʒɔɪ 〕 *n.* 喜悅；快樂　　pride 〔 praɪd 〕 *n.* 驕傲；自豪

You're my pride and joy. 也可說成：You make me proud and

happy. (你使我驕傲而且快樂。)【proud 〔 praʊd 〕 *adj.* 驕傲的；

感到光榮的】

☐ **793.** Just wonderful!	真的太棒了！
So splendid!	非常了不起！
Simply amazing!	實在太厲害了！
☐ **794.** You're outstanding!	你非常傑出！
You're remarkable!	你非常出色！
You really rock!	你真是太棒了！
☐ **795.** You're really something.	你真了不起。
You're something else.	你特別出色。
You are out of this world.	你無與倫比。

** ────────────

793. 這三句話的句首都可以加上 It's。　　 just〔dʒʌst〕*adv.* 正是；就是
wonderful〔'wʌndɚfəl〕*adj.* 極好的；很棒的
so〔so〕*adv.* 很；非常
splendid〔'splɛndɪd〕*adj.* 極好的；壯麗的；了不起的
simply〔'sɪmplɪ〕*adv.* 實在
amazing〔ə'mezɪŋ〕*adj.* 驚人的；很棒的

794. outstanding〔'aʊt'stændɪŋ〕*adj.* 傑出的
remarkable〔rɪ'mɑrkəbḷ〕*adj.* 引人注目的；卓越的；出色的
rock〔rɑk〕*v.* 搖晃；搖動；很強；很棒（= *be excellent*）

795. something〔'sʌmθɪŋ〕*n.* 重要的人或物
You're really something. 也可說成：I'm very impressed.（我非
常佩服。）　　***something else*** 特別出色的人或事物
You're something else. 也可說成：You are very unusual and
impressive.（你非常特別，令人印象深刻。）【unusual〔ʌn'juʒʊəl〕
adj. 不尋常的　　impressive〔ɪm'prɛsɪv〕*adj.* 令人印象深刻的】
out of this world 極好的；無與倫比的

6.
正
面
稱
讚

□ **796.** You are tops!   你最棒！

You are the coolest!   你最酷！

You are the shit!   你太厲害了！

□ **797.** You're number one!   你是最棒的！

Nobody beats you!   沒有人能勝過你！

Nobody does it better!   沒有人做得更好！

□ **798.** You're going to be rich.   你要發財了。

You will do great things.   你會成就大事。

Success is certain for you.   你一定會成功。

＊＊ ─────────

796. tops〔tɑps〕*adj.* 最好的（=*the tops*）

cool〔kul〕*adj.* 酷的；很棒的   shit〔ʃɪt〕*n.* 糞便；胡說；混蛋

You are the shit! 並非罵人的話，而是指「你太厲害了！；你很棒！」（=*You're awesome!*）【awesome〔ˋɔsəm〕*adj.* 很棒的】例如：***You are the shit*** and we really admire you.（你太厲害了，我們非常佩服你。）如果沒有加 the，說成：You are shit!（你太爛了！）就是罵人的話

797. ***number one*** 第一的；一流的；最好的

beat〔bit〕*v.* 擊敗；勝過（=*do better than*）

Nobody beats you! 沒有人能勝過你！（=*Nobody does it better!* =*Nobody does it better than you!*）

798. rich〔rɪtʃ〕*adj.* 有錢的   great〔gret〕*adj.* 大的；偉大的

do great things 做大事   success〔səkˋsɛs〕*n.* 成功

certain〔ˋsɝtn̩〕*adj.* 確定的

□ **799.** It's so cool! | 這個很酷！
It's very good! | 非常好！
It's dope! | 太棒了！

□ **800.** You won easily. | 你贏得不費吹灰之力。
You won by a lot. | 你大幅領先。
You won hands down. | 你輕鬆獲勝。

□ **801.** You're a winner! | 你是贏家！
You'll go far. | 你會成功的。
You'll pass with flying colors! | 你會旗開得勝！

** ─────

799. so〔so〕*adv.* 很；非常　　cool〔kul〕*adj.* 酷的；很棒的
dope〔dop〕*adj.* 非常好的　*n.* 笨蛋；呆子；毒品；大麻
It's dope! 太棒了！(= *It's excellent!*)
　【excellent〔'ɛksḷənt〕*adj.* 優秀的】

800. win〔wɪn〕*v.* 贏　　easily〔'izɪlɪ〕*adv.* 輕易地
by〔baɪ〕*prep.* 以…差距　　*hands down* 輕鬆地；輕易地

801. winner〔'wɪnɚ〕*n.* 優勝者；贏家
go far 成功 (= *go a long way*)
You'll go far. 你會成功。(= *You'll be very successful.*)
pass〔pæs〕*v.* 通過　　flying〔'flaɪɪŋ〕*adj.* 飄揚的
colors〔'kʌlɚz〕*n.* 軍旗；隊旗；船旗；國旗
with flying colors 成功地
You'll pass with flying colors! 你會旗開得勝！
= *You'll do it very successfully!*

6.
正面稱讚

□ **802.** That's neat! 那很棒！

That's nice! 那很好！

That's really cool! 那真的很酷！

□ **803.** I admire you. 我佩服你。

I admire your patience. 我佩服你的耐心。

I admire your discipline. 我佩服你的修養。

□ **804.** I admire you so much. 我非常欽佩你。

I'm a big fan. 我是超級粉絲。

May I have your autograph? 我可以要你的簽名嗎？

** ─────

802. neat〔nit〕*adj.* 整潔的；很棒的；很好的

nice〔naɪs〕*adj.* 好的   cool〔kul〕*adj.* 酷的

803. admire〔əd'maɪr〕*v.* 欽佩   patience〔'peʃəns〕*n.* 耐心

discipline〔'dɪsəplɪn〕*n.* 紀律；修養；教養

804. fan〔fæn〕*n.* 迷；粉絲；狂熱支持者   ***big fan*** 超級粉絲

I'm a big fan. 也可説成：I'm one of your biggest admirers.

（我是你超級的崇拜者之一。）

【admirer〔əd'maɪrɚ〕*n.* 崇拜者；愛慕者】

autograph〔'ɔtəˌgræf〕*n.*（名人的）親筆簽名

5. 非常優秀，無可取代

□ **805.** You're unique.　你很獨特。
You're spectacular.　你很出色。
There's only one you.　你是獨一無二的。

□ **806.** You're too important.　你太重要了。
No one can replace you.　沒有人可以取代你。
Nobody can fill your shoes.　沒有人可以接替你的工作。

□ **807.** You're an asset.　你是珍貴的資產。
You're a source of pride.　你讓我們感到驕傲。
You're a credit to our team!　你為我們的團隊爭光！

** ───────────────

805. unique〔ju'nik〕*adj.* 獨特的；獨一無二的
spectacular〔spɛk'tækjələ〕*adj.* 壯觀的；引人注目的；出色的
There's only one you. 可加強語氣說成：There's only one you
in the world.（在這個世界上只有一個你。）或 There's no one
like you.（沒有人像你一樣。）
806. important〔ɪm'pɔrtn̩t〕*adj.* 重要的　replace〔rɪ'ples〕*v.* 取代
nobody〔'noˌbɑdɪ〕*pron.* 沒有人；無一人
fill〔fɪl〕*v.* 填滿；裝滿　shoes〔ʃuz〕*n.pl.* 鞋子
fill one's shoes 接替某人的工作
807. asset〔'æsɛt〕*n.* 資產　source〔sors〕*n.* 來源；原因
pride〔praɪd〕*n.* 驕傲　credit〔'krɛdɪt〕*n.* 讚揚
be a credit to 是⋯的驕傲；為⋯爭光　team〔tim〕*n.* 團隊

6.
正面稱讚

□ **808.** You have the right stuff. 你擁有很好的特質。

You're high quality. 你非常優秀。

I'm impressed by you. 我對你印象深刻。

□ **809.** You have what it takes. 你很有能力。

You're stronger than you think. 你比你想像的更堅強。

You can get through anything. 你可以完成任何事。

□ **810.** I'm proud of you. 我以你為榮。

You do quality work. 你做得很好。

I brag about you to my friends. 我會向我的朋友吹噓你的事。

** ————————————

808. stuff〔stʌf〕 *n.* 東西；要素；特質　***the right stuff***（完成困難任務所需的）必要特質（如知識、信心、勇氣等）

quality〔'kwɑlətɪ〕 *n.* 品質　*adj.* 高品質的；優質的

high quality 高品質的；優質的

You're high quality. = You're a quality person.

impress〔ɪm'prɛs〕 *v.* 使印象深刻

be impressed by 對…印象深刻

I'm impressed by you. = I'm impressed with you.

809. ***what it takes*** 需要的條件（ = *ability* = *potential*）

strong〔strɔŋ〕 *adj.* 強壯的；堅強的　***get through*** 完成

You can get through anything. = You can do anything.

810. proud〔praʊd〕 *adj.* 驕傲的；感到光榮的　***be proud of*** 以…為榮

do quality work 做得很好（ = *do great work* = *do a good job*）

brag〔bræg〕 *v.* 誇耀；吹噓 <*about/of*>

6. 成績優異

☐ **811**. You aced it! 你得到滿分！

You got a top score. 你得到最高分。

You passed with flying colors. 你成功地通過了。

☐ **812**. You win first place. 你得了第一名。

You deserve a prize. 你應該得獎。

You're a blue-ribbon student. 你是最棒的學生。

☐ **813**. You did a marvelous job! 你做得非常好！

I commend you. 我稱讚你。

I sing your praises. 我極力稱讚你。

** ——————————

811. ace〔es〕v. 在…中得到好成績　n. 撲克牌的 A

ace it 得到滿分　　top〔tɑp〕adj. 最高的；第一名的

score〔skor〕n. 分數；成績　　pass〔pæs〕v. 通過

flying〔'flaɪɪŋ〕adj.（隨風）飄揚的

colors〔'kʌləz〕n. 國旗；船旗　　***with flying colors*** 成功地

812. win〔wɪn〕v. 贏得　　***first place*** 第一名

deserve〔dɪ'zɜv〕v. 應得（賞罰）　　prize〔praɪz〕n. 獎；獎品

ribbon〔'rɪbən〕n. 絲帶；緞帶　　***blue ribbon*** ①藍帶【英國最高

勳章嘉德勳章（the Garter）的藍帶】；藍綬 ②特優獎；最高榮譽

blue-ribbon adj. 第一流的；最棒的；得第一名的

813. marvelous〔'mɑrvḷəs〕adj. 極好的

commend〔kə'mɛnd〕v. 稱讚　　praise〔prez〕n. v. 稱讚

sing one's ***praises*** 極力稱讚某人

6.
正面稱讚

☐ **814.** Good work! | 做得好！
Good going! | 做得好！
Good for you! | 你真行！

☐ **815.** You did well. | 你表現得很好。
You met the standard. | 你符合標準。
You made the grade. | 你達到標準了。

☐ **816.** You tried so hard. | 你很努力。
You did your very best. | 你盡了全力。
You get an A for effort. | 你盡了最大的努力。

**

814. ***Good work!*** 做得好！（= *Good job!*）
going〔'goɪŋ〕*n.* 進行情況；進展；進行速度
Good going! 做得好！（= *Well done!*）
Good for you! 你真棒！；真為你高興！

815. do〔du〕*v.* 表現　　***do well*** 表現好　　meet〔mit〕*v.* 滿足；符合
standard〔'stændəd〕*n.* 標準　　grade〔gred〕*n.* 成績；等級
make the grade 達到標準（= *succeed in reaching a standard*）；成功

816. try〔traɪ〕*v.* 嘗試；努力　　hard〔hɑrd〕*adv.* 努力地
try so hard 非常努力
do one's ***very best*** 盡最大的努力【very 用於加強最高級形容詞的語氣】
A〔e〕*n.* 甲等　　***get an A*** 得到甲等　　effort〔'ɛfət〕*n.* 努力
You get an A for effort.（你的努力得到甲等。）也就是「你盡了最大
的努力。」（= *You didn't succeed, but you tried really hard.*）

7. 能言善道

☐ **817.** Well said. 　　　　　　　說得好。

　　　　 Well put. 　　　　　　　　說得好。

　　　　 Words of wisdom. 　　　　真是充滿智慧的話。

　　　　【稱讚別人說的話，可用這三個句子】

☐ **818.** Good point. 　　　　　　　說得好。

　　　　 You're so right. 　　　　　你說得很對。

　　　　 It makes sense. 　　　　　那很合理。

☐ **819.** You're a great speaker. 　　你真會說話。

　　　　 You're very convincing. 　　你很有說服力。

　　　　 You have a silver tongue. 　你有三寸不爛之舌。

＊＊ ────────────────────

817. ***Well said.*** (說得好。) 源自 It was well said.

　　put〔pʊt〕v. 說　　***Well put.*** (說得好。) 源自 It was well put.

　　Well said. 說得好。(＝ *Well put.* ＝ *Nicely said.* ＝ *Nicely put.*)

　　words〔wɝdz〕n. pl. 言詞；話　　wisdom〔'wɪzdəm〕n. 智慧

　　Words of wisdom. 源自 They were words of wisdom.

818. point〔pɔɪnt〕n. 論點　　***Good point.*** 源自 You made a good

　　point. (你說得很好。) 也可說成：That was a good comment.

　　(那是很好的評論。) 或 That was a good suggestion. (那是很好

　　的建議。)【comment〔'kɑmɛnt〕n. 評論】　　so〔so〕adv. 很；非常

　　sense〔sɛns〕n. 意義　　***make sense*** 合理

819. convincing〔kən'vɪnsɪŋ〕adj. 有說服力的　　silver〔'sɪlvɚ〕adj.

　　銀的　　tongue〔tʌŋ〕n. 舌頭　　***have a silver tongue*** 能言善

　　道；口才非常好 (＝ *have a smooth tongue*)【smooth〔smuð〕adj.

　　平滑的，也可將 silver/smooth tongue 變成複合形容詞 silver-tongued

　　或 smooth-tongued，都表示「口才很好的」】

6.
正面稱讚

♣ 稱讚對方非常正確

☐ 820. You're right on.   你非常正確。
You're right on the money.   你非常正確。
You're 100% right.   你百分之百正確。

☐ 821. You're exactly right.   你完全正確。
You're very precise.   你非常精確。
You're right on the nose.   你非常正確。

☐ 822. You nailed it.   你做得太好了。
You're spot on.   你完全正確。
You're exactly correct.   你完全正確。

** ———————————

820. 這三句話意思相同。   ***right on*** 非常正確 (= *spot on*)
(right) on the money 非常正確
100% (百分之百) 唸成 one hundred percent。
【percent (pɚ'sɛnt) *n.* 百分之… 】

821. exactly (ɪg'zæktlɪ) *adv.* 確切地；完全地
precise (prɪ'saɪs) *adj.* 精確的   nose (noz) *n.* 鼻子
on the nose 準確的；精確的
You're right on the nose. 你太對了；你非常正確。
= You are exactly right. = You're precisely correct.

822. nail (nel) *n.* 釘子   *v.* 將…釘牢；戳破；揭穿
You nailed it. 字面的意思是「你用釘子把它釘住了。」引申爲「你做得太好了。」(= *Good job.* = *Way to go.*)
spot on 完全正確 (= *exactly correct*)
correct (kə'rɛkt) *adj.* 正確的

☐ **823**. Good idea!　　　　　　　　　　好主意！

You said that right!　　　　　　　你說得對！

You read my mind.　　　　　　　你真懂我的心。

☐ **824**. That's good advice.　　　　　　那是很好的建議。

You have common sense.　　　　你的常識很豐富。

You're very much in the know.　你很熟悉內幕消息。

☐ **825**. That's good to know.　　　　　　知道這件事很高興。

That might be helpful.　　　　　那也許有幫助。

You never know.　　　　　　　你不曉得何時有用。

**————————————————————

823. idea〔aɪˈdiə〕*n.* 點子；想法

You said that right! 唸這句話時，that 要重讀，加強語氣，也可

說成：You said it!（你說得對！）

read *one's* **mind** 看出某人的心思；知道某人在想什麼

824. advice〔ədˈvaɪs〕*n.* 勸告；建議　　**common sense** 常識

in the know 了解內情；知道內幕

825. helpful〔ˈhɛlpfəl〕*adj.* 有幫助的；有用的

You never know. 在這裡的意思是 You never know when

it might come in handy.（你永遠不知道何時用得上。）

【**come in handy** 有用（= *be useful*）】

6.

正面稱讚

□ **826.** Now you're talking. 　　　　這才對嘛。
That sounds good. 　　　　聽起來不錯。
I like what I hear. 　　　　這才是我愛聽的。

□ **827.** Such sweet words. 　　　　好甜蜜的話。
So smooth and lovely. 　　　　非常流暢好聽。
You speak like a poet. 　　　　你說話像詩人一樣。

□ **828.** Such sweet talk! 　　　　眞是甜言蜜語！
Such smooth words! 　　　　多麼流暢的話！
You say it so well. 　　　　你說得眞好。

＊＊ ─────────

826. ***Now you're talking***. 這才對嘛；這才像話。
sound〔saʊnd〕*v.* 聽起來
I like what I hear. = That's what I like to hear.

827. such〔sʌtʃ〕*adj.* 如此的；非常的
sweet〔swit〕*adj.* 甜的；甜蜜的　　word〔wɜd〕*n.* 字；話
sweet words 甜言蜜語；甜蜜的話　　so〔so〕*adv.* 很；非常
smooth〔smuð〕*adj.* 平順的；流暢的
lovely〔'lʌvlɪ〕*adj.* 可愛的；美好的　　poet〔'po‧ɪt〕*n.* 詩人
You speak like a poet. 也可說成：You talk like a poet. 或
　　Your words are like poetry. (你說的話像詩一樣。)
　　【poetry〔'po‧ɪtrɪ〕*n.* 詩】

828. talk〔tɔk〕*n.* 話；談話　　***sweet talk*** 甜言蜜語
You say it so well. 也可說成：You speak well. 意思相同。

♣ 稱讚別人很有趣

☐ **829**. You're funny.　　　　　　　你很好笑。
　　　You're humorous.　　　　　你很幽默。
　　　You crack me up.　　　　　你笑死我了。

☐ **830**. You're so funny!　　　　　　你很好笑！
　　　You're hilarious!　　　　　你很好笑！
　　　You're killing me!　　　　　你笑死我了！

☐ **831**. You're loads of fun.　　　　　你真有趣。
　　　You're a barrel of laughs.　你很搞笑。
　　　I enjoy your company.　　　我很喜歡和你在一起。

** ———————————

829. funny〔'fʌnɪ〕*adj.* 好笑的　　humorous〔'hjumərəs〕*adj.* 幽默的
crack〔kræk〕*v.* 敲破；打碎；說（笑話）
crack sb. up 使某人捧腹大笑
You crack me up. = You make me laugh so hard.

830. so〔so〕*adv.* 很；非常　　hilarious〔hə'lɛrɪəs〕*adj.* 很好笑的
kill〔kɪl〕*v.* 殺死；使覺得好笑
You're killing me! 也可說成：I'm going to die from laughter!
（我快要笑死了！）或 You're so funny that I could die
laughing!（你很好笑，我快要笑死了！）【laughter〔'læftɚ〕*n.* 笑】

831. load〔lod〕*n.* 裝載；負荷　　***loads of*** 很多的；大量的
be fun 很有趣　　***You're loads of fun.*** = You're a lot of fun.
barrel〔'bærəl〕*n.* 大桶　　***a barrel of*** 許多（= *a lot of*）
laugh〔læf〕*v. n.* 笑
a barrel of laughs 搞笑的；有趣的（= *a barrel of fun* = *funny*）
enjoy〔ɪn'dʒɔɪ〕*v.* 喜歡　　company〔'kʌmpənɪ〕*n.* 陪伴

6. 正面稱讚

♣ 稱讚別人英文很好

☐ **832.** Your English is very good. 你的英文很好。
Your English is fluent. 你的英文很流利。
You speak English like a 你說起英文來，像是美國人。
native.

☐ **833.** Your English rocks. 你的英文很棒。
Your English is awesome. 你的英文很棒。
I'm so amazed by you. 你使我非常驚訝。

☐ **834.** Education is good. 教育很好。
Experience is better. 經驗更好。
Ability is best! 能力最好！

** ————

832. fluent〔'fluənt〕*adj.* 流利的
native〔'netɪv〕*n.* 本地人【在此指 native of the United States
（美國本地人）】

833. rock〔rɑk〕*n.* 岩石 *v.* 搖動；演奏搖滾樂；很強；很棒
awesome〔'ɔsəm〕*adj.* 令人敬畏的；很棒的
amaze〔ə'mez〕*v.* 使驚訝
⎧ be amazed by + 人
⎩ be amazed at + 事物
I'm amazed at you.【誤】

834. education〔ˌɛdʒʊ'keʃən〕*n.* 教育
experience〔ɪk'spɪrɪəns〕*n.* 經驗　　ability〔ə'bɪlətɪ〕*n.* 能力

8. 非常體貼

☐ **835.** You're considerate.　　　　　　你很體貼。
　　　　You're thoughtful.　　　　　　你很體貼。
　　　　That's what I like about you.　　那就是我喜歡你的原因。

☐ **836.** I trust you.　　　　　　　　　我信任你。
　　　　You're very honest.　　　　　你很誠實。
　　　　You're a man of your word.　　你是個言而有信的人。

☐ **837.** I'm betting on you.　　　　　我相信你的能力。
　　　　I'm counting on you.　　　　我要依靠你了。
　　　　I feel you are reliable.　　　　我覺得你很可靠。

＊＊

835. considerate〔kən'sɪdərɪt〕*adj.* 體貼的
　　　thoughtful〔'θɔtfəl〕*adj.* 體貼的 (= *considerate*)
　　　That's what I like about you. = That's why I like you.
836. trust〔trʌst〕*v.* 信任　　honest〔'ɑnɪst〕*adj.* 誠實的
　　　word〔wɝd〕*n.* 諾言；承諾【用單數，前面接所有格】
　　　a man of his word 言而有信的人
　　　You're a man of your word. (你是個言而有信的人。) 句中的 man
　　　　和 your 要配合主詞，You 可以用 You're a man/woman of ***your***
　　　　word. 而 I 可用 I'm a man/woman of ***my*** word. 第三人稱即是
　　　　He's a ***man*** of ***his*** word. 或 She's a ***woman*** of ***her*** word.
837. bet〔bɛt〕*v.* 下賭注
　　　bet on sb. 相信某人的能力 (= *have confidence in one's abilities*)
　　　count on 依賴；指望 (= *depend on*)
　　　reliable〔rɪ'laɪəbḷ〕*adj.* 可靠的；可信賴的

6.
正面稱讚

□ **838**. How thoughtful! | 你眞體貼！
How kind of you! | 你人眞好！
You shouldn't have. | 你不該這麼做的。

□ **839**. You put me at ease. | 你讓我很自在。
You set my mind at ease. | 你讓我很放心。
You stopped me from worrying. | 你使我不再擔心。

□ **840**. I like your style. | 我喜歡你做事的風格。
I like your personality. | 我喜歡你的個性。
You're my kind of friend. | 你是我喜歡的那種朋友。

**————

838. how〔haʊ〕 *adv.* 多麼地　　thoughtful〔'θɔtfəl〕 *adj.* 體貼的
　　How thoughtful! 也可說成：How thoughtful you are!
　　（你眞體貼！）　　kind〔kaɪnd〕 *adj.* 親切的；仁慈的
　　You shouldn't have. 也可說成：You shouldn't have done that.
　　（你不該那麼做的。）【「shouldn't have + p.p.」表「過去不該做而做」】

839. put〔pʊt〕 *v.* 使處於（某種狀態）　　ease〔iz〕 *n.* 輕鬆；自在
　　at ease 輕鬆地；悠閒地　　***put sb. at ease*** 使某人放心；使某人感
　　　到自在（= *make sb. feel comfortable*）
　　set〔sɛt〕 *v.* 使成爲（某種狀態）　　***set one's mind at ease*** 使某
　　　人放心（= *put one's mind at ease* = *set one's mind at rest*）
　　stop sb. from V-ing 阻止某人～　　worry〔'wɝɪ〕 *v.* 擔心

840. style〔staɪl〕 *n.* 風格　　***I like your style.*** 在此等於 I like the way
　　you do things.　　personality〔͵pɝsn̩'ælətɪ〕 *n.* 個性
　　kind〔kaɪnd〕 *n.* 種類　　***one's kind of*** 某人喜歡的類型

9. 身體健康

☐ **841.** You look healthy.　　　　　　　你看起來很健康。
　　　　You look in good shape.　　　　你看起來很健康。
　　　　What's your secret?　　　　　　你的祕訣是什麼？

☐ **842.** You're in great shape.　　　　　你的身材很好。
　　　　You have a beautiful figure.　　你有很好的身材。
　　　　You're extremely fit.　　　　　你非常健康。
　　　　【稱讚別人身材很好，就可以說這三句話】

☐ **843.** I'm jealous of you.　　　　　　我嫉妒你。
　　　　I'm envious of you.　　　　　　我羨慕你。
　　　　I want to be just like you.　　　我想和你一樣。

** ─────────────

841. healthy〔'hɛlθɪ〕*adj.* 健康的
　　shape〔ʃep〕*n.* 形狀；形態；(健康的)狀況
　　in good shape 健康的　　secret〔'sikrɪt〕*n.* 祕密；祕訣
842. great〔gret〕*adj.* 很棒的
　　be in great shape 身材好；身體很健康
　　figure〔'fɪgjɚ〕*n.* 形態；體態
　　extremely〔ɪk'strimlɪ〕*adv.* 非常地　　fit〔fɪt〕*adj.* 健康的
843. jealous〔'dʒɛləs〕*adj.* 嫉妒的；羨慕的　　***be jealous of*** 嫉妒；羨慕
　　envious〔'ɛnvɪəs〕*adj.* 羨慕的；嫉妒的
　　be envious of 羨慕；嫉妒
　　just〔dʒʌst〕*adv.* 正好；恰好；正是　　like〔laɪk〕*prep.* 像

□ **844**. You act young.　　　　　　你的行為很年輕。

You're outgoing and fun.　　你很外向又風趣。

You're young at heart.　　　你有年輕的心。

□ **845**. You've aged well.　　　　　你沒怎麼變老。

You look much younger.　　你看起來年輕很多。

You don't look your age at　你看起來一點都不像你實

　all.　　　　　　　　　際的年紀。

□ **846**. You are truly amazing.　　你太厲害了。

You take such good care of　你把自己照顧得很好。

　yourself.

You don't look a day over 21.　你看起來不超過 21 歲。

**

844. act〔ækt〕*v.* 行為；舉止　　***You act young.*** 也可說成：You act
younger than your years. (你的行為比你的實際年齡年輕。)
outgoing〔'aʊt'goɪŋ〕*adj.* 外向的　　fun〔fʌn〕*adj.* 有趣的
at heart 在心底；實際上　　***You're young at heart.*** 你在心裡很年
輕，也就是「你的心態很年輕；你有年輕的心。」

845. age〔edʒ〕*v.* 變老
age well 沒怎麼變老 (= *still look attractive or young*)
You've aged well. 可說成：You've aged so well. 或 You've aged
really well. 意思相同。　　***much younger*** 年輕很多
not…at all 一點也不　　***look one's age*** 容貌與年齡相稱

846. truly〔'trulɪ〕*adv.* 真地　　amazing〔ə'mezɪŋ〕*adj.* 驚人的；很棒的
take care of 照顧　　such〔sʌtʃ〕*adj.* 如此地；非常地
take such good care of 把…照顧得很好
don't look a day over 看起來不超過…歲

10. 家庭幸福

☐ **847.** How cute! 　　　　　　　眞可愛！

How lovely! 　　　　　　　眞可愛！

That baby is simply adorable. 　那嬰兒眞的很可愛。

【稱讚嬰兒可愛，可用上面三句話】

☐ **848.** Nice family. 　　　　　　　美好的家庭。

Cute kids. 　　　　　　　可愛的小孩。

You've been blessed. 　　　　你眞有福氣。

☐ **849.** You're lucky. 　　　　　　　你很幸運。

You're fortunate. 　　　　　　你很幸運。

You have a pretty good life. 　你有相當好的生活。

**───────────

847. how〔hau〕*adv.* 多麼地

cute〔kjut〕*adj.* 可愛的　　lovely〔'lʌvlɪ〕*adj.* 可愛的

simply〔'sɪmplɪ〕*adv.* 實在　　adorable〔ə'dorəbḷ〕*adj.* 可愛的

simply 在口語中，作「實在」講。如果是男孩或女孩，你就可以說

　　He's 或 She's simply adorable. 如果你看不出性別，寧可犯錯，

　　也不要用：It's simply adorable. 因爲 it 通常指東西或動物。

848. nice〔naɪs〕*adj.* 好的　　kid〔kɪd〕*n.* 小孩

bless〔blɛs〕*v.* 祝福

849. lucky〔'lʌkɪ〕*adj.* 幸運的　　fortunate〔'fɔrtʃənɪt〕*adj.* 幸運的

pretty〔'prɪtɪ〕*adv.* 相當

6.
正面稱讚

□ 850. You get your way. 你總是能達到自己的目的。
You seldom fall short. 你很少達不到標準。
You always get what you want. 你總是心想事成。

□ 851. You have everything you need. 你什麼都不缺。
Your life is great. 你一帆風順。
You've got it made. 你的情況很好。

□ 852. You have it all! 你擁有一切！
You've got everything! 你什麼都有了！
You're the total package! 你是人生勝利組！

** ───────────

850. ***get** one's **(own) way*** 達到自己的目的；隨心所欲
seldom〔'sɛldəm〕 *adv.* 很少   fall〔fɔl〕 *v.* 變得 (= *become*)
short〔ʃɔrt〕 *adj.* 不足的   ***fall short*** 不符合標準 (或要求)
You always get what you want*.*「你總是能得到你想要的。」
也就是「你總是心想事成。」
851. great〔gret〕 *adj.* 極好的；很棒的
have got it made 情況良好 (= *be in a very good situation*)
852. ***have it all*** 擁有一切   ***have got*** 有 (= *have*)
total〔'totl̩〕 *adj.* 全部的 (= *whole* = *complete*)
package〔'pækɪdʒ〕 *n.* 包裹；整批
the total package 擁有一切大家想要的特質的人 (= *someone who possesses a complete set of desired characteristics*)，即所謂的
「夢中情人」、「白、富、美」、「高、富、帥」或「人生勝利組」，也可
說成：the whole package 或 the complete package，意思相同。

11. 稱讚事物

☐ **853.** Good call.   好主意。
Smart idea.   聰明的點子。
Smart choice.   聰明的選擇。

☐ **854.** It's practical.   這很實際。
It's a logical choice.   這是個合理的選擇。
We might as well do it.   我們不妨去做。

☐ **855.** That's big of you!   你的心胸眞寬大！
You did a big thing!   你做了一件偉大的事！
Such a nice thing to do!   你眞的做了一件好事！

** ——————————————————

853. call〔kɔl〕*n.* 決定（ = *decision* ）；抉擇
   Good call. （好決定；好建議；好主意。）源自 It's a good call.
   （ = *It's a good decision/suggestion.* ）也可引申爲「我贊成。」
   （ = *I approve.* ）   smart〔smɑrt〕*adj.* 聰明的
   idea〔aɪ'diə〕*n.* 點子；想法
   Smart idea. 源自 It's a smart idea.   choice〔tʃɔɪs〕*n.* 選擇
   Smart choice. 源自 It's a smart choice.

854. practical〔'præktɪkḷ〕*adj.* 實際的
   logical〔'lɑdʒɪkḷ〕*adj.* 合邏輯的；合理的
   might as well + *V.* 不妨…；最好…（ = *had better* + *V.* ）【表建議】

855. big〔bɪg〕*adj.* 大的；心胸寬大的；偉大的
   such〔sʌtʃ〕*adv.* 如此地   nice〔naɪs〕*adj.* 好的

6.
正面稱讚

□ **856.** Well done! 　　　　　做得好！
Fairly good. 　　　　　相當好。
Not bad at all. 　　　　眞不錯。

□ **857.** Not too shabby. 　　　不會太差。
Not too bad. 　　　　　不會太糟。
You did pretty good! 　你做得相當不錯！

□ **858.** You're really improving. 　你眞的在進步。
You're getting better. 　　你變得越來越好。
Keep on practicing. 　　　要一直不停地練習。

**─────────────

856. ***well done*** 做得好；眞棒　　fairly〔ˈfɛrlɪ〕*adv.* 相當
　　not…at all 一點也不
　　Not bad at all. 源自 That was not bad at all. (那眞不錯。)
　　也可說成：Very good. (非常好。) Splendid. (太棒了。)
　　【splendid〔ˈsplɛndɪd〕*adj.* 華麗的；極好的】
857. shabby〔ˈʃæbɪ〕*adj.* 破舊的；(品質) 低劣的
　　Not too shabby. 源自 It's not too shabby. (不會太差。)
　　Not too bad. 源自 It's not too bad. (不會太糟。)
　　pretty〔ˈprɪtɪ〕*adv.* 相當地　　good〔gʊd〕*adv.* 好
　　do pretty good 做得相當不錯
858. improve〔ɪmˈpruv〕*v.* 改善；進步　　get〔gɛt〕*v.* 變得
　　keep on 持續【語氣較 keep (持續) 強】
　　practice〔ˈpræktɪs〕*v.* 練習

☐ **859.** Great idea!　　　　　　　　　很棒的點子！

Super invention!　　　　　　超級厲害的發明！

Best thing since sliced bread!　這個非常棒！

☐ **860.** It's useful.　　　　　　　　　這很有用。

It's helpful.　　　　　　　　這很有幫助。

It comes in handy.　　　　　這正好派得上用場。

☐ **861.** It's A-number-one.　　　　　這是第一流的。

It's top of the line.　　　　　這是最高級的。

It's above all the rest.　　　這勝過所有其他的。

** ─────────────

859. great〔gret〕*adj.* 極好的；很棒的　　idea〔aɪ'diə〕*n.* 點子；想法

super〔'supɚ〕*adj.* 超級好的　　invention〔ɪn'vɛnʃən〕*n.* 發明

slice〔slaɪs〕*v.* 切成薄片　　***sliced bread*** 切片麵包

Best thing since sliced bread! 字面的意思是「那是自從切片麵包

以來最好的事物！」這是幽默的説法，也就是「非常棒的事物！」

(= *An excellent thing!*)

860. useful〔'jusfəl〕*adj.* 有用的　　helpful〔'hɛlpfəl〕*adj.* 有幫助的

handy〔'hændɪ〕*adj.* 方便的；好用的

come in handy 派上用場 (= *be useful*)

861. ***A-number-one*** (可寫成 A-1〔e'wʌn〕) 爲形容詞，等於 of the

highest rating (第一流的；最高級的)。注意：A 須唸成 /e/。

例如：This steak is ***A-number-one***! (這牛排是最高級的！)

top of the line 上品；極品；最高級

above〔ə'bʌv〕*prep.* 在⋯之上；勝過

rest〔rɛst〕*n.* 其餘的人或物

☐ **862**. Nice try.

Not bad.

Good effort.

你很努力。

還不錯。

你非常努力。

☐ **863**. Nothing is better.

Nothing beats it.

Nothing compares to it.

沒有更好的了。

沒有比它好的。

沒有比得上它的。

☐ **864**. Good thinking!

That's really smart!

You deserve a medal!

很好的想法！

真的很聰明！

你該得個獎牌！

** ────────────

862. try〔traɪ〕*n.* 努力　　***nice try***　①白費功夫；（尤指）白費口舌；
騙不了我　②很努力（= *good try*）

***Nice try*.** = That was a good effort.

effort〔'ɛfət〕*n.* 努力　　***Good effort*.** = You made a good effort.

863. ***Nothing is better*.**（沒有更好的了；它是最好的。）

= It's the very best. = It's top of the line.

= It's the best of the best.

beat〔bit〕*v.* 打敗；勝過

compare〔kəm'pɛr〕*v.* 比較；比得上

864. thinking〔'θɪŋkɪŋ〕*n.* 思想；想法

smart〔smɑrt〕*adj.* 聰明的

deserve〔dɪ'zɝv〕*v.* 應得（賞罰）　　medal〔'mɛdļ〕*n.* 獎牌

☐ **865.** The best! | 這是最棒的！
Number one! | 這是最好的！
Nothing better! | 沒什麼比它更好！

☐ **866.** Amazing! | 太棒了！
It's impressive. | 這令人印象深刻。
I'm impressed. | 我非常佩服。

☐ **867.** It's superb. | 非常好。
It's splendid. | 非常好。
It's swell. | 很棒。

＊＊ ─────────

865. ***The best!*** 是由 It's the best! 簡化而來。
Number one! 是由 It's number one! 簡化而來。
number one 第一的；一流的；最好的
Nothing better! 是由 There is nothing better! 簡化而來。

866. amazing〔ə'mezɪŋ〕*adj.* 令人驚訝的；很棒的
impressive〔ɪm'prɛsɪv〕*adj.* 令人印象深刻的
impress〔ɪm'prɛs〕*v.* 使印象深刻；使佩服

867. superb〔su'pɝb〕*adj.* 極好的
splendid〔'splɛndɪd〕*adj.* 壯麗的；極好的
swell〔swɛl〕*adj.* 一流的；很棒的　*v.* 膨脹

☐ **868**. Nice idea!　　　　　　　　　好主意！

That's ingenious!　　　　　　很有創意！

You're a real brain!　　　　　你的頭腦眞好！

☐ **869**. That's so cool.　　　　　　　那很酷。

That's really awesome.　　　那眞的很棒。

That's sick.　　　　　　　　那眞棒。

☐ **870**. It worked perfectly.　　　　　這個非常有效。

It worked like a charm.　　　這個效果非常神奇。

What a success!　　　　　　非常成功！

** ─────────

868. nice〔naɪs〕*adj.* 好的　　idea〔aɪˈdiə〕*n.* 點子；想法

ingenious〔ɪnˈdʒinjəs〕*adj.* 有發明才能的；有獨創性的

real〔ˈriəl〕*adj.* 眞的　　brain〔bren〕*n.* 頭腦好的人

869. so〔so〕*adv.* 很；非常　　cool〔kul〕*adj.* 酷的

really〔ˈriəlɪ〕*adv.* 眞地；非常　　awesome〔ˈɔsəm〕*adj.* 很棒的

sick〔sɪk〕*adj.* ①生病的（= *ill* ）②噁心的（= *disgusting* ）

　③很棒的（= *very good* = *excellent* ）

That's sick. 那眞棒。（= *That's cool.* ）

870. work〔wɜk〕*v.* 有效　　perfectly〔ˈpɜfɪktlɪ〕*adv.* 完美地；非常地

charm〔tʃɑrm〕*n.* 魅力；魔法；護身符

like a charm 像著魔似地；神奇地

work like a charm 效果非常神奇

What a + 名詞！　眞是～！；多麼～！【爲感嘆句】

success〔səkˈsɛs〕*n.* 成功；成功的人或事

12. 回覆稱讚

☐ **871**. I'm flattered.　　　　　　　　我受寵若驚。
　　　 I feel honored.　　　　　　　我覺得很光榮。
　　　 Thanks for the compliment.　謝謝你的稱讚。

☐ **872**. You flatter me.　　　　　　　你過獎了。
　　　 Thanks for the praise.　　　謝謝你的稱讚。
　　　 I don't deserve it.　　　　　我不敢當。

☐ **873**. Thanks for the kind words.　謝謝你的稱讚。
　　　 I love to hear that.　　　　我聽了很高興。
　　　 Flattery will get you　　　　讚美使你處處受人歡迎！
　　　　　 everywhere!

** ————————————————

871. flatter 〔'flætɚ 〕 *v.* 諂媚；奉承；恭維；恭維地誇獎；使受寵若驚
　　 honor 〔'ɑnɚ 〕 *v.* 給予光榮
　　 compliment 〔'kɑmpləmənt 〕 *n.* 稱讚 (= *praise*)
872. praise 〔 prez 〕 *n.* 稱讚 (= *compliment*)
　　 deserve 〔 dɪ'zɝv 〕 *v.* 應得；值得
873. kind 〔 kaɪnd 〕 *adj.* 親切的　　 words 〔 wɝdz 〕 *n. pl.* 言語；話
　　 flattery 〔'flætərɪ 〕 *n.* 奉承；諂媚；恭維
　　 get sb. everywhere 使某人成功；使某人有所成就
　　 Flattery will get you everywhere! (諂媚會使你通行無阻；拍拍馬屁
　　　 會讓你心想事成；讚美使你處處受人歡迎！) 也可說成：I know you
　　　 are just flattering me, but I don't mind. (我知道你只是在恭維
　　　 地誇獎我，但是我不介意。) 負面的說法是：Flattery will get you
　　　 nowhere. (奉承是不會有用的。)

完美英語+英文一字金=改變命運

　　淡江大學吳小敏同學，來「劉毅英文」當臨時工讀生，她熱愛「完美英語」，在「快手」平台上，最支持我們。因此，特別邀請她今年畢業後轉正職，負責推廣這種新方法，以她的努力，年薪達到百萬不是夢。一般工讀生，捨不得盡全力，捨不得付出熱情，捨不得學習，結果吃了最大的虧——浪費寶貴青春。

　　「劉毅完美英語」達到百萬粉絲後，不少優秀人才，想要加入我們的行列，但是他們既不是我的粉絲，也完全不懂我們的核心產品。

英文要「快樂使用」才能記住！

　　每天只要抄「完美英語」，在手機上和百萬粉絲交流，進步和成就感，會給你帶來無比的快樂。

　　每天唸「英文一字金」，快樂似神仙，高中生唸了，課本和考試卷無單字！

7. 負面批評
Criticism

用手機掃瞄聽錄音

7. 負面批評

1. 他是個負擔

☐ 874. He's a real pain.　　　　　　　他真是討厭的人。
He's too much trouble.　　　　　他很麻煩。
He's a monkey on my back.　　　他是我的一種負擔。

☐ 875. He's dead weight.　　　　　　　他是沈重的負擔。
He's of no help.　　　　　　　　他沒有用處。
He's of no use to us.　　　　　　他對我們沒有用。

☐ 876. He tries to help.　　　　　　　他想要幫忙。
He wants to help.　　　　　　　他想要幫忙。
But he only makes matters　　　但是他只會使事情變得更
　　worse.　　　　　　　　　　　糟。

**

874. real〔ˈriəl〕*adj.* 真的；真正的
pain〔pen〕*n.* 痛苦【在此當「討厭的人」解】
trouble〔ˈtrʌbl〕*n.* 麻煩；煩惱【如當可數名詞，指「煩惱的事」】
monkey〔ˈmʌŋkɪ〕*n.* 猴子　　back〔bæk〕*n.* 背
a monkey on one's ***back*** 難題；無法承受的負擔（= *a problem
which is very difficult to solve*）

875. dead〔dɛd〕*adj.* 沒用的；全然的　　weight〔wet〕*n.* 重量
dead weight 累贅；沈重的負擔（= *deadweight*）【加不加冠詞 a 都
可以，但美國人口語中，都是不加的】
of no help 沒有用的（= *helpless*）
of no use 沒有用的（= *useless*）

876. matter〔ˈmætɚ〕*n.* 事情　　worse〔wɝs〕*adj.* 更糟的

2. 他沒有能力

☐ **877.** He has no ability.   他沒有能力。

       He's not competent.   他沒有能力。

       He can't handle the job.   他無法勝任這個工作。

☐ **878.** He's a paper tiger.   他是個紙老虎。

       He's a hollow man.   他是個外強中乾的人。

       He's just a figurehead.   他只是個有名無實的領袖。

☐ **879.** He's the black sheep.   他是害群之馬。

       He causes many problems.   他製造了很多問題。

       He's always getting into   他老是惹麻煩。

         trouble.

** ————————————————————

877. ability〔ə'bɪlətɪ〕*n.* 能力

     competent〔'kɑmpətənt〕*adj.* 能幹的;有能力的

     handle〔'hændḷ〕*v.* 處理   job〔dʒɑb〕*n.* 工作

878. ***paper tiger*** 紙老虎(外強中乾的人或事物)

     hollow〔'hɑlo〕*adj.* 中空的;空洞的;虛偽的;無價值的

     He's a hollow man. 他是個外強中乾的人。(= *He's a paper tiger.*)

     figurehead〔'fɪgjɚ͵hɛd〕*n.* 有名無實的領袖

879. sheep〔ʃip〕*n.* 羊;綿羊   ***black sheep*** 害群之馬

     He's the black sheep. = He's a disgrace to his family/group.

     【disgrace〔dɪs'gres〕*n.* 恥辱】【源自偶爾會有黑羊出生於一群白羊之中,

     而黑色羊毛較不具經濟價值,不受人喜愛,因為無法染色。而在十八、十九

     世紀的英國,出現黑色的羊,會被視為是魔鬼的標誌(the mark of the

     devil)】   cause〔kɔz〕*v.* 造成   ***get into trouble*** 惹麻煩

3. 他虛僞欺騙

☐ **880.** At first, he was polite.　　起初，他很有禮貌。
Later on, he was rude.　　後來，他很無禮。
He showed his true colors.　　他顯現出眞實的一面。

☐ **881.** He tried to con me.　　他想要騙我。
He tried to trick me.　　他想要欺騙我。
He covered it up.　　他隱瞞事實眞相。

☐ **882.** He made up a story.　　他在編故事。
He told me a lie.　　他對我說謊。
He tried to pull the wool over
　my eyes.　　他想要矇騙我。

**───────────

880. *at first* 起初　　polite〔pəˈlaɪt〕*adj.* 有禮貌的
later on 後來　　rude〔rud〕*adj.* 粗魯的；無禮的
show〔ʃo〕*v.* 展現　　color〔ˈkʌlə〕*n.* 顏色；本質；本性
one's **true colors** 某人的眞面目

881. *try to V.* 試圖…；想要…　　con〔kɑn〕*v.* 欺騙；詐騙
trick〔trɪk〕*v.* 欺騙　　*cover up* 掩蓋；隱瞞（事實眞相）

882. *make up* 編造；捏造　　lie〔laɪ〕*n.* 謊言　*v.* 說謊
tell sb. a lie 對某人說謊　　pull〔pʊl〕*v.* 拉
wool〔wʊl〕*n.* 羊毛；毛料
pull the wool over one's eyes 矇騙某人

4. 他非常幼稚

□ 883. He was disrespectful.   他很沒禮貌。
He behaved badly.   他行爲不當。
He was out of line.   他太過分了。

□ 884. He's childish.   他很幼稚。
He's not mature.   他不成熟。
He's not a grown-up.   他還沒長大。

□ 885. He's a dreamer.   他只會空想。
He's always daydreaming.   他總是在做白日夢。
His head is in the clouds.   他會胡思亂想。

7. 負面批評

**

883. disrespectful〔͵dɪsrɪˈspɛktfəl〕*adj.* 無禮的
behave〔bɪˈhev〕*v.* 行爲；舉止
badly〔ˈbædlɪ〕*adv.* 差；壞；拙劣的
behave badly 不守規矩；行爲不當
out of line ①不一致的；不宜的 ②舉止失當的；過分的
He was out of line. 他太過份了。(= *He was rude.*)
　　【rude〔rud〕*adj.* 無禮的】

884. childish〔ˈtʃaɪldɪʃ〕*adj.* 幼稚的 　　 mature〔məˈtʃur〕*adj.* 成熟的
grown-up〔ˈgronˌʌp〕*n.* 成人 　*adj.* 成年的；成人的

885. dreamer〔ˈdrimɚ〕*n.* 做夢的人；夢想家；空想家
daydream〔ˈdeˌdrim〕*v.* 做白日夢 　　 head〔hɛd〕*n.* 頭
cloud〔klaud〕*n.* 雲 　 ***head in the clouds*** 胡思亂想

5. 他驕傲自大

□ **886**. He's too proud.　　　　　　他太驕傲了。
　　　He thinks he's better.　　　　他認為他比別人強。
　　　He needs to come down off　　他不能再那麼趾高氣昂了。
　　　　his high horse.

□ **887**. He seldom changes.　　　　　他很少改變。
　　　He can't be persuaded.　　　　他無法被說服。
　　　He's as stubborn as a mule.　他非常固執。

□ **888**. He stole my thunder.　　　　　他竊取我的想法。
　　　He stole the spotlight.　　　　他搶了我的風頭。
　　　He got credit he didn't deserve.　他得到不應該得到的榮譽。

**————————

886. proud〔praud〕*adj.* 驕傲的　　horse〔hɔrs〕*n.* 馬
　　come down off *one's **high horse*** 字面的意思是「從某人的高馬下
　　　來」，引申為「不要那麼傲慢；不要那麼趾高氣昂」，也可說成：get
　　　(down) off *one's* high horse，意思相同。
887. change〔tʃendʒ〕*v.* 改變
　　persuade〔pə'swed〕*v.* 說服
　　stubborn〔'stʌbən〕*adj.* 固執的
　　mule〔mjul〕*n.* 騾子【雄驢和雌馬交配所生的】

stubborn

　　as stubborn as a mule 像騾子一樣固執；非常固執
　　　(= *as stubborn as a donkey*)【donkey〔'dɑŋkɪ〕*n.* 驢子】
888. steal〔stil〕*v.* 偷　　thunder〔'θʌndə〕*n.* 雷
　　steal *one's **thunder*** 竊取某人的想法；搶某人的風頭
　　spotlight〔'spɑt,laɪt〕*n.* 聚光燈；(衆人的) 矚目；注意力
　　steal the spotlight 搶鏡頭；搶風頭
　　credit〔'krɛdɪt〕*n.* 榮譽；稱讚；功勞　　deserve〔dɪ'zɝv〕*v.* 應得

6. 他很難相處

7.
負面批評

☐ **889.** He's difficult to deal with. | 他很難應付。
He's not easy to know. | 他很難了解。
He's a hard nut to crack. | 他是個很難了解的人。

☐ **890.** He's two-faced. | 他是雙面人。
He can't be trusted. | 他不能信任。
He's as slippery as an eel. | 他非常狡猾。

☐ **891.** He looks harmless. | 他看起來無害。
In reality, he's deadly. | 事實上,他非常危險。
He's like a wolf in sheep's | 他就像是一隻披著羊皮的
clothing. | 狼。

**

889. ***deal with*** 應付;處理;與…打交道
He's not easy to know. = It's not easy to know him.
hard〔hɑrd〕*adj.* 堅硬的　　nut〔nʌt〕*n.* 堅果
crack〔kræk〕*v.* 敲破;打碎　　***a hard nut to crack*** 字面的意思是
「很硬、很難敲破的堅果」,引申為「很難對付的人;很難了解的人」。

890. two-faced〔'tu'fest〕*adj.* 雙面的;表裡不一的;虛偽的
trust〔trʌst〕*v.* 信任;相信　　slippery〔'slɪpərɪ〕*adj.* 狡猾的
eel〔il〕*n.* 鰻魚　　***as slippery as an eel*** 非常狡猾

891. look〔luk〕*v.* 看起來　　harmless〔'hɑrmlɪs〕*adj.* 無害的
in reality 事實上;實際上　　deadly〔'dɛdlɪ〕*adj.* 致命的
In reality, he's deadly. 也可說成:In fact, he's dangerous.(事實
上,他很危險。)或 In fact, he could kill you.(事實上,他可能
會殺了你。)　　wolf〔wulf〕*n.* 狼
sheep〔ʃip〕*n.* 羊;綿羊　　clothing〔'kloðɪŋ〕*n.* 衣服
wolf in sheep's clothing 披著羊皮的狼(= *wolf in a lamb's skin*)
【lamb〔læm〕*n.* 小羊;羔羊　　skin〔skɪn〕*n.*(動物的)皮】

7. 他是個大嘴巴

☐ **892.** He's insincere.
He talks behind people's backs.
He says one thing and does
another.

他不誠懇。
他會在別人背後說閒話。
他說一套做一套。

☐ **893.** He's a big talker.
He's a bigmouth.
He's a bag of wind.

他很愛說話。
他是個大嘴巴。
他是個喋喋不休的人。

☐ **894.** He's a real talker.
He's a windbag.
He likes to ramble.

他真的很多嘴。
他喋喋不休。
他很喜歡瞎扯。

**
――――――――――

892. insincere〔,ɪnsɪn'sɪr〕*adj.* 不誠懇的；虛僞的
talk〔tɔk〕*v.* 說話；說閒話　　***behind** one's **back*** 在某人的背後
He talks behind people's backs. = He gossips about people.
【gossip〔'gɑsəp〕*v.* 說閒話】

893. talker〔'tɔkɚ〕*n.* 說話的人；多嘴的人
big talker ①愛說話的人 ②愛說大話的人【***talk big*** 吹牛】
bigmouth〔'bɪg,mauθ〕*n.* 多嘴的人；喋喋不休的人
bag〔bæg〕*n.* 袋子　　wind〔wɪnd〕*n.* 風；空話
a bag of wind 空話連篇的人；喋喋不休的人 (= *windbag*)【源自 15
世紀，windbag 是指風琴的「風箱」，裡面裝滿了空氣，到了十九世紀初，
引申爲「話很多的人」】　　***He's a bag of wind.*** = He talks too
much and says very little of value.

894. windbag〔'wɪnd,bæg〕*n.* 風箱；饒舌的人
ramble〔'ræmbl̩〕*v.* 漫談 (= *talk aimlessly*)

7.
負面批評

□ 895. He's got a big mouth. 他是大嘴巴。

He talks too much. 他說個不停。

Talking is his life. 說話就是他的命。

□ 896. He's full of it. 他胡說八道。

He's full of crap. 他滿口胡說八道。

He's full of hot air. 他空口說白話。

□ 897. He scolded me. 他責罵我。

He criticized me. 他批評我。

He really dressed me down. 他真的把我罵得狗血淋頭。

＊＊

895. **He's got…** 他有… (= *He has…*)

big mouth 大嘴巴；多嘴的人；無法保守祕密的人【和中文一樣】

life〔laɪf〕*n.* 生命；和生命一樣重要、珍貴的人或事物

896. full〔fʊl〕*adj.* 充滿的　　**be full of** 充滿了

be full of it 中的 it 是指 *shit*（屎；糞便），這句話字面的意思是

「充滿了糞便」，也就是「胡說八道」。

crap〔kræp〕*n.* 糞便 (= *shit*)

hot air 熱空氣；空話；大話　　**be full of hot air** 空口說白話

897. scold〔skold〕*v.* 責罵　　criticize〔ˈkrɪtəˌsaɪz〕*v.* 批評

dress sb. down 訓斥某人；狠狠地教訓某人 (= *reprimand sb.*
= *speak to sb. angrily*)

8. 他非常懶惰

☐ **898.** What a slug! 　　　　　　　　　眞是個大懶蟲！

　　　 What a slouch! 　　　　　　　　眞是個懶惰鬼！

　　　 What a slacker! 　　　　　　　　眞是個懶人！

☐ **899.** What a do-nothing! 　　　　　　眞是個懶鬼！

　　　 What a good-for-nothing! 　　　眞是個沒用的人！

　　　 What a lazybones! 　　　　　　眞是個懶骨頭！

☐ **900.** I despise that guy. 　　　　　　我看不起那個人。

　　　 I detest him. 　　　　　　　　　我很討厭他。

　　　 He disgusts me. 　　　　　　　他讓我噁心。

**　****

898. ***What a*** ＋ 單數名詞！　眞是個～！【感嘆句】

　　　slug〔slʌg〕*n.* 蛞蝓【一種軟體動物，以動作遲緩爲特色】；懶人

　　　slouch〔slautʃ〕*n.* 懶人　　slacker〔'slækɚ〕*n.* 偷懶的人

899. do-nothing *n.* 懶人 (= *lazy person*)

　　　good-for-nothing *n.* 無用之人

　　　lazybones〔'lezɪ,bonz〕*n.* 懶骨頭；懶人【單複數同形】

　　　(= *lazy person*)

900. despise〔dɪ'spaɪz〕*v.* 輕視；瞧不起　　guy〔gaɪ〕*n.* 人；傢伙

　　　detest〔dɪ'tɛst〕*v.* 憎惡；很討厭

　　　disgust〔dɪs'gʌst〕*v.* 使作噁；使厭煩

9. 我不相信

☐ **901.** I doubt it.　　　　　　　　　我懷疑。

I'm skeptical.　　　　　　　　我懷疑。

It's hard to believe.　　　　　這很難相信。

☐ **902.** Oh, come on.　　　　　　　　喔，算了吧。

You can't fool me.　　　　　　你騙不了我。

I wasn't born yesterday.　　　我不是三歲小孩。

☐ **903.** Something smells fishy.　　　事情有點可疑。

I have a bad feeling.　　　　　我有不好的預感。

I can't explain it.　　　　　　我無法解釋。

** ————————————

901. doubt〔daʊt〕*v.* 懷疑

skeptical〔'skɛptɪkl̩〕*adj.* 懷疑的（= *doubtful* ）

902. oh〔o〕*interj.* 喔　　***come on*** 好啦；算了吧

fool〔ful〕*v.* 欺騙　　***be born*** 出生

I wasn't born yesterday. 「我不是昨天才出生的。」引申為

「我不是三歲小孩；我沒那麼好騙。」

903. smell〔smɛl〕*v.* 聞起來

fishy〔'fɪʃɪ〕*adj.* 有魚腥味的；可疑的（= *suspicious* ）

feeling〔'filɪŋ〕*n.* 感覺；預感

explain〔ɪk'splen〕*v.* 解釋

□ **904**. Really?　　　　　　　　　　　　　　真的嗎？

I don't buy it.　　　　　　　　　　　　我不相信。

I don't buy your story.　　　　　　　我不相信你說的話。

□ **905**. I'm suspicious.　　　　　　　　　　我很懷疑。

I smell a rat.　　　　　　　　　　　　我覺得可疑。

It doesn't feel right.　　　　　　　　我覺得不太對勁。

□ **906**. Something seems wrong.　　　　似乎有什麼不對勁。

I can't figure out what.　　　　　　　我不知道是什麼。

I can't put my finger on it.　　　　　我無法明確地指出是什麼。

**　――――――――――――――――――――

904. really〔'rɪəlɪ〕*adv.* 真地　　buy〔baɪ〕*v.* 買；相信；接受

story〔'storɪ〕*n.* 故事；話；說法

905. suspicious〔sə'spɪʃəs〕*adj.* 懷疑的

smell〔smɛl〕*v.* 聞到　　rat〔ræt〕*n.* 老鼠

smell a rat 覺得可疑；感到事情不對勁

feel〔fil〕*v.* 使人感覺

right〔raɪt〕*adj.* 正確的；正常的

smell a rat

906. seem〔sim〕*v.* 似乎　　wrong〔rɔŋ〕*adj.* 不對勁的

figure out 想出；理解　　finger〔'fɪŋɚ〕*n.* 手指

put *one's **finger on*** 明確地指出（原因等）(= *know or understand* *something, but not be able to say exactly what it is*)

☐ **907.** Says who?　　　　　　　　誰說的？

　　　　Who says?　　　　　　　誰說的？

　　　　I don't believe it.　　　　　我不相信。

7.
負面批評

☐ **908.** Do you believe that?　　　　你相信那件事嗎？

　　　　I'm dubious.　　　　　　　我很懷疑。

　　　　I'd take that with a grain of　　我會對那件事持保留態度。
　　　　　salt.

☐ **909.** Seems unlikely.　　　　　　似乎不太可能。

　　　　It's too good to be true.　　　這太好了，不可能是真的。

　　　　I'll believe it when I see it.　　我要看到才會相信。

** **

907. ***Says who?*** （誰說的？）= ***Who says?*** （誰說的？）也可說成：
　　　Who says that? （那是誰說的？）Who told you that? （誰
　　　告訴你的？）Where did you hear that? （你哪裡聽來的？）

908. dubious〔'dubɪəs〕*adj.* 懷疑的（= *doubtful*）
　　　grain〔gren〕*n.* 一粒　　salt〔sɔlt〕*n.* 鹽
　　　take…with a grain of salt 對…持保留態度；對…有所懷疑

909. seem〔sim〕*v.* 似乎　　unlikely〔ʌn'laɪklɪ〕*adj.* 不可能的
　　　Seems likely. 源自 It seems unlikely. （似乎不太可能。）
　　　true〔tru〕*adj.* 真的　　***too…to*** 太…以致於不

10. 別想騙我

☐ **910.** That's nonsense. | 那眞是胡說八道。
That's ridiculous. | 那眞是荒謬。
You expect me to believe that? | 你指望我相信嗎？

☐ **911.** Don't give me that. | 少跟我來這一套。
Don't B.S. me. | 不要唬弄我。
I don't want to hear it. | 我不想聽。

☐ **912.** I'm not a child! | 我不是小孩！
I'm not a newborn! | 我不是新生兒！
I'm not a babe in the woods! | 我不是幼稚盲從的人！

7. 負面批評

＊＊───────────

910. nonsense〔'nɑnsɛns〕*n.* 胡說；廢話
ridiculous〔rɪ'dɪkjələs〕*adj.* 荒謬的；可笑的
expect〔ɪk'spɛkt〕*v.* 預期；期待

911. ***Don't give me that.*** 字面的意思是「不要給我那個。」也就是
「少跟我來這一套。」表示不相信的意思。
B.S. = bullshit〔'bʊl,ʃɪt〕*n.* 胡說　*v.* 哄騙
Don't B.S. me.（不要唬弄我。）也可說成：Don't lie to me.
（不要對我說謊。）【lie〔laɪ〕*v.* 說謊】

912. child〔tʃaɪld〕*n.* 小孩　　newborn〔'nju,bɔrn〕*n.* 新生兒
babe〔beb〕*n.* 嬰兒；天眞幼稚的人；易受騙的人
woods〔wʊdz〕*n. pl.* 森林
a babe in the woods 幼稚盲從的人；無經驗而易受騙的人

☐ **913.** Get out of town!   別唬我！

I don't believe you.   我不相信你。

Is that really true?   那是真的嗎？

☐ **914.** Don't mess with me.   別惹我。

Don't try to fool me.   別想要騙我。

Don't play games with me.   別跟我耍花招。

☐ **915.** Don't try to trick me.   不要想騙我。

I won't let you.   我不會讓你得逞。

You can't pull a fast one on   你不可能騙到我。
     me.

** ─────────

913. *get out of* 離開   town〔taʊn〕*n.* 城鎮

Get out of town! 真的嗎？別唬我！【表達驚訝、不相信的語氣】

914. *mess with sb.* 打擾某人；招惹某人

try to V. 試圖…；想要…   fool〔ful〕*v.* 愚弄；欺騙

game〔gem〕*n.* 遊戲；計謀；花招；把戲

play games 字面的意思是「玩遊戲」，引申為「欺騙；耍花招」。

915. trick〔trɪk〕*v.* 欺騙   let〔lɛt〕*v.* 讓

I won't let you.（我不會讓你得逞）也可說成：I won't let you
    trick me.（我不會讓你騙我。）

pull〔pʊl〕*v.* 拉；（對某人）行（詐欺等）

pull a fast one on sb. 欺騙某人（= *deceive sb.*）

11. 我聽不懂

☐ **916.** I'm not satisfied.　　　　　　　　我不滿意。
I have a complaint.　　　　　　　我有怨言。
I have a beef with you.　　　　　　我對你不滿意。

☐ **917.** You speak so fast.　　　　　　　你說得很快。
You're hard to follow.　　　　　　很難聽懂你說的話。
You talk a mile a minute.　　　　你說得很快。

☐ **918.** I don't get it.　　　　　　　　　我不懂。
It's too difficult.　　　　　　　　這太難了。
It's over my head.　　　　　　　這我無法理解。

** ──────────────

916. satisfy〔'sætɪsˌfaɪ〕*v.* 使滿意
complaint〔kəm'plent〕*n.* 抱怨；怨言
beef〔bif〕*n.* 牛肉；抱怨；牢騷
I have a beef with you. 我對你不滿意。(= *I have a problem with you.*) 也可說成：I have a complaint. (我對你有怨言。)

917. so〔so〕*adv.* 很；非常　　hard〔hɑrd〕*adj.* 困難的
follow〔'fɑlo〕*v.* 聽懂　　***You're hard to follow.*** 也可說成：It's hard to understand you. (很難了解你說的話。)
mile〔maɪl〕*n.* 英里；哩　　***a mile a minute*** 速度是一分鐘一英里，即時速六十英里，表示「非常快」(= *very fast*)。

918. ***get it*** 懂得；了解
I don't get it. 我不懂。(= *I don't understand.*)
over one's head 難以理解
It's over my head. = It's beyond me. = It's beyond my understanding. = I don't know enough to understand this.

12. 這不合邏輯

□ **919**. It's silly.   那樣很蠢。

   It's stupid.   那樣很笨。

   It's meaningless.   那樣沒意義。

□ **920**. It makes no sense.   這沒有道理。

   It makes zero sense.   這完全不合理。

   I totally don't get it.   我完全不懂。

□ **921**. That's illogical.   那不合邏輯。

   That's absurd.   那很荒謬。

   That's the worst thing I ever   那是我聽過最糟的事。

     heard.

** ————

919. silly〔'sɪlɪ〕*adj.* 愚蠢的   stupid〔'stjupɪd〕*adj.* 愚笨的
  meaningless〔'minɪŋlɪs〕*adj.* 無意義的

920. sense〔sɛns〕*n.* 意義   ***make sense*** 有意義；合理
  zero〔'zɪro〕*n.* 零 *adj.* 零的；沒有的；全無的
  totally〔'totl̩ɪ〕*adv.* 完全地   ***get it*** 懂；了解

921. illogical〔ɪ'lɑdʒɪkl̩〕*adj.* 不合邏輯的
  absurd〔əb'sɝd〕*adj.* 荒謬的   ever〔'ɛvɚ〕*adv.* 曾經
  That's the worst thing I ever heard. 也可說成：That's the worst
  thing I've ever heard.（那是我聽過最糟的事。）

I get it.

922. It's strange.　　　　　　　　眞奇怪。

Very weird.　　　　　　　　非常怪異。

So unusual.　　　　　　　　很不尋常。

923. That's rare.　　　　　　　　那很少見。

That's unusual.　　　　　　　那很不尋常。

Only once in a blue moon.　　非常罕見。

924. It's peculiar.　　　　　　　這很奇特。

It's unusual.　　　　　　　　很不尋常。

It's out of the ordinary.　　　很不尋常。

**

922. strange〔strendʒ〕*adj.* 奇怪的　　weird〔wɪrd〕*adj.* 怪異的

Very weird. 是由 It's very weird. 簡化而來。

unusual〔ʌnˈjuʒʊəl〕*adj.* 不尋常的（= *uncommon*）

so〔so〕*adv.* 很；非常

So unusual. 是由 It's so unusual. 簡化而來。

923. rare〔rɛr〕*adj.* 稀有的；罕見的

once in a blue moon 罕見地；千載難逢地（= *very rarely*
= *very unusual*）

924. peculiar〔pɪˈkjuljɚ〕*adj.* 奇特的

ordinary〔ˈɔrdn̩ˌɛrɪ〕*adj.* 普通的

out of the ordinary 例外的；特殊的；異常的（= *extraordinary*）

It's out of the ordinary. = It's extraordinary. = It's strange.

7. 負面批評

☐ **925.** It's nonsense. 　　　　　　　那是廢話。
Meaningless words. 　　　　　　無意義的話。
Mumbo jumbo. 　　　　　　　　胡言亂語。

☐ **926.** It's false. 　　　　　　　　　那是錯誤的。
It's ridiculous. 　　　　　　　　那很可笑。
It's a bunch of nonsense. 　　　真是胡說八道。

☐ **927.** No explanation! 　　　　　　沒有任何解釋！
No logic to it! 　　　　　　　　這完全沒有邏輯！
No rhyme or reason whatsoever! 　沒有任何理由！

** ───────────────

925. nonsense〔'nɑnsɛns〕*n.* 胡說；無意義的話；廢話
meaningless〔'minɪŋlɪs〕*adj.* 無意義的　　words〔wɜdz〕*n. pl.* 話
mumbo jumbo〔'mʌmbo 'dʒʌmbo〕*n.* 不知所云的唸咒；胡言亂語

926. false〔fɔls〕*adj.* 錯誤的　　ridiculous〔rɪ'dɪkjələs〕*adj.* 荒謬的；
可笑的　　bunch〔bʌntʃ〕*n.* 一串；一束；一群；一堆
It's a bunch of nonsense. 真是胡說八道。(= *It's a load of
nonsense.*)【load〔lod〕*n.* 大量；許多】

927. 這三句話句首都省略了 There is。
explanation〔͵ɛksplə'neʃən〕*n.* 解釋；說明　　logic〔'lɑdʒɪk〕*n.* 邏輯
No logic to it! 也可說成：It's just not logical!（這真是不合邏輯！）
　　It doesn't make sense!（這沒有道理！）【***make sense*** 合理】
rhyme〔raɪm〕*n.* 韻；押韻　　***rhyme or reason*** 理由
without rhyme or reason 沒有理由；莫名其妙；不合理
whatsoever〔͵hwɑtso'ɛvɚ〕*pron.* 任何；絲毫【用於加強否定句的語氣，
　　是 whatever（無論什麼）的強調形】
No rhyme or reason whatsoever! （沒有任何理由！）也可說成：
　　There is no reasonable explanation!（沒有合理的解釋！）
　　【reasonable〔'riznəbl〕*adj.* 合理的】

13. 事情要簡化

☐ **928.** You're clouding the picture.　你是在模糊問題。
You're making it more difficult.　你把問題變得更困難。
Just keep it simple, OK?　把事情簡單化，好嗎？

☐ **929.** Don't confuse me.　不要使我困惑。
Don't complicate things.　不要把事情複雜化。
Don't make it too complex.　不要把事情弄得太複雜。

☐ **930.** Both are responsible.　雙方都要負責。
Both are to blame.　兩邊都有錯。
It takes two to tango.　一個巴掌拍不響。

** ——————————————

928. cloud〔klaʊd〕*n.* 雲　*v.* 遮蔽；使模糊　***cloud the picture*** 字面的
意思是「使圖片模糊」，引申為「使問題更困難」，也可以說 cloud
the issue。【issue〔'ɪʃjʊ〕*n.* 問題】
You're clouding the picture. = You're making it confusing.
【confusing〔kən'fjuzɪŋ〕*adj.* 令人困惑的】
You're making it more difficult. 也可說成：You're making it
more complicated.（你把問題變得更複雜。）【complicated
〔'kɑmplə,ketɪd〕*adj.* 複雜的】　　simple〔'sɪmpḷ〕*adj.* 簡單的

929. confuse〔kən'fjuz〕*v.* 使困惑
complicate〔'kɑmplə,ket〕*v.* 使複雜
complex〔kəm'plɛks , 'kɑmplɛks〕*adj.* 複雜的（= *complicated*）

930. responsible〔rɪ'spɑnsəbḷ〕*adj.* 應負責任的　blame〔blem〕*v.* 責備
be to blame 該受責備；該負責任（= *be responsible*）
take〔tek〕*v.* 需要　　tango〔'tæŋgo〕*v.* 跳探戈舞　*n.* 探戈舞
It takes two to tango. 字面的意思是「跳探戈舞需要兩個人。」也就是
「一個巴掌拍不響。」（= *It takes two to do it.*）也可說成：It takes
two to make a quarrel.（吵架需要兩個人；一個巴掌拍不響。）

14. 還用你説！

☐ **931.** You're telling me! 這還用你說！
Tell me about it! 這還用你說！
I totally understand. 我完全了解。

☐ **932.** I'm not a fool. 我不是傻瓜。
I'm not stupid. 我並不笨。
I know you know. 我知道你知道。

☐ **933.** Don't play dumb. 不要裝傻。
Don't play games. 不要耍花招。
You know what's going on. 你知道發生了什麼事。

7.
負
面
批
評

＊＊

931. ***You're telling me!*** 這還用你說！；我早就知道了！
Tell me about it!「這還用你說！；我早就知道了！」源自
You don't have to tell me about it!
You're telling me! = Tell me about it! = I already know!
totally〔ˈtotḷɪ〕*adv.* 完全地　understand〔ˌʌndɚˈstænd〕*v.* 了解
932. fool〔ful〕*n.* 傻瓜　stupid〔ˈstjupɪd〕*adj.* 愚蠢的；笨的
933. dumb〔dʌm〕*adj.* 啞的；愚蠢的　***play dumb*** 裝傻；裝聾作啞
Don't play dumb. 也可説成：Don't pretend that you don't
know.（不要假裝你不知道。）【pretend〔prɪˈtɛnd〕*v.* 假裝】
play games 鬧著玩；耍花招
Don't play games. 也可説成：Don't try to deceive me.
（不要想騙我。）【deceive〔dɪˈsiv〕*v.* 欺騙】　***go on*** 發生

15. 不聽話就滾蛋

☐ **934.** It's bad.

It's wrong.

It's a no-no.

那樣不好。

那樣是錯誤的。

那樣不可以。

☐ **935.** No options.

No alternatives.

Listen or leave.

沒得選擇。

沒有選擇的餘地。

不聽話就離開。

☐ **936.** You have no say.

You have no choice.

It's my way or the highway!

你沒有發言權。

你沒有選擇。

不聽我的就滾蛋！

**

934. *It's bad.* 也可說成：It's a bad thing to do. (那樣做不好。)
　　It's bad to do that. (那樣做不好。)
　　It's wrong. 也可說成：It's wrong to do that. (那樣做不對。)
　　no-no〔'no͵no〕 *n.* 禁忌；不適合的事；不被允許的事
　　It's a no-no. = It's not allowed. = It's not acceptable.
　　【allow〔ə'lau〕 *v.* 允許　　acceptable〔ək'sɛptəbl〕 *adj.* 可接受的】

935. option〔'ɑpʃən〕 *n.* 選擇　　*No options.* 也可說成：There are no
　　other options. (沒有其他的選擇。) You have no choice. (你沒
　　有選擇。)　　alternative〔ɔl'tɝnətɪv〕 *n.* 另一個選擇
　　No alternatives. 也可說成：There are no alternatives. (沒有其他的
　　選擇。) You have no choice. (你沒有選擇。)　　or〔ɔr〕 *conj.* 否則

936. say〔se〕 *n.* 說話的權利；發言權　　choice〔tʃɔɪs〕 *n.* 選擇
　　way〔we〕 *n.* 道路；方式　　highway〔'haɪ͵we〕 *n.* 公路
　　It's my way or the highway! 字面意思是「走我的路，否則就走公
　　路！」也就是「聽我的話，否則就離開！」(=*Do as I say or leave!*)

16. 不要再說了

□ **937.** Zip it!   閉嘴！

       Zip your lip!   閉上你的嘴！

       Stop talking!   不要再說了！

□ **938.** Save your breath.   你不要白費唇舌。

       Hold your tongue.   要保持沈默。

       Shut your mouth.   閉上你的嘴。

□ **939.** Say no more.   不要再說了。

       That's the end of it.   到此為止。

       Just leave it at that.   到此為止。

7. 負面批評

**

937. zip〔zɪp〕*v.* 把…的拉鏈拉上

    Zip it! 閉嘴！(= *Shut up!*)   lip〔lɪp〕*n.* 嘴唇

    Zip your lip! 也可説成：Zip your lips! (閉上你的嘴！)

zip it

938. save〔sev〕*v.* 節省   breath〔brɛθ〕*n.* 呼吸

    save one's ***breath*** 不白費唇舌；沈默

    hold〔hold〕*v.* 使不動；不發(言語、聲音)

    tongue〔tʌŋ〕*n.* 舌頭

    hold one's ***tongue*** 保持沈默；住口；別吵

    shut〔ʃʌt〕*v.* 關閉   mouth〔mauθ〕*n.* 嘴巴

939. ***no more*** 不再   end〔ɛnd〕*n.* 結束

    leave〔liv〕*v.* 使處於(某種狀態)

    leave…***at that*** 把(事情)弄到那樣為止；把…做到那裡結束

    leave it at that 就這樣算了；到此為止

□ **940.** That's not true. 　　　　　　　　那不是真的。

Don't say that again. 　　　　不要再那樣說了。

Don't talk like that. 　　　　　不要那樣說。

□ **941.** Don't talk to me. 　　　　　　不要跟我說話。

Talk to the hand. 　　　　　　別煩我。

I don't want to hear you. 　　我不想聽到你的聲音。

□ **942.** I'm not listening. 　　　　　　我沒在聽。

I'm ignoring you. 　　　　　　我正在忽視你。

Your words are falling on 　　你說的話完全被忽視。

　　deaf ears.

**

940. true〔tru〕*adj.* 真的　　like〔laɪk〕*prep.* 像

941. ***talk to the hand*** 字面的意思是「跟手說話」，引申為「不要跟我說話」
（= *don't talk to me*）;「別煩我」（= *leave me alone*）。

hear〔hɪr〕*v.* 聽到;聽見…說的話

942. listen〔'lɪsn̩〕*v.* 聽;注意聽　　ignore〔ɪg'nor〕*v.* 忽視

words〔wɝdz〕*n. pl.* 話　　fall〔fɔl〕*v.* 掉落

deaf〔dɛf〕*adj.* 聾的　　ear〔ɪr〕*n.* 耳朵

fall on deaf ears 完全被忽視;不受注意

♣ 不要對我頤指氣使

7.
負面批評

☐ **943.** You don't own me.   你並沒有擁有我。
I'm not your slave.   我不是你的奴隸。
Don't boss me around.   不要指使我。

☐ **944.** Don't talk down to me.   不要以上司的口吻對我說話。
Don't treat me like a child.   不要把我當作小孩看待。
Don't patronize me.   不要把我當傻瓜。

☐ **945.** Show a little respect.   尊重一點。
You never listen.   你從來都不聽。
Don't act like you know   不要表現得你什麼都知道一
everything.   樣。

** ——————————

943. own〔on〕*v.* 擁有   ***You don't own me.*** 也可說成：You're not
the boss of me. (你不是我的老闆。) You can't tell me what to
do. (你不能告訴我該做什麼。) 或 I don't have to do what you
say. (我不必照你說的做。)   slave〔slev〕*n.* 奴隸
boss〔bɔs〕*n.* 老闆   *v.* 指揮；對…擺出上司的架子
boss sb. around 對某人發號施令
Don't boss me around. 不要指使我。(*= Don't tell me what to do.*)

944. ***talk down to sb.*** 以高人一等的口氣對某人講話
treat〔trit〕*v.* 對待；把…看成
treat sb. like a child 把某人當作小孩看待
patronize〔'petrən,aɪz〕*v.* 經常光顧；經常惠顧；以高人一等的態度
對待   ***patronize sb.*** 把某人當傻瓜

945. show〔ʃo〕*v.* 展現   respect〔rɪ'spɛkt〕*n.* 尊敬；尊重
listen〔'lɪsn〕*v.* 聽；聽從；聽信   act〔ækt〕*v.* 表現得
like〔'laɪk〕*prep.* 像

17. 不要批評我

☐ **946**. It was unkind.　　　　　　那很無情。

It was cruel.　　　　　　　那很殘忍。

It was a low blow.　　　　那是卑劣的行為。

☐ **947**. Don't judge me.　　　　　不要批評我。

Don't criticize me.　　　　不要批評我。

I'm trying my hardest.　　我盡全力了。

☐ **948**. It's easy for you to say.　你說得容易。

I have to do it.　　　　　是我必須做。

I'm the one.　　　　　　是我要做。

** ————

946. unkind〔ʌn'kaɪnd〕*adj.* 不親切的；冷酷的；無情的

It was unkind. 也可說成：It was mean.（那很卑鄙。）

cruel〔'kruəl〕*adj.* 殘忍的　　blow〔blo〕*n.* 重擊

low blow 擊腰部以下的一拳【拳擊的犯規動作】；不正大光明的行為；
卑劣的勾當

It was a low blow. 也可說成：It was an awful thing to do.（那樣
做很糟糕。）或 That wasn't sporting.（那樣沒有運動家精神。）

【sporting〔'sportɪŋ〕*adj.* 有運動家精神的】

947. judge〔dʒʌdʒ〕*v.* 判斷；評論；批評；指責　　criticize〔'krɪtə,saɪz〕
v. 批評　　***try one's hardest*** 盡全力（= *try one's best*）

948. easy〔'izɪ〕*adj.* 容易的　　***have to V.*** 必須…

the one 那個人　　***I'm the one.*** 我就是那個人，在此引申為「我就
是那個要做這件事的人。」（= *I'm the one to do it.*）

18. 不要讓我丟臉

□ **949.** It was unfair.　　　　　　　　　那不公平。

I was treated badly.　　　　　　我受到惡劣的對待。

I got a raw deal.　　　　　　　我受到不公平的待遇。

□ **950.** It was an insult!　　　　　　　那是個侮辱！

It was a put-down!　　　　　　那很沒禮貌！

It was a slap in the face!　　　那真是打臉侮辱！

□ **951.** It affected me.　　　　　　　那影響到我了。

I took it personally.　　　　　我覺得那就是針對我的。

It hit close to home.　　　　　那戳到了我的痛處。

** ————————————

949. unfair〔ʌn'fɛr〕*adj.* 不公平的　　　treat〔trit〕*v.* 對待

badly〔'bædlɪ〕*adv.* 惡劣地

raw〔rɔ〕*adj.* 生的；嚴苛的；不公平的

deal〔dil〕*n.* 交易；對待；待遇

raw deal 不公平的待遇（= *unfair treatment*）

【treatment〔'tritmənt〕*n.* 對待；待遇】　　deal

950. 這三句話意思相同。　　　insult〔'ɪnsʌlt〕*n.* 侮辱

put-down *n.* 無禮的回答（言語、行為）（= *insult* = *slap in the face*）

slap〔slæp〕*n.* 打耳光　　***slap in the face*** 打耳光；打臉；侮辱

951. affect〔ə'fɛkt〕*v.* 影響　　　personally〔'pɝsn̩lɪ〕*adv.* 個人地

take~personally 把~看做是針對個人　　hit〔hɪt〕*v.* 打

hit close to home 觸及痛處；擊中要害（= *hit home* = *strike home*）

□ **952.** Don't point out my faults. 　　　不要指出我的過錯。

Don't find fault with me. 　　　不要對我吹毛求疵。

You always have a bone to 　　　你老是挑我的毛病。
　　pick with me.

□ **953.** Give face. 　　　給個面子。

Do me the honor. 　　　給我個面子。

Don't make me lose face. 　　　不要讓我丟臉。

□ **954.** It was a snub. 　　　那是嚴厲的斥責。

It was slander. 　　　那是誹謗。

It was an outrage! 　　　那是一種侮辱！

**

952. ***point out*** 指出　　fault〔fɔlt〕*n.* 缺點；過錯

find fault with 挑剔；對…吹毛求疵

bone〔bon〕*n.* 骨頭　　pick〔pɪk〕*v.* 挑

have a bone to pick with sb. 對某人有抱怨；對某人有意見

953. face〔fes〕*n.* 臉；面子；尊嚴

Give face.（給個面子。）也可説成：Give me face.（給我個面
子。）或 Show respect.（要尊重別人。）

honor〔'ɑnɚ〕*n.* 光榮　　***do sb. the honor*** 使某人感到榮幸

lose〔luz〕*v.* 失去　　***lose face*** 丟臉

954. snub〔snʌb〕*n.* 冷落；怠慢；嚴厲的斥責

slander〔'slændɚ〕*n.* 中傷；誹謗

outrage〔'aʊt,redʒ〕*n.* 暴行；侮辱

19. 你使我抓狂

□ **955.** Stop teasing. 　　　　　　　不要再取笑。
Don't rub it in. 　　　　　　　不要反覆地講。
Don't make it worse. 　　　　不要讓事情變得更糟。

□ **956.** You're killing me. 　　　　　你使我受不了。
You're driving me crazy. 　　你使我發瘋。
You're freaking me out. 　　你使我抓狂。

□ **957.** I can't agree with you. 　　　我無法同意你。
You can't agree with me. 　　你無法同意我。
Let's agree to disagree. 　　我們互相尊重吧。

【和對方意見不合時，可以這麼說】

＊＊ ————————————————

955. tease〔tiz〕v. 取笑；揶揄；戲弄　　rub〔rʌb〕v. 摩擦
rub it in （惡意地）把教訓、別人的失敗等反覆地講
worse〔wɝs〕*adj.* 更糟的
956. kill〔kɪl〕v. 殺死；使不能忍受；使覺得好笑
drive sb. crazy 使某人發瘋　　***You're driving me crazy.*** 你使我
發瘋。(= *You're driving me nuts.*)【nuts〔nʌts〕*adj.* 瘋狂的】
freak sb. out 使某人極度欣喜或不安；激怒某人
957. agree〔ə'gri〕v. 同意　　***agree with sb.*** 同意某人
disagree〔͵dɪsə'gri〕v. 不同意；意見不同
Let's agree to disagree. 字面的意思是「讓我們同意彼此意見不同。」
用在和別人意見相左，且無法達成共識的時候，是化解衝突的一個好
用的句子，其實意思是「既然我們無法達成共識，那就讓我們尊重彼
此可以有不同的意見吧。」

20. 你又來了

☐ **958**. There you go again.

You're doing it again.

It's always the same thing.

【抱怨對方老毛病又犯了】

你又來了。

你又來這一套了。

總是同樣的事。

☐ **959**. It's too late.

The ball game is over.

The ship has sailed.

太遲了。

一切都結束了。

木已成舟，無法改變。

☐ **960**. You missed the boat.

You missed your chance.

It's over and done with.

你錯失良機。

你錯過機會。

已經結束了。

** ———————

958. ***There you go again***. 你又來了；你又做了你之前做過的事；你老
毛病又犯了。(= *You're doing it again*.)

same〔sem〕*adj.* 相同的

959. late〔let〕*adj.* 遲的；晚的　　***ball game*** 球賽；情況；事情

The ball game is over.「球賽已經結束。」引申爲「一切都結束了。」

(= *It's over*.)　　sail〔sel〕*v.* 航行

The ship has sailed.「船已經揚帆出發，想追也來不及了。」引申

爲「木已成舟；無法改變；大勢已去；錯失良機。」

960. miss〔mɪs〕*v.* 錯過　　***miss the boat*** 錯過機會；錯失良機

chance〔tʃæns〕*n.* 機會　　***over and done with*** 已經結束

21. 滾開！

7.
負面批評

□ **961.** Get lost! 滾開！

Get out of here! 滾開！

Get out of my face! 走開！

□ **962.** Beat it! 走開！

Bug off! 滾開！

Be on your way. 你走吧。

□ **963.** Take a hike! 滾開！

Go fly a kite! 滾開！

Get away from me. 離我遠一點。

** ———————

961. lost〔lɔst〕*adj.* 消失的 ***get lost*** ①迷路 ②滾開

get out of here 離開這裡；走開

Get out of my face! 離開我的面前！；從我的前面消失！；走開！

(= *Get out of here!* = *Get lost!*)

962. beat〔bit〕*v.* 打！打擊 ***Beat it!*** 走開！；滾開！

bug〔bʌg〕*n.* 小蟲 *v.* 使煩惱 ***Bug off!*** 滾開！(= *Beat it!*)

on *one's* ***way*** 去；回去

Be on your way. 你去吧；你走吧。(= *Go away.*)

963. hike〔haɪk〕*n.* 健行；遠足 ***take a hike*** 滾開

fly〔flaɪ〕*v.* 飛；放（風箏） kite〔kaɪt〕*n.* 風箏

fly a kite 放風箏 ***go fly a kite*** 滾開 ***get away from*** 遠離

□ **964**. Leave me alone. 別管我。

Just let me be. 就讓我繼續這樣吧。

Don't dog me. 不要騷擾我。

□ **965**. Be off! 滾開！

Be on your way! 走開！

Get out of my sight! 滾開！

□ **966**. Release me. 放了我。

Let me go. 讓我走。

Let go of me. 放開我。

7.
負面批評

** ────────────

964. leave〔liv〕*v.* 使處於（某種狀態）

alone〔ə'lon〕*adj.* 單獨的；獨自的

leave *sb.* ***alone*** 不理會某人；不打擾某人

be〔bi〕*v.* 照原來狀態而存在；持續

dog〔dɔg〕*n.* 狗　*v.* 緊跟著；纏住；騷擾

Don't dog me. = Don't harass me.【harass〔hə'ræs〕*v.* 騷擾】

965. off〔ɔf〕*adv.* 離開　　***be off*** 離去；逃走；滾；走開

Be on your way! 去吧！；走開！　　***get out of*** 離開

sight〔saɪt〕*n.* 視線　　***Get out of my sight!*** 滾開！

966. 這三句話可用於希望對方放手，可指具體的釋放或抽象的結束一段關係。

release〔rɪ'lis〕*v.* 釋放　　***Let me go.*** 讓我去；讓我走。

let go of 放開　　***Let go of me.***（放開我。）有兩個意思：①把你的
手從我的身上拿開。(= *Take your hands off me.*) ②不要控制我。
(= *Don't try to control me.*)；讓我自由。(= *Set me free.*)

☐ **967.** Stop it! 停止！

Quit it! 停止！

Knock it off! 住手！

☐ **968.** Don't bug me. 別煩我。

Don't bother me. 別煩我。

You're so annoying. 你好煩。

☐ **969.** You wish! 你想得美！

You're dreaming! 你在做夢！

Won't happen! 那絕不可能發生！

7. 負面批評

** ————————————————

967. stop〔stɑp〕*v.* 停止　　***Stop it!*** 停止！；別說了！；別做了！

quit〔kwɪt〕*v.* 停止；放棄（= *stop*）

Quit it! 也可說成：Quit doing that!（停止那麼做！）

knock〔nɑk〕*v.* 敲

Knock it off! 停止！；住手！（= *Stop it!* = *Stop doing that!*）

968. bug〔bʌg〕*n.* 小蟲　*v.* 使煩惱（= *annoy* = *bother*）

bother〔'bɑðɚ〕*v.* 使困擾　　annoying〔ə'nɔɪɪŋ〕*adj.* 煩人的

969. wish〔wɪʃ〕*v.* 但願；希望　　***You wish!*** 你想得美！（表示絕對不可能）源自 You wish that would happen!（你希望那會發生！）也可說成：That'll never happen!（那絕不可能發生！）

dream〔drim〕*v.* 做夢；幻想　　***You're dreaming!*** 也可說成：That will never happen!（那絕不可能發生！）或 That's just a fantasy!（那只是幻想！）【fantasy〔'fæntəsɪ〕*n.* 幻想】

happen〔'hæpən〕*v.* 發生

Won't happen! 源自 That will never happen!（那絕不可能發生！）也可說成：That's impossible!（那是不可能的！）

□ **970.** Please go away.　　　　　　　請走開。

Please leave me alone.　　　　請不要打擾我。

I have nothing to say.　　　　我沒什麼話好說。

□ **971.** Stop bothering me.　　　　　別再煩我了。

Stop annoying me.　　　　　　別再激怒我了。

Don't push my buttons.　　　別惹我。

□ **972.** Get off my back.　　　　　　別煩我。

Cut me some slack.　　　　　放過我吧。

Stop giving me a hard time.　不要讓我不好過。

7.
負
面
批
評

** ——————————

970. *go away* 走開　　leave〔liv〕*v.* 使處於（某種狀態）

alone〔əˋlon〕*adj.* 獨自的；單獨的

leave sb. alone 不理會某人；不打擾某人

971. bother〔ˋbɑðɚ〕*v.* 打擾；煩擾（＝*trouble*）

annoy〔əˋnɔɪ〕*v.* 使生氣；使惱怒（＝*irritate*＝*anger*）

push〔puʃ〕*v.* 推；按（鈕）（＝*press*）

button〔ˋbʌtn̩〕*n.* 鈕扣；按鈕

push/press one's buttons 惹怒某人；刺激某人

972. *get off one's back* 讓某人獨處；不要煩某人

slack〔slæk〕*n.* 鬆弛

cut sb. some slack 放過某人；對某人網開一面

hard〔hɑrd〕*adj.* 難忍受的；辛苦的

give sb. a hard time 讓某人日子不好過

22. 你太嚴格

□ 973. You're very demanding.　你的要求很高。
You're often difficult.　你常常難以取悅。
You're a tough nut to crack.　你很難應付。

□ 974. You're not easy.　你並不隨和。
You're hard to satisfy.　很難讓你滿意。
You're no picnic.　和你在一起並不輕鬆愉快。

□ 975. You got it wrong.　你誤會了。
You're doing it wrong.　你做錯了。
That's not the way.　不是那樣。

** ─────────────

973. demanding〔dɪ'mændɪŋ〕*adj.* 苛求的；要求過多的
difficult〔'dɪfə,kʌlt〕*adj.* 困難的；難以取悅的
You're often difficult. (你常常難以取悅。) 也可說成：It's
difficult to deal with you. (你很難相處。)【***deal with*** 應付；
對付；與…打交道】　　tough〔tʌf〕*adj.* 堅硬的
nut〔nʌt〕*n.* 堅果　　crack〔kræk〕*v.* (啪地) 擊破
a tough nut to crack 棘手的事；難對付的人
You're a tough nut to crack. = You're difficult to deal with.

974. easy〔'izɪ〕*adj.* 隨和的；寬容的；容易應付的
You're not easy. = You're not easy to deal with.
hard〔hɑrd〕*adj.* 困難的　　satisfy〔'sætɪs,faɪ〕*v.* 使滿足；使滿意
picnic〔'nɪknɪk〕*n.* 野餐；愉快的經歷 (或時刻)；輕鬆的工作
no picnic 不輕鬆；不愉快
You're no picnic. = You're not easy to deal with. (你不容易相
處。) = You're a difficult person. (你是個難以取悅的人。)

975. wrong〔rɔŋ〕*adv.* 錯誤地　***get it wrong*** 誤會；誤解
(= *misunderstand*)　***do it wrong*** 做錯　way〔we〕*n.* 樣子

23. 你太過分

☐ **976.** You've crossed the line.　　　　你太過分了。

You've gone too far.　　　　　　你太過分了。

Don't act that way.　　　　　　不要那樣做。

☐ **977.** You're too bossy.　　　　　　你太愛指揮人了。

Don't order me around.　　　　不要指揮我做這做那。

Don't tell me what to do.　　　不要告訴我該做什麼。

☐ **978.** I'm not a fool.　　　　　　　我不是傻瓜。

I'm not an idiot.　　　　　　　我不是白痴。

I know what I need to do.　　　我知道我需要做什麼。

**

976. cross〔krɔs〕*v.* 橫越;越過　　line〔laɪn〕*n.* 線;界限

cross the line（行為）越過界限

You've crossed the line. 也可説成:You're out of line.

go too far 做得過分　　act〔ækt〕*v.* 做事;行動;表現得

that way 那樣

977. bossy〔'bɔsɪ〕*adj.* 愛指揮人的;專橫的　　order〔'ɔrdɚ〕*v.* 命令

order sb. around 指使某人做這做那　　*what to do* 做什麼

978. fool〔ful〕*n.* 傻瓜　　idiot〔'ɪdɪət〕*n.* 白痴

24. 不要逼我

□ **979.** Get off my back.   別再指責我。

       Get off my case.   別再批評我。

       Stop telling me what to do.   不要再告訴我該做什麼。

□ **980.** Don't rush me.   不要催我。

       Don't pressure me.   不要給我壓力。

       I'm doing my best.   我在盡力了。

□ **981.** Trust me.   信任我。

       Try and you'll see.   試試看，你就知道了。

       Don't doubt me.   不要不相信我。

7. 負面批評

**

---

979. ***get off*** 離開   back〔bæk〕*n.* 背

    get off my back ①別再指責我 ②別再煩我 ③別再指使我

    case〔kes〕*n.* 情況；個案   ***get off*** *one's* ***case*** 停止批評某人

    stop + ***V-ing*** 停止…   ***what to do*** 做什麼

980. rush〔rʌʃ〕*v.* 催促

    pressure〔'prɛʃɚ〕*v.* 對…施加壓力；強迫   *n.* 壓力；強制；逼迫

    do *one's* ***best*** 盡力

981. trust〔trʌst〕*v.* 信任   try〔traɪ〕*v.* 嘗試

    see〔si〕*v.* 看見；知道；了解

    doubt〔daʊt〕*v.* 懷疑；不相信

☐ **982.** Don't push me.　不要逼我。
Don't try to force me.　不要想強迫我。
It won't help.　那樣沒有用。

☐ **983.** You can't force me!　你不能強迫我！
You can't make me!　你不能逼我！
Your pressure won't work.　逼我沒有用。

☐ **984.** Don't hurry me.　不要催我。
Don't hassle me.　不要煩我。
Let me take my time.　讓我慢慢來。

** ————————————

982. push〔puʃ〕*v.* 逼；迫使　　***try to V.*** 試圖…；想要…
force〔fors〕*v.* 強迫
help〔hɛlp〕*v.* 有幫助；有用
It won't help. 那沒有用。(= *It won't work.*)

983. make〔mek〕*v.* 逼迫；強制 (= *force*)
pressure〔'prɛʃɚ〕*n.* 壓力；強制；逼迫
work〔wɜk〕*v.* 有效；行得通

984. hurry〔'hɝɪ〕*v.* 催促　　hassle〔'hæsl̩〕*v.* 打擾；煩擾
take one's time 慢慢來

25. 放我一馬

☐ **985.** Cut me some slack.   別對我那麼嚴苛。
   Go easy on me.   別為難我。
   Give me a break.   饒了我吧。

☐ **986.** Ease up on me.   不要為難我。
   Don't be so strict.   別那麼嚴格。
   Don't be so demanding.   別那麼苛求。

☐ **987.** Take it easy on me.   對我溫和一點。
   Don't be so harsh.   不要那麼嚴厲。
   Don't give me a hard time.   別讓我不好過。

** ───────────────

985. slack〔slæk〕*n.* 鬆弛的部份;布的皺摺　*adj.* 鬆弛的;寬鬆的
  slack 就是「布的皺摺」,穿著衣褲時,肘彎處、胯部及膝蓋處若沒有皺
   摺,就會覺得很緊不舒服。
  Cut me some slack.「多剪一些布給我當皺摺。」就引申為「別對我
   那麼嚴苛,讓我輕鬆一點。」(= *Give me a break.*)
  go easy on sb. 對某人寬大　　break〔brek〕*n.* 機會;幸運
  give sb. a break 給某人一個機會;饒過某人
986. *ease up on sb.* 不要為難某人 (= *ease off on sb.*)
  so〔so〕*adv.* 如此;那麼　　strict〔strɪkt〕*adj.* 嚴格的
  demanding〔dɪ'mændɪŋ〕*adj.* 要求多的;苛求的
987. *take it easy on sb.* 對某人溫和 (= *go easy on sb.* = *treat sb. gently*)
  harsh〔harʃ〕*adj.* 嚴厲的　　hard〔hard〕*adj.* 困難的;辛苦的
  give sb. a hard time 讓某人不好過

26. 你出賣我

□ 988. What a bummer!　　　　　　　眞糟糕！

What a disappointment!　　　　眞令人失望！

It depresses me.　　　　　　　這使我很沮喪。

□ 989. You sold me out.　　　　　　　你出賣我。

You betrayed me.　　　　　　　你背叛我。

You stabbed me in the back.　　你在我的背後捅我一刀。

□ 990. Shame on you.　　　　　　　　你眞可恥。

You did wrong.　　　　　　　你做了壞事。

You know better than that.　　　你應該沒有那麼笨。

** ——————

988. bummer〔ˋbʌmɚ〕n. 失望；（大）失敗；令人不愉快的事件

What a bummer! 也可說成：What a disaster!（眞糟糕！）或

How unfortunate!（眞倒楣！）【disaster〔dɪˋzæstɚ〕n. 災難】

disappointment〔͵dɪsəˋpɔɪntmənt〕n. 失望；令人失望的人或事物

depress〔dɪˋprɛs〕v. 使沮喪

989. *sell out* 出賣；背叛　　　betray〔bɪˋtre〕v. 背叛；出賣

stab〔stæb〕v. 刺；刺傷

stab sb. in the back 背叛；在背後中傷

990. shame〔ʃem〕n. 恥辱；丟臉　　　*do wrong* 做錯事；做壞事；犯罪

know better than 不至於笨到會做…的地步

27. 有人做假帳

□ **991.** I have a problem.　　　　　　　　我有一個問題。

I have some trouble.　　　　　　　我有一些麻煩。

I'm in a jam.　　　　　　　　　　我陷入困境。

□ **992.** I'm in trouble.　　　　　　　　　我有麻煩。

I'm in the doghouse.　　　　　　　我受到冷落。

I'm in deep water.　　　　　　　　我陷入極大的困境。

□ **993.** They cooked the books.　　　　　　他們做假帳。

They kept false records.　　　　　他們做假的記錄。

They lied about money.　　　　　　他們虛報金額。

** ───────────────────

991. problem〔'prɑbləm〕*n.* 問題　　trouble〔'trʌbḷ〕*n.* 麻煩
jam〔dʒæm〕*n.* 果醬；困境；困難　　***be in a jam*** 陷入困境

992. ***in trouble*** 有麻煩　　doghouse〔'dɔg,haʊs〕*n.* 狗屋
in the doghouse 惹麻煩；（因做錯事而）失寵的；受冷落的
I'm in the doghouse. 我受到冷落。(= *I'm in disfavor.*)【disfavor
〔dɪs'fevɚ〕*n.* 失寵】　　***be in deep water*** 陷入極大的困境
I'm in deep water. = I'm in trouble. = I'm in difficulty.

993. cook〔kʊk〕*v.* 煮菜；竄改；虛報
books〔bʊks〕*n. pl.* 帳冊；帳簿【***keep books*** 記帳】
cook the books 做假帳；偽造帳目
They cooked the books. = They falsified the records. (他們做
假帳。)【falsify〔'fɔlsə,faɪ〕*v.* 偽造】　　false〔fɔls〕*adj.* 虛假的
record〔'rɛkɚd〕*n.* 記錄　　***keep a record*** 記錄　　lie〔laɪ〕*v.* 說謊
lie about 虛報　　***They lied about money.*** 他們虛報金額。(= *They
lied about the amount of money.*)【amount〔ə'maʊnt〕*n.* 金額】

28. 頭痛的問題

□ **994.** Nobody told me.　　　　沒有人告訴我。
I wasn't informed.　　　　我沒有被告知。
I was left in the dark.　　　我被蒙在鼓裡。

□ **995.** It was a headache.　　　　那眞是令人頭痛。
It gave me trouble.　　　　那給我帶來麻煩。
It was a tough nut to crack.　那是很難解決的問題。

□ **996.** It's a pain in the neck.　　那眞的很討厭。
It's a pain in the ass.　　　那眞的很討厭。
It gives me a headache.　　那使我頭痛。

** ────────────────

994. inform〔ɪnˋfɔrm〕*v.* 通知；告知　　leave〔liv〕*v.* 使處於（某種狀態）　***in the dark*** 在黑暗中；全然不知　***leave sb. in the dark*** 把某人蒙在鼓裡　***I was left in the dark.*** 我被蒙在鼓裡。
= I wasn't given the information I should have been given.
= I wasn't told what I should have been told.

995. headache〔ˋhɛd͵ek〕*n.* 頭痛；頭痛的事　　trouble〔ˋtrʌbḷ〕*n.* 麻煩　tough〔tʌf〕*adj.* 堅硬的；困難的（*= hard*）　　nut〔nʌt〕*n.* 堅果　crack〔kræk〕*v.* 敲破；打破
a tough/hard nut to crack ①棘手的問題（*= a problem that is hard to solve*）②難以對付的人（*= a person that is hard to deal with*）　***It was a tough nut to crack.*** 這是很難解決的問題。（*= It was difficult to solve.*）【solve〔sɑlv〕*v.* 解決】

996. pain〔pen〕*n.* 疼痛　　neck〔nɛk〕*n.* 脖子
a pain in the neck 極討厭的人或事物　　ass〔æs〕*n.* 屁股
a pain in the ass 討厭的傢伙；討厭的事情
give sb. a headache 使某人頭痛

29. 滾雪球效應

□ **997.** That's only part of it. | 那只是其中一部分。
That's not the whole story. | 那不是事情的全部。
That's just the tip of the iceberg. | 那只是冰山的一角。

□ **998.** It's getting bigger and bigger. | 事情越鬧越大。
It's getting worse and worse. | 情況變得越來越糟。
It's having a snowball effect. | 它有滾雪球效應。

□ **999.** It's a disaster. | 那真是一場災難。
It's a nightmare. | 那真是一場惡夢。
It's a perfect storm. | 糟到不能再糟。

7.
負面批評

** ————————

997. (*a*) *part of* …的一部份　　whole〔hol〕*adj.* 全部的；整個的
story〔'storɪ〕*n.* 詳情；情況；真相　　tip〔tɪp〕*n.* 尖端
iceberg〔'aɪs,bɝg〕*n.* 冰山　　*the tip of the iceberg* 冰山的尖端；
冰山的一角【指重大問題顯露出來的一小部分】

998. get〔gɛt〕*v.* 變得　　worse〔wɝs〕*adj.* 更糟的
snowball〔'sno,bɔl〕*n.* 雪球　　*v.* 滾雪球般地逐漸增大
effect〔ɪ'fɛkt〕*n.* 效果；效應　　*snowball effect* 滾雪球效應【描
述一個情況或事件的規模、重要性，就像滾雪球一樣不斷擴大，變化的速度
也在加快】　　*It's having a snowball effect.* 也可說成：It's
snowballing.（它像滾雪球般地逐漸增大。）

999. disaster〔dɪz'æstɚ〕*n.* 災難；重大的失敗　　nightmare〔'naɪt,mɛr〕
n. 惡夢；非常悽慘的事　　perfect〔'pɝfɪkt〕*adj.* 完美的；完全的
perfect storm 字面的意思是「不折不扣的風暴」，指的是「（很多糟糕
的事情同時發生）糟到不能再糟的情況」（= *a combination of
things makes something much worse*）。
It's a perfect storm.（糟到不能再糟）也可說成：It's a severe
problem.（這是個嚴重的問題。）【severe〔sə'vɪr〕*adj.* 嚴重的】

30. 情況很糟

☐ **1000**. How awful!　　　　　　　　真可怕！

That's horrible!　　　　　　　那很恐怖！

That's really bad news.　　　　那真是個壞消息。

☐ **1001**. It's an awful situation.　　　　情況很糟。

It could not be worse.　　　　　非常糟。

It's everything bad at once!　　所有的壞事都同時發生了！

☐ **1002**. It's not my day.　　　　　　我今天真倒楣。

Things are going badly.　　　事情進展得不順利。

I'm having a bad day.　　　　我今天真倒楣。

7. 負面批評

** ————————————————

1000. how〔hau〕*adv.* 多麼地　　awful〔'ɔful〕*adj.* 可怕的；很糟的

horrible〔'hɔrəbḷ, 'hɑr-〕*adj.* 恐怖的；可怕的

really〔'riəlɪ〕*adv.* 真地　　news〔njuz〕*n.* 消息

1001. situation〔,sɪtʃu'eʃən〕*n.* 情況

It could not be worse. 字面的意思是「不可能更糟。」也就是「非常糟。」也可說成：It's the worst possible situation.（這可能是最糟的情況了。）　　***at once*** ①立刻 ②同時

It's everything bad at once! = Every bad thing that could happen is happening!（所有可能發生的壞事都發生了！）

1002. ***it's not*** *one's* ***day*** 某人今天真倒楣　　go〔go〕*v.* 進展

badly〔'bædlɪ〕*adv.* 很差地；很壞地　　bad〔bæd〕*adj.* 不好的

have a bad day 今天真倒楣

31. 不是在開玩笑

7.
負面批評

☐ **1003.** It was unpleasant.   這令人不愉快。

        I had to accept it.   我不得不接受。

        It was frustrating.   很令人沮喪。

☐ **1004.** It's not funny.   這不好笑。

        It's not a joke.   這不是開玩笑。

        It's a serious matter.   這是很嚴肅的事情。

☐ **1005.** I kid you not.   我沒有和你開玩笑。

        I'm not joking.   我沒有在開玩笑。

        I'm telling you the truth.   我跟你說的是實話。

** ————————————

1003. unpleasant〔ʌnˈplɛznt〕*adj.* 令人不愉快的

     accept〔əkˈsɛpt〕*v.* 接受

     frustrating〔ˈfrʌstretɪŋ〕*adj.* 令人沮喪的

1004. funny〔ˈfʌnɪ〕*adj.* 好笑的

     joke〔dʒok〕*n.* 笑話；玩笑   *v.* 開玩笑

     serious〔ˈsɪrɪəs〕*adj.* 認真的；嚴肅的

     matter〔ˈmætɚ〕*n.* 事情

1005. kid〔kɪd〕*v.* 開玩笑

     I kid you not. 我沒有和你開玩笑。(= *I'm not kidding you.*

     = *I'm not joking with you.*)   truth〔truθ〕*n.* 事實

32. 覺得很討厭

☐ **1006.** I hate it!　　　　　　　我討厭這個！

This sucks!　　　　　　　這個糟透了！

This stinks!　　　　　　　這個糟透了！

☐ **1007.** It bothers me.　　　　　這使我很困惱。

It disturbs me.　　　　　這使我心煩。

It gets on my nerves.　　這使我焦慮不安。

☐ **1008.** It annoys me.　　　　　這使我心煩。

It really bugs me.　　　　這真的讓我覺得很煩。

It's my pet peeve.　　　　這是我最討厭的事。

** ————————

1006. hate〔het〕v. 痛恨；討厭　　suck〔sʌk〕v. 吸；很糟糕；很討厭

stink〔stɪŋk〕v. 發臭；很糟糕；令人厭惡

This sucks! 這個很糟！(= *This stinks!* = *This is extremely bad!*)

【extremely〔ɪk'strimlɪ〕*adv.* 極度地；非常】

1007. bother〔'bɑðɚ〕v. 使困擾；使苦惱

disturb〔dɪ'stɝb〕v. 打擾；擾亂

nerve〔nɝv〕n. 神經；(*pl.*) 神經質；焦慮

get on *one's* ***nerves*** 使某人焦慮不安 (= *annoy sb.*)

1008. annoy〔ə'nɔɪ〕v. 使心煩

bug〔bʌg〕n. 小蟲　v. 使心煩 (= *bother*)

pet〔pɛt〕n. 寵物；不高興　　peeve〔piv〕n. 討厭的東西

pet peeve 最討厭的事；經常抱怨的問題　　***It's my pet peeve.*** 也可

說成：It especially annoys me. (它特別使我心煩。)

☐ **1009**. That's so awful.	那很糟糕。
It's horrible.	那很可怕。
That's really sick.	那真的很噁心
☐ **1010**. It's disgusting.	那很噁心。
It's nasty.	那很噁心。
It's gross.	那很噁心。

7. 負面批評

♣ 品質很差

☐ **1011**. It's the worst.	那是最糟的。
It's of the lowest quality.	那個品質最差。
It's the bottom of the barrel.	那個品質最差。

** ―――――

1009. so〔so〕*adv.* 很;非常　　awful〔'ɔfḷ〕*adj.* 可怕的;糟糕的
　　horrible〔'hɑrəbḷ〕*adj.* 可怕的　　really〔'rɪəlɪ〕*adv.* 真地
　　sick〔sɪk〕*adj.* ①生病的(= *ill*)②噁心的(= *disgusting*)
　　③很棒的(= *very good* = *excellent*)

1010. disgusting〔dɪs'gʌstɪŋ〕*adj.* 令人噁心的
　　nasty〔'næstɪ〕*adj.* 令人作嘔的
　　gross〔gros〕*adj.* 令人厭惡的;令人噁心的

1011. worst〔wɜst〕*adj.* 最糟的;最差的　　quality〔'kwɑlətɪ〕*n.* 品質
　　(of) the lowest quality 品質最差的　　bottom〔'bɑtəm〕*n.* 底部
　　barrel〔'bærəl〕*n.* 大桶　　***bottom of the barrel*** 最糟的;品質最
　　差的【字面的意思是「大桶的底部」,源自儲存食物於大桶中,最底部的食
　　物由於存放時間久,通常品質是最差的】
　　It's the bottom of the barrel. 那個品質最差。(= *It's of the worst*
　　quality.)

33. 很臭

□ **1012.** It's smelly.   它很臭。

It's stinky.   它很難聞。

It has an awful odor.   它的味道很可怕。

□ **1013.** It smells.   它很臭。

It smells bad.   它很難聞。

It smells awful.   它的味道很可怕。

□ **1014.** It reeks.   它很臭。

It stinks.   它很臭。

It's disgusting.   它很噁心。

** ──────────

1012. smelly〔'smɛlɪ〕*adj.* 臭的

stinky〔'stɪŋkɪ〕*adj.* 臭的；發惡臭的

awful〔'ɔfḷ〕*adj.* 可怕的；很糟的　　odor〔'odɚ〕*n.* 氣味

1013. smell〔smɛl〕*v.* 聞起來；發臭

It smells. 也可說成：It stinks.（它很臭。）【stink〔stɪŋk〕*v.* 發惡臭】

bad〔bæd〕*adj.*（味道）令人不舒服的；討厭的

1014. reek〔rik〕*v.* 發出惡臭；帶有臭味

stink〔stɪŋk〕*v.* 發臭；有臭味

disgusting〔dɪs'gʌstɪŋ〕*adj.* 噁心的

34. 不是我

7.
負面批評

□ **1015**. It wasn't me.　　　　　　　　　不是我。

I didn't do it.　　　　　　　　　我沒做那件事。

You're barking up the wrong　　你找錯人了。
　　tree.

□ **1016**. You failed me.　　　　　　　　　你使我失望。

You didn't come through.　　　　你並沒有實踐諾言。

I'm very disappointed in you.　　我對你非常失望。

□ **1017**. You seldom notice me.　　　　　你很少注意到我。

It's like I'm invisible.　　　　　就好像我是隱形的。

You don't pay attention to me.　你都不注意我。

**

bark

1015. bark〔bɑrk〕*v.*（狗等）吠叫

bark up the wrong tree 找錯對象；認錯目標

You're barking up the wrong tree. 也可説成：You're blaming
　　the wrong person.（你錯怪人了。）〔blame〔blem〕*v.* 責怪〕

1016. fail〔fel〕*v.* 失敗；使（某人）失望　　***come through*** 實踐諾言

disappointed〔ˌdɪsəˈpɔɪntɪd〕*adj.* 失望的＜*in/at/with/about*＞

1017. seldom〔ˈsɛldəm〕*adv.* 很少　　notice〔ˈnotɪs〕*v.* 注意到

like〔laɪk〕*prep.* 像

invisible〔ɪnˈvɪzəbļ〕*adj.* 看不見的；隱形的

attention〔əˈtɛnʃən〕*n.* 注意　　***pay attention to*** 注意

35. 很吵

☐ **1018**. It was loud. 　　　　　　　那很大聲。

It hurt my ears. 　　　　　那很傷耳朵。

It was earsplitting. 　　　震耳欲聾。

☐ **1019**. It's so noisy. 　　　　　　很吵。

It's so loud. 　　　　　　　很大聲。

I can't hear myself think. 　我被吵得無法集中注意力。

☐ **1020**. Roaring engines annoy me. 　轟鳴的引擎聲使我心煩。

Crying babies bother me. 　哭鬧的嬰兒使我困擾。

Loud noise gets under my
　　skin. 　　　　　　　　　吵雜的噪音使我焦躁。

**

1018. loud〔laʊd〕*adj.* 大聲的；吵雜的　　hurt〔hɜt〕*v.* 傷害

ear〔ɪr〕*n.* 耳朵　　earsplitting〔'ɪr͵splɪtɪŋ〕*adj.* 震耳欲聾的
　　(= *deafening*)【split〔splɪt〕*v.* 使裂開　　deafen〔'dɛfən〕*v.* 使耳聾】

1019. so〔so〕*adv.* 很；非常　　noisy〔'nɔɪzɪ〕*adj.* 吵鬧的

can't hear *oneself* ***think*** (由於太吵) 無法集中注意力 (= *can't give
　　one's attention to anything because there is so much noise*)

1020. roaring〔'rorɪŋ〕*adj.* 咆哮的；轟鳴的　　engine〔'ɛndʒɪn〕*n.* 引擎

annoy〔ə'nɔɪ〕*v.* 使心煩　　bother〔'bɑðɚ〕*v.* 使困擾

noise〔nɔɪz〕*n.* 噪音　　skin〔skɪn〕*n.* 皮膚

get under *one's* ***skin*** 使某人生氣；使某人焦躁 (= *annoy sb.*)

7.
負面批評

□ **1021.** It's annoying. 　　　　　　它令人心煩。

It's disturbing. 　　　　　　它令人不安。

It's driving me nuts. 　　　　　它快使我發瘋。

□ **1022.** They talk too much. 　　　　　他們的話太多。

They talk on and on. 　　　　　他們說個不停。

They talk my ear off. 　　　　　他們對我喋喋不休地嘮叨。

□ **1023.** They were loud and noisy. 　　　他們又大聲又吵。

They were too lively. 　　　　　他們太活潑。

They raised hell. 　　　　　　他們大吵大鬧。

** ————————————

1021. annoying〔ə'nɔɪɪŋ〕 *adj.* 令人心煩的

disturbing〔dɪ'stɝbɪŋ〕 *adj.* 使人不安的；令人心煩的

drive〔draɪv〕 *v.* 驅使　　nuts〔nʌts〕 *adj.* 發瘋的

It's driving me nuts. 它快使我發瘋。(= *It's driving me crazy.*)

1022. ***on and on*** 繼續不停地　　ear〔ɪr〕 *n.* 耳朵

off〔ɔf〕 *adv.* …掉；…下；脫落

talk one's ear off 對某人喋喋不休地嘮叨

1023. loud〔laʊd〕 *adj.* 大聲的　　noisy〔'nɔɪzɪ〕 *adj.* 吵鬧的

lively〔'laɪvlɪ〕 *adj.* 活潑的；精力充沛的(= *energetic*)

raise〔rez〕 *v.* 提高；舉起　　hell〔hɛl〕 *n.* 地獄

raise hell 大吵大鬧(= *make a lot of noise or trouble*)；狂歡

36. 我受不了了

☐ **1024.** It's tough to take.　　　　　　那很難接受。
It's difficult to accept.　　　　那很難接受。
It's a bitter pill to swallow.　　那實在令人難以忍受。

☐ **1025.** I can't stand it.　　　　　　　我無法忍受。
I can't take it.　　　　　　　　我無法忍受。
I'm done.　　　　　　　　　　　我受夠了。

☐ **1026.** I'm fed up.　　　　　　　　　　我受夠了。
I've had enough.　　　　　　　我受夠了。
That's the last straw.　　　　　那實在是令人忍無可忍。

** ───────

1024. tough〔tʌf〕*adj.* 困難的（= *difficult*）　　take〔tek〕*v.* 接受
accept〔ək'sɛpt〕*v.* 接受（= *take*）　　bitter〔'bɪtɚ〕*adj.* 苦的
pill〔pɪl〕*n.* 藥丸　　swallow〔'swɑlo〕*v.* 吞下
a bitter pill to swallow 字面的意思是「很難吞下的苦藥丸」，也就
是「難以忍受之事」（= *something painful or hard to accept*）。
源自諺語：Bitter pills may have wholesome effects.（良藥
苦口利於病。）【wholesome〔'holsəm〕*adj.* 有益健康的】
It's a bitter pill to swallow. 也可說成：It's hard to accept.
（那很難接受。）

1025. stand〔stænd〕*v.* 忍受（= *bear* = *endure* = *put up with*）
done〔dʌn〕*adj.* 完畢了；結束了　　***I'm done.*** 有兩個意思：
①我做完了。②我受夠了。（= *I can't take it anymore.*）

1026. fed〔fɛd〕*adj.* 厭倦的；厭煩的　　***be fed up*** 感到厭倦；厭煩
I'm fed up. 也可說成：I'm fed up with it.（我受夠了。）
have had enough 厭煩；受夠了　　straw〔strɔ〕*n.* 稻草
the last straw（壓垮駱駝的）最後一根稻草；最終使人無法忍受的事
【源自諺語：The last straw breaks the camel's back.（最後一根稻草
壓斷駱駝的背。）　　camel〔'kæml̩〕*n.* 駱駝】

□ **1027.** They gave me pressure. 他們給我壓力。
They tried to force me. 他們想要強迫我。
They tried to put the squeeze 他們想對我施加壓力。
 on me.

□ **1028.** I detest it! 我厭惡它！
I abhor it! 我痛恨它！
I'm fed up with it! 我受夠了！

□ **1029.** Enough! 夠了！
I've had it! 我受夠了！
I can't take it anymore! 我再也受不了了！

＊＊ ─────────────

1027. pressure〔'prɛʃɚ〕*n.* 壓力 *v.* 對⋯施加壓力；強迫
try to V. 試圖⋯；想要⋯ force〔fors〕*v.* 強迫
squeeze〔skɛiz〕*n.* 擠壓
put the squeeze on 對⋯施加壓力（= *pressure sb.*）
They tried to put the squeeze on me. 他們想對我施加壓力。
 （= *They tried to pressure me.*）
1028. detest〔dɪ'tɛst〕*v.* 厭惡；很討厭（= *hate*）
abhor〔əb'hor〕*v.* 極端厭惡；痛恨（= *hate*）
be fed up with 對～厭倦；對～厭煩
1029. *Enough!* 源自 It's enough!（夠了！）
I've had it! 源自 I've had enough!（我受夠了！）也可加長為
 I've had enough of it! 意思相同。
take〔tek〕*v.* 忍受（= *bear* = *stand*） *not⋯anymore* 不再⋯
I can't take it anymore! = I can't bear it anymore!
 = I can't stand it anymore!

37. 看到朋友臉色不好，可開玩笑說

☐ **1030.** You look like hell. 你看起來糟透了。

You look like a zombie. 你看起來像殭屍。

You look like a ghost. 你看起來像鬼。

☐ **1031.** You surprise me. 你讓我很驚訝。

I don't understand you. 我不了解你。

I can't figure you out. 我無法了解你。

☐ **1032.** You don't scare me. 你嚇不了我。

I don't fear you. 我不怕你。

I'm not afraid of you. 我不怕你。

** ────────────

1030. hell〔hɛl〕*n.* 地獄　　***look like hell*** 氣色很差

zombie〔'zɑmbɪ〕*n.* 殭屍　　ghost〔gost〕*n.* 鬼

美國人的習慣是，早上一見面，看到你精神好，一定會說 You look wonderful. (你看起來很棒。) 等。講不好的，沒什麼惡意，只是開玩笑。自己感覺精神不好，也可以問對方：Do I look like a zombie today? (我今天看起來像殭屍嗎？)

1031. surprise〔sə'praɪz〕*v.* 使驚訝

You surprise me. 也可說成：Sometimes your actions surprise me. (有時候你的行為讓我吃驚。)　　***figure out*** 想出；了解

1032. scare〔skɛr〕*v.* 使害怕　　fear〔fɪr〕*v.* 害怕

afraid〔ə'fred〕*adj.* 害怕的　　***be afraid of*** 害怕

38. 不要掃興

☐ 1033. Eat your words.　　　　　收回你的話。
　　　 Admit you were wrong.　　承認你錯了。
　　　 Take back what you said.　收回你說的話。

☐ 1034. Speak for yourself.　　　為你自己說話就好。
　　　 You can't speak for me.　你不能替我說話。
　　　 Don't put words into my　你不要自作主張幫我發言。
　　　　　mouth.

☐ 1035. Don't ruin a good time.　不要破壞美好的時光。
　　　 Don't be a party pooper.　不要煞風景。
　　　 Don't be a spoilsport.　　不要掃興。

** ────────────────

1033. words〔wɜdz〕 *n. pl.* 言辭；話　　*eat one's words* 收回前言；
　　　 承認說錯話【注意，*eat one's words* 不是「食言」】
　　　 admit〔əd'mɪt〕*v.* 承認　　*take back* 收回；撤回
1034. *for oneself* 為某人自己　　mouth〔maʊθ〕*n.* 嘴巴
　　　 put words into one's mouth 硬說某人說過某話；自作主張代人
　　　 發表意見；曲解某人的話
1035. ruin〔'ruɪn〕*v.* 破壞
　　　 party pooper （社交聚會上）掃興的人；煞風景的人
　　　 spoil〔spɔɪl〕*v.* 破壞；掃（興）；寵壞
　　　 sport〔sport〕*n.* 運動；娛樂；遊戲；玩笑
　　　 spoilsport〔'spɔɪl,sport〕*n.* 掃興的人（= *party pooper*
　　　 = *wet blanket*）

39. 你放我鴿子

☐ **1036.** You stood me up. 　　　你放我鴿子。

　　You didn't show up. 　　你沒出現。

　　Please don't do it again. 　　請不要再這麼做了。

☐ **1037.** I waited over an hour. 　　我等了超過一小時。

　　I lost my temper. 　　我發脾氣了。

　　I ran out of patience. 　　我的耐心用完了。

☐ **1038.** I was in a good mood. 　　我本來心情很好。

　　You've spoiled it all! 　　你把它全破壞掉了！

　　You rained on my parade. 　　你真是掃我的興。

1036. *stand sb. up* 放某人鴿子；爽約　　*show up* 出現

1037. lose〔luz〕*v.* 失去　　temper〔'tɛmpɚ〕*n.* 脾氣

　　lose one's temper 發脾氣　　*run out of* 用完

　　patience〔'peʃəns〕*n.* 耐心

　　I ran out of patience.（我的耐心用完了。）也可說成：I lost my

　　　patience.（我失去耐心了。）

1038. mood〔mud〕*n.* 心情　　*be in a good mood* 心情好

　　spoil〔spɔɪl〕*v.* 破壞　　rain〔ren〕*v.* 下雨

　　parade〔pə'red〕*n.* 遊行

　　rain on my parade 字面的意思是「在我的遊行上下雨」，也就是

　　　「潑冷水；掃興」之意。

7.
負
面
批
評

40. 你光說不練

☐ 1039. Just talk. 只是說說而已。

Just hot air. 只是說大話。

All talk and no action. 光說不練。

☐ 1040. It's empty talk. 這只是空談。

It's double talk. 這是模稜兩可的話。

It's hogwash. 這是廢話。

☐ 1041. You always say that. 你總是那麼說。

You never do it. 你從來都沒做。

Promises, promises! 保證,又是保證!

＊＊ ─────────────────

1039. talk〔tɔk〕*n.* 談話;空談

Just talk. 源自 It's just talk. (只是說說而已。)

air〔ɛr〕*n.* 空氣　　***hot air*** 空話;大話

Just hot air. 源自 It's just hot air. (只是說大話。)

action〔'ækʃən〕*n.* 行動　　***be all talk and no action*** 光說不練

All talk and no action. 源自 It's all talk and no action.

1040. empty〔'ɛmptɪ〕*adj.* 空的;空虛的;無意義的

double〔'dʌbl̩〕*adj.* 雙重的;模稜兩可的

hogwash〔'hɑg,wɑʃ〕*n.* 豬食;餿水;無用的東西;廢話

(= *nonsense*)【hog〔hɑg〕*n.* 豬】

1041. never〔'nɛvɚ〕*adv.* 從未　　promise〔'prɑmɪs〕*n.* 承諾;保證

Promises, promises! 保證,又是保證!【用於表達不相信對方的承諾】

41. 批評電影

☐ **1042.** The movie was awful.　　　這部電影很糟。

I wasted time and money.　　　我浪費了時間和金錢。

It was for the birds!　　　眞是沒有價值！

☐ **1043.** Is that all you got?　　　你就這點本事嗎？

I'm disappointed.　　　我很失望。

I expected more!　　　我期待的更多！

☐ **1044.** It was an awful experience.　　　這是個很糟的經驗。

It's an unpleasant memory.　　　這是個不愉快的記憶。

It left a bad taste in my mouth.　　　這讓我留下壞印象。

＊＊

1042. awful〔ˋɔfḷ〕*adj.* 可怕的；很糟的　　waste〔west〕*v.* 浪費

for the birds 無用的；沒價值的（= *worthless*）

1043. get〔gɛt〕*v.* 有　***Is that all you got?*** 「你有的就只是這樣嗎？」

引申爲「你就只有這點本事嗎？」（= *It that all you can do?*）

disappointed〔ˌdɪsəˋpɔɪntɪd〕*adj.* 失望的

expect〔ɪkˋspɛkt〕*v.* 期待

1044. unpleasant〔ʌnˋplɛzn̩t〕*adj.* 令人不愉快的

memory〔ˋmɛmərɪ〕*n.* 記憶　　taste〔test〕*n.* 味道

mouth〔mauθ〕*n.* 嘴巴

leave a bad taste in *one's* ***mouth*** 「在某人的嘴巴留下不好的味道」，

引申爲「讓某人留下壞印象」、「引起某人嫌惡的感覺」。

It left a bad taste in my mouth. 它讓我留下壞印象。（= *It left me with a negative impression.*）【negative〔ˋnɛgətɪv〕*adj.* 負面的

impression〔ɪmˋprɛʃən〕*n.* 印象】

♣ 又擠又悶

☐ **1045.** It's too crowded.　　　　太擁擠了。
I need more space.　　　　我需要更多的空間。
I need some room to　　　　我需要一些可以呼吸的空間。
　breathe.

☐ **1046.** I have cabin fever.　　　　我有幽閉煩躁症。
I've been inside too long.　　我待在室內太久了。
I need to go outside.　　　　我必須要出去。

☐ **1047.** It's stuffy in here.　　　　這裡很悶。
I need some fresh air.　　　我需要一些新鮮的空氣。
Let's go outside so I can　　我們出去吧,那樣我才能呼
　breathe.　　　　　　　　吸。

**

1045. crowded〔ˋkraʊdɪd〕*adj.* 擁擠的　　space〔spes〕*n.* 空間
room〔rum〕*n.* 空間(= *space*)　　breathe〔brið〕*v.* 呼吸

1046. cabin〔ˋkæbɪn〕*n.* 小木屋;艙房(船艙、機艙等)
fever〔ˋfivɚ〕*n.* 發燒　　***cabin fever*** (長期待在室內的)幽閉煩躁
症【因長期被困在室內而引起的不安、焦慮等反應,這個名詞源自於從前人
們因暴風雪等極端天候,被困住小木屋裡無法出去的情況】
I have cabin fever. 也可説成:I'm restless. (我坐立不安。) 或
I want to go out. (我想要出去。)【restless〔ˋrɛstlɪs〕*adj.* 不安定
的;浮躁的】　　inside〔ˋɪnˋsaɪd〕*adv.* 在室內
too long 太長;太久　　outside〔ˋaʊtˋsaɪd〕*adv.* 在戶外;向戶外

1047. stuffy〔ˋstʌfɪ〕*adj.* 通風不良的;窒悶的　　***in here*** 在這裡;在此處
fresh〔frɛʃ〕*adj.* 新鮮的　　air〔ɛr〕*n.* 空氣

42. 覺得無聊

☐ **1048.** We're stuck inside.　　　　　　我們被困在這裡面。

We're bored to death.　　　　　我們快無聊死了。

We're climbing the walls.　　　　我們非常不耐煩。

☐ **1049.** This is boring.　　　　　　　　這很無聊。

I'm bored.　　　　　　　　　　我覺得無聊。

I'm taking off.　　　　　　　　我要走了。

☐ **1050.** It's tedious.　　　　　　　　　好無聊。

It's so dry.　　　　　　　　　　真乏味。

I'm sick and tired of it.　　　　我非常厭倦。

**

1048. 覺得無聊時，可說這三句話來抱怨。　　stick〔stɪk〕v. 卡住；困住
be stuck 受困　　inside〔ˈɪnˈsaɪd〕adv. 在裡面；在屋內
We're stuck inside. = We can't go out.（我們不能出去。）
bored〔bord, bɔrd〕adj. 感到無聊的；厭倦的
be bored to death 無聊得要死　　climb〔klaɪm〕v. 爬
be climbing the walls（長期的不愉快導致）不耐煩的（= *be very annoyed and impatient*）【源自古代士兵要攻佔堡壘時，須爬過又長又堅固的城牆，是個十分無聊的任務】

1049. boring〔ˈborɪŋ, ˈbɔr-〕adj. 無聊的
take off ①脫掉 ②起飛 ③拿開；除去（蓋子等）④離開；走掉

1050. tedious〔ˈtidɪəs〕adj. 冗長乏味的；無聊的（= *boring*）
so〔so〕adv. 很；非常　　dry〔draɪ〕adj. 乾的；乏味的
sick〔sɪk〕adj. 生病的；厭倦的 < of >
tired〔taɪrd〕adj. 疲倦的；厭倦的 < of >
be sick and tired of 厭倦～的（= *be sick of* = *be tired of*）

7.
負面批評

☐ **1051.** It was so dull. 這很無聊。

It was boring as hell. 這非常無聊。

I was bored to tears. 我覺得非常無聊。

☐ **1052.** It's useless. 這是沒有用的。

It's not worth it. 這並不值得。

It's a waste of time. 這是在浪費時間。

☐ **1053.** I'll remember. 我會記得。

I won't forget it. 我不會忘記。

I'll keep that in mind. 我會把那個牢記在心。

＊＊ ―――――――――――――――

1051. so〔so〕*adv.* 很;非常

dull〔dʌl〕*adj.* 無聊的;乏味的

boring〔'borɪŋ〕*adj.* 無聊的　　hell〔hɛl〕*n.* 地獄

as hell 很;非常　　bored〔bord〕*adj.* 覺得無聊的;厭煩的

tear〔tɪr〕*n.* 眼淚　　*be bored to tears* 無聊得掉眼淚;覺得非常

無聊(= *be bored to death*)【*be moved to tears* 感動得流淚】

1052. useless〔'juslɪs〕*adj.* 沒有用的　　worth〔wɝθ〕*adj.* 值得…的

worth it 值得的(= *worthwhile*)　　waste〔west〕*n.* 浪費

a waste of time 浪費時間

1053. remember〔rɪ'mɛmbɚ〕*v.* 記得　　forget〔fɚ'gɛt〕*v.* 忘記

keep~in mind 把~牢記在心(= *bear~in mind* = *remember*)

43. 天氣炎熱

☐ **1054.** It's so hot.　　　　　　　　　　天氣很熱。
I'm sweating a lot.　　　　　　　我滿頭大汗。
I'm sweating buckets.　　　　　　我汗流浹背。

☐ **1055.** I'm hot.　　　　　　　　　　　我很熱。
I'm boiling.　　　　　　　　　　我很熱。
I'm burning up.　　　　　　　　我快要燒起來了。

☐ **1056.** Hot weather drives me crazy.　　炎熱的天氣使我發瘋。
Summer heat drives me nuts.　　夏天的熱使我發狂。
The humidity drives me up　　　濕氣使我憤怒。
the wall.

7.

負面批評

** ————————————

1054. hot〔hɑt〕*adj.* 熱的　　sweat〔swɛt〕*v.* 流汗
bucket〔'bʌkɪt〕*n.* 水桶　　***sweat buckets*** 汗流浹背；大汗淋漓
(= *sweat a lot* = *sweat profusely* = *sweat like a pig*)
【profusely〔prə'fjuzlɪ〕*adv.* 大量地　　pig〔pɪg〕*n.* 豬
sweat like a pig 汗流浹背；全身冒汗】

1055. boiling〔'bɔɪlɪŋ〕*adj.* 沸騰的；炎熱的
burn〔bɝn〕*v.* 燃燒　　***burn up*** 燒起來

1056. weather〔'wɛðɚ〕*n.* 天氣　　drive〔draɪv〕*v.* 驅使
crazy〔'krezɪ〕*adj.* 瘋狂的 (= *nuts*)　　***drive sb. crazy*** 使某人發瘋
heat〔hit〕*n.* 熱　　nuts〔nʌts〕*adj.* 瘋狂的；發狂的
drive sb. nuts 使某人發瘋　　humidity〔hju'mɪdətɪ〕*n.* 濕氣
up the wall 憤怒的　　***drive sb. up the wall*** 使某人大發雷霆；
使某人不知所措【不可說成 *drive sb. up to the wall* (誤)】

44. 睡得不好

☐ 1057. I hate mosquitoes.   我討厭蚊子。

They really bother me.   它們真的使我很困擾。

They always bite me.   它們老是咬我。

☐ 1058. I couldn't sleep.   我睡不著。

I was wide awake.   我完全清醒。

I kept tossing and turning.   我一直翻來覆去。

☐ 1059. I slept badly.   我睡得不好。

I tossed and turned all night.   我整晚上翻來覆去。

I didn't sleep a wink.   我完全沒睡。

**

1057. hate〔het〕*v.* 討厭

mosquito〔mə'skito〕*n.* 蚊子

mosquito

bother〔'baðɚ〕*v.* 打擾；使困擾   bite〔baɪt〕*v.* 咬

1058. wide〔waɪd〕*adv.* 張大地；充分張開地

awake〔ə'wek〕*adj.* 醒著的

wide awake 完全清醒（ = *completely awake*）

keep* + *V-ing 一直…

toss〔tɔs〕*v.* 投擲；輾轉反側；翻來覆去

turn〔tɝn〕*v.* 轉動；翻身   ***toss and turn*** 輾轉反側；翻來覆去

1058. badly〔'bædlɪ〕*adv.* 壞地；糟糕地   wink〔wɪŋk〕*n.* 眨眼；瞬間

not sleep a wink 完全沒睡覺；沒眨一下眼（ = *not sleep at all*）

45. 自怨自艾

☐ **1060**. I hate insects.　　　　　　　　我討厭昆蟲。

Cockroaches terrify me.　　　　蟑螂使我害怕。

If I see one, I'll freak out.　　如果我看見蟑螂，我會抓狂。

☐ **1061**. You're not my type.　　　　　　你不是我喜歡的類型。

We're pretty different.　　　　我們大不相同。

We have little in common.　　我們沒什麼共同點。

☐ **1062**. I'm a nobody.　　　　　　　　　我是無名小卒。

I'm a no one.　　　　　　　　我是無名小卒。

I'm not important.　　　　　　我不重要。

**

1060. hate〔het〕 v. 討厭　　insect〔'ɪnsɛkt〕 n. 昆蟲

cockroach〔'kɑk,rotʃ〕 n. 蟑螂　　terrify〔'tɛrə,faɪ〕 v. 使恐懼

freak out 激動；抓狂

1061. type〔taɪp〕 n. 類型　　***be not*** one's ***type*** 不是某人喜歡的類型

pretty〔'prɪtɪ〕 adv. 相當　　little〔'lɪtl̩〕 pron. 少量；少許

common〔'kɑmən〕 adj. 共同的

have…in common 有…共同點

have little in common 沒有什麼共同點

1062. nobody〔'no,bɑdɪ〕 n. 無名小卒　　***no one*** 無名小卒（= *nobody*）

important〔ɪm'pɔrtn̩t〕 adj. 重要的

7. 負面批評

☐ 1063. I'm dead. 我死定了。

My life is over. 我完了。

My goose is cooked. 我完蛋了。

☐ 1064. I have no chance. 我沒機會了。

I have no shot. 我沒機會成功了。

It's not going to happen. 這是不會發生的；我不會成功了。

☐ 1065. My life is awful. 我的人生很糟。

I'm a mess! 我糟透了！

I'm all screwed up! 我徹底完蛋了！

**

1063. 這三句話是慣用語，不是真的表示我要死了，或是我的鵝被煮了，而是
比喻「我的情況十分嚴重。」碰到倒楣的事，你就可以開玩笑地說這
三句。 life〔laɪf〕n. 生命 over〔'ovɚ〕adj. 結束的
goose〔gus〕n. 鵝 cook〔kʊk〕v. 煮

1064. chance〔tʃæns〕n. 機會；可能性
shot〔ʃɑt〕n. ①射擊 ②嘗試 ③機會
I have no shot. 我沒機會成功了。(=*I have no chance to succeed.*)
It's not going to happen. 也可說成：It won't happen.（這是不
會發生的。）在此引申為「我不會成功了。」

1065. awful〔'ɔfḷ〕adj. 可怕的；很糟的
mess〔mɛs〕n. 亂七八糟；(思維等) 混亂的人；邋遢的人
I'm a mess! 我糟透了！(=*I'm in a terrible state!*)
【state〔stet〕n. 狀態】 ***screwed up*** 搞砸了的；弄糟的；毀滅的

46. 生氣地詢問

□ **1066.** What on earth? 　　　　　　　究竟怎麼回事？

　　　　What in the world? 　　　　　　到底怎麼回事？

　　　　What just happened? 　　　　　剛剛發生了什麼事？

□ **1067.** What's going on? 　　　　　　　發生什麼事？

　　　　What is this? 　　　　　　　　這是怎麼一回事？

　　　　What the hell? 　　　　　　　　究竟發生了什麼事？；

　　　　　　　　　　　　　　　　　　搞什麼鬼？

□ **1068.** What gives? 　　　　　　　　　發生什麼事？

　　　　What are you doing? 　　　　　你在做什麼？

　　　　Why are you acting that way? 　你爲什麼會那樣做？

** ———————

1066. ***on earth*** 究竟；到底　　***in the world*** 究竟；到底

What on earth? 和 ***What in the world?*** 都是 What happened?

　　的加強語氣。　just〔dʒʌst〕*adv.* 剛剛

　　happen〔'hæpən〕*v.* 發生

1067. ***go on*** 發生　　***What is this?*** 字面的意思是「這是什麼？」在此引

　　申爲「這是怎麼一回事？」(= *What's happening?*)

　　hell〔hɛl〕*n.* 地獄　　***the hell***【用以加強語氣】究竟；到底

　　What the hell? 字面的意思是「究竟是什麼？」在此引申爲「究竟發

　　生了什麼事？」也可說成：What the hell is this? (這究竟怎麼一

　　回事？) 或 What the hell is going on? (究竟發生了什麼事？)

1068. give〔gɪv〕*v.* 發生

　　What gives? 發生什麼事？(= *What is happening?*)

　　act〔ækt〕*v.* 做事；行動；表現得 (= *behave*)

　　way〔we〕*n.* 方式；樣子　　***that way*** 那樣

7.
負面批評

☐ **1069.** Hey, what the heck? | 嘿，搞什麼？
What's going on here? | 這裡發生了什麼事？
What's this all about? | 這是怎麼一回事？

☐ **1070.** Why the excitement? | 爲什麼這麼激動？
Why all the worry? | 爲什麼這麼擔心？
What's the fuss? | 有什麼好大驚小怪的？

☐ **1071.** Give me a break. | 饒了我吧。
Nothing is going right. | 沒有一件事是順利的。
Can one thing go my way? | 就沒有一件事能如願嗎？

**

1069. hey〔he〕*interj.* 嘿
heck〔hɛk〕*n.* 到底；究竟【表示詛咒、懊怒、厭煩等，是 hell 的委婉語】
what the heck 搞什麼；管他的　***go on*** 發生
What's this all about? 這是怎麼一回事？(= *What's going on?*)
1070. excitement〔ɪk'saɪtmənt〕*n.* 興奮；刺激
Why the excitement? 也可說成：Why is everyone so excited?
(大家爲什麼這麼激動？)【excited〔ɪk'saɪtɪd〕*adj.* 興奮的】
worry〔'wɝɪ〕*n.* 擔憂；煩惱
Why all the worry? 也可說成：Why is everyone so worried?
(大家爲什麼這麼擔心？)　　fuss〔fʌs〕*n.* 大驚小怪；小題大作
1071. break〔brek〕*n.* 休息；機會；運氣　***Give me a break.*** 饒了我吧。
go〔go〕*v.* 進展　***go right*** 進展順利
go one's way 「按照某人想的方式進行」，也就是「順某人的意」。
Can one thing go my way? 「能有一件事順我的意嗎？」也就是
「就沒有一件事能如願？」(= *Can't something go right for me?*) 也可說成：I hope something goes right for me. (我希望能有件事如我所願。)

□ **1072.** Why care so much?   爲什麼這麼在意？

Why all the fuss?   爲什麼如此大驚小怪？

What's the big deal?   有什麼大不了的？

□ **1073.** What's the difference?   有什麼差別？

What does it matter?   有什麼關係？

Aren't they about the same?   它們不是差不多一樣嗎？

□ **1074.** The rules are not clear.   這些規定不是很清楚。

It's a gray area.   這是灰色地帶。

Who knows what's right or wrong?   誰知道什麼是對的或是錯的？

** ————

1072. care〔kɛr〕v. 在乎；在意；關心   fuss〔fʌs〕n. 大驚小怪

big deal ①了不起的事 ②沒什麼了不起

1073. difference〔'dɪfərəns〕n. 不同   matter〔'mætɚ〕v. 關係重要

about〔ə'baʊt〕adv. 差不多   *the same* 相同的

1074. rule〔rul〕n. 規則；規定   clear〔klɪr〕adj. 清楚的

gray〔gre〕adj. 灰色的（= grey）   area〔'ɛrɪə〕n. 地區；地帶

gray area 灰色地帶【即不明確、不清楚的狀態】

It's a gray area.（這是灰色地帶。）也可說成：It's not certain.

（這並不明確。）It's not black-and-white.（這並非黑白分明的。）

It is difficult to judge what is right or wrong.（這很難判斷對

錯。）【certain〔'sɝtn̩〕adj. 確定的   black-and-white adj. 黑白分

明的；是非分明的   judge〔dʒʌdʒ〕v. 判斷】

□ **1075.** It's no use. 這沒有用。

It's not worth doing. 這不值得做。

Why bother? 何必多此一舉？

□ **1076.** Why all the bother? 為什麼這麼麻煩？

Why all the commotion? 為什麼引起騷動？

Why all the drama? 為什麼這麼戲劇化？

□ **1077.** What's the point? 這有什麼意義？

It's not worth it. 這並不值得。

It's a waste of time. 這是浪費時間。

** ————————————————————

1075. ***no use*** 沒用的　　worth〔wɝθ〕*adj.* 值得⋯的

be worth + V-ing 值得⋯

bother〔ˈbɑðɚ〕*v.* 打擾；煩惱；費力；費心　*n.* 麻煩

Why bother?（何必那麼費心？；何必多此一舉？）也可說成：

　　Why would you want to do that?（你為什麼會想要那麼做？）

　　或 It's not worth the trouble.（不值得這麼麻煩。）

1076. ***Why all the bother?*** 為什麼這麼麻煩？（= *Why are you going*

　　to so much trouble?）【***go to the trouble*** 不怕麻煩】

commotion〔kəˈmoʃən〕*n.* 騷動

drama〔ˈdrɑmə〕*n.* 戲劇性；戲劇效果；（突然的）戲劇性場面

1077. point〔pɔɪnt〕*n.* 要點；重點；意義

What's the point? 也可說成：There is no point.（沒有意義。）

　　I don't see the point.（我看不出來有什麼意義。）

waste〔west〕*n.* 浪費　　***a waste of time*** 浪費時間

☐ **1078**. What for? 爲什麼？

What's your reason? 你的理由是什麼？

Why are you doing this? 你爲什麼這麼做？

☐ **1079**. Why did you do it? 你爲什麼這麼做？

What made you do it? 你爲什麼這麼做？

What were you thinking? 你在想什麼？；你腦子進水了啊？

☐ **1080**. It won't happen soon. 這不會很快就發生。

It'll take a long time. 這要很久的時間。

Don't hold your breath. 不要期待了。

7. 負面批評

** ──────────

1078. ***what for*** 爲什麼（＝*why*） reason〔'rizṇ〕*n.* 理由

1079. make〔mek〕*v.* 使

What made you do it? 是什麼使你這麼做？也就是「你爲什麼這麼
做」（＝*Why did you do it?*）

What were you thinking? 是責備的語氣，意思是「你在想什麼？；
你腦子進水了啊？」也可說成：Why did you do that?（你爲什
麼那麼做？）

1080. happen〔'hæpən〕*v.* 發生 take〔tek〕*v.* 需要；花費

hold〔hold〕*v.* 保持；維持 breath〔brɛθ〕*n.* 呼吸

hold *one's* ***breath*** 屏住氣息；屏息以待

Don't hold your breath. 不要期待了。（＝*Don't wait for it to
happen.*）

7. 抱怨交通狀況

□ **1081.** It's chaos.   好混亂。

It's all clutter.   全都一團亂。

What a mess!   眞是亂七八糟！

□ **1082.** This road is so bumpy.   這條路高低不平。

It's full of holes.   它充滿了坑洞。

They need to be filled in.   它們需要被塡補。

□ **1083.** Not a car was moving.   沒有車子在動。

Traffic totally stopped.   交通完全停頓。

Traffic ground to a halt.   車輛逐漸停了下來。

**

1081. chaos〔ˈkeɑs〕 *n.* 無秩序；大混亂

clutter〔ˈklʌtɚ〕 *n.* 雜亂；混亂   mess〔mɛs〕 *n.* 混亂；亂七八糟

1082. road〔rod〕 *n.* 道路   so〔so〕 *adv.* 很；非常

bumpy〔ˈbʌmpɪ〕 *adj.* 崎嶇的；高低不平的   ***be full of*** 充滿了

hole〔hol〕 *n.* 洞   fill〔fɪl〕 *v.* 塡滿   ***fill in*** 塡充；塡補

1083. move〔muv〕 *v.* 移動   traffic〔ˈtræfɪk〕 *n.* 交通；往來的車輛

totally〔ˈtotḷɪ〕 *adv.* 完全地   stop〔stɑp〕 *v.* 停止

grind〔graɪnd〕 *v.* 磨；(車輛)緩慢運轉；費力移動

halt〔hɔlt〕 *n.* 停止   ***grind to a halt*** (車輛)緩緩停止

Traffic ground to a halt. 車輛逐漸停了下來。

(= *Traffic gradually slowed down and then stopped.*)

☐ 1084. I don't have time. 我沒有時間。

I can't spare any time. 我騰不出任何時間。

I'm running out of time. 我快沒時間了。

☐ 1085. I'm cornered. 我陷入困境。

There is no escape. 無法逃脫。

There is no retreat. 無路可退。

☐ 1086. I'm in a difficult situation. 我的處境很困難。

I have no way out. 我沒有解決問題的辦法。

My back is against the wall. 我被逼得走投無路了。

** ————————————

1084. spare〔spɛr〕v. 騰出（時間）　　***run out of*** 用完

1085. corner〔'kɔrnɚ〕v. 將…逼入牆角；使…陷入困境

I'm cornered. 我陷入困境。（ = *I'm not free to do what I want.*）

escape〔ə'skep〕n. 脫逃　v. 逃離　　***There is no escape.***（無法
逃脫。）也可說成：I cannot escape the situation.（我無法逃離
這個情況。）　　retreat〔rɪ'trit〕n. 後退；撤退

There is no retreat.（無路可退。）也可說成：I cannot escape
the problem.（我無法迴避這個問題。）I must face it.（我必須
面對它。）【face〔fes〕v. 面對】

1086. situation〔͵sɪtʃu'eʃən〕n. 情況；處境　　***way out*** 出路；解決問
題的辦法　　***I have no way out.*** 我沒有解決問題的辦法。（ = *I
cannot solve the problem.*）也可說成：I cannot escape the
situation.（我無法逃避這個情況。）　　back〔bæk〕n. 背

against〔ə'gɛnst〕prep. 靠著　***one's back is against the wall*** 後背
貼著牆，表示「沒有退路；情況危急；處於絕境；被逼得走投無路；只
能硬著頭皮去面對問題了」。

My back is against the wall. 我被逼得走投無路了。（ = *I'm in a
bad position and am forced to do something to avoid failure.*）
也可說成：Defeat is unavoidable.（失敗是無可避免的。）

通貨膨脹

7.
負面批評

1087. Travel costs are rising! 　　　　　旅行的費用正在上漲！
Fares are getting high! 　　　　　　車資變貴了！
Prices are going through the roof! 　物價暴漲！

1088. They raised the fee. 　　　　　　　他們提高了費用。
They increased the cost. 　　　　　　他們增加了費用。
They jacked up the price. 　　　　　　他們抬高了價格。

1089. Worldwide inflation is coming. 　　全世界要通貨膨脹了。
Prices are rising. 　　　　　　　　　物價要上漲了。
Money is worth less. 　　　　　　　　錢要貶值了。

** ────────────────────

1087. travel〔'trævl〕n. 旅行　　cost〔kɔst〕n. 費用
rise〔raɪz〕v. 上升；上漲　　fare〔fɛr〕n. 車資
price〔praɪs〕n. 價格；價錢；(pl.) 物價　　*prices* 在此指「物價」
(= *the price of all kinds of goods*)。　　*go through* 穿越
roof〔ruf〕n. 屋頂　　*go through the roof* ①大發雷霆；怒氣衝
天 ②暴漲　　*Prices are going through the roof!* 也可說成：
Prices are extremely high!（物價非常高！）或 Things are
getting much more expensive!（所有的東西都變得貴很多！）
【extremely〔ɪk'strimlɪ〕adv. 極度地；非常】

1088. raise〔rez〕v. 提高　　fee〔fi〕n. 費用
increase〔ɪn'kris〕v. 增加　　*jack up* 抬高（價格、工資等）

1089. worldwide〔'wɜld,waɪd〕adj. 遍及全世界的；世界性的
inflation〔ɪn'fleʃən〕n. 通貨膨脹　　*Worldwide inflation is*
coming. 中的 is coming 可用 is inevitable（是不可避免的）或
will soon be here（就快來了）來代替。
Prices are rising. 也可說成：Prices are going to rise around the
world.（全世界的物價就要上漲了。）　　worth〔wɜθ〕adj. 值…的
Money is worth less. 字面的意思是「錢的價值變少了。」也就是
「錢要貶值了。」(= *The value of money is decreasing.*)

8. 激勵別人
Encouragement

用手機掃瞄聽錄音

1. 勇於冒險

☐ 1090. Take a chance. | 要冒險。
Risk it. | 要冒險。
You have nothing to lose. | 你沒什麼損失。

☐ 1091. Take a risk. | 要冒險。
Go for broke. | 要全力以赴。
Try, or you'll never know. | 試試看，否則你永遠不知道。

☐ 1092. Try your hand! | 要嘗試！
Take a crack! | 要試試看！
Go out on a limb. | 要冒險。

**

1090. chance〔tʃæns〕*n.* 機會；運氣；危險；冒險
take a chance 冒險　　risk〔rɪsk〕*v.* 冒險做…
risk it 冒險　　lose〔luz〕*v.* 失去；損失
You have nothing to lose. 也可説成：What have you got to
lose?（你會有什麼損失呢？）【**_have got_** 有（= *have*）】

1091. **_take a risk_** 冒險　　**_go for broke_** 孤注一擲；全力以赴（= *give it*
your all）　　or〔ɔr〕*conj.* 否則
Try, or you'll never know. 也可説成：If you don't try, you'll
never know.（如果你不試試看，你永遠不知道。）

1092. **_try one's hand_** 嘗試　　crack〔kræk〕*n.* 裂縫；企圖；嘗試
take a crack 嘗試一下（= *try your hand* = *try it*）
limb〔lɪm〕*n.*（四）肢；手；腳；（樹）枝
out on a limb 處於孤立無援的危險狀態；處境危險【源自「置身樹枝
末端」之意】　　**_go out on a limb_** 冒險（= *take a chance*）

2. 勇於嘗試

□ **1093**. Try.   試一試。

Try it.   試試看。

Give it a try.   試試看。

□ **1094**. Give it a try.   試試看。

Give it a shot.   試試看。

It couldn't hurt.   不會有什麼害處。

□ **1095**. Dare to try.   要勇於嘗試。

Dare to fail.   要勇於失敗。

Dreams come true.   夢想會成眞。

8.
激
勵
別
人

** ———————

1093. try〔traɪ〕*v. n.* 嘗試   ***try it*** 試試看

give it a try 試試看；放手一搏 (= *give it a shot* = *give it a go*)

1094. shot〔ʃɑt〕*n.* 射擊；嘗試

give it a shot 試試看 (= *give it a try*)

hurt〔hɝt〕*v.* 妨礙；有害；困擾【用於否定句】

It couldn't hurt. (不會有什麼害處。) 也可說成: There is no
risk. (沒有風險。) It might help. (可能會有用。)

【risk〔rɪsk〕*n.* 風險   help〔hɛlp〕*v.* 有用】

1095. dare〔dɛr〕*v.* 敢   ***dare to V.*** 敢⋯

fail〔fel〕*v.* 失敗   dream〔drim〕*n.* 夢；夢想

come true 成眞；實現

☐ **1096.** Try something new.   要嘗試新事物。

Do something different.   要做不一樣的事。

Break new ground.   要創新。

☐ **1097.** Try it!   要試試看!

You might like it.   你可能會喜歡。

If you don't try, you'll   如果你不試一試,就永遠不

     never know.   會知道。

☐ **1098.** Never stop trying.   絕對不要停止嘗試。

Go down swinging.   要拼到底。

Fight till the very end!   奮戰到最後!

8.
激
勵
別
人

** ────────────

1096. try〔traɪ〕v. 嘗試   different〔'dɪfrənt〕adj. 不同的

break〔brek〕v. 打破   ground〔graʊnd〕n. 地面

break ground 破土;動工;開闢新天地;創新;開始新的事業

1097. ***try it*** 試試看   never〔'nɛvɚ〕adv. 絕不

1098. ***stop + V-ing*** 停止…   swing〔swɪŋ〕v. 搖擺;揮動拳頭

go down 下去;落下   ***go down swinging*** 拼到底;光榮地失敗;

     體面地下台【源自拳擊,一直到倒下之前,還不斷揮拳】

fight〔faɪt〕v. 作戰;奮戰   till〔tɪl〕prep. 直到(= *until*)

end〔ɛnd〕n. 最後;結束

to the very end 至死;拼到底【very 用來加強名詞的語氣】

□ **1099**. It's up for grabs.   這個人人都可以爭取。

      Anyone can get it.   任何人都有可能得到。

      You should try.   你應該試試。

□ **1100**. Keep on trying.   要持續努力。

      Things may improve.   情況可能會改善。

      Never give up too soon.   絕對不要太早放棄。

□ **1101**. Try one last time.   試最後一次。

      Make a final attempt.   做最後的嘗試。

      Make a last-ditch effort.   做最後的努力。

8.
激勵別人

** ———————————

1099. grab〔græb〕*n.* 抓；奪取

up for grabs 供人爭取（= *available to be won or taken*）

It's up for grabs. 這個人人都可以爭取。（= *It's available to anyone who wants it.*）【available〔əˈveləbḷ〕*adj.* 可獲得的】

1100. ***keep on*** 持續　　try〔traɪ〕*v.* 嘗試；努力

things〔θɪŋz〕*n. pl.* 事情；情況　　improve〔ɪmˈpruv〕*v.* 改善

give up 放棄　　soon〔sun〕*adv.* 早；快

1101. time〔taɪm〕*n.* 次　　***one last time*** 最後一次

Try one last time. 也可説成：Try again.（再試一次。）

final〔ˈfaɪnḷ〕*adj.* 最後的　　attempt〔əˈtɛmpt〕*n.* 企圖；嘗試

make an attempt 嘗試　　ditch〔dɪtʃ〕*n.* 水溝

last ditch 最後防線

last-ditch〔ˈlæstˌdɪtʃ〕*adj.* 拼死的；最後的；孤注一擲的

effort〔ˈɛfət〕*n.* 努力　　***make an effort*** 努力

make a last-ditch effort 多次嘗試失敗後做最後努力（= *make a last desperate attempt*）

3. 勇於表達

□ **1102**. Tell everything.　　　　　　說出一切。

Be open and honest.　　　　要坦率而且誠實。

Put all your cards on the table.　要公開一切事實。

□ **1103**. Out with it!　　　　　　　說出來吧！

Spit it out!　　　　　　　照實說！

Tell me all.　　　　　　　全部告訴我。

□ **1104**. You have our support.　　　　你有我們的支持。

We have your back.　　　　我們支持你。

We're all behind you.　　　我們全都支持你。

** ——————————

1102. tell〔tɛl〕*v.* 告訴；說

open〔'opən〕*adj.* 公開的；坦率的；毫不隱瞞的

honest〔'ɑnɪst〕*adj.* 誠實的　　cards〔kɑrdz〕*n. pl.* 紙牌

Put all your cards on the table. ①（玩紙牌時）把手中的牌攤開

　　在桌上。②公開一切事實；開誠佈公地說明事實；攤牌。

1103. ***Out with it!***（說出來吧！）也可說成：Say it!（說吧！）

spit〔spɪt〕*n.* 吐出　　***spit it out*** 坦白說出；照實說

1104. support〔sə'port〕*n.* 支持　　back〔bæk〕*n.* 背

have *one's* ***back*** 支持某人

behind〔bɪ'haɪnd〕*prep.* 在…的背後；做…的後盾；支持…

♣ 會吵的小孩有糖吃

☐ **1105.** The silent are overlooked.　　　　　沈默的人會被忽視。
　　　　The quiet get neglected.　　　　　安靜的人會被忽略。
　　　　The squeaky wheel gets the oil.　　會吵的小孩有糖吃。

☐ **1106.** Ask, and you shall receive.　　　　你們祈求，就給你們。
　　　　Search, and you shall find.　　　　尋找，就尋見。
　　　　Knock, and the door will open.　　叩門，就給你們開門。

【這三句話出自「聖經」，當有人想要或需要某樣事物時，
　就可說這三句，表示「你會得到你所需要的。」】

knock

8. 激勵別人

☐ **1107.** Speak up.　　　　　　　　　　要大聲說。
　　　　Get noticed.　　　　　　　　　要讓人注意到。
　　　　The crying baby gets the milk.　　會吵的小孩有糖吃。

**
1105. silent〔'saɪlənt〕*adj.* 沈默的
　　　the silent 沈默的人（= *silent people*）
　　　overlook〔,ovɚ'luk〕*v.* 忽視　　quiet〔'kwaɪət〕*adj.* 安靜的
　　　the quiet 安靜的人（= *quiet people*）　　***get + p.p.*** 被…
　　　neglect〔nɪ'glɛkt〕*v.* 忽視；忽略
　　　squeaky〔'skwikɪ〕*adj.* 嘎吱作響的　　wheel〔hwil〕*n.* 輪子
　　　oil〔ɔɪl〕*n.* 油　　***The squeaky wheel gets the oil.***「嘎吱作響的
　　　輪子先上油。」也就是「會吵的小孩有糖吃。」句中最後一個字 oil
　　　也可以用 grease 代替。【grease〔gris〕*n.* 油脂】
1106. shall〔ʃæl〕*aux.* 將；會　　receive〔rɪ'siv〕*v.* 收到；得到
　　　search〔sɝtʃ〕*v.* 尋找　　knock〔nɑk〕*v.* 敲門
1107. ***speak up*** 大聲說　　notice〔'notɪs〕*v.* 注意到
　　　crying〔'kraɪɪŋ〕*adj.* 哭叫的　　***The crying baby gets the milk.***
　　　「會哭的嬰兒有牛奶喝。」引申為「會吵的小孩有糖吃。」

4. 不要害怕

☐ **1108.** Don't be so shy.　　　　　不要那麼害羞。

Open up a little.　　　　　開放一點。

Come out of your shell.　　不要再沉默害羞了。

☐ **1109.** Fear not.　　　　　　　不要害怕。

Don't be afraid.　　　　　不要害怕。

There's nothing to fear.　　沒什麼好怕的。

☐ **1110.** Don't be scared.　　　　　不要害怕。

Don't be frightened.　　　不要害怕。

Be brave.　　　　　　　要勇敢。

** ——————

1108. shy〔ʃaɪ〕adj. 害羞的；內向的

open up 開放；打開心扉；傾吐心聲　　**a little** 一點

shell〔ʃɛl〕n. 殼　　**Come out of your shell**. 字面的意思是「走出你自己的殼。」表示「不要再沉默害羞。」也可說成：Overcome your shyness.（要克服你的害羞。）【overcome〔͵ovəˈkʌm〕v. 克服　shyness〔ˈʃaɪnɪs〕n. 害羞】

1109. fear〔fɪr〕v. 害怕　　**Fear not.** 不要害怕。（= *Don't fear.*）

afraid〔əˈfred〕adj. 害怕的

1110. scared〔skɛrd〕adj. 害怕的　　frightened〔ˈfraɪtn̩d〕adj. 害怕的

brave〔brev〕adj. 勇敢的（= *bold* = *daring* = *courageous*）

5. 讓我刮目相看

□ **1111.** Awe me! 要讓我敬畏！

Excite me! 要讓我興奮！

Take my breath away! 要讓我大吃一驚！

□ **1112.** Wow me! 要讓我熱烈讚賞！

Do something amazing! 要做一些很棒的事！

Knock my socks off! 要讓我佩服得五體投地！

□ **1113.** Impress me! 要讓我佩服！

Dazzle me! 要讓我讚嘆！

Do something delightful! 要做一些令人愉快的事！

8.
激勵別人

** ————————————

1111. awe〔ɔ〕v. 使敬畏；使畏懼；嚇倒

excite〔ɪkˋsaɪt〕v. 使興奮　breath〔brɛθ〕n. 呼吸

take* one's *breath away 使某人大吃一驚

1112. wow〔waʊ〕v. 使「哇！哇！」地熱烈讚賞；使大為讚賞；使叫絕；
使印象深刻　amazing〔əˋmezɪŋ〕adj. 令人驚訝的；很棒的
knock〔nɑk〕v. 敲；打擊；使驚呆　socks〔sɑks〕n. pl. 短襪
off〔ɔf〕adv. 脫掉　***knock* one's *socks off*** 使某人嘆為觀止；
使某人佩服得五體投地（= *amaze or impress someone*）

1113. impress〔ɪmˋprɛs〕v. 使印象深刻；使佩服
dazzle〔ˋdæzl̩〕v. 使目眩；使眼花；使讚嘆不已
delightful〔dɪˋlaɪtfəl〕adj. 令人愉快的

□ **1114.** Amaze me!　　　　　　　　　要讓我驚奇！

Astonish me!　　　　　　　　要使我驚訝！

Show me how awesome you　讓我看看你有多棒！
　　are!

□ **1115.** Surprise me.　　　　　　　　要讓我驚訝。

Shock me.　　　　　　　　　要使我震驚。

Show me what you've got.　讓我看看你有多厲害。

□ **1116.** Don't hold back.　　　　　　不要有所保留。

Show me what you can do.　讓我看看你有什麼本事。

Give it your best shot.　　要盡全力。

**

1114. amaze〔ə'mez〕v. 使驚訝；使驚奇

astonish〔ə'stɑnɪʃ〕v. 使驚訝　　show〔ʃo〕v. 給…看

awesome〔'ɔsəm〕adj. 很棒的

1115. surprise〔sə'praɪz〕v. 使驚訝　　shock〔ʃɑk〕v. 使震驚

you've got = you have　　***Show me what you've got.***「讓我看看
你有什麼。」引申為「讓我看看你有多厲害。」(= *Show me what
you're capable of.*)【*be capable of* 能夠】

1116. *hold back* 保留　　***Show me what you can do.***「讓我看看你能做
什麼。」也就是「讓我看看你有什麼本事。」

shot〔ʃɑt〕n. 射擊；嘗試　　***give it your best shot*** 盡全力
(= *give it your best try* = *do your best* = *try your best*)

6. 要有活力

□ 1117. Be full of energy.　　　　　要充滿活力。

　　　　 Be full of enthusiasm.　　　要充滿熱忱。

　　　　 Do as much as you can.　　　要盡力而為。

□ 1118. Be dynamic.　　　　　　　　要充滿活力。

　　　　 Be energetic.　　　　　　　要精力充沛。

　　　　 Be a live wire.　　　　　　 做一個有活力的人。

□ 1119. Be passionate.　　　　　　　要熱情。

　　　　 Do all you can.　　　　　　要盡全力。

　　　　 Put all your energy into it.　要投注你全部的精力。

8.
激
勵
別
人

＊＊ ─────────

1117. *be full of* 充滿　　energy〔ˈɛnɚdʒɪ〕*n.* 活力；精力
enthusiasm〔ɪnˈθjuzɪˌæzəm〕*n.* 熱忱
as…as one can 盡可能…
Do as much as you can.「盡可能多做一點。」也就是「要盡力
　 而為。」

1118. dynamic〔daɪˈnæmɪk〕*adj.* 充滿活力的
energetic〔ˌɛnɚˈdʒɛtɪk〕*adj.* 精力充沛的；充滿活力的
live〔laɪv〕*adj.* 活的；有活力的；通電的　　wire〔waɪr〕*n.* 電線
live wire 有電流的電線；活躍而精力充沛的人；生龍活虎的人

1119. passionate〔ˈpæʃənɪt〕*adj.* 熱情的
Do all you can. 要盡全力。(= *Do your best.* = *Try your best.*)

□ **1120.** More energy!　　　　　　要更有活力！
More enthusiasm!　　　　要更有熱忱！
Sink your teeth into it!　全心投入！

□ **1121.** Come forward!　　　要挺身而出！
Step up!　　　　　　要走上前來！
Sign up!　　　　　　要報名參加！

□ **1122.** Rock on!　　　　　　要繼續做！
Rock it out!　　　　　盡全力去做！
Keep on rocking it!　繼續做下去！

** ────────────

1120. energy〔ˋɛnədʒɪ〕*n.* 精力；活力
　　More energy! 也可説成：Have more energy!
　　enthusiasm〔ɪnˋθjuzɪˏæzəm〕*n.* 熱忱
　　More enthusiasm! 也可説成：Show more enthusiasm!
　　sink〔sɪŋk〕*v.* 使沈沒；使（牙齒等）咬入（…中）*< into >*
　　sink one's teeth into sth. 全心投入某事（*= become completely
　　　involved in sth.*）

1121. 這三句話可用來鼓勵個人自願做某事或參加活動。
　　come forward 站出來；自告奮勇；挺身而出
　　step up 走上前來；向前走　　***sign up*** 報名

1122. 這三句話源自搖滾樂，用來鼓勵個人或團隊。
　　rock〔rɑk〕*v.* 搖動；搖滾；很棒
　　Rock on! 繼續做！（*= Keep going!*）
　　rock it 繼續做（*= keep going*）
　　Rock it out! 盡全力去做！（*= Do it to the limit! = Give it your
　　　all!*）〔limit〔ˋlɪmɪt〕*n.* 限制；極限　　***to the limit*** 充分地；到極限
　　give it one's all 盡全力〕　　***keep on V-ing*** 持續…；繼續…

7. 要參與

☐ **1123.** Participate. 要參與。
Don't spectate. 不要袖手旁觀。
Be in it to win it. 要參與才會贏。

☐ **1124.** Get involved. 要參與。
Get your hands dirty. 要做困難的工作。
Do the dirty work. 要做辛苦的工作。

☐ **1125.** By all means, volunteer. 一定要自願服務。
By no means be selfish. 絕不要自私。
Be known as caring. 要被認為很有愛心。

8.
激
勵
別
人

** ──────────────

1123. participate〔par'tɪsə,pet〕v. 參與　spectate〔'spɛktet〕v. 觀看
win〔wɪn〕v. 贏　***Be in it to win it.***（要參與才會贏。）源自
You have to be in it to win it.（你必須要參與才會贏。）

1124. get〔gɛt〕v. 使；變得
involve〔ɪn'valv〕v. 使牽涉在內；使參與　***get involved*** 參與
get one's hands dirty 做粗活；做困難的工作（＝*work hard*）
dirty work ①別人不願意做的事；辛苦的工作 ②非法的勾當
Do the dirty work. 要做辛苦的工作。（＝*Do the hard work.*）

1125. ***by all means*** ①一定；務必 ②當然；可以
volunteer〔,valən'tɪr〕v. 自願服務
by no means 絕不　selfish〔'sɛlfɪʃ〕adj. 自私的
be known as 被認為是　caring〔'kɛrɪŋ〕adj. 有愛心的

8. 努力求進步

☐ **1126.** Work hard!
Achieve success!
You'll have it made!

要努力！
要成功！
你一定會成功！

☐ **1127.** Move on!
Start over!
Turn the page!

要向前進！
重新開始！
不再糾結過去，開始人生新
的一頁！

☐ **1128.** Move forward.
Make progress.
Get the ball rolling!

向前進。
要進步。
開始行動吧！

8. 激勵別人

** ————————————————

1126. hard〔hɑrd〕*adv.* 努力地　***work hard*** 努力工作；努力
achieve〔ə'tʃiv〕*v.* 達成；(經努力而)獲得
success〔sək'sɛs〕*n.* 成功　***achieve success*** 成功 (= *succeed*)
have it made 有成功的把握；必定成功　***You'll have it made!***
　　你一定會成功！(= *You're certain to be successful!*)

1127. move〔muv〕*v.* 移動；前進　***move on*** 前進；往前走
start over 重新開始　turn〔tɜn〕*v.* 使轉動；翻轉；翻 (頁)
page〔pedʒ〕*n.* (書等的) 頁　***turn the page*** 「翻過這一頁」，
　　也就是「不再糾結過去，開始人生新的一頁」。

1128. forward〔'fɔrwəd〕*adv.* 向前地　progress〔'prɑgrɛs〕*n.* 進步
make progress 進步　get〔gɛt〕*v.* 使　roll〔rol〕*v.* 滾
get the ball rolling 開始行動 (= *make a start*)

♣ 要盡全力

☐ **1129.** Do your best. 要盡全力。
Try as hard as you can. 要盡全力。
Take your best shot. 要盡力而爲。

☐ **1130.** Give 100%. 要全力以赴。
Give your total effort. 付出你所有的努力。
Give it all you've got. 要盡全力。

☐ **1131.** Make it happen. 做就對了。
Some way or other. 無論用任何方法。
One way or another. 要設法做到。

**8.
激
勵
別
人**

**

1129. ***do one's best*** 盡力 (= *try one's best*) ***try hard*** 努力
as ~ as one can 盡可能地 ~ (= *as ~ as possible*)
shot〔ʃɑt〕*n.* 射擊；嘗試；猜測 ***take a shot*** 射擊；猜測
take your best shot 盡力而爲 (= *give it your best shot*
= *try your best*)

1130. give〔gɪv〕*v.* 給與；付出 ***100%*** (百分之百) 唸成 a hundred
percent 或 one hundred percent。 total〔'totḷ〕*adj.* 全部的
effort〔'ɛfɚt〕*n.* 努力 ***Give 100%.*** 要全力以赴。(= *Give your*
total effort. = *Give your all.* = *Give it 100%.* = *Give it your all.*)
all you've got = *all you have*
Give it all you've got. 要盡全力。(= *Do your best.*)

1131. ***Make it happen.*** 也可説成：Get it done. (要把事情完成。)
Some way or other. 字面意思是「一種方法或另一種方法。」也就是
「無論用任何方法。」(= *One way or another.*) 源自 Make it
happen some way or other. (要設法做到。)
One way or another. 源自 Make it happen one way or another.
(要設法做到。)

9. 做你想做的事

☐ **1132.** Do whatever.　　　　　　　　　　做你想做的事。
　　　　Do as you please.　　　　　　　做你喜歡做的事。
　　　　Suit yourself.　　　　　　　　　隨你的便。

☐ **1133.** Do as you like.　　　　　　　　做你想做的事。
　　　　It's all okay.　　　　　　　　　全都可以。
　　　　Anything goes.　　　　　　　　任何事都可以。

☐ **1134.** Go where you want to go.　　　去你想去的地方。
　　　　Do what you want to do.　　　做你想做的事。
　　　　Be all you can be.　　　　　　發揮你所有的潛力。

** ───────────────────────

1132. whatever〔hwɑt'ɛvɚ〕*pron.* 任何事物；每樣東西（= *anything or everything*）　　**Do whatever.** = Do what you want.
please〔pliz〕*v.* 願意；喜歡；認為合適
as you please 隨你的便；隨意　　suit〔sut〕*v.* 適合
Suit yourself. 隨你的便；你愛怎麼樣就怎麼樣吧。

1133. like〔laɪk〕*v.* 喜歡；想（做）
Do as you like. 做你想做的事。（= *Do whatever you want.* = *Do what you want to do.* = *Do what you want.*）
okay〔'o'ke〕*adj.* 可以的；沒問題的（= *OK* = *O.K.*）
go〔go〕*v.* 被認可；被接受（= *be allowed*）
Anything goes.（任何事都可以。）= Anything is OK.
= Anything is all right.【***all right*** 可以的；沒問題的】

1134. ***Go where you want to go.*** 可簡化成：Go where you want.
Do what you want to do. 可簡化成：Do what you want.
Be all you can be. 可說成：Be all that you can be. 字面的意思是「成為你所有能成為的。」引申為「發揮你所有的潛力。」（= *Realize your full potential.*）也可說成：Be the best you can be.（使自己展現最佳狀態。）

10. 天下沒有白吃的午餐

☐ 1135. Nothing is for free.　　　　　沒有什麼是免費的。
Everything has a price.　　　萬物皆有價。
You can't get something　　你不可能免費得到任何東西。
　　for nothing.

☐ 1136. Nothing comes easy.　　　　　所有的事物都得之不易。
No reward without effort.　　沒有努力，就沒有報酬。
No wealth without work.　　沒有努力，就沒有財富。

☐ 1137. There is no free lunch.　　　　天下沒有白吃的午餐。
No easy road to success.　　成功無捷徑。
No living on easy street.　　不可能不努力就生活富裕。

8.
激勵別人

** ─────────

1135. free〔fri〕*adj.* 免費的　　***for free*** 免費的 (= *for nothing*)
price〔praɪs〕*n.* 價錢；價格　　***for nothing*** 免費地
1136. come〔kʌm〕*v.* 來；到手；獲得　　easy〔'izɪ〕*adv.* 輕鬆地；容易地
Nothing comes easy. 可說成：Nothing worthwhile comes easy.
（值得擁有的東西得之不易。）(= *Nothing worth having comes*
easy.)【worthwhile〔'wɝθ'hwaɪl〕*adj.* 值得的　　worth〔wɝθ〕*adj.*
值得…的】　　reward〔rɪ'wɔrd〕*n.* 報酬；獎賞
effort〔'ɛfət〕*n.* 努力　　***No reward without effort.*** 源自 There's
no reward without effort.　　wealth〔wɛlθ〕*n.* 財富
work〔wɝk〕*n.* 工作；努力　　***No wealth without work.*** 源自
There's no wealth without work.
1137. ***There is no free lunch.*** 也可說成：There is no free lunch in the
world. (天下沒有白吃的午餐。)　　***easy road*** 捷徑 (= *easy way*
= *shortcut*)　　success〔sək'sɛs〕*n.* 成功
No easy road to success. 源自 There is no easy way to success.
on easy street 不用努力就可過富裕的生活
No living on easy street. 源自 There is no living on easy street.
(= *It is impossible to live on easy street.*)

11. 要有夢想

☐ **1138.** Dream big.
Go big.
Set high goals.

要有遠大的夢想。
要全力以赴。
要設定崇高的目標。

☐ **1139.** Dream big dreams.
Reach for the stars.
The sky is your limit.

要有遠大的夢想。
要有遠大的目標。
你的潛力無限大。

☐ **1140.** Aim high.
Nothing is impossible.
If you can dream it, you
can do it.

要有遠大的志向。
沒有什麼是不可能的。
如果你有夢想，你就能實現。

** ——————

1138. dream〔drim〕*n.* 夢想　*v.* 夢見；夢想　　***Dream big.*** 源自 Dream
big dreams. 字面的意思是「做大的夢。」即指「要有遠大的夢想。」
(= *Have big dreams.* = *Don't limit yourself.*)
Go big. (= *Go all out.*) 源自 Go big or go home. (要就成功，
不然就回家。)　　set〔sɛt〕*v.* 設定
high〔haɪ〕*adj.* 高的　*adv.* 高地　　goal〔gol〕*n.* 目標

1139. 注意：***Dream big dreams.*** 中的 dreams 是複數。
reach for 伸手去拿　　***Reach for the stars.***「要伸手去摘星星。」
引申為「要設定不易達成的目標；要有遠大的目標。」
limit〔'lɪmɪt〕*n.* 界線；界限；極限　　***The sky is your limit.***「天
空是你的界限。」引申為「你的潛力無限大。」

1140. aim〔em〕*v.* 瞄準　　***Aim high.***「要向高處瞄準。」引申為「要胸
懷大志。」(= *Be ambitious.* = *Have high goals.*) 【ambitious
〔æm'bɪʃəs〕*adj.* 有抱負的】　　***If you can dream it, you can do
it.*** (如果你有夢想，你就能實現。) 是迪士尼協力廠商的廣告標語，
也可說成：You can do anything. (你什麼都做得到。) There's
nothing you can't do. (沒有什麼是你做不到的。)

12. 要努力求生存

☐ **1141.** Endure. 要忍受。
Exist. 要生存。
Survive. 要存活。

☐ **1142.** Get over it. 要克服。
Get rid of it. 要擺脫。
Get a move on. 要開始行動。

☐ **1143.** Try hard to do right! 要努力做正確的事！
Fight the good fight! 要奮勇作戰！
Fight tooth and nail! 要拼死戰鬥！

** ——————————

1141. endure〔ɪn'djʊr〕 *v.* 忍受　　exist〔ɪg'zɪst〕 *v.* 存在；生存
survive〔sə'vaɪv〕 *v.* 存活；生存

1142. *get over* 克服；自…中恢復　　*get rid of* 擺脫；除去
前兩句中的 it 是指 bad feelings（不好的感覺）或 regret（後悔）。
move〔muv〕 *n.* 移動
get a move on 開始；行動（= *get going*）；前進

1143. *try hard* 努力　　right〔raɪt〕 *adv.* 正當地；正確地
Try hard to do right. 要努力做正確的事！（= *Try to do the right thing.*）　　fight〔faɪt〕 *v.* 與…作戰　*n.* 打架；打仗
fight a good fight 奮勇作戰（= *put up a good fight*）
Fight the good fight! 也可說成：Try very hard to do what is right!（要非常努力做對的事！）
tooth〔tuθ〕 *n.* 牙齒　　nail〔nel〕 *n.* 指甲
tooth and nail 用盡手段；想盡辦法；盡全力；拼命
Fight tooth and nail!（要拼死戰鬥！）也可說成：Fight as hard as you can!（要盡力作戰！）Don't hold back!（不要有所保留！）

13. 人都會犯錯

☐ **1144**. It's okay.　　　　　　　　　沒關係。

Nobody is perfect.　　　　　沒有人是完美的。

We all make mistakes.　　　我們都會犯錯。

☐ **1145**. I don't blame you.　　　　　我不怪你。

It's not your fault.　　　　　那不是你的錯。

You're not to blame.　　　　你不該受責備。

☐ **1146**. You're not responsible.　　你不必負責任。

Don't feel bad.　　　　　　不要覺得難過。

Don't think anything of it.　別擔心。

**

1144. okay〔'oke〕*adj.* 好的；沒問題的（= *OK* = *O.K.*）

perfect〔'pɝfɪkt〕*adj.* 完美的　　mistake〔mə'stek〕*n.* 錯誤

make a mistake 犯錯

1145. blame〔blem〕*v.* 責備；責怪　　fault〔fɔlt〕*n.* 過錯

be to blame 該受責備；該負責任

1146. responsible〔rɪ'spɑnsəbḷ〕*adj.* 應負責任的

bad〔bæd〕*adj.* 難過的；抱歉的

Don't think anything of it. 別擔心。（= *Think nothing of it.*
= *Don't worry about it.*）〖*think nothing of it* 別擔心〗

□ **1147.** You're not at fault.   你沒有錯。

You're not the guilty party.   不是你的錯。

No one is accusing you.   沒有人說是你做的。

□ **1148.** I trust you.   我信任你。

I believe you.   我相信你。

I'll give you the benefit of   我寧可相信你一次。
the doubt.

□ **1149.** You're off the hook.   你脫離困境了。

You're free from blame.   你不會被責怪。

No one holds you responsible.   沒有人認為你應該負責任。

8.
激
勵
別
人

** ————————————————————

1147. fault〔fɔlt〕*n.* 過錯   ***at fault*** 有過錯；有過失；有責任
You're not at fault. 不是你的錯。(= *It's not your fault.*)
guilty〔'gɪltɪ〕*adj.* 有罪的   party〔'partɪ〕*n.* 一方
You're not the guilty party. 「你不是有罪的那一方。」引申為「不
是你的錯。」(= *You're not at fault.*)
accuse〔ə'kjuz〕*v.* 指控；譴責；歸咎於
No one is accusing you. 「沒有人在指控你。」也就是「沒有人說是
你做的。」(= *No one is saying you did it.*)
1148. trust〔trʌst〕*v.* 信任   benefit〔'bɛnəfɪt〕*n.* 好處；利益
doubt〔daʊt〕*n.* 懷疑；不相信   ***give sb. the benefit of the***
doubt 字面的意思是「把對某人的懷疑作善意的解釋」，也就是你在對
某人產生懷疑時，因為沒有足夠的證據，因此仍決定相信對方的清白，
可引申為「寧願放過也不願錯殺」、「姑且相信」、「這次就先放某人一
馬」、「寧可相信某人一次」。【在此指「不必負責了」(= *not responsible*)】
1149. hook〔hʊk〕*n.* 鉤子   ***off the hook*** 脫離困境；脫身
free〔fri〕*adj.* 沒有…的 < *from* >   blame〔blem〕*n.v.* 責備
You're free from blame. 你不會被責怪。(= *No one blames you.*)
hold〔hold〕*v.* 認為~是…
responsible〔rɪ'spɑnsəbḷ〕*adj.* 應負責任的   ***No one holds you***
responsible. 也可說成：You're not responsible. (你不必負責。)

14. 不要難過

☐ **1150**. Don't be upset.
Don't take it too hard.
Don't let it get you down.

不要難過。
不要太難過。
不要因為這件事而沮喪。

☐ **1151**. Trouble is everywhere.
You can't avoid it.
Don't let trouble control
your life.

煩惱無所不在。
你無法避免。
不要讓煩惱控制你的生活。

☐ **1152**. Come what may.
Whatever the circumstances.
We'll always be friends.

無論發生什麼事。
無論有什麼情況。
我們永遠是朋友。

8.
激勵別人

**

1150. upset〔ʌpˈsɛt〕*adj.* 不高興的；難過的
take sth. hard 因為某事而難過 (= *be upset by sth.*)
down〔daʊn〕*adj.* 不高興的；沮喪的
get sb. down 使某人沮喪；讓某人不開心

1151. trouble〔ˈtrʌbl〕*n.* 麻煩；煩惱
everywhere〔ˈɛvrɪˌhwɛr〕*adv.* 到處；各處
avoid〔əˈvɔɪd〕*v.* 避免　　control〔kənˈtrol〕*v.* 控制

1152. ***Come what may.*** 源自 Whatever may come. (無論發生什麼事。)
(= *Whatever happens.*)
whatever〔hwɑtˈɛvɚ〕*pron.* 無論什麼
circumstance〔ˈsɝkəmˌstæns〕*n.* 情況
Whatever the circumstances. 源自 Whatever the circumstances
may be. (無論有什麼情況。)

15. 保持微笑

☐ **1153.** Be happy.　　　　　　　　要快樂。

　　　　Shine.　　　　　　　　要發光發亮。

　　　　Show your best.　　　　展現你最好的一面。

☐ **1154.** Smile!　　　　　　　　要微笑！

　　　　Laugh!　　　　　　　　要大笑！

　　　　Look happy!　　　　　　開心一點！

☐ **1155.** Beam!　　　　　　　　笑一個！

　　　　Grin!　　　　　　　　笑一個！

　　　　Flash a smile!　　　　笑一個！

**────────

1153. shine〔ʃaɪn〕*v.* 發光；發亮；閃耀　　show〔ʃo〕*v.* 展現 *one's best* 某人的最佳情況

1154. smile〔smaɪl〕*v. n.* 微笑　　laugh〔læf〕*v.* 笑 look〔lʊk〕*v.* 看起來　　***Look happy!*** 字面的意思是「要看起來開心一點！」也就是「開心一點！」

1155. beam〔bim〕*v.* 發出光；照耀；微笑　*n.* 光線；光束 grin〔grɪn〕*v.* 露齒而笑 flash〔flæʃ〕*v.* 閃現；對（某人）迅速投以（微笑） ***Flash a smile!*** 笑一個！（= *Smile!*）

Smile

☐ **1156.** Cheer up! 要快樂起來！

Let some sunshine in. 要快樂一點。

Put a smile on your face. 要面帶微笑。

☐ **1157.** YOLO! 人只能活一次！

Chase your dreams. 要追求你的夢想。

Live life to the fullest! 要活出精彩的人生！

☐ **1158.** Never look back. 絕不要回顧過去。

Always look ahead. 永遠向前看。

Live in the now. 要活在當下。

8.

激勵別人

**

1156. ***cheer up*** 振作精神；快樂起來

sunshine〔'sʌn,ʃaɪn〕*n.* 陽光；歡樂

Let some sunshine in. 要快樂一點。(= *Cheer up.*)

put on 穿上；戴上；把…放上　　smile〔smaɪl〕*n.* 微笑

1157. YOLO〔'jolo〕人只能活一次 (= *You only live once.*)

chase〔tʃez〕*v.* 追求　　dream〔drɪm〕*n.* 夢想

live〔lɪv〕*v.* 過（生活）　　***to the fullest*** 盡情地

Live life to the fullest! (要活出精彩的人生！) 也可說成：Enjoy

life! (享受人生！) Be happy! (要快樂！)

1158. ***look back*** 回頭看；回顧過去　　***look ahead*** 向前看；展望未來

live in the now 活在當下 (= *live in the moment*)

【***the moment*** 現在】

Live in the now. 也可說成：Live for today. (要為今天而活。)

16. 要獨立自主

☐ **1159.** Be independent. 　　　　　　要獨立。
　　　　　Be an individual. 　　　　　要當一個有個性的人。
　　　　　Go your own way. 　　　　　走自己的路。

☐ **1160.** Be your own person. 　　　　要獨立自主。
　　　　　Do things your own way. 　　以自己的方式來做事。
　　　　　You can go against the grain. 你可以違反常理。

☐ **1161.** You decide your life. 　　　　你決定你的人生。
　　　　　Your life is up to you. 　　　你的人生由你來決定。
　　　　　Bottom line, choose well! 　　最重要的是，要好好選擇！

8.
激
勵
別
人

** ──────────

1159. independent〔͵ɪndɪˈpɛndənt〕*adj.* 獨立的
　　　individual〔͵ɪndəˈvɪdʒʊəl〕*n.* 個人；個體；(思想或行為) 與眾不同
　　　　的人；有個性的人　　own〔on〕*adj.* 自己的
　　　way〔we〕*n.* 方式；道路
　　　go one's own way 走自己的路；按自己的方式行事
1160. ***Be your own person*.** 「做你自己的人。」也就是「要獨立自主。」
　　　(= *Be independent.*)　　　***(in) your own way*** 以你自己的方式
　　　go against 違背　　grain〔gren〕*n.* 穀物
　　　go against the grain ①違反一個人的原則；違反一個人的本性
　　　　②不正常；違反常理
1161. decide〔dɪˈsaɪd〕*v.* 決定　　***be up to*** 由…決定
　　　bottom〔ˈbɑtəm〕*n.* 底部　　***bottom line*** 底線；(可接受的) 最大
　　　　限度；最根本的事實；最重要的事實　　choose〔tʃuz〕*v.* 選擇
　　　Bottom line, choose well! 源自 The bottom line is choose
　　　well! (最重要的是，要好好選擇！) 也可說成：To sum up,
　　　make good choices! (總之，要好好選擇！)【*to sum up* 總之
　　　make a choice 選擇】

♣ 要堅強

☐ **1162.** It's in your hands.　　　　　　　這由你負責。

It's your responsibility.　　　　這是你的責任。

It's your decision.　　　　　　　這由你決定。

☐ **1163.** Be strong!　　　　　　　　　　要堅強！

Don't be weak!　　　　　　　　不要脆弱！

Don't be easy to defeat!　　　　不要輕易被打敗！

☐ **1164.** Get tougher.　　　　　　　　　要更堅強。

Accept the hardship.　　　　　　要接受艱難辛苦。

Rise to the challenge.　　　　　要能應付挑戰。

**

1162. ***in one's hands*** 由…負責　　*It's in your hands.* (這由你負責。)

也可說成：It's up to you. (這由你決定。)【*be up to sb.* 由某人決定】

responsibility〔rɪ͵spɑnsə'bɪlətɪ〕*n.* 責任

decision〔dɪ'sɪʒən〕*n.* 決定

1163. strong〔strɔŋ〕*adj.* 強壯的；堅強的

weak〔wik〕*adj.* 虛弱的　　defeat〔dɪ'fit〕*v.* 打敗

1164. tough〔tʌf〕*adj.* 堅強的；頑強的　　***Get tougher.*** 也可說成：Be

more determined. (要更堅決。)【determined〔dɪ'tɝmɪnd〕*adj.*

堅決的】　　accept〔ək'sɛpt〕*v.* 接受

hardship〔'hɑrdʃɪp〕*n.* 艱難；辛苦　　rise〔raɪz〕*v.* 起立

rise to 能夠應付 (= *respond adequately to*)

challenge〔'tʃælɪndʒ〕*n.* 挑戰

rise to the challenge 成功應付挑戰 (= *deal successfully with a*

problem or situation that is especially difficult)

17. 不要猶豫

☐ **1165**. Be bold.
Go all out.
Go big or go home.
·

要勇敢。
要全力以赴。
要全力以赴。

☐ **1166**. Take a stand.
Have courage.
Don't be wishy-washy.

表明你的立場。
要有勇氣。
不要優柔寡斷。

☐ **1167**. There's no next time!
No second chances!
Now or never!

沒有下一次！
沒有第二次機會！
機不可失！

8.
激勵別人

** ———————————

1165. bold〔bold〕*adj.* 大膽的；勇敢的　　***go all out*** 全力以赴（= *do as much as possible* = *try as hard as you can*）
go〔go〕*v.* 變得　　big〔bɪg〕*adj.* 順利的；成功的
Go big or go home. 字面的意思是「要就成功，不然就回家。」引申為「要全力以赴。」（= *Go all out.*）這句話源自 1990 年代的一個銷售口號。也可説成：Put all your effort into it.（要盡全力。）
【effort〔ˈɛfət〕*n.* 努力】

1166. stand〔stænd〕*n.* 態度；立場；見解
take a stand 表明立場（= *express your opinion* = *say what you think*）　　courage〔ˈkɝɪdʒ〕*n.* 勇氣
wishy-washy〔ˈwɪʃɪ,wɑʃɪ〕*adj.* 優柔寡斷的（= *weak* = *indecisive*〔,ɪndɪˈsaɪsɪv〕）　　***Don't be wishy-washy.*** 也可説成：Don't be indecisive.（不要優柔寡斷。）或 Make up your mind.（要下定決心。）【***make up*** *one's* ***mind*** 下定決心；決定】

1167. ***next time*** 下次
No second chances! 源自 There are no second chances!
Now or never!「要就現在，否則就永遠沒機會了；機不可失！」（= *It's now or never!*）也可説成：This is your only chance!（這是你唯一的機會！）

□ **1168.** It's do or die.　　　　　　　要拼死一搏；孤注一擲。

Do it no matter what!　　　　無論如何都要做！

Get there or die trying!　　　要成功不要命！

□ **1169.** Do it quickly!　　　　　　　趕快做！

Do it rapidly!　　　　　　　快點做！

Go at it like gangbusters!　　打起精神動起來！

□ **1170.** Stop at nothing.　　　　　　要不顧一切，勇往直前。

Do everything possible.　　　要竭盡全力。

You only live once.　　　　　人只能活一次。

** ─────────

1168. ***It's do or die.*** 不做就死路一條，也就是「要拼死一搏；孤注一擲。」
(= *Do or die.*)　　　***no matter what*** 無論如何

get there 達到目的；成功　　　try〔traɪ〕v. 嘗試；努力

die trying 至死也要不斷努力，也就是「至死方休」。

Get there or die trying! (要成功不要命！) 也可說成：Don't give
up! (不要放棄！)【***give up*** 放棄】

1169. rapidly〔'ræpɪdlɪ〕adv. 迅速地 (= *quickly*)

go at it (盡全力) 展開工作等

gangbuster〔'gæŋ,bʌstɚ〕n. 掃蕩黑幫的執法人員【gang〔gæŋ〕n.
幫派　　buster〔'bʌstɚ〕n. 破壞者；瓦解者】

like gangbusters 字面意思是「像執法人員掃蕩黑幫一樣雷厲風行」，
引申為「精力充沛；有力量地」(= *energetically* = *forcefully*)。

Go at it like gangbusters! 也可說成：Do it powerfully! (要強力
執行！)【powerfully〔'paʊɚfəlɪ〕adv. 強有力地】

1170. stop〔stɑp〕v. 停止；猶豫；打消念頭 <at>

stop at nothing 不顧一切 (= *let nothing stop you*)；為達目的不擇
手段 (= *be willing to do anything to achieve something*)

Do everything possible. 要做一切可能的事，也就是「要竭盡全力。」
(= *Do all you can.*)　　　once〔wʌns〕adv. 一次

You only live once. (人只能活一次；及時行樂。) 常簡寫為 YOLO。
這是慣用句，不可說成：*We only live once.* (誤)

☐ **1171.** Stay or run! 　　　　　　　留下來或逃跑！
　　　　　Stand or flee! 　　　　　堅持立場或逃跑！
　　　　　Fight or flight! 　　　　戰鬥或逃跑！

☐ **1172.** It's all or nothing! 　　　　獲得一切，或一無所有！
　　　　　It's victory or defeat! 　不是勝利，就是失敗！
　　　　　Be a hero or a zero! 　　不是英雄，就是狗熊！

☐ **1173.** It's for all the marbles. 　勝者為王。
　　　　　The winner takes all. 　贏家通吃。
　　　　　The loser gets nothing. 　輸的人什麼都沒有。

8.
激
勵
別
人

**

1171. stay〔ste〕v. 停留　　**stand** 源自 stand your ground，為「堅持立
　　　場」之意。　　flee〔fli〕v. 逃跑　　fight〔faɪt〕v. 戰鬥
　　flight〔flaɪt〕n. 飛行；逃走　　**flight** 源自 take flight「逃跑」。
　　在爭取某物或面臨威脅時，就可説這三句話，也可説成：You can stay
　　and fight or run away.（你可以留下來戰鬥或逃走。）

1172. *all or nothing* 獲得一切或一無所有；孤注一擲的
　　It's all or nothing! 也可説成：The winner takes all!（贏家通
　　吃！）【是慣用句】　　victory〔'vɪktərɪ〕n. 勝利
　　defeat〔dɪ'fit〕n. 失敗
　　It's victory or defeat! = Win or lose!　　hero〔'hɪro〕n. 英雄
　　zero〔'zɪro〕n. 零；無　　*Be a hero or a zero!* 不是英雄，就是
　　狗熊！（ = *Be a winner or a loser!*）

1173. 前兩句意思相同。　　marble〔'marbḷ〕n. 大理石；彈珠
　　all the marbles 所有的錢（ = *all the money*）；最大獎（ = *the top
　　prize*）【源自玩彈珠的遊戲，贏的人可以拿走全部的彈珠（all the
　　marbles）*It's for all the marbles.*（ = *The winner takes all.*）是
　　當某人只差一步就要獲勝時，對他説的話】
　　winner〔'wɪnɚ〕n. 贏家；勝利者　　loser〔'luzɚ〕n. 輸家；失敗者

♣ 機會一直都有

☐ **1174.** You almost got it. | 你差一點就成功了。
You just missed it. | 你就是錯過了。
Close, but no cigar! | 差一點就成功了！

☐ **1175.** You missed an opportunity. | 你錯過了一次機會。
More will come along. | 還有更多會出現。
There are other fish in the sea. | 還有很多機會。

☐ **1176.** Keep your head. | 保持冷靜。
Pull yourself together. | 振作起來。
Just move on. | 繼續前進。

8. 激勵別人

**

1174. almost (ˈɔl‚most) adv. 幾乎；將近　***get it*** 拿到；了解【***got it*** 在此指「成功」(= *did it* = *had it* = *made it* = *succeeded*)】
miss (mɪs) v. 錯過【***miss it*** 是指「未能達到目標」，或「錯過了機會」】
close (klos) adj. 接近的　cigar (sɪˈɡɑr) n. 雪茄
Close, but no cigar! 源自從前的人玩遊戲時，用雪茄作為獎品，所以這句話是指「很接近了，但是還是沒中，沒有獎品！」引申為「差一點就成功了！」(= *You almost did it!*)

1175. opportunity (‚ɑpɚˈtjunətɪ) n. 機會　***come along*** 發生；出現
There are other fish in the sea. 海裡還有其他魚，表示「天涯何處無芳草；還有很多機會。」也可說成：There are plenty of fish in the sea. 意思相同。

1176. head (hɛd) n. 頭腦；冷靜　***keep*** one's ***head*** 保持冷靜
pull (pul) v. 拉　***pull*** oneself ***together*** 振作起來；恢復鎮定
move on 繼續前進

18. 不要怕改變

☐ **1177.** It's never too late. 絕不會太晚。
You can change. 你可以改變。
You can turn things around. 你可以使情況好轉。

☐ **1178.** Age doesn't matter. 年紀不重要。
Situation doesn't matter. 狀態沒有關係。
It's never too late to change. 改變永遠不嫌遲。

☐ **1179.** You are never too old! 你絕不會太老！
Your age is not important. 你的年紀不重要。
Age is just a number. 年紀只是個數字。

8. 激勵別人

**
1177. never〔'nɛvɚ〕*adv.* 絕不　late〔let〕*adj.* 晚的
change〔tʃendʒ〕*v.* 改變　***turn around*** 使好轉
things〔θɪŋz〕*n. pl.* 事情；情況
1178. age〔edʒ〕*n.* 年齡　matter〔'mætɚ〕*v.* 重要；有關係
situation〔ˌsɪtʃu'eʃən〕*n.* 情況；狀態
too ~ to V. 太～而不…
1179. important〔ɪm'pɔrtn̩t〕*adj.* 重要的
just〔dʒʌst〕*adv.* 只　number〔'nʌmbɚ〕*n.* 數字

☐ **1180**. You're no spring chicken. 　　　你不是年少無知。

But you're not over-the-hill. 　　但你也還沒有走下坡。

You're in your prime. 　　　　你正值顛峰。

☐ **1181**. Anything is possible. 　　　任何事都有可能。

Nothing is hopeless. 　　　沒有什麼是沒希望的。

Nothing is impossible to a 　　【諺】天下無難事，只怕

willing heart. 　　　　有心人。

☐ **1182**. Where there's a will, there's 　【諺】有志者事竟成。

a way.

Never give up. 　　　　絕對不要放棄。

Never give in. 　　　　絕對不要屈服。

8.
激
勵
別
人

**

1180. ***spring chicken*** 春雞；小雞；年輕人（*= young person*）

hill〔hɪl〕*n.* 山丘　　***over-the-hill*** 字面的意思是「過了山丘」，表示「開始走下坡；顛峰已過」。

But you're not over-the-hill.（但你也還沒有走下坡。）也可說成：
But you're not too old.（但你也不是太老。）

prime〔praɪm〕*n.* 壯年；顛峰（*= peak*）　　***in one's prime*** 正值某人的顛峰（*= at one's best time = at one's peak*）

1181. possible〔'pasəbḷ〕*adj.* 可能的

impossible〔ɪm'pasəbḷ〕*adj.* 不可能的

willing〔'wɪlɪŋ〕*adj.* 願意的；樂意的　　heart〔hɑrt〕*n.* 心；人

Nothing is impossible to a willing heart. 是諺語，「對於願意要做的人而言，沒有什麼是不可能的。」也就是「天下無難事，只怕有心人。」

1182. ***Where*** 在此相當於 If（如果）。　　will〔wɪl〕*n.* 意志力

way〔we〕*n.* 方式；道路

Where there's a will, there's a way. 是諺語，「如果有意志力，就會有路可以走。」也就是「有志者事竟成。」（*= If you're determined to do something, you'll find a way to do it.*）【determined〔dɪ'tɝmɪnd〕*adj.* 堅決的】　　***give up*** 放棄　　***give in*** 屈服

19. 你很安全

☐ **1183.** The coast is clear. | 現在是安全的。
There is no danger. | 沒有危險。
You have a green light. | 你可以進行了。

☐ **1184.** You'll be safe. | 你會很平安。
You'll be well taken care of. | 你會受到良好的照顧。
You'll be in good hands. | 你會得到妥善的照顧。

☐ **1185.** Get to it. | 要開始做。
Do it now. | 現在就做。
I guarantee you success. | 我保證你會成功。

8.
激
勵
別
人

** ――――――――――――――――

1183. coast〔kost〕*n.* 海岸　　clear〔klɪr〕*adj.* 無障礙物的
The coast is clear. 字面的意思是「海岸沒有阻礙。」在古代是指從
　　海上入侵敵國時，海岸沒有敵軍的意思，引申為「沒有阻礙；沒有危
　　險；很安全。」　　***green light*** 綠燈；許可
You have a green light. 你可以進行了。(= *It's OK for you to*
　　do it. = *You can go ahead.*)

1184. safe〔sef〕*adj.* 安全的　　***take care of*** 照顧
be well taken care of 受到良好的照顧
hands〔hændz〕*n. pl.* 支配；照顧；保護
in good hands 得到妥善的照顧

1185. ***get to*** 開始；著手處理
guarantee〔͵gærən'ti〕*v.* 向（某人）保證~
success〔sək'sɛs〕*n.* 成功　　***I guarantee you success.*** 也可說
　　成：I guarantee you will succeed.〔succeed〔sək'sid〕*v.* 成功〕

20. 要創造歷史

☐ **1186.** Let's make history. ｜ 我們創造歷史吧。

Do something famous. ｜ 做一些有名的事。

Do something new. ｜ 做一些新鮮的事。

☐ **1187.** Break ground. ｜ 要開始進行。

Lead off. ｜ 要開始做。

Lay the first stone. ｜ 要跨出第一步。

☐ **1188.** Commit. ｜ 要投入。

Carry it out. ｜ 要執行。

Pull the trigger. ｜ 要採取行動。

8.
激勵別人

**

1186. history〔ˈhɪstrɪ〕*n.* 歷史

make history 創造歷史；載入史册；做名垂青史的事

famous〔ˈfeməs〕*adj.* 有名的　　new〔nju〕*adj.* 新的；從未有過的

1187. ground〔graund〕*n.* 地面　***break ground*** 破土；動工；開始實行

lead off 開頭（= *go first* ）；開始（= *begin* ）

Lead off. 要開始做。（= *Be the one to start something.* ）

lay〔le〕*v.* 放置；砌（磚瓦）；鋪設

lay the first stone 字面的意思是「鋪下第一塊石頭」，也就是「打下基礎」、「跨出第一步」（= *take the first step* ）。

1188. commit〔kəˈmɪt〕*v.* 使致力於；投入　***carry out*** 執行

pull〔pul〕*v.* 拉；扣（扳機）　　trigger〔ˈtrɪgɚ〕*n.* （槍的）扳機

Pull the trigger. 「要扣扳機。」引申為「要採取行動。」

□ **1189**. Be outstanding.   要傑出。

Get noticed as the best.   要讓人注意到你是最好的。

Stand out in the crowd.   要鶴立雞群，出類拔萃。

□ **1190**. Shine like a star.   要像星星一樣閃耀。

Be a trailblazer.   要做開路先鋒。

Burn like a meteor.   要像流星一樣燃燒。

□ **1191**. Be a pioneer.   要做先驅。

Be an innovator.   要做個創新的人。

Do what's never been done   做以前從未有人做過的事。

   before.

8. 激勵別人

** ————

1189. outstanding〔'aʊt'stændɪŋ〕*adj.* 傑出的

「*get* + *p.p.*」表「被…」。   notice〔'notɪs〕*v.* 注意到

stand out 突出   crowd〔kraʊd〕*n.* 群眾

stand out in the crowd 鶴立雞群；出類拔萃；與眾不同

1190. shine〔ʃaɪn〕*v.* 發光；閃耀

trailblazer〔'trel,blezɚ〕*n.* 先驅；開路先鋒【trail〔trel〕*n.* 小徑

   blaze〔blez〕*v.* (在樹上) 刻記號以指 (路)

   blaze the trail 做開路先鋒；領導】

burn〔bɝn〕*v.* 燃燒   meteor〔'mitɪɚ〕*n.* 流星

1191. pioneer〔,paɪə'nɪr〕*n.* 先驅；先鋒；開拓者

Be a pioneer. 要做先驅。(= *Be the first.* = *Be the first to do*

something.)   innovator〔'ɪnə,vetɚ〕*n.* 創新者；改革者

21. 你的前途一片光明

☐ **1192.** Don't worry.　　　　別擔心。
It'll happen.　　　　會發生的。
Rest assured!　　　　請放心！

☐ **1193.** It will happen.　　　　會發生的。
It's a safe bet.　　　　萬無一失。
It's a done deal.　　　　沒問題。

☐ **1194.** Keep making progress!　　要持續進步！
Keep aiming higher!　　要繼續訂下更高的目標！
Onward and upward!　　要越來越成功！

＊＊

1192. worry〔'wɝɪ〕v. 擔心　　happen〔'hæpən〕v. 發生
rest〔rɛst〕n. 休息；安穩；安心　　assure〔ə'ʃʊr〕v. 向…保證
rest assured 放心

1193. safe〔sef〕adj. 安全的；沒有危險的；不會有問題的
bet〔bɛt〕n. 打賭；賭注　　***a safe bet*** 肯定成功；萬無一失；
穩贏的事；確實可靠的事　　***It's a safe bet.*** 萬無一失。(＝*It's
certain.*＝*It's a sure thing.*＝*It's guaranteed.*)【guarantee
〔ˌgærən'ti〕v. 保證】　　done〔dʌn〕adj. 完成的
deal〔dil〕n. 交易　　***It's a done deal.*** 這是已經談妥的交易，也
就是「這是決定好的事；這是無法改變的事；木已成舟。」可引申為
「沒問題。」(＝*It's a sure thing.*)

1194. ***keep＋V-ing*** 持續…　　progress〔'prɑgrɛs〕n. 進步
make progress 有進步　　aim〔em〕v. 瞄準
aim high 目標訂得高；胸懷大志　　onward〔'ɑnwɚd〕adv. 向前地
upward〔'ʌpwɚd〕adv. 向上地　　***onward and upward*** 步步高
升；越來越成功　　***Onward and upward!*** 源自 Go onward
and upward! (持續進步；步步高升；越來越成功！)(＝*Keep
progressing!*＝*Keep improving!*)也可説成：Keep working
toward your goal! (持續朝著目標努力！)

☐ **1195.** You're climbing the ladder.   你飛黃騰達。
You're becoming more   你越來越成功。
    successful.
You're moving up in the   你不斷在進步!
    world!

☐ **1196.** You have a bright future.   你有光明的未來。
Big things will happen.   會有大事發生。
Great things are in store.   會有很棒的事情等待著你。

☐ **1197.** You're on your way.   你正走在成功的的道路上。
You're going to be amazing.   你會很棒。
You'll knock 'em dead.   你會讓大家非常佩服你。

8.
激勵別人

** ────────────────

1195. climb〔klaɪm〕*v.* 爬   ladder〔'lædɚ〕*n.* 梯子
climb* (*up*) *the ladder 變得更成功;飛黃騰達(= *move up the*
ladder = *become more successful*)
successful〔sək'sɛsfəl〕*adj.* 成功的
move up 提升(= *go up* = *rise*)   ***move up in the world*** 不斷
進步;邁向成功(= *come up in the world*)

1196. bright〔braɪt〕*adj.* (未來)光明的;有希望的
future〔'fjutʃɚ〕*n.* 未來   great〔gret〕*adj.* 極大的;很棒的
in store 貯藏著;即將降臨於(某人身上);等待著(某人)

1197. ***on one's way*** 在路上   ***You're on your way.***「你正在路上。」
引申為「你正走在成功的道路上。」(= *You're on your way to*
success.)也可說成:You'll be successful.(你會成功的。)
amazing〔ə'mezɪŋ〕*adj.* 驚人的;很棒的
knock〔nɑk〕*v.* 敲;打擊   ***'em*** 是 them 的簡寫。
knock 'em dead 或 ***knock them dead*** 不是字面的意思「把他們打
死」,而是指「讓他們大吃一驚、目瞪口呆、十分佩服你」。源自十九
世紀的美國,當時這個慣用語是用來祝福表演者演出順利成功。

22. 激勵學生

☐ **1198.** Be quick.　　　　　　　　　要快一點。
Learn fast.　　　　　　　　　要快速學習。
Have a mind like a sponge.　要有像海綿一般的頭腦。

☐ **1199.** Continue!　　　　　　　　　要繼續！
Carry on!　　　　　　　　　繼續進行！
Keep it up!　　　　　　　　繼續努力！

☐ **1200.** Let's keep it up.　　　　　　我們繼續努力吧。
We're doing real good.　　　我們表現得真的很好。
We're on a roll.　　　　　　我們好運連連。

** ───────

1198. quick〔kwɪk〕*adj.* 快的　　***Be quick.*** 也可説成：Do it quickly.
（快點做。）Do it fast.（快點做。）Don't waste time.（不要浪
費時間。）　　mind〔maɪnd〕*n.* 頭腦　　like〔laɪk〕*prep.* 像
sponge〔spʌndʒ〕*n.* 海綿　　***Have a mind like a sponge.***（要有
像海綿一般的頭腦。）因為海綿的吸水力很強，所以頭腦像海綿，也
就是對知識的吸收力很強。也可説成：Absorb everything around
you.（要吸收你周圍的一切。）Be a quick study.（要做一個能快
速學習的人。）【*a quick study* 學得快的人】

1199. continue〔kən'tɪnju〕*v.* 繼續　　***carry on*** 繼續進行
keep it up 繼續努力（= *keep going* = *don't stop* ）；繼續加油；保持
優秀成績

1200. ***Let's keep it up.*** 我們繼續努力吧。（= *Let's keep going.* ）
Let's keep up the good work.（我們繼續好好表現吧。）
do〔du〕*v.* 表現　　real〔'riəl〕*adj.* 真的　　*adv.* 真地
real good 是口語的説法，也可説成：really well 或 very well。
We're doing real good. 也可説成：We're doing a good job.（我們
做得很好。）　　***on a roll*** 連連獲勝；好運連連　　***We're on a roll.***
我們好運連連。（= *We're having one success after another.* ）

♣ **要考高分！**

☐ **1201.** You're almost there!   你幾乎就要成功了！

You're very close!   差不多了！

You're just about done!   你快完成了！

☐ **1202.** Good luck, students!   同學們，祝你們好運！

Give it your all!   要全力以赴！

Get a high score!   要考高分！

☐ **1203.** Score high!   要考高分！

Test well!   要考得好！

Test into your dream school!   考進你的理想學校！

8.
激勵別人

** ———————

1201. almost〔'ɔl,most〕 *adv.* 幾乎

almost there 幾乎達到；幾乎到達；幾乎實現了（= *almost succeed*
= *almost achieve your goal*）   close〔klos〕 *adj.* 接近的
just about 幾乎（= *almost*）   done〔dʌn〕 *adj.* 完成的

1202. luck〔lʌk〕 *n.* 運氣   ***give it one's all*** 盡全力
Give it your all! 要全力以赴！（= *Give as much as you can!*
= *Do as much as you can!*）   score〔skor〕 *n.* 分數 *v.* 得分

1203. ***Score high!*** 考高分！（= *Get a high score!*）

test〔tɛst〕 *n.v.* 考試；測驗   ***Test well!***（要考得好！）也可說成：
Ace the exam!（考試得高分！）Do well on the tests!（考試要
考得好！）Get good scores on your tests!（考試要考高分！）
【ace〔es〕 *n.* 撲克牌中的 A *v.* …考得很好   ***do well*** 考得好】

23. 你會成功的

☐ **1204.** Have confidence.　　要有信心。

Things will work out.　　事情會成功的。

Things will turn out fine.　　事情最後會有好的結果。

☐ **1205.** It's in the bag.　　這件事十拿九穩。

It's a sure thing.　　沒問題。

You can't lose.　　你不可能輸的。

☐ **1206.** Success is possible.　　成功是有可能的。

You might win.　　你可能會獲勝。

You have a fighting chance.　　你有可能成功。

** —————

1204. confidence〔'kɑnfədəns〕*n.* 信心　　***work out*** 成功；產生結果

turn out 結果成為　　fine〔faɪn〕*adj.* 好的　　***Things will turn out fine.***（事情最後會有好的結果。）也可說成：Things will turn out OK. 或 Things will turn out well. 意思相同。

1205. ***in the bag*** 如探囊取物的；十拿九穩的

a sure thing ①確實的事 ②當然；沒問題　　lose〔luz〕*v.* 輸

1206. success〔sək'sɛs〕*n.* 成功　　possible〔'pɑsəbḷ〕*adj.* 可能的

win〔wɪn〕*v.* 贏　　fighting〔'faɪtɪŋ〕*adj.* 作戰的

chance〔tʃæns〕*n.* 機會　　***fighting chance*** 有可能成功的機會

（= *chance of success*）　　***You have a fighting chance.***（你有可能成功。）也可說成：You might succeed if you try very hard.（如果你非常努力，就有可能成功。）【***try hard*** 非常努力】

24. 我祝福你

☐ **1207.** Things will get better. | 情況會好轉。
The sun will come up. | 太陽將會出現。
It's always darkest before the | 黎明之前總是最黑暗的；
dawn. | 否極泰來。

☐ **1208.** No worries at all. | 沒什麼好煩惱的。
Nothing to worry about. | 沒什麼好擔心的。
Not a care in the world. | 無憂無慮。

♣ **可以用這三句話，祝福你的親友**

☐ **1209.** May your troubles be small. | 願你的麻煩很小。
May your worries be few. | 願你的憂慮很少。
May life be wonderful to you. | 願你的生活過得很好。

8.
激
勵
別
人

** ————————————————

1207. things〔θɪŋz〕*n. pl.* 事情；情況　　***get better*** 變好；好轉
sun〔sʌn〕*n.* 太陽　　***come up*** （太陽）出現；升起
The sun will come up. 字面的意思是「太陽將會出現。」引申為
「情況會變得更有希望、更好。」(= *Things will get brighter.*
= *Things will get better.*)【bright〔braɪt〕*adj.* 有希望的】
darkest〔'dɑrkɪst〕*adj.* 最黑暗的【dark 的最高級】
dawn〔dɔn〕*n.* 黎明　　***It's always darkest before the dawn.***
源自諺語：The darkest hour comes before dawn. 或 The
darkest hour is just before the dawn.

1208. ***no…at all*** 一點也沒有…　　worry〔'wɝɪ〕*n.* 擔心；煩惱的事
v. 擔心；煩惱　　***No worries at all.*** = You have nothing to
worry about.　　***worry about*** 擔心　　care〔kɛr〕*n.* 憂慮
Not a care in the world. 無憂無慮。(= *Without worrying about
anything.*) 也可說成：Not have a care in the world. 意思相同。

1209. may〔me〕*aux.* 但願【表示願望】　　few〔fju〕*adj.* 極少的
May life be wonderful to you. 字面的意思是「但願生活對你好。」
也就是「但願你的生活過得很好。」(= *May you have a good life.*)

9. 表達看法
Expressing Opinions

用手機掃瞄聽錄音

Part One ♣ 正面評論

1. 我同意

☐ **1210.** I agree.　　　　　　　　　　　我同意。
I'm with you.　　　　　　　　我支持你。
I feel the same.　　　　　　　我有同感。

☐ **1211.** You made a good point.　　　你說得很對。
You talked me into it.　　　　你說服我了。
I'll take your advice.　　　　我會接受你的建議。

☐ **1212.** I second that.　　　　　　　我贊成。
We feel the same way.　　　　我們有同樣的感覺。
Great minds think alike.　　　【諺】英雄所見略同。

**
1210. agree〔ə'gri〕v. 同意　　with〔wɪð , wɪθ〕prep. 贊成；支持
1211. *make a point* 表明看法；證明論點　*make a good point* 說得很對
talk sb. into sth. 說服某人（去做某事）
advice〔əd'vaɪs〕n. 勸告；建議
take one's advice 聽從某人的勸告；接受某人的建議
1212. second〔'sɛkənd〕v. 贊成（= *agree with*）；附議；支持（= *support*）
I second that. 我贊成。（= *I feel that way, too.* = *I think so, too.*
= *I agree.*）　way〔we〕n. 樣子　*feel the same way* 有同感
great〔gret〕adj. 偉大的　mind〔maɪnd〕n. 想法；人
great mind 偉人　alike〔ə'laɪk〕adv. 同樣地
Great minds think alike. 【諺】英雄所見略同。

9. 表達看法

☐ **1213.** I think so.　　　　　　　　　我也這麼認為。

I guess so.　　　　　　　　　我也這麼猜想。

I suppose so.　　　　　　　　我也這麼以為。

☐ **1214.** I'm behind you.　　　　　　　我支持你。

I support you.　　　　　　　　我支持你。

I stand by you.　　　　　　　　我支持你。

☐ **1215.** We see eye to eye.　　　　　　我們的看法相同。

We're on the same page.　　　我們的意見一致。

The feeling is mutual.　　　　我們有相同的感受。

**————————————

1213. so〔so〕*adv.* 這樣；如此

guess〔gɛs〕*v.* 猜；猜想

suppose〔sə'poz〕*v.* 以為；猜想

1214. behind〔bɪ'haɪnd〕*prep.* 在…後面；支持

support〔sə'port〕*v.* 支持　　***stand by*** 幫助；援助；支持

1215. ***see eye to eye*** 看法一致　　page〔pedʒ〕*n.* 頁

be on the same page 意見一致；立場相同

feeling〔'filɪŋ〕*n.* 感受；感覺

mutual〔'mjutʃuəl〕*adj.* 互相的；共同的

the feeling is mutual 有相同感受

☐ **1216.** You're right.　　　　　　你是對的。

　　　　You got it.　　　　　　　你是對的。

　　　　You're correct.　　　　　你是正確的。

☐ **1217.** That sounds great.　　　　那聽起來很棒。

　　　　I love to hear that.　　　　我很喜歡聽到那個。

　　　　That's music to my ears.　那真是悅耳。

☐ **1218.** I can't argue with that.　　我同意。

　　　　We are of the same mind.　我們想法相同。

　　　　I feel the same way you do.　我的感覺和你一樣。

** ――――――――――――――

1216. right〔raɪt〕*adj.* 對的

　　You got it. 沒問題；你得到它了；你說對了；我馬上照辦。

　　correct〔kəˋrɛkt〕*adj.* 正確的

1217. sound〔saʊnd〕*v.* 聽起來　　great〔gret〕*adj.* 很棒的

　　love〔lʌv〕*v.* 愛；很喜歡　　music〔ˋmjuzɪk〕*n.* 音樂

　　be music to one's ears 令某人感覺悅耳

1218. argue〔ˋɑrgju〕*v.* 爭論

　　I can't argue with that.「我不能跟你爭論那一點。」也就是「我不

　　　能不同意你那一點。」引申為「你是對的；我同意。」

　　mind〔maɪnd〕*n.* 想法

　　be of the same mind 意見一致；想法相同　　way〔we〕*n.* 樣子

　　feel the same way 有同感　　***you do*** = you feel

☐ **1219.** Of course. 當然。

Absolutely. 當然。

For sure. 那是確定的。

☐ **1220.** It's true. 那是眞的。

It's the truth. 那是事實。

Facts are facts. 事實就是事實。

☐ **1221.** I'll say! 可不是嗎！

You said it! 你說的對！

I couldn't agree with you 我非常同意！
more!

**

9.
表達看法

1219. ***of course*** 當然　　absolutely〔'æbsə‚lutlɪ〕*adv.* 絕對地；當然
for sure 確定地；當然的
For sure. 源自 That's for sure.（那是確定的。）

1220. true〔tru〕*adj.* 眞的　　truth〔truθ〕*n.* 事實
fact〔fækt〕*n.* 事實　　***Facts are facts.*** 事實就是事實。
(= *You cannot dispute facts.* = *There is no arguing with facts.*
= *Facts are always true.*)【dispute〔dɪ'spjut〕*v.* 爭論；懷疑
There is no + V-ing 不可能…　　***argue with*** 和…爭論】

1221. 前面兩句話意思相同。　　***I'll say!*** (可不是嗎！) 是用來表示非常贊
成對方説的話，源自 I'll say the same thing! 意思相同。
You said it! 你說的對！；我非常同意！
I couldn't agree with you more! 「我不能再同意你更多！」也就是
「我非常同意！」

♣ **你完全正確**

☐ **1222.** You're on the money.　　　你完全正確。
　　　　 You're on the mark.　　　　你完全正確。
　　　　 Right on the button.　　　　完全正確。

☐ **1223.** You're exactly right.　　　　你完全正確。
　　　　 You're completely correct.　　你完全正確。
　　　　 You're spot on.　　　　　　你完全正確。

☐ **1224.** I totally agree.　　　　　　我完全同意。
　　　　 I'm completely with you.　　我完全同意。
　　　　 You can say that again.　　　你說得真對。

** ────────────────

1222. ***on the money*** 正確的；正好的　　mark〔mɑrk〕*n.* 記號；標誌
　　on the mark 中肯的；恰當的；正確的（= *correct*）
　　right〔raɪt〕*adv.* 正好　*adj.* 對的；正確的
　　button〔'bʌtn̩〕*n.* 按鈕；鈕扣　***on the button*** 正好；精確；準確

1223. exactly〔ɪg'zæktlɪ〕*adv.* 完全地
　　completely〔kəm'plitlɪ〕*adv.* 完全地
　　correct〔kə'rɛkt〕*adj.* 正確的　　spot〔spɑt〕*n.* 點；地點
　　spot on 完全正確的；準確的（– *correct* = *exactly right*）

1224. totally〔'totlɪ〕*adv.* 完全地　　agree〔ə'gri〕*v.* 同意
　　with〔wɪθ〕*prep.* 贊成；支持　***I'm completely with you.*** 我完
　　全同意。（= *I agree completely.* = *I'm in total agreement with
　　you.*）【*in agreement with* 與…一致；同意】
　　You can say that again. 那個你可以再說一遍，表示「你說得真對。」
　　（= *You're so right.*）

□ **1225.** I get the picture.　　　　　　　　　我明白。

I catch your drift.　　　　　　　　　我了解你的意思。

I'm on the same page as you.　　　　我們的想法相同。

□ **1226.** I'm certain.　　　　　　　　　　　我很確定。

I'm sure of it.　　　　　　　　　　我很確定。

I'm willing to bet my boots.　　　　我很確定。

□ **1227.** Now you're talking.　　　　　　　　這才像話。

I approve!　　　　　　　　　　　　我贊成！

I agree!　　　　　　　　　　　　　我同意！

** ────────

1225. ***get the picture*** 了解情況　　catch〔kætʃ〕v. 抓住；了解

drift〔drɪft〕n. 漂流（物）；主旨；大意

I catch your drift. 我了解你的意思。(= *I know what you mean.*)

page〔pedʒ〕n. 頁　　***on the same page***「在同一頁上」，就是

「想法一樣」。

I'm on the same page as you. 我們的想法相同。

(= *I'm thinking the same way you are.*

= *Our thinking is the same.*)

on the same page

1226. certain〔'sɝtn̩〕adj. 確定的

be sure of 確定　　willing〔'wɪlɪŋ〕adj. 願意的

bet〔bɛt〕v. 打賭　　boots〔buts〕n. pl. 靴子

bet *one's* ***boots*** 孤注一擲；確信(= *be certain*)

I'm willing to bet my boots. 我願賭上我的靴子，表示我願意連我的

生活必需品都拿去打賭，也就是「我敢打賭；我敢說；我很確定。」

(= *I'd bet on it.*)

1227. ***Now you're talking.*** 這才像話。

approve〔ə'pruv〕v. 贊成；同意　　agree〔ə'gri〕v. 同意

9.
表
達
看
法

2. 我知道

□ **1228.** I see.　　　　　　　　　　　　我知道。

　　　　I know.　　　　　　　　　　　　我知道。

　　　　I understand.　　　　　　　　　　我了解。

□ **1229.** I know it.　　　　　　　　　　　我知道。

　　　　I can read your mind.　　　　　　我知道你心裡在想什麼。

　　　　I comprehend the situation.　　　　我了解情況。

□ **1230.** Everyone knows.　　　　　　　　大家都知道。

　　　　It's an open secret.　　　　　　　這是個公開的祕密。

　　　　It's all over town.　　　　　　　人盡皆知。

**

1228. see〔si〕*v.* 知道；了解

understand〔͵ʌndɚ'stænd〕*v.* 了解

1229. mind〔maɪnd〕*n.* 心；頭腦；想法　　　read〔rid〕*v.* 讀；看出

read* one's *mind 猜透某人的心事

comprehend〔͵kɑmprɪ'hɛnd〕*v.* 了解

situation〔͵sɪtʃu'eʃən〕*n.* 情況

1230. open〔'opən〕*adj.* 公開的　　　secret〔'sikrɪt〕*n.* 祕密

all over 遍及　　　town〔taun〕*n.* 城鎮

It's all over town. 它遍及整個城鎮，引申為「人盡皆知。」也可說成：

It is a well-known fact.（這是個眾所周知的事實。）【well-known

〔'wɛl'non〕*adj.* 有名的；眾所周知的　　　fact〔fækt〕*n.* 事實】

3. 好主意

☐ **1231.** It's becoming established.　　　　它逐漸被確立。

It's starting to grow.　　　　　　　它開始在發展。

The idea is taking root.　　　　　　這個觀念逐漸確立了。

☐ **1232.** Great idea!　　　　　　　　　　好主意！

I like that!　　　　　　　　　　　我喜歡！

The wheels are turning.　　　　　　開始有進展了。

☐ **1233.** You've convinced me.　　　　　你說服我了。

You've persuaded me.　　　　　　　你說服我了。

You've changed my mind.　　　　　你改變了我的想法。

** ─────────────────

9. 表達看法

1231. established〔əˈstæblɪʃt〕*adj.* 確定的；已確立的

grow〔gro〕*v.* 成長；發展　　idea〔aɪˈdiə〕*n.* 點子；想法

root〔rut〕*n.* 根　　***take root*** 生根；開始生長；確立（ = *develop*

= *start* = *grow* = *become established and accepted*）

1232. great〔gret〕*adj.* 很棒的　　wheel〔hwil〕*n.* 輪子

turn〔tɝn〕*v.* 轉動　　***The wheels are turning.*** 輪子開始轉動了，

引申為「事情開始有進展了。」（ = *Things have begun developing,*

unfolding, or progressing.）

1233. convince〔kənˈvɪns〕*v.* 使相信；說服

persuade〔pɚˈswed〕*v.* 說服　　mind〔maɪnd〕*n.* 心；頭腦；想法

change *one's* ***mind*** 改變某人的想法

4. 一切都好

☐ **1234.** I'm good.　　　　　　　　　　　　不用，沒關係。

　　　　I'm fine.　　　　　　　　　　　　不用，沒關係。

　　　　I can handle it.　　　　　　　　　我可以自己處理。

　　【有人問你 "Need some help?"（需要幫忙嗎？），你可回答這三句話】

☐ **1235.** Everything is fine.　　　　　　　一切都很好。

　　　　Just about perfect.　　　　　　　近乎完美。

　　　　No complaints.　　　　　　　　　沒什麼好抱怨的。

☐ **1236.** I'm used to it.　　　　　　　　　我習慣了。

　　　　I'm accustomed to it.　　　　　　我習慣了。

　　　　I've become familiar with it.　　　我已經對它很熟悉了。

** ————————————————————————

1234. ***I'm good.*** 字面的意思是「我很好。」其實是想要表達由於滿足於現狀，因此回絕邀約，作「不用了，沒關係。」解。(= *I'm fine.*)

　　fine〔faɪn〕*adj.* 好的　　handle〔'hændḷ〕*v.* 處理

1235. ***just about*** 幾乎 (= *almost*)　　perfect〔'pɝfɪkt〕*adj.* 完美的

　　complaint〔kəm'plent〕*n.* 抱怨

　　No complaints. 源自 I have no complaints.（我沒什麼好抱怨的。）

1236. used〔just〕*adj.* 習慣（於…）的　　***be used to*** 習慣於

　　accustomed〔ə'kʌstəmd〕*adj.* 習慣（於…）的

　　be accustomed to 習慣於　　become〔bɪ'kʌm〕*v.* 變得

　　familiar〔fə'mɪljɚ〕*adj.* 熟悉的　　***be familiar with*** 對…很熟悉

☐ **1237.** It's all good.　　　　　　　　　一切都好。

　　　　　It's all fine.　　　　　　　　　　一切都好。

　　　　　There's nothing wrong.　　　　沒什麼問題。

☐ **1238.** Everything is normal.　　　　　一切都正常。

　　　　　Nothing is wrong.　　　　　　　沒有什麼不對勁的。

　　　　　No news is good news.　　　　　【諺】沒消息，就是好消息。

♣ 錦上添花

☐ **1239.** It's another good thing.　　　　　這是另一件好事。

　　　　　It makes things even better.　　　它使得事情變得更好。

　　　　　It's icing on the cake.　　　　　它是錦上添花。

**

9.
表
達
看
法

1237. fine〔faɪn〕*adj.* 好的　　wrong〔rɔŋ〕*adj.* 錯的；不對勁的

1238. normal〔ˋnɔrml̩〕*adj.* 正常的

　　Nothing is wrong. 也可說成：Everything is OK.（一切都很好。）

　　news〔njuz〕*n.* 消息　　*No news is good news.*「沒消息，就是好

　　消息。」因為「壞消息傳得快。」（Bad news travels fast.）

1239. *even better* 更好（= *much better*）〔much, even, still, far 可加強

　　比較級的語氣〕　　icing〔ˋaɪsɪŋ〕*n.* 糖霜

　　icing on the cake 字面的意思是「蛋糕上的糖霜」，讓好吃的蛋糕更好

　　吃，引申為「錦上添花；好上加好」。

　　It's icing on the cake. 它是錦上添花。（= *It was already good,*
　　and now it's even better.）

☐ **1240.** We are healthy.　　　　　　我們很健康。

　　　We have a good life.　　　　我們有很好的生活。

　　　We should be grateful.　　　我們應該心存感激。

☐ **1241.** We're fortunate.　　　　　我們很幸運。

　　　We're doing well.　　　　　我們做得很好。

　　　Our life is good.　　　　　我們的生活很美好。

☐ **1242.** Life is great.　　　　　　人生很美好。

　　　Things are going well.　　　一切都很順利。

　　　I can't complain.　　　　　我沒什麼好抱怨的。

**

1240. healthy〔'hɛlθɪ〕*adj.* 健康的　　life〔laɪf〕*n.* 生活
　　grateful〔'gretfəl〕*adj.* 感激的（= *thankful*）

1241. fortunate〔'fɔrtʃənɪt〕*adj.* 幸運的
　　do〔du〕*v.* 表現；進展　　*do well* 做得好；表現好
　　We're doing well. 我們做得很好。（= *We're doing fine.*
　　　= *We're doing great.*）
　　Our life is good.（我們的生活很美好。）也可說成：We're fine.
　　　（我們很好。）

1242. great〔gret〕*adj.* 極好的；很棒的
　　things〔θɪŋz〕*n. pl.* 事情；情況　　go〔go〕*v.* 進展
　　go well 進展順利　　complain〔kəm'plen〕*v.* 抱怨

5. 很容易

☐ **1243.** No problem.　　　　　　　沒問題。

　　　　　No sweat.　　　　　　　　沒問題。

　　　　　It's simple.　　　　　　　很簡單。

☐ **1244.** It's easy.　　　　　　　　很容易。

　　　　　It's not difficult.　　　　　不困難。

　　　　　It's not tough at all.　　　　一點也不難。

☐ **1245.** It's duck soup.　　　　　　很容易。

　　　　　It's as easy as pie.　　　　　很容易。

　　　　　It's a piece of cake.　　　　輕而易舉。

　　　　　【形容事情很簡單，可以這麼說】

** ————————————

1243. problem〔'prɑbləm〕*n.* 問題
　　sweat〔swɛt〕*n.* 流汗
　　No sweat. 不用流汗，表示「小事一椿；沒問題。」
　　simple〔'sɪmpḷ〕*adj.* 簡單的

1244. easy〔'izɪ〕*adj.* 容易的　　difficult〔'dɪfə,kʌlt〕*adj.* 困難的
　　not…at all 一點也不　　tough〔tʌf〕*adj.* 困難的（= *difficult*）

1245. duck〔dʌk〕*n.* 鴨子　　soup〔sup〕*n.* 湯
　　duck soup 輕而易舉的事【源自早期英國五月花號移民美國，因為鴨子比
　　　火雞和鵝都好養，鴨子最多，所以當時他們做飯時，煮鴨湯最簡單】
　　pie〔paɪ〕*n.* 派　　***as easy as pie*** 很容易
　　piece〔pis〕*n.* 一片；一塊　　cake〔kek〕*n.* 蛋糕
　　a piece of cake 輕鬆的事

☐ **1246.** It's easy work. 這是容易的工作。

It's not demanding. 這並不費力。

It's a cushy job. 這是輕鬆的工作。

☐ **1247.** It's painless. 這很容易。

It's trouble-free. 這毫不費力。

It's as easy as can be. 這非常容易。

☐ **1248.** It's not hard. 這並不難。

It's not complicated. 這並不複雜。

Even a child can do it. 這連小孩都會做。

**

1246. easy〔'izɪ〕*adj.* 容易的；輕鬆的

demanding〔dɪ'mændɪŋ〕*adj.* 要求高的；苛求的；吃力的

It's not demanding. (這並不費力。) 也可說成：It's not hard. (這不困難。) It's not difficult. (這不困難。) It's not time-consuming. (這不是很花時間。)【time-consuming〔'taɪmkən,sumɪŋ〕*adj.* 費時的】

cushy〔'kuʃɪ〕*adj.* 輕鬆的；容易的 (= *very easy*)

It's a cushy job. 這是輕鬆的工作。(= *It's an easy job.*)

1247. painless〔'penlɪs〕*adj.* 無痛苦的；不費事的；容易的

trouble〔'trʌbḷ〕*n.* 麻煩；困難 free〔fri〕*adj.* 沒有⋯的

trouble-free〔,trʌbḷ'fri〕*adj.* 沒有麻煩的；不費事的 (= *painless* = *easy* = *simple*) ***as easy as can be*** 非常容易 (= *very easy*)

1248. hard〔hard〕*adj.* 困難的

complicated〔'kamplə,ketɪd〕*adj.* 複雜的

even〔'ivən〕*adv.* 甚至；連 child〔tʃaɪld〕*n.* 小孩

♣ 容易使用

☐ **1249.** It's so useful.   它很有用。

It's very convenient.   它非常方便。

It really comes in handy!   它真的派得上用場！

☐ **1250.** It's very easy.   它非常容易。

It's easy to use.   它容易使用。

It's handy-dandy.   它很好用。

☐ **1251.** This hits the spot.   這正合我意。

Just what I wanted.   正是我想要的。

Just what I like.   正是我喜歡的。

【看到你喜歡的東西，你就可以說這三句話】

** ————————————————

1249. so〔so〕*adv.* 很；非常   useful〔ˈjusfəl〕*adj.* 有用的

convenient〔kənˈvinjənt〕*adj.* 方便的

handy〔ˈhændɪ〕*adj.* 便利的；便於使用的

come in handy 遲早有用；派得上用場

It really comes in handy! 它真的派得上用場！

   (= *It's good to have when you need it!*)

1250. easy〔ˈizɪ〕*adj.* 容易的   dandy〔ˈdændɪ〕*adj.* 極好的；一流的

handy-dandy〔ˈhændɪˈdændɪ〕① *n.* 猜手遊戲【猜對方哪隻手裡有東

    西】   ② *adj.* 好用的 (= *handy* = *user-friendly*)

1251. hit〔hɪt〕*v.* 打中   spot〔spɑt〕*n.* 點

hit the spot 正是想要（或需要）的；切合需要

just〔dʒʌst〕*adv.* 正是

Just what I wanted. 是由 It's just what I wanted. 簡化而來。

Just what I like. 是由 It's just what I like. 簡化而來。

9.
表
達
看
法

6. 我們是好朋友

☐ **1252.** We're close.　　　　　　　　　我們很親密。

　　　　We're tight.　　　　　　　　　我們關係很親密。

　　　　We're like family.　　　　　　　我們就像一家人。

♣ 志同道合

☐ **1253.** We're friendly.　　　　　　　　我們很友善。

　　　　We're happy-go-lucky.　　　　　我們很逍遙自在。

　　　　We like to have fun.　　　　　　我們喜歡玩得開心。

☐ **1254.** We're on the right road.　　　　我們在正確的道路上。

　　　　We're heading the right
　　　　　　way.　　　　　　　　　　我們正朝著正確的方向前進。

　　　　We're going in the right
　　　　　　direction.　　　　　　　　我們正朝著正確的方向前進。

** ────────────

1252. close〔klos〕*adj.* 親密的　　***We are close.***（我們很親密。）不可說
　　　成：*We are closed.*（我們打烊了。）

　　　tight〔taɪt〕*adj.* 關係親密的　　like〔laɪk〕*prep.* 像
　　　family〔ˈfæməlɪ〕*n.* 家庭；家人

1253. friendly〔ˈfrɛndlɪ〕*adj.* 友善的
　　　happy-go-lucky〔ˈhæpɪˌgoˈlʌkɪ〕*adj.* 逍遙自在的；隨遇而安的
　　　have fun 玩得愉快（= *have a good time* = *enjoy oneself*）

1254. road〔rod〕*n.* 道路　　***on the right road*** 在正確的道路上
　　　head〔hɛd〕*v.* 朝…前進　　way〔we〕*n.* 道路；方向
　　　direction〔dəˈrɛkʃən〕*n.* 方向
　　　in the right direction 朝正確的方向

7. 這很適合你

□ **1255.** I have your number.　　　　　　我看清你了。
　　　　I know the real you.　　　　　　我知道真實的你。
　　　　I know you inside and out.　　　　我對你瞭如指掌。

□ **1256.** It's perfect for you.　　　　　　這很適合你。
　　　　It would suit you well.　　　　　這會非常適合你。
　　　　It's right up your alley.　　　　　這正合你的口味。

□ **1257.** It's your fate.　　　　　　　　這是你的命運。
　　　　It's your destiny.　　　　　　　這是你的命運。
　　　　It was meant to be.　　　　　　這是命中注定的。

**

1255. number〔ˈnʌmbɚ〕*n.* 數字；電話號碼
　　have** one's **number 看清某人的真面目；看清某人的動機
　　real〔ˈriəl〕*adj.* 真實的　　***inside and out*** 裡裡外外；徹底地
1256. perfect〔ˈpɝfɪkt〕*adj.* 完美的；最適合的
　　suit〔sut〕*v.* 適合　　***suit** sb. **well*** 很適合某人
　　right〔raɪt〕*adv.* 完全地；全然　　alley〔ˈælɪ〕*n.* 巷子
　　right up** one's **alley ①正合某人的口味；為某人所喜愛　②某人所
　　　擅長的（= *well suited to one's tastes, interests, or abilities*）
　　It's right up your alley.（這正合你的口味。）也可說成：It's
　　　made for you.（這是為你量身打造的。）
1257. fate〔fet〕*n.* 命運　　destiny〔ˈdɛstənɪ〕*n.* 命運
　　mean〔min〕*v.* 預定；注定
　　be meant to be 注定的【例如：I was meant to be a teacher.（我注
　　　定是個老師。）】

8. 你別無選擇

☐ **1258.** You have no choice.　　　　　你別無選擇。
　　　　 You must do it my way.　　　　你必須照我的方式做。
　　　　 It's my way or the highway.　　不聽我的就走人。

☐ **1259.** There is no other option.　　　沒有其他的選擇。
　　　　 You must do it.　　　　　　　你必須要做。
　　　　 There is no other way.　　　　沒有別的方法。

☐ **1260.** It's not a disaster.　　　　　　這不是災難。
　　　　 It's not a tragedy.　　　　　　這不是悲劇。
　　　　 It's not the kiss of death.　　　這不是使人喪命的危險行為。

**　**

***

1258. choice〔tʃɔɪs〕*n.* 選擇　　***have no choice*** 別無選擇
　　 way〔we〕*n.* 方式；做法　　***do it my way*** 照我的方式做（= *do it in my way* = *do it according to my way* = *do it the way I say*）
　　 highway〔'haɪˌwe〕*n.* 公路　　***my way or the highway*** 字面的意思是「我的方式或是（上）公路」之間做選擇，也就是「要麼按我的方式來，要麼走人（hit the highway 上路）」。
　　 It's my way or the highway. 的英文解釋是：It's an ultimatum—do it my way or you will be excluded.（這是最後通牒——照我的方式做，否則你就會被排除在外。）

1259. other〔'ʌðɚ〕*adj.* 其他的　　option〔'ɑpʃən〕*n.* 選擇

1260. disaster〔dɪz'æstɚ〕*n.* 災難　　tragedy〔'trædʒədɪ〕*n.* 悲劇
　　 kiss〔kɪs〕*n.* 親吻　　***the kiss of death*** 死亡之吻【源自「聖經」，指猶大以親吻暗號出賣耶穌，使耶穌被釘死在十字架上】；（作看親切卻）使人喪命的危險行為；導致失敗的事物
　　 It's not the kiss of death.（這不是使人喪命的危險行為。）也可說成：It's not an action that will cause ruin.（這不是會導致毀滅的行為。）【cause〔kɔz〕*v.* 造成；導致　　ruin〔'ruɪn〕*n.* 毀滅】

9. 可以接受

☐ **1261.** Both are OK. 　　　　　　　　兩個都可以。

　　　Either will do. 　　　　　　　　兩個都可以。

　　　Either one is good. 　　　　　　　兩個都很好。

☐ **1262.** It's acceptable. 　　　　　　　這個可以接受。

　　　I can live with it. 　　　　　　　這我可以忍受。

　　　It won't be a problem. 　　　　　　這不成問題。

☐ **1263.** I'm sure. 　　　　　　　　　我確定。

　　　I'm certain. 　　　　　　　　我確定。

　　　Without a doubt. 　　　　　　　毫無疑問。

**

1261. OK〔`o`ke〕 *adj.* 好的；可以的

　　either〔`iðɚ〕 *pron.* 兩者任一　　*adj.* 兩者之一的

　　do〔du〕*v.* 可以

1262. acceptable〔əkˋsɛptəbḷ〕*adj.* 可接受的；尚可的

　　live with 忍耐；忍受　　problem〔ˋprɑbləm〕*n.* 問題

1263. sure〔ʃʊr〕*adj.* 確定的　　certain〔ˋsɜtṇ〕*adj.* 確定的（= *sure* ）

　　doubt〔daʊt〕*n.* 懷疑

　　without a doubt 毫無疑問；確實地（= *without doubt* = *no doubt*

　　　= *beyond doubt* = *certainly* ）

10. 時機正好

☐ **1264**. Now is perfect. 現在是最理想的。

Now is a good time. 現在正是好時機。

No time like the present. 擇日不如撞日。

☐ **1265**. It is last but not least. 這是最後一項要點。

It is just as important. 這真的一樣重要。

It matters just as much. 這真的一樣重要。

☐ **1266**. We won't fail! 我們不會失敗！

We'll succeed for sure! 我們一定會成功！

Nothing can stop us! 沒有什麼可以阻止我們！

**

1264. perfect〔'pɜfɪkt〕*adj.* 完美的；理想的　　like〔laɪk〕*prep.* 像
present〔'prɛznt〕*n.* 現在
No time like the present. 源自 There is no time like the
present. 字面的意思是「沒有時間像現在一樣。」也就是「現在
正是好時機；擇日不如撞日。」也可說成：You should do it now.
（你應該現在就做。）I suggest you do it now.（我建議你現在就
做。）I think you should do it now.（我認為你應該現在就做。）

1265. least〔list〕*adj.* 最少的；最不…的
last but not least 最後但並非最不重要；最後一項要點是
It is last but not least. 這是最後一項要點。(= *It's the last thing
but it's still important.*)
just〔dʒʌst〕*adv.* 真地；完全；確實　　as〔æz〕*adv.* 一樣地
important〔ɪm'pɔrtn̩t〕*adj.* 重要的　　matter〔'mætɚ〕*v.* 重要
It is just as important. 這真的一樣重要。(= *It matters just as
much.* = *It's no less important.*)【*no less* 不亞於；不少於；同樣】

1266. fail〔fel〕*v.* 失敗　　succeed〔sək'sid〕*v.* 成功
for sure 一定　　stop〔stɑp〕*v.* 阻止

11. 值得一試

☐ **1267.** It's very likely.   這很有可能。

I'm ninety percent sure!   我百分之九十確定！

It's ten to one.   這十之八九，非常可能。

☐ **1268.** It's worth a shot.   這值得嘗試。

It's worth a try.   這值得嘗試。

It's worth trying.   這值得嘗試。

☐ **1269.** It's a small sacrifice.   這是小小的犧牲。

It's worth the trouble.   這值得費心去做。

It's a small price to pay.   付出的代價很少。

** ─────────────

1267. likely〔'laɪklɪ〕*adj.* 可能的

percent〔pəˈsɛnt〕*n.* 百分之…   sure〔ʃʊr〕*adj.* 確定的

I'm ninety percent sure! 也可説成：I'm almost positive!

（我幾乎能確定！）【positive〔'pɑzətɪv〕*adj.* 確定的】

ten to one 十之八九；非常可能地

It's ten to one. 這十之八九，非常可能。(= *It's very probable.*

= *It's very likely.*)【probable〔'prɑbəbl̩〕*adj.* 可能的】

1268. 這三句話意思相同。   worth〔wɝθ〕*adj.* 值得…的

be worth + N./V-ing 值得…   shot〔ʃɑt〕*n.* 射擊；嘗試

try〔traɪ〕*n. v.* 嘗試

1269. sacrifice〔'sækrəˌfaɪs〕*n.* 犧牲   ***It's a small sacrifice.***

這是小小的犧牲。(= *It's a small loss.*)【loss〔lɔs〕*n.* 損失】

trouble〔'trʌbl̩〕*n.* 麻煩；費心；辛苦

It's worth the trouble. (這值得費心去做。) 也可説成：It's

worth it. (這很值得。)【***worth it*** 值得的】

price〔praɪs〕*n.* 價格；代價   pay〔pe〕*v.* 支付

12. 沒有任何限制

☐ **1270.** No catch. | 沒有陷阱。
No strings. | 沒有特殊條件。
No limits at all. | 完全沒有條件限制。

☐ **1271.** No rules apply. | 沒有規則適用；沒有任何規則。
No holds barred. | 不受任何約束或限制。
No ifs, ands, or buts. | 沒有什麼藉口。

☐ **1272.** It applies to all. | 它適用於所有人。
It's the same for everyone. | 大家都一樣。
It's across the board. | 它是全面性的。

** ———————————————————

1270. catch〔kætʃ〕*n.* 隱藏的問題；陷阱
No catch.（沒有陷阱。）也可說成：There's no disadvantage to you.（這對你沒什麼壞處。）【disadvantage〔͵dɪsəd'væntɪdʒ〕*n.* 不利；損失】　　string〔strɪŋ〕*n.* 細繩；特殊條件；條件限制
No strings. 沒有特殊條件。（ = *There are no hidden conditions, restrictions or demands that must be met.*）　　***not…at all*** 一點也不　　limit〔'lɪmɪt〕*n.* 限制　***No limits at all.*** 完全沒有限制。（ = *There are no restrictions.*）【restriction〔rɪ'strɪkʃən〕*n.* 限制】

1271. rule〔rul〕*n.* 規則　　apply〔ə'plaɪ〕*v.* 申請；適用
No rules apply. 沒有規則適用，也就是「沒有任何規則；沒有任何限制。」（ = *There are no rules.* = *There are no restrictions.*）
no holds barred 不受任何約束或限制（ = *without limits or controls*）【hold 是名詞，意思是「擒拿」，而 bar（限制）則是動詞，這個成語源自摔角比賽，表示摔角時可用任何擒拿技巧抓住對方，將對方摔倒在地】
No holds barred.（不受任何約束或限制。）源自 No holds are barred.（ = *There is nothing that is not allowed.*）
No ifs, ands, or buts. 沒有如果、而且，或但是（之類的藉口），也就是「沒有什麼藉口。」（ = *No excuses.*）【excuse〔ɪk'skjus〕*n.* 藉口】

1272. ***apply to*** 適用於　　board〔bord〕*n.* 木板；甲板；部會
across the board 全面地；一律

13. 情況好轉

☐ **1273.** Things are looking up.　　　　情況越來越好。
　　　Things are getting better.　　　情況越來越好。
　　　There's light at the end of　　　會有光明的未來。
　　　　the tunnel.

☐ **1274.** It's getting better.　　　　　情況越來越好。
　　　The situation is improving.　　情況正在改善。
　　　Things are progressing.　　　　情況越來越好。

☐ **1275.** Things are picking up.　　　　情況正在好轉。
　　　Things are shaping up.　　　　事情正在順利進行。
　　　I'm much more hopeful.　　　　我更加充滿希望了。

**

1273. things〔θɪŋz〕*n. pl.* 事情；情況；形勢　　***look up*** 好轉；改善
Things are looking up. 用現在進行式，表示
　「越來越；逐漸」。　　　light〔laɪt〕*n.* 光
end〔εnd〕*n.* 末端；盡頭
tunnel〔'tʌnḷ〕*n.* 隧道
There's light at the end of the tunnel.

light at the end
of the tunnel

　在隧道的出口有光，表示「會有光明的未來。」

1274. get〔gεt〕*v.* 變得　　situation〔͵sɪtʃu'eʃən〕*n.* 情況
improve〔ɪm'pruv〕*v.* 改善
progress〔prə'grεs〕*v.* 前進；改進；進步

1275. ***pick up*** 改善；好轉　　shape〔ʃep〕*v.* 發展；順利進行
shape up 進行順利
hopeful〔'hopfəl〕*adj.* 抱著希望的；有希望的

9. 表達看法

Part Two ♣ 負面評論

14. 我不同意

☐ **1276**. You're wrong.　　　　　　　你錯了。

　　　　You're mistaken.　　　　　　你錯了。

　　　　You're off base!　　　　　　　你錯得離譜！

☐ **1277**. Not for it.　　　　　　　　　我不贊成。

　　　　Don't want it.　　　　　　　我不想要這個。

　　　　I'm dead set against it.　　　　我堅決反對。

☐ **1278**. I'm strongly against it.　　　　我強力反對。

　　　　I'm very much opposed.　　　　我非常反對。

　　　　Over my dead body.　　　　　除非我死。

**──────────────

1276. wrong〔rɔŋ〕*adj.* 錯誤的　　mistaken〔məˈstekən〕*adj.* 錯誤的

base〔bes〕*n.*【棒球】壘　　***off base*** 未觸壘；（推測等）完全錯

You're off base! 字面的意思是「你未觸壘！」打棒球時，打擊出去，

　　跑向壘包，如果未觸壘，就不算安打，引申為「你錯得離譜！」也可

　　說成：You got that wrong!（你弄錯了！）

1277. for〔fɔr〕*prep.* 贊成　　***Not for it.*** 源自 I'm not for it.（我不贊成。）

Don't want it. 源自 I don't want it.（我不想要這個。）

dead〔dɛd〕*adv.* 絕對；極為　　set〔sɛt〕*adj.* 不變的；堅定的

against〔əˈgɛnst〕*prep.* 反對

be dead set against 堅決反對（ = *be strongly opposed to* ）

1278. strongly〔ˈstrɔŋlɪ〕*adv.* 強烈地　　oppose〔əˈpoz〕*v.* 反對；使反對

opposed〔əˈpozd〕*adj.* 反對的　　***dead body*** 屍體

over** one's **dead body 在某人死之前絕（不准…）

Over my dead body.（除非我死。）也可說成：I'm strongly

　　opposed.（我強烈反對。）You'd have to kill me first.（除非

　　你先殺了我。）

☐ **1279**. It's wrong. | 這是錯的。
It's not right. | 這是不對的。
It's out of line. | 這很不恰當。

☐ **1280**. I'm not so sure. | 我不是很確定。
I'm not sure that's the case. | 我不確定那是事實。
I don't see it that way. | 我不那麼認為。

☐ **1281**. That's not what I think. | 那不是我的想法。
That's not my point of view. | 那不是我的觀點。
I don't agree. | 我不同意。

**───────────

1279. wrong〔rɔŋ〕*adj.* 錯誤的   right〔raɪt〕*adj.* 對的
line〔laɪn〕*n.* 線；界限   ***out of line*** 出格；越軌；不當的
It's out of line. 這很不恰當。(= *It's inappropriate.*)
【inappropriate〔ˌɪnəˈproprɪɪt〕*adj.* 不適當的】

1280. so〔so〕*adv.* 很；非常   sure〔ʃʊr〕*adj.* 確定的
case〔kes〕*n.* 事實   see〔si〕*v.* 把⋯看作；認為；判斷
way〔we〕*n.* 樣子   ***that way*** 那樣
I don't see it that way. (我不那麼認為。) 也可說成：I disagree.
(我不同意。) That's not how I see it. (我不那麼認為。)

1281. point〔pɔɪnt〕*n.* 點   view〔vju〕*n.* 觀看
point of view 觀點 (= *viewpoint*)
That's not my point of view. (那不是我的觀點。) 也可說成：
I have a different opinion. (我有不同的看法。)
【opinion〔əˈpɪnjən〕*n.* 意見；看法】   agree〔əˈgri〕*v.* 同意

15. 這很困難

□ 1282. It's tough. 　　　　　　　　　　　這很困難。
It's difficult. 　　　　　　　　　　　這很困難。
It's far from easy. 　　　　　　　　　　一點也不容易。

□ 1283. It's complicated. 　　　　　　　　　這個很複雜。
It's difficult to understand. 　　　　這個很難了解。
The devil is in the details. 　　　　　魔鬼藏在細節裡。

□ 1284. It's a difficult decision. 　　　　　　這是個困難的決定。
It's not an easy choice. 　　　　　　這不是個容易的選擇。
It's a tough call to make. 　　　　　這是個困難的決定。

**

1282. tough〔tʌf〕*adj.* 困難的
difficult〔'dɪfə,kʌlt〕*adj.* 困難的　　***far from*** 一點也不

1283. complicated〔'kɑmplə,ketɪd〕*adj.* 複雜的
devil〔'dɛvḷ〕*n.* 魔鬼；惡魔　　detail〔'ditel〕*n.* 細節
The devil is in the details. (魔鬼藏在細節裡。) 比喻事情最困難的
部分通常在細節裡，看似無關緊要的細節可能會造成大失誤，也就是
「細節最重要；細節是關鍵。」

1284. decision〔dɪ'sɪʒən〕*n.* 決定　　choice〔tʃɔɪs〕*n.* 選擇
call〔kɔl〕*n.* 呼叫；【紙牌】叫牌【在此指 decision（決定）或 choice
（選擇）】　　***a tough call*** 困難的決定
It's a tough call to make. 這是個困難的決定。
(= *It's not an easy decision*.)

□ **1285**. It's not easy.   這並不容易。

      It's tricky.   這很棘手。

      There is no simple solution.   沒有簡單的解決辦法。

□ **1286**. It's a big problem.   這是個大問題。

      It's twice as difficult.   這是加倍的困難。

      It's double the trouble.   這是雙倍的麻煩。

□ **1287**. It's hard to change a law.   修改法律很困難。

      There's so much red tape!   有太多繁瑣的手續！

      You can't fight City Hall.   民無法與官鬥。

**

1285. easy〔ˋizɪ〕*adj.* 容易的　　　tricky〔ˋtrɪkɪ〕*adj.* 棘手的；難以處理的
simple〔ˋsɪmpḷ〕*adj.* 簡單的　　solution〔səˋluʃən〕*n.* 解決之道

1286. twice〔twaɪs〕*adv.* 兩倍地　　***twice as difficult*** 兩倍的困難
It's twice as difficult. 這是加倍的困難。(= *It is twice as hard.*
= *It is two times the trouble.*)【time〔taɪm〕*n.* 倍　　***two times***
兩倍】也可說成：It's much more difficult than I thought. (這
比我想的要困難很多。)　　　double〔ˋdʌbḷ〕*adj.* 雙倍的
trouble〔ˋtrʌbḷ〕*n.* 麻煩　***It's double the trouble.*** 這是雙倍的
麻煩。(= *It's two times the trouble.*)

1287. ***red tape*** 繁文縟節；官僚作風 (= *bureaucracy*〔bjuˋrɑkrəsɪ〕)；繁
瑣的手續【據說英國的公文都是用紅色帶子 (red tape) 捆紮，因此 red
tape 就成了「公文」的代名詞，逐漸衍生出「繁文縟節；繁瑣」的意思】
fight〔faɪt〕*v.* 和～作戰；對抗　***city hall*** 市政廳；市府當局
fight City Hall 與官僚做無謂的爭鬥
You can't fight City Hall. 你無法和市政府對抗；民無法與官鬥。

16. 我不了解

☐ **1288**. Beats me.　　　　　　　　　　　　　我不知道。

I have no clue.　　　　　　　　　　　我不知道。

I haven't the slightest idea.　　　　我不知道。

☐ **1289**. I don't understand.　　　　　　　　我不懂。

I don't get it.　　　　　　　　　　　我不了解。

I don't follow you.　　　　　　　　　我聽不懂你說的話。

☐ **1290**. I'm not sure.　　　　　　　　　　　我不確定。

I'm undecided.　　　　　　　　　　　我尚未決定。

I'm still thinking about it.　　　　我還在考慮。

** —————————————————

1288. beat〔bit〕*v.* 打敗；使難倒　　***Beats me.***（我不知道。）源自 It

beats me. 或 That beats me.　　clue〔klu〕*n.* 線索

have no clue 毫無頭緒；完全不知道（= *have no idea*）

slight〔slaɪt〕*adj.* 輕微的　　***not the slightest*** 一點也沒有

idea〔aɪˈdiə〕*n.* 想法　　***I haven't the slightest idea.*** 我不知道。

（= *Beats me.* = *I have no clue.* = *I have no idea.*

= *I haven't the faintest idea.* = *I don't know.*）

1289. understand〔͵ʌndɚˈstænd〕*v.* 懂；了解

get〔gɛt〕*v.* 了解；明白；懂　　follow〔ˈfɑlo〕*v.* 聽得懂；了解

1290. sure〔ʃʊr〕*adj.* 確定的

undecided〔͵ʌndɪˈsaɪdɪd〕*adj.* 尚未決定的

still〔stɪl〕*adv.* 仍然　　***think about*** 考慮

17. 這不重要

☐ **1291.** I forgot. 　　　　　　　　　　我忘了。

　　　　I don't remember. 　　　　　　我不記得。

　　　　It slipped my mind. 　　　　　　我忘記了。

☐ **1292.** I don't care. 　　　　　　　　我不在乎。

　　　　It doesn't matter. 　　　　　　沒關係。

　　　　Makes no difference. 　　　　　無所謂。

☐ **1293.** You choose. 　　　　　　　　你選擇。

　　　　I'm not bothered. 　　　　　　我無所謂。

　　　　It's all the same to me. 　　　　對我而言都一樣。

**────────────────────────

1291. forget〔fə'gɛt〕v. 忘記　　remember〔rɪ'mɛmbə〕v. 記得
　　slip〔slɪp〕v. 滑；溜走　　mind〔maɪnd〕n. 心；頭腦；想法
　　slip one's mind 被某人忘記（= *slip one's memory*）

1292. care〔kɛr〕v. 在乎　　matter〔'mætə〕v. 有關係；重要
　　difference〔'dɪfərəns〕n. 不同
　　make no difference 沒影響；沒差別；無所謂
　　Makes no difference.（無所謂。）源自 It makes no difference.
　　　　意思相同。

1293. choose〔tʃuz〕v. 選擇
　　bother〔'baðə〕v. 打擾；使困擾；使苦惱
　　I'm not bothered. 我不會被困擾，也就是「我無所謂。」
　　same〔sem〕*adj.* 同樣的　　***all the same*** 沒差別；都一樣

□ **1294.** It's minor.　　　　　　　這不重要。

　　　It's not a big deal.　　　這沒什麼大不了的。

　　　It's of no importance.　　　這不重要。

□ **1295.** It's a little thing.　　　　這是小事。

　　　It's trivial.　　　　　　　這不重要。

　　　It's no biggie.　　　　　　這沒什麼大不了的。

□ **1296.** It's not important.　　　這不重要。

　　　Nobody cares.　　　　　　沒有人在乎。

　　　Nobody gives a damn!　　　沒有人在乎！

** ─────────────

1294. minor〔'maɪnɚ〕 *adj.* 較不重要的（= *unimportant*）

　deal〔dil〕 *n.* 交易　　***a big deal*** 了不起的事

　importance〔ɪm'pɔrtn̩s〕 *n.* 重要性

　of no importance 不重要（= *not important*）

1295. little〔'lɪtl̩〕 *adj.* 小的；微不足道的

　trivial〔'trɪvɪəl〕 *adj.* 瑣碎的；不重要的

　biggie〔'bɪgɪ〕 *n.* 重要的事（= *something that is important*）；
　　重要的人（= *big shot*）

　no biggie 沒什麼重要的；沒什麼大不了的（= *no big deal*）

1296. important〔ɪm'pɔrtn̩t〕 *adj.* 重要的　　care〔kɛr〕 *v.* 在乎

　damn〔dæm〕 *n.* 咒罵　　***a damn*** 一點也（不）

　not give a damn 一點也不在乎（= *not care a damn*）【源自電影
　　Gone with the Wind（亂世佳人），男主角 Rhett Butler（白瑞德）
　　的經典台詞：I don't give a damn.（我一點也不在乎。）】

　Nobody gives a damn! 沒有人在乎！（= *Nobody cares!*
　　= *Nobody is interested!*）【interested〔'ɪntrɪstɪd〕 *adj.* 有興趣的】

18. 我不相信

☐ **1297.** No way!　　　　　　　　　　　不可能！

I don't think it's true.　　　　　我不認為這是真的。

I'm not buying it.　　　　　　　我不相信。

☐ **1298.** I don't believe it.　　　　　　我不相信。

It'll soon be proven wrong!　　　這很快就會被證明是錯的！

Famous last words.　　　　　　　說得跟真的一樣。

☐ **1299.** Don't play me.　　　　　　　　不要和我耍花招。

Don't con me.　　　　　　　　　別騙我。

Don't try to fool me.　　　　　　不要想欺騙我。

** ————————————

1297. ***no way*** 絕不；不可能　　　*true* 〔 tru 〕 *adj.* 真的

buy 〔 baɪ 〕 *v.* 相信（ = *believe* ）

I'm not buying it. 我不相信。（ = *I don't believe it.* ）

1298. *believe* 〔 bɪ'liv 〕 *v.* 相信　　　*prove* 〔 pruv 〕 *v.* 證明

famous 〔 'feməs 〕 *adj.* 有名的　　　*words* 〔 wɝdz 〕 *n. pl.* 話

famous last words 說得倒好聽；說得跟真的一樣；不見得；那倒不
一定（ = *used after someone has said something that you think
will be proven wrong/not happen* ）

Famous last words.（說得跟真的一樣。）也可說成：They'll be
proven wrong.（他們會被證明是錯的。）

1299. ***Don't play me***. 不要和我耍花招。（ = *Don't play games with me.* ）

【*game* 〔 gem 〕 *n.* 遊戲；計謀；花招；把戲】　　　*con* 〔 kɑn 〕 *v.* 欺騙

try to V. 想要⋯　　　*fool* 〔 ful 〕 *v.* 愚弄；欺騙（ = *con* = *deceive* ）

19. 我不會那麼做

□ **1300.** There's no way!　　　　　　　　不可能！

I'm not going to do it!　　　　　我不會那麼做！

I'll be damned if I do!　　　　　我絕不會做那樣的事！

□ **1301.** Too many are involved.　　　　　有太多人牽涉在內了。

There are too many opinions.　　有太多意見了。

Too many cooks spoil the broth.　【諺】人多反倒誤事。

□ **1302.** Everything has stopped.　　　　　一切都停止了。

There's no movement at all.　　　完全沒在動。

Things are at a standstill.　　　一切都停頓了。

** ───────────────

1300. *no way* 絕不；不可能

There's no way! 不可能！（ = *It's not possible!* ）也可說成：

There's no way I'll do it!（我不可能那麼做！）I won't do it!

（我不會那麼做！）　　damn〔dæm〕*v.* 詛咒

I'll be damned if… 【表強烈否定】我絕不會（做…）；絕不是…

I'll be damned if I do! 我絕不會做那樣的事！（ = *I'll be damned*

1301. in*volve*〔*ɪn'vɑlv*〕*v.* 牽涉　　opinion〔ə'pɪnjən〕*n.* 意見

cook〔kʊk〕*n.* 廚師　　spoil〔spɔɪl〕*v.* 破壞

broth〔brɔθ〕*n.* 湯；高湯

Too many cooks spoil the broth. 是諺語，字面的意思是「廚師太多

燒壞湯。」引申為「人多手腳亂；人多反倒誤事。」

1302. stop〔stɑp〕*v.* 停止　　*there's no…at all* 一點也沒有…

movement〔'muvmənt〕*n.* 移動

standstill〔'stænd,stɪl〕*n.* 停止；停頓；停滯

be at a standstill 停頓

Things are at a standstill. 一切都停頓了。

（ = *Everything has stopped.* ）

20. 你瘋了

□ **1303.** You nuts?　　　　　　　　　　你瘋了？
　　　　 You crazy?　　　　　　　　　你瘋了？
　　　　 Are you out of your mind?　　你瘋了嗎？

□ **1304.** How dare you!　　　　　　　　你膽子真大！
　　　　 How could you?　　　　　　　你怎麼能那樣？
　　　　 How could you have the nerve?　你怎麼那麼厚臉皮？

♣ 你很難相處

□ **1305.** You're difficult.　　　　　　　你很難相處。
　　　　 You're not easy.　　　　　　　你不容易相處。
　　　　 You're impossible!　　　　　　你令人無法忍受！

** ─────────────────

1303. nuts〔nʌts〕*adj.* 瘋狂的　***You nuts?*** 源自 Are you nuts?（你瘋了
　　嗎？）　crazy〔'krezɪ〕*adj.* 瘋狂的　***You crazy?*** 源自 Are you
　　crazy?（你瘋了嗎？）　***out of*** *one's* ***mind*** 精神錯亂；發瘋的

1304. dare〔dɛr〕*v.* 敢　***how dare you*** 你竟敢
　　How dare you!（你膽子真大！）也可說成：What the hell are
　　you doing?（你究竟在做什麼？）【*the hell* 究竟；到底】
　　How could you?（你怎麼能那樣？）源自 How could you do
　　that?（你怎麼能那樣做？）
　　nerve〔nɝv〕*n.* 膽量（= *courage*）；厚臉皮（= *impudence*）；無恥

1305. 這三句話意思相同。　difficult〔'dɪfə͵kʌlt〕*adj.* 困難的；難相處
　　的；不隨和的　***You're difficult.*** 你很難相處。(= *It's hard to
　　deal with you.*)【*deal with* 處理；應付；打交道】
　　You're not easy. 你不容易相處。(= *You're not easy to deal with.*)
　　impossible〔ɪm'pɑsəbl̩〕*adj.* 不可能的；不能忍受的；難以對付的
　　You're impossible!（你令人無法忍受！）也可說成：You're a
　　difficult person to deal with!（你很難相處！）

9.
表達
看法

21. 錯誤決定

☐ **1306.** An awful decision.　　　　　　糟糕的決定。
　　　　A terrible choice.　　　　　　差勁的選擇。
　　　　Could not have been worse.　　糟到不能再糟。

☐ **1307.** It makes no sense.　　　　　　這沒有道理。
　　　　There's no logic to it.　　　　這沒有邏輯。
　　　　There's no rhyme or reason.　　真是莫名其妙。

☐ **1308.** It's pointless.　　　　　　　這沒有意義。
　　　　It's beside the point.　　　　這離題了。
　　　　It has nothing to do with it.　這和它無關。

**　　**
** ** ─────────

1306. 前兩句的句首都省略了 It was。

awful〔'ɔfḷ〕*adj.* 可怕的；糟糕的　　decision〔dɪ'sɪʒən〕*n.* 決定
terrible〔'tɛrəbḷ〕*adj.* 可怕的；很糟的　　choice〔tʃɔɪs〕*n.* 選擇
Could not have been worse. 不可能更糟，也就是「糟到不能再糟。」
　源自 It could not have been worse. 句中的 could not 比縮寫
　couldn't 的語氣強。

1307. sense〔sɛns〕*n.* 意義　　***make sense*** 有意義
logic〔'lɑdʒɪk〕*n.* 邏輯；道理　　rhyme〔raɪm〕*n.* 韻；押韻
rhyme or reason 【用於否定句】理由；根據
There's no rhyme or reason. 也可說成：It's not reasonable.
　（這不合理。）【reasonable〔'riznəbḷ〕*adj.* 合理的】

1308. pointless〔'pɔɪntlɪs〕*adj.* 無意義的（= *meaningless*）
beside〔bɪ'saɪd〕*prep.* 在…旁邊；和…無關
point〔pɔɪnt〕*n.* 要點；重點
beside the point 離題的；不相關的（= *irrelevant* = *unrelated*）
　【irrelevant〔ɪ'rɛləvənt〕*adj.* 不相關的　　unrelated〔ˌʌnrɪ'letɪd〕
　adj. 無關的】　　***have nothing to do with*** 和…無關
It has nothing to do with it. 這和它無關。（= *It's irrelevant.*
　= *It's unrelated.*）

9. 表達看法

22. 你弄錯了

□ 1309. That's not right. | 那樣不對。
It's not what you think. | 那不是你想的那樣。
You've got it all wrong. | 你全搞錯了。

□ 1310. You're confused. | 你搞混了。
You're incorrect. | 你是不正確的。
You're on the wrong track. | 你的方向錯誤。

□ 1311. Be exact. | 要正確。
No errors allowed. | 不容許犯錯。
Mind your p's and q's. | 要謹言慎行。

9. 表達看法

** ——————

1309. right〔raɪt〕*adj.* 正確的　***get it wrong*** 誤解　***You've got it all wrong***.（你全搞錯了。）也可説成：You've completely misunderstood.（你完全誤會了。）【completely〔kəm'plitlɪ〕*adv.* 完全地　misunderstand〔,mɪsʌndɚ'stænd〕*v.* 誤會】

1310. confused〔kən'fjuzd〕*adj.* 困惑的；混亂的
incorrect〔,ɪnkə'rɛkt〕*adj.* 不正確的　track〔træk〕*n.* 軌道
on the wrong track「在錯誤的軌道上」，引申為「朝著錯誤的方向；想得不對；做錯」（↔ *on the right track*）。

1311. exact〔ɪg'zækt〕*adj.* 正確的；確切的　error〔'ɛrɚ〕*n.* 錯誤
allow〔ə'laʊ〕*v.* 允許　***No errors allowed***.（不容許犯錯。）源自 No errors are allowed.　mind〔maɪnd〕*v.* 介意；注意
Mind your p's and q's. 字面的意思是「注意你的 p 和 q。」有兩個意思，第一，句中 p 指的是 Please，q 指的是 Thank you.，要注意説「請」和「謝謝」，也就是「要謹言慎行；小心行事。」（= *Mind your manners*.）第二個説法據説源自印刷廠，因為 p 和 q 長得很像，印刷工人經常混淆，所以這句話意指「要特別小心，不要弄錯。」

23. 不可能成功

☐ 1312. It has no chance. 這沒有機會；這不可能。
　　　　It won't succeed. 這不會成功。
　　　　It will never fly. 這絕對行不通。

☐ 1313. It'll never happen. 這絕不會發生。
　　　　It's almost impossible. 這幾乎不可能。
　　　　It'll be a cold day in hell! 這是不可能的！

☐ 1314. It's not happening. 這不會發生。
　　　　It's not possible. 這不可能。
　　　　It's out of the question. 這是不可能的。

**

1312. chance〔tʃæns〕*n.* 機會；可能性
　　It has no chance. 這沒有機會；這不可能。(= *It is not possible.*
　　　= *It will fail.*)【fail〔fel〕*v.* 失敗】
　　succeed〔sək'sid〕*v.* 成功
　　fly〔flaɪ〕*v.* 飛；奏效；(想法) 被接受；得到贊同
　　It will never fly. 這絕對行不通。(= *It won't work.*)
　　【work〔wɜk〕*v.* 有效；行得通】

1313. never〔'nɛvɚ〕*adv.* 絕不　　happen〔'hæpən〕*v.* 發生
　　impossible〔ɪm'pasəbl̩〕*adj.* 不可能的　　hell〔hɛl〕*n.* 地獄
　　It'll be a cold day in hell! 字面的意思是「這將會是一個在地獄寒冷
　　的日子！」傳說中的地獄應是十分熾熱，不可能會寒冷，所以引申為
　　「這是不可能的！」(= *It will never happen!*)

1314. possible〔'pasəbl̩〕*adj.* 可能的
　　out of the question 不可能的 (= *impossible*)

□ **1315.** That's not likely. 　　　　　　那是不可能的。

　　　　　Not much hope. 　　　　　　希望不大。

　　　　　Fat chance of that. 　　　　　　機會渺茫。

□ **1316.** That's a big if. 　　　　　　　那非常不可能。

　　　　　That's very unlikely. 　　　　　　那非常不可能。

　　　　　It probably won't happen. 　　　　那可能不會發生。

□ **1317.** You can't be certain. 　　　　　你無法確定。

　　　　　You never know. 　　　　　　這很難說。

　　　　　It's impossible to predict. 　　　　不可能預測得到。

**────────────

1315. likely〔'laɪklɪ〕*adj.* 可能的　　hope〔hop〕*n.* 希望
　　Not much hope. 源自 There's not much hope.（希望不大。）
　　fat〔fæt〕*adj.* 肥胖的　　***fat chance*** 希望很小；機會渺茫【是反語】
1316. ***That's a big if.*** 字面意思是「那是一個很大的 if。」if 是「如果；
　　假設」之意，很大的假設即指「非常不可能。」
　　unlikely〔ʌn'laɪklɪ〕*adj.* 不可能的
　　probably〔'prɑbəblɪ〕*adv.* 可能　　happen〔'hæpən〕*v.* 發生
1317. certain〔'sɝtn̩〕*adj.* 確定的
　　You never know. 你絕不可能會知道，引申為「很難說；難以預料；
　　世事難料。」也可說成：You don't know what might happen.
　　（你不知道可能會發生什麼事。）或 Something unexpected
　　could happen.（可能會發生意想不到的事。）【unexpected
　　〔ˌʌnɪk'spɛktɪd〕*adj.* 出乎意料的】　　impossible〔ɪm'pɑsəbl̩〕*adj.*
　　不可能的　　predict〔prɪ'dɪkt〕*v.* 預測

24. 那只是曇花一現

☐ **1318.** It's a big money maker.　這是很賺錢的商品。
It's a best-selling product.　這是很暢銷的產品。
It's a real cash cow.　這是真正的搖錢樹。

☐ **1319.** It's popular now.　這個現在很流行。
It won't last long.　但不會持續太久。
It's just the flavor of the month.　這只是一時流行而已。

☐ **1320.** It's temporary.　這是暫時的。
It won't last.　這不會持久。
It's just a flash in the pan.　這只是曇花一現。

**　　*****

1318.
money maker 賺錢的人；賺錢的生意（事物）(= *moneymaker*)
best-selling〔,bɛst'sɛlɪŋ〕*adj.* 暢銷的 (= *bestselling*)
product〔'prɑdəkt〕*n.* 產品　　real〔'riəl〕*adj.* 真的
cash〔kæʃ〕*n.* 現金　　cow〔kaʊ〕*n.* 母牛
cash cow 財源；搖錢樹

1319.
popular〔'pɑpjələ〕*adj.* 受歡迎的；流行的　　last〔læst〕*v.* 持續
long〔lɔŋ〕*adv.* 長久地　　flavor〔'flevə〕*n.* 口味
month〔mʌnθ〕*n.* 月　　***flavor of the month*** 源自冰淇淋的廣告策
略，廠商每月推出特調口味冰淇淋，作為當月主打，現在引申為「紅
極一時的事物」，但也有可能曇花一現。　　***It's just the flavor of
the month.*** 這只是一時流行而已。(= *It's just a passing fad.*)
【passing〔'pæsɪŋ〕*adj.* 一時的；短暫的　　fad〔fæd〕*n.* 一時的流行】

1320.
temporary〔'tɛmpə,rɛrɪ〕*adj.* 暫時的　　last〔læst〕*v.* 持久
flash〔flæʃ〕*n.* 閃光　　pan〔pæn〕*n.* 平底鍋；（舊式槍的）火藥池
a flash in the pan 曇花一現；虎頭蛇尾【源自舊式燧發槍的空響之意，
火藥雖爆發而子彈不射出】
It's just a flash in the pan. (這只是曇花一現。) 也可說成：That
will never happen again. (那絕對不會再發生。)

25. 你會有危險

□ **1321.** Drop it. 　　　　　　　要停止。

　　　　　Axe it. 　　　　　　　把它取消。

　　　　　Nix it. 　　　　　　　要禁止。

□ **1322.** It's a warning. 　　　　這是個警告。

　　　　　It's a notice to be alert. 　這是個警戒通知。

　　　　　It's a wake-up call. 　　這是個警告。

□ **1323.** You're in danger. 　　　你有危險。

　　　　　What you're doing is risky. 你正在做的事很危險。

　　　　　You're on thin ice! 　　你岌岌可危！

**

1321. drop〔drɑp〕v. 使落下；停止
Drop it. ①停止；別那樣。(= *Stop.*) ②沒關係。(= *It doesn't matter.*) ③別理它。(= *Ignore it.* = *Let it go.*)
axe〔æks〕n. 斧頭　v. 用斧頭劈或砍；取消
Axe it. 把它取消。(= *End it.* = *Cancel it.*)
nix〔nɪks〕v. 停止；禁止；拒絕；否決；不贊成　n. 白費力氣；徒勞
Nix it. ①要拒絕。(= *Reject it.*) ②要禁止。(= *Forbid it.*)

1322. warning〔'wɔrnɪŋ〕n. 警告　　notice〔'notɪs〕n. 通知
alert〔ə'lɝt〕adj. 警覺的
a notice to be alert 警戒通知 (= *an alert notice*)
wake-up call ①（飯店的）電話叫醒服務 ②警示；警鐘
It's a wake-up call. 這是個警告。(= *It's a warning.*)

1323. danger〔'dendʒɚ〕n. 危險
in danger 有危險 (= *in a dangerous situation*)
risky〔'rɪskɪ〕adj. 危險的　　thin〔θɪn〕adj. 薄的　　ice〔aɪs〕n. 冰
on thin ice「在薄薄的冰上」，薄冰很容易就碎裂，引申為「岌岌可危的」。

9. 表達看法

□ 1324. It's risky. 　　　　　　　　　　　那樣很冒險。

　　　　　It's dangerous. 　　　　　　　　那樣很危險。

　　　　　You're playing with fire. 　　　你是在玩火。

□ 1325. You'll get burned. 　　　　　　　　你會玩火自焚。

　　　　　You'll suffer for it. 　　　　　　你會因此而受苦。

　　　　　You'll pay in the long run. 　　　你最後會付出代價。

♣ 老實說

□ 1326. Speak frankly. 　　　　　　　　　要坦白說。

　　　　　Tell me the truth. 　　　　　　告訴我實話。

　　　　　Level with me. 　　　　　　　　對我說實話。

**

1324. risky〔'rɪskɪ〕*adj.* 冒險的；危險的
dangerous〔'dendʒərəs〕*adj.* 危險的　　fire〔faɪr〕*n.* 火
play with fire 玩火；做危險的事（= *do something dangerous*）

1325. burn〔bɜn〕*v.* 燒傷；燙傷；灼傷　　***You'll get burned.***（你會玩火
自焚。）源自 Don't play with fire, or you'll get burned.（不
要玩火，否則就會燙傷；不要玩火自焚。）或 One who plays with
fire gets burned.（玩火者必自焚。）也可說成：You'll get hurt.
你會受傷。）You'll get in trouble.（你會惹上麻煩。）【*get hurt*
受傷】　　suffer〔'sʌfɚ〕*v.* 受苦　　pay〔pe〕*v.* 付出代價
in the long run 長遠來看；終究；最後

1326. frankly〔'fræŋklɪ〕*adv.* 坦白地　　truth〔truθ〕*n.* 事實
level〔'lɛvḷ〕*v.* 成為水平狀態；（對人）說實話
level with sb. 對某人說實話
Level with me. 對我說實話。（= *Tell me the truth.*）

26. 計畫有風險

□ 1327. The plan was risky. 　　　　　　　　這個計畫很冒險。
The outcome was uncertain. 　　　　　結果不確定。
It was touch-and-go. 　　　　　　　　結果很難預料。

□ 1328. It isn't stable. 　　　　　　　　　　這個不穩定。
It could easily fall apart. 　　　　　　這很容易失敗。
The agreement was built on 　　　　　這項協議像建在沙子上一
　　sand. 　　　　　　　　　　　　　　　樣不可靠。

□ 1329. There's no decision yet. 　　　　　　還沒有決定。
It hasn't been decided. 　　　　　　　這還沒有決定。
The jury is still out. 　　　　　　　　事情尚未決定。

** ——————

1327. risky〔'rɪskɪ〕*adj.* 冒險的　　outcome〔'aʊt,kʌm〕*n.* 結果
uncertain〔ʌn'sɝtn̩〕*adj.* 不確定的　　touch-and-go〔,tʌtʃən'go〕
　　adj.（形勢）不確定的；無法預言的；危急的
　　It was touch-and-go.（結果很難預料。）也可說成：The outcome
　　　was very uncertain.（結果很不確定。）It could have easily
　　　failed.（可能很容易就失敗了。）【fail〔fel〕*v.* 失敗】
1328. stable〔'stebl̩〕*adj.* 穩定的　　***fall apart*** 崩壞；瓦解；失敗
agreement〔ə'grimənt〕*n.* 協議；契約
　　built on sand「建在沙子上」，表示「不穩定；不可靠」。
1329. ***not…yet*** 尚未…；還沒　　decision〔dɪ'sɪʒən〕*n.* 決定
decide〔dɪ'saɪd〕*v.* 決定　　jury〔'dʒʊrɪ〕*n.* 陪審團
still〔stɪl〕*adv.* 仍然　　out〔aʊt〕*adv.* 在外面
　　The jury is still out. 字面的意思是「陪審團還在外面，還沒投票表
　　　決。」表示「事情尚未決定；尚不明確；懸而未決。」(= *It's not
　　　certain yet.* = *It hasn't been decided.* = *We don't know yet.*)

27. 你被騙了

☐ **1330.** It was a surprise.　　　　那真令人驚訝。
　　　　It came without warning!　　毫無預警！
　　　　It was out of the blue.　　　出乎意料。

☐ **1331.** Speaking seriously.　　　　認真地說。
　　　　All kidding aside.　　　　先不開玩笑了。
　　　　Here's what I really think.　以下是我真正的想法。

☐ **1332.** You were tricked.　　　　你被騙了。
　　　　You got foolcd.　　　　你被騙了。
　　　　You were played.　　　　你被耍了。

** ────────────

1330. surprise〔sə'praɪz〕n. 令人驚訝的事
　　warning〔'wɔrnɪŋ〕n. 警告
　　come without warning 毫無預警（= *strike without warning*）
　　It came without warning! 也可說成：It was unexpected!（真是
　　　出乎意料！）【unexpected〔ˌʌnɪk'spɛktɪd〕adj. 出乎意料的】
　　the blue 藍天　***out of the blue*** 出乎意料地；突然
　　It was out of the blue. 出乎意料。（= *It was unexpected.*
　　　= *It was without warning.*）

1331. seriously〔'sɪrɪəslɪ〕adv. 認真地　　kid〔kɪd〕v. 開玩笑
　　aside〔ə'saɪd〕adv.【置於動名詞之後】暫時不管；先擱置在一旁
　　All kidding aside. 先不開玩笑了。（= *No more joking.*）
　　【joke〔dʒok〕v. 開玩笑】　　***what I think*** 我的想法

1332. 這三句話意思相同。　　trick〔trɪk〕v. 欺騙
　　fool〔ful〕v. 欺騙（= *trick* = *deceive* = *con*）
　　play〔ple〕v. 開（玩笑）；耍（花招）；作弄
　　You were played.（你被耍了。）也可說成：You were deceived.
　　（你被騙了。）【deceive〔dɪ'siv〕v. 欺騙】

9.
表
達
看
法

28. 你完蛋了

□ 1333. You're done. 你完了。
You're finished. 你完了。
You're defeated. 你被打敗了。

□ 1334. You're over. 你完了。
You're ruined. 你毀了。
You're toast. 你完蛋了。

□ 1335. It's a useless attempt. 這是個無用的嘗試。
You've already lost. 你已經輸了。
You're fighting a losing battle. 你在打一場贏不了的仗。

** ────────────

1333. done〔dʌn〕*adj.* 完成的；註定要失敗或完蛋的
You're done.（你完了。）也可說成：You've lost.（你輸了。）
You're out.（你出局了。）
finished〔ˈfɪnɪʃt〕*adj.* 完成的；完蛋的　　defeat〔dɪˈfit〕*v.* 打敗
1334. over〔ˈovə〕*adj.* 結束的；完了的
ruined〔ˈruɪnd〕*adj.* 毀滅了的　　toast〔tost〕*n.* 吐司；敬酒
You're toast. 你完蛋了。(= *You've lost.* = *You're out.* = *You're done.*) 也可說成：You're in big trouble.（你麻煩大了。）
1335. useless〔ˈjuslɪs〕*adj.* 無用的　　attempt〔əˈtɛmpt〕*n.* 嘗試
It's a useless attempt.（這是個無用的嘗試。）也可說成：It's not worth it to even try.（這根本不值得嘗試。）【*worth it* 值得的
even〔ˈivən〕*adv.* 甚至；連】　　lose〔luz〕*v.* 輸；失去
fight〔faɪt〕*v.* 打（仗）　　losing〔ˈluzɪŋ〕*adj.* 會輸的
battle〔ˈbætl̩〕*n.* 戰役　***fight a losing battle*** 打一場贏不了的仗；
徒勞無功　***You're fighting a losing battle.*** 你在打一場贏不了的仗。(= *You cannot win.*)

29. 情況失控

☐ **1336.** That's too bad!　　太糟糕了！
It's a pity!　　眞可惜！
What a bummer!　　眞遺憾！

☐ **1337.** It was chaos.　　眞是混亂。
It was out of control.　　已經失去控制。
Things got out of hand.　　情況失控了。

♣ **致命傷**

☐ **1338.** It's his weakness.　　這是他的缺點。
It's a shortcoming.　　這是個缺點。
It's his Achilles' heel.　　這是他的致命傷。

**────────────

1336. pity〔'pɪtɪ〕*n.* 可惜的事（＝*shame*）
　　It's a pity! 也可說成：What a pity! 或 What a shame! 意思相同。
　　【shame〔ʃem〕*n.* 羞恥；可惜的事】
　　bummer〔'bʌmɚ〕*n.* 令人不快之事；令人失望之事（＝*annoyance*
　　＝*disappointment*）
　　What a bummer! 眞遺憾！（＝*What a shame!*）

1337. chaos〔'keɑs〕*n.* 無秩序；大混亂　　control〔kən'trol〕*n.* 控制
　　out of control 不受控制；失去控制
　　things〔θɪŋz〕*n. pl.* 事情；情況　　***out of hand*** 失去控制

1338. weakness〔'wiknɪs〕*n.* 弱點；缺點
　　shortcoming〔'ʃɔrt,kʌmɪŋ〕*n.* 缺點
　　Achilles〔ə'kɪliz〕*n.* 阿奇里斯【荷馬（Homer）的史詩伊里亞德
　　（Iliad）中的希臘英雄】　　heel〔hil〕*n.* 腳跟
　　Achilles' heel 唯一的弱點（＝*weak point*）；致命傷；要害
　　（＝*Achilles heel*）【相傳阿奇里斯全身上下刀槍不入，唯一的弱點
　　就是腳後跟（heel）】

30. 情況很慘

☐ **1339.** I'm trapped. 　　　　　　　　　　我被困住了。
　　　　　I'm helpless. 　　　　　　　　　　我很無助。
　　　　　I'm like a sitting duck. 　　　　　我就像活靶一樣。

☐ **1340.** I'm stuck here. 　　　　　　　　　　我被困在這裡。
　　　　　No way out. 　　　　　　　　　　　沒有出路。
　　　　　I'm between a rock and a hard 　　我陷入兩難的境地。
　　　　　　　place.

☐ **1341.** I have no choice. 　　　　　　　　　我沒有選擇。
　　　　　Nothing I can do. 　　　　　　　　沒有什麼我可以做的。
　　　　　My hands are tied. 　　　　　　　　我無能為力。

**

1339. trap〔træp〕*v.* 困住　　　helpless〔'hɛlplɪs〕*adj.* 無助的
　　　duck〔dʌk〕*n.* 鴨子　　　like〔laɪk〕*prep.* 像　　***sitting duck*** 字面
　　　　的意思是「坐著的鴨子」，也就是「活靶；容易受到攻擊的目標」。
1340. stuck〔stʌk〕*adj.* 被困住的　　***way out*** 出口；出路；解決之道
　　　No way out. 源自 There is no way out.
　　　rock〔rɑk〕*n.* 岩石　　　hard〔hɑrd〕*adj.* 硬的
　　　be between a rock and a hard place 陷入兩難的境地 (= *be in a*
　　　very difficult position ; *be facing a hard decision*)
1341. choice〔tʃɔɪs〕*n.* 選擇　　***Nothing I can do.*** (沒有什麼我可以)
　　　源自 There's nothing I can do.
　　　tie〔taɪ〕*v.* 綁　　***My hands are tied.*** 字面的意思是「我的手被綁
　　　住了。」可引申為：①我很忙。②我的權力有限；我無能為力。

31. 我很失望

□ **1342**. You frustrate me. 你使我沮喪。

You're killing me. 你讓我痛苦。

You always give me a hard 你總是讓我很難受。
　　time.

□ **1343**. You annoy me. 你使我心煩。

You irritate me. 你讓我生氣。

You piss me off. 你氣死我了。

□ **1344**. You bug me. 你讓我心煩。

You bother me. 你使我困擾。

You get on my nerves. 你讓我心煩。

** ————

1342. frustrate〔ˈfrʌstret〕*v.* 使受挫；使沮喪

kill〔kɪl〕*v.* 殺死；使痛苦

You're killing me. 你讓我痛苦。【用現在進行式可表示不滿的情緒】

hard〔hɑrd〕*adj.* 難忍受的；辛苦的

give sb. a hard time 讓某人難受

1343. annoy〔əˈnɔɪ〕*v.* 使心煩　irritate〔ˈɪrəˌtet〕*v.* 激怒；使生氣

piss〔pɪs〕*v.* 小便　***piss sb. off*** 激怒某人

You piss me off. 你氣死我了。(= *You make me angry.*)

1344. 這三句話意思相同。

bug〔bʌg〕*v.* 煩擾；使惱怒(= *annoy*)　　*n.* 小蟲

bother〔ˈbɑðɚ〕*v.* 使困擾　nerve〔nɝv〕*n.* 神經

get on one's nerves 使某人緊張不安；使某人心煩

Part Three ♣ 一般評論

32. 幾乎一樣

□ **1345.** Same as last time!   跟上次一樣！
Now is no different!   現在沒什麼不同！
Just like before!   就像以前一樣！

□ **1346.** It's about the same.   差不多一樣。
Almost identical.   幾乎完全相同。
Almost no difference.   幾乎沒有差別。

□ **1347.** They're very similar.   它們很相似。
Much alike.   非常像。
About the same.   幾乎一樣。

** ————————————

1345. same〔sem〕*adj.* 同樣的；相同的   *last time* 上次
Same as last time! 跟上次一樣！(*= Just like last time!*
= Things are the same as they were last time!)
no〔no〕*adv.* 不是；沒有   different〔'dɪfrənt〕*adj.* 不同的
Now is no different! 現在沒什麼不同！(*= It hasn't changed! = It's*
still the same!)   just〔dʒʌst〕*adv.* 就   like〔laɪk〕*prep.* 像

1346. about〔ə'baʊt〕*adv.* 幾乎；差不多   almost〔'ɔl,most〕*adv.* 幾乎
identical〔aɪ'dɛntɪk!〕*adj.* 完全相同的
Almost identical. (幾乎完全相同。) 源自 It's almost identical.
difference〔'dɪfərəns〕*n.* 不同   ***Almost no difference.*** (幾乎
沒有差別。) 源自 There is almost no difference.

1347. similar〔'sɪmələ〕*adj.* 相似的   much〔mʌtʃ〕*adv.* 非常
alike〔ə'laɪk〕*adj.* 相像的

33. 很普通

☐ **1348**. It's not very good.　　　　它不是很好。

It's not very bad.　　　　它不是很差。

It's middle of the road.　　很普通。

☐ **1349**. It's so-so.　　　　　　它普普通通。

It's common.　　　　　　它很一般。

It's nothing special.　　沒什麼特別的。

☐ **1350**. They are everywhere.　　它們到處都是。

They are all around.　　　它們無所不在。

They are all over the place.　　它們到處都有。

**

1348. middle〔'mɪdḷ〕*n.* 中間

middle of the road 中間道路；溫和路線；中庸；中道

It's middle of the road. 很普通 (= *It's average.*)

【average〔'ævərɪdʒ〕*adj.* 一般的；普通的】

1349. so-so〔'so,so〕*adj.* 一般的；還過得去的；不好不壞的【當別人問：
How do you like it? (你喜不喜歡？) 你就可以說：Not too bad.
Not too good. It's so-so. (不是太差。不是太好。普普通通。)】

common〔'kɑmən〕*adj.* 普通的；常見的

special〔'spɛʃəl〕*adj.* 特別的　　***nothing special*** 沒什麼特別的

1350. everywhere〔'ɛvrɪ,hwɛr〕*adv.* 到處　　***all around*** 到處；四處

all over 遍及；到處　　***all over the place*** 到處

They are all over the place. 它們到處都有。

(= *They're everywhere.*)

34. 有弦外之音

☐ **1351.** It's not what you think. 這不是你想的那樣。
It has another meaning. 它有另一個意思。
It's a figure of speech. 它是個比喻。

☐ **1352.** It's very different. 這非常不同。
It's not the same. 這不一樣。
It's a horse of a different color. 這完全是另一回事。

☐ **1353.** There's more to it. 不只如此。
There's a deeper meaning. 還有更深的意義。
There's more than meets the 比表面看到的更複雜。
eye.

** ——————————

1351. meaning〔'minɪŋ〕*n.* 意義;意思　figure〔'fɪgjɚ〕*n.* 形態;象徵
speech〔spitʃ〕*n.* 說話;言語　***figure of speech*** 比喻
It's a figure of speech.（它是個比喻。）也可說成:It's not literal.
（它不是字面的意思。）【literal〔'lɪtərəl〕*adj.* 照字面的】

1352. different〔'dɪfərənt〕*adj.* 不同的　same〔sem〕*adj.* 相同的
horse〔hors〕*n.* 馬　color〔'kʌlɚ〕*n.* 顏色
a horse of a different color 完全是另外一回事【從前馬匹非常重
要,所以有很多與 horse 有關的成語。a horse of a different color
是指第一眼看見某匹馬時,印象中牠是某種顏色,但後來細看之下卻
發現顏色根本不同,「完全是另一回事」】

1353. ***there's more*** 還有更多;不只如此　deep〔dip〕*adj.* 深的
There's more (to sb./sth.) than meets the eye.（某人或某事）不
像表面那麼簡單;比表面看到的更複雜。

35. 這非常明顯

☐ 1354. It's obvious.　　　　　　　　　這很明顯。

It's clear to see.　　　　　　　清楚易見。

It speaks for itself.　　　　　　不說自明。

☐ 1355. It's clear.　　　　　　　　　　這很清楚。

It's cut and dried.　　　　　　　很明確。

It's plain as day.　　　　　　　非常清楚。

☐ 1356. It's evident.　　　　　　　　　這很明顯。

It's easy to see.　　　　　　　　顯而易見。

It's plain and simple.　　　　　清楚易懂。

**

1354. obvious〔ˋɑbvɪəs〕*adj.* 明顯的　　clear〔klɪr〕*adj.* 清楚的
    speak for 代表～說話；替～辯護
    (*sth.*) ***speak for itself*** (事情) 不說自明；不需另外說明
    (= (*sth.*) *be obvious* = (*sth.*) *need no further explanation*)

1355. clear〔klɪr〕*adj.* 清楚的　　　dry〔draɪ〕*v.* 把…弄乾；曬乾
    cut and dried 字面的意思是「切好曬乾了」，源自於中醫，藥草切好、
    曬乾後，就可以使用了，引申出兩個意思：①已成定局 (= *already
    decided*) ②清楚明確 (= *clear and definite*)。
    plain〔plen〕*adj.* 清楚的；明白的；簡單的　　***plain as day*** 非常
    清楚；極為明顯 (= *as plain as the day* = *very clear*)

1356. evident〔ˋɛvədənt〕*adj.* 明顯的　　***plain and simple*** 簡單清楚的
    It's plain and simple. 清楚易懂。
    (= *It's very clear and easy to understand.*)

36. 眾所皆知

☐ 1357. I got wind of that. | 我聽到風聲了。
I heard about that. | 我聽說那件事了。
Everybody is talking about it. | 大家都在談論。

☐ 1358. Everyone knows. | 大家都知道。
It's no secret. | 這絕不是祕密。
It's out in the open. | 這已經公開了。

☐ 1359. You know it. | 你知道。
I know it. | 我知道。
It's an open secret. | 這是公開的祕密。

** ————————————

1357. wind〔wɪnd〕 *n.* 風　　***get wind of*** 聽到～的風聲；風聞；察覺
I got wind of that. 我聽到風聲了。(= *I heard about that.*
= *I'm aware of that.*)〔***be aware of*** 知道〕
hear about 聽說關於…的事　　***talk about*** 談論

1358. no〔no〕 *adv.* 絕不；根本不　　secret〔'sikrɪt〕 *n.* 祕密
out〔aut〕 *adv.* 在外面
the open 空地；露天；戶外　　***in the open*** 在戶外
out in the open 公開的 (= *no longer secret*)

1359. open〔'opən〕 *adj.* 公開的　　***open secret*** 公開的祕密

☐ **1360.** It got around fast. 消息快速地流傳開來。

It became known quickly. 很快地為人所知。

The news spread like wildfire. 消息如野火般迅速傳開。

♣ 沒有人提起

☐ **1361.** Everybody knew it. 大家都知道。

Nobody said it. 但沒有人提起。

It was the elephant in the room. 這是個很明顯，但被忽略的事實。

☐ **1362.** Nobody talked about it. 沒有人談論此事。

They ignored the obvious. 他們忽略明顯的事。

They were afraid to mention it. 他們害怕提到這件事。

**

1360. ***get around*** 四處走動；流傳　　quickly〔ˈkwɪklɪ〕*adv.* 快地
news〔njuz〕*n.* 消息；新聞　　spread〔sprɛd〕*v.* 散布；傳播
like〔laɪk〕*prep.* 像　　wildfire〔ˈwaɪld͵faɪr〕*n.* 野火
spread like wildfire 如野火般迅速傳開

1361. elephant〔ˈɛləfənt〕*n.* 大象　　room〔rum〕*n.* 房間
the elephant in the room 「房間裡面的大象」，引申為「顯而易見
而又被忽略的事實」。

1362. ***talk about*** 談論　　ignore〔ɪgˈnor〕*v.* 忽視；忽略
obvious〔ˈɑbvɪəs〕*adj.* 明顯的　　***the obvious*** 明顯的事
afraid〔əˈfred〕*adj.* 害怕的
be afraid to V. 害怕…；擔心…；討厭…
mention〔ˈmɛnʃən〕*v.* 提到

37. 已成定局

☐ **1363.** It's about to happen.   這件事即將發生。
It's coming soon.   它很快就會發生。
It's in the cards.   它很有可能發生。

☐ **1364.** That's the way it is.   情況就是這樣。
It is what it is.   事情就是這樣。
There is no escaping it.   不可能避免。

☐ **1365.** We can't avoid it.   我們無法避免這件事。
It's going to happen.   它將會發生。
I can see the writing on   我可以察覺災難的徵兆。
   the wall.

** ——————————

9. 表達看法

1363. ***be about to V.*** 即將…   happen〔ˈhæpən〕*v.* 發生
come〔kʌm〕*v.* 來臨；發生（*= happen*）
soon〔sun〕*adv.* 很快   cards〔kɑrdz〕*n. pl.* 紙牌
in the cards 很有可能發生的【源自紙牌算命】
It's in the cards. 它很有可能發生。（*= It's very likely to happen.*）

1364. way〔we〕*n.* 樣子   ***It is what it is.*** 是指「情勢、事情無法改變，
   只好接受。」也就是「事情就是這樣，不然又能怎樣。」
There is no + V-ing …是不可能的（*= It is impossible to V.*）
escape〔əˈskep〕*v.* 逃避；避免（*= avoid*）

1365. avoid〔əˈvɔɪd〕*v.* 避免
writing〔ˈraɪtɪŋ〕*n.* 筆跡；著作；作品
can see the writing on the wall 察覺災難的

the writing on the wall

   徵兆【出自「舊約聖經」】（*= can see the handwriting on the wall*）

☐ **1366**. It's typical.　　　　　　　這很典型。

It's to be expected.　　　　這可以預期。

It happens all the time.　　這一直會發生。

☐ **1367**. That's normal.　　　　　　那很平常。

That's usually what happens.　　那是通常會發生的事。

That's par for the course.　　那種事司空見慣。

☐ **1368**. It's fate.　　　　　　　　這是命運。

It's destiny.　　　　　　　這是命運。

It was meant to be.　　　　這是命中注定。

**

1366. typical〔'tɪpɪkḷ〕*adj.* 典型的；有代表性的；一般的（= *usual* = *average*）　　expect〔ɪk'spɛkt〕*v.* 預期

happen〔'hæpən〕*v.* 發生　　***all the time*** 一直；總是

1367. normal〔'nɔrmḷ〕*adj.* 正常的；平常的

usually〔'juʒʊəlɪ〕*adv.* 通常　　***what happens*** 發生的事

par〔pɑr〕*n.*（高爾夫）標準桿；標準；常態

course〔kors〕*n.*（時空的）進行；過程；發展

par for the course 意料中的事；司空見慣

1368. 這三句話意思相同。　　fate〔fet〕*n.* 命運

destiny〔'dɛstənɪ〕*n.* 命運　　***be meant to*** 預定…；注定…

be meant to be 命中注定

It was meant to be.（這是命中注定。）也可說成：It was meant to happen.（這是注定要發生的。）

♣ 已經結束

☐ **1369.** It's finished.　　　　　　　　結束了。
It's already final.　　　　　　已經終止了。
It's over and done with.　　　已經完全結束了。

☐ **1370.** It's all over.　　　　　　　　都結束了。
It's a done deal.　　　　　　這是決定好的事。
The die is cast.　　　　　　【諺】木已成舟；已成定局。

☐ **1371.** It can't be changed.　　　　這無法改變。
It's completely decided.　　這已經完全決定了。
It's set in stone!　　　　　這已成定局！

** ────────────

1369. finished〔ˈfɪnɪʃt〕*adj.* 結束的；完成的
already〔ɔlˈrɛdɪ〕*adv.* 已經　　final〔ˈfaɪn̩〕*adj.* 最終的；最後的
over〔ˈovɚ〕*adv.* 結束；完畢　　done〔dʌn〕*adj.* 完成的
over and done with 結束；完畢；已經完了結（= *over* = *finished*）

1370. deal〔dil〕*n.* 交易　　***done deal*** 決定好的事；無法改變的事
die〔daɪ〕*n.* 骰子【為單數，複數為 dice】　　cast〔kæst〕*v.* 投擲
The die is cast. 字面的意思是「骰子已經丟出去了。」也就是「木已成舟；已成定局。」

1371. change〔tʃendʒ〕*v.* 改變
completely〔kəmˈplitlɪ〕*adv.* 完全地　　decide〔dɪˈsaɪd〕*v.* 決定
It's completely decided. = The decision has been made.
set〔sɛt〕*v.* 安置；安放　　***be set in stone*** 已成定局的；無法更改的（= *be cast in stone* = *be etched in stone*）
It's set in stone! 也可說成：It's difficult to change!（這很難改變！）It's impossible to change!（這不可能改變！）

9.
表達看法

□ **1372.** Handle it.　　　　　　　　要處理它。

　　　　Cope with it.　　　　　　要處理它。

　　　　There's no avoiding it.　　這是不可能逃避的。

□ **1373.** For a better tomorrow.　　爲了更好的明天。

　　　　For a bright future.　　　爲了光明的未來。

　　　　One full of promise and hope!　一個充滿希望的未來！

♣ 問題解決了

□ **1374.** That's the answer.　　　那就是答案。

　　　　That's the solution.　　那就是解答。

　　　　Problem solved.　　　　問題解決了。

** ─────────────

1372. handle〔'hændḷ〕*v.* 處理

cope with 應付；處理（= *deal with* = *handle* ）

There is no + V-ing 不可能…（= *It is impossible to V.* ）

avoid〔ə'vɔɪd〕*v.* 避免；逃避

There's no avoiding it. 這是不可能逃避的。（= *It is impossible to avoid it.* = *You can't escape it.* ）【escape〔ə'skep〕*v.* 逃離；逃避】

1373. 這三句話可以在演講時說。　***For a better tomorrow.*** 源自 Let's work for a better tomorrow.（讓我們爲了更好的明天而努力。）

bright〔braɪt〕*adj.*（未來）光明的；有希望的

future〔'fjutʃɚ〕*n.* 未來　***For a bright future.*** 源自 Let's hope for a bright future.（讓我們對光明的未來抱持希望。）

be full of 充滿了　　promise〔'prɑmɪs〕*n.* 前途；希望

hope〔hop〕*n.* 希望　***One full of promise and hope!*** 中的 One 在此指 A better tomorrow 或 A better future。

1374. answer〔'ænsɚ〕*n.* 答案　　solution〔sə'luʃən〕*n.* 解決；解答

problem〔'prɑbləm〕*n.* 問題　　solve〔sɑlv〕*v.* 解決

Problem solved. 問題解決了。（= *The problem has been solved.* ）

♣ 你確定嗎？

□ **1375.** Are you sure? 你確定嗎？
Are you certain? 你確定嗎？
Are you positive? 你確定嗎？

□ **1376.** It's true. 這是真的。
I promise you. 我向你保證。
Cross my heart. 我發誓句句屬實。

□ **1377.** It's the truth! 這是事實！
It's the whole truth! 這是完整的事實！
Nothing but the truth! 這是絕不摻假的事實！

**

1375. sure〔ʃʊr〕*adj.* 確定的　　certain〔ˈsɝtn〕*adj.* 確定的
positive〔ˈpɑzətɪv〕*adj.* 肯定的；確信的

1376. true〔tru〕*adj.* 真的　　promise〔ˈprɑmɪs〕*v.* 承諾；向…保證
cross〔krɔs〕*v.* 交叉；畫十字　　***Cross my heart.*** 我在我的胸前畫
十字，表示「我發誓句句屬實。」這句話源自 Cross my heart and
hope to die.（我發誓句句屬實，否則不得好死。）

1377. truth〔truθ〕*n.* 事實；實話　　whole〔hol〕*adj.* 全部的；整個的；
完整的　　***nothing but*** 只是（= *only*）
這三句話源自法院證人的宣誓詞："I will tell the truth, the whole
truth, and nothing but the truth."（我會說出事實，完整的事實，
絕不摻假的事實。）

38. 不變的眞理

☐ 1378. People change.

They get better or worse.

No one stays the same.

人都會改變。

他們會變好或變壞。

沒有人會保持不變。

☐ 1379. To each his own.

Do your own thing.

Different strokes for different folks.

人各有所好。

做自己想做的事。

不同的人有不同的嗜好。

☐ 1380. It's difficult to change.

It's tough to get better.

Old habits die hard.

很難改變。

很難改善。

【諺】積習難改。

**

1378. change〔tʃendʒ〕v. 改變　　stay〔ste〕v. 保持

1379. each〔itʃ〕pron. 每個人　　own〔on〕adj. 自己的　　n. 屬於自己的東西　　***To each his own.*** 人各有所好。(*= Everyone likes different things.*) 源自 Each person is entitled to his or her personal preferences and tastes. (每個人都有資格擁有自己的偏好及喜好。) 【***be entitled to*** 有資格擁有　　preference〔ˈprɛfərəns〕n. 偏愛　　taste〔test〕n. 喜好】也可說成：Everyone to his taste. (【諺】人各有所好。)　　stroke〔strok〕n. 一筆；一劃；筆法；寫法；(網球等的) 打法；(划船的) 划法；(游泳的) 游法【在此可指 things (事情)、ways (方式)、preferences (偏好)、lifestyles (生活方式) 等，可能會有所不同的事物】　　folks〔foks〕n. pl. 人們

Different strokes for different folks. (不同的人有不同的嗜好。)

= Different people will like or do different things.

= Different things appeal to different people. 【***appeal to*** 吸引】

1380. tough〔tʌf〕adj. 困難的 (*= difficult*)　　habit〔ˈhæbɪt〕n. 習慣

hard〔hɑrd〕adv. 困難地　　***die hard*** 不易改掉；難戒除

Old habits die hard. 是諺語，舊的習慣很難戒除，即「積習難改。」

□ **1381.** Clothes make the man. 【諺】人要衣裝。

Appearance is important. 外表很重要。

Dressing well leads to success. 好的穿著有助於成功。

□ **1382.** Pay more, get more. 付得多,得到多。

Pay less, get less. 付得少,得到少。

You get what you pay for. 一分錢,一分貨。

□ **1383.** Fear holds you back. 恐懼會阻止你。

Hope sets you free. 希望能使你自由。

Courage is the key. 勇氣是關鍵。

**

1381. clothes〔kloz〕*n. pl.* 衣服　　make〔mek〕*v.* 使(某人)成功;
造就　　***Clothes make the man.*** 字面的意思是「衣服能使人成
功。」也就是「人要衣裝,佛要金裝。」
appearance〔ə'pɪrəns〕*n.* 外表　　dress〔drɛs〕*v.* 穿衣服
lead to 通往;導致　　success〔sək'sɛs〕*n.* 成功

1382. pay〔pe〕*v.* 支付　　***Pay more, get more.*** 源自 If you pay more,
you will get more.　　***Pay less, get less.*** 源自 If you pay less,
you will get less.　　***pay for*** 支付…的錢　　***You get what you
pay for.***「你得到你付錢買的東西。」也就是「一分錢,一分貨。」

1383. fear〔fɪr〕*n.* 害怕;恐懼　　***hold back*** 制止;抑制
Fear holds you back. (恐懼會阻止你。)也可說成:If you are
afraid, you cannot progress. (如果你害怕,你就無法進步。)
【progress〔prə'grɛs〕*v.* 進步】　　hope〔hop〕*n.* 希望
set〔sɛt〕*v.* 使　　free〔fri〕*adj.* 自由的
Hope sets you free. (希望能使你自由。)也可說成:If you have
hope, you can do anything. (如果你懷抱希望,你就能做任何事。)
courage〔'kɝɪdʒ〕*n.* 勇氣　　key〔ki〕*n.* 關鍵
Courage is the key. (勇氣是關鍵。)也可說成:Courage to act is
the key. (行動的勇氣是關鍵。)Courage is the most important
thing. (勇氣最重要。)It is important to be courageous. (勇敢
很重要。)【courageous〔kə'redʒəs〕*adj.* 有勇氣的;勇敢的】

9.
表
達
看
法

☐ **1384.** Kids need strict discipline.
If not, they'll go wrong.
Spare the rod and spoil the
　　child.

孩子需要嚴格管教。
如果沒有，就會出錯。
【諺】不打不成器。

☐ **1385.** All families argue.
All families have problems.
No family is perfect.

所有的家庭都會爭吵。
所有的家庭都有問題。
沒有一個家庭是完美的。

☐ **1386.** We all have sinned.
We all have done wrong.
Only the pure can judge
　　others.

我們都有罪。
我們都做過壞事。
只有純潔的人才能批判別
人。

**────────────

1384. kid〔kɪd〕*n.* 小孩　　strict〔strɪkt〕*adj.* 嚴格的
discipline〔'dɪsəplɪn〕*n.* 紀律；管教
go wrong 出錯　　spare〔spɛr〕*v.* 吝惜
rod〔rɑd〕*n.* 長竿；棍；棒　　spoil〔spɔɪ〕*v.* 寵壞
Spare the rod and spoil the child. 是諺語，「吝惜棍子，寵壞孩
　　子。」也就是「不打不成器。」

1385. family〔'fæməlɪ〕*n.* 家庭　　argue〔'argjʊ〕*v.* 爭論
problem〔'prɑbləm〕*n.* 問題　　perfect〔'pɝfɪkt〕*adj.* 完美的

1386. sin〔sɪn〕*v.* 犯罪　　***do wrong*** 做壞事（= *do bad things*）；犯罪
pure〔pjʊr〕*adj.* 純潔的　　judge〔dʒʌdʒ〕*v.* 判斷；批判
Only the pure can judge others. 字面的意思是「只有純潔的人才
　　能批判別人。」而事實上，我們都有罪，沒有人是純潔的，換言之，
　　「我們都不該批判別人。」

☐ **1387.** When it rains, it pours.　　　　禍不單行。
It never rains but it pours.　　　【諺】禍不單行。
Misfortunes never come　　　　　【諺】禍不單行。
　　singly.

☐ **1388.** Coming close is not success!　　差點成功還是沒成功！
Coming close is still failure!　　功敗垂成仍是敗！
A miss is as good as a mile.　　【諺】失之毫釐，差之千里。

☐ **1389.** Fun and funny have different　　fun 和 funny 有不同的意
　　meanings.　　　　　　　　　　思。
"Fun" means having a good　　　fun 是指玩得愉快。
　　time.
"Funny" means something is　　funny 的意思是某件事很
　　humorous.　　　　　　　　　幽默好笑。

＊＊————————————

1387. 這三句話意思相同。　　pour〔por〕*v.* 傾倒；下傾盆大雨
When it rains, it pours. 一下雨，就下傾盆大雨，也就是「禍不單
　　行。」　　*never…but* 沒有…不；每次…必定
It never rains but it pours. 是諺語，「不雨則已，一雨傾盆。」也
　　就是「禍不單行。」　　misfortune〔mɪs'fɔrtʃən〕*n.* 不幸
singly〔'sɪŋglɪ〕*adv.* 單獨地　　*Misfortunes never come singly.*
　　是諺語，「不幸絕不會單獨來。」也就是「禍不單行。」

1388. *come close* 很接近；幾乎；差點　　success〔sək'sɛs〕*n.* 成功
failure〔'feljɚ〕*n.* 失敗　　miss〔mɪs〕*n.* 小失誤
as good as 和～一樣
A miss is as good as a mile. 【諺】失之毫釐，差之千里；差毫釐和
　　差一哩一樣是失誤；小錯大錯都是錯；功敗垂成仍是敗。

1389. fun〔fʌn〕*n.* 樂趣　　*adj.* 有趣的　　funny〔'fʌnɪ〕*adj.* 好笑的
meaning〔'minɪŋ〕*n.* 意思；意義　　mean〔min〕*v.* 意思是
have a good time 玩得愉快（= *have fun* = *enjoy oneself*）
humorous〔'hjumərəs〕*adj.* 幽默的；好笑的

☐ **1390.** Time flies by. 時光飛逝。
Time flies so fast. 時光飛逝。
Time flies when you're 歡樂的時光總是過得特別快！
    having fun!

☐ **1391.** It's not all bad. 並非全是壞事。
It's a blessing in disguise. 塞翁失馬，焉知非福。
Every cloud has a silver 【諺】否極泰來；天無絕人之
    lining. 路。

☐ **1392.** Word travels fast. 話傳得很快。
Bad news travels faster. 壞消息傳得更快。
Bad news has wings. 【諺】好事不出門，壞事傳千里。

** ——————————————

1390. fly〔faɪ〕v. （光陰）如箭般飛過去　　***Time flies by.*** 也可説成：
Time flies.（【諺】光陰似箭。）　　***have fun*** 玩得愉快

1391. ***not all*** 並非全部【為部份否定】　　blessing〔'blɛsɪŋ〕n. 幸福
disguise〔dɪs'gaɪz〕n. 偽裝　　***A blessing in disguise.*** 是諺語，
  「偽裝的幸福。」也就是「外表似不幸，其實為幸福。」即「塞翁失
  馬，焉知非福。」　　lining〔'laɪnɪŋ〕n. 內裡；襯裡
Every cloud has a silver lining. 是諺語，「烏雲背後有銀邊。」也
  就是「否極泰來；天無絕人之路。」

1392. word〔wɝd〕n. 字；話　　travel〔'trævl〕v. 行進；前進
Word travels fast. 也可説成：News spreads quickly.（消息傳得
  很快。）【spread〔sprɛd〕v. 散播】　　news〔njuz〕n. 新聞；消息
Bad news travels faster. 來自諺語：Bad news travels fast.（壞
  消息傳得快；好事不出門，壞事傳千里。）（= *When something*
  bad happens, people hear about it quickly.）
wing〔wɪŋ〕n. 翅膀　　***Bad news has wings.*** 【諺】壞消息有翅
  膀；好事不出門，壞事傳千里。

9. 表達看法

☐ **1393.** A smile hello. | 微笑打招呼。
An offer of help. | 主動幫忙。
Little things count most. | 小事最重要。

☐ **1394.** Any help is useful. | 任何的幫助都是有用的。
Every little bit helps. | 積少成多，滴水成河。
Even the smallest thing | 即使是最小的事物也有幫
helps. | 助。

☐ **1395.** A strong man saves himself. | 強人救自己。
A great man saves others. | 偉人救別人。
Help others for success. | 幫助別人才能成功。

**

9.
表達看法

1393. smile〔smaɪl〕*n.* 微笑　hello〔hə'lo〕*n.* 哈囉；打招呼
A smile hello.（微笑打招呼。）也可說成：A smile in greeting.
（打招呼時微笑。）【greet〔grit〕*v.* 和⋯打招呼】
offer〔'ɔfə〕*n.* 給予；提供；提議　*an offer of help* 主動表示
願意幫助　count〔kaʊnt〕*v.* 重要
1394. help〔hɛlp〕*n.* 幫助　*v.* 有幫助；有用
useful〔'jusfəl〕*adj.* 有用的　*little bit* 少許
Every little bit helps.「每一點點都有幫助。」也就是「積少成多，
滴水成河。」源自諺語：Every little helps.（點滴都有用；積少
成多。）（= *Every bit helps.*）也可說成：Even the smallest
things are helpful.（即使是最微小的事物都是有幫助的。）
1395. save〔sev〕*v.* 拯救　great〔gret〕*adj.* 偉大的
great man 偉人　success〔sək'sɛs〕*n.* 成功
Help others for success. 也可說成：The more you help others,
the more successful you will be.（越常幫助別人，你就會越
成功。）

□ 1396. Life is tough.　　　　　　生活很困難。

　　　　Life is rough.　　　　　　生活很辛苦。

　　　　Life is hard.　　　　　　生活不容易。

□ 1397. Life is a journey.　　　　　人生是個旅程。

　　　　Appreciate each day.　　　要珍惜每一天。

　　　　Be grateful for everything.　要對一切心存感激。

□ 1398. Life has its ups and downs.　人生起起伏伏。

　　　　Appreciate the little things.　要珍惜微小的事物。

　　　　Never take anything for　　絕不要把任何事物視爲理

　　　　　granted.　　　　　　　所當然。

**

1396. tough〔tʌf〕 *adj.* 困難的（ = *difficult* = *hard* ）

　　　rough〔rʌf〕 *adj.* 粗糙的；辛苦的　　hard〔hɑrd〕 *adj.* 困難的

1397. journey〔'dʒɝnɪ〕 *n.* 旅程

　　　appreciate〔ə'priʃɪ‚et〕 *v.* 欣賞；重視；珍視；感激

　　　grateful〔'gretfəl〕 *adj.* 感激的 <*for* >

1398. ***ups and downs*** 起伏；盛衰　　never〔'nɛvɚ〕 *adv.* 絕不

　　　grant〔grænt〕 *v.* 答應；給予

　　　take sth. for granted 把某事視爲理所當然【片語中的 for 相當於
　　　　to be】

9.
表
達
看
法

□ **1399**. Life is a dream. 人生是場夢。
You can try everything. 你可以嘗試每件事。
You can do anything. 你可以做任何事。

□ **1400**. That's life. 這就是人生。
That's the way it is! 人生就是這樣！
So be it! 就接受吧！

□ **1401**. That's how it goes. 事情就是這樣。
Can't be helped. 是無法避免的。
C'est la vie. 這就是人生。

【無論人生是好是壞，你都可以說這三句話】

**─────────

1399. life〔laɪf〕*n.* 生活；人生　　dream〔drim〕*n.* 夢
try〔traɪ〕*v.* 嘗試
1400. way〔we〕*n.* 樣子
That's the way it is! 世界就是這麼運作的！；人生就是這樣！
So be it! 那就這樣吧！；就接受吧！
1401. go〔go〕*v.* 進展　　help〔hɛlp〕*v.* 幫助；避免；阻止
Can't be helped.（是無法避免的。）源自 It can't be helped.
（那是無法避免的；那是不得已的。）
C'est la vie.〔͵se lə ˈvi〕來自法文，英文的意思是 That's life.
「這就是人生；生活就是如此。」

10. 提供建議
Offering Suggestions

用手機掃瞄聽錄音

1. 給人意見

☐ **1402**. Want some advice? 　　　　想要一些建議嗎？
Want my opinion? 　　　　　　想要我的意見嗎？
Can I give you a suggestion? 　我可以給你一個建議嗎？

☐ **1403**. Can I put in my two cents? 　我能發表我的意見嗎？
I think you should hear this. 　我認為你應該會想聽。
I would want to know. 　　　　要是我就會想要知道。

☐ **1404**. Let me be frank. 　　　　　恕我直說。
Let me be candid. 　　　　　　恕我直言。
Let me give you my honest 　　讓我給你誠懇的意見。
　　opinion.

** ─────────

1402. 前兩句的句首都省略了 Do you。
advice〔əd'vaɪs〕*n.* 勸告；建議　　opinion〔ə'pɪnjən〕*n.* 意見
suggestion〔sə(g)'dʒɛstʃən〕*n.* 建議

1403. cent〔sɛnt〕*n.* 一分錢
put in one's ***two cents*** 明白表示自己的意見
Can I put in my two cents? 我能發表我的意見嗎？
　(= *Can I give my opinion?* = *Can I tell you what I think?*)
I would want to know. = *If I were you, I would want to know.*
　（如果我是你，我會想知道。）

1404. frank〔fræŋk〕*adj.* 坦白的　　candid〔'kændɪd〕*adj.* 坦白的
honest〔'ɑnɪst〕*adj.* 誠實的

2. 要先做計畫

☐ **1405.** Plan first. | 要事先計畫。
Be well prepared. | 要做好準備。
Be ready in advance. | 要事先準備好。

☐ **1406.** Plan ahead. | 要事先計畫。
Make sure you're set. | 要確定你已經準備好了。
Stay ahead of the game. | 要保持領先優勢。

♣ 防範未然

☐ **1407.** Stop it now. | 現在就停止。
Keep it from getting worse. | 要防止它惡化。
Nip it in the bud. | 要防範未然。

** ────────────

1405. plan〔plæn〕*v. n.* 計畫　first〔fɜst〕*adv.* 先
prepared〔prɪ'pɛrd〕*adj.* 準備好的　***be well prepared*** 做好準備；
做好充分的準備　***in advance*** 事先 (= *ahead* = *beforehand*)
ready〔'rɛdɪ〕*adj.* 準備好的

1406. ahead〔ə'hɛd〕*adv.* 在前方；預先；提早

PLAN
AHEAD

plan ahead 提早計畫；計畫未來　***make sure*** 確定
set〔sɛt〕*adj.* 準備好的 (= *ready*)　　stay〔ste〕*v.* 保持
ahead of 在…前面　***stay ahead of the game*** 處於有利地位；領先
Stay ahead of the game. (要處於有利的地位。)
= Keep your advantage. (要保持優勢。) = Stay in a position
from which you can succeed. (要處於能夠成功的地位。)

1407. ***keep ~ from*** 避免；防止 (= *stop ~ from* = *prevent ~ from*)
nip〔nɪp〕*v.* 挾；捏；摘　　bud〔bʌd〕*n.* 芽；花苞
nip sth. in the bud 字面的意思是「在萌芽時即摘取」，引申為「防範
某事於未然」。　***Nip it in the bud.*** 要防範未然。(= *Stop it from
developing.* = *Stop it from growing.* = *Stop it from happening.*)

10.
提
供
建
議

3. 要先試水溫

☐ **1408.** Let's play it by ear.　　　　　　　我們隨機應變吧。
　　　　Wait and see.　　　　　　　　　靜觀其變。
　　　　Decide later.　　　　　　　　　待會再決定。

☐ **1409.** Investigate first.　　　　　　　　要先調查。
　　　　Find out before you commit.　　在決定投入之前要弄清楚。
　　　　Always test the waters.　　　　一定要試試水溫。

☐ **1410.** Put out a feeler.　　　　　　　　要先試探一下。
　　　　Check out the situation.　　　　要調查情況。
　　　　Do some research first.　　　　要先做一些研究。

** ─────────────

1408. ear〔ɪr〕*n.* 耳朵　　***play it by ear*** 隨機應變
　　wait and see 靜觀其變；等著瞧　　decide〔dɪˋsaɪd〕*v.* 決定
　　later〔ˋletɚ〕*adv.* 待會
1409. investigate〔ɪnˋvɛstə͵get〕*v.* 調查（= *research* ）
　　find out 找出；查明事實　　commit〔kəˋmɪt〕*v.* 專心致力；投入
　　Find out before you commit. 在決定投入之前要弄清楚。（= *Learn*
　　　what you need to know before you decide to do something. ）
　　test〔tɛst〕*v.* 測試　　waters〔ˋwɔtɚz〕*n. pl.* 水域；海域；情況
　　test the waters 試水溫；試探別人對某事的意見
　　Always test the waters. 也可說成：Try to find out how people
　　　will react before you take action.（在採取行動之前，先查明人
　　　們會有什麼反應。）Try to find out what will happen before
　　　you take action.（採取行動之前，先查明會發生什麼事。）
1410. ***put out*** 伸出；拿出　　feeler〔ˋfilɚ〕*n.* 觸角；觸鬚；試探的手段
　　put out a feeler 試探（= *find out how others feel* ）
　　check out 調查；查看　　situation〔͵sɪtʃuˋeʃən〕*n.* 情況
　　research〔ˋrisɝtʃ〕*n.* 研究

10.
提
供
建
議

4. 仔細考慮

☐ **1411.** Think it over.   要仔細考慮。

Think about it.   要考慮一下。

Sleep on it.   要等到第二天再決定。

☐ **1412.** Don't decide too fast.   不要太快決定。

Weigh it out.   要衡量一下。

Ponder it.   要仔細考慮。

☐ **1413.** Let's meet in person.   我們親自見面吧。

Let's talk face to face.   我們面對面談一談吧。

It's better eye to eye.   最好是面對面。

**

1411. ***think over*** 仔細考慮   ***think about*** 考慮
sleep on 徹夜思考；把…留到第二天再決定

1412. decide〔dɪˋsaɪd〕v. 決定
weigh〔we〕v. 稱重；衡量
weigh out 衡量   ponder〔ˋpɑndɚ〕v. 仔細考慮

1413. meet〔mit〕v. 會面   ***in person*** 親自
face to face 面對面
eye to eye 源自 face to face and eye to eye（面對面）。

10.
提供建議

5. 晚點決定

☐ **1414.** Let's decide later. 　　　　　我們待會再決定。
Let's take some time. 　　　　　我們花一些時間吧。
Let's wait to make our 　　　　　我們等以後再決定吧。
　　decision.

☐ **1415.** Let things calm down. 　　　　要讓事情平靜下來。
Let the dust settle. 　　　　　　等待塵埃落定。
Wait till things become clear. 　等到事情明朗化為止。

☐ **1416.** Just do nothing. 　　　　　就什麼都別做。
It will benefit us. 　　　　　　這會對我們有好處。
Play the waiting game. 　　　　要靜觀其變。

＊＊

1414. decide〔dɪ'saɪd〕*v.* 決定　　　later〔'letɚ〕*adv.* 待會
take〔tek〕*v.* 花費　　decision〔dɪ'sɪʒən〕*n.* 決定
make one's decision 做決定
可再補充一句：Let's cross that bridge when we come to it.
（到時候再說。）源自諺語：Don't cross a bridge till you
come to it. （船到橋頭自然直。）【cross〔krɔs〕*v.* 越過
bridge〔brɪdʒ〕*n.* 橋】

1415. things〔θɪŋz〕*n. pl.* 事情；情況　　***calm down*** 平靜下來；冷靜
dust〔dʌst〕*n.* 灰塵　　settle〔'sɛtl̩〕*v.* 沉澱；下沉
clear〔klɪr〕*adj.* 清楚的

1416. just〔dʒʌst〕*adv.* 只；就　　benefit〔'bɛnəfɪt〕*v.* 使獲益；使獲利
game〔gem〕*n.* 遊戲；策略　　***waiting game*** 伺機而動的策略
play the waiting game 伺機而動；靜觀其變

☐ **1417.** Let's delay it. 　　　　　　　　我們延期吧。

Let's postpone it. 　　　　　　　我們延期吧。

Let's put it off. 　　　　　　　　我建議延期。

☐ **1418.** Let's not discuss it. 　　　　　　我們不要討論這件事吧。

Change the subject. 　　　　　　換個話題。

Talk about something else. 　　　談論別的事吧。

☐ **1419.** Let's talk later. 　　　　　　　我們待會再談吧。

First things first. 　　　　　　　最重要的事優先。

Do what needs to be done. 　　　要做必須做的事。

** ──────────────────────

1417. delay 〔 dɪ'le 〕 v. 延期

postpone 〔 post'pon 〕 v. 延期 　　***put off*** 延期

1418. discuss 〔 dɪ'skʌs 〕 v. 討論 　　change 〔 tʃendʒ 〕 v. 改變

subject 〔'sʌbdʒɪkt 〕 n. 主題;話題 　　***talk about*** 談論

else 〔 ɛls 〕 adj. 其他的;別的

1419. later 〔'letɚ 〕 adv. 待會 　　first 〔 fɝst 〕 adj. 首要的

First things first. 是指「最重要的事優先。」最重要的事要先做,

　其他的事必須等待。

10.
提
供
建
議

☐ **1420.** Play along. 　　　　　　　　　　合作吧。

　　　 Play ball. 　　　　　　　　　　　合作吧。

　　　 Play the game. 　　　　　　　　　要遵守規則。

☐ **1421.** Go with your hunch. 　　　　　跟著你的直覺走。

　　　 Go with your gut. 　　　　　　　跟著你的直覺走。

　　　 Listen to your sixth sense. 　　　聽從你的第六感。

☐ **1422.** Trust but verify. 　　　　　　　先信任，但也要查證。

　　　 Believe but confirm. 　　　　　　相信，但也要確認。

　　　 Double-check the information. 　　要把資料再檢查一次。

**

1420.
play along 合作；假裝同意（ = *pretend to agree* ）

play ball (***with*** *sb.*) （和某人）合作

play the game 遵守規則（ = *follow the rules* ）

1421. hunch〔hʌntʃ〕*n.* 預感；直覺

Go with your hunch. 跟著你的直覺走。(= *Act according to your*

hunch.)【act〔ækt〕*v.* 行動　***according to*** 根據】

gut〔gʌt〕*n.* 腸；本能；直覺　　sense〔sɛns〕*n.* 感覺

sixth sense 第六感；直覺

1422. 前兩句意思相同。　　trust〔trʌst〕*v.* 信任

verify〔'vɛrə,faɪ〕*v.* 證實；確認（ = *confirm* ）

confirm〔kən'fɜm〕*v.* 證實；確認　　double-check〔,dʌbl̩'tʃɛk〕

v. 仔細檢查；再檢查（ = *check twice* = *check again* ）

information〔,ɪnfɚ'meʃən〕*n.* 資訊；資料；消息

6. 出去散步

□ **1423**. Let's exercise. 我們運動吧。

Let's burn a few calories. 我們消耗一些卡路里吧。

Let's give our bodies a 我們給身體運動一下吧。
workout.

□ **1424**. Go for a walk. 去散步。

Walking is healthy. 散步有益健康。

Walking will clear your head. 散步會讓你的頭腦清醒。

□ **1425**. Walk it off. 以散步來消除。

Walk around. 要四處走動。

That helps the pain go away. 那有助於讓痛苦消失。

**

1423. exercise〔'ɛksɚ,saɪz〕*v.* 運動　　burn〔bɝn〕*v.* 燃燒；消耗
a few 一些（= *some*）
calorie〔'kælərɪ〕*n.* 卡路里【熱量單位】（= *calory*）
workout〔'wɝk,aʊt〕*n.* 運動
1424. *go for a walk* 去散步（= *take a walk*）
healthy〔'hɛlθɪ〕*adj.* 有益健康的
clear〔klɪr〕*v.* 使（頭腦）清楚　　head〔hɛd〕*n.* 頭；頭腦
clear one's head 使頭腦清楚
1425. *walk off* 散步消除；散步消化　　around〔ə'raʊnd〕*adv.* 到處
help + *O.* + (*to*) *V.* 有助於…　　pain〔pen〕*n.* 痛苦；疼痛
go away 消失

7. 快點決定

☐ **1426**. The clock is ticking. 　　　　　時間緊急。

Time is running out. 　　　　　快沒有時間了。

You'd better hurry up. 　　　　　你最好趕快。

☐ **1427**. Let's flip a coin. 　　　　　我們丟銅板決定吧。

Let's do rock, paper, scissors. 　　　　　我們來猜拳。

Winner goes first. 　　　　　贏的人先。

☐ **1428**. Let's start. 　　　　　我們開始吧。

Let's get going. 　　　　　我們開始吧。

Let's get the show on the road. 　　　　　我們開始吧。

**　**

** ————————

1426. tick〔tɪk〕v. 滴答響　　***The clock is ticking.***「時鐘正在滴答響。」
　　　表示時間正一分一秒地過去，引申爲「時間緊急。」
　　run out 用完；耗盡　　***had better*** + *V.* 最好…
　　hurry up 趕快

1427. flip〔flɪp〕v. 輕拋　　coin〔kɔɪn〕n. 硬幣；銅板
　　flip a coin 丟銅板（決定）　　rock〔rɑk〕n. 岩石；石頭
　　paper〔'pepɚ〕n. 紙　　scissors〔'sɪzɚz〕n. pl. 剪刀
　　do rock, paper, scissors 玩剪刀、石頭、布；猜拳
　　winner〔'wɪnɚ〕n. 優勝者；贏家　　***go first*** 先
　　Winner goes first. 也可説成：The winner goes first.

1428. 這三句話意思相同。　　start〔stɑrt〕v. 開始　　***get going*** 開始吧
　　show〔ʃo〕n. 表演　　***on the road***（劇團）巡迴公演中
　　get the show on the road 開始行動（= *start* = *begin*）；出發

8. 要勇敢嘗試

☐ 1429. It's a long shot. 這是大膽的嘗試。
It might work out. 有可能會成功。
Just give it a try. 就試試看吧。

☐ 1430. To try is to believe. 試試就會相信。
Trying does the trick. 試試就有效果。
Just try, don't quit! 就試試看，不要放棄！

☐ 1431. Take risks. 要冒險。
Try new things. 嘗試新事物。
Get out of your comfort zone. 離開你的舒適圈。

** ─────────────

1429. shot〔ʃɑt〕*n.* 發射；射擊；投籃
a long shot （成功希望不大的）大膽的嘗試
might〔maɪt〕*aux.* 可能；也許【用於表示可能性很小】
work out 成功；產生結果　just〔dʒʌst〕*adv.* 就
try〔traɪ〕*n. v.* 嘗試　***give it a try*** 試試看

1430. trick〔trɪk〕*n.* 詭計；幻覺；把戲
do the trick 奏效；起作用　quit〔kwɪt〕*v.* 放棄

1431. risk〔rɪsk〕*n.* 風險；危險　***take risks*** 冒險
get out of 離開　comfort〔ˈkʌmfət〕*n.* 舒適
zone〔zon〕*n.* 地區　***comfort zone*** 舒適圈【某人覺得舒服、沒有
壓力的情況】(= *a situation in which someone feels safe and
does not feel under pressure*)

9. 職場建議

☐ **1432.** Find an opening. | 要找到機會。
Find a way to get in. | 要找一個可以進入的方法。
Get your foot in the door. | 邁出成功的第一步。

☐ **1433.** Show your ability. | 要展現你的能力。
Prove your mettle. | 要證明你的能力。
Prove how tough you are! | 證明你有多堅強！

☐ **1434.** Dress sharp. | 穿著要時髦。
Be a sharp dresser. | 穿著要時髦。
Clothes make the man. | 【諺】人要衣裝，佛要金裝。

** ————————————

1432. opening〔'opənɪŋ〕*n.* 開口；機會　　way〔we〕*n.* 方法
get in 進入　　get〔gɛt〕*v.* 使　　foot〔fut〕*n.* 腳
get one's foot in the door 初步進入（企業或組織）；邁出成功的第
一步【先把一隻腳伸進門裡，也就是先獲得一個有利於將來發展的地位，
為進入某個行業或團體走出第一步】

1433. show〔ʃo〕*v.* 展現　　ability〔ə'bɪlətɪ〕*n.* 能力
prove〔pruv〕*v.* 證明　　mettle〔'mɛtl̩〕*n.* 精神；勇氣；才能
tough〔tʌf〕*adj.* 堅強的；強硬的

1434. dress〔drɛs〕*v.* 穿衣服　　sharp〔ʃɑrp〕*adj.* 銳利的；聰明的；
時髦的；漂亮的　*adv.* 衣著時髦地；穿著漂亮地
dresser〔'drɛsɚ〕*n.* 穿衣者　　clothes〔kloz〕*n. pl.* 衣服
make〔mek〕*v.* 造就　　man〔mæn〕*n.* 男人；人
Clothes make the man.【諺】人要衣裝，佛要金裝。(= *The tailor makes the man.*)〔tailor〔'telɚ〕*n.* 裁縫師〕

10. 要求合作

□ **1435.** Let's join forces.   我們通力合作吧。

    Let's combine our might.   結合我們的力量吧。

    Let's be on the same team!   我們在同一隊吧！

□ **1436.** Let's begin.   開始吧。

    Let's commence.   開始吧。

    Let's get started.   我們開始吧。

□ **1437.** Let's give a cheer!   我們來歡呼！

    Three cheers for the winner.   為勝利者歡呼三次。

    Hip, hip, hooray! (×3)   加油，加油，萬歲！（三次）

【要為別人加油歡呼，就説這三句話】

＊＊ ————————

1435. force〔fors〕*n.* 力量   ***join forces*** 聯合；合力；通力合作

    combine〔kəm'baɪn〕*v.* 結合；聯合

    might〔maɪt〕*n.* 力量；能力   team〔tim〕*n.* 隊

    be on the same team 在同一隊

1436. 這三句話意思相同。   begin〔bɪ'gɪn〕*v.* 開始

    commence〔kə'mɛns〕*v.* 開始   ***get started*** 開始

1437. cheer〔tʃɪr〕*n.* 喝采；歡呼   ***give a cheer*** 發出一陣歡呼

    three cheers for 向…歡呼三聲；為…歡呼三次

    winner〔'wɪnɚ〕*n.* 勝利者；贏家

    hip, hip, hooray〔'hɪp 'hɪp hə're〕*interj.* （齊聲喝采歡呼之聲）加

     油，加油，萬歲！

10.
提供建議

11. 澄清誤會，互相妥協

☐ 1438. Let's clear the air.　　　　　我們消除誤會吧。

Let's settle things.　　　　　我們把事情解決吧。

Let's make things right again.　我們讓一切回到正軌吧。

☐ 1439. Let's compromise.　　　　　我們妥協吧。

Let's meet halfway.　　　　　我們妥協吧。

Let's find the middle ground.　我們妥協吧。

☐ 1440. Let's be partners.　　　　　我們成為搭檔吧。

Let's help each other out.　　讓我們互相幫忙。

Two heads are better than　　【諺】三個臭皮匠勝過一

one.　　　　　　　　　　　個諸葛亮；集思廣益。

**　　

1438. clear〔klɪr〕v. 把…弄乾淨　　air〔ɛr〕n. 空氣

clear the air ①使空氣清新 ②消除誤會

settle〔'sɛtl̩〕v. 解決　　right〔raɪt〕adj. 正確的

1439. 這三句話意思相同。　　compromise〔'kɑmprə,maɪz〕v. 妥協

halfway〔'hæf'we〕adv. 在中途　　***meet halfway*** 妥協；讓步

middle〔'mɪdl̩〕adj. 中間的

ground〔graʊnd〕n.（議論等的）立場；意見

middle ground 中間立場；中間觀點

find the middle ground 妥協

1440. partner〔'pɑrtnɚ〕n. 搭檔；夥伴　　***help out*** 幫忙

each other 彼此；互相　　***Two heads are better than one.*** 是諺

語，句中的 head 指的是「人」，兩個人比一個人好，也就是「三個臭

皮匠勝過一個諸葛亮；集思廣益。」

middle ground

12. 要跟上時代

☐ **1441.** Get current.　　　　　　　　　要知道最新消息。

Get informed.　　　　　　　　要消息靈通。

Get up to speed.　　　　　　　要了解最新情況。

☐ **1442.** Learn daily!　　　　　　　　　每天學習！

Learn a lot!　　　　　　　　　要多多學習！

Live and learn.　　　　　　　【諺】活到老，學到老。

☐ **1443.** Learn skills first.　　　　　　先學技術。

Get a good education.　　　　要受良好的教育。

Money can wait.　　　　　　不用急著賺錢。

** ——————

1441. current〔ˋkɝənt〕*adj.* 現今的；目前的；流行的

Get current. 要知道最新消息。(= *Catch up with the news.*
= *Catch up with the latest information.*)【*catch up with* 趕上

news〔njuz〕*n.* 消息；新聞　　latest〔ˋletɪst〕*adj.* 最新的

information〔ˏɪnfɚˋmeʃən〕*n.* 資訊】

informed〔ɪnˋfɔrmd〕*adj.* 消息靈通的；見聞廣博的

speed〔spid〕*n.* 速度　　***up to speed*** 了解最新情況；跟上進度

1442. daily〔ˋdelɪ〕*adv.* 每天 (= *every day*)

Live and learn. 是諺語，活著就要學，也就是「活到老，學到老。」

1443. skill〔skɪl〕*n.* 技術　　education〔ˏɛdʒəˋkeʃən〕*n.* 教育

wait〔wet〕*v.* 等

Money can wait. 錢可以等，也就是「不用急著賺錢。」

13. 出門必備

☐ 1444. Have everything you need?　　你需要的東西都帶了嗎？
　　　　 Got your wallet?　　　　　　你的皮夾拿了嗎？
　　　　 Got your keys?　　　　　　　你的鑰匙拿了嗎？

☐ 1445. Don't forget your phone.　　　不要忘了你的手機。
　　　　 It's essential.　　　　　　　它是不可或缺的。
　　　　 You never know when you　　你永遠不知道何時會
　　　　　 might need it.　　　　　　需要它。

☐ 1446. Always carry your ID.　　　　一定要帶你的身份證。
　　　　 Never leave home without it.　絕不要出門不帶它。
　　　　 Just in case something　　　　以防萬一發生什麼事。
　　　　　 happens.

** ────────────

1444. ***Have everything you need?*** 源自 Do you have everything
　　　 you need? (你需要的東西都帶了嗎？)
　　　 wallet〔ˈwɑlɪt〕*n.* 皮夾　　***Got your wallet?*** 源自 Have you got
　　　 your wallet? (你的皮夾拿了嗎？)　　***Got your keys?*** 源自
　　　 Have you got your keys? (你的鑰匙拿了嗎？)

1445. phone〔fon〕*n.* 電話；手機 (= *cell phone*)
　　　 essential〔ɪˈsɛnʃəl〕*adj.* 必要的；不可或缺的

1446. carry〔ˈkærɪ〕*v.* 攜帶
　　　 ID 身份證件 (= *ID card* = *identity card* = *identification card*)
　　　 never…without 沒有…不；每次…必定
　　　 just in case 以防萬一　　happen〔ˈhæpən〕*v.* 發生

14. 注意天氣狀況

♣ 要避暑

□ **1447.** Keep cool.   要保持涼爽。

        Keep comfortable.   要保持舒適。

        Beat the heat.   要避暑。

□ **1448.** Drink more water.   要多喝水。

        Don't get dehydrated.   不要脫水。

        The heat is brutal.   天氣酷熱。

♣ 要保暖

□ **1449.** Dress warm.   要穿得暖一點。

        Keep the chill off.   要阻擋寒冷。

        It's freezing out there.   外面非常冷。

** ————————————

1447. keep〔kip〕v. 保持（= *stay*）   cool〔kul〕adj. 涼爽的
Keep cool. 也可說成：Don't get too hot.（不要變得太熱。）
comfortable〔'kʌmfətəbḷ〕adj. 舒適的   beat〔bit〕v. 打敗；勝過
heat〔hit〕n. 熱；暑熱；暑氣   ***beat the heat*** 避暑；消暑；解熱
Beat the heat.（要避暑。）也可說成：Find a way to stay cool
    and comfortable.（要找個方法保持涼爽與舒適。）

1448. get〔gɛt〕v. 變得   dehydrated〔di'haɪdretɪd〕adj. 脫水的；
    極度乾燥的   brutal〔'brutḷ〕adj. 殘忍的；嚴酷的
The heat is brutal. 天氣酷熱。（= *The heat is intense.* = *The heat*
is terrible.）【intense〔ɪn'tɛns〕adj. 強烈的】

1449. dress〔drɛs〕v. 穿衣服   warm〔wɔrm〕adj. 溫暖的   adv. 暖和地
Dress warm. 要穿得暖一點。（= *Dress warmly.* = *Wear warm*
clothes. = *Wear enough clothes.*）   ***keep off*** 防止；阻擋
chill〔tʃɪl〕n. 寒冷；寒意   ***Keep the chill off.*** 要阻擋寒冷。
   （= *Protect yourself from cold.* = *Don't let yourself get cold.*）

10.
提供建議

15. 聯絡親友

☐ 1450. Call an old friend. 打電話給老朋友。

Rekindle a friendship. 重新恢復友誼。

Reach out to someone special. 和某個特別的人連絡。

☐ 1451. Look up your classmates. 要拜訪你的同學。

Get back in touch. 要恢復聯絡。

Catch up with one another. 要互相分享近況。

☐ 1452. Don't ignore your family. 不要忽視家人。

They need to hear from you. 他們需要知道你的消息。

Keep them up to date. 要讓他們了解你的近況。

**

1450. call 〔kɔl〕 v. 打電話給（某人）

rekindle 〔rɪ'kɪndḷ〕 v. 重新激起；重新喚起【kindle 〔'kɪndḷ〕 v. 點燃】

friendship 〔'frɛnd,ʃɪp〕 n. 友誼

reach out to sb. 和某人連絡（ = *make contact with sb.* ）

special 〔'spɛʃəl〕 *adj.* 特別的

1451. ***look up*** 查閱；拜訪　　classmate 〔'klæs,met〕 n. 同班同學

touch 〔tʌtʃ〕 n. 接觸；聯絡　　***get back in touch*** 恢復聯絡

（ = *reconnect* ）　　***catch up*** 了解或討論最新情況

Catch up with one another. 要互相分享近況。(= *Share what has happened in your lives.*)

1452. ignore 〔ɪg'nɔr〕 v. 忽視　　family 〔'fæməlɪ〕 n. 家庭；家人

hear from 得知…的消息；收到…的信　　***up to date*** 最新的；包含

最新資訊的　　***keep them up to date.*** 讓他們得知最新資訊，在此

引申為「讓他們知道你的近況。」(= *Let them know what you're doing.* = *Let them know what's going on in your life.*)

16. 要以牙還牙

☐ 1453. Retaliate. 要報復。
Tit for tat. 一報還一報。
Blow for blow. 以牙還牙。

☐ 1454. Don't turn the other cheek. 不要把另一邊的臉頰轉過去。
It'll just get slapped. 那樣只會被打耳光。
Get revenge instead. 而是要報復。

☐ 1455. Revenge is a dish best 君子報仇十年不晚。
served cold.
Don't get emotional. 不要激動。
Get even. 要報復。

** ————————————

1453. retaliate〔rɪ'tælɪˌet〕v. 報復　　***tit for tat*** 以牙還牙；針鋒相對；
一報還一報（= *an eye for an eye*）　　blow〔blo〕n. 重擊
blow for blow 以牙還牙（= *return blow for blow*）

1454. turn〔tɜn〕v. 轉動　　***the other*** （兩者的）另一個
cheek〔tʃik〕n. 臉頰　　***turn the other cheek*** 把另一邊的臉頰轉
過去，引申為「受到猛烈攻擊而不還手」。　　***get + p.p.*** 被…
slap〔slæp〕v. 打耳光　　***Don't turn the other cheek. It'll just
get slapped.*** = *Don't forgive them or they will hurt you again.*
（不要原諒他們，否則他們會再度傷害你。）
revenge〔rɪ'vɛndʒ〕n. 報復　　***get revenge*** 報復
instead〔ɪn'stɛd〕v. 作為代替；反而

1455. dish〔dɪʃ〕n. 菜餚　　serve〔sɜv〕v. 供應
Revenge is a dish best served cold. 報復是一道要冷冷地上的菜，
引申為「最好要冷靜之後才報復。」也就是「君子報仇十年不晚。」
emotional〔ɪ'moʃənḷ〕adj. 激動的　　even〔'ivən〕adj. 平靜的；
均衡的；直接的　　***Get even.*** ①要平靜。②要報復。(= *Retaliate.*
= *Take revenge.* = *Get revenge.*)【在此一語雙關】

17. 快樂過生活

☐ **1456.** To live is to win.　　　　　　活著就是成功。
　　　Health is your final goal.　　　健康是你的終極目標。
　　　Happiness is the real deal.　　快樂才是最重要的。

☐ **1457.** These are golden days.　　　　現在是黃金時代。
　　　They pass by quickly.　　　　　很快就會過去了。
　　　Stop and smell the roses.　　　要放鬆心情，盡情地享受生活。

☐ **1458.** Live every moment.　　　　　　要享受每一刻。
　　　Savor every second.　　　　　　要享受每一秒。
　　　Don't let life pass you by.　　不要讓你的生命匆匆流逝。

**─────────────────────────

1456. win〔wɪn〕*v.* 贏；勝利；成功　　　health〔hɛlθ〕*n.* 健康
final〔'faɪnl̩〕*adj.* 最後的；終極的　　　goal〔gol〕*n.* 目標
deal〔dil〕*n.* 交易　　***the real deal*** 真正的能手；真正的好事；真實
(= *something that is genuine*)　　***Happiness is the real deal***.
快樂才是最重要的。(= *Happiness is what is really important.*)

1457. golden〔'goldn̩〕*adj.* 極好的；寶貴的；很快樂的；很成功的
golden days/years 黃金時代　　***pass by*** (時間) 過去；從旁經過
quickly〔'kwɪklɪ〕*adv.* 很快地　　　rose〔roz〕*n.* 玫瑰
Stop and smell the roses. 要停下忙碌的腳步，聞聞玫瑰的香味，也
就是要注意身旁平時被忽略的人事物，「要放鬆心情，盡情地受生活。」
也可説成：Don't forget to stop and smell the roses. (不要忘了
要放鬆心情，盡情地享受生活。) 或 Don't forget to appreciate
the moment. (不要忘了珍惜現在。)【***the moment*** 此刻；現在】

1458. live〔lɪv〕*v.* 過 (生活)；經歷　　***Live every moment***. 字面的意思
是「要過好每一刻。」引申為「要享受每一刻。」(= *Enjoy every*
moment.)　　savor〔'sevɚ〕*v.* (慢慢地) 品嘗
second〔'sɛkənd〕*n.* 秒　　***Don't let life pass you by***. 不要讓你
的生命匆匆流逝。(= *Don't live your life without enjoying it.*)

◆ 問：請問劉毅老師，高三同學如何準備
　　升大學英語考試？

　答：只要在考前唸「英文一字金」即可。

　　升大學試題唯一的範圍就是「高中常用7000字」。
唸一遍「英文一字金①成功勵志經」、「英文一字金②
人見人愛經」、「英文一字金③金玉良言經」等，相當
於溫習了7000字的精華。「英文一字金」取材自「高中
常用7000字」。

　　「英文一字金」一個字一句話，雖然每一本只有
216句，但是它是內容字（content word），你認識一個
attend（參加），碰到詞類變化你也認得了。而且，一
個字一句話。可用在英文作文中，腦筋同時有那麼多詞
彙，不會寫不出來。

　　根據有經驗的同學說，考前唸了「英文一字金」，不
需要背，只需要唸，認識這些字的意思即可。看到試卷
都覺得親切，選擇模擬考試題要小心，很多模擬試題超
出7000字範圍，你熟讀了一千份試卷也沒用，因為單字
範圍是無限大的。碰不到重複的生字，怎麼會進步？永
遠有單字啊！

　　所以，考前唸「英文一字金」，做歷屆全真試題，
因為它們是在7000字範圍內的。低分→唸一遍「英文一
字金」→做歷屆全真試題→唸一遍「英文一字金」→做
歷屆全真試題→高分。你會越唸越快，越做越快，你的
進步是你自己看得到的。

11. 給人勸告
Giving Advice

用手機掃瞄聽錄音

Part One ♣ 關於個人

1. 要有耐心

☐ **1459.** Be patient.　　　　　　　　　　　要有耐心。
　　　　Be able to wait.　　　　　　　　　要能夠等待。
　　　　Don't get ants in your pants.　　　不要坐立不安。

☐ **1460.** Hold your horses.　　　　　　　　要有耐心。
　　　　Don't jump the gun.　　　　　　　不要太早行動。
　　　　All in good time.　　　　　　　　不要急。

☐ **1461.** Have patience.　　　　　　　　　　要有耐心。
　　　　Time is on your side.　　　　　　　你有充裕的時間。
　　　　Sooner or later, you'll succeed.　　你遲早會成功。

**

1459. ***be able to V***. 能夠…　　ant〔 ænt 〕*n.* 螞蟻
　　pants〔 pænts 〕*n. pl.* 長褲　　***get / have ants in*** *one's* ***pants*** 「坐立
　　不安」，褲子裡有螞蟻，當然是坐立難安，如坐針氈。

1460. jump〔 dʒʌmp 〕*v.* 跳；在…發出指示之前就搶先行動
　　jump the gun 槍聲未響就起跑；行動過早 (= *act too soon*)
　　hold〔 hold 〕*v.* 抓住；抑制　　***hold*** *one's* ***horses*** 字面意思是「抓住
　　馬」，引申為「沈住氣；鎮靜；稍安勿躁」。　　***All in good time***. (快
　　了；別急；等時候到了，它自然會發生。) 也可說成：All things come
　　to those who wait. (【諺】懂得等待的人是最大的贏家；忍為上策。)

1461. patience〔 'peʃəns 〕*n.* 耐心　　***be on*** *one's* ***side*** 在某人這邊；對某人
　　有利　　***Time is on your side***. 你有充裕的時間；你有的是時間，不用
　　太著急。　　***sooner or later*** 遲早　　succeed〔 sək'sid 〕*v.* 成功

11.
給
人
勸
告

☐ **1462.** Hang on.　　　　　　　　　　　要堅持下去。

Don't hurry.　　　　　　　　　　不要急。

Take things as they come.　　　【諺】隨遇而安；逆來順受。

☐ **1463.** Wait a while.　　　　　　　　　等一段時間。

Give it some time.　　　　　　　給它一些時間。

See how things go.　　　　　　　看看情況如何發展。

☐ **1464.** Do it slowly.　　　　　　　　　慢慢做。

Take things slow.　　　　　　　　慢慢來。

Take it nice and easy.　　　　　　放輕鬆。

＊＊ ──────────────

1462. ***hang on*** 持續；堅持下去　　　hurry〔ˈhɝɪ〕v. 趕快；急忙

Don't hurry. 也可說成：Don't rush.（不要急。）Take it slow.
（慢慢來。）Take it easy.（放輕鬆。）

come〔kʌm〕v. 來；（事情）發生

Take things as they come. 當事情發生了，就接受，也就是「隨遇
而安；逆來順受。」(= *Deal with things one by one.*)

1463. ***a while*** 一段時間；一會兒　　　***Give it some time.*** 也可說成：Just
wait.（只要等待。）Stay calm and wait.（保持冷靜並且等待。）

things〔θɪŋz〕n. pl. 事情；情況　　　go〔go〕v. 進展

See how things go. 看看情況如何發展。(= *Wait and see what
happens.*)

1464. slowly〔ˈslolɪ〕adv. 慢慢地　　　take〔tek〕v. 對…採取（…的）態度

Take things slow. 慢慢來。(= *Do things slowly.* = *Don't rush.*)

take it easy 放輕鬆　　　***nice and*** 很；非常【放在形容詞之前，當副
詞用】　　　***Take it nice and easy.*** 放輕鬆。(= *Take it easy.*
= *Do it in a calm and relaxed way.*)

☐ **1465**. Hold on.　　　　　　　　　　等一下。

Wait a minute.　　　　　　　等一下。

Stop and wait.　　　　　　　停下來等一等。

☐ **1466**. It must wait.　　　　　　　　這必須延後。

The time's not right.　　　　時間不對。

Later on, OK?　　　　　　　晚一點再做，好嗎？

☐ **1467**. No rush.　　　　　　　　　　別著急。

No pressure.　　　　　　　　不要有壓力。

Just relax.　　　　　　　　　放輕鬆就好。

** ————————————

1465. ***hold on*** 等一下　　hold〔hold〕*v.* 壓抑；抑制

wait〔wet〕*v.* 等；(事情、工作等)可延後

minute〔'mɪnɪt〕*n.* 分鐘；片刻；一會兒

1466. ***It must wait***. (這必須延後。) 也可說成：It can't be done now.

(現在無法做這個。)　　right〔raɪt〕*adj.* 對的；適當的；恰當的

later on 以後；後來　　***Later on, OK?*** (晚一點再做，好嗎？) 也

可說成：Do it later. (晚一點再做。) It can be done later. (可

以晚一點再做。) Let's do it later. (我們晚一點再做吧。)

1467. rush〔rʌʃ〕*n.* 匆忙

No rush. (別著急。) 源自 There is no rush. (別著急；慢慢來。)

pressure〔'prɛʃɚ〕*n.* 壓力　　***No pressure***. 源自 There is no

pressure. (沒有壓力。)　　relax〔rɪ'læks〕*v.* 放鬆

11.給人勸告

□ **1468.** Don't be rash.　　　　不要急。

Just wait.　　　　要等待。

Stick to your guns.　　　　要堅持你的立場。

□ **1469.** Be understanding.　　　　要體諒別人。

Be sympathetic.　　　　要有同情心。

Open your heart.　　　　敞開你的心扉。

□ **1470.** Go easy.　　　　要寬大一點。

Show mercy.　　　　要大發慈悲。

Show care and concern.　　　　展現你的關注和關懷。

**

1468. rash〔ræʃ〕*adj.* 性急的；輕率的　　just〔dʒʌst〕*adv.* 只；就

　　stick to 堅持；忠於　　gun〔gʌn〕*n.* 槍

　　stick to one's guns 堅守立場；堅持自己的主張；不屈服

1469. understanding〔ˏʌndəˈstændɪŋ〕*adj.* 體諒的

　　sympathetic〔ˏsɪmpəˈθɛtɪk〕*adj.* 同情的；有同感的

　　open one's heart 敞開心扉　　***Open your heart.*** 也可說成：

　　　Be generous.（要慷慨大方。）Be kind.（要仁慈。）

1470. ***go easy*** ①輕鬆悠閒地做 ②溫和；寬大 *< on sb. >* ③節省使用；

　　少使用 *< on sth. >*　　***Go easy.***（要寬大一點。）也可說成：

　　　Don't be harsh.（不要嚴厲。）Be lenient.（要寬大。）

　　　〔harsh〔hɑrʃ〕*adj.* 嚴厲的　　lenient〔ˈlinɪənt〕*adj.* 寬大的〕

　　show〔ʃo〕*v.* 展現　　mercy〔ˈmɝsɪ〕*n.* 慈悲；仁慈；憐憫

　　show mercy 大發慈悲　　care〔kɛr〕*n.* 擔憂；照顧；注意

　　concern〔kənˈsɝn〕*n.* 關心；憂慮；關懷

2. 要誠實

☐ **1471.** Be honest.

Don't try to deceive.

Do things fair and square.

要誠實。

不要想欺騙。

做事情要光明正大。

☐ **1472.** Be true.

Be truthful.

Be honest in all things.

要真實。

要誠實。

所有的事都要誠實。

☐ **1473.** Don't hide bad things.

Don't cover up the truth.

Never whitewash anything.

不要隱藏壞事。

不要掩蓋事實。

絕不要掩飾任何事。

**─────────────────

1471. honest〔ˋɑnɪst〕*adj.* 誠實的

Be honest. 可加強語氣說成：Always be honest.（永遠要誠實。）

try to V. 試圖…；想要…　　deceive〔dɪˋsiv〕*v.* 欺騙

fair〔fɛr〕*adj.* 公平的；光明正大的

square〔skwɛr〕*adj.* 公平的；光明正大的（=*fair*）

fair and square 光明正大地（=*honestly*＝*fairly*）

1472. true〔tru〕*adj.* 真實的

truthful〔ˋtruθfəl〕*adj.* 誠實的；老實的

1473. hide〔haɪd〕*v.* 隱藏　　***cover up*** 隱藏；掩飾

truth〔truθ〕*n.* 事實

whitewash〔ˋhwaɪt͵waʃ〕*v.* 粉飾；掩飾；掩蓋…的真相；洗白

11. 給人勸告

☐ **1474.** Follow rules. 　　　　　　　要遵守規定。

Have honor. 　　　　　　　要有榮譽心。

Never cheat. 　　　　　　　絕對不要欺騙。

☐ **1475.** Follow the law. 　　　　　　　要遵守法律。

Never break the law. 　　　　　絕不要違反法律。

Always do the right thing. 　　　一定要做正確的事。

☐ **1476.** Don't cross the line. 　　　　　行為不要越過界限。

Don't break the law. 　　　　　不要違反法律。

Never lie, cheat, or steal. 　　　絕不要說謊、欺騙，或偷竊。

** ——————————

1474. follow〔ˋfɑlo〕v. 遵守（= *obey*）　　　rule〔rul〕n. 規則；規定

honor〔ˋɑnɚ〕n. 榮譽；榮譽心　　　cheat〔tʃit〕v. 欺騙；作弊

1475. law〔lɔ〕n. 法律　　　never〔ˋnɛvɚ〕adv. 絕不

break〔brek〕v. 違反　　　right〔raɪt〕adj. 正確的

1476. cross〔krɔs〕v. 越過　　　line〔laɪn〕n. 線；界限

cross the line 越過界限　　　lie〔laɪ〕v. 說謊

steal〔stil〕v. 偷竊

CROSS THE LINE

3. 要有自信

☐ **1477.** Be original!　　　　要做原本的自己！

Be authentic!　　　　要真實！

Just be yourself!　　　只要做你自己！

☐ **1478.** Be decisive.　　　　　要有決心。

Be determined.　　　　要堅決。

Be sure of yourself.　　要有自信。

☐ **1479.** Be confident.　　　　　要有自信。

Be assertive.　　　　　要果斷。

Be aggressive.　　　　要積極進取。

**

1477. original〔əˈrɪdʒɪnḷ〕adj. 起初的；原本的　　***Be original!*** （要做原本的自己！）也可說成：Be yourself! （要做你自己！）Be unique! （要獨一無二！）【unique〔juˈnik〕adj. 獨特的；獨一無二的】

authentic〔ɔˈθɛntɪk〕adj. 真的　　***Be authentic!*** （要真實！）也可說成：Be real! （要真實！）Be true to yourself! （要忠於自己！）【*be true to* 忠於】　　just〔dʒʌst〕adv. 只

1478. decisive〔dɪˈsaɪsɪv〕adj. 堅決的；果斷的

determined〔dɪˈtɜmɪnd〕adj. 堅決的

sure〔ʃur〕adj. 確定的；有自信的　　***be sure of*** oneself 有自信

1479. confident〔ˈkɑnfədənt〕adj. 充滿自信的

assertive〔əˈsɜtɪv〕adj. 肯定的；果斷的

aggressive〔əˈgrɛsɪv〕adj. 有攻擊性的；積極進取的

4. 要知足感恩

☐ **1480.** Here's some wisdom. 　　　這裡有一些至理名言。
　　　　Here's some advice. 　　　　這裡有一些忠告。
　　　　A word to the wise. 　　　　聰明人一點就通。

☐ **1481.** Never forget. 　　　　絕對不要忘記。
　　　　Always remember. 　　　　永遠要記得。
　　　　Appreciate everything now. 　對你現在擁有的一切心存感激。

☐ **1482.** Be thankful for everything. 　要對一切心存感激。
　　　　Don't take anything for 　　當不要把任何事視為理所當
　　　　　granted. 　　　　　　然。
　　　　Here today, gone tomorrow. 　今天有，明天沒有；曇花一現。

＊＊ ─────────────

1480. wisdom〔'wɪzdəm〕*n.* 智慧；至理名言
　　advice〔əd'vaɪs〕*n.* 忠告；勸告　　word〔wɜd〕*n.* 一句話
　　wise〔waɪz〕*adj.* 聰明的　　***the wise*** 聰明的人（= *wise people*）
1481. appreciate〔ə'priʃɪ͵et〕*v.* 感激
1482. thankful〔'θæŋkfəl〕*adj.* 感謝的 <*for*>　　***Be thankful for***
　　everything.（要對一切心存感激。）也可說成：Be thankful for
　　everything you have.（要對你所擁有的一切心存感激。）
　　take *sth.* ***for granted*** 把…視為理所當然【for 在此相當於 to be】
　　gone〔gɔn〕*adj.* 離去的；不復存在的
　　Here today, gone tomorrow. 今天來了，明天就走了，引申為「今
　　　天有，明天沒有；曇花一現。」源自 What is here today will be
　　　gone tomorrow. 這句話原本是指人的壽命很短暫，現在泛指一切
　　　事物很快就會消失。也可說成：Nothing lasts forever.（沒有什麼
　　　能永遠存在。）【last〔læst〕*v.* 持續存在】

11.
給人勸告

□ **1483**. Be satisfied.

Be grateful.

You can't always get what
  you want.

要知足。

要心存感激。

你不可能永遠如願以償。

□ **1484**. Don't hog it.

Don't be greedy.

Don't take it all.

不要想獨佔。

不要貪心。

不要全都拿走。

□ **1485**. Be appreciative.

Be grateful and thankful.

Have an attitude of gratitude!

要心存感激。

要非常感激。

要有感激的態度！

** ─────────────

1483. satisfied〔'sætɪs,faɪd〕*adj.* 滿足的；滿意的 (= *content*)
  grateful〔'gretfəl〕*adj.* 感激的

1484. hog〔hɑg〕*v.* 想獨佔；貪吃　*n.* 豬
  greedy〔'gridɪ〕*adj.* 貪心的
  take it all 全部拿走【***have it all*** 什麼都有了】

1485. appreciative〔ə'priʃɪ,etɪv〕*adj.* 感激的 (= *thankful* = *grateful*)
  thankful〔'θæŋkfəl〕*adj.* 感謝的
  attitude〔'ætə,tjud〕*n.* 態度
  gratitude〔'grætə,tjud〕*n.* 感激

11.
給
人
勸
告

5. 要謙虛

☐ **1486.** Be modest.　　　　　　　　要謙虛。
　　　 Swallow your pride.　　　　不要驕傲。
　　　 Eat humble pie.　　　　　　要謙虛。

☐ **1487.** Get off your high horse!　　不要自以爲是！
　　　 You're not that great.　　　你沒有那麼厲害。
　　　 You're no better than any　你一點也沒有比其他人好。
　　　　　 other.

☐ **1488.** Show more respect.　　　　要多尊重別人。
　　　 Don't be so sure.　　　　　不要這麼有把握。
　　　 Don't get cocky.　　　　　不要自以爲是。

**　　**

　1486. modest〔'mɑdɪst〕*adj.* 謙虛的　　swallow〔'swɑlo〕*v.* 吞下
　　pride〔praɪd〕*n.* 驕傲；自尊心　***Swallow your pride.*** 「要吞下你
　　的驕傲。」也就是「不要驕傲。」　　humble〔'hʌmbl̩〕*adj.* 謙虛的
　　pie〔paɪ〕*n.* 派　***Eat humble pie.*** ①要謙虛。②要認錯。
　1487. ***get off*** 下（車、馬、飛機）　　horse〔hɔrs〕*n.* 馬
　　get off your high horse 「從你的高馬上下來」，high horse 比喻一個
　　人「趾高氣昂；盛氣凌人」，從 high horse 下來，就是叫他「不要自
　　以爲是」。　　great〔gret〕*adj.* 極好的；很棒的
　　no better than 一點也沒有比～好【no = *not at all* 一點也不】
　1488. show〔ʃo〕*v.* 展現；表示　　respect〔rɪ'spɛkt〕*n.* 尊敬；尊重
　　sure〔ʃur〕*adj.* 確定的；有把握的　　***Don't be so sure.*** （不要這
　　麼有把握。）也可説成：Don't be so sure about what you
　　believe. （不要對你所相信的太過確定。）【暗示你認爲對方是錯的】
　　cocky〔'kɑkɪ〕*adj.* 自大的；趾高氣昂的；自以爲是的
　　Don't get cocky. （不要自以爲是。）也可説成：Don't be
　　overconfident. （不要過度自信。）
　　【overconfident〔'ovɚ'kɑnfədənt〕*adj.* 過度自信的】

1489. Don't be bossy.　　　　　　　　不要頤指氣使。

Don't go on a power trip.　　　不要炫耀你的權力。

Don't let power go to your　　　不要讓權力沖昏頭。
head.

1490　Know your place.　　　　　　要知道自己的身份。

Don't forget who you are.　　　不要忘了自己是誰。

Don't get big-headed.　　　　　不要有大頭症。

1491. Don't judge others.　　　　　　不要批評別人。

Don't care what they think.　　不要在意他們的想法。

Don't compare yourself to　　　不要拿自己和別人比較。
others.

**

1489. bossy〔'bɔsɪ〕*adj.* 專橫的；頤指氣使的

power〔'pauɚ〕*n.* 力量；權力　　trip〔trɪp〕*n.* 旅行

go on a trip 去旅行　　**power trip** 權力炫耀

go to *one's* **head** 使人自負或過於自信

1490. place〔ples〕*n.* 地位；位置

know *one's* **place** 知道自己的地位，也就是「知道自己的身份」。

big-headed〔'bɪg'hɛdɪd〕*adj.* 頭部大的；自負的；自以為是的

Don't get big-headed.（不要有大頭症。）也可說成：Don't be

arrogant.（不要自大。）Don't be conceited.（不要自負。）

【arrogant〔'ærəgənt〕*adj.* 自大的　conceited〔kən'sitɪd〕*adj.* 自負的】

1491. judge〔dʒʌdʒ〕*v.* 判斷；批評；指責　　care〔kɛr〕*v.* 在乎；介意

compare〔kəm'pɛr〕*v.* 比較

compare *A* **to** *B* 比較 A 和 B（= *compare A with B*）

11.
給
人
勸
告

6. 要既往不咎

☐ 1492. Never mind.   沒關係。

Forget it.   沒關係。

It's not important.   那不重要。

☐ 1493. Don't hold a grudge.   不要懷恨在心。

Clear the air.   要消除誤會。

Bury the hatchet!   要和解！

☐ 1494. Don't make enemies.   不要製造敵人。

Don't burn bridges.   不要自斷退路。

Never end things badly.   絕不要讓事情有不好的結尾。

**——

1492. mind〔maɪnd〕*v.* 介意；掛念   ***Never mind.*** 沒關係。
forget〔fɚˋgɛt〕*v.* 忘記   ***Forget it.*** 沒關係；別再提了。

1493. hold〔hold〕*v.* 抱持；懷有   grudge〔grʌdʒ〕*n.* 怨恨
hold a grudge 懷恨   clear〔klɪr〕*v.* 把…弄乾淨
clear the air ①使空氣清新 ②消除誤會   bury〔ˋbɛrɪ〕*v.* 埋葬
hatchet〔ˋhætʃɪt〕*n.* 短柄小斧；戰斧
bury the hatchet 和解；言歸於好【源自於
北美印地安人和解時將戰斧埋於土中的習俗】

hatchet

1494. enemy〔ˋɛnəmɪ〕*n.* 敵人   ***make enemies*** 樹敵
burn〔bɝn〕*v.* 燃燒   bridge〔brɪdʒ〕*n.* 橋
burn bridges 自斷退路   end〔ɛnd〕*v.* 使結束
badly〔ˋbædlɪ〕*adv.* 不好地

☐ **1495.** Ignore the insult.

Don't take action.

Turn the other cheek.

別理那種侮辱。

別採取行動。

不要還手。

☐ **1496.** Ignore it.

Let it slide.

Don't do anything about it.

忽視它。

不要理它。

什麼事都不要做。

☐ **1497.** Never hurt.

Never harm.

Never make things worse.

絕不要傷害別人。

絕不要造成傷害。

絕不要讓事情惡化。

**

1495. ignore〔ɪg'nor〕v. 忽視；不理會　　insult〔'ɪnsʌlt〕n. 侮辱

take action 採取行動　　***Don't take action.*** 在此指 Don't do

anything.（不要做任何事。）或 Don't respond.（不要回應。）

【respond〔rɪ'spɑnd〕v. 回應】　　turn〔tɝn〕v. 轉動

cheek〔tʃik〕n. 臉頰　　***Turn the other cheek.***（被人打了一個耳

光）再轉過另一邊給人打；（受到不當的對待也）不反抗、泰然忍受；

打不還手；容忍。【出自聖經「馬太福音」】也可說成：Don't retaliate.

（不要報復。）Don't hit back.（不要回擊。）Don't get even.

（不要報復。）【retaliate〔rɪ'tælɪ,et〕v. 報復　　***get even*** 報復】

1496. slide〔slaɪd〕v. 滑行；滑落　　***let ~ slide*** 不理會 ~

1497. 這三句話中的 Never，都可以代換成 Don't。　　hurt〔hɝt〕v. 傷害

Never hurt. 也可說成：Never hurt others.（絕不要傷害別人。）

harm〔hɑrm〕v. 傷害（= ***hurt***）　　worse〔wɝs〕adj. 更糟的

make things worse 使事情惡化

7. 要做好事

□ **1498.** Start behaving better. 　　　　　　要開始更守規矩。
　　　　Stop acting badly. 　　　　　　　　要停止不良的行爲。
　　　　Clean up your act. 　　　　　　　　要改邪歸正。

□ **1499.** Just be good. 　　　　　　　　　　要做個好人。
　　　　Do what's right. 　　　　　　　　　要做對的事。
　　　　Keep your nose clean. 　　　　　　不要惹麻煩。

□ **1500.** Do the right thing. 　　　　　　　要做對的事。
　　　　Take the high road. 　　　　　　　要光明磊落。
　　　　Don't take the low road. 　　　　不要用卑劣的手段。

＊＊————————————————————

1498. start〔stɑrt〕*v.* 開始
　　　start + V-ing 開始… 　　behave〔bɪ'hev〕*v.* 行爲舉止
　　　stop + V-ing 停止… 　　act〔ækt〕*v.* 行爲得；表現得　*n.* 行爲
　　　badly〔'bædlɪ〕*adv.* 壞地　　***clean up*** 使淨化【***clean up one's***
　　　behavior 整治行爲】　***clean up your act*** 改邪歸正；開始遵守法紀
1499. right〔raɪt〕*adj.* 對的；正當的　　nose〔noz〕*n.* 鼻子
　　　clean〔klin〕*adj.* 乾淨的　***keep one's nose clean*** 使自己不捲入麻煩
1500. ***take the high road*** 選擇正當、道德的方法（= *choose the course*
　　　of action which is the most moral or acceptable）
　　　low road 低劣卑鄙的方法（= *behavior or practice that is*
　　　deceitful or immoral）【deceitful〔dɪ'sitfəl〕*adj.* 欺騙的
　　　immoral〔ɪ'mɔrəl〕*adj.* 不道德的】

☐ **1501.** Be a role model.

Set a good example.

Make others look up to you.

要做一個模範。

樹立好的榜樣。

讓別人尊敬你。

☐ **1502.** Do good deeds.

Do a good turn daily.

Help others out.

要做好事。

日行一善。

幫助別人。

☐ **1503.** Do good, and good will
find you.

Do bad, and bad will
happen.

Actions have consequences.

如果你做好事，好事就會
找上你。

如果你做壞事，壞事就會
發生。

有因必有果。

**

1501. role〔rol〕*n.* 角色　　model〔'mɑdl̩〕*n.* 模範；榜樣
role model 模範；榜樣　　set〔sɛt〕*v.* 樹立（榜樣）
example〔ɪg'zæmpl̩〕*n.* 榜樣；模範
make〔mek〕*v.* 使；讓　　***look up to*** 尊敬

1502. deed〔did〕*n.* 行為　　turn〔tɝn〕*n.* 行為【和 good, bad 連用】
daily〔'delɪ〕*adv.* 每天（= *every day*）
help sb. out 幫助某人度過難關

1503. good〔gʊd〕*n.* 好事（= *good things*）　　***do good*** 行善；做好事
Do good, and good will find you. 也可説成：Do good, and
good will come to you.　　bad〔bæd〕*n.* 壞事（= *bad things*）
do bad 做壞事　　actions〔'ækʃənz〕*n. pl.* 行為
consequence〔'kɑnsə,kwɛns〕*n.* 後果

11.
給人勸告

8. 要樂於助人

☐ 1504. Do more. 多做一些。
Grow more. 多成長一些。
Serve to change lives. 以服務改善人生。

☐ 1505. Don't loaf around. 不要遊手好閒。
Don't be lazy. 不要偷懶。
Lend a hand. 要幫忙。

☐ 1506. Live to give. 活著就要付出。
Give till it hurts. 要付出到令人心痛的程度。
Always be of service. 一定要幫助別人。

** ————————————

1504. 這三句話是「扶輪社」的口號。 ***Do more.*** (多做一些。) 也可說
成: Find more ways to help. (要找更多的方法來幫助別人。)
grow〔gro〕v. 成長 ***Grow more.*** (多成長一些。) 也可說成:
Improve yourself. (要使自己更好。)【improve〔ɪmˈpruv〕v. 改善】
serve〔sɝv〕v. 服務 change〔tʃendʒ〕v. 改變
lives〔laɪvz〕n. pl. 人生【單數是 life】 ***Serve to change lives.*** (以
服務改善人生。) 也可說成: Make a difference in other people's
lives through volunteering. (藉由當志工來改善其他人的生活。)

1505. loaf〔lof〕v. 閒晃 around〔əˈraʊnd〕adv. 到處
loaf around 遊手好閒 lazy〔ˈlezɪ〕adj. 懶惰的
lend a (helping) hand 幫忙

1506. ***Live to give.*** 源自 To live is to give. (活著就要付出。)
till〔tɪl〕conj. 直到 (= *until*) hurt〔hɝt〕v. 感到疼痛;傷心
service〔ˈsɝvɪs〕n. 服務;有用;幫助 ***be of service*** 有用;有幫助

9. 要三思而行

☐ **1507.** Be alert.　　　　　　　　　　要有警覺。

　　　　Be aware.　　　　　　　　　　要注意。

　　　　Pay attention.　　　　　　　　要注意。

☐ **1508.** Be smart.　　　　　　　　　　要聰明一點。

　　　　Use your head.　　　　　　　　動動腦子。

　　　　Use your brain.　　　　　　　　動動腦子。

☐ **1509.** Think hard.　　　　　　　　　要認眞思考。

　　　　Think twice.　　　　　　　　　要三思。

　　　　Consider it carefully.　　　　　要仔細考慮。

** ————————————

1507. alert〔əˋlɝt〕*adj.* 警覺的

　　aware〔əˋwɛr〕*adj.* 知道的；察覺到的；注意到的

　　attention〔əˋtɛnʃən〕*n.* 注意力　　***pay attention*** 注意

1508. smart〔smɑrt〕*adj.* 聰明的　　head〔hɛd〕*n.* 頭；頭腦

　　use one's head 運用頭腦；思考　　brain〔bren〕*n.* 頭腦；智慧

　　use one's brain 用智慧；仔細地想（= *use one's head*）

1509. hard〔hɑrd〕*adv.* 努力地；認眞地　　***think hard*** 認眞思考

　　twice〔twaɪs〕*adv.* 兩次　　***think twice*** 三思；再想想；再考慮

　　consider〔kənˋsɪdə〕*v.* 考慮

　　carefully〔ˋkɛrfəlɪ〕*adv.* 小心地；仔細地

11.
給人勸告

☐ **1510.** Rethink it. | 再想一下。
Reconsider it. | 再考慮一下。
Let's take another look. | 我們再考慮一下吧。

☐ **1511.** Give it some thought. | 考慮一下。
Think about it first. | 先想想看。
Don't be so quick to judge. | 不要這麼快就下判斷。

☐ **1512.** Don't jump to conclusions. | 不要匆促下結論。
Don't judge too quickly. | 不要太快下判斷。
Wait till you know all the | 要等到你知道所有的事實。
facts.

** ────────────

1510. rethink〔ri'θɪŋk〕*v.* 再想;再考慮【re (= *again*)】
reconsider〔͵rikən'sɪdə〕*v.* 再考慮【consider *v.* 考慮】
take a look 看一看;考慮一下
take another look 再看一看;再考慮一下 (= *reconsider*)
1511. thought〔θɔt〕*n.* 思考;考慮
give sth. some thought 考慮一下
think about 想一想;考慮 first〔fɝst〕*adv.* 先
quick〔kwɪk〕*adj.* 快的 judge〔dʒʌdʒ〕*v.* 判斷
1512. jump〔dʒʌmp〕*v.* 跳 conclusion〔kən'kluʒən〕*n.* 結論
jump to conclusions 匆匆做出結論;遽下結論
till〔tɪl〕*conj.* 直到 (= *until*) fact〔fækt〕*n.* 事實

10. 要了解情況

☐ **1513.** Know the score.　　　　　要知道真相。

　　　　　Know what's going on.　　　　要知道發生了什麼事。

　　　　　Know the real situation.　　　要知道真實的情況。

☐ **1514.** See the real situation.　　　　要知道真實的情況。

　　　　　See what's really happening.　　要知道真正發生的事。

　　　　　Read between the lines.　　　　要了解言外之意。

☐ **1515.** Find an answer.　　　　　　要找到答案。

　　　　　Find the solution.　　　　　　要找到解答。

　　　　　Figure it out.　　　　　　　　要了解它。

**

1513. score〔skor〕*n.* 分數；成績；真實情況

know the score 知道真相　　***go on*** 發生

real〔'riəl〕*adj.* 真實的　　situation〔ˌsɪtʃu'eʃən〕*n.* 情況

1514. see〔si〕*v.* 知道；了解　　really〔'riəlɪ〕*adv.* 真地

happen〔'hæpən〕*v.* 發生　　line〔laɪn〕*n.* 行

read between the lines 看出字裡行間的意思；了解言外之意

1515. answer〔'ænsə〕*n.* 答案

solution〔sə'luʃən〕*n.* 解答；解決之道　　***figure out*** 了解

□ **1516.** Stick to what you know. 　　堅持你熟知的事。

Just do what you do well. 　　只要做你擅長的事。

Don't give up your day job. 　　不要做你不擅長的事。

□ **1517.** Keep up with new tech. 　　要跟得上新科技。

Be up to date. 　　要知道最新訊息。

Don't be out of date. 　　不要落伍。

□ **1518.** Be open-minded. 　　要心胸開闊。

Be willing to consider others' 　　要願意考慮別人的想法。
　　ideas.

Don't be narrow-minded. 　　不要心胸狹窄。

** ────────────────

1516. *stick to* 堅持　　***Stick to what you know*.** 堅持你熟知的事。
(= *Don't try to do something you don't know how to do.*)
give up 放棄　　***day job*** 主要工作；主業
Don't give up your day job. 是幽默的説法，字面的意思是「別放棄
現在的工作；轉業不是時候。」可用這句話告訴別人，他們不擅長某
事，不要把它當正職，也就是「不要做你不擅長的事。」也可説成：
Don't give up the day job. (= *You're not good enough at this
to make a living from it.*)【*make a living* 謀生】

1517. ***keep up with*** 趕得上；不斷獲知 (某事的情況)　　***tech*** 〔tɛk〕*n.* 科技
(= *technology*)　　***up to date*** 得知最新訊息的 (= *up-to-date*)
out of date 過時的；落伍 (= *out-of-date* = *outdated*)

1518. open-minded 〔'opən'maɪndɪd〕*adj.* 心胸開闊的
willing 〔'wɪlɪŋ〕*adj.* 願意的　　consider 〔kən'sɪdɚ〕*v.* 考慮
idea 〔aɪ'diə〕*n.* 點子；想法
narrow-minded 〔'næro'maɪndɪd〕*adj.* 心胸狹窄的

11. 要與時俱進

☐ 1519. Be modern.
Stay current.
Stay on the cutting edge.

要現代化。
要跟上流行。
要走在時代的尖端。

☐ 1520. Do whatever.
Do what's natural.
Go with the flow.

做你想做的事。
做你自然會做的事。
順其自然。

☐ 1521. Get with the times.
Adjust to the new.
Adapt and change.

要跟上時代。
適應新事物。
適應並改變。

**

1519. modern〔ˈmɑdɚn〕*adj.* 現代化的；最新式的；摩登的
stay〔ste〕*v.* 保持　current〔ˈkɝənt〕*adj.* 現今的；現在流行的
cutting〔ˈkʌtɪŋ〕*adj.* 銳利的　edge〔ɛdʒ〕*n.* 邊緣；刀口
cutting edge 時代尖端
1520. whatever〔hwɑtˈɛvɚ〕*pron.* 無論什麼；任何事物
Do whatever. 做你想做的事。(= *Do what you want.*)
natural〔ˈnætʃərəl〕*adj.* 自然的；出於本性的
Do what's natural. (做你自然會做的事。) 也可說成：Do what
feels right. (做你覺得對的事。)【feel〔fil〕*v.* 使人覺得】
flow〔flo〕*n.* 流動　***Go with the flow.*** 順其自然。(= *Relax*
and accept the situation; don't try to change it or control it.)
1521. times〔taɪmz〕*n.* 時代　***get with the times*** 跟上時代 (= *move*
with the times = *keep up with the times*)
adjust〔əˈdʒʌst〕*v.* 適應 < *to* >　***the new*** 新事物
adapt〔əˈdæpt〕*v.* 適應　change〔tʃendʒ〕*v.* 改變

12. 不要把事情搞砸

□ **1522.** Don't blow it.   不要搞砸了。

Don't ruin it.   不要搞砸了。

Don't mess things up.   不要把事情搞砸了。

□ **1523.** Don't botch it.   不要搞砸。

Don't get it wrong.   不要弄錯。

Get it right!   要做得正確！

□ **1524.** Make it right.   把它改正。

Make things better.   讓事情好轉。

Smooth things over.   讓事情順利進行。

**

1522. blow〔blo〕v. 糟蹋（良機）　　***blow it*** 搞砸了
ruin〔'ruɪn〕v. 破壞；毀掉；搞砸　　mess〔mɛs〕v. 亂弄
mess up 搞砸

1523. botch〔batʃ〕v. 弄壞；笨手笨腳地弄糟
Don't botch it. 也可說成：Don't mess up.（不要搞砸。）或
　　Don't make a mistake.（不要犯錯。）
get it wrong 誤解；誤會；弄錯（= *make a mistake*）
get sth. right ①把…弄清楚 ②把…做對
Get it right! 要做得正確！（= *Do it the right way!*）
　【***(in) the right way*** 以正確的方式】

1524. right〔raɪt〕adj. 正確的　　smooth〔smuð〕v. 使平坦；變平滑
smooth things over 字面的意思是「把事情變平滑」，指的是「消除
　　困難、障礙等，讓事情變順利」。

☐ **1525.** Don't make it worse.　　　　　不要使它更糟。

Don't add fuel to the fire.　　不要火上加油。

Just leave it alone.　　　　　不要理它就好。

♣ **見好就收**

☐ **1526.** Leave it be.　　　　　　　　別管了。

Leave well enough alone.　　已經夠好的事，就不要再管它了。

Quit while you are ahead.　　要見好就收。

☐ **1527.** It's good enough now.　　　　現在已經夠好了。

Stop trying to improve it.　　不要再試圖改變它。

Don't risk spoiling it.　　　不要冒會破壞它的風險。

＊＊

1525. worse〔wɝs〕*adj.* 更糟的　　add〔æd〕*v.* 加

add A to B 把 A 加到 B 上　　fuel〔'fjuəl〕*n.* 燃料

add fuel to the fire 火上加油　　***leave~alone*** 別管~；不理會~

1526. leave〔liv〕*v.* 任由　　be〔bi〕*v.* 照原來的狀態存在

leave it be 由它去；別管了

leave well enough alone 已經夠好的事情，就不要再管它了

quit〔kwɪt〕*v.* 停止　　ahead〔ə'hɛd〕*adv.* 在前面；領先

Quit while you're ahead.「當你領先時就停止。」引申為「要見好就

收。」(= *Stop before something bad happens.*) 常用於談論有

高報酬，但也有高風險的事情。

1527. enough〔ɪ'nʌf〕*adv.* 足夠地　　***stop + V-ing*** 停止…

try to V. 試圖…；想要…　　improve〔ɪm'pruv〕*v.* 改善

risk〔rɪsk〕*v.* 冒…風險　　spoil〔spɔɪl〕*v.* 破壞

Don't risk spoiling it. 不要冒會破壞它的風險。(= *Don't take a*

chance on ruining it.)【***take a chance*** 冒險　ruin〔'ruɪn〕*v.* 破壞】

11.
給人勸告

13. 謹慎行事

☐ **1528.** Take it seriously. 要認眞看待這件事。
It's very important. 這非常重要。
It's nothing to sneeze at. 這不容輕忽。

☐ **1529.** Take no risks. 不要冒險。
Make no mistakes. 不要犯錯。
Err on the side of caution. 要非常謹愼。

☐ **1530.** There will be no next time. 沒有下次了。
No more after this. 這是最後一次。
Don't do it again. 不要再這麼做了。

** ————————————

1528. *take sth. seriously* 認眞看待某事　　sneeze〔sniz〕*v.* 打噴嚏
sneeze at 忽視 (= *ignore*)；輕視 (= *belittle*)
nothing to sneeze at 不容輕忽
It's nothing to sneeze at. 這不容輕忽。(*It's not to be sneezed at.*)
1529. risk〔rɪsk〕*n.* 風險　　*take a risk* 冒險
make a mistake 犯錯　　err〔ɝ〕*v.* 犯錯
err on the side of 表現得過於…　　caution〔'kɔʃən〕*n.* 謹愼
err on the side of caution 非常謹愼 (= *be very cautious*)；寧願
　過於謹愼，也不要冒險犯錯
1530. *next time* 下次　　*There will be no next time*. 有三個意思：
　　① There will be no other chance. (沒有機會了。)
　　② It will not happen again. (這不會再發生了。)
　　③ Don't do it again. (不要再這麼做了。)　　*no more* 不再
No more after this. 這是最後一次。(= *This is the last time.*)

14. 明智地選擇

□ **1531.** Face the facts.　　　　　　　要面對事實。
Face the music.　　　　　　　要面對現實。
Don't bury your head in the　　不要逃避現實；不要採取
　sand.　　　　　　　　　　　駝鳥政策。

□ **1532.** You have to choose.　　　　你必須選擇。
Make up your mind.　　　　　你要下定決心。
You can't sit on the fence.　　你不能抱持觀望的態度。

□ **1533.** You can sink or swim.　　　你的成敗全靠你自己。
The ball is in your court.　　由你決定。
The future is yours to make　　未來成功或失敗由你來決
　or break.　　　　　　　　　定。

【成敗操之在己，這三句話非常精采】

** ——————————

bury one's head
in the sand

1531. face〔fes〕v. 面對　　fact〔fækt〕n. 事實
face the music 面對現實；承擔自己行為的後果
bury〔'bɛrɪ〕v. 埋；埋葬　　sand〔sænd〕n. 沙子
bury** one's **head in the sand 逃避現實；假裝看不見；採取駝鳥政策
【傳說駝鳥（ostrich）遇敵追襲時，會只把頭藏入沙中】

1532. choose〔tʃuz〕v. 選擇　　***make up** one's **mind*** 下定決心；決定
fence〔fɛns〕n. 籬笆；圍牆　　***sit on the fence*** 騎牆；持觀望態度

1533. sink〔sɪŋk〕v. 下沈【在此引申為「失敗」】
swim〔swɪm〕v. 游泳【在此表示「成功」】
court〔kort〕n. 球場　　***The ball is in your court.*** 球在你的球場
　上，表示輪到你了，「由你來決定。」
future〔'fjutʃə〕n. 未來　　***make or break*** 使成功或失敗

☐ **1534**. Don't sit on the fence.　　　不要抱持觀望的態度。

Don't be up in the air.　　　不要懸而未決。

Take a stand.　　　要採取堅定的立場。

☐ **1535**. Take it or leave it.　　　接不接受隨便你。

Like it or lump it.　　　不喜歡也得忍受。

That's the way it is.　　　事情就是這樣。

☐ **1536**. Make a choice.　　　要做出選擇。

Do one thing or another.　　　你不做這件事，就做另一件事。

Fish or cut bait.　　　下定決心就別再動搖了。

** ────────────

1534. fence〔fɛns〕*n.* 籬笆；圍牆　　*sit on the fence* 騎牆；持觀望態度

in the air 在空中　　*up in the air* 懸而未決

stand〔stænd〕*n.* 立場　　*take a stand* 採取堅定的立場

1535. leave〔liv〕*v.* 留下　　*Take it or leave it.*「要就拿走，不要就
把它留下。」也就是「接不接受隨便你。」

lump〔lʌmp〕*v.* 忍受；忍耐

lump it 無奈地接受（不喜歡或不贊成的事）

Like it or lump it.（不喜歡也得接受。）源自 If you don't like it,
(you may) lump it.　　way〔we〕*n.* 樣子

1536. choice〔tʃɔɪs〕*n.* 選擇　　*make a choice* 做出選擇

fish〔fɪʃ〕*v.* 釣魚　　cut〔kʌt〕*v.* 切；剪斷

bait〔bet〕*n.* 魚餌

Fish or cut bait. 字面的意思是「你要不就釣魚，否則就剪斷魚餌，
放棄算了。」也就是「下定決心就別再動搖了。」

15. 要分辨好壞

☐ **1537.** Always remember!　　　永遠要記得！
　　　Remember forever!　　　永遠要記住！
　　　Never forget!　　　　　絕對不要忘記！

☐ **1538.** Keep the good.　　　　保留好的。
　　　Discard the bad.　　　拋棄壞的。
　　　Separate the wheat from the　要分辨好壞。
　　　　chaff.

☐ **1539.** Get it right.　　　　要把它弄清楚。
　　　Get it straight.　　　要把它弄清楚。
　　　Don't mess up.　　　不要搞砸了。

**─────────────

1537. always〔'ɔl,wez〕*adv.* 總是；永遠　forever〔fə'ɛvə〕*adv.* 永遠
　never〔'nɛvə〕*adv.* 絕不　forget〔fə'gɛt〕*v.* 忘記
1538. keep〔kip〕*v.* 保留；保存　***the good*** 好的事物
　discard〔dɪs'kɑrd〕*v.* 拋棄　***the bad*** 壞的事物
　separate〔'sɛpə,ret〕*v.* 把…分開；區別；辨別 *<from>*
　separate A from B 分辨 A 與 B　wheat〔hwit〕*n.* 小麥
　chaff〔tʃæf〕*n.* 穀殼；糠
　separate the wheat from the chaff 區別好壞；去蕪存菁
1539. right〔raɪt〕*adj.* 對的；正確的　***get sth. right*** 弄清楚
　straight〔stret〕*adj.* 正確的　***get sth. straight*** 弄清楚
　mess〔mɛs〕*v.* 胡搞；亂弄　***mess up*** 搞砸

11.
給人勸告

16. 認清事實

☐ **1540.** Stop dreaming. 　　　　　　不要再做夢了。

Stop wishing and hoping. 　　不要再抱著希望了。

Be realistic. 　　　　　　　實際一點。

☐ **1541.** Stop daydreaming. 　　　　不要做白日夢了。

Get going. 　　　　　　　　開始動手做。

Wake up and smell the bacon. 　認清楚事實。

☐ **1542.** Face the facts. 　　　　　面對事實。

Face reality. 　　　　　　　面對現實。

Get real. 　　　　　　　　面對現實;醒醒吧。

** ─────────────

1540. dream〔drim〕*v.* 做夢;幻想　　wish〔wɪʃ〕*v.* 抱著希望
hope〔hop〕*v.* 希望;期待　　realistic〔,riə'lɪstɪk〕*adj.* 實際的
1541. daydream〔'de,drim〕*v.* 做白日夢
get going 出發;開始動手做 (= *get moving* = *get started*)
smell〔smɛl〕*v.* 聞　　bacon〔'bekən〕*n.* 培根
Wake up and smell the bacon. 這句話源自於 Wake up and smell
the coffee. 醒過來聞到咖啡的味道就會清醒,引申為「要認清楚事
實。」把 coffee 改成 bacon,是美國一家肉品公司的想法,他們以
這句話為名稱,設計了一款手機 app,使用者進入 app,真的可以聞
到培根的味道,非常受歡迎。
1542. face〔fes〕*v.* 面對　　fact〔fækt〕*n.* 事實
reality〔rɪ'ælətɪ〕*n.* 現實　　real〔'riəl〕*adj.* 真實的;實際的
Get real. 要變得實際,也就是「要面對現實。」

11.
給
人
勸
告

□ **1543.** Wake up! 清醒一點！

Stop feeling that way. 不要那麼想了。

Snap out of it! 振作起來吧！

□ **1544.** Face the truth. 要面對事實。

Face the music. 要面對現實。

Accept it either way. 無論結果好壞都要接受。

□ **1545.** Deal with it. 要處理。

Don't avoid it. 不要逃避。

Don't duck the issue. 不要迴避問題。

** ──────────────

1543. ***wake up*** 醒來　　way〔we〕*n.* 方式；樣子

that way 那樣　　***feel that way*** 有那種感覺；那麼想

snap〔snæp〕*v.* 發出啪嗒聲

snap out of it 振作起來；打起精神來（= *cheer up*）

1544. face〔fes〕*v.* 面對　　truth〔truθ〕*n.* 事實

face the music 面對現實；承擔後果　　accept〔ək'sɛpt〕*v.* 接受

either way （兩邊中）任一邊；兩邊都

Accept it either way. 字面的意思是「兩邊都要接受。」也就是「無論結果好壞都要接受。」（= *Good or bad, accept it.*）或「無論發生什麼事，都要接受。」（= *Whatever happens, accept it.*）

1545. ***deal with*** 應付；處理　　avoid〔ə'vɔɪd〕*v.* 避免；避開；逃避

duck〔dʌk〕*n.* 鴨子　*v.* 逃避；迴避　　issue〔'ɪʃju〕*n.* 問題

11.
給
人
勸
告

17. 不要期望太高

☐ **1546.** Nothing is certain.　　　　　　沒有什麼是確定的。

Nothing is ever for sure.　　　絕對沒有什麼是確定的。

Always have a plan B.　　　　一定要有替代方案。

☐ **1547.** Don't hold your breath.　　　　你別指望了。

Don't get too excited.　　　　不要太興奮。

It's not a sure thing.　　　　　這不是確定的事。

☐ **1548.** Don't get your hopes up.　　　　不要抱太大的希望。

It might not happen.　　　　　這可能不會發生。

Nothing is for sure.　　　　　沒有什麼事是確定的。

**────────────

1546. certain〔ˈsɝtn〕*adj.* 確定的　　ever〔ˈɛvɚ〕*adv.* 曾經

not…ever 從未；絕不（= *never*）

for sure 確定的；必然的（= *certain*）　　***plan B*** B計劃；替代方案

1547. hold〔hold〕*v.* 握住；使保持　　breath〔brɛθ〕*n.* 呼吸；氣息

hold one's ***breath*** （因恐懼或興奮而）屏住氣息

don't hold your breath 你別指望了（= *don't expect something*
to happen because it probably will not）

excited〔ɪkˈsaɪtɪd〕*adj.* 興奮的　　sure〔ʃʊr〕*adj.* 一定的；確定的

a sure thing 確定的事（= *a certainty*）

1548. hope〔hop〕*n.* 希望　　***get*** one's ***hopes up*** 抱很大的希望（= *be*
too confident of succeeding）　　happen〔ˈhæpən〕*v.* 發生

18. 放輕鬆，慢慢來

□ **1549.** Take it easy.　　　　　　　放輕鬆。

Take it slow.　　　　　　　慢慢來。

Take a deep breath.　　　　做個深呼吸。

□ **1550.** Take your time.　　　　　　慢慢來。

Slow down.　　　　　　　減低速度。

Easy does it.　　　　　　　慢慢來。

□ **1551.** Slow the pace.　　　　　　把步調放慢。

Slow the tempo.　　　　　把節奏放慢。

Take your foot off the gas.　慢一點。

**

1549. easy〔ˋizɪ〕*adv.* 輕鬆地　　***take it easy*** 放輕鬆

slow〔slo〕*adj.* 慢的　*v.* 減慢　　***take it slow*** 慢慢來

breath〔brɛθ〕*n.* 呼吸　　***take a deep breath*** 做個深呼吸

1550. ***take one's time*** 慢慢來　　***slow down*** 減低速度

Easy does it. (不要慌)慢慢來;(別緊張)放輕鬆;沉著點;別那樣
生氣。

1551. pace〔pes〕*n.* 步調　　tempo〔ˋtɛmpo〕*n.* 節奏;速度

foot〔fʊt〕*n.* 腳　　gas〔gæs〕*n.* (汽車的)油門

take one's foot off the gas 「讓腳離開油門」，引申為「減速;慢一
點」(= *slow down*)。【相反的說法是 Step on the gas. (加速;踩
油門;趕快。)】

19. 不要冒險

☐ **1552.** Be careful.　　　　　　　　　　小心一點。

Don't play with fire.　　　　　　不要玩火。

Don't flirt with disaster.　　　　不要冒險。

☐ **1553.** Don't try your luck.　　　　　　不要想碰運氣。

Don't take a chance.　　　　　　不要冒險。

Stop while you're ahead.　　　　要見好就收。

☐ **1554.** Don't tempt fate.　　　　　　　不要冒險。

Don't push your luck.　　　　　不要冒不必要的危險。

Don't risk it.　　　　　　　　　不要冒險。

** ────────────

1552. careful〔ˈkɛrfəl〕*adj.* 小心的　　***play with fire*** 玩火；做危險的事

flirt〔flɜt〕*v.* 調情；打情罵俏；玩弄　　***flirt with*** 不認眞考慮

disaster〔dɪzˈæstə〕*n.* 災難　　***flirt with disaster*** 把災難當兒戲；

玩命；冒險（*= do something dangerous*）

1553. luck〔lʌk〕*n.* 運氣　　***try your luck*** 試試運氣；碰運氣

chance〔tʃæns〕*n.* 機會　　***take a chance*** 冒險

ahead〔əˈhɛd〕*adv.* 領先　　***stop while one is ahead*** 見好

就收；適可而止（*= quit while one is ahead*）

1554. tempt〔tɛmpt〕*v.* 引誘；誘惑（去做壞事）　　fate〔fet〕*n.* 命運

tempt fate 字面的意思是「引誘命運去做壞事」，也就是「玩命；冒險」。

push〔puʃ〕*v.* 推　　***push one's luck*** 冒險以期再走運；冒不必要的

危險（*= press one's luck*）

Don't push your luck. 不要過度自信而冒著失去好運的風險。

（*= Don't be overconfident and risk losing your good luck.*）

risk〔rɪsk〕*v.* 冒…的危險　*n.* 風險；危險

Don't risk it. 不要冒險。（*= Don't risk the good thing you have*

now. = Don't risk losing what you have.）

□ **1555.** Take good care.　　　　　　　要多保重。

　　　　Take no risks.　　　　　　　　不要冒險。

　　　　Don't do anything risky.　　　　不要做任何危險的事。

□ **1556.** Take a step back.　　　　　　退一步考慮。

　　　　Get away from it.　　　　　　遠離它。

　　　　Step away from the problem.　避開這個問題。

□ **1557.** Be farsighted.　　　　　　　要有遠見。

　　　　Expect the unexpected.　　　要預料到意想不到的事。

　　　　You never know what might
　　　　　happen.

很難預料可能會發生什麼
事。

**────────────────

1555. ***take care*** 小心 (= *be careful*)；保重 (= *take care of yourself*)

　　　take good care 多多保重　　**risk** 〔 rɪsk 〕 *n.* 風險

　　　take risks 冒險　　**risky** 〔'rɪskɪ 〕 *adj.* 危險的

1556. step 〔 stɛp 〕 *n.* 一步　*v.* 踏出一步

　　　Take a step back. ①退後一步。(= *Step back.*)　②退一步考慮。

　　　　(= *Stop for a moment in order to consider something.*)

　　　get away from 遠離　　***Get away from it.*** (遠離它。) 也可說

　　　成：Stop being involved with it. (不再和它有任何牽連。)

　　　【involve 〔 ɪn'vɑlv 〕 *v.* 使有關連】

　　　step away from 遠離；避開 (= *leave…alone*)

1557. farsighted 〔'fɑr'saɪtɪd 〕 *adj.* 遠視的；有遠見的

　　　expect 〔 ɪk'spɛkt 〕 *v.* 期待；預料

　　　unexpected 〔 ˌʌnɪk'spɛktɪd 〕 *adj.* 意想不到的；出乎意料的

　　　the unexpected 意想不到的事

　　　you never know 很難說；很難預料　　happen 〔'hæpən 〕 *v.* 發生

11.
給人勸告

20. 要懂得拒絕

☐ **1558.** Push back. 要拒絕接受。
Resist! 要抗拒！
Refuse! 要拒絕！

☐ **1559.** I wouldn't if I were you. 如果我是你，我不會。
If I were in your shoes, I
wouldn't. 如果我站在你的立場，我
不會。
If you ask me, I wouldn't
do it. 如果你問我，我不會那麼
做。

☐ **1560.** Be firm. 要堅定。
Don't falter. 不要猶豫。
Stand your ground. 要堅守你自己的立場。

** ———

1558. push〔puʃ〕*v.* 推　***push back*** 把…推回去；延後；拒絕接受
Push back. 把別人給的推回去，也就是「拒絕接受。」(= *Refuse to*
accept.)　resist〔rɪˈzɪst〕*v.* 抵抗；抗拒
refuse〔rɪˈfjuz〕*v.* 拒絕
1559. 前兩句是與「現在事實相反」的假設語氣，動詞用過去式。
if I were you 如果我是你　in〔ɪn〕*prep.* 穿著
shoes〔ʃuz〕*n. pl.* 鞋子　***in one's shoes*** 站在某人的立場
1560. firm〔fɝm〕*adj.* 堅定的 (= *determined*)
falter〔ˈfɔltə〕*v.* 蹣跚；動搖；猶豫 (= *hesitate*)；退縮
ground〔graʊnd〕*n.* 立場
stand one's ***ground*** 堅守自己的立場 (= *hold one's ground*)

21. 關於情緒

□ **1561.** What's wrong?   怎麼了？

Why the long face?   爲什麼板著一張臉？

You look upset.   你看起來不太高興。

□ **1562.** Why so upset?   爲什麼這麼不高興？

Why so sad?   你爲什麼這麼難過？

Why the bad mood?   爲什麼心情不好？

□ **1563.** Don't be angry.   不要生氣。

Don't be mad.   不要生氣。

There's no need.   沒有必要。

**

1561. wrong〔rɔŋ〕*adj.* 不對勁的   ***a long face*** 拉長臉；板著臉

Why the long face? 源自 Why do you have such a long face?

（你爲什麼板著一張臉？）   upset〔ʌp'sɛt〕*adj.* 不高興的

1562. so〔so〕*adv.* 如此地

Why so upset? 源自 Why are you so upset?（爲什麼這麼不高興？）

sad〔sæd〕*adj.* 傷心的；難過的

Why so sad? 源自 Why are you so sad?（你爲什麼這麼難過？）

mood〔mud〕*n.* 心情   ***Why the bad mood?*** 源自 Why are you

in a bad mood?（爲什麼心情不好？）【***be in a bad mood*** 心情不好】

1563. angry〔'æŋgrɪ〕*adj.* 生氣的   mad〔mæd〕*adj.* 瘋狂的；生氣的

no need 沒有必要

22. 不要生氣

☐ **1564.** Get by! 將就將就！

Make do! 湊合湊合！

Do with what you have! 你有什麼就將就使用！

☐ **1565.** He talks nonsense. 他說的都是廢話。

Don't take him seriously. 不必把他看得太認真。

He's full of hot air. 他滿口胡說八道。

☐ **1566.** You're worth more. 你應該得到更多。

You deserve better. 你應該得到更好的。

Don't settle for less. 不要退而求其次。

** ————————————

1564. ***get by*** 勉強度過；勉強應付過去

make do 將就使用；設法應付 (= *manage with what you have*)

【manage〔'mænɪdʒ〕*v.* 設法維持下去】

Do with what you have! 是由 Make do with what you have!

(你有什麼就將就使用！) 簡化而來。【***make do with*** 以…將就使用】

1565. nonsense〔'nɑnsɛns〕*n.* 胡說；廢話

seriously〔'sɪrɪəslɪ〕*adv.* 認真地　　***take~seriously*** 認真看待~

hot air 熱氣；大話；誇張之辭 (= *nonsense* = *boasting*)

1566. worth〔wɝθ〕*adj.* 值得…的

You're worth more. 「你值得更多。」也就是「你應該得到更多。」

(= *You deserve more.*)　　deserve〔dɪ'zɝv〕*v.* 應得

settle〔'sɛtḷ〕*v.* 同意；安於 (不滿意的事物) < *for* >

settle for 對…感到滿足；勉強接受　　***settle for less*** 退而求其次

□ **1567**. Don't get angry.

Don't lose your cool.

Don't blow your top.

不要生氣。

不要失去冷靜。

不要發脾氣。

□ **1568**. Never be angry.

Never be sad.

It's not worth your time.

絕對不要生氣。

絕對不要難過。

那不值得你花時間。

□ **1569**. Don't get emotional.

Don't lose your temper.

Keep your shirt on.

不要變得情緒化。

不要發脾氣。

不要發脾氣。

** ─────

1567. angry〔'æŋgrɪ〕*adj.* 生氣的　　lose〔luz〕*v.* 失去
cool〔kul〕*n.* 冷靜　*adj.* 冷靜的　　失控
lose one's *cool* 失去冷靜；情緒
blow〔blo〕*v.* 爆破；炸毀　　top〔tɑp〕*n.* 頂端；頭頂
blow one's *top* 發脾氣（= *lose* one's *temper*）
1568. never〔'nɛvɚ〕*adv.* 絕不　　sad〔sæd〕*adj.* 悲傷的；難過的
worth〔wɝθ〕*adj.* 值得的
It's not worth your time. 也可說成：It's a waste of your time.
（那是在浪費你的時間。）It's not worth it.（那樣不值得。）
【waste〔west〕*n.* 浪費　　*worth it* 值得的】
1569. emotional〔ɪ'moʃənḷ〕*adj.* 情緒激動的
temper〔'tɛmpɚ〕*n.* 脾氣　　*lose* one's *temper* 發脾氣
shirt〔ʃɝt〕*n.* 襯衫　　on〔ɑn〕*adj.* 穿著的
keep one's *shirt on* 不發脾氣（= *don't lose your temper*）；
保持鎮定；要有耐心（= *be patient*）

☐ **1570.** Keep your head. 保持鎮靜。

Don't get worked up. 不要太激動。

Stay calm under pressure. 承受壓力時，要保持冷靜。

☐ **1571.** Stay cool. 要保持冷靜。

Remain calm. 要保持冷靜。

The results speak for 結果非常明顯，不用說也知
themselves. 道。

☐ **1572.** Don't go crazy. 不要失去理智。

Don't make waves. 不要興風作浪。

Don't blow a gasket. 不要發脾氣。

**────────────

1570. *keep one's head* 保持鎮靜   *work up* 使激動；激起

stay〔ste〕*v.* 保持   calm〔kɑm〕*adj.* 冷靜的

pressure〔'prɛʃɚ〕*n.* 壓力

1571. cool〔kul〕*adj.* 冷靜的   remain〔rɪ'men〕*v.* 保持

result〔rɪ'zʌlt〕*n.* 結果

speak for oneself 不說自明；有目共睹；非常明顯，不用說也知道

1572. go〔go〕*v.* 變得   crazy〔'krezɪ〕*adj.* 瘋狂的

go crazy 發瘋；失去理智   wave〔wev〕*n.* 波浪

make waves 興風作浪；製造麻煩（= *cause trouble*）

blow〔blo〕*v.* 吹；爆破；炸毀

gasket〔'gæskɪt〕*n.* 襯墊；墊圈

blow a gasket 發脾氣；大發雷霆（= *lose one's temper*）

☐ **1573.** Don't worry about it.　　　　不要擔心。

Don't sweat it.　　　　不要擔心。

Life goes on.　　　　生活還是要繼續。

☐ **1574.** Don't be upset.　　　　別不高興。

Things happen.　　　　世事難料。

That's the way life is.　　　　人生就是如此。

☐ **1575.** You can't please everybody.　　你無法取悅每個人。

You can never make　　　　你絕對無法使每個人都高

everyone happy.　　　　興。

You can't make an omelet　　【諺】要達到目的，必須

without breaking eggs.　　　付出代價。

**────────────────

1573. ***worry about*** 擔心　　sweat〔swɛt〕*n.* 流汗；汗水　*v.* 流汗；擔心

Don't sweat it. 字面的意思是「不要為此事流汗。」引申為「不要擔心。」(= *Don't worry about it.*)　　　***go on*** 繼續

Life goes on.（生活還是要繼續。）也可說成：You will survive.

（你會繼續活著。）【survive〔sə'vaɪv〕*v.* 存活】

1574. upset〔ʌp'sɛt〕*adj.* 不高興的　　happen〔'hæpən〕*v.* 發生

Things happen. 字面的意思是「事情會發生。」引申為「世事難料。」也可說成：These things happen.（這種事在所難免。）有些事情並非是你所能控制的，無論你做了什麼，還是會發生。

way〔we〕*n.* 樣子　　***That's the way life is.*** 人生就是如此。

(= *That's the way it is.* = *C'est la vie.*)

【c'est la vie〔‚se lə 'vi〕這就是人生；生活就是如此(= *that's life*)】

1575. please〔pliz〕*v.* 取悅　　omelet〔'ɑmlɪt〕*n.* 煎蛋捲

break〔brek〕*v.* 打破　　***You can't make an omelet without breaking eggs.***【諺】不打蛋，不能做蛋捲；要怎麼收穫，先怎麼栽；要達到目的，必須付出代價。

11.
給
人
勸
告

23. 不要難過

□ 1576. You look sad.   你看起來很傷心。

You look mad.   你看起來很生氣。

Why the strange face?   為什麼臉色這麼奇怪?

□ 1577. Never frown.   絕對不要皺眉頭。

Always smile.   永遠要微笑。

Let your light shine.   讓你的光芒閃耀。

□ 1578. Don't worry about it.   不要擔心它。

Put it out of your mind.   把它拋諸腦後。

Put your mind at ease.   放心。

**

1576. look〔luk〕v. 看起來   sad〔sæd〕adj. 傷心的;難過的
mad〔mæd〕adj. 發瘋的;生氣的   strange〔strendʒ〕adj. 奇怪的
Why the strange face? 源自 Why do you have that strange face? (你為什麼臉色那麼奇怪?)

1577. frown〔fraun〕v. 皺眉頭   smile〔smaɪl〕v. 微笑
light〔laɪt〕n. 光;光芒   shine〔ʃaɪn〕v. 閃耀
Let your light shine. 出自聖經: ... let your light shine before them, that they may see your good deeds.... (…讓你們的光芒在他們面前閃耀,讓他們看見你們的好行為…。)

1578. **worry about** 擔心   put〔put〕v. 放;使處於(某種狀態)
mind〔maɪnd〕n. 心;精神;頭腦
put sth. out of your mind 把…忘掉;把…拋諸腦後
at ease 輕鬆地   **put one's mind at ease** 讓某人放心;使某人安心

24. 不要緊張害怕

☐ 1579. Don't be nervous.　　　　　　　不要緊張。

Don't get tense.　　　　　　　不要緊張。

Don't let fear win.　　　　　　不能輸給恐懼。

☐ 1580. Face your fear.　　　　　　　　面對你的恐懼。

Deal with fear.　　　　　　　　處理你的恐懼。

Don't back down.　　　　　　　不要退縮。

☐ 1581. Fear is normal.　　　　　　　　害怕是正常的。

It's okay to be nervous.　　　　緊張沒關係。

Do it anyway.　　　　　　　　無論如何還是要去做。

**

1579. nervous〔'nɜvəs〕*adj.* 緊張的　　get〔gɛt〕*v.* 得到；變得

tense〔tɛns〕*adj.* 緊張的　　fear〔fɪr〕*n.* 恐懼；害怕

win〔wɪn〕*v.* 贏

1580. face〔fes〕*v.* 面對　　***deal with*** 應付；處理

back down 退縮（= *give up* = *give in*）

1581. normal〔'nɔrml̩〕*adj.* 正常的

okay〔'o'ke〕*adj.* 好的；沒問題的

anyway〔'ɛnɪ,we〕*adv.* 無論如何；以任何方式

Do it anyway. 無論如何還是要去做。（= *Do it no matter what.*）

11.
給
人
勸
告

25. 保持冷靜

□ **1582.** Chill!　　　　　　　　　　冷靜！

　　Chillax!　　　　　　　　　冷靜一點，放輕鬆！

　　Take a chill pill!　　　　　冷靜下來！

□ **1583.** Calm down!　　　　　　　　冷靜下來！

　　Settle down!　　　　　　　平靜下來！

　　Don't get too excited.　　不要太激動。

□ **1584.** Cool it.　　　　　　　　　　要冷靜下來。

　　Cool your jets.　　　　　　要冷靜下來。

　　Control yourself.　　　　　要控制自己。

** ────────────────

1582. chill〔tʃɪl〕*v.* 變冷；冷靜（= *chill out*)

chillax〔tʃɪˈlæks〕*v.* 冷靜和放鬆（= *chill out* = *calm down* = *relax*)

take〔tek〕*v.* 服用　　pill〔pɪl〕*n.* 藥丸

take a chill pill 冷靜下來【以前用來治療過動兒的藥被稱爲 chill pill，
所以服用這種藥丸，就會「冷靜下來，放輕鬆」(= *calm down and relax*)】

1583. calm〔kɑm〕*v.* 冷靜　　***calm down*** 冷靜下來

settle〔ˈsɛtl̩〕*v.* 安定；平靜　　***settle down*** 平靜下來

get〔gɛt〕*v.* 變得　　excited〔ɪkˈsaɪtɪd〕*adj.* 興奮的；激動的

1584. cool〔kul〕*v.* 使冷卻；使平息　　***cool it*** 冷靜下來；鎮靜

jet〔dʒɛt〕*n.* 噴射機　　***cool your jets*** 冷靜下來

control〔kənˈtrol〕*v.* 控制

1585. Don't panic. 不要恐慌。

Keep your cool. 要保持冷靜。

Don't lose your head. 不要慌張。

1586. Never lose your cool. 絕不要失去冷靜。

Never throw a fit. 絕不要大發脾氣。

Be sensible. 要理智。

1587. Weather the storm. 要度過難關。

Let the dust settle. 要讓塵埃落定。

Rain or shine, be calm. 無論發生什麼事，都要冷靜。

** ————————

1585. panic〔'pænɪk〕v. 恐慌　　cool〔kul〕n. 冷靜；鎮靜；涼爽
keep* one's *cool 保持冷靜　　lose〔luz〕v. 失去
head〔hɛd〕n. 頭腦；冷靜　　***lose* one's *head*** 慌張；不知所措
1586. ***lose* one's *cool*** 失去冷靜　　fit〔fɪt〕n.（情緒的）突發；發作
throw a fit 勃然大怒；大發脾氣（= *get very angry and shout or become violent*）
sensible〔'sɛnsəbḷ〕adj. 明智的；理智的（= *reasonable*）
1587. weather〔'wɛðɚ〕v. 平安度過　　storm〔stɔrm〕n. 暴風雨
weather the storm 度過難關　　dust〔dʌst〕n. 灰塵
settle〔'sɛtḷ〕v. 飛落；落下　　***Let the dust settle.***（要讓塵埃落定。）
也可說成：Wait till things calm down.（要等到事情平靜下來。）
rain or shine 無論晴雨　　calm〔kɑm〕adj. 冷靜的
Rain or shine, be calm. 無論晴雨，都要冷靜，也就是「無論發生什麼事，都要冷靜。」（= *No matter what happens, stay calm.*）

26. 要忍受痛苦

☐ **1588**. Take the pain. | 要承受痛苦。
Tough it out. | 咬緊牙關挺過去。
Suck it up. | 別抱怨了。

☐ **1589**. Take it on. | 要勇於承擔。
Take it like a man. | 要像個男子漢。
Don't complain. | 不要抱怨。

☐ **1590**. Put on a brave face. | 要擺出勇敢的表情。
Don't show your feelings. | 不要顯露出你的感情。
Keep a stiff upper lip. | 感情不要外露。

**————————————

1588. take〔tek〕v. 接受；忍受　　pain〔pen〕n. 痛苦
tough〔tʌf〕adj. 頑強的　　***Tough it out***. (咬緊牙關挺過去。) 也
可說成：Deal with it. (要應付它。) Stick to your goal. (要堅
持你的目標。)【***deal with*** 應付；處理　***stick to*** 堅持】
suck〔sʌk〕v. 吸　　***Suck it up***. 別抱怨了 (＝*Don't complain*.)；
再抱怨也沒用；要認命。(＝*Put up with it without complaining*.)
【***put up with*** 忍受】

1589. ***take on*** 承擔　　***Take it on***. 要勇於承擔。(＝*Undertake it*.) 也可
說成：Accept the challenge. (要接受挑戰。)
【undertake〔ˌʌndɚˈtek〕v. 承擔】　　***take it*** 忍受
take it like a man 像個男子漢　　complain〔kəmˈplen〕v. 抱怨

1590. ***put on*** 穿上；擺出 (態度、外表等)　　brave〔brev〕adj. 勇敢的
face〔fes〕n. 臉；表情　　***Put on a brave face***. (要擺出勇敢的表
情。) 也可說成：Hide your fear. (隱藏你的恐懼。)
show〔ʃo〕v. 顯示；展現　　feelings〔ˈfilɪŋz〕n. pl. 感情
stiff〔stɪf〕adj. 僵硬的；緊繃的　　upper〔ˈʌpɚ〕adj. 上方的
lip〔lɪp〕n. 嘴唇　　***Keep a stiff upper lip***. 要保持緊繃的上唇，
即「要沈默寡言；感情不要外露。」(＝*Control your emotions*.)

27. 要有自制力

☐ **1591.** Have restraint.   要有自制力。

       Have self-control.   要有自制力。

       Havc willpower.   要有意志力。

☐ **1592.** Don't get hooked.   不要上癮。

       Don't be addicted.   不要上癮。

       Don't let it control your life.   不要讓它控制你的生活。

☐ **1593.** Don't be tricked.   不要被騙。

       Don't be fooled.   不要被騙。

       Don't fall for it.   不要被騙。

** ───

1591. restraint〔rɪ'strent〕*n.* 抑制；自制

     self-control〔'sɛlfkən'trol〕*n.* 自制

     willpower〔'wɪl,pauɚ〕*n.* 意志力；自制力

1592. hook〔huk〕*v.* 鉤住　*n.* 鉤子

     get hooked 上癮；沈迷　　addict〔ə'dɪkt〕*v.* 使上癮

     addicted〔ə'dɪktɪd〕*adj.* 上癮的　　control〔kən'trol〕*v.* 控制

1593. trick〔trɪk〕*v.* 欺騙　　fool〔ful〕*v.* 愚弄；欺騙

     fall for 受…的騙；中 (計)；上…的；對信以為眞

     Don't fall for it. 不要被騙。(*= Do't be tricked. = Don't be*

     fooled.)【***put up with*** 忍受】也可說成：Don't believe it. (不

     要相信。)

28. 不要自找麻煩

☐ 1594. Don't ask for trouble. 　　　　　不要自找麻煩。
　　　 Don't rock the boat. 　　　　　　不要興風作浪。
　　　 Don't make waves. 　　　　　　　不要興風作浪。

☐ 1595. Don't look for trouble. 　　　　　不要自找麻煩。
　　　 Don't stir up trouble. 　　　　　　不要惹麻煩。
　　　 Don't get into trouble. 　　　　　　不要惹麻煩。

☐ 1596. Keep your nose clean. 　　　　　不要惹是生非。
　　　 Stay out of trouble. 　　　　　　　遠離麻煩。
　　　 Don't do something you'll 　　　　不要做出你會後悔的事。
　　　　 regret.

** _____

1594. ***ask for*** 要求　　***ask for trouble*** 自找麻煩；自討苦吃
　　　rock〔rɑk〕*v.* 搖　　***rock the boat*** 興風作浪；破壞現狀；搗亂
　　　wave〔wev〕*n.* 波浪　　***make waves*** 興風作浪；把事情鬧大
1595. ***look for*** 尋找　　***look for trouble*** 自找麻煩（= *ask for trouble*）
　　　stir〔stɝ〕*v.* 攪動；激起；引起＜*up*＞　　***stir up*** 引起（= *cause*）
　　　get into trouble 惹上麻煩
1596. ***keep*** *one's* ***nose clean*** 不惹是生非；安份守己；潔身自好
　　　stay out of 遠離　　regret〔rɪˈgrɛt〕*v.* 後悔

29. 健康重於財富

☐ **1597.** Exercise daily.　　　　　　要每天運動。

Work up a sweat.　　　　　出出汗。

Work out for thirty minutes.　要運動三十分鐘。

☐ **1598.** Be in good shape.　　　　　要身體健康。

Have a nice body.　　　　　要有好的身體。

Exercise regularly.　　　　要規律運動。

☐ **1599.** Your health is precious.　　　你的健康很珍貴。

You can't buy good health.　　你無法買到良好的健康。

Health is more important　　健康重於財富。
　　than wealth.

**

1597. exercise〔'ɛksə‚saɪz〕*v.* 運動

daily〔'delɪ〕*adv.* 每天（= *every day*）

work up 激發；激起　　sweat〔swɛt〕*n.* 汗；流汗

work up a sweat 出一身汗；因運動而流汗

work out 運動（= *exercise*）

1598. shape〔ʃep〕*n.* 形狀；（健康）狀況

be in good shape 身體狀況良好　　nice〔naɪs〕*adj.* 好的

regularly〔'rɛgjələlɪ〕*adv.* 有規律地；定期地

1599. health〔hɛlθ〕*n.* 健康　　precious〔'prɛʃəs〕*adj.* 珍貴的

wealth〔wɛlθ〕*n.* 財富

30. 不要過勞

☐ **1600.** Don't overdo it.　　　　　　　　　不要做得過火。

Don't overwork.　　　　　　　　不要工作過度。

You'll burn yourself out.　　　　　你會耗盡體力。

☐ **1601.** Pace yourself.　　　　　　　　　　要調整你的步調。

Don't overexert yourself.　　　　　不要過分操勞。

Don't work too hard.　　　　　　　不要太拼命工作。

☐ **1602.** You should rest.　　　　　　　　　你應該休息一下。

Don't wear yourself out.　　　　　別把自己累壞了。

Don't run out of gas.　　　　　　別把體力耗盡了。

**

1600. overdo〔͵ovɚˋdu〕 *v.* 做…過火　　***overdo it*** 做得過火

overwork〔͵ovɚˋwɝk〕 *v.* 工作過度　　burn〔bɝn〕 *v.* 燃燒

burn oneself out 耗盡體力

1601. pace〔pes〕 *v.* 為…調整步調

overexert〔ˋovɚɪgˋzɝt〕 *v.* 使過分操勞【***exert oneself*** 用力；努力；

盡力】　　***Don't overexert yourself.*** (不要過分操勞。)也可

說成：Don't do too much. (不要做太多事。)

hard〔hɑrd〕 *adv.* 努力地

1602. rest〔rɛst〕 *v.* 休息　　***wear out*** 使筋疲力盡

run out of 用完　　gas〔gæs〕 *n.* 汽油

run out of gas (汽車)油料用盡；(人)體力耗盡

(= *lose one's energy*)

31. 不要自責

□ **1603.** Don't blame yourself.   不要責備自己。

       Don't beat yourself up.   不要自責。

       Don't be so hard on yourself.   不要對自己這麼嚴苛。

□ **1604.** Go easy on yourself.   對自己溫和一點。

       Don't let it get to you.   別放在心上。

       Don't torture yourself.   不要折磨你自己。

□ **1605.** Don't doubt yourself.   不要懷疑自己。

       Don't underestimate yourself.   不要低估自己。

       Never sell yourself short.   不要看輕自己。

**────────────

1603. blame〔blem〕v. 責備　　beat〔bit〕v. 打　　***beat up*** 痛毆；責備
beat oneself up 自責　　hard〔hɑrd〕adj. 嚴厲的；嚴苛的
be hard on oneself 苛求自己；對自己嚴苛

1604. ***go easy on sb.*** 對某人寬大、溫和
Go easy on yourself.（對自己溫和一點。）也可說成：Don't
blame yourself.（不要自責。）Don't be too hard on yourself.
（別對自己太嚴厲。）
Don't let it get to you. 別往心裡去；別放在心上。(= *Don't take it
to heart.* = *Don't let it bother you.*)【bother〔'bɑðɚ〕v. 困擾】
torture〔'tɔrtʃɚ〕v. 折磨；使苦惱

1605. doubt〔daut〕v. 懷疑　　underestimate〔ˌʌndɚ'ɛstəˌmet〕v. 低估
short〔ʃɔrt〕adj. 不足的；缺乏的
sell short 輕視；看不起 (= *undervalue* = *underestimate*)

11.
給人勸告

32. 要有運動家精神

☐ **1606.** Be fair.　　　　　　　　　　要光明正大。

Be a good sport.　　　　　　　要有運動家精神；要有風度。

Never hit below the belt.　　　絕不要犯規；不要暗箭傷人。

☐ **1607.** Lose with dignity.　　　　　　要有尊嚴地輸。

Win with class.　　　　　　　要有風度地贏。

Always be a good sport.　　　一定要有運動家精神。

☐ **1608.** Better luck next time.　　　　希望你下次運氣好一點。

You'll win next time.　　　　你下次會贏的。

Don't criticize yourself.　　不要責怪自己。

**————

1606. fair〔fɛr〕*adj.* 公平的；光明正大的
　　sport〔sport〕*n.* 運動；輸得起的人；有運動家精神的人；有風度的人
　　a good sport 有運動家精神的人　　hit〔hɪt〕*v.* 打
　　belt〔bɛlt〕*n.* 皮帶；腰帶　　***hit below the belt*** （拳擊）打腰帶
　　　以下【是犯規動作】；用卑鄙手段；暗箭傷人
1607. lose〔luz〕*v.* 輸　　dignity〔'dɪgnətɪ〕*n.* 尊嚴
　　Lose with dignity. 也可説成：Lose with pride. （要有尊嚴地輸。）
　　　　Don't be a sore loser. （不要輸不起。）【pride〔praɪd〕*n.* 驕傲；
　　　自尊心　　sore〔sor〕*adj.* 生氣的　　***sore loser*** 輸不起的人】
　　win〔wɪn〕*v.* 贏　　class〔klæs〕*n.* 出色的風度；氣質
　　Win with class. 也可説成：Be a gracious winner. （要做一個優雅
　　　的贏家。）【gracious〔'greʃəs〕*adj.* 親切的】
　　Win with class and lose with dignity. 是固定的説法。
　　Always be a good sport. 也可説成：Show good sportsmanship.
　　　（要展現良好的運動家精神。）
　　【sportsmanship〔'sportsmən,ʃɪp〕*n.* 運動家精神】
1608. criticize〔'krɪtə,saɪz〕*v.* 批評；指責　　***Don't criticize yourself***.
　　也可説成：Don't blame yourself. （不要責備自己。）

33. 團隊合作

□ **1609**. Be silly. 　　　　　　要愚蠢。

Be funny. 　　　　　　要好笑。

Be a little wild. 　　　　要有一點瘋狂。

□ **1610**. Share yourself. 　　　　要分享你的一切。

Enjoy being used. 　　　要喜歡被利用。

Being used means you're　被利用表示你很有用。
useful.

□ **1611**. Accept it. 　　　　　　要接受它。

Get used to it. 　　　　　要習慣它。

Come to grips with it.　　要開始處理它。

**

1609. silly〔ˈsɪlɪ〕*adj.* 愚蠢的　　　funny〔ˈfʌnɪ〕*adj.* 好笑的

a little 一點　　wild〔waɪld〕*adj.* 瘋狂的

1610. share〔ʃɛr〕*v.* 分享　　use〔juz〕*v.* 使用；利用

mean〔min〕*v.* 意思是　　useful〔ˈjusfəl〕*adj.* 有用的

1611. accept〔əkˈsɛpt〕*v.* 接受　　***get used to*** 習慣於

grip〔grɪp〕*n.* 緊抓；把手

come to grips with 開始處理；開始應付（*= begin to deal with*）

【grip（把手）同義字是 handle（把手），而 handle 當動詞時，作
「處理」解】

☐ **1612.** Teamwork. | 要團隊合作。
Work together. | 要合作。
There's no "I" in team. | 團隊裡沒有個人。

☐ **1613.** Motivate people. | 要激勵別人。
Use a carrot or a stick. | 你可以用胡蘿蔔或棍子。
Either reward or punish them. | 要獎勵或是處罰他們。

☐ **1614.** Don't hog the glory. | 不要獨佔榮耀。
Share the credit. | 要分享功勞。
Let others shine, too. | 也讓別人發光、發亮。

** ————————————————————

1612. teamwork〔'tim,wɝk〕*n.* 團隊合作
Teamwork. 源自 Teamwork is important.（團隊合作很重要。）
work together 合作（= *cooperate*） team〔tim〕*n.* 團隊
There is no "I" in team. 的意思是在 team（團隊）這個字的拼字
裡，沒有 I 這個字母（= *There is no "I" in the word team.*），暗
喻團隊中沒有個人自我的存在，引申為「團隊裡沒有個人。」不可說
成：*There is no "I" in the team.*（誤）

1613. motivate〔'motə,vet〕*v.* 激勵 carrot〔'kærət〕*n.* 胡蘿蔔；獎勵
stick〔stɪk〕*n.* 棍子；處罰 ***Use a carrot or a stick.*** 用馬愛吃的
胡蘿蔔或討厭的鞭子來控制馬，指的就是「用獎勵或處罰的方式。」
either A or B 不是 A 就是 B；A 或 B
reward〔rɪ'wɔrd〕*v.* 獎勵 punish〔'pʌnɪʃ〕*v.* 處罰

1614. hog〔hɑg〕*v.* 獨佔 glory〔'glorɪ〕*n.* 光榮；榮耀
Don't hog the glory.（不要獨佔榮耀。）也可說成：Don't take all
the credit.（不要搶走全部的功勞。） share〔ʃɛr〕*v.* 分享
credit〔'krɛdɪt〕*n.* 榮譽；功勞 shine〔ʃaɪn〕*v.* 發光；發亮；出色
Let others shine, too.（讓別人也發光、發亮。）也可說成：Let
others also be praised.（也讓別人被稱讚。）

34. 要出席參加

☐ **1615.** Join in.　　　　　　　　　　要參與。

　　　　Don't just sit there.　　　　不要只是坐在那裡。

　　　　Don't be a bump on a log.　不要像木頭一樣動也不動。

☐ **1616.** Just show up!　　　　　　　要出現！

　　　　Be present!　　　　　　　　要出席！

　　　　Be there!　　　　　　　　　要在場！

☐ **1617.** Just get there.　　　　　　只要去那裡就好。

　　　　Just come.　　　　　　　　來就對了。

　　　　Showing up is half the battle.　出席就成功了一半。

** ─────────────

1615. join 〔 dʒɔɪn 〕 v. 參加　　***join in*** 參加

　　bump 〔 bʌmp 〕 n. 腫塊；隆起部分　　log 〔 lɑg 〕 n. 圓木；木頭

　　a bump on a log 字面的意思是「木頭上的突起」，引申為「像木頭一
　　　樣很木訥或是動也不動」(= *unmoving* = *inactive*)。

　　Don't be a bump on a log. (不要像木頭一樣動也不動。) 也可說
　　　成：Don't just sit there like a bump on a log. (不要坐在那裡，
　　　像木頭一樣動也不動。) Don't be lazy. (不要偷懶。) Don't be
　　　shy. (不要害羞。) Get moving. (要動起來。)〔lazy 〔'lezɪ 〕 adj.
　　　懶惰的　　shy 〔 ʃaɪ 〕 adj. 害羞的　　move 〔 muv 〕 v. 移動〕

1616. ***show up*** 出現　　present 〔'prɛzn̩t 〕 adj. 出席的

　　be there 到那裡；去那裡

1617. just 〔 dʒʌst 〕 adv. 只　　get 〔 gɛt 〕 v. 到達

　　half 〔 hæf 〕 n. 一半　　battle 〔'bætl̩ 〕 n. 戰役

　　half the battle 成功了一半；完成最困難的部份；成功的重要條件

11.
給人勸告

35. 姿勢端正

□ **1618**. Head up.　　　　　　　　　抬頭。

Shoulders back.　　　　　挺胸。

Have good posture.　　　要有良好的姿勢。

□ **1619**. Eyes forward.　　　　　　向前看。

Sit up straight.　　　　　要坐直。

Stand up straight.　　　要站直。

□ **1620**. Walk tall.　　　　　　　　要昂首闊步。

Swing your arms.　　　　擺動你的手臂。

Show your confidence.　展現你的自信。

** ———————

1618. shoulders (ˈʃoldəz) *n. pl.* 肩膀

posture (ˈpastʃə) *n.* 姿勢；姿態

1619. forward (ˈfɔrwəd) *adv.* 向前　　*sit up* 坐直

straight (stret) *adv.* 直直地

1620. tall (tɔl) *adv.* 趾高氣昂地　　*walk tall* 昂首闊步

swing (swɪŋ) *v.* 擺動　　arm (ɑrm) *n.* 手臂

show (ʃo) *v.* 展現　　confidence (ˈkanfədəns) *n.* 自信

36. 穿著要適當

☐ **1621.** Wear something warm.　　　　穿暖一點。
　　　　Dress for cold weather.　　　要穿天氣寒冷時穿的衣服。
　　　　Put on a jacket.　　　　　　　穿上夾克。

☐ **1622.** Dress up for formal events.　　正式的活動要盛裝打扮。
　　　　Dress down for informal.　　　非正式的活動穿著要低調。
　　　　Always dress for the　　　　　一定要看場合穿衣服。
　　　　　occasion.

☐ **1623.** Image is everything.　　　　　形象是一切。
　　　　Stay fit and look healthy.　　要保持健康，看起來健康。
　　　　People judge you by your　　　人們以你的外表來判斷你。
　　　　　appearance.

＊＊

1621. wear〔wɛr〕v. 穿　　warm〔wɔrm〕adj. 溫暖的
dress〔drɛs〕v. 穿衣服　　weather〔'wɛðə〕n. 天氣
Dress for cold weather. 也可說成：Wear warm clothes.（要穿保
暖的衣服。）　　**put on** 穿上　　jacket〔'dʒækɪt〕n. 夾克
1622. **dress up** 盛裝打扮　　formal〔'fɔrml〕adj. 正式的
event〔ɪ'vɛnt〕n.（大型）活動　　**dress down** 穿著低調；穿著隨便
informal〔ɪn'fɔrml〕adj. 非正式的　　**Dress down for informal.**
源自 Dress down for informal events.（非正式的活動穿著要低
調。）也可說成：Dress casually for casual events.（非正式的
活動要穿休閒一點。）【casually〔'kæʒʊəlɪ〕adv. 非正式地；休閒地】
occasion〔ə'keʒən〕n. 場合
1623. image〔'ɪmɪdʒ〕n. 形象　　stay〔ste〕v. 保持
fit〔fɪt〕adj. 健康的（= healthy）　　judge〔dʒʌdʒ〕v. 判斷
appearance〔ə'pɪrəns〕n. 外表

11.
給人勸告

37. 社交禮節

☐ **1624.** Make eye contact.   要有目光接觸。

Nod your head.   要點頭。

Smile.   要微笑。

☐ **1625.** Fear none.   不要害怕任何人。

Respect all.   要尊敬所有的人。

Trust, but verify.   要信任，但也要查證。

☐ **1626.** Don't refuse a gift.   不要拒絕禮物。

Don't turn down a kindness.   不要拒絕別人的好意。

Always accept generosity.   一定要接受別人慷慨的行為。

** ————————————

1624. contact〔'kɑntækt〕*n.* 接觸   ***eye contact*** 目光接觸
make eye contact 有目光接觸   nod〔nɑd〕*v.* 點（頭）
smile〔smaɪl〕*v.* 微笑

1625. fear〔fɪr〕*v.* 害怕   none〔nʌn〕*pron.* 沒有人
respect〔rɪ'spɛkt〕*v.* 尊敬   trust〔trʌst〕*v.* 信任
verify〔'vɛrə,faɪ〕*v.* 證實；確認

1626. refuse〔rɪ'fjuz〕*v.* 拒絕   ***turn down*** 拒絕
kindness〔'kaɪndnɪs〕*n.* 親切；仁慈；親切的行為
accept〔ək'sɛpt〕*v.* 接受
generosity〔,dʒɛnə'rɑsətɪ〕*n.* 慷慨大方；慷慨的行為

38. 要排隊，不要插隊

☐ 1627. Stop doing that.　　　　　停止那麼做。
It's annoying.　　　　　　　邪很令人心煩。
Cut it out!　　　　　　　　快停止！

☐ 1628. Wait in line.　　　　　　　要排隊。
The line is here.　　　　　隊伍在這裡。
Don't cut in line.　　　　　不要插隊。

☐ 1629. Always line up.　　　　　一定要排隊。
Wait your turn.　　　　　　要等輪到你。
Never cut ahead of others.　絕不要在別人前面插隊。

**

1627. **stop + V-ing** 停止…
annoying〔əˋnɔɪɪŋ〕adj. 令人心煩的　　**cut out** 停止
Cut it out! 停止！（= Stop it! = Stop doing that! ）；閉嘴！

1628. wait〔wet〕v. 等　　line〔laɪn〕n.（等待順序的）行列
wait in line 排隊等候　　**cut in line** 插隊

1629. always〔ˋɔlwez〕adv. 總是　　**line up** 排隊
wait〔wet〕v. 等待（機會、輪次等）【等人或具體事物時用 **wait for**】
turn〔tɝn〕n. 輪流　　**one's turn** 輪到某人
cut〔kʌt〕v. 抄近路；迅速行進　　**ahead of** 在…前面
cut ahead of sb. 插隊（= cut in front of sb. = cut in line ）

39. 要早睡早起

☐ **1630.** Don't always stay up late.　　　　不要老是熬夜到很晚。
　　　It's bad for you.　　　　　　　　這對你不好。
　　　It'll harm your health.　　　　　　這會損害你的健康。

☐ **1631.** Staying up late is horrible.　　　　熬夜很可怕。
　　　You'll get pimples.　　　　　　　你會長青春痘。
　　　You'll also lose hair.　　　　　　你也會掉頭髮。

☐ **1632.** Get enough sleep.　　　　　　　要有充足的睡眠。
　　　Get adequate rest.　　　　　　　要有足夠的休息。
　　　Sleep for seven hours a day.　　　一天要睡七個小時。

** ————————————

1630. ***stay up*** 熬夜　　late〔let〕*adv.* 晚地
　　harm〔hɑrm〕*v.* 傷害；損害　　health〔hɛlθ〕*n.* 健康
1631. ***stay up*** 熬夜　　horrible〔'hɔrəbḷ , 'hɑr-〕*adj.* 可怕的
　　pimple〔'pɪmpḷ〕*n.* 青春痘
　　lose〔luz〕*v.* 失去　　***lose (one's) hair*** 掉頭髮
1632. sleep〔slip〕*v. n.* 睡眠
　　enough〔ɪ'nʌf〕*adj.* 足夠的
　　adequate〔'ædəkwɪt〕*adj.* 足夠的
　　rest〔rɛst〕*n.* 休息

pimple

☐ **1633.** Get up early. 　要早起。

It's good for your skin. 　這對你的皮膚有益。

It'll help your figure. 　這對你的身材會有幫助。

☐ **1634.** Don't sleep late. 　不要睡到很晚才起床。

Don't sleep your life away. 　不要浪費生命睡覺。

Get up and get going. 　要起床動起來。

☐ **1635.** Early to bed. 　要早睡。

Early to rise. 　要早起。

Be healthy, wealthy, and wise! 　要健康、有錢，又聰明！

**

1633. *get up* 起床　skin〔skɪn〕*n.* 皮膚　figure〔ˈfɪgjɚ〕*n.* 身材

1634. *sleep late* 睡到很晚才起床【注意：sleep late 是「睡到很晚」，不是

很晚才睡，不要記錯了】

sleep away 以睡眠消磨（時間）

Don't sleep your life away. 不要浪費生命睡覺。(= *Don't waste*

your time sleeping.)

get going 出發；開始著手；開始行動

Get up and get going. 起床動起來。(= *Get up and do something.*)

1635. rise〔raɪz〕*v.* 起床　healthy〔ˈhɛlθɪ〕*adj.* 健康的

wealthy〔ˈwɛlθɪ〕*adj.* 有錢的　wise〔waɪz〕*adj.* 聰明的

這三句話源自諺語：Early to bed and early to rise makes a man

healthy, wealthy, and wise. (早睡早起使人健康、有錢，又聰明。)

40. 注意交通安全

☐ **1636**. Slow down!   慢一點！

Don't speed!   不要超速！

You're going too fast!   你太快了！

☐ **1637**. Watch out!   要小心！

Look out!   要注意！

Keep an eye out!   要密切注意！

☐ **1638**. Stop and wait.   停下來等待。

Wait for the light.   要等燈號改變。

When it turns, go.   當燈號改變時，就可以走了。

** ———————————

^{1636.} ***slow down*** 減慢速度；慢下來

     speed〔spid〕*n.* 速度 *v.* 超速行駛   **go**〔go〕*v.* 移動；前進

^{1637.} ***watch out*** 小心   ***look out*** 小心；注意

     keep an eye out 密切注意

^{1638.} wait〔wet〕*v.* 等   ***wait for*** 等待

     light〔laɪt〕*n.*（信號的）燈光；交通信號燈

     Wait for the light. 也可說成：Wait for the light to turn.（要等燈
        號轉變。）或 Wait until the light changes.（要等到燈號改變。）

     turn〔tɝn〕*v.* 轉變

41. 注意路面濕滑

☐ **1639.** It's wet.
It's slippery.
Don't break your neck.
【第三句是誇張的說法】

地面是濕的。
地面是滑的。
不要折斷頸骨致死；不要滑
倒受傷。

☐ **1640.** Watch your step.
Don't fall.
Don't slip.

走路小心。
不要跌倒。
不要滑倒。

slip

☐ **1641.** Stay safe.
Be careful.
Watch out for yourself.

保持安全。
一切小心。
你自己要注意。

** —————————————

1639. wet〔wɛt〕adj. 濕的　　***It's wet.*** 在此指 The ground is wet.（地面
是濕的。）　　slippery〔'slɪpərɪ〕adj. 滑的　　***It's slippery.*** 在此
是指 The surface is slippery.（地面是滑的。）【surface〔'sɝfɪs〕n.
表面】　　break〔brek〕v. 折斷　　neck〔nɛk〕n. 脖子
break one's neck（做危險的事）折斷頸骨致死
Don't break your neck. 也可說成：Don't get hurt.（不要受傷。）
Don't fall down.（不要跌倒。）【***get hurt*** 受傷】

1640. watch〔watʃ〕v. 注意；當心　　step〔stɛp〕n. 腳步
watch one's step 走路小心（= ***mind your step***）
fall〔fɔl〕v. 跌倒　　slip〔slɪp〕v. 滑倒

1641. stay〔ste〕v. 保持　　safe〔sef〕adj. 安全的
careful〔'kɛrfəl〕adj. 小心的　　***watch out*** 小心
watch out for 注意；留意　　***Watch out for yourself.***（你自己要
注意。）也可說成：Take care of yourself.（要照顧你自己。）
【***take care of*** 照顧】

11.
給人勸告

42. 要非常小心

□ 1642. Be cautious.　　　　　　　要小心。
Watch your back.　　　　　　小心背後。
Keep an eye out.　　　　　　要有警覺。

□ 1643. It was a warning.　　　　　　那是個警告。
It was a message to change.　那是個要改變的訊息。
It was a wake-up call.　　　　那是個警示。

□ 1644. Take every precaution.　　　　要處處小心。
You can't be too careful.　　一定要很小心。
Leave nothing to chance.　　不要心存僥倖。

＊＊──────────

1642. cautious〔ˈkɔʃəs〕*adj.* 小心的；謹慎的（= *careful*）
watch〔wɑtʃ〕*v.* 小心；注意　back〔bæk〕*n.* 背；背部
Watch your back.（小心背後；要小心一點。）也可說成：Be
careful.（要小心。）Protect yourself.（要保護你自己。）
keep an eye out 留心；警覺；密切注意（= *be vigilant* = *look out*）
【vigilant〔ˈvɪdʒələnt〕*adj.* 小心警戒的　***look out*** 小心】

1643. warning〔ˈwɔrnɪŋ〕*n.* 警告　message〔ˈmɛsɪdʒ〕*n.* 訊息
change〔tʃendʒ〕*v.* 改變　***It was a message to change***. 也可
說成：It was a sign that I should change.（那是個我應該改變
的徵兆。）【sign〔saɪn〕*n.* 跡象；徵兆】
wake-up call（飯店的）電話叫醒服務；警示；警鐘

1644. precaution〔prɪˈkɔʃən〕*n.* 小心；警惕；預防措施
take every precaution 處處小心　***can't be too*** … 再怎麼…也不爲過
can't be too careful 再怎麼小心也不爲過　leave〔liv〕*v.* 遺留
chance〔tʃæns〕*n.* 偶然；運氣
leave nothing to chance 把事情做得四平八穩；不留漏洞；不心存
僥倖【***leave all to chance*** 一切順其自然；聽天由命】

43. 要低調一點

☐ **1645.** Lay low.

Go underground.

Keep a low profile.

不要引人注目。

要祕密行動。

要低調。

☐ **1646.** Keep your head down.

Don't get involved.

Don't get noticed.

行事低調。

不要牽涉在內。

不要引人注意。

☐ **1647.** Stay low-key.

Don't draw attention.

Stay out of the limelight.

保持低調。

不要引人注意。

遠離衆人的注目。

** ────────

1645. *lay low* 隱匿；避風頭（ = *be inconspicuous* = *hide yourself* = *stay hidden* ）【inconspicuous〔ˌɪnkən'spɪkjʊəs〕*adj.* 不引人注目的】

underground〔'ʌndə·'graʊnd〕*adv.* 在地下地；潛入地下地；隱密地

go underground 潛入地下；躲起來；開始祕密行動（ = *start working in secret* ） profile〔'profaɪl〕*n.* 側面像；輪廓；外形；人物簡介

low profile 不顯眼的態度；低姿態 *keep a low profile* 避免引人注目；採取低姿態（ = *avoid attracting attraction* ）

1646. *Keep your head down.* 頭要一直低低的，引申爲「行事低調；不引人注意。」也可説成：Avoid trouble.（要避免麻煩。）Avoid being noticed.（要避免引人注意。） involve〔ɪn'vɑlv〕*v.* 牽涉

get involved 牽涉在內 notice〔'notɪs〕*v.* 注意到

1647. stay〔ste〕*v.* 保持 low-key〔ˌlo'ki〕*adj.* 低調的；不張揚的

draw〔drɔ〕*v.* 拉；吸引

attention〔ə'tɛnʃən〕*n.* 注意 *stay out of* 離開

limelight〔'laɪmˌlaɪt〕*n.* 石灰光燈；衆人注目的中心

44. 安全總比後悔好

☐ **1648**.　It's dangerous.　　　　　　　　　　邪很危險。

It's risky.　　　　　　　　　　　　邪很冒險。

Don't go solo.　　　　　　　　　　不要單獨去。

☐ **1649**.　Avoid any danger.　　　　　　　　要避免任何危險。

Be on the safe side.　　　　　　　要謹慎。

Better safe than sorry.　　　　　　安全總比後悔好。

☐ **1650**.　Play it safe.　　　　　　　　　　　要謹慎行事。

Be extra careful.　　　　　　　　要特別小心。

You can never be safe enough.　　你要非常注意安全。

∗∗ ───────────────

1648. risky〔'rɪskɪ〕*adj.* 冒險的；危險的（ = *dangerous* ）
　　　solo〔'solo〕*adv.* 單獨地（ = *alone* = *by oneself* ）

1649. avoid〔ə'vɔɪd〕*v.* 避免　　danger〔'dendʒɚ〕*n.* 危險
　　　be on the safe side 謹慎；以防萬一　　safe〔sef〕*adj.* 安全的
　　　sorry〔'sɔrɪ〕*adj.* 後悔的　　***Better safe than sorry.***【諺】安全總
　　　比後悔好。（ = *It is better to be safe than to be sorry.* ）

1650. ***play it⋯*** 採取⋯的態度或行動　　***play it safe*** 謹慎行事；不冒險
　　　extra〔'ɛkstrə〕*adv.* 額外地；格外地；特別地
　　　careful〔'kɛrfəl〕*adj.* 小心的
　　　can never be⋯enough 再怎麼⋯也不為過

45. 快點逃走

☐ **1651.** Leave quickly. 　　　　　　　快點離開。

　　　　 Get out fast. 　　　　　　　快點出去。

　　　　 Beat a hasty retreat. 　　　　緊急撤退。

☐ **1652.** Save yourself! 　　　　　　　要救你自己！

　　　　 Run like hell! 　　　　　　　要拼命地跑！

　　　　 Run for your life! 　　　　　要拼命地跑！

☐ **1653.** Hide out! 　　　　　　　　要躲起來！

　　　　 Hole up! 　　　　　　　　要藏起來！

　　　　 Stay in a safe place! 　　　　要待在安全的地方！

** ─────────────────

1651. leave〔liv〕v. 離開　　quickly〔'kwɪklɪ〕adv. 快地
get out 出去；逃出　　beat〔bit〕v. 打；（勉強）前進；趕緊走
hasty〔'hestɪ〕adj. 匆忙的　　retreat〔rɪ'trit〕n. 撤退
beat a retreat 逃走；撤退

1652. save〔sev〕v. 拯救　　hell〔hɛl〕n. 地獄
like hell 拼命地　　***for one's life*** 仿彿逃命般；拼命地

1653. hide〔haɪd〕v. 躲藏；潛伏　　***hide out*** 潛伏；隱藏
hole〔hol〕n. 洞　v. 鑽洞於　　***hole up***（動物）（進入洞穴裡）冬眠
stay〔ste〕v. 停留　　safe〔sef〕adj. 安全的

46. 要持續學習

☐ **1654.** Settle down.　　　　　　　定下心來。

　　　　Stop playing around.　　　不要再鬼混了。

　　　　Enough fun and games.　　別再玩了。

☐ **1655.** Stop being silly.　　　　　不要再傻了。

　　　　Stop being childish.　　　　不要再幼稚了。

　　　　It's time to grow up.　　　　該長大了。

☐ **1656.** Keep learning.　　　　　　要持續學習。

　　　　Continue learning.　　　　　要繼續學習。

　　　　Make learning your life.　　要讓學習成爲你生活的一部份。

** ────────────────

1654. settle〔'sɛtl̩〕 *v.* 定居；靜下來；變平靜　　　***settle down*** ①安頓下
　　來；定居　②平靜下來；定下心來（= *calm down*）
　　play around 玩耍；鬼混（= *fool around*）
　　fun and games 字面的意思是「樂趣和遊戲」，引申爲「好玩的事；
　　嬉戲」。如 not be all fun and games 的意思是「不是隨便鬧著玩
　　的」，所以 ***Enough fun and games.*** 就是「別再玩了。」也可說
　　成：Time to get serious.（是該認眞的時候了。）Time to get to
　　work.（是該努力工作的時候了。）【Time to… = It's time to…】

1655. silly〔'sɪlɪ〕 *adj.* 愚蠢的（= *foolish*）　　childish〔'tʃaɪldɪʃ〕 *adj.* 幼
　　稚的（= *silly* = *foolish*）　　***It's time to V.*** … 該是…的時候了。
　　grow up 長大；成熟（= *behave more maturely*）

1656. keep〔kip〕 *v.* 持續　　continue〔kən'tɪnju〕 *v.* 繼續
　　one's life 生存的意義；生命般寶貴的事物
　　Make learning your life. 也可說成：Make learning a big part
　　of your life.（要讓學習成爲你生活中很重要的一部份。）或 Make
　　learning an everyday habit.（要讓學習成爲你日常的習慣。）

♣ 學英文

□ **1657.** Speak English.　　　　　　　要說英文。

　　　　Talk in English.　　　　　　用英文交談。

　　　　Use English every day.　　　每天使用英文。

□ **1658.** Don't be shy.　　　　　　　不要害羞。

　　　　Just give it a try.　　　　　試試看。

　　　　Open your mouth and let　張開嘴巴，把話說出來。
　　　　　the words fly.

【用這三句話鼓勵朋友不要害羞，句尾押韻，很好背】

□ **1659.** Try to say three sentences　儘量連續說三句。
　　　　　in a row.

　　　　It's the only way to learn　這是學英文唯一的方法。
　　　　　English.

　　　　It's the best method I know.　這是我所知道最好的方法。

**

1657. speak〔spik〕*v.* 說、使用（語言）

　　　talk〔tɔk〕*v.* 說話；交談【在招牌或標題中，常用 Talk English】

　　　in〔ɪn〕*prep.* 用（語言）　　use〔juz〕*v.* 使用；運用

1658. shy〔ʃaɪ〕*adj.* 害羞的　　try〔traɪ〕*v. n.* 嘗試

　　　give it a try 試試看（= *try it*）　　mouth〔mauθ〕*n.* 嘴巴

　　　fly 本指「飛」，在此指 come out。

1659. row〔ro〕*n.* （一）排；（一）列　　***in a row*** 連續地；不斷地

　　　way〔we〕*n.* 方法　　method〔'mɛθəd〕*n.* 方法

47. 及時行樂

☐ **1660.** Get a life!　　　　　　　要找點事做！
　　　　 Have some fun.　　　　　好好玩一玩。
　　　　 Don't be so boring.　　　 不要這麼無聊。

☐ **1661.** Enjoy the moment.　　　　要享受現在。
　　　　 Live for the day.　　　　 要活在當下。
　　　　 Grab every chance.　　　　要抓住每一個機會。

☐ **1662.** Carpe diem.　　　　　　　要及時行樂。
　　　　 Seize the day.　　　　　　要把握時機。
　　　　 Never miss a good chance.　絕不要錯過大好的機會。

** ────────────────

1660. ***Get a life!*** 字面的意思是「要有個生活！」引申為「要找點事做！」
　　　have fun 玩得愉快　　boring〔ˈbɔrɪŋ〕*adj.* 無聊的
1661. moment〔ˈmomənt〕*n.* 時刻　　***the moment*** 此刻；現在
　　　Live for the day. 要活在當下。(= *Live in the present.*)
　　　　【present〔ˈprɛznt〕*n.* 現在】　　grab〔græb〕*v.* 抓住
　　　chance〔tʃæns〕*n.* 機會
　　　Grab every chance. 要抓住每一個機會。(= *Take every*
　　　　opportunity.)【opportunity〔ˌɑpəˈtjunətɪ〕*n.* 機會】
1662. carpe diem〔ˈkɑrpe ˈdiəm〕【拉丁文】及時行樂；把握時機 (= *seize*
　　　the day)　　seize〔siz〕*v.* 抓住
　　　seize the day 把握時機 (= *make the most of the present moment*)
　　　miss〔mɪs〕*v.* 錯過

48. 不要後悔

☐ **1663**. No regret.　　　　　　　　不要後悔。

No remorse.　　　　　　　　不要悔恨。

Never look back.　　　　　　絕不要回顧過去。

☐ **1664**. What's done is done.　　　　木已成舟。

What's past is past.　　　　過去的已經過去。

Forget it.　　　　　　　　算了吧。

☐ **1665**. Don't waste your time.　　　不要浪費時間。

You can't change anything.　你無法改變任何事。

Don't beat a dead horse.　　不要白費力氣。

** ────────────────

1663. regret〔rɪˋgrɛt〕*n.* 後悔　　remorse〔rɪˋmors〕*n.* 懊悔；悔恨
look back 回頭看；回顧

1664. ***What's done is done.*** 已經做了就是做了，引申為「事已至此；木
已成舟。」(= *What's done cannot be undone.*)
past〔pæst〕*adj.* 過去的　　forget〔fɚˋgɛt〕*v.* 忘記
Forget it. 算了吧。

1665. waste〔west〕*v.* 浪費　　change〔tʃendʒ〕*v.* 改變
beat〔bit〕*v.* 打　　horse〔hɔrs〕*n.* 馬
beat a dead horse 白費力氣【源自「鞭打死馬，
枉費心力」之意】

beat a dead horse

11.
給人勸告

☐ **1666.** Live a full life. | 要過充實的生活。
Try everything. | 要嘗試每件事。
Have no regrets. | 要沒有遺憾。

☐ **1667.** Life is a precious gift. | 生命是珍貴的禮物。
Think about all you have. | 想想你所擁有的一切。
Be thankful for it. | 要心存感激。

☐ **1668.** Enjoy life while you can. | 盡情享受人生。
Don't miss any opportunities. | 不要錯過任何機會。
Don't pass up any good | 不要放棄任何好機會。
　chances.

**　————————————

1666. ***live a ~ life*** 過～生活　　full〔 fʊl 〕 *adj.* 充實的
　　try〔 traɪ 〕*v.* 嘗試　　regret〔 rɪ'grɛt 〕*n.* 後悔；遺憾
1667. precious〔'prɛʃəs 〕*adj.* 珍貴的（ = *valuable* ）
　　gift〔 gɪft 〕*n.* 禮物　　***think about*** 考慮；回想；想起
　　thankful〔'θæŋkfəl 〕*adj.* 感謝的＜ *for* ＞
1668. while〔 hwaɪl 〕*conj.* 當⋯的時候　　miss〔 mɪs 〕*v.* 錯過
　　opportunity〔͵ɑpə'tjunətɪ 〕*n.* 機會
　　pass up 放棄（ = *give up* ）；拒絕（ = *reject* ）
　　chance〔 tʃæns 〕*n.* 機會

49. 關於人生

☐ 1669. Life is a challenge.
Face it.
Embrace it.

人生是一項挑戰。
要面對它。
要欣然接受它。

☐ 1670. Life has ups and downs.
There are wins and defeats.
Take the good with the bad.

人生起起伏伏。
有勝利和失敗。
好的和壞的都要接受。

☐ 1671. Spend time with friends.
Hang out with family.
The best things in life are
   free.

要花時間和朋友相處。
要和家人一起玩。
人生中最美好的事物都是
免費的。

** ─────────────

1669. challenge〔ˈtʃælɪndʒ〕 n. 挑戰   face〔fes〕 v. 面對
embrace〔ɪmˈbres〕 v. 擁抱；欣然接受

1670. **ups and downs** 起伏；盛衰   win〔wɪn〕 n. 勝利；贏
defeat〔dɪˈfit〕 n. 打敗；失敗   **wins and defeats** 勝利和失敗
take the good with the bad 好的和壞的都要接受

1671. spend〔spɛnd〕 v. 花費；度過   **hang out** 閒晃
hang out with 和⋯⋯一起玩   free〔fri〕 adj. 免費的

11.
給
人
勸
告

☐ **1672.** Make the most of now.   要善加利用現在。

       Make each day important.   要讓每一天都很重要。

       Make every hour count.   讓每個小時都很重要。

☐ **1673.** Yesterday is history.   昨天是歷史。

       Tomorrow is a mystery.   明天是個謎。

       Today is a present.   今天是個禮物。

☐ **1674.** God only gives you a certain   上帝只給你一段時間。

            period of time.

       He wants you to make the   祂要你做最好的利用。

            best use of it.

       He wants you to enjoy it.   祂要你過得快樂。

** ————————————————

1672. ***make the most of*** 善加利用;充分利用

     Make the most of now. (要善加利用現在。) 也可説成:Take the opportunities you have now. (要把握你現在擁有的機會。)

     count〔kaʊnt〕*v.* 重要   ***Make every hour count.*** (讓每個小時都很重要。) 也可説成:Make the most of your time. (要善用你的時間。) Use your time well. (要好好利用你的時間。)

1673. history〔ˈhɪstrɪ〕*n.* 歷史   mystery〔ˈmɪstrɪ〕*n.* 奧祕;謎

     present〔ˈprɛznt〕*n.* 現在;禮物   關鍵在 present 這個字,是雙關語,表示「現在」,也表示「禮物」,我們能有今天,就是上帝給我們的禮物。這三句話的意思是「昨天已經成歷史了,已經過去了。明天是個謎,還不知道會不會來。今天是個禮物,是最重要的。」這是美國人的文化,強調活在當下。

1674. God〔gɑd〕*n.* 上帝   certain〔ˈsɝtn̩〕*adj.* 某一的;固定的;一定的

     period〔ˈpɪrɪəd〕*n.* 期間   ***make the best use of*** 善用

     enjoy〔ɪnˈdʒɔɪ〕*v.* 享受;快樂地體驗

50. 凡事順其自然

☐ **1675.** Drop it.　　　　　　　　　　別理它。

　　　　　Let it go.　　　　　　　　　不要讓它困擾你。

　　　　　Leave it alone.　　　　　　　不要理會它。

☐ **1676.** It is what it is.　　　　　　事情就是這樣。

　　　　　Just accept it.　　　　　　　只能接受它。

　　　　　Just deal with it.　　　　　　只能應付它。

☐ **1677.** Don't worry about it.　　　　不用擔心。

　　　　　It's not your concern.　　　　這不關你的事。

　　　　　Think nothing of it.　　　　　別放在心上。

** ————————————

1675. drop〔drɑp〕*v.* 使落下；停止

　　Drop it. ①停止；別那樣。(= *Stop.*) ②沒關係。(= *It doesn't*
　　　matter.) ③別理它。(= *Ignore it.* = *Let it go.*)

　　let sth./sb. go 不讓某事或某人困擾你

　　leave〔liv〕*v.* 使處於（某種狀態）

　　alone〔ə'lon〕*adj.* 獨自的；單獨的　　***leave~alone*** 不理會~

1676. ***It is what it is.*** 字面的意思是「事情就是它現在這個樣子。」也就是
　　「事情就是這樣，不然又能怎樣。」表示不可改變，只好接受。

　　accept〔ək'sɛpt〕*v.* 接受　　***deal with*** 應付；處理

1677. ***worry about*** 擔心　　concern〔kən'sɜn〕*n.* 關心的事；重要的事

　　be not one's ***concern*** 不關某人的事

　　think nothing of it ①別擔心；算了；不用在意；別放在心上

　　　②（回答道謝）別放在心上；沒什麼

11. 給人勸告

☐ **1678.** Let it be. 　　　　　　　　隨它去。

Leave it be. 　　　　　　　不要管它。

Live for today and tomorrow. 要為今天和明天而活。

☐ **1679.** Don't make waves. 　　　　別興風作浪。

Don't swim upstream. 　　　不要做和別人相反的事。

Don't try to change things. 不要想要改變事情。

☐ **1680.** Accept the results. 　　　　接受結果。

Let things happen. 　　　　讓事情發生吧。

Let the chips fall where they 無論結果如何。
　　may.

** ────────────

1678. be〔bi〕v. 照原來的狀態存在　***Let it be.*** 隨它去（= *Stop worrying about it.*）；別管它（= *Leave it alone.*）；順其自然。

leave〔liv〕v. 任由；使處於（某種狀態）

Leave it be. 不要管它。（= *Leave it alone.*）也可說成：Don't get involved.（不要介入。）Don't interfere.（不要干涉。）

【involve〔ɪn'vɑlv〕v. 使牽涉在內　interfere〔ͺɪntɚ'fɪr〕v. 干涉】

1679. wave〔wev〕n. 波浪　***make waves*** 興風作浪；鬧事

upstream〔ͺʌp'strim〕adv. 往上游；逆流地

swim upstream 逆流而上；行為舉止和多數人相反

1680. accept〔ək'sɛpt〕v. 接受　result〔rɪ'zʌlt〕n. 結果（= *outcome*）

Let things happen. 可加長為：Let things happen naturally.

（讓事情自然發生吧。）　　chip〔tʃɪp〕n. 碎片；木屑

Let the chips fall where they may. 是指砍樹時「讓木屑掉到它們可能掉落的地方。」也就是「不管結果如何；不顧後果。」

□ **1681**. Just let it happen.　　　　　就讓它發生吧。

Accept the situation.　　　　接受現實。

Go with the flow.　　　　　順其自然。

□ **1682**. Whatever happens, happens.　該發生的就是會發生。

Don't try to force things.　　凡事不要強求。

Let nature take its course.　順其自然吧。

□ **1683**. Go with the tide.　　　　　要順應潮流。

Blow with the wind.　　　　要順勢而爲。

Whatever will be will be.　　會發生的就是會發生。

**

1681. happen〔'hæpən〕 v. 發生　　accept〔ək'sɛpt〕 v. 接受
situation〔ˌsɪtʃu'eʃən〕 n. 情況　　flow〔flo〕 n. 流動
go with the flow 隨波逐流；順其自然

1682. whatever〔hwɑt'ɛvɚ〕 pron. 無論什麼；任何事物
force〔fors〕 v. 強迫；強求　　nature〔'netʃɚ〕 n. 自然
course〔kors〕 n. 過程　　***take its course*** 順其自然

1683. tide〔taɪd〕 n. 潮流；趨勢　　***go with the tide*** 順應潮流
blow〔blo〕 v. 吹；被吹動；飄揚　　wind〔wɪnd〕 n. 風
Blow with the wind. 字面的意思是「要隨著風飄揚。」引申爲「要
順勢而爲；要隨機應變。」(= *Bend with the wind.*) 也可説成：
Be adaptable. (適應力要強。)〔bend〔bɛnd〕 v. 彎曲
adaptable〔ə'dæptəbḷ〕 adj. 能適應的〕　　be〔bi〕 v. 存在；發生
will be 將發生　　***Whatever will be will be.*** 會發生的就是會發生。
(= *Whatever happens will happen.* = *We can't control what
will happen.* = *Just let things happen.*)

11.
給
人
勸
告

Part Two ♣ 關於説話

51. 有話直説

☐ **1684.** Be honest. 　　　　　　　　要誠實。

Be sincere. 　　　　　　　　要誠懇。

Speak the truth. 　　　　　　要說實話。

☐ **1685.** Be direct. 　　　　　　　　要直接。

Be frank. 　　　　　　　　　要坦白。

Be forthright. 　　　　　　　要直率。

☐ **1686.** Be upfront. 　　　　　　　要坦率。

Be straightforward. 　　　　　要直率。

Be to the point. 　　　　　　要切中要點。

** ————————

1684. honest ('ɑnɪst) *adj.* 誠實的

sincere (sɪn'sɪr) *adj.* 真誠的；誠懇的

truth (truθ) *n.* 事實；實話

Speak the truth. 　要說實話。(= *Tell the truth.*) 也可說成：

Don't lie, cheat, or steal. (不要說謊、欺騙，或偷竊。)

1685. direct (də'rɛkt) *adj.* 直接的　　frank (fræŋk) *adj.* 坦白的

forthright (forθ'raɪt) *adj.* 直率的；直接了當的

1686. upfront ('ʌp,frʌnt) *adj.* 誠實的；坦率的；直爽的

straightforward (,stret'fɔrwəd) *adj.* 直率的

point (pɔɪnt) *n.* 重點　　***to the point*** 切中要點

☐ **1687.** Say it! 　　　　　　　　　　說吧！

Spit it out! 　　　　　　　快說！

Make a long story short. 　　長話短說。

☐ **1688.** Speak your mind. 　　　　說出你的想法。

Cut to the chase. 　　　　　有話直說。

Give it to me straight. 　　　直接說吧。

☐ **1689.** Speak from your heart. 　　說出你內心的話。

Say things sincerely. 　　　　誠心誠意地說出來。

Don't just mouth the words. 　不要言不由衷。

** ————

1687. spit〔spɪt〕*v.* 吐（口水等）　　***spit it out*** 快說；坦白說；照實說
make a long story short 長話短說

1688. speak〔spik〕*v.* 說出　　mind〔maɪnd〕*n.* 想法

chase〔tʃes〕*n.* 追逐　　***Cut to the chase.*** 言歸正傳；切入正題；
說重點吧。(= *Come to the point.* = *Get to the important part.*
= *Skip the details.*)【point〔pɔɪnt〕*n.* 要點　　skip〔skɪp〕*v.* 省略
detail〔'ditel〕*n.* 細節】源自拍電影，動作片中最精彩的部份就是追逐
（chase）的場面，直接剪到最精彩的部份，也就是「說重點吧。」

straight〔stret〕*adv.* 直接地　　***give it to me straight*** 直接說

1689. heart〔hɑrt〕*n.* 心　　***from one's heart*** 打從心裡

Speak from your heart.（說出你內心的話。）也可說成：Be honest.
（要誠實。）　　sincerely〔sɪn'sɪrlɪ〕*adv.* 真誠地

mouth〔mauθ〕*v.* 裝腔作勢地說（話）；言不由衷地說

words〔wɝdz〕*n. pl.* 言詞；話

Don't just mouth the words. 不要言不由衷。(= *Don't say it
without meaning it.*)【***mean it*** 認真的】

11.
給人勸告

☐ **1690**. Be candid. 要坦白。

Be straight with me. 要坦白對我說。

Don't beat about the bush. 不要拐彎抹角。

☐ **1691**. Get to the point. 直接講重點。

Tell me what you want. 告訴我你要什麼。

Put your cards on the table. 開誠佈公地說出來。

☐ **1692**. Lay it on the line. 要實話實說。

Level with me. 對我說實話。

Don't sugarcoat it. 不要掩飾。

** ————

1690. candid〔'kændɪd〕*adj.* 坦白的（ = *frank* ）

straight〔stret〕*adj.* 直率的；坦白的

be straight with sb. 坦白對某人說　　beat〔bit〕*v.* 打

around〔ə'raʊnd〕*prep.* 在…四處　　bush〔bʊʃ〕*n.* 灌木叢

beat about the bush 說話拐彎抹角（ = *beat around the bush* ）

1691. point〔pɔɪnt〕*n.* 要點；重點　　cards〔kɑrdz〕*n. pl.* 撲克牌

put your cards on the table 攤牌；開誠佈公地說出想法和意圖

1692. lay〔le〕*v.* 放置　　line〔laɪn〕*n.* 線

lay it on the line 實話實說　　level〔'lɛvḷ〕*v.* 說實話

sugarcoat〔'ʃʊgɚ͵kot〕*v.* 加上糖衣；美化；粉飾

☐ **1693**. Please be blunt. 請你要直率。

　　　 Tell it like it is. 坦白說。

　　　 Call a spade a spade. 直言不諱。

☐ **1694**. Tell me about it. 說給我聽。

　　　 Time to come clean. 是該說實話的時候了。

　　　 Get it off your chest. 把你心中的話說出來。

☐ **1695**. Don't beat around the bush. 不要拐彎抹角。

　　　 Don't dance around the issue. 不要不給明確的答案。

　　　 Shoot from the hip. 有話直說。

＊＊─────────────

1693. blunt〔blʌnt〕*adj.* 直率的；直言不諱的

　　　 like〔laɪk〕*prep.* 像　　***tell it like it is*** 老實說；坦白說

　　　 spade〔sped〕*n.* 鏟子；(撲克牌的) 黑桃

　　　 call a spade a spade「是黑桃就說是黑桃」，引申為「直言不諱」。

1694. ***come clean*** 說實話；全盤托出；招供

　　　 Time to come clean. 源自 It's time to come clean. (是該說實話
　　　　 的時候了。)　　off〔ɔf〕*prep.* 離開

　　　 chest〔tʃɛst〕*n.* 胸腔；內心；胸中

　　　 get sth. off one's chest 傾吐心中的話

1695. beat〔bit〕*v.* 打　　 bush〔buʃ〕*n.* 灌木叢

　　　 beat around the bush 拐彎抹角　　issue〔'ɪʃju〕*n.* 問題

　　　 dance around the issue 不給明確的答案；不表明明確的立場

　　　 shoot〔ʃut〕*v.* 射擊　　 hip〔hɪp〕*n.* 臀部

　　　 shoot from the hip 字面的意思是「從臀部把槍掏出來就射
　　　　 擊」，表示「直接了當地說」(= *speak directly*)。

11.
給人勸告

52. 說話要有禮貌

☐ **1696.** Speak politely.　　　　　　　　　　說話要有禮貌。

　　　　Say nothing rude.　　　　　　　　不要說粗魯的話。

　　　　Watch your language.　　　　　　注意你的言詞。

☐ **1697.** Don't say that.　　　　　　　　　　不要說那種話。

　　　　Don't talk like that.　　　　　　　不要那樣說話。

　　　　Don't be that way.　　　　　　　　不要那樣。

☐ **1698.** Stop doing that.　　　　　　　　　不要再那麼做。

　　　　Stop talking that way.　　　　　　不要再那樣說。

　　　　Don't ask for trouble.　　　　　　不要自找麻煩。

** ——————————————

1696. politely〔pəˋlaɪtlɪ〕*adv.* 有禮貌地

　　　rude〔rud〕*adj.* 粗魯的；無禮的　　watch〔watʃ〕*v.* 注意

　　　language〔ˋlæŋgwɪdʒ〕*n.* 語言；言詞

1697. like〔laɪk〕*prep.* 像　　way〔we〕*n.* 樣子

　　　that way 那樣

1698. *stop* + *V-ing* 停止…　　trouble〔ˋtrʌbl〕*n.* 麻煩

　　　ask for trouble 自找麻煩；自討苦吃

　　　Don't ask for trouble. 不要自找麻煩。(= *Don't go looking for*

　　　trouble.) 也可說成：Don't cause problems. (不要製造問題。)

　　　【cause〔kɔz〕*v.* 造成】

☐ **1699.** Don't swear.　　　　　　　　不要罵髒話。

Don't talk trash.　　　　　　不要說廢話。

Don't say anything bad.　　　不要說不好的話。

☐ **1700.** Don't badmouth!　　　　　　不要說別人的壞話！

Don't belittle!　　　　　　　不要輕視別人！

Don't put people down!　　　不要貶低別人！

☐ **1701.** Be a good talker.　　　　　　要做一個很會說話的人。

Be well-spoken.　　　　　　　要談吐文雅。

Have a nice vocabulary.　　　要有好的詞彙。

**　**

＊＊ ─────────────

1699. swear〔swɛr〕v. 發誓；罵髒話　　trash〔træʃ〕n. 垃圾；廢話

talk trash 說廢話；批評；指責；（比賽時）在場上說髒話

bad〔bæd〕*adj.* (說話等）下流的；粗野的

1700. badmouth〔'bæd͵mauθ〕v. 苛刻批評；說無禮的話；惡意攻擊

（= *bad-mouth*）

Don't badmouth! (不要說別人的壞話！）也可說成：Don't

criticize! (不要批評別人！）【criticize〔'krɪtə͵saɪz〕v. 批評】

belittle〔bɪ'lɪtl̩〕v. 輕視；貶低　　*put down* 鎮壓；貶低；奚落

1701. talker〔'tɔkɚ〕n. 說話者　　*a good talker* 很會說話的人

well-spoken〔'wɛl'spokən〕*adj.* 善於辭令的；談吐文雅的

vocabulary〔və'kæbjə͵lɛrɪ〕n. 字彙；詞彙

☐ **1702.** Don't curse. | 不要罵髒話。
Don't use bad language. | 不要咒罵。
You are better than that. | 那有失你的身份。

☐ **1703.** Don't swear. | 不要罵髒話。
Swearing sounds awful. | 罵髒話聽起來很糟。
Swearing is low-class. | 罵髒話很低級。

☐ **1704.** Stop that. | 停下來。
Stop saying that. | 不要說了。
Cut the crap. | 不要胡說。

** ───────────────

1702. curse〔kɜs〕v. 詛咒；罵髒話
language〔'læŋgwɪdʒ〕n. 語言
bad language 惡言惡語；咒罵
You are better than that. 你比那個更好，你應該不只是這個水平，
引申為「那有失你的身份。」(= *That's beneath you.*)【beneath
〔bɪ'niθ〕*prep.* 在…之下；有失…的身份】

1703. swear〔swɛr〕v. 發誓；罵髒話　　sound〔saund〕v. 聽起來
awful〔'ɔfḷ〕*adj.* 可怕的；很糟的
low-class〔'lo'klæs〕*adj.* 低級的

1704. ***stop* + *V-ing*** 停止…；不要再…了
cut〔kʌt〕v. 切割；停止　　crap〔kræp〕n. 胡說 (= *nonsense*)
Cut the crap. 閉嘴；不要胡說。

53. 要說好話

☐ 1705. Be good. 做好人。

Do good. 做好事。

Say good. 說好話。

☐ 1706. Speak well of others. 要說別人的好話。

Be full of kind words. 要滿嘴好話。

Praise whenever you can. 能稱讚就儘量稱讚。

☐ 1707. Never badmouth someone. 絕不要說別人的壞話。

Never belittle others. 絕不要小看別人。

Never backstab anyone. 絕不要在背後捅人一刀。

** ─────────────

1705. ***Be good***. = Be a good person. (做好人。)

Do good. = Do good things. (做好事。)

Say good. = Say good words. (說好話。)

1706. ***speak well of others*** 說別人的好話（↔ *speak ill of others*

說別人的壞話） ***be full of*** 充滿

kind〔kaɪnd〕*adj.* 善意的；好心的

Be full of kind words. 要滿嘴好話。(= *Say nice things*.)

praise〔prez〕*v.* 稱讚

whenever〔hwɛn'ɛvə〕*conj.* 無論何時；每當

1707. badmouth〔'bæd,mauθ〕*v.* 批評；指責；說⋯的壞話

(= *bad-mouth*) belittle〔bɪ'lɪtl̩〕*v.* 輕視；小看

backstab〔'bæk,stæb〕*v.* 在背後捅人一刀；暗箭傷人

【stab〔stæb〕*v.* 刺；戳】

backstab

11.
給人勸告

54. 不要抱怨

☐ **1708.** Stop complaining!   停止抱怨！

Stop thinking only of you!   不要只想到你自己！

Get over yourself!   不要自以為是！

☐ **1709.** Don't complain.   不要抱怨。

Don't whine.   不要抱怨。

You'll turn people off.   你會讓人不喜歡。

☐ **1710.** Don't be so critical.   不要這麼愛批評。

Be positive.   要正面。

Say good things.   要說好話。

** ————————————

1708. complain〔kəmˈplen〕*v.* 抱怨   *think of* 想到

get over 克服；把…忘懷

Get over yourself! 不要自以為是！；少臭美了！【用於當某人抱怨

的時候，要求他不要自視過高】

1709. whine〔hwaɪn, waɪn〕*v.* 抱怨

turn sb. off 使某人失去興趣；使某人不喜歡

(= *make sb. dislike you*)

1710. critical〔ˈkrɪtɪkḷ〕*adj.* 批評的；挑剔的

positive〔ˈpɑzətɪv〕*adj.* 正面的；積極的；樂觀的

55. 不要光說不做

☐ **1711.** No more talking.　　　　　　　　不要光說不練。

Talk is cheap.　　　　　　　　　說比做容易。

Time to walk the walk.　　　　　　是該付諸行動的時候了。

☐ **1712.** Don't just talk the talk.　　　　不要光說不練。

You must walk the walk.　　　　你必須付諸行動。

Walk the talk.　　　　　　　　要言行一致。

☐ **1713.** Don't talk the talk.　　　　　不要只會說。

Walk the walk.　　　　　　　要確實做到。

Actions speak louder than
　　words.　　　　　　　　　　　　【諺】行動勝於言辭；事實勝
　　　　　　　　　　　　　　　　於雄辯；坐而言不如起而行。

** ————————————————————————

1711. ***no more…*** 不要再…　　　talk〔tɔk〕*n. v.* 說
cheap〔tʃip〕*adj.* 不值錢的；沒價值的
Talk is cheap. 說話很不值錢，也就是「說比做容易。」
(*It's*) *time to V.* 是該…的時候了
walk the walk 說做就做；說到做到；付諸行動

1712. ***talk the talk*** 只會說；只出一張嘴；光說不練 (= *be all talk*)
Don't just talk the talk. 不要光說不練。(= *Don't just say you'll do something.*)　　***You must walk the walk.*** 你必須付諸行動。
(= *You must do it.*)
walk the talk 言行一致 (= *do what you say*)

1713. actions〔'ækʃənz〕*n. pl.* 行為　　loud〔laud〕*adv.* 大聲地
words〔wɝdz〕*n. pl.* 言語；話

11. 給人勸告

☐ **1714.** That's just lip service.   那只是空口的應酬話。

Just empty words.   只是空話。

All talk, no action.   光說不練。

☐ **1715.** Really do it!   要真的去做！

Don't just say it!   不要只是說說！

Don't just pay lip service.   不要只是說空口的應酬話。

☐ **1716.** Keep your word.   要遵守諾言。

Stick by your word.   要信守諾言。

Remember your promise.   要記得你的承諾。

**

1714. lip〔lɪp〕*n.* 嘴唇 *adj.* 只是口說的   service〔'sɝvɪs〕*n.* 服務

    lip service 空口的應酬話

    empty〔'ɛmptɪ〕*adj.* 空虛的；無意義的

    empty words 空話   action〔'ækʃən〕*n.* 行動

    All talk, no action. 光說不練。

1715. really〔'rɪəlɪ〕*adv.* 真地   just〔dʒʌst〕*adv.* 只

    pay〔pe〕*v.* 支付；給予   ***pay lip service*** 說空口的應酬話

1716. ***one's word*** 諾言   ***keep one's word*** 信守諾言

    stick by 信守（諾言）   promise〔'prɑmɪs〕*n.* 承諾

56. 不要食言

☐ **1717.** Don't withdraw.　　　　　　　不要退縮。

Don't decide not to do it.　　　不要決定不做了。

Don't go back on your word.　　不要違背你的承諾。

☐ **1718.** Don't hesitate.　　　　　　　不要猶豫。

Do what you said.　　　　　　要說到做到。

Put your money where your　　以行動證明自己的話。
　　mouth is.

♣ 要事先告訴我

☐ **1719.** Tell me ahead.　　　　　　　要提早告訴我。

Tell me in advance.　　　　　要事先告訴我。

Give me a heads-up.　　　　　要提早告訴我。

**

1717. withdraw〔wɪð'drɔ〕v. 撤退；退縮　　decide〔dɪ'saɪd〕v. 決定

go back on 違背（承諾）；撤回　　word〔wɜd〕n. 承諾

go back on *one's* **word** 違背諾言

1718. hesitate〔'hɛzə,tet〕v. 猶豫　　mouth〔mauθ〕n. 嘴巴

Put your money where your mouth is. 「把你的錢放在你的嘴巴的
所在地。」引申為「以實際行動支持；以行動證明自己的話。」

1719. ahead〔ə'hɛd〕adv. 先；提早

in advance 事先（= *beforehand*）

heads-up〔,hɛdz'ʌp〕n. 警告【不可説成 *head-up*（誤）】

57. 聽我的話

☐ **1720.** Listen to me.　　　　　　　　注意聽我說。

　　　　 Hear what I say.　　　　　　 聽我說。

　　　　 Take my advice.　　　　　　 聽從我的勸告。

☐ **1721.** Don't encourage him.　　　　不要鼓勵他。

　　　　 Don't persuade him.　　　　 不要說服他。

　　　　 Don't egg him on.　　　　　 不要煽動他。

☐ **1722.** Don't ask.　　　　　　　　　不要問。

　　　　 It's a long story.　　　　　 說來話長。

　　　　 You don't want to know.　　 你不會想要知道的。

**

1720. ***listen to*** 傾聽；注意聽　　　 take〔tek〕*v.* 接受；聽從
　　　 advice〔əd'vaɪs〕*n.* 勸告；建議

1721. encourage〔ɪn'kɝɪdʒ〕*v.* 鼓勵　　 persuade〔pɚ'swed〕*v.* 說服
　　　 egg sb. on 煽動某人；唆使某人【通常指不好的行為】
　　　 Don't egg him on. 不要煽動他。(= *Don't encourage him.*)

1722. ask〔æsk〕*v.* 問
　　　 It's a long story. 說來話長。
　　　 相關的說法還有：Make a long story short.（長話短說。）

58. 成熟一點

☐ 1723. Stop being silly.　　　　　不要愚蠢了。
You're not a child.　　　　你不是小孩了。
Act your age.　　　　　　成熟點吧。

☐ 1724. Don't bring me trouble.　　不要給我帶來麻煩。
Don't make me angry.　　不要使我生氣。
Don't mess with me.　　　不要管我的閒事。

☐ 1725. Stop pretending.　　　　　停止假裝。
Stop faking.　　　　　　停止僞裝。
Drop the act.　　　　　　別裝了。

**

1723. *stop + V-ing* 停止… 　　silly〔'sɪlɪ〕*adj.* 愚蠢的
child〔tʃaɪld〕*n.* 小孩　　act〔ækt〕*v.* 表現得；舉止
Act your age. 要表現得符合你的年紀，也就是「成熟點吧。」
也可説成：Don't be so immature.（不要這麼不成熟。）
【immature〔͵ɪmə'tʃʊr〕*adj.* 不成熟的】

1724. *bring sb. sth.* 帶給某人某物　　angry〔'æŋgrɪ〕*adj.* 生氣的
mess〔mɛs〕*v.* 搞砸；亂弄　　*mess with* 管…的閒事
Don't mess with me. 也可説成：Don't interfere in my affairs.
（不要干涉我的事。）【interfere〔͵ɪntə'fɪr〕*v.* 干涉 < *in* >
affair〔ə'fɛr〕*n.* 事情】

1725. pretend〔prɪ'tɛnd〕*v.* 假裝　　fake〔fek〕*v.* 假裝；僞裝
drop〔drɑp〕*v.* 停止　　act〔ækt〕*n.* 行爲；舉動；裝腔作勢
Drop the act. 停止裝腔作勢，也就是「別裝了。」

59. 不要洩漏秘密

□ **1726**. Don't let on. 不要洩漏祕密。

Keep your mouth shut. 要守口如瓶。

Just play dumb. 只要裝傻就好。

□ **1727**. Keep it to yourself. 這件事不要講出來。

Keep it quiet, OK? 要保密，好嗎？

Keep it under your hat. 要保守祕密。

□ **1728**. Don't let it out. 不要洩漏祕密。

Don't tell a soul. 不要告訴別人。

Keep it on the down-low. 要保守祕密。

** ─────────────

1726. ***let on*** 洩漏　　mouth〔maʊθ〕*n.* 嘴巴

shut〔ʃʌt〕*adj.* 關閉的

keep your mouth shut 保持緘默；守口如瓶

play〔ple〕*v.* 扮演　　dumb〔dʌm〕*adj.* 啞的；笨的；愚蠢的

play dumb 裝傻；裝聾作啞；裝蒜

1727. ***keep~to oneself*** 隱瞞；保密；不講出來

quiet〔'kwaɪət〕*adj.* 安靜的　　***keep sth. quiet*** 為某事保密

hat〔hæt〕*n.* 帽子　　***under one's hat*** 祕密地

1728. ***let out*** 洩漏　　soul〔sol〕*n.* 靈魂；人

on the down-low 祕密地（= *in secret*）

Keep it on the down-low.「要保守祕密。」（= *Keep it a secret.*）

也可寫成 Keep it on the D/L. 意思相同。

60. 不要誇大

☐ **1729.** Don't embellish. 　　　　　不要渲染。

Don't blow it up. 　　　　　　不要誇大。

Don't give yourself airs. 　　　不要裝模作樣。

☐ **1730.** Don't exaggerate. 　　　　　不要誇張。

Don't cross the line. 　　　　　不要太過分。

Don't get carried away. 　　　不要太激動。

☐ **1731.** Don't overstate. 　　　　　　不要太誇張。

Don't make it bigger. 　　　　　不要誇大。

Don't make a mountain out 　　【諺】不要小題大作。

of a molehill.

** ─────────────────────

1729. embellish〔ɪmˈbɛlɪʃ〕 *v.* 裝飾；潤飾（文章）；渲染（事情）

blow up 放大（= *enlarge*）；誇大（= *exaggerate* = *make it bigger*）

Don't blow it up. 不要誇大。(= *Don't exaggerate it.*)

airs〔ɛrz〕 *n. pl.* 裝模作樣

give *oneself* ***airs*** 裝模作樣；裝腔作勢；擺架子

1730. exaggerate〔ɪgˈzædʒəˌret〕 *v.* 誇大；誇張

cross the line 越過界線；太過分（= *go too far*）

get/be carried away 字面的意思是「被帶走」，也就是「興奮到失控
（= *lose control*）；太激動（= *get too excited*）」。

1731. overstate〔ˌovəˈstet〕 *v.* 把…講得過分；誇張（= *exaggerate*）

mountain〔ˈmaʊntn̩〕 *n.* 山　　molehill〔ˈmolˌhɪl〕 *n.* 鼴鼠丘

make a mountain out of a molehill 把鼴鼠丘說成是高山；

小題大作

11.
給
人
勸
告

61. 不要再說了

☐ **1732.** Be quiet!　　　　　　　　安靜！

Don't say it!　　　　　　不要說了！

Don't say a thing!　　　什麼都不要說！

☐ **1733.** Snip it!　　　　　　　　　不要說了！

Stop talking!　　　　　　不要說了！

Hold your tongue.　　　保持沈默。

☐ **1734.** Say nothing.　　　　　　　什麼都不要說。

Stay silent.　　　　　　　保持沈默。

Bite your tongue.　　　要保持沈默。

** ─────

1732. quiet〔'kwaɪət〕*adj.* 安靜的

Don't say a thing! 什麼都不要說！（= *Say nothing!*）

1733. snip〔snɪp〕*v.* 剪斷；刪減

Snip it!「把它剪斷！」引申為「不要說了！」

stop* + *V-ing 停止…　　　hold〔hold〕*v.* 握著；使不動

tongue〔tʌŋ〕*n.* 舌頭

Hold your tongue.「使你的舌頭靜止不動。」也就是「保持沈默。」

1734. stay〔ste〕*v.* 保持　　　silent〔'saɪlənt〕*adj.* 無聲的；沈默的

bite〔baɪt〕*v.* 咬　　***bite your tongue*** 盡力忍耐；保持沈默

☐ 1735. Whisper.　　　　　　小聲說。

Hush.　　　　　　　　噓。

Put a sock in it.　　　別說話。

whisper

☐ 1736. Don't talk about that.　不要談論那個。

It's too sensitive.　　那個太敏感了。

It's a hot potato.　　那是個棘手的問題。

☐ 1737. Save your breath.　　不要白費唇舌。

You've said enough.　你已經說得夠多了。

You don't have to explain.　你不需要解釋。

**

1735. whisper〔'hwɪspɚ〕v. 小聲說；低語

hush〔hʌʃ〕interj. 噓；安靜 (= be quiet = stop talking)

sock〔sɑk〕n. 短襪　　***Put a sock in it.*** 別說話；閉嘴；住口。

1736. ***talk about*** 談論　　sensitive〔'sɛnsətɪv〕adj. 敏感的

hot〔hɑt〕adj. 熱的　　potato〔pə'teto〕n. 馬鈴薯

hot potato 燙手山芋；棘手的問題；難題

1737. save〔sev〕v. 節省　　breath〔brɛθ〕n. 呼吸

save one's ***breath*** 不白費唇舌；沈默

explain〔ɪk'splen〕v. 解釋；說明

hot potato

62. 不要批評

☐ **1738.** Don't criticize.　　　　　　　　不要批評別人。
Don't judge.　　　　　　　　　不要批評別人。
Live and let live.　　　　　　　【諺】自己活，也讓別人活；
　　　　　　　　　　　　　　　待人寬容。

☐ **1739.** Don't tell on others.　　　　　　不要告發別人。
Don't be a snitch.　　　　　　　不要去告密。
Don't be a tattletale.　　　　　　不要打小報告。

☐ **1740.** Don't fault small things.　　　　不要挑剔小事。
Don't criticize little stuff.　　　　不要批評小事。
Don't split hairs.　　　　　　　別斤斤計較。

** ————————————

1738. criticize〔'krɪtə,saɪz〕v. 批評
judge〔dʒʌdʒ〕v. 判斷；批評　　　let〔lɛt〕v. 讓
Live and let live. 是諺語，「自己活，也讓別人活；待人寬容。」
(= *Be tolerant.*)【tolerant〔'tɑlərənt〕adj. 寬容的】
1739. ***tell on*** 告發；打…的小報告　　snitch〔snɪtʃ〕n. 告密者；告發者
tattletale〔'tætḷ,tel〕n. 告密者；多嘴的人；搬弄是非的人
1740. fault〔fɔlt〕v. 挑…的毛病；批評；指責　　n. 過錯；瑕疵
Don't fault small things.（不要挑剔小事。）也可説成：Don't
find fault.（不要挑毛病。）　　　stuff〔stʌf〕n. 東西；事情
【集合名詞】　　split〔splɪt〕v. 使分裂
hair〔hɛr〕n. 毛髮；細微之物
split hairs 作不必要的細微之分；過分挑剔；斤斤計較；在雞毛蒜皮
的事上爭論不休 (= *argue about small details*)

Part Three ♣ 努力追求成功

63. 別再鬼混

☐ **1741**. Quit fooling around.　　　　不要再鬼混。

Stop being silly.　　　　　　不要再愚蠢。

No more monkey business.　　不要再胡鬧了。

☐ **1742**. Don't be lazy.　　　　　　不要懶惰。

Don't be a loafer.　　　　　不要遊手好閒。

Don't be good for nothing.　不要毫無用處。

☐ **1743**. Do something.　　　　　　採取行動。

Don't just stand there.　　　不要只是站在那裡。

Lead, follow, or get out of　　要嘛領導，要嘛服從，不然

　　the way!　　　　　　　　就離開！

** ─────────────

1741. quit〔kwɪt〕*v.* 停止　　***fool around*** 游手好閒；鬼混

stop〔stap〕*v.* 停止　　silly〔'sɪlɪ〕*adj.* 愚蠢的

no more 不再；不能再多　　monkey〔'mʌŋkɪ〕*n.* 猴子　*v.* 胡鬧

monkey business 騙人的把戲；胡鬧

1742. loafer〔'lofɚ〕*n.* 遊蕩者；虛度光陰者；遊手好閒者

【loaf〔lof〕*n.* 一條（麵包）　*v.* 閒混；虛度光陰】

good for nothing 毫無用處；一事無成（= *not helpful or useful*）

1743. ***do something*** 想想辦法；採取行動　　lead〔lid〕*v.* 領導

follow〔'falo〕*v.* 跟隨；服從　　or〔ɔr〕*conj.* 否則

get out of the way 讓開；滾開

11.
給
人
勸
告

64. 要好好做

□ **1744** Come on! 快點！
Do better. 你可以做得更好。
Pick it up! 要繼續努力！

□ **1745**. Do it right. 要做得正確。
No shortcuts. 不要走捷徑。
No cutting corners. 不要走捷徑。

□ **1746**. Do your job. 做你的工作。
Do your duty. 盡你的本分。
It's your responsibility. 這是你的責任。

** ————————————

1744. ***come on*** 快點【用於鼓勵某人做某事，尤指促其加速或努力試一試】
Do better. 源自 You can do better.（你可以做得更好。）
pick it up 繼續工作；繼續戰鬥
1745. right〔raɪt〕*adv.* 正確地 shortcut〔ˈʃɔrtˌkʌt〕*n.* 捷徑
No shortcuts. 源自 Don't take any shortcuts.（不要走捷徑。）
No + V-ing 禁止… cut〔kʌt〕*v.* 切；不繞（角）而徑直走近路
corner〔ˈkɔrnɚ〕*n.* 角落；轉角
cut corners （做事）走捷徑；圖省事；貪便宜
No cutting corners. 源自 Don't cut corners.（不要走捷徑。）
1746. job〔dʒɑb〕*n.* 工作；任務；職責
duty〔ˈdjutɪ〕*n.* 義務；本分；責任
do one's duty 盡某人的義務；盡某人的本分
responsibility〔rɪˌspɑnsəˈbɪlətɪ〕*n.* 責任

65. 立刻行動

☐ **1747.** Act now.　　　　　　　　　　立刻行動。

　　　　Get going.　　　　　　　　開始進行。

　　　　Get things rolling.　　　　開始做事。

☐ **1748.** Take action.　　　　　　　採取行動。

　　　　Make it happen.　　　　　做就對了。

　　　　Now or never.　　　　　　要就現在，不然就沒機會了。

☐ **1749.** Stop delaying.　　　　　　別再拖延了。

　　　　Get the ball rolling.　　　開始行動。

　　　　Take the first step!　　　要邁出第一步！

** ────────────────

1747. act〔ækt〕*v.* 行動　　now〔nau〕*adv.* 現在；立刻

go〔go〕*v.* 進行　　***get going*** 出發；展開；實行

roll〔rol〕*v.* 滾動；前進　　***get*** sth. ***rolling*** 開始某事

1748. action〔'ækʃən〕*n.* 行動　　***take action*** 採取行動

happen〔'hæpən〕*v.* 發生

Make it happen. 做就對了。(= *Go for it.* = *Just do it.*)

never〔'nɛvɚ〕*adv.* 永不；絕不

now or never 就是現在；刻不容緩；機不可失

1749. delay〔dɪ'le〕*v.* 拖延　　***get the ball rolling*** 開始行動；開始進行

step〔stɛp〕*n.* 步；腳步　　***take a step*** 走一步

take the first step 邁出第一步

**11.
給
人
勸
告**

☐ **1750**. Get with it!   快點！

Get a move on!   趕快！

Get cracking!   趕快！

☐ **1751**. Do it right now!   現在就做！

Right away!   立刻！

As soon as possible!   儘快！

☐ **1752**. Take the initiative.   要採取主動。

Be willing to take action.   要願意採取行動。

Be an eager beaver.   要做一個非常認眞的人。

** ———

1750. ***get with it*** 活躍起來；繁忙起來；快點   move〔muv〕*n.* 移動

get a move on 趕快；開始行動   crack〔kræk〕*v.* 啪地破裂

get cracking 趕快；迅速展開（工作）

1751. ***right now*** 現在   ***right away*** 立刻（= *at once*）

as…as possible 儘可能   ***as soon as possible*** 儘快（= *ASAP*）

1752. initiative〔ɪ'nɪʃɪ‚etɪv〕*n.* 主動權   ***take the initiative*** 採取主動

willing〔'wɪlɪŋ〕*adj.* 願意的   action〔'ækʃən〕*n.* 行動

take action 採取行動   eager〔'igɚ〕*adj.* 渴望的；熱心的；熱中的

beaver〔'bivɚ〕*n.* 海狸；工作勤奮的人

eager beaver 做事非常認眞的人（= *someone*
   who is extremely enthusiastic and enjoys
   working extremely hard）

beaver

66. 要成爲領導者

☐ **1753.** Take the lead. 要領先。
Lead the way. 要領先。
Let others follow you. 讓別人跟隨你。

☐ **1754.** Make the first move. 要走出第一步。
Take the first step. 要邁出第一步。
Get your foot in the door. 要邁出成功的第一步。

☐ **1755.** Do things first. 先下手爲強。
Get a head start. 要搶先起步。
Beat others to the punch. 先下手爲強；捷足先登。

** ————————————

1753. lead〔lid〕*n.* 最前頭；率先　*v.* 帶領　　***take the lead*** 率先；領先
lead the way 先行；帶路　　follow〔'falo〕*v.* 跟隨
Let others follow you.（讓別人跟隨你。）也可說成：Be the leader
of others.（要成爲別人的領導者。）【leader〔'lidə〕*n.* 領導者】

1754. first〔fɜst〕*adj.* 第一的　　*adv.* 最先地；（較其他人）前面地
move〔muv〕*n.* 移動；動作　　***make the first move*** 走出第一步
step〔stɛp〕*n.* 步；腳步　　***take the first step*** 踏出第一步
get〔gɛt〕*v.* 使成爲（某種狀態）　　foot〔fut〕*n.* 腳
get your foot in the door 獲得機會加入（企業或組織）；邁出成功
　的第一步

1755. ***Do things first.*** 做事要搶先，也就是「先下手爲強。」(= *Act before*
others. = *Be the first to take action.*)【***take action*** 採取行動】
head start（競賽或賽跑等中）搶先起步的優勢；有利的開端
Get a head start. 要搶先起步。(= *Begin early.* = *Act before others.*)
beat〔bit〕*v.* 打敗　　punch〔pʌntʃ〕*n.* 拳打
beat sb. to the punch【拳擊】搶先打擊對手；比…先行動；先下手
　爲強 (= *do it before anyone else can*)【to 不可改爲 by 或 with】

11.
給
人
勸
告

☐ **1756**. Be a go-getter. 要做一個勤快的人。

A doer. 要做一個行動家。

A mover and shaker. 要做一個有影響力的人。

☐ **1757**. Go all out. 要全力以赴。

Go full speed ahead. 要全速前進。

There is no time to waste. 沒有時間可以浪費。

☐ **1758**. Blaze a trail! 要做開路先鋒！

Break new ground! 要開拓新天地！

Do something that's never 要做以前從未有人做過

　　been done before. 的事。

** ——————

1756. go-getter〔'go'gɛtɚ〕*n.* 積極能幹的人；勤快的人

　　doer〔'duɚ〕*n.* 行動家；實踐者

　　mover and shaker 有權勢的人；有影響力的人；具有號召力的人物

1757. ***go all out*** 全力以赴　　full〔fʊl〕*adj.* 完全的

　　speed〔spid〕*n.* 速度　　ahead〔ə'hɛd〕*adv.* 往前

　　full speed ahead 全速前進；竭盡全力　　waste〔west〕*v.* 浪費

1758. blaze〔blez〕*v.* (在樹木上) 刻記號以指 (路)

　　trail〔trel〕*n.* 小徑；小路

　　blaze a trail 刻記號於森林中的樹皮，以標示道路；做開路先鋒

　　break〔brek〕*v.* 開闢 (道路)；開墾 (土地)；開拓 (新領域)；打開

　　　(局面)　　ground〔graʊnd〕*n.* 地面；土地

　　break new ground 開拓新天地；打開新局面

67. 要有勇氣

☐ **1759.** Be blunt.　　　　　　　　　　要直言不諱。

　　　　Be bold.　　　　　　　　　　要大膽。

　　　　Be brave enough.　　　　　　要夠勇敢。

☐ **1760.** Have guts.　　　　　　　　　要有膽量。

　　　　Have courage.　　　　　　　要有勇氣。

　　　　Don't chicken out.　　　　　不要臨陣退縮。

☐ **1761.** Just accept it!　　　　　　　接受就對了！

　　　　Like it or not.　　　　　　　無論你喜不喜歡。

　　　　You have no choice.　　　　　你沒有選擇。

**

1759. blunt〔blʌnt〕*adj.* 直言不諱的　　bold〔bold〕*adj.* 大膽的
brave〔brev〕*adj.* 勇敢的　　enough〔ɪ'nʌf〕*adv.* 足夠地

1760. guts〔gʌts〕*n. pl.* 勇氣；膽量　　courage〔'kɝɪdʒ〕*n.* 勇氣
chicken out （因膽怯而）臨陣退縮

1761. accept〔æk'sɛpt〕*v.* 接受
Like it or not. 源自 Whether you like it or not.（無論你喜不
喜歡。）
choice〔tʃɔɪs〕*n.* 選擇

68. 要不斷嘗試

☐ **1762**. Try it out.   要試一試。

        Check it out.   要看一看。

        See if it's worth it.   看看是否值得做。

☐ **1763**. Try everything.   要嘗試每件事。

        Make every effort.   要盡最大的努力。

        Leave no stone unturned.   要竭盡全力。

☐ **1764**. Be tough.   要堅強。

        Try your best.   要盡力。

        Try really hard.   要非常努力。

** ———————————————

1762. ***try out*** 試驗（= *try*）

    check out 檢查（= *examine*）；查看（= *look at*）；試試（= *try*）

    worth〔wɝθ〕*adj.* 值得…的　　***worth it*** 值得的

    See if it's worth it. 源自 See if it's worth doing it.（看看是否值
      得做。）也可說成：Find out if it's worthwhile.（要查明是否值
      得做。）【***find out*** 查明　　worthwhile〔'wɝθ'hwaɪl〕*adj.* 值得做的】

1763. effort〔'ɛfɚt〕*n.* 努力　　***make an effort*** 努力

    make every effort 盡最大的努力；竭盡全力

    leave〔liv〕*v.* 使處於（某種狀態）

    unturned〔ʌn'tɝnd〕*adj.* 沒有翻轉的

    leave no stone unturned 不遺餘力；竭盡全力

1764. tough〔tʌf〕*adj.* 堅強的；強韌的；頑強的　　***try one's best*** 盡力

    try hard 努力　　really〔'riəlɪ〕*adv.* 眞地；非常地

69. 要拼命努力

☐ **1765.** Work hard!　　　　　　　　要努力工作！
　　　　Knuckle down!　　　　　　要開始努力工作！
　　　　Keep your nose to the　　　要埋頭苦幹。
　　　　　grindstone.

☐ **1766.** Get tougher!　　　　　　　要堅強一點！
　　　　Do more!　　　　　　　　要多做一點！
　　　　Time to take the gloves off!　認真的時候到了！

☐ **1767.** Do or die.　　　　　　　　要孤注一擲。
　　　　All or nothing.　　　　　要全力以赴。
　　　　Give it everything.　　　　要盡全力。

**
────────────────

1765. hard〔hɑrd〕*adv.* 努力地　　***work hard*** 努力工作；努力
　　knuckle〔'nʌkl̩〕*n.* 指關節　*v.*（彈玻璃珠時）把指關節按在地上
　　knuckle down 開始努力工作　　nose〔noz〕*n.* 鼻子
　　grindstone〔'graɪnd͵ston〕*n.* 磨石
　　keep *one's* ***nose to the grindstone*** 埋頭苦幹；不停工作

1766. tough〔tʌf〕*adj.* 堅強的　　**(*It's*) *time to*⋯** 該是⋯的時
　　候了　　***take off*** 脫掉　　gloves〔glʌvz〕*n. pl.* 手套
　　take the gloves off ①脫掉手套 ②認真起來；認真作戰
　　Time to take the gloves off!（認真的時候到了！）也可説成：Time to
　　behave in a hostile or dogged way!（是該採取敵對或頑強態度的
　　時候了！）【hostile〔'hɑstl̩ , 'hɑstɪl〕*adj.* 敵對的；有敵意的
　　dogged〔'dɔgɪd〕*adj.* 頑強的】

1767. ***do or die*** 拼死一搏；孤注一擲
　　all or nothing（指行動過程）需竭盡全力；全力以赴
　　give it everything 付出一切；盡全力

11. 給人勸告

□ **1768**. Be committed. 要專心。
Be dedicated. 要投入。
Totally focus on your goal. 要完全專注於你的目標。

□ **1769**. Have some spirit. 要有精神。
Use your soul. 要全心投入。
Put your heart into it. 要投注你的心力。

□ **1770**. Bend over backward. 要拼命努力。
Leave nothing left undone. 要完成所有的事。
Expend all your energy. 要用盡你所有的精力。

** ─────────────

1768. committed〔kə'mɪtɪd〕*adj.* 專心的；全力以赴的
Be committed. 要專心。(= *Commit yourself.*)
dedicated〔'dɛdə,ketɪd〕*adj.* 投入的
Be dedicated. 要投入。(= *Dedicate yourself.*)
totally〔'totl̩ɪ〕*adv.* 完全地　　focus〔'fokəs〕*v.* 集中
focus on 專注於　　goal〔gol〕*n.* 目標
1769. spirit〔'spɪrɪt〕*n.* 心；精神　　soul〔sol〕*n.* 靈魂
Use your soul. 字面的意思是「要用你的靈魂。」引申為「要全心投
入。」(= *Put your whole self into it.* = *Give it your all.*)
heart〔hɑrt〕*n.* 心；熱忱；興趣　　***put*** one's ***heart into*** 熱中於
1770. bend〔bɛnd〕*v.* 彎；彎曲　　***bend over*** 俯身在…上
backward〔'bækwəd〕*adv.* 向後方　　***bend over backward*** 拼命
努力　　leave〔liv〕*v.* 任由；使處於（某種狀態）
left〔lɛft〕*adj.* 剩下的　　undone〔ʌn'dʌn〕*adj.* 沒有做的；未完成的
Leave nothing left undone.「不要有任何事沒被完成。」也就是「要
完成所有的事。」(= *Do all that you can do.* = *Do all that can
be done.*)　　expend〔ɪk'spɛnd〕*v.* 花費；用光；用盡
energy〔'ɛnədʒɪ〕*n.* 精力；活力

☐ **1771.** Work harder! 要更加努力！

　　Roll up your sleeves! 捲起袖子，準備認眞工作！

　　Pull up your socks! 拉起襪子，加緊努力！

☐ **1772.** Go the extra mile. 要特別努力。

　　Go the extra distance. 要格外努力。

　　Always do more. 一定要多做一點。

☐ **1773.** Give everything. 要付出一切。

　　Give heart and soul. 要全心全意地付出。

　　Give blood, sweat, 要付出熱血、汗水，

　　　and tears. 和眼淚。

**

1771. ***work hard*** 努力工作；努力　　roll〔rol〕*v.* 捲起
　　sleeve〔sliv〕*n.* 袖子
　　roll up your sleeves 捲起袖子，準備認眞工作（= *prepare for hard
　　work*）　　pull〔pul〕*v.* 拉　　sock〔sɑk〕*n.* 短襪
　　pull up your socks 拉起襪子，加緊努力（= *make an effort to
　　improve*）

1772. extra〔'ɛkstrə〕*adj.* 額外的；特別的　　mile〔maɪl〕*n.* 英哩
　　distance〔'dɪstəns〕*n.* 距離　　always〔'ɔlwez〕*adv.* 總是；一直
　　Go the extra mile. 與 ***Go the extra distance.*** 是比喻「作額外的努
　　　力。」是固定用法，不可說成 *Go an extra mile.*【誤】或 *Go an
　　　extra distance.*【誤】

1773. heart〔hɑrt〕*n.* 心　　soul〔sol〕*n.* 靈魂
　　heart and soul 完全地；全心全意地　　blood〔blʌd〕*n.* 血
　　sweat〔swɛt〕*n.* 汗　　tear〔tɪr〕*n.* 眼淚

11.
給
人
勸
告

70. 要堅忍

☐ **1774.** Endure it.   要忍耐。

Put up with it.   要忍耐。

Bite the bullet.   要咬緊牙關應付。

☐ **1775.** Don't let it stop you.   別讓這件事阻止你。

Don't get hung up on it.   不要因此耽擱了。

It's not that important.   它沒有那麼重要。

☐ **1776.** Never stop working.   絕不要停止工作。

Don't stop till you drop.   直到倒下才能停止。

There is no finish line in life.   人生沒有終點線。

** ————————

1774. endure〔ɪn'djʊr〕*v.* 忍受   ***put up with*** 忍受

bite〔baɪt〕*v.* 咬   bullet〔'bʊlɪt〕*n.* 子彈

bite the bullet 咬緊牙關；硬著頭皮；忍受巨大的痛苦

1775. stop〔stɑp〕*v.* 停止；阻止

hang up 耽擱；妨礙（＝ *cause delay* ）

1776. never〔'nɛvɚ〕*adv.* 絕不   ***stop + V-ing*** 停止…

till〔tɪl〕*conj.* 直到（＝ *until* ）

not…till 直到～才…

drop〔drɑp〕*v.* 累倒；倒下   ***finish line*** 終點線

FINISH

☐ **1777.** Hang in there.　　　　　　要堅持下去。

I know you can do it.　　　我知道你做得到。

Don't give up the ship!　　不要洩氣！

☐ **1778.** Deal with it.　　　　　　要應付它。

Handle it.　　　　　　　　要處理它。

Take care of it.　　　　　要處理它。

☐ **1779** Keep going!　　　　　　持續前進！

Keep moving forward!　　持續前進！

You'll get there!　　　　你會成功的！

**────────────

1777. ***hang in there*** 不氣餒；堅持下去；撐下去

　　give up 放棄　　ship〔ʃɪp〕*n.* 船

　　give up the ship 字面意思是「棄船」，也就是「放棄戰鬥；停止努力；
　　　洩氣」之意。

1778. ***deal with*** 應付；處理　　handle〔'hændḷ〕*v.* 處理

　　take care of 照顧；處理

1779. ***keep + V-ing*** 持續…　　go〔go〕*v.* 移動；前進

　　move〔muv〕*v.* 移動；前進

　　forward〔'fɔrwəd〕*adv.* 向前

　　get there 成功（= *succeed*）

11.

給人勸告

71. 按部就班

☐ 1780. Be well prepared.　　　　　　　　要做好準備。
Get everything organized.　　　　一切都要很有條理。
Get your ducks in a row.　　　　要把事情安排妥當。

☐ 1781. Take it step by step.　　　　　　要一步一步來。
One step at a time.　　　　　　一步一步來。
Don't boil the ocean.　　　　　不要好高騖遠。

☐ 1782. Stay focused!　　　　　　　　要專心！
Stay on track!　　　　　　　　專心點！
Don't get distracted!　　　　　不要分心！

＊＊───────────

1780. well〔wɛl〕*adv.* 充分地　　prepared〔prɪ'pɛrd〕*adj.* 準備好的
organized〔'ɔrgən͵aɪzd〕*adj.* 有條理的　　duck〔dʌk〕*n.* 鴨子
row〔ro〕*n.* 排　　***ducks in a row*** 井井有條
get one's ducks in a row 把事情安排妥當

1781. step〔stɛp〕*n.* 步；腳步　　***step by step*** 一步一步地
at a time 一次　　boil〔bɔɪl〕*v.* 使沸騰；煮沸
ocean〔'oʃən〕*n.* 海洋　　***boil the ocean*** 「把一個海洋的水都煮
沸」，引申爲「想方設法把事情搞定；好高騖遠」。

1782. stay〔ste〕*v.* 保持；停留
focus〔'fokəs〕*v.* 使聚焦；集中（注意力）
focused〔'fokəst〕*adj.* 專注的　　***Stay focused!*** 要專心！
（＝ *Concentrate!*）【concentrate〔'kɑnsn͵tret〕*v.* 專心】
track〔træk〕*n.* 軌道　　***Stay on track!*** 要待在軌道上，引申爲
「專心點！；別分心！」　　distract〔dɪ'strækt〕*v.* 使分心
Don't get distracted!（不要分心！）也可説成：Don't be diverted.
（不要轉移注意力！）【divert〔daɪ'vɝt〕*v.* 使轉移】

1783. Don't slow down.　　　　　不要減低速度。

Don't lose steam.　　　　　不要失去動力。

Don't run out of gas.　　　　不要耗盡體力。

1784. Never stop short.　　　　　絕不要突然停止。

Do nothing halfway.　　　　不要半途而廢。

Do nothing by halves.　　　不要半途而廢。

1785. Stick to your guns.　　　　要堅持你的立場。

Stand by your beliefs.　　　要堅持你的信念。

Remain steadfast.　　　　　要一直很堅決。

**

1783. ***slow down*** 減低速度；放慢步調　　***lose*** 〔 luz 〕 *v.* 失去

steam 〔 stim 〕 *n.* 蒸氣；活力；精力

lose steam 失去動力；失去熱情；洩氣　　***run out of*** 用完

gas 〔 gæs 〕 *n.* 汽油　　***run out of gas*** 燃料用盡；耗盡體力

1784. short 〔 ʃɔrt 〕 *adv.* 突然地　　***stop short*** 突然停止 (*= stop*

suddenly before doing or reaching something)

Never stop short. (絕不要突然停止。) 也可說成：Never stop

before you finish. (在完成之前絕不要停止。)

halfway 〔 'hæf'we 〕 *adv.* 在中途；不徹底地

by halves 半途而廢地；不完全地 (*= not thoroughly*)

Do nothing halfway. 不要半途而廢。(*= Do nothing by halves.*

= Never do things halfway. = Never do things by halves.)

1785. ***stick to*** 堅持；忠於　　　gun 〔 gʌn 〕 *n.* 槍

stick to one's guns 堅守立場；堅持自己的主張；不屈服

stand by 忠於；堅持；遵守　　belief 〔 bɪ'lif 〕 *n.* 信念

remain 〔 rɪ'men 〕 *v.* 依然保持；堅持

steadfast 〔 'stɛd,fæst 〕 *adj.* 堅定的；不變的

11.
給
人
勸
告

72. 不怕失敗

☐ **1786**. Be brave.　　　　　　　　　　　　要勇敢。

　　　　Be bold.　　　　　　　　　　　　要大膽。

　　　　Never be afraid to fail.　　　　　絕不要害怕失敗。

☐ **1787**. Don't back out.　　　　　　　　　不要打退堂鼓。

　　　　Don't run away.　　　　　　　　　不要逃跑。

　　　　Don't get cold feet.　　　　　　　不要臨陣退縮。

♣ **重新開始**

☐ **1788**. Start over.　　　　　　　　　　　重來一遍。

　　　　Begin again.　　　　　　　　　　重新開始。

　　　　Back to square one.　　　　　　　從頭開始。

**
 ──────

　1786. brave〔brev〕*adj.* 勇敢的　　　bold〔bold〕*adj.* 大膽的
　　　　afraid〔ə'fred〕*adj.* 害怕的　　　fail〔fel〕*v.* 失敗
　1787. ***back out*** 退出；打退堂鼓　　　***run away*** 逃跑
　　　　feet〔fit〕*n. pl.* 腳　　　***get cold feet*** 臨陣退縮；膽怯
　1788. ***start over*** 重新開始；重來一遍
　　　　square〔skwɛr〕*n.* 正方形
　　　　back to square one 退回起點；從頭開始【square
　　　　one 是指棋盤遊戲中的第一格，也就是「起點」】

square one

73. 要追求成功

☐ 1789. Forget the past.　　　　　　忘了過去。
Focus on the future.　　　　　專注於未來。
Follow your dreams.　　　　　追求你的夢想。

☐ 1790. Focus on the goal.　　　　　專注於目標。
Zero in on your target.　　　瞄準你的目標。
Keep your eye on the　　　　把你的目光放在值得追求的
　　　prize.　　　　　　　　　　事物上。

☐ 1791. Be the best!　　　　　　　　要成為最好的！
Be on top!　　　　　　　　　要領先！
Be second to none!　　　　　要成為最好的！

** _____

1789. past〔pæst〕*n.* 過去　　focus〔'fokəs〕*v.* 聚焦；集中
focus on 專注於；集中於（ *= concentrate on* ）
future〔'fjutʃɚ〕*n.* 未來　　follow〔'falo〕*v.* 追逐；追求
1790. goal〔gol〕*n.* 目標　　zero〔'zɪro〕*n.* 零　　*v.* 將（儀器等）歸零
zero in on 對準（目標）（ *= aim at* ）；集中於（ *= focus on* ）
target〔'tɑrgɪt〕*n.* 靶；目標
Zero in on your target. 瞄準你的目標。(*= Focus on what you
want to achieve.*)【ahcieve〔ə'tʃiv〕*v.* 達成】
keep** one's **eye on 眼睛盯著（某物）
prize〔praɪz〕*n.* 獎；獎品；值得追求的東西
Keep your eye on the prize. 也可說成：Remember your goal.
　Keep your goal in mind. 都表示「要記得你的目標。」
1791. top〔tap〕*n.* 頂端　　***on top*** 處於掌控地位；領先
second to none 不亞於任何人；最好的；首屈一指的

11.
給
人
勸
告

☐ **1792.** Don't avoid it.　　　　　　　　不要逃避。

　　　　　Don't ignore it.　　　　　　　不要忽視。

　　　　　Don't hide from it.　　　　　　不要躲避。

☐ **1793.** Don't cancel.　　　　　　　　不要取消。

　　　　　Don't withdraw.　　　　　　　不要退縮。

　　　　　You must try.　　　　　　　　你必須試試看。

☐ **1794.** Don't chicken out.　　　　　　不要因為膽小而放棄。

　　　　　Don't wimp out.　　　　　　　不要退縮。

　　　　　Don't be a coward.　　　　　　不要當個懦夫。

** ─────────

1792. avoid〔ə'vɔɪd〕v. 避免；避開　　ignore〔ɪg'nor〕v. 忽視
　　　hide〔haɪd〕v. 躲藏　　***hide from*** 躲避

1793. cancel〔'kænsḷ〕v. 取消　　withdraw〔wɪð'drɔ〕v. 撤回；退出
　　　Don't withdraw. 也可說成：Don't back out.（不要打退堂鼓。）
　　　　Don't give up.（不要放棄。）【***back out*** 放棄；打退堂鼓
　　　　give up 放棄】　　try〔traɪ〕v. 嘗試

1794. chicken〔'tʃɪkɪn〕n. 膽小鬼；懦夫
　　　chicken out 臨陣退縮；因膽怯而放棄
　　　Don't chicken out. 不要臨陣退縮。(= *Don't let fear stop you.*)
　　　wimp〔wɪmp〕n. 軟弱無能的人；懦夫
　　　wimp out 退卻；畏縮（ = *chicken out* ）
　　　coward〔'kaʊəd〕n. 懦夫

74. 要積極樂觀

☐ **1795.** You look so serious! | 你看起來好嚴肅！
Why are you looking so blue? | 你為什麼看起來如此憂鬱？
Something getting you down? | 有什麼事使你沮喪嗎？

☐ **1796.** Be cheerful. | 要開心。
Be all smiles. | 要滿面笑容。
Beam at people. | 要對別人微笑。

☐ **1797.** Smile a lot. | 要常常笑。
Smile all the time. | 要不停地笑。
Smile, and the whole world | 當你笑，全世界也跟著你
　　smiles with you. | 一起笑。

** ——————————————————————————

1795. serious〔'sɪrɪəs〕*adj.* 嚴肅的　　blue〔blu〕*adj.* 憂鬱的
down〔daʊn〕*adj.* 不高興的；沮喪的
get sb. down 使某人沮喪　　***Something getting you down?*** 源自
　　Is something getting you down?（有什麼事使你沮喪嗎？）
1796. cheerful〔'tʃɪrfəl〕*adj.* 開心的；愉快的
smile〔smaɪl〕*v. n.* 笑；微笑　　***all smiles*** 滿面笑容
Be all smiles.（要滿面笑容。）也可說成：Smile!（要微笑！）
beam〔bim〕*v.* 微笑（= *smile* = *grin* = *look happy*）
Beam at people.（要對別人微笑。）也可說成：Give people a big
　　smile.（要給人大大的微笑。）
1797. ***a lot*** 常常（= *often*）　　***all the time*** 一直；總是
whole〔hol〕*adj.* 全部的；整個的
Smile, and the whole world smiles with you.（= *If you smile,
the whole world smiles with you.*）後半句是 Cry, and you cry
alone.（你哭，全世界只有你一人哭。）這兩句話的意思是，不是環
境決定心情，而是心情決定環境，要學會樂觀。

☐ **1798.** Be optimistic. 要樂觀。

Be upbeat. 要樂觀。

Look on the bright side. 要看事物的光明面。

☐ **1799.** Stay positive. 要保持樂觀。

Have a nice mindset. 要有良好的心態。

Have a good outlook. 要有積極的人生觀。

☐ **1800.** Be more cheerful. 要開朗一點。

Be less serious. 不要太嚴肅。

Lighten up. 放輕鬆。

**

1798. optimistic〔ˌɑptə'mɪstɪk〕*adj.* 樂觀的

upbeat〔'ʌpˌbit〕*adj.* 樂觀的　bright〔braɪt〕*adj.* 光明的

***look on the bright side** (**of things**)* 看事物的光明面；樂觀

1799. stay〔ste〕*v.* 保持　positive〔'pɑzətɪv〕*adj.* 正面的；積極的；

樂觀的　nice〔naɪs〕*adj.* 好的　mindset〔'maɪndˌsɛt〕*n.* 心態

outlook〔'autˌluk〕*n.* 展望；觀點；看法

Have a good outlook. 要有積極的人生觀。(= *Have a positive*

outlook on life.) 也可說成：Be positive.（要樂觀。）Be

optimistic.（要樂觀。）Don't be negative.（不要有負面的想法。）

【negative〔'nɛgətɪv〕*adj.* 負面的】

1800. cheerful〔'tʃɪrfəl〕*adj.* 快樂的；開朗的

serious〔'sɪrɪəs〕*adj.* 認真的；嚴肅的

lighten〔'laɪtn〕*v.* 變輕；減輕；變得愉快

lighten up 放輕鬆；愉快起來

☐ **1801**.　Don't worry, be happy.　　　別擔心，快樂點。
　　　　Hakuna matata.　　　　　　哈庫那馬踏踏；不用擔心。
　　　　No worries.　　　　　　　　不用擔心。

☐ **1802**.　To worry is useless!　　　　擔心是沒有用的！
　　　　To worry is a waste!　　　　擔心沒有用！
　　　　Put your worries to rest!　　不要再擔心了！

☐ **1803**.　Don't sweat the small stuff.　不要為小事煩惱。
　　　　Remember and never forget.　要記得，絕對不要忘記。
　　　　It's all small stuff.　　　　全都是小事。

** ────────────────────

1801. worry (ˈwɝɪ) v. 擔心；煩惱　n. 擔心；煩惱的事　***Don't Worry,***
Be Happy 是美國歌手 Bobby McFerrin 的一首歌曲，收錄於專輯
The Best of Bobby McFerrin 中，於 1996 年 10 月 31 日發行。
Hakuna matata (haˈkunə maˈtatə) 哈庫那馬踏踏【源於非洲斯瓦
西里語，意思是「不用擔心」(= *no worries*) 或「沒有問題」(= *no*
problem)。1994 年，華特迪士尼公司製作的動畫電影《獅子王》(The
Lion King)，曾引用這個短語製作了一首歌，由狐獴丁滿 (Timon) 和
疣豬彭彭 (Pumbaa) 合唱，鼓勵小獅王辛巴 (Simba)，幫助他忘記過去
的困擾，快樂地生活下去】　***No worries.*** (不用擔心。) 也可說成：
Don't worry about it. (不用擔心。)

1802. useless (ˈjuslɪs) adj. 沒有用的　　waste (west) n. 浪費
To worry is a waste!「擔心是一種浪費！」也就是「擔心沒有用！」
(= *It is of no use to worry!*)
put (put) v. 使處於 (某種狀態)　　rest (rɛst) n. 休息
Put your worries to rest!「讓你的煩惱休息！」也就是「不要再煩
惱了！」(= *Forget your worries!* = *Stop worrying!*)

1803. 第一、三句出自 Richard Carlson 所寫的暢銷書 *Don't Sweat the*
Small Stuff and It's All Small Stuff 的書名。
sweat (swɛt) v. 流汗；焦慮；擔心；煩惱 (= *worry about*)
stuff (stʌf) n. 東西；事情　***Don't sweat the small stuff.*** 不要
為小事煩惱。(= *Don't worry about trivial things.* = *Don't worry*
about unimportant things.)【trivial (ˈtrɪvɪəl) adj. 瑣碎的】

□ **1804**. Don't worry.   不要擔心。
Don't fret.   不要煩惱。
Get it out of your head.   不要想那件事了。

□ **1805**. Don't worry about tomorrow.   不要擔心明天。
Tomorrow has its own worries.   明天有明天的煩惱。
Today's troubles are enough   今天的煩惱已經夠多了。
   for today.

□ **1806**. Don't stress over the little   不要擔心小事。
   things.
Don't worry about minor   不要擔心不重要的問題。
   issues.
Focus on the big picture.   要專注於事情的全貌。

**

1804. worry〔ˋwɝɪ〕*v. n.* 憂慮;煩惱   fret〔frɛt〕*v.* 煩惱
get sth. out of one's head 不要想某事
1805. ***worry about*** 擔心;煩惱   trouble〔ˋtrʌbl̩〕*n.* 麻煩;煩惱
1806. stress〔strɛs〕*v.* 緊張;焦慮;擔心 < *over* >
Don't stress over the little things. 不要擔心小事。
 (= *Don't worry about small problems.*)
minor〔ˋmaɪnɚ〕*adj.* 較不重要的
issue〔ˋɪʃju〕*n.* 問題;議題   ***focus on*** 專注於
picture〔ˋpɪktʃɚ〕*n.* 圖畫;情況;局面
the big picture 事情的全貌;總體情況;長期的遠景
Focus on the big picture. (要專注於事情的全貌。) 也可說成:
  Keep your main goal in mind. (要記得你的主要目標。)

□ **1807**. Chin up!　　　　　　　　　　打起精神來！

Cheer up!　　　　　　　　　　振作起來！

Things will get better.　　　　情況會好轉。

□ **1808**. Look ahead.　　　　　　　　　向前看。

Don't look back.　　　　　　　不要向後看。

Don't dwell on the past.　　　不要懷念過去。

□ **1809**. Look down the road.　　　　　要展望未來。

Keep your eyes on the future.　要放眼未來。

Always see the big picture.　　一定要看事情的全貌。

** ────────────

1807. chin〔tʃɪn〕*n.* 下巴　　***Chin up!*** 打起精神來！；加油！

cheer〔tʃɪr〕*v.* 歡呼；使振奮

Cheer up! 高興起來！；振作起來！

things〔θɪŋz〕*n. pl.* 事情；情況

1808. ahead〔ə'hɛd〕*adv.* 向前　　***look ahead*** 向前看 (= *look forward*)

look back 向後看；回顧　　***dwell on*** 懷念；老是想著

past〔pæst〕*n.* 過去

1809. ***down the road*** 將來；今後　　***Look down the road.*** 要展望未來。

(= *Look to the future.* = *Think about the future.*)

keep one's eyes on 眼睛盯著…看　　future〔'fjutʃɚ〕*n.* 未來

the big picture 事情的全貌；總體情況；長期的遠景

Always see the big picture. 也可說成：Consider the whole

story. (要考慮整個情況。) 或 Don't be shortsighted. (不要目光

短淺。)〖whole〔hol〕*adj.* 全部的；整個的　　story〔'storɪ〕*n.* 詳情；

情況　　shortsighted〔'ʃɔrt'saɪtɪd〕*adj.* 目光短淺的；沒有遠見的〗

☐ **1810**. Be positive.　　　　　　要樂觀。

Be productive.　　　　　要有生產力。

Get things done.　　　　要把事情做完。

☐ **1811**. Hope for the best.　　　　抱最好的希望。

Prepare for the worst.　　做最壞的準備。

Always be prepared.　　　一定要做好準備。

☐ **1812**. Don't give up hope.　　　不要放棄希望。

You'll get over it.　　　　你會克服它。

The sun will come up　　太陽明天仍然會升起。

　　tomorrow.

** ─────────

1810. positive〔'pɑzətɪv〕*adj.* 正面的；積極的；樂觀的

productive〔prə'dʌktɪv〕*adj.* 有生產力的

get〔gɛt〕*v.* 使　　done〔dʌn〕*adj.* 完成的

1811. hope〔hop〕*n., v.* 希望　　prepare〔prɪ'pɛr〕*v.* 準備

Hope for the best. Prepare for the worst. 源自諺語：Hope for
the best and prepare for the worst.（抱最好的希望，做最壞的
準備。）　　prepared〔prɪ'pɛrd〕*adj.* 有準備的

1812. ***give up*** 放棄　　***get over*** 克服

You'll get over it.（你會克服它。）也可說成：You'll survive.（你
會活下來。）〔survive〔sə'vaɪv〕*v.* 存活〕　　sun〔sʌn〕*n.* 太陽

come up（太陽）升起（＝*rise*）　　***The sun will come up tomorrow.***
（太陽明天仍然會升起。）也可說成：Tomorrow is a new day.
（明天又是新的一天。）　Life goes on.（生活還是要繼續。）

☐ **1813.** Be determined.

The tide will turn.

Your day will come.

要有決心。

形勢會轉變。

你會飛黃騰達。

☐ **1814.** Be on fire.

Be full of passion.

Be a person of action.

要興奮。

要充滿熱情。

要做一個行動家。

☐ **1815.** Don't get down.

Don't get discouraged.

Keep fighting the good fight.

不要沮喪。

不要氣餒。

要持續地打美好的一仗。

** ——————

1813. determined〔dɪˋtɝmɪnd〕*adj.* 有決心的

tide〔taɪd〕*n.* 潮流；形勢　　turn〔tɝn〕*v.* 轉變

one's day（某人）飛黃騰達的時候；全盛時期

1814. *on fire* 著火；興奮的；熱中的　　*be full of* 充滿

passion〔ˋpæʃən〕*n.* 熱情　　action〔ˋækʃən〕*n.* 行動

a person of action 行動家

1815. get〔gɛt〕*v.* 變得　　down〔daʊn〕*adj.* 沮喪的

get down 沮喪　　discouraged〔dɪsˋkɝɪdʒd〕*adj.* 氣餒的

keep〔kip〕*v.* 持續　　fight〔faɪt〕*v.* 打（仗）　　*n.* 打仗；戰鬥

fight the good fight 要打美好的一仗【這個片語出自聖經，可引申為

「要為自己堅守的信念而戰」】

11. 給人勸告

Part Four ♣ 關於朋友

75. 結交新朋友

☐ **1816.** Make new friends.　　　　　　　要結交新朋友。
Make sure to keep the old.　　　　　一定要留住老朋友。
One is silver, the other is gold.　　　一個是銀,另一個是金;
　　　　　　　　　　　　　　　　　　前者是銀,後者是金。

☐ **1817.** Choose friends wisely.　　　　　　要明智地選擇朋友。
Hang out with kind people.　　　　　要和善良的人在一起。
Have friends that support you.　　　要有支持你的朋友。

☐ **1818.** Have quality friends.　　　　　　　要有優質的朋友。
Hang with good people.　　　　　　　要和好人在一起。
A man is known by the　　　　　　　【諺】觀其友,知其人。
　　company he keeps.

【近朱者赤,結交好人當朋友很重要】

** ──────────────────────────────

1816. ***make friends*** 交朋友　　　***make sure*** 確定;一定
keep〔kip〕*v.* 保留;結交　　***the old*** 在此指 old friends(老朋友)。
one…the other 一個…另一個;前者…後者(= *the former…the
latter*)【在此指「新朋友…老朋友」】　　silver〔ˋsɪlvɚ〕*adj.* 銀的
gold〔gold〕*adj.* 金的　　***One is silver, the other is gold.*** 源自諺
語:Speech is silver, silence is golden.(雄辯是銀,沈默是金。)

1817. choose〔tʃuz〕*v.* 選擇　　wisely〔ˋwaɪzlɪ〕*adv.* 明智地
hang out with *sb.* 和某人在一起(= *spend time with sb.*);和某人
一起出去玩　　***Hang out with kind people.*** 要和好人在一起。
(= *Spend time with nice people.*)　　support〔səˋport〕*v.* 支持

1818. quality〔ˋkwɑlətɪ〕*adj.* 高品質的;優質的
hang〔hæŋ〕*v.* 閒蕩(= *hang out*)　　keep〔kip〕*v.* 和…交往
company〔ˋkʌmpənɪ〕*n.* 朋友【不可數名詞】

76. 要忠於朋友

☐ 1819. Be loyal.

要忠實。

Be reliable.

要可靠。

Don't be a fair-weather friend.

不要當酒肉朋友。

☐ 1820. Be known as reliable.

要被認爲很可靠。

Be worthy of trust.

要值得信任。

Be one to count on.

要做一個可依賴的人。

☐ 1821. Be trustworthy.

要值得信任。

Be dependable.

要可靠。

Be responsible.

要負責任。

**

1819. loyal〔ˈlɔɪəl〕*adj.* 忠實的
reliable〔rɪˈlaɪəbḷ〕*adj.* 可靠的；可信賴的
fair〔fɛr〕*adj.* (天空) 晴朗的；好天氣的 ✓ **RELIABLE**
weather〔ˈwɛðə〕*n.* 天氣 *fair weather* 晴天
fair-weather friend 酒肉朋友；不能共患難的朋友
1820. *be known as* 以…而有名；被稱爲；被認爲是
worthy〔ˈwɜðɪ〕*adj.* 值得的 *be worthy of* 值得
trust〔trʌst〕*n., v.* 信任 one 在此等於 a person。
count on 依賴 (= *depend on* = *rely on*)
1821. trustworthy〔ˈtrʌst͵wɜðɪ〕*adj.* 值得信任的
dependable〔dɪˈpɛndəbḷ〕*adj.* 可靠的 (= *reliable*)
responsible〔rɪˈspɑnsəbḷ〕*adj.* 負責任的

11. 給人勸告

77. 言歸於好

☐ **1822.** Be quick to forgive.　　　　　　要快點原諒。
　　　　 Be swift to forget.　　　　　　　要快點忘記。
　　　　 Don't be upset for too long.　　　不要生氣太久。

☐ **1823.** Never remain bitter.　　　　　　絕不要一直憎恨。
　　　　 Never hold on to your anger.　　　絕不要一直生氣。
　　　　 Never hold a grudge.　　　　　　絕不要懷恨在心。

☐ **1824.** Love your enemies.　　　　　　 要愛你的敵人。
　　　　 Be good to those who hate you.　要對討厭你的人好。
　　　　 Forgive those who hurt you.　　 原諒傷害過你的人。

＊＊

1822. quick〔kwɪk〕*adj.* 快的　　forgive〔fəˋgɪv〕*v.* 原諒
　　swift〔swɪft〕*adj.* 快的（= *quick*）　　　forget〔fəˋgɛt〕*v.* 忘記
　　Be quick to forgive. 和 ***Be swift to forget.*** 合併起來就成為
　　　Forgive and forget. (【諺】既往不咎。)
　　upset〔ʌpˋsɛt〕*adj.* 不高興的
1823. remain〔rɪˋmen〕*v.* 依然；依舊是
　　bitter〔ˋbɪtə〕*adj.* 苦的；充滿憎恨的　***Never remain bitter.*** 　絕不
　　　要一直憎恨。(= *Don't be resentful.*)【resentful〔rɪˋzɛntfəl〕*adj.*
　　　憤恨的】　　***hold on to*** 抓住；保留；繼續感到
　　anger〔ˋæŋgə〕*n.* 生氣　***Never hold on to your anger.*** (絕不
　　　要一直生氣。) 也可說成：Don't stay mad. (不要一直生氣。)
　　　Forgive and forget. (【諺】既往不咎。)【stay〔ste〕*v.* 保持
　　　mad〔mæd〕*adj.* 發瘋的；生氣的】　hold〔hold〕*v.* 抱持；
　　　心中懷有　grudge〔grʌdʒ〕*n.* 怨恨　***hold a grudge*** 懷恨
1824. enemy〔ˋɛnəmɪ〕*n.* 敵人　　hate〔het〕*v.* 恨；討厭
　　hurt〔hɝt〕*v.* 傷害【三態變化：hurt-hurt-hurt】

11.
給
人
勸
告

☐ **1825**. Shake it off.　　　　　算了吧。

Let it go.　　　　　算了吧。

Don't think about it again.　不要再想了。

☐ **1826**. Forget about it.　　　　把它忘了吧。

Nobody cares now.　　　現在沒有人在乎了。

It's best left forgotten.　最好把它忘了。

☐ **1827**. Look it in the eye.　　　要毫不畏懼地正視它。

Take it head on.　　　　要正面迎擊。

Put it behind you!　　　把它拋諸腦後！

**

1825. *shake off* 搖掉；甩掉

Shake it off. 把它甩掉；算了吧。(= *Get over it and move on.*)

let go 放開　　*Let it go.* 把它放開；算了吧。(= *Forget about it.*)

think about 想

1826. *forget about* 忘記；對…不放在心上

care〔kɛr〕*v.* 在乎　　leave〔liv〕*v.* 使處於 (某種狀態)

forgotten〔fə'gɑtn̩〕*adj.* 受忽略的；遭遺忘的

be best left forgotten 最好被遺忘

1827. *look…in the eye* 毫不畏懼地正視… (= *face*)

take〔tek〕*v.* 接受；忍受　　*head on* 迎面地；正面地

take it head on 正面迎擊 (= *face it* = *deal with it*)

put sth. behind you 把某事拋諸腦後 (= *forget about sth.*)

☐ **1828**. Make up.　　　　　　　　　和好吧。

Make peace.　　　　　　　言歸於好。

Clear the air.　　　　　　消除你們之間的誤會吧。

☐ **1829**. Make allowances.　　　　　要體諒。

Come to terms.　　　　　要達成協議。

Bury the hatchet.　　　　要和解。

☐ **1830**. Shake hands.　　　　　　握握手。

Settle your differences.　　解決你們的爭議。

Be friends again.　　　　再次成為朋友吧。

** ————————————————

1828. ***make up*** 和好　　***Make up.*** 也可說成：Make up and be friends.
（和好再當朋友。）　　peace〔pis〕*n.* 和平

make peace 和好；講和；言歸於好 <*with sb.*>

Make peace. 也可說成：Make peace with each other.（彼此言歸
於好。）　　clear〔klɪr〕*v.* 澄清；把～弄乾淨

clear the air ①淨化空氣　②消除疑慮（誤解等）

1829. allowance〔əˈlaʊəns〕*n.* 顧慮；體諒　　***make allowances*** 體諒
terms〔tɝmz〕*n. pl.* 協定；約定

come to terms 達成協議；妥協；接受　　bury〔ˈbɛrɪ〕*v.* 埋藏
hatchet〔ˈhætʃɪt〕*n.* 手斧；戰斧　　***bury the hatchet*** 休戰；講和
【源自於北美印第安人講和時，將戰斧埋入土裡的習俗】

1830. shake〔ʃek〕*v.* 搖動；握（手）　　***Shake hands.*** 可加長為：Shake
hands and make up.（握手言和吧。）　　settle〔ˈsɛtl̩〕*v.* 解決
difference〔ˈdɪfərəns〕*n.* 不同；差異；爭論；爭議

Part Five ♣ 英文諺語

78. 不要惹是生非

☐ **1831**. Don't interfere.　　　　　　不要干涉。
　　　Leave others alone.　　　　　不要干涉別人。
　　　Live and let live.　　　　　　【諺】要共存共榮。

☐ **1832**. Don't stir things up.　　　　不要惹事。
　　　Leave it alone!　　　　　　　不要管它！
　　　Let sleeping dogs lie.　　　　【諺】不要自找麻煩。

☐ **1833**. Keep your chin up.　　　　　不要氣餒。
　　　Be cool as a cucumber.　　　要非常冷靜。
　　　Every cloud has a silver　　　【諺】烏雲背後有銀邊；
　　　　　lining.　　　　　　　　　否極泰來。

＊＊ ────────────

1831. interfere〔͵ɪntɚ'fɪr〕*v.* 干涉；干預
　　　leave…alone 不理會；不干涉；不打擾　　***Leave others alone.***
　　　不要干涉別人。(= *Don't interfere with other people.*)
　　　Live and let live. 是諺語，字面的意思是「自己活，也讓別人活。」
　　　也就是「要寬以待人；要共存共榮。」也可說成：Let other people
　　　do what they want. (讓別人做他們想做的事。) Tolerate others'
　　　opinions and behavior. (容忍別人的意見和行為。)

1832. stir〔stɝ〕*v.* 攪拌；激起；引起 < *up* >
　　　leave…alone 不理會…；任由…；不管…　　lie〔laɪ〕*v.* 躺
　　　Let sleeping dogs lie. 是諺語，字面的意思是「讓睡覺的狗躺著。」
　　　　也就是「不要自找麻煩。」

1833. chin〔tʃɪn〕*n.* 下巴　　***keep one's chin up*** 振作起來；不氣餒
　　　(= *cheer up*)　　cool〔kul〕*adj.* 冷靜的
　　　cucumber〔'kjukəmbɚ〕*n.* 黃瓜　　***be (as) cool as a cucumber***
　　　非常冷靜　　silver〔'sɪlvɚ〕*adj.* 銀色的　　lining〔'laɪnɪŋ〕*n.* 襯裡

79. 要未雨綢繆

☐ **1834.** You're a big-time spender.
　　　　Money burns a hole in your
　　　　　pocket.
　　　　You should save for a rainy day.

　　　　【對花錢如流水的人，你可以說這三句話】

你很會花錢。
你留不住錢。

你應該未雨綢繆。

☐ **1835.** Deposit your money.
　　　　Put it in the bank.
　　　　Save for a rainy day.

把你的錢存起來。
要把它存在銀行。
要未雨綢繆。

☐ **1836.** Don't worry now.
　　　　Don't get uptight.
　　　　Don't cross a bridge till you
　　　　　come to it.

現在不要擔心。
不要緊張。
【諺】到了橋再過橋；
船到橋頭自然直。

** ────────────

1834. big-time *adj.* 十分的；極度的；赫赫有名的；傑出的
　　spender (ˈspɛndɚ) *n.* 花錢者；揮霍者　　burn (bɝn) *v.* 燃燒
　　hole (hol) *n.* 洞　　pocket (ˈpɑkɪt) *n.* 口袋
　　burn a hole in *one's* ***pocket*** 口袋燒出一個洞；(錢) 留不住；
　　　　一有錢就花掉　　save (sev) *v.* 儲蓄；存錢
　　a rainy day 下雨天；窮困時；將來可能有的苦日子；不時之需
　　save for a rainy day 為不時之需做準備；未雨綢繆　源自諺語：Save
　　　　something for a rainy day. (節省以備不時之需；未雨綢繆。)
1835. deposit (dɪˈpɑzɪt) *v.* 存 (錢)　　bank (bæŋk) *n.* 銀行
1836. worry (ˈwɝɪ) *v.* 擔心　　uptight (ˈʌpˌtaɪt) *adj.* 緊張的
　　not…till 直到~才…(= *not…until*)　　cross (krɔs) *v.* 越過
　　bridge (brɪdʒ) *n.* 橋　　till (tɪl) *conj.* 直到 (= *until*)
　　come to 到達；達到

80. 早起的鳥兒有蟲吃

☐ **1837.** Get a good start. 要有好的開始。

Have a good beginning. 要有好的開始。

Well begun is half done. 【諺】好的開始是成功的一半。

☐ **1838.** Get there early. 早點去那裡。

Arrive before others. 要比別人早到。

The early bird catches 【諺】早起的鳥兒

the worm. 有蟲吃。

early bird

☐ **1839.** Leave nothing to chance. 不要心存僥倖。

Look before you leap. 【諺】要三思而行。

One step at a time. 做事要一步一步來。

＊＊ ————————————

1837. start〔stɑrt〕n. 開始　　beginning〔bɪˋgɪnɪŋ〕n. 開始

Well begun is half done. 源自 A thing which is well begun
is half done.

1838. get〔gɛt〕v. 到達；得到　　arrive〔əˋraɪv〕v. 到達

catch〔kætʃ〕v. 抓到　　worm〔wɝm〕n. 蟲　***The early bird
catches the worm.*** = The early bird gets the worm.

1839. chance〔tʃæns〕n. 機會；偶然；巧合；運氣

leave nothing to chance 不心存僥倖（= *prepare for everything
possible* ）　　leap〔lip〕v. 跳

Look before you leap. 是諺語，跳之前先看一下，引申為「三思而
行。」　　step〔stɛp〕n. 步；腳步　　***at a time*** 一次

one step at a time 一步一步地；做事要一步一步來；紮紮實實地

One step at a time. 源自 Do things one step at a time.

11.
給
人
勸
告

81. 沒有人是一座孤島

☐ **1840.** Don't be a rolling stone.　　　　不要跑來跑去。

Don't be a stick in the mud.　　不要老是待在一個地方不動。

Find a happy medium.　　　　要找一個折衷的辦法。

☐ **1841.** You can't do it alone.　　　　你無法獨自辦到。

No man is an island.　　　　【諺】沒有人是一座孤島；

　　　　　　　　　　　　　　　人都需要朋友。

All for one and one for all.　　人人爲我，我爲人人。

☐ **1842.** Home is best.　　　　　　家是最好的。

Home is where the heart is.　　家是心之所在。

There is no place like home.　　沒有一個地方比家更溫暖。

**　————————

1840. roll〔rol〕*v.* 滾動　　***rolling stone*** 無固定住所或職業的人，源自諺
語：A rolling stone gathers no moss.（滾石不生苔；轉業不聚
財。【gather〔'gæðɚ〕*v.* 聚集　　moss〔mɔs〕*n.* 鮮苔】）

stick〔stɪk〕*n.* 棍子　　mud〔mʌd〕*n.* 泥巴　　***a stick in the
mud*** 喜歡待在一個地方的人　　happy〔'hæpɪ〕*adj.* 令人愉快的
medium〔'midɪəm〕*n.* 中間；中庸
happy medium 妥協之道；折衷辦法【不可只説 medium】

1841. ***do it*** 成功；辦到（= *make it*）　　alone〔ə'lon〕*adv.* 獨自
island〔'aɪlənd〕*n.* 島　　***All for one and one for all.*** 人人爲我，
我爲人人。【出自法國 19 世紀大文豪大仲馬（Alexandre Dumas）的名
著《三劍客》（The Three Musketeers）】

1842. heart〔hɑrt〕*n.* 心　　***There is no place like home.*** 源自諺語：
Be it ever so humble, there is no place like home.【諺】家雖
簡陋，但沒有一個地方比家更溫暖；在家千日好，出門事事難。

82. 歲月不待人

□ **1843.** Never overstay. 　　　　絕不要逗留得過久。
　　　　Never stay too long. 　　絕不要待太久。
　　　　Don't wear out your 　　【諺】不要使人厭倦對你
　　　　　　welcome. 　　　　　的歡迎；常客不受歡迎。

□ **1844.** Time flies. 　　　　　　【諺】時光飛逝。
　　　　It ticks away. 　　　　　時間很快就過去。
　　　　Don't waste a minute. 　　不要浪費時間。

□ **1845.** How time flies! 　　　　時間過得真快！
　　　　Time flies by too quickly. 　時間飛逝。
　　　　Time and tide wait for no 　【諺】歲月不待人。
　　　　　man.

＊＊ ————————————————————

1843. overstay〔'ovə·'ste〕v. 逗留得過久　　stay〔ste〕v. 停留
　　long〔lɔŋ〕adv. 長時間地　　***wear out*** 磨損；耗盡；使厭倦
　　welcome〔'wɛlkəm〕n. 歡迎
　　wear out *one's* ***welcome*** 待得太久而不受歡迎

1844. fly〔flaɪ〕v.（光陰）如箭般飛過去　　***Time flies.*** 也可說成：Time
　　flies like an arrow.（【諺】光陰似箭。）　　tick〔tɪk〕v.（鐘錶等）
　　滴答響　　***tick away***（時光）流逝；（時間）滴滴答答地過去
　　（= *tick by* = *pass by*）　　minute〔'mɪnɪt〕n. 分鐘；片刻（時間）

1845. how〔haʊ〕adv. 多麼地　　***How time flies!*** 時間過得真快！
　　fly by 飛過　　quickly〔'kwɪklɪ〕adv. 快地
　　tide〔taɪd〕n. 潮汐【在此與 time 同義，表「時間」】
　　Time and tide wait for no man. 用 and 接兩個同義字，可加強語氣。

83. 不勞則無獲

☐ **1846.** Take chances.
Try new things.
Nothing ventured, nothing
gained.

要冒險。
要嘗試新事物。
【諺】不入虎穴，焉得虎子。

☐ **1847.** No pain, no gain.
No sweet without sweat.

Nothing worthwhile is easy.

【諺】不勞則無獲。
先苦後甜；吃得苦中苦，方為
人上人。
任何有價值的事物都得之不易。

☐ **1848.** You get what you give.
You reap what you sow.
What goes around comes
around.

你付出多少，就得到多少。
【諺】種瓜得瓜，種豆得豆。
善有善報，惡有惡報。

** ——————

1846. chance〔tʃæns〕*n.* 機會；危險；冒險
take chances 冒險（ = *take risks*）　　venture〔ˈvɛntʃɚ〕*v.* 冒險
【名詞是 adventure】　　gain〔gen〕*v.* 獲得　　***Nothing ventured,***
nothing gained. 是諺語，「不冒險，就不會獲得。」也就是「不入
虎穴，焉得虎子。」也可說成：Nothing venture, nothing have.

1847. pain〔pen〕*n.* 辛苦　　gain〔gen〕*n.* 獲得
sweet〔swit〕*n.* 甜；快樂　　sweat〔swɛt〕*n.* 流汗；艱苦的工作
worthwhile〔ˈwɝθˈhwaɪl〕*adj.* 值得做的；有真實價值的

1848. reap〔rip〕*v.* 收割；收穫　　sow〔so〕*v.* 播（種）
You reap what you sow. 【諺】種瓜得瓜，種豆得豆。
go around 從一地或一人傳到另一地或另一人；流傳
come around 再度來臨　　***What goes around comes around.***
【諺】種瓜得瓜，種豆得豆；善有善報，惡有惡報。

84. 熟能生巧

☐ 1849. Practice makes perfect.　　　　　【諺】熟能生巧。
Do it over and over.　　　　　　　要反覆地做。
Do it again and again.　　　　　　要一再地做。

☐ 1850. Never do things by halves.　　　　【諺】勿半途而廢。
Go big or go home.　　　　　　　要全力以赴。
Be all in or all out.　　　　　　　要就盡全力，不然就什
麼都不要做。

☐ 1851. Never do anything halfway.　　　　做事不要半途而廢。
Never do anything at half speed.　　做事要盡全力。
Never do anything in a　　　　　做事不要得過且過。
marginal way.

** ——————————

1849. practice〔'præktɪs〕*n.* 練習　　make〔mek〕*v.* 變得（ = *become* ）
perfect〔'pɝfɪkt〕*adj.* 完美的　　***over and over*** 反覆地；再三地
again and again 反覆地；一再地；再三地

1850. half〔hæf〕*n.* 一半　　***by halves*** 半途而廢地【常用於否定句】
go〔go〕*v.* 變得（ = *become* ）　　big〔bɪg〕*adj.* 順利；成功
Go big or go home. 字面的意思是「要就成功，不然就回家。」引申
爲「要全力以赴。」(= *Go all out.*) 這句話源自 1990 年代的一個銷
售口號。　　***be all in*** 全力以赴（ = *be completely committed* ）
be all out 什麼都不做（ = *don't do anything* ）

1851. halfway〔'hæf'we〕*adv.* 至中途；不徹底地（ = *not thoroughly* ）
Never do anything halfway. 可説成：Do things all the way.
（要把事情從頭到尾做完。）或 Go all the way.（要一直做下去。）
【***all the way*** 從頭到尾；一直】　　speed〔spid〕*n.* 速度
at half speed 盡一半力量　【比較】***at full speed*** 盡全力
marginal〔'mɑrdʒɪnḷ〕*adj.* 邊緣的；得過且過的；勉強合格的
way〔we〕*n.* 方式；樣子

85. 知識就是力量

□ **1852**. Live and learn.　　　　　　　　　　【諺】活到老，學到老。
　　　　Love and laugh.　　　　　　　　　　要愛別人，笑口常開。
　　　　Life goes on.　　　　　　　　　　　生活還是要繼續。

□ **1853**. Knowledge is power.　　　　　　　　【諺】知識就是力量。
　　　　Knowledge is wisdom.　　　　　　　知識就是智慧。
　　　　Knowledge will change your
　　　　　　life.　　　　　　　　　　　　知識會改變你的人生。

□ **1854**. Don't do too much.　　　　　　　　不要做太多。
　　　　Don't take on too much.　　　　　不要承擔太多事。
　　　　Don't bite off more than you　　　【諺】貪多嚼不爛；不要
　　　　　　can chew.　　　　　　　　　　自不量力。

** ───────────────────────────

1852. ***Live and learn***. 【諺】活著就要學；活到老，學到老。
　　　laugh〔læf〕*v.* 笑　　***go on*** 繼續
　　　Life goes on. 生活還是要繼續；要不斷向前進。
1853. knowledge〔'nɑlɪdʒ〕*n.* 知識　　power〔'pauɚ〕*n.* 力量
　　　Knowledge is power. 【諺】知識就是力量。【是英國哲學家培根的名言】
　　　wisdom〔'wɪzdəm〕*n.* 智慧　　change〔tʃendʒ〕*v.* 改變
1854. ***take on*** 承擔　　bite〔baɪt〕*v.* 咬
　　　bite off 咬掉；咬下　　chew〔tʃu〕*v.* 嚼

86. 羅馬不是一天造成的

☐ **1855.** Just give it time. 只要給它時間。

The hurt will fade. 痛苦會慢慢消失。

Time heals all wounds. 時間會治癒一切創傷。

☐ **1856.** Time will tell. 時間會證明一切。

All in good time. 不要急。

Just wait and see. 等著看就好。

☐ **1857.** It takes time. 這需要時間。

It won't happen overnight. 這不會一夜之間就發生。

Rome wasn't built in a day. 【諺】羅馬不是一天造成的。

** ────────────

1855. hurt〔hɜt〕*n.* 創傷；痛苦 (= *pain* = *ache* = *injury*)

fade〔fed〕*v.* 褪色；消退；逐漸消失　heal〔hil〕*v.* 治癒 (= *cure*)

wound〔wund〕*n.* 傷口；創傷 (= *injury*)

Time heals all wounds. 也可說成：Time is the best healer. (【諺】

時間是最好的治療者；時間會治療一切。)【healer〔'hilɚ〕*n.* 治療者】

1856. tell〔tɛl〕*v.* 知道；顯示　***Time will tell.*** 時間會證明一切；

時間久了就知道了。(= *You'll know the truth eventually.*)

All in good time. 快了；別急；等時候到了，它自然會發生。

(= *Be patient.* = *It will happen eventually.*)【用於請對方耐心等候】

也可說成：All things come to those who wait. (【諺】懂得等待

的人是最大的贏家；忍為上策。)　***wait and see*** 等著瞧

1857. take〔tek〕*v.* 需要　happen〔'hæpən〕*v.* 發生

overnight〔'ovɚ'naɪt〕*adv.* 一夜之間；突然

Rome〔rom〕*n.* 羅馬　build〔bɪld〕*v.* 建造

11.
給
人
勸
告

87. 閃爍者未必是金

☐ **1858.** All that glitters is not gold.　　　【諺】閃爍者未必是金。
Don't be fooled by　　　　　　不要被外表欺騙。
　　appearance.
Don't judge a book by its　　　【諺】不要以貌取人。
　　cover.

☐ **1859.** Don't be so gullible.　　　　　　不要這麼好騙。
Don't drink the Kool-Aid!　　　不要被洗腦！
Don't believe everything　　　　不要相信你所聽到的一切。
　　you hear.

☐ **1860.** Forgive and forget.　　　　　　　【諺】既往不咎。
Let bygones be bygones.　　　　【諺】過去的事就讓它過去。
Hold out an olive branch.　　　　要提議和解。

** ——————————————————————

1858. ***all…not*** 並非全都【部份否定】　　glitter〔ˈglɪtɚ〕v. 閃爍
gold〔gold〕n. 黃金　　fool〔ful〕v. 欺騙
appearance〔əˈpɪrəns〕n. 外表　　judge〔dʒʌdʒ〕v. 判斷
cover〔ˈkʌvɚ〕n. 封面　　***Don't judge a book by its cover***. 是諺語，
　　「不要以封面來判斷一本書。」也就是「不要以貌取人。」
1859. gullible〔ˈgʌləbḷ〕adj. 容易受騙的
Kool-Aid〔ˈkulˌed〕n. 酷愛飲料【美國的一個飲料品牌】
drink the Kool-Aid 盲目信任【1978 年邪教「人民聖殿」教主吉姆・瓊斯
　　命令信眾飲下含有氰化物的果汁（可能是 Kool-Aid），而多數信眾服從了
　　他的命令，造成 900 多人死亡，所以 "drink the Kool-Aid" 即指「毫無
　　條件、不加置疑的盲目信任或追隨」】
1860. forgive〔fɚˈgɪv〕v. 原諒　　forget〔fɚˈgɛt〕v. 忘記
bygones〔ˈbaɪˌgɔnz〕n. pl. 過去的事　　***hold out*** 伸出
olive〔ˈɑlɪv〕n. 橄欖；橄欖樹　　branch〔bræntʃ〕n. 樹枝
hold out an olive branch 提議和解【字面的意思是「伸出橄欖枝」，
　　即主動表達和解的願望】

12. 職場英語
Talking About Work

用手機掃瞄聽錄音

Part One ♣ 員工說

1. 上班時間

□ **1861.** I go to work at eight-thirty.　　我八點半去上班。
I break for lunch at noon.　　我中午休息吃午餐。
I get off work at five.　　我五點下班。

□ **1862.** I had a long week.　　我度過漫長的一週。
I accomplished a lot.　　我完成了很多事。
I deserve a break.　　我應該要休息一下。

□ **1863.** I'm only human.　　我只是個人。
I'm not a machine.　　我不是機器。
I'm not a robot.　　我不是機器人。

** ————————

1861. ***go to work*** 去上班　　break〔brek〕*v.* 休息；停止工作
noon〔nun〕*n.* 中午　　***get off work*** 下班
1862. long〔lɔŋ〕*adj.*（時間）令人感到長的
accomplish〔əˈkɑmplɪʃ〕*v.* 完成
a lot 很多　　deserve〔dɪˈzɝv〕*v.* 應得
break〔brek〕*n.* 休息時間；（短期）休假
1863. human〔ˈhjumən〕*adj.* 人的；人類的
machine〔məˈʃin〕*n.* 機器　　robot〔ˈrobət〕*n.* 機器人

robot

2. 我很忙

☐ 1864. I have a full day.　　　　　　　我一整天都排滿了。
　　　　 I'm super busy.　　　　　　　　我超級忙碌。
　　　　 I'm all booked up.　　　　　　　我都約滿了。

☐ 1865. I'm all tied up.　　　　　　　　我太忙了。
　　　　 I'm up to my ears in work.　　　我深陷在工作當中。
　　　　 There's a lot going on.　　　　　有一堆事情同時發生。

☐ 1866. I'm very busy right now.　　　　我現在很忙。
　　　　 Please leave me alone.　　　　　請不要打擾我。
　　　　 Please don't bother me.　　　　　請不要打擾我。

**
────────────

1864. full〔fʊl〕*adj.* 排滿了；緊湊的
　　　 super〔'supɚ〕*adv.* 超級地
　　　 book〔bʊk〕*v.* 預訂　　***be booked up*** 被預訂一空；有約
1865. ***tied up*** 忙碌的（= *busy* = *occupied*）　　　ear〔ɪr〕*n.* 耳朵
　　　 up to *one's* ***ears*** 深陷其中 < *in* >　　***go on*** 發生
1866. ***right now*** 現在　　leave〔liv〕*v.* 使處於（某種狀態）
　　　 alone〔ə'lon〕*adj.* 獨自的
　　　 leave *sb.* ***alone*** 別管某人；不打擾某人
　　　 bother〔'baðɚ〕*v.* 打擾

☐ **1867**. Not now. 不要現在。

It's not a good time. 現在不是好時機。

Wait till later, OK? 等晚一點，好嗎？

☐ **1868**. I can't spend much time. 我無法花很多時間。

I have more important 我有更重要的事情要做。

 things to do.

I have other fish to fry. 我有其他更重要的事情要做。

♣ **表示諒解**

☐ **1869**. I know you're busy. 我知道你很忙。

You've got things to do. 你有很多事情要做。

I'd better let you go. 我最好讓你走。

** ——————

^{1867.} till〔tɪl〕*prep.* 直到

 later〔'letɚ〕*adv.* 較晚地；更晚地；以後

^{1868.} fry〔fraɪ〕*v.* 煎；炸

 have other fish to fry 另有要事

  (= *have more important things to do or think about*)

^{1869.} ***You've got*** 等於 You have，口語中常用。

 I'd 是 I had 的縮寫，***had better*** + *V.* 表「最好~」之意。

3. 我願意做

☐ **1870.** I'll probably fail.　　　　　　　我可能會失敗。

　　　　　I'm trying anyway.　　　　　　無論如何我還是要試試。

　　　　　Here goes nothing.　　　　　　姑且一試吧。

☐ **1871.** Give it up.　　　　　　　　　放棄它吧。

　　　　　Give it to me.　　　　　　　　把它交給我。

　　　　　Please hand it over.　　　　　請把它交給我。

☐ **1872.** Just let me do it.　　　　　　就讓我做吧。

　　　　　I can handle it on my own.　　我可以自己處理。

　　　　　Too many cooks spoil the　　　【諺】人多手腳亂。
　　　　　broth.

** ──────

1870. probably〔ˈprɑbəblɪ〕*adv.* 可能　　fail〔fel〕*v.* 失敗
　　anyway〔ˈɛnɪˌwe〕*adv.* 無論如何　　***Here goes....*** 我要開始…。
　　Here goes nothing. 表示「我要開始做某件事，但覺得不太可能成
　　　功。」也就是「雖然不確定結果，但仍姑且一試。」

1871. ***give up*** 放棄　　***hand over*** 移交

1872. just〔dʒʌst〕*adv.* 就　　handle〔ˈhændl̩〕*v.* 應付；處理
　　on one's own 獨自　　cook〔kʊk〕*n.* 廚師
　　spoil〔spɔɪl〕*v.* 破壞　　broth〔brɔθ〕*n.* 湯汁；高湯
　　Too many cooks spoil the broth. 是諺語，廚子多了做壞了湯，
　　　也就是「人多手腳亂」，人多反倒誤事。

□ **1873**. Leave it to me.   把事情交給我。

Let me do it.   讓我來做。

I'd be happy to.   我很樂意。

□ **1874**. Allow me.   請允許我來。

Let me help you.   讓我來幫你。

I've got this.   我會做。

□ **1875**. I can do better.   我可以做得更好。

I can improve.   我可以改進。

Let me try again.   讓我再試試看。

** ─────────

1873. leave〔liv〕v. 留給   let〔lɛt〕v. 讓

I'd be happy to. 我很樂意。(=*I'm happy to do it.*)

1874. allow〔ə'laʊ〕v. 允許

I've got this. 字面的意思是「我有這個。」引申為「我會做。」
(=*I'll do this.*) 也可簡化成: I got this. 意思相同。

1875. better〔'bɛtɚ〕adv. 更好【是 well 的比較級】

improve〔ɪm'pruv〕v. 改善   try〔traɪ〕v. 嘗試

□ **1876**. It's easy.　　　　　　　　　這很容易。
　　　　It's simple.　　　　　　　　這很簡單。
　　　　It's a cakewalk.　　　　　　這輕而易舉。

□ **1877**. There's nothing to it.　　　這個很容易。
　　　　Anyone can do it.　　　　　任何人都可以做。
　　　　It's like child's play.　　　　輕而易舉。

□ **1878**. I like doing this.　　　　　我喜歡做這個。
　　　　I'm enjoying myself.　　　　我樂在其中。
　　　　I'm in my element.　　　　　我非常得心應手。

** ───────

1876. esay (ˈizɪ) *adj.* 容易的　　simple (ˈsɪmpl̩) *adj.* 簡單的
cakewalk (ˈkekˏwɔk) *n.* 步態競賽【源自 19 世紀末，美國南方黑奴的
　　一種競賽，因最初用蛋糕做獎品而得名】；步態舞；容易之事
It's a cakewalk. 很容易。(= *It's a piece of cake.* = *It's as easy
　　as pie.*)【*a piece of cake* 很容易　*as easy as pie* 很容易】
1877. *there's nothing to it* 很容易；非常簡單
There's nothing to it. 這個很容易。(= *It's very simple.*
　　= *It's very easy.* = *It's like child's play.*)
child's play 小孩的遊戲；輕而易舉之事
1878. *enjoy oneself* 玩得愉快；感到快樂
element (ˈɛləmənt) *n.* 元素；固有的領域；人的天性
be in one's element 在某人固有的領域中；如魚得水；適得其所；
　　得心應手　*I'm in my element.* (我非常得心應手。) 也可說成：
　　I'm doing something I enjoy. (我正在做我喜歡的事。) I'm
　　doing something I'm good at. (我正在做我擅長的事。)
　　This is easy for me. (這對我而言很容易。)【*be good at* 擅長】

4. 我非常努力

☐ **1879**. It's under control.　一切都在控制之下。
It's taken care of.　已經處理了。
I'm handling it.　我正在處理。

☐ **1880**. I really worked hard.　我真的非常努力。
I made a great effort.　我非常努力。
I put my blood, sweat, and　我投入了我的血汗和淚水。
　　tears into it.

☐ **1881**. I worked through the night.　我工作了一整夜。
I didn't sleep a minute.　我完全都沒睡。
I pulled an all-nighter.　我通宵熬夜。

12.
職
場
英
語

**

1879. control〔kən'trol〕*n.* 控制
under control 在控制之下；受到控制
take care of 照顧；處理　　handle〔'hændḷ〕*v.* 應付；處理
1880. great〔gret〕*adj.* 大的　　effort〔'ɛfət〕*n.* 努力
make a great effort 非常努力　　blood〔blʌd〕*n.* 血
sweat〔swɛt〕*n.* 汗水　　tear〔tɪr〕*n.* 眼淚
blood, sweat, and tears 字面的意思是「血汗和眼淚」，引申爲「非
常努力」(= *hard work and great effort*)。
1881. through〔θru〕*prep.* 整個~期間　　***through the night*** 整夜
(= *all night*)　　minute〔'mɪnɪt〕*n.* 分鐘；片刻
I didn't sleep a minute. 也可說成：I didn't sleep at all. (我完
全沒睡。)　　all-nighter〔'ɔl'naɪtə〕*n.* 通宵的工作 (活動)
pull an all-nighter 通宵熬夜；開夜車
I pulled an all-nighter. 也可說成：I worked all night. (我工作
了一整夜。) I never went to bed. (我一直沒有上床睡覺。)

5. 適應環境

□ **1882**. It's a new situation. 　　　　這是一個新的情況。
I'm still learning. 　　　　我還在學習。
I'm still finding my feet. 　　　　我還在習慣新環境。

□ **1883**. I fit in. 　　　　我能適應環境。
I belong here. 　　　　我屬於這裡。
Everyone treats me right. 　　　　每個人都對我不錯。

□ **1884**. I'm used to it. 　　　　我習慣了。
I know the routine. 　　　　我知道事情該怎麼做。
I've gotten into the swing of 　　　　我已經熟悉情況了。
　　 things.

＊＊

1882. situation〔ˌsɪtʃuˈeʃən〕*n.* 情況
foot〔fut〕*n.* 腳【複數形為 feet〔fit〕】 　 ***find one's feet*** 字面的
意思是「找到自己的腳」，引申為「能站立；能自立；習慣新環境」。
I'm still finding my feet. 也可說成：I'm still adapting. (我還在
適應。)【adapt〔əˈdæpt〕*v.* 適應】

1883. ***fit in*** 適合；相合；相處融洽；適應環境
belong〔bəˈlɔŋ〕*v.* 屬於；適合 　 ***I belong here.*** (我屬於這裡。)
也可說成：I love it here. (我很喜歡這裡。)
treat〔trit〕*v.* 對待 　 right〔raɪt〕*adv.* 正確地；恰當地

1884. ***be used to N/V-ing*** 習慣於～ 　 routine〔ruˈtin〕*n.* 例行公事；慣例；
慣常的程序 　 ***I know the routine.*** 我知道事情該怎麼做。(＝ *I know
the way things are done.*) 　 swing〔swɪŋ〕*n.* 搖擺；擺動
get into the swing of *sth.* 字面的意思是「進入事物的搖擺」，也就是能
夠順應環境，融入其中，引申為「熟悉；適應」(＝ *get used to sth.*)。
I've gotten into the swing of things. 我已經熟悉情況了。
(＝ *I'm comfortable with the way things are done.*
＝ *I'm able to do the things I should do.*)

♣ 適應不良

☐ **1885**. I don't fit in. 　　　　　　　我無法融入。

I feel awkward. 　　　　　　　我覺得不自在。

I feel out of place. 　　　　　　我覺得格格不入。

☐ **1886**. I feel uncomfortable. 　　　　我覺得不自在。

Like I don't belong. 　　　　　就好像我不屬於這裡。

Like a fish out of water. 　　　就像離開水的魚一樣。

☐ **1887**. What should I do? 　　　　　我應該做什麼？

What do you suggest? 　　　　你有什麼建議？

What do you think I should
　　do? 　　　　　　　　　　你認為我應該做什麼？

** ————————————

1885. ***fit in*** 完全吻合；融入

awkward〔'ɔkwəd〕*adj.* 笨拙的；不自在的

out of place 不得其所的；不適當的

I feel out of place.（我覺得格格不入。）也可說成：I feel uneasy.

（我覺得不自在。）或 I don't feel comfortable.（我覺得不自在。）

1886. uncomfortable〔ʌn'kʌmfətəbl̩〕*adj.* 不舒服的；不自在的

Like I don't belong. 源自 I feel like I don't belong here.

Like a fish out of water.（就像離開水的魚一樣。）也

　　可說成：I feel like I don't belong.（我覺得好像我

　　不屬於這裡。）或 I feel awkward.（我覺得不自在。）

1887. suggest〔səg'dʒɛst〕*v.* 建議

6. 請求幫忙

☐ **1888.** First time for me.　　　　　　　這是我的第一次。

　　　　It's my first time.　　　　　　　這是我的第一次。

　　　　I've never done it before.　　　　我以前從來沒有做過。

☐ **1889.** It's new to me.　　　　　　　　這個我第一次做。

　　　　I know nothing about it.　　　　我對這個一無所知。

　　　　I have no experience with this.　我對這個沒有經驗。

☐ **1890.** How does this work?　　　　　這個是如何運作的？

　　　　How do I use this?　　　　　　我要如何使用這個？

　　　　Show me how.　　　　　　　　告訴我如何使用。

** ————————————

1888. ***First time for me****.* 源自 It's the first time for me.（這是我的第
一次。）【time〔taɪm〕*n.* 次】

1889. new〔nju〕*adj.*（事物）對某人是第一次看（聽）到的 <*to sb.*>
know nothing about 對…一無所知；一點也不知道
experience〔ɪk'spɪrɪəns〕*n.* 經驗

1890. work〔wɝk〕*v.* 運作　　use〔juz〕*v.* 使用
show〔ʃo〕*v.* 給…看
Show me how*.* 在此等於 Show me how to use this.（告訴我如
何使用這個。）

□ **1891**. I'm bad at it. 　　　　　　　　　這個我不擅長。

I really stink. 　　　　　　　　　我真的很差。

I'm not good at all. 　　　　　　　我一點都不精通。

□ **1892**. Teach me. 　　　　　　　　　　教我。

Show me the ropes. 　　　　　　　告訴我訣竅。

Let me pick your brain. 　　　　　讓我來向你請教。

□ **1893**. It's food for thought. 　　　　　　這件事值得思考一下。

It's something to think about. 　　這件事要想一想。

I'll definitely consider it. 　　　　我一定會考慮一下。

12.
職
場
英
語

**

1891. *be bad at* 不擅長　　stink〔stɪŋk〕*v.* 發臭；很差勁

I really stink.（我真的很差。）也可説成：I'm terrible at it.

（這個我不擅長。）【*be terrible at* 不擅長；…很差勁】

not…at all 一點也不…　　good〔gʊd〕*adj.* 擅長的；熟練的

1892. teach〔titʃ〕*v.* 教　　show〔ʃo〕*v.* 給…看

rope〔rop〕*n.* 繩子　　*the ropes* 祕訣；訣竅

show sb. the ropes 教某人訣竅【源自航海，要學會如何綁船上的繩子】

pick one's brain 請教某人　　*Let me pick your brain.* 字面的意

思是「讓我拿你頭腦裡的東西。」引申爲「讓我來向你請教。」

1893. thought〔θɔt〕*n.* 思想；思考　　*food for thought* 發人深省的事

情；值得思考的事情　　*It's food for thought.* 這件事值得思考一

下。(= *We should consider it.* = *We should think about it.*)

think about 想一想；思考；考慮

definitely〔'dɛfənɪtlɪ〕*adv.* 必定；一定

consider〔kən'sɪdɚ〕*v.* 考慮

□ **1894.** It's a difficult task.　　　　　　這是一項困難的工作。

It requires much effort.　　　　這需要很多努力。

It's an uphill battle for　　　　這對我來說是一個艱鉅的任務。
　　me.

□ **1895.** It's too much.　　　　　　　　工作太多了。

I need help.　　　　　　　　　我需要幫忙。

Give me a hand, OK?　　　　　幫我一個忙，好嗎？

□ **1896.** Help me out.　　　　　　　　　請幫忙我。

I'll return the favor.　　　　　我會回報你的恩惠。

I'll make it worth your　　　　我會給你適當的答謝；我不會
　　while.　　　　　　　　　　　讓你白幫忙的。

** ────────────

1894. task〔tæsk〕*n.* 工作；任務　　require〔rɪ'kwaɪr〕*v.* 需要
effort〔'ɛfət〕*n.* 努力　　uphill〔'ʌp'hɪl〕*adj.* 上坡的
battle〔'bætl̩〕*n.* 戰鬥；戰役
uphill battle 上坡的戰鬥，即指「苦戰；硬仗；艱鉅的任務」。

1895. *give sb. a hand* 幫忙某人（= *help sb.*）
Give me a hand, OK? 幫我一個忙，好嗎？
（= *Help me, will you?* = *Can you help me?* = *Please help me.*）

1896. *help sb. out* 幫助某人度過難關
return〔rɪ'tɝn〕*v.* 歸還；回報（= *repay*）
favor〔'fevə〕*n.* 幫忙；恩惠　　worth〔wɝθ〕*adj.* 值得的
worth one's while 值得的；有價值的
make it worth one's while 報答某人的辛勞；給予某人適當的答謝；
　不會讓某人白白浪費時間

□ **1897.** You're in charge.   你負責。

You know best.   你最清楚。

You're the doctor.   都聽你的。

□ **1898.** You did it right away.   你馬上就去做了。

It was done in an instant.   工作立刻被完成。

Job done in a New York   工作立刻就被完成。
     minute.

♣ 自己上網查

□ **1899.** Look it up online.   在網路上查查看。

Baidu it.   用百度搜尋一下。

WeChat it.   用微信搜尋一下。

**─────────────

1897. *in charge* 負責 (= *in control*)

You know best. (你最清楚。) 可加長為：You know what's best to do. (你知道怎麼做最好。)   *You're the doctor.* 不要翻成「你是醫生。」在這裡是「你說的對，都聽你的。」

1898. *right away* 立刻；馬上 (= *immediately*)

instant ('ɪnstənt) *n.* 瞬間   *in an instant* 立刻

in a New York minute 立刻【紐約人生活步調很快，所以人們認為紐約的一分鐘也比其他的地方快，*a New York minute* 即指「極短的時間」，在極短的時間之內即是「頃刻間；立刻」】

Job done in a New York minute. = The job was done in a New York minute. (工作立刻就被完成。)

1899. *look up* 查閱   online ('ɑn'laɪn) *adv.* 在網路上

Baidu (baɪ'du) *v.* 用百度搜尋   WeChat ('wi,tʃæt) *v.* 用微信搜尋

7. 我們進度超前

☐ **1900.** We have time.

We're ahead of schedule.

Let's kill some time.

我們有時間。

我們進度超前。

我們來打發一些時間吧。

☐ **1901.** We have lots of time.

We don't have to rush.

We have time on our side.

我們有很多時間。

我們不必趕。

我們有很多時間。

☐ **1902.** No sweat.

Nothing to worry about.

Things will be all right.

沒問題。

沒什麼好擔心的。

一切都會沒問題的。

＊＊

1900. *ahead of* 在…之前　　schedule〔ˈskɛdʒul〕*n.* 時間表

　ahead of schedule 比預定的時間提早；比預定的進度快

　kill time 打發時間

1901. *lots of* 很多的　　rush〔rʌʃ〕*v.* 匆忙；匆促行事（*= hurry*）

　side〔saɪd〕*n.* 邊　　*on one's side* 對某人有利

　We have time on our side.「時間對我們有利」，也就是「我們有很

　　多時間。」（*= Time is on our side.*）

1902. sweat〔swɛt〕*n.* 汗；流汗

　No sweat. 小事一樁；沒問題。（*= No problem. = It's not difficult.*

　　= It's no big deal.）

　worry about 擔心　　*all right* 好的；沒問題的

8. 及時完成

☐ **1903.** Let's put it on hold.   我們暫緩一下。
    Let's delay for a while.   我們延後一陣子。
    Let's wait for a better time.   我們等待更好的時機吧。

☐ **1904.** The time is ripe.   時機成熟了。
    The right moment is now!   現在就是適當的時刻！
    It's time to act.   該採取行動了。

☐ **1905.** It was done just in time.   事情剛好及時完成。
    At the last moment.   就在最後一刻。
    Just in the nick of time.   正是時候。

**

1903. put〔pʊt〕v. 使處於（某種狀態）   ***on hold***（電話）等候中；暫緩
   delay〔dɪˈle〕v. 延遲   ***a while*** 片刻；一會兒
1904. ripe〔raɪp〕adj. 成熟的   right〔raɪt〕adj. 適當的
   moment〔ˈmomənt〕n. 時刻
   It's time to V. 該是…的時候了。   act〔ækt〕v. 行動
   It's time to act. 也可說成：Act now.（現在就採取行動吧。）或
    Take action now.（現在就採取行動吧。）【*take action* 採取行動】
1905. just〔dʒʌst〕adv. 正好；剛好   ***in time*** 及時
   At the last moment.（在最後一刻；在最後關頭。）也可加長爲 It
    was at the last moment. 或 It was done at the last moment.
   nick〔nɪk〕n. 刻痕；小缺口
   in the (very) nick of time 正是時候

9. 我沒時間了

□ **1906.** How long is it?　　　　　　　　那要多久？

How long will it be?　　　　　　　那會多久？

How long will it take?　　　　　　那會需要多久？

□ **1907.** It's taking too long.　　　　　　　這花太多時間了。

Time is running out.　　　　　　　時間快沒有了。

How much longer will it be?　　　還要多久？

□ **1908.** I have no time.　　　　　　　　　我沒有時間。

I'm on the run.　　　　　　　　　我很忙。

I'm racing against the clock.　　　我正在和時間賽跑。

**

1906. ***How long…?*** …多久？　　take〔tek〕*v.* (事情) 花費 (時間)

1907. ***run out*** 耗盡；用光

Time is running out. 也可說成：Time is short. (時間不夠了。)

【short〔ʃɔrt〕*adj.* 短缺的；不足的】

1908. ***on the run*** 奔跑著；忙碌地；急急忙忙

race〔res〕*v.* 賽跑　　***against the clock*** 分秒必爭地

race against the clock 和時間賽跑 (= *race with time*)

□ **1909**. I have to move quickly.　　　我必須趕快。

I can't wait too long.　　　我不能等太久。

I don't have much time.　　　我的時間不多。

□ **1910**. Time's up.　　　時間到了。

No time left.　　　沒有時間剩下了。

I'm out of time.　　　我沒有時間了。

♣ **不會很久**

□ **1911**. It's coming soon.　　　就快到了。

It won't be long now.　　　距離現在不會很久。

It'll be here before you　　　很快就會來到。

　know it.

**

1909. move〔muv〕*v.* 移動；行動　　quickly〔ˈkwɪklɪ〕*adv.* 快地

move quickly 趕快（*= do something quickly*）

1910. up〔ʌp〕*adv.* 終結　　left〔lɛft〕*adj.* 剩下的

No time left. 沒有時間剩下了。（*= There's no time left.*）

be out of 沒有

1911. ***It's coming soon.*** （某件事的）時間快到了。

　　例如：Christmas is coming soon.（聖誕節快到了。）

　　long〔lɔŋ〕*adj.* （時間）很久的

before you know it 在你知道之前；很快地（*= very soon*）

10. 覆水難收

☐ **1912.** It's too late to change. | 太晚了，無法改變。
You can't undo it. | 你無法使它恢復原狀。
It's water under the bridge. | 覆水難收。

☐ **1913.** It's over. | 結束了。
It's a done deal. | 那是決定好的事。
The die has been cast. | 已成定局。

☐ **1914.** It's already been done. | 這已經做好了。
Just let it go. | 就算了吧。
Don't reinvent the wheel. | 不要多此一舉。

12.
職場英語

** ────────────────

1912. *too…to V.* 太…以致於不～   change〔tʃendʒ〕v. 改變
undo〔ʌn'do〕v. 使恢復原狀；使還原   ***You can't undo it.*** (你
無法使它恢復原狀。) 也可説成：You can't change it. (你無法改
變它。) It can't be undone. (它是無法恢復原狀的。)
bridge〔brɪdʒ〕n. 橋   ***water under the bridge*** 字面的意思是
「橋下的水」，其實是指如流水般無法收回，引申為「(已經發生的
事、錯誤等)無法更改，不需要煩惱；覆水難收」。

1913. over〔'ovɚ〕adj. 結束的   done〔dʌn〕adj. 完成的；結束的
deal〔dil〕n. 交易；協議   ***done deal*** 決定好的事；無法改變的事
die〔daɪ〕n. 骰子【複數形是 dice〔daɪs〕】
cast〔kæst〕v. 投擲；扔
The die has been cast. 源自諺語：The die is cast. (已成定局。)

1914. *let it go* 算了；不去理會   reinvent〔,riɪn'vɛnt〕v. 重新發明；
重新改造   wheel〔hwil〕n. 輪子
reinvent the wheel 多此一舉【「重新發明輪子」，也就是花很多時間
去研發已經存在的東西 (waste a great deal of time in creating
something that already exists)，引申為「多此一舉」】

□ **1915.** It's too late. | 太晚了。
It's no use. | 沒有用了。
A day late, a dollar short. | 太晚了也沒有用了。

□ **1916.** It's the main point. | 這就是重點。
It's the final decision. | 這是最終決定。
It's the bottom line. | 這是最後的結果。

□ **1917.** You can't go back. | 你不能回頭了。
You can't change your mind. | 你無法改變主意了。
We're at the point of no | 我們已經到了不能後退的
　　return. | 地步了。

＊＊ ─────────────

1915. late〔let〕*adj.* 晚的　*adv.* 晚　***no use*** 沒有用的
short〔ʃɔrt〕*adj.*【置於數量詞之後】短少的
A day late, a dollar short. 字面的意思是「晚了一天，而且少一
元。」表示「太晚了也沒有用了。」意思相同。也可說成：It's too
little, too late.

1916. point〔pɔɪnt〕*n.* 點　***main point*** 重點
final〔ˈfaɪnḷ〕*adj.* 最後的　decision〔dɪˈsɪʒən〕*n.* 決定
It's the final decision. 這是最終決定。(= *It's not possible to
change the decision.*)　bottom〔ˈbɑtəm〕*n.* 底部
bottom line 底線；最重要的事；關鍵之處；結果
It's the bottom line. 這是最後的結果。(= *It's the final result.*)

1917. ***go back*** 回去　***change one's mind*** 改變主意
point〔pɔɪnt〕*n.* 點；階段；程度　return〔rɪˈtɝn〕*n.* 返回
the point of no return 不能再後退的地步

11. 是我的錯

□ **1918**. Blame me.　　　　　　　　　　　怪我吧。
　　　　I take the blame.　　　　　　　　我承擔責任。
　　　　I take full responsibility.　　　　我負全部的責任。

□ **1919**. I screwed up.　　　　　　　　　　我搞砸了。
　　　　I messed up.　　　　　　　　　　我搞砸了。
　　　　I did it wrong.　　　　　　　　　我做錯了。

□ **1920**. I was off.　　　　　　　　　　　　我錯了。
　　　　I got it wrong.　　　　　　　　　我搞錯了。
　　　　I missed the mark.　　　　　　　我失敗了。

**　——————————————————————

1918. blame〔blem〕*v.* 責怪；責備　*n.* 責怪；責任
　　Blame me.（怪我吧。）可加長為：You can blame me.（你可以
　　　怪我。）　　***take the blame*** 承擔責任
　　full〔ful〕*adj.* 全部的
　　responsibility〔rɪ͵spɑnsə'bɪlətɪ〕*n.* 責任
1919. ***screw up*** 搞砸　　***mess up*** 搞砸
　　wrong〔rɔŋ〕*adv.* 錯誤地
1920. off〔ɔf〕*adv.* 錯誤地　　***get it wrong*** 誤會；誤解
　　miss〔mɪs〕*v.* 錯過；未擊中　　mark〔mɑrk〕*n.* 目標；靶子
　　miss the mark 未命中；失敗

12. 商業機密

☐ **1921.** It was a secret deal.　　　　　　那是祕密交易。

It was illegal.　　　　　　那是非法的。

It was done under the table.　　那是私下秘密的交易。

☐ **1922.** She was involved.　　　　　　她有參與。

She helped plan it.　　　　她有幫忙計畫。

She had a hand in it.　　　她有參與其中。

☐ **1923.** Better not to know.　　　　　別知道比較好。

You don't want to know.　　你不會想知道的。

Ignorance is bliss.　　　　【諺】無知便是福。

12. 職場英語

** ——————————————————

1921. secret〔'sikrɪt〕*adj.* 祕密的　　deal〔dil〕*n.* 交易

illegal〔ɪ'ligḷ〕*adj.* 違法的；非法的

under the table 私下地；祕密地（*= secretly and often illegally*）

It was done under the table. = It was done secretly.

1922. involved〔ɪn'vɑlvd〕*adj.* 牽涉在內的

help (to) V. 幫忙…　　plan〔plæn〕*v.* 計畫

have a hand in 參加；介入（*= be involved in*）

1923. ***Better not to know.*** 源自 It's better not to know. 也可説成：

It's best not to know.（最好不要知道。）

ignorance〔'ɪgnərəns〕*n.* 無知；不知道

bliss〔blɪs〕*n.* 極大的幸福　　***Ignorance is bliss.*** 是諺語，什麼都

不知道，就沒有煩惱，所以「無知便是福。」

13. 我不重要

☐ **1924.** No option.   沒有選擇了。

No choice.   沒有選擇了。

There's no other way.   沒有其他方法了。

☐ **1925.** I didn't agree.   我不同意。

They did it anyway.   他們還是做了。

It was against my will.   我也無可奈何。

☐ **1926.** I'm least important.   我是最不重要的。

I'm lowest in rank.   我的階級最低。

I'm low man on the totem   我是最底層的人。
   pole.

** ————————————

1924. option〔'ɑpʃən〕*n.* 選擇 (= *choice*)   choice〔tʃɔɪs〕*n.* 選擇
第一句和第二句前面都省略了 There's。   way〔we〕*n.* 方法

1925. agree〔ə'gri〕*v.* 同意
anyway〔'ɛnɪ,we〕*adv.* 無論如何；仍然；還是
against〔ə'gɛnst〕*prep.* 違反   will〔wɪl〕*n.* 意志；意願
against** one's **will 違背某人的意願；無可奈何地

1926. least〔list〕*adv.* 最不   lowest〔'loɪst〕*adj.* 最低的
rank〔ræŋk〕*n.* 階級；地位   ***low man*** 地位低微的人
totem〔'totəm〕*n.* 圖騰   pole〔pol〕*n.* 竿；柱子
totem pole 圖騰柱
low man on the totem pole 組織裡地位低微的人；基層；最底層

14. 他是我的代理人

☐ 1927. He was my sub.　　　　　　　他是我的代理人。

He substituted for me.　　　　　他代理我。

He took my place.　　　　　　　他代替我的位置。

☐ 1928. He's out.　　　　　　　　　　他出去了。

He's not here.　　　　　　　　他不在這裡。

I'll have him call you back.　　我會叫他回電話給你。

♣ 提議舉辦歡送會

☐ 1929. You're leaving soon.　　　　　你很快就要離開了。

I won't see you for a while.　　我會有一陣子見不到你。

Let's have a farewell party.　　我們來舉辦個歡送會吧！

** ————————————

1927. sub〔sʌb〕 *n.* 代理人（= *substitute*）

substitute〔'sʌbstə,tjut〕 *v.* 代替；代理 < *for* > *n.* 代理人；代用品

take** one's **place 代替某人；取代某人

1928. out〔aʊt〕 *adv.* 外出；在外面　　　have〔hæv〕 *v.* 叫

call** sb. **back 回電話給某人

1929. while〔hwaɪl〕 *n.* 一會兒；一段時間　　　have〔hæv〕 *v.* 舉辦

farewell〔,fɛr'wɛl〕 *n.* 告別；送別　　　***farewell party*** 歡送會

Part Two ♣ 主管說

15. 開始動手做

□ **1930.** Everyone here? 　　　　　　　大家都到了嗎？

Everyone ready? 　　　　　　　大家都準備好了嗎？

Let's get down to business. 　　我們開始工作吧。

□ **1931.** Today is an important day. 　　今天是重要的日子。

We're going to be very busy. 　我們會很忙。

We will accomplish a lot. 　　我們會完成很多事。

□ **1932.** Roll up your sleeves. 　　　　準備要工作了。

Pull up your socks. 　　　　　　準備要工作了。

Get ready to work hard. 　　　　要準備好努力工作了。

** ―――――――――――――

1930. ***Everyone here?*** 源自 Is everyone here?（大家都到了嗎？）

ready〔'rɛdɪ〕*adj.* 準備好的

Everyone ready? 源自 Is everyone ready?（大家都準備好了嗎？）

get down to business （專心）著手工作

1931. accomplish〔ə'kɑmplɪʃ〕*v.* 完成　　***a lot*** 很多

1932. ***roll up*** 把…捲起來　　sleeve〔sliv〕*n.* 袖子

roll up ***one's sleeves*** 捲起袖子；準備要工作了（ = *get to work*）

pull〔pul〕*v.* 拉　　socks〔sɑks〕*n. pl.* 短襪

pull up ***one's socks*** 把襪子拉起來；準備要工作了（ = *get to work*）

職場英語 12.

□ **1933.** Let's start.　　　　　　　　我們開始吧。

　　　　Let's begin now.　　　　　我們現在開始吧。

　　　　Let's get to it.　　　　　　我們開始吧。

□ **1934.** Let's get on it.　　　　　　我們開始吧。

　　　　Let's get at it.　　　　　　我們開始吧。

　　　　Let's get the show on the　　我們開始吧。

　　　　　　road.

□ **1935.** Let's get going.　　　　　　我們開始吧。

　　　　Let's get on with it.　　　　我們繼續做吧。

　　　　Let's get it done.　　　　　我們把它完成吧。

**

1933. start〔stɑrt〕*v.* 開始　　begin〔bɪ'gɪn〕*v.* 開始

　　　　get to 開始；著手處理

1934. ***get on*** 開始做　　***get at*** 著手處理；著手於（工作）

　　　　Let's get on it. 我們開始吧。(= *Let's get at it.*)

　　　　show〔ʃo〕*n.* 表演

　　　　get the show on the road 開始行動 (= *get started*)

1935. ***get going*** 開始　　***get on with*** 繼續做 (= *continue*)

　　　　done〔dʌn〕*adj.* 完成的

16. 加快速度

□ 1936. Fast track it!   趕快處理！

       Get faster!   快一點！

       Make it a rush job.   把它當作急件來處理。

□ 1937. Speed it up.   加速辦理。

       Time to rush.   趕緊做。

       Time to go fast.   動作快一點。

□ 1938. Work harder.   要更加努力。

       Pick up your pace.   加快腳步。

       Intensify your efforts.   加緊努力。

＊＊

1936. track〔træk〕*n.* 軌道；通道；路線

     fast track 快車道；快速成功之路　*v.* 快速處理

     rush〔rʌʃ〕*adj.* 匆忙的；緊急的　*v.* 匆忙；匆促行事；趕緊做

1937. *speed up* 加速 (= *get faster*)　　go〔go〕*v.* 進行

     Time to rush. 和 *Time to go fast.* 句首都省略了 It's。

1938. *work hard* 努力工作；努力　　*pick up* 增加 (速度)

     pace〔pes〕*n.* 步調；速度

     intensify〔ɪn'tɛnsə,faɪ〕*v.* 加強

     effort〔'ɛfət〕*n.* 努力

17. 完成工作

☐ **1939.** This is the beginning. 這是開始。

We're just getting started. 我們才剛開始。

We've only just begun. 我們才剛開始。

☐ **1940.** Find a way. 要找個方法。

Get it done. 要把它完成。

Get to it! 開始做吧！

☐ **1941.** See it through. 要堅持做完。

Finish it up. 把它做完。

Don't stop until you're 要做到全部完成爲止。
done.

**

1939. beginning〔bɪˋgɪnɪŋ〕*n.* 開始　　just〔dʒʌst〕*adv.* 剛剛
get started 開始

1940. way〔we〕*n.* 方法　　done〔dʌn〕*adj.* 完成的（*= finished*）
get to 開始；著手處理

1941. ***see sth. through*** 堅持做完某事（*= continue doing sth. until it is
finished*）　　***finish up*** 完成（*= finish*）
not ~ until … 直到…才~

□ **1942.** Let's finish up all tasks.　　　　我們完成所有的工作吧。
　　　　　 Let's tie up all loose ends.　　　我們把未完成的部分都做完吧。
　　　　　 Time to clear the decks.　　　　該清除障礙準備行動的時候了。

□ **1943.** Get it over with.　　　　　　　要把它做完。
　　　　　 Just do it.　　　　　　　　　 做就對了。
　　　　　 Bite the bullet.　　　　　　　要咬緊牙關應付。

□ **1944.** Wrap it up.　　　　　　　　　把它完成。
　　　　　 Finish the job.　　　　　　　把工作做完。
　　　　　 Get it over and done with.　　把它結束。

12.
職場英語

**─────────────

1942. ***finish up*** 完成 (= *finish* = *complete*)
　　 task〔tæsk〕*n.* 工作；任務　　tie〔taɪ〕*v.* 綁緊 <*up*>
　　 loose〔lus〕*adj.* 鬆的　　 end〔ɛnd〕*n.* 末端
　　 loose end (繩子)沒有打結的末端；未完成的工作
　　 tie up (the) loose ends 處理剩下瑣碎的事項【源自航海前，水手有
　　 很多工作要做】(= *complete what has not yet been completed*
　　 = *finish*)　　 ***Time to....*** 該是…的時候了。(= *It's time to....*)
　　 clear〔klɪr〕*v.* 清理　　 deck〔dɛk〕*n.* 甲板
　　 clear the decks ①清理甲板　②清除障礙準備行動 (= *get ready for*
　　 action)【源自古代的船要發動戰爭時，船員會將甲板
　　 上的物品綁緊或清除乾淨，以免造成障礙或使人受傷】
1943. ***get sth. over with*** 熬過；做完 (不樂意但必須做的事)
　　 bite〔baɪt〕*v.* 咬　　 bullet〔'bʊlɪt〕*n.* 子彈
　　 bite the bullet 咬緊牙關應付；勇敢地面對　　　　bullet
1944. wrap〔ræp〕*v.* 包；裹　　 ***wrap up*** 完成；結束 (= *finish up*)
　　 Wrap it up. 把它完成；把它結束。(= *Finish it up.* = *Complete it.*)
　　　【complete〔kəm'plit〕*v.* 完成】
　　 over and done with 完結；結束 (= *done* = *finished*)
　　 Get it over and done with. 也可說成：Finish it completely.
　　　(把它徹底完成。)【completely〔kəm'plitlɪ〕*adv.* 完全地；徹底地】

18. 今天到此為止

☐ **1945.** Let's call it a day.　　　　　我們今天到此為止吧。

　　　　Let's stop for today.　　　　我們今天到此為止吧。

　　　　We've done enough.　　　　　我們已經做得夠多了。

☐ **1946.** I've had it.　　　　　　　我受夠了。

　　　　I'm exhausted.　　　　　　我累壞了。

　　　　Let's call it quits for today.　我們今天到此為止吧。

　　　　【很累想下班了，就這麼說】

☐ **1947.** Stop the work.　　　　　　不要做了。

　　　　End it.　　　　　　　　　結束吧。

　　　　Pull the plug.　　　　　　結束吧。

**────────────

1945. ***call it a day*** 結束工作；到此為止；收工　　stop〔stɑp〕*v.* 停止

　　stop for today 源自 stop the work for today（今天的工作就做到
　　這裡）。　　enough〔əˋnʌf〕*pron.* 足夠的數量

1946. ***have had it*** 厭倦了；受夠了

　　exhausted〔ɪgˋzɔstɪd〕*adj.* 筋疲力盡的

　　quit〔kwɪt〕*v.* 停止　*n.* 辭職；離開

　　call it quits 停止工作（= *call it a day*）

exhausted

1947. end〔ɛnd〕*v.* 結束　　pull〔pʊl〕*v.* 拉；拔

　　plug〔plʌg〕*n.* 插頭　　***pull the plug*** 拔插頭；結束；終止

19. 我們目標正確

☐ **1948.** Used to it now?   現在習慣了嗎？

Handling it OK?   還能應付嗎？

Any trouble adjusting?   有任何適應上的困難嗎？

☐ **1949.** We're doing the right thing.   我們做得對。

We're taking the right steps.   我們正採取正確的步驟。

Our actions are right on   我們的行動正在準確地朝

     target.   目標前進。

☐ **1950.** Our goal is clear-cut.   我們的目標很明確。

It's plain and simple.   非常清楚、明白。

It's black and white.   非常明確。

** ————————————

1948. ***be used to*** 習慣於（ = *be accustomed to* ）

Used to it now? 源自 Are you used to it now?（你現在習慣
了嗎？）   handle〔'hændḷ〕*v.* 應付；處理

Handling it OK? 源自 Are you handling it OK?（你還能應
付嗎？）   adjust〔ə'dʒʌst〕*v.* 適應

Any trouble adjusting? 源自 Are you having any trouble
adjusting?【***have trouble*** (*in*) + ***V-ing*** 做…有困難】

1949. step〔stɛp〕*n.* 步驟   ***take the right steps*** 採取正確的步驟
action〔'ækʃən〕*n.* 行動   target〔'tɑrgɪt〕*n.* 目標；標靶
right〔raɪt〕*adv.* 正確地；完全地   ***on target*** 準確命中

1950. goal〔gol〕*n.* 目標   clear-cut〔'klɪr'kʌt〕*adj.* 明確的；清楚的
plain〔plen〕*adj.* 清楚的；明白的
simple〔'sɪmpḷ〕*adj.* 簡單的；簡明的
plain and simple 清楚、明白的
black and white ①黑白分明的；明確的 ②書面的

target

20. 要進步

☐ 1951. This is important.　　　　　　這很重要。
　　　　Get it on paper.　　　　　　把它寫下來。
　　　　Write it down.　　　　　　　把它寫下來。

☐ 1952. Improve it.　　　　　　　　　要改善。
　　　　Beef it up.　　　　　　　　要加強。
　　　　Make it better.　　　　　　　要使它變得更好。

☐ 1953. Start behaving better.　　　　要開始更守規矩。
　　　　Start doing better.　　　　　要開始做得更好。
　　　　Shape up or ship out.　　　　不改善就開除。

** ────────────────

1951. ***get/put*** sth. (***down***) ***on paper*** 把某事寫在紙上；把某事寫下來
　　　(= *write* sth. *down*)

1952. improve〔ɪmˈpruv〕*v.* 改善；使進步
　　　beef〔bif〕*n.* 牛肉　　　***beef up*** 加強；增強
　　　Beef it up. 要加強。(= *Make it stronger.*)

1953. behave〔bɪˈhev〕*v.* 舉止；行為
　　　behave well 行為良好；守規矩
　　　shape up 成形；發展；改善 (= *reform* = *improve*)
　　　ship out 乘船離開；離職 (= *quit a job* = *be fired*)
　　　Shape up or ship out. 要改善，否則就離職；不改善就開除。

21. 怎麼回事？

□ 1954. What have we here? | 這是什麼？
What is this? | 這是什麼？
What's this all about? | 這是怎麼回事？

□ 1955. What's going on here? | 這裡發生什麼事？
Who's responsible? | 是誰要負責？
What caused this? | 是什麼原因造成的？

□ 1956. How is that possible? | 那怎麼可能？
How could that happen? | 那是怎麼發生的？
How can you explain that? | 你要怎麼解釋？

12. 職場英語

** ——————————

1954. ***What have we here?*** 也可說成：What have we got here? 字面的意思是「我們這裡有什麼？」也就是「這是什麼？」(= *What is this?*)

What's this all about? 有兩個意思：①這是怎麼回事？(= *What's up with that?* = *What happened?* = *What's going on?*) ②這是什麼意思？(= *What does this mean?*)

1955. ***go on*** 發生　　***What's going on here?*** 這裡發生什麼事？
(= *What's happening?*) 不是打招呼的問候，而是表示「質問」。
responsible〔rɪˈspɑnsəbḷ〕*adj.* 應負責任的
cause〔kɔz〕*v.* 造成

1956. explain〔ɪkˈsplen〕*v.* 解釋

22. 情況惡化

☐ **1957.** Here we go again. 又來了。
　　　　It's happening again. 又發生了。
　　　　We're starting all over. 我們又要重新來過了。

☐ **1958.** Things are looking bad. 情況看起來不太好。
　　　　We're in serious trouble. 我們陷入嚴重麻煩。
　　　　The chips are down. 賭注已下；情況危急。

♣ 冰山的一角

☐ **1959.** It's just a small part. 這只是一小部分。
　　　　It's actually much bigger. 問題其實大多了。
　　　　It's just the tip of the iceberg. 這只是冰山的一角。

** ————————

1957. ***Here we go again.*** （壞事）又來了。

happen〔ˈhæpən〕*v.* 發生　　over〔ˈovɚ〕*adv.* 重覆地
We're starting all over. 我們又要重新來過了。(= *We're starting over.* = *We're starting over again.*)

1958. things〔θɪnz〕*n. pl.* 事情；情況　　look〔lʊk〕*v.* 看起來
serious〔ˈsɪrɪəs〕*adj.* 嚴重的　　***be in trouble*** 陷入麻煩
chip〔tʃɪp〕*n.* （賭博的）籌碼　　***The chips are down.*** 源自賭博時，籌碼已經放下，下注之後就等著最後勝負的結果，所以也就是「情況緊急」之意。也可說成：It's a difficult situation.（情況很艱難。）

1959. actually〔ˈæktʃʊəlɪ〕*adv.* 其實；實際上　　tip〔tɪp〕*n.* 尖端
iceberg〔ˈaɪsˌbɝg〕*n.* 冰山　　***the tip of the iceberg*** 冰山的尖端；冰山的一角【可能會出現更大問題的跡象】
It's just the tip of the iceberg.（這只是冰山的一角。）也可說成：It's just a small part of the problem.（這只是問題的一小部份。）

23. 錯誤百出

□ **1960**. It's full of mistakes. | 它充滿了錯誤。
It has too many problems. | 它有太多問題。
It has more holes than Swiss | 它有很多瑕疵和問題。
    cheese.

□ **1961**. It's a common mistake. | 這是常見的錯誤。
It's an easy mistake to make. | 這是很容易犯的錯誤。
It happens a lot. | 這個錯誤經常發生。

♣ 不是誰的錯

□ **1962**. It's no one's fault. | 這不是誰的錯。
Nobody is to blame. | 沒有人該受責備。
Don't point fingers. | 不要指責任何人。

｜｜｜｜｜｜ 12. 職場英語 ｜｜｜｜｜｜

＊＊ ───────────────

1960. ***be full of*** 充滿了   mistake〔məˈstek〕*n.* 錯誤
problem〔ˈprɑbləm〕*n.* 問題   hole〔hol〕*n.* 洞
Swiss〔swɪs〕*adj.* 瑞士的   cheese〔tʃiz〕*n.* 起司
Swiss cheese
It has more holes than Swiss cheese. 字面的意思是「它的洞比瑞
    士起司還多。」引申為「它有很多瑕疵和問題。」(= *It has many*
    faults and problems.)【fault〔fɔlt〕*n.* 瑕疵】

1961. common〔ˈkɑmən〕*adj.* 常見的   ***a lot*** 常常 (= *often*)

1962. fault〔fɔlt〕*n.* 過錯   blame〔blem〕*v.* 責備
be to blame (某人)該受責備；該怪(某人)；由~負責
    (= *be responsible for*)   point〔pɔɪnt〕*v.* 把(手指)指向
Don't point fingers. 不要指責任何人。【point fingers 源自 point
    the finger at *sb.*，用手指著別人是不禮貌的，引申為「指責某人」】

24. 要持續進行

☐ **1963**.　Let's continue.　　　　　　我們繼續吧。

　　　　　Let's keep going.　　　　　　我們持續進行吧。

　　　　　No time to waste.　　　　　　沒有時間可以浪費了。

☐ **1964**.　We can't stop.　　　　　　我們不能停下來。

　　　　　We can't cancel.　　　　　　我們不能取消。

　　　　　The show must go on.　　　　事情必須繼續下去。

☐ **1965**.　We must continue.　　　　　我們必須繼續。

　　　　　We can't quit.　　　　　　我們不能放棄。

　　　　　We must carry on.　　　　　我們必須繼續下去。

**

1963. continue〔kən'tɪnju〕v. 繼續　　keep〔kip〕v. 持續
go〔go〕v. 活動；進行工作　　***keep going*** 持續進行
waste〔west〕v. 浪費
No time to waste.（沒有時間可以浪費了。）源自 There is no
　time to waste.

1964. cancel〔'kænsḷ〕v. 取消
show〔ʃo〕n. 表演；演出　　***go on*** 繼續
The show must go on.「戲必須繼續演下去；事情必須繼續下去。」
　也可加長為：The show must go on no matter what.（無論如
　何事情都必須繼續下去。）【***no matter what*** 無論如何】

1965. quit〔kwɪt〕v. 停止；放棄　　***carry on*** 繼續；繼續前進

□ **1966**. Keep it simple. 要保持簡單。
Make it easy. 把事情簡單化。
Do it in the simplest way. 用最簡單的方法來做事。

□ **1967**. The hardest part is over. 最困難的部分已經結束。
It's getting easier. 事情越來越容易了。
We're almost out of the 我們差不多要度過難關了。
woods.

□ **1968**. Don't give up now. 不要現在放棄。
The end is in sight. 已經看到終點了。
There's light at the end of 已經可以看到光明的未來了。
the tunnel.

12. 職場英語

** ——————

1966. simple〔ˈsɪmpl̩〕*adj.* 簡單的　***Keep it simple.*** 也可説成：Don't complicate things.（不要把事情複雜化。）
【complicate〔ˈkɑmpləˌket〕*v.* 使複雜】外國人有一個原則叫作 KISS 原則，就是 Keep it simple, stupid.（KISS），學習把任何事情簡單化，不要弄得太複雜，就可以建立穩固的基礎。

1967. hard〔hɑrd〕*adj.* 困難的　　woods〔wʊdz〕*n. pl.* 森林
out of the woods 走出森林；脫離險境；度過難關
We're almost out of the woods.（我們差不多要度過難關了。）
也可説成：We're almost finished.（我們差不多要完成了。）或
We're almost safe.（我們差不多要安全過關了。）

1968. ***give up*** 放棄　　end〔ɛnd〕*n.* 終結；盡頭；末尾
in sight 在望；看得見　***The end is in sight.***（已經看到終點了。）
也可説成：It's almost finished.（就要結束了。）
light〔laɪt〕*n.* 光　　tunnel〔ˈtʌnl̩〕*n.* 隧道
There's light at the end of the tunnel. 在隧道中很黑暗，很努力，
隧道的出口有陽光，表示「已經可以看到光明的未來。」

25. 要團結合作

☐ **1969**. We're colleagues.　　　　　　　我們是同事。
We're co-workers.　　　　　　　我們是同事。
We work together.　　　　　　　我們在一起工作。

☐ **1970**. Let's work together.　　　　　　我們合作吧。
Let's help each other.　　　　　我們互相幫忙吧。
Let's be a team.　　　　　　　我們成為一個團隊吧。

☐ **1971**. We're a team.　　　　　　　　我們是個團隊。
We're a family.　　　　　　　　我們是一家人。
United we stand, divided　　　【諺】團結則立，分散則倒。
　 we fall.

**

1969. colleague〔'kɑlig〕*n.* 同事
co-worker〔ko'wɝkɚ〕*n.* 同事 (= *colleague*)
1970. ***work together*** 一起工作；合作 (= *cooperate*)
each other 互相　　team〔tim〕*n.* 團隊
1971. family〔'fæməlɪ〕*n.* 家庭；家族；一家人
united〔ju'naɪtɪd〕*adj.* 團結的
stand〔stænd〕*v.* 站立；繼續存在
divided〔də'vaɪdɪd〕*adj.* 分開的；分歧的　　fall〔fɔl〕*v.* 倒下
United we stand, divided we fall. 是諺語,「團結則立，分散則倒。」
　　源自 If we are united, we stand; if we are divided, we fall.

□ **1972.** Team up with us. 和我們合作。

　　Together we're stronger. 團結在一起我們會更強大。

　　Let's band together as one. 讓我們全體一致團結在一起。

□ **1973.** Work together. 要合作。

　　Teamwork is best. 團隊合作是最好的。

　　Many hands make light 【諺】人多好辦事；眾擎易

　　　　work. 舉。

□ **1974.** We're in the same boat. 我們在同一條船上。

　　We sink or swim together. 我們有福同享，有難同當。

　　We win or lose together. 不論成敗，我們都一起承擔。

**

1972. team〔tim〕*v.* 聯手；合作　　***team up with*** 和…合作

　　band〔bænd〕*v.* 團結 < *together* >　　***as one*** 全體一致

1973. ***work together*** 一起工作；合作 (= *cooperate*)

　　teamwork〔'tim,wɜk〕*n.* 團隊合作　　hand〔hænd〕*n.* 人手

　　light〔laɪt〕*adj.* 輕鬆的；容易的

　　***Many hands make light work*.** 是諺語，「人手多會讓工作輕鬆。」

　　　　也就是「人多好辦事；眾擎易舉。」

1974. ***be in the same boat*** 在同一條船上；同舟共濟；共患難；

　　　　處同一境遇　　sink〔sɪŋk〕*v.* 下沈

　　sink or swim 不管成敗如何　　win〔wɪn〕*v.* 贏

　　lose〔luz〕*v.* 輸　　***win or lose*** 無論勝負；不管輸贏；不論成敗

□ **1975.** I got you. | 我挺你。
You got me. | 你挺我。
We are a good team. | 我們是好搭檔。

□ **1976.** We'll find a way. | 我們會找到方法的。
We have some options. | 我們有一些選擇。
There's more than one way to skin a cat. | 解決方法不是只有一個。

□ **1977.** Let's make a big change. | 讓我們做一個大改變。
Let's change the old ways. | 讓我們改變舊的方法。
Let's shake things up. | 讓我們大大地改革一下。

**

1975. *I got you*.「我抓住你。」表示「我挺你。」
team〔tim〕*n.* 團隊;隊伍;一組   *We are a good team*. 字面的
意思是「我們是好的隊伍。」即指「我們是好搭檔。」

1976. way〔we〕*n.* 方式;方法   option〔'ɑpʃən〕*n.* 選擇 (= *choice*)
skin〔skɪn〕*v.* 剝皮   *There's more than one way to skin a*
cat. 字面的意思是「要剝一隻貓的皮,不只一種方法。」也就是
「解決方法不是只有一個而已。」

1977. change〔tʃendʒ〕*n. v.* 改變
shake up 大改變 (= *make major changes* = *change drastically*)
【major〔'medʒɚ〕*adj.* 重大的   drastically〔'dræstɪklɪ〕*adv.* 徹底地】

12.
職場英語

☐ **1978**. Let's join forces. 我們通力合作吧。

Let's work as a team. 我們團隊合作吧。

Let's partner up. 我們搭檔合作吧。

☐ **1979**. We're quality control. 我們就是品管。

We're the watchdogs. 我們是監督者。

We will correct any mistakes. 我們會改正任何錯誤。

☐ **1980**. We're making good progress. 我們的進展很穩定。

Things are running smoothly. 事情進行得很順利。

Just like clockwork! 就像鐘錶運行一樣順利！

**　*

1978. join〔dʒɔɪn〕 *v.* 加入；與…會合；和…一起
force〔fors〕 *n.* 力量　　***join forces*** 聯合；合力；通力合作
team〔tim〕 *n.* 隊伍；團隊　　***work as a team*** 合作
partner〔'pɑrtnɚ〕 *n.* 搭檔；夥伴　*v.* 成為搭檔
partner up 成為搭檔 (= *become partners*)

1979. quality〔'kwɑlətɪ〕 *n.* 品質
control〔kən'trol〕 *n.* 控制；管制　　***quality control*** 品質管制
watchdog〔'wɑtʃ,dɔg〕 *n.* 看門狗；監督人；監察人
correct〔kə'rɛkt〕 *v.* 改正　　mistake〔mə'stek〕 *n.* 錯誤

1980. progress〔'prɑgrɛs〕 *n.* 進步；進展
make progress 有進步；有進展　　run〔rʌn〕 *v.* 進行
smoothly〔'smuðlɪ〕 *adv.* 順利地　　just〔dʒʌst〕 *adv.* 就
like〔laɪk〕 *prep.* 像　　clockwork〔'klɑk,wɝk〕 *n.* 鐘錶裝置
like clockwork 有規律地；順利地 (= *regularly* = *smoothly*)

26. 評估可能性

☐ **1981.** Take a look around. 　　　　到處看一看。
Test the waters. 　　　　試一下水溫。
Get the lay of the land. 　　　　了解一下情況。

☐ **1982.** Let's do some recon. 　　　　我們偵察一下。
Scout around. 　　　　到處看看。
Find some information. 　　　　找些資料。

☐ **1983.** What are the odds? 　　　　可能性有多大？
What are the chances? 　　　　可能性有多大？
What's the possibility? 　　　　可能性有多大？

** ────────────

1981. *take a look* 看一看　　around〔ə'raʊnd〕*adv.* 到處
test〔tɛst〕*v.* 測試　　waters〔'wɔtəz〕*n. pl.* 水域
test the water(s) 試一下水溫；試探　　lay〔le〕*n.* 地形；地勢
the lay of the land 地勢；情勢（= *the lie of the land*）
get the lay of the land 了解情況

1982. recon〔'rikan〕*n.* 偵察；勘查（= *reconnaissance*〔rɪ'kanəsəns〕）
scout〔skaʊt〕*n.* 偵察兵；星探；童軍　*v.* 偵察；到處尋找
information〔͵ɪnfə'meʃən〕*n.* 資訊

1983. odds〔ɑdz〕*n. pl.* 可能性；勝算
chance〔tʃæns〕*n.* 機會；可能性
possibility〔͵pɑsə'bɪlətɪ〕*n.* 可能性
What's the possibility?（可能性有多大？）也可說成：What's the
likelihood?（可能性有多大？）或 Do you think it will happen?
（你認為那會發生嗎？）【likelihood〔'laɪklɪ͵hʊd〕*n.* 可能性】

☐ **1984**. Don't do that. | 不要那樣做。
That's wrong. | 那是錯誤的。
That's not right. | 那是不正確的。

☐ **1985**. Make certain. | 要確定。
Have no doubt. | 要毫無疑問。
Leave nothing to chance. | 做任何事都要有把握。

☐ **1986**. Amaze them. | 讓他們驚訝。
Impress them. | 讓他們佩服。
Show them who's boss. | 讓他們知道這裡誰作主。

**

1984. wrong〔rɔŋ〕*adj.* 錯誤的　　right〔raɪt〕*adj.* 對的；正確的

1985. certain〔ˋsɝtṇ〕*adj.* 確定的　***make certain*** 確定；弄清楚
doubt〔daʊt〕*n.* 懷疑　　leave〔liv〕*v.* 留下
chance〔tʃæns〕*n.* 偶然；運氣
leave nothing to chance 做任何事都要有把握；不要有任何漏洞
【***leave all to chance*** 一切順其自然；聽天由命】

1986. amaze〔əˋmez〕*v.* 使驚訝
impress〔ɪmˋprɛs〕*v.* 使印象深刻；使佩服
show〔ʃo〕*v.* 給…看
boss〔bɔs〕*n.* 老闆；統治者；實力派人物（= *someone in charge*）
show sb. who's boss 讓某人知道誰是老大

27. 要證明給我看

□ **1987**.　Prove it!　　　　　　　　　　要證明！

　　　　Make it happen!　　　　　　做就對了！

　　　　Make me believe.　　　　　　讓我相信。

□ **1988**.　Convince me.　　　　　　　　說服我。

　　　　Show me it's true.　　　　　　讓我知道是眞的。

　　　　Show me the money.　　　　　讓我看到證據。

□ **1989**.　Prove it to me.　　　　　　　要證明給我看。

　　　　Show me some proof.　　　　給我看一些證據。

　　　　Can you back it up?　　　　你可以證明嗎？

**

1987.　prove〔pruv〕v. 證明

　　Prove it!（要證明！）可加長爲 Prove it to me!（要向我證明！）

　　happen〔'hæpən〕v. 發生

　　Make it happen!「讓它發生！」引申爲「做就對了！」

　　believe〔bə'liv〕v. 相信

1988.　convince〔kən'vɪns〕v. 說服　　　show〔ʃo〕v. 給…看

　　Show me the money. 字面的意思是「讓我看到錢。」在此引申爲

　　　　「讓我看到證據。」

1989.　proof〔pruf〕n. 證據　　　***back up*** 支持；證明；證實

　　Can you back it up? 你可以證明嗎？（= *Can you prove it?*）

28. 稱讚員工

□ 1990. We're getting better.   我們越來越好了。
We're turning things around.   我們讓事情有起色了。
We're on the rebound.   我們再次恢復，有進步了。

□ 1991. We pulled it off.   我們成功了。
We accomplished our goal.   我們完成了我們的目標。
We did what we set out to do.   我們完成了開始做的事。

□ 1992. We're on a roll!   我們運氣好！
We're making good progress!   我們有很大的進步！
We are moving right along.   我們不斷向前進。

** ────

1990. ***turn*** *sth.* ***around*** 使好轉；使有起色
    rebound〔'rɪ,baʊnd〕*n.* 反彈；跳回
    on the rebound 再次恢復進步
1991. ***pull off*** 成功做成（某件困難的事）
    We pulled it off. 我們成功了。(= *We did it.* = *We succeeded.*)
    accomplish〔ə'kɑmplɪʃ〕*v.* 完成   goal〔gol〕*n.* 目標
    set out 開始；著手
1992. ***on a roll*** 好運連連；連連獲勝 (= *do well*)
    good〔gʊd〕*adj.* 充分的；十足的；相當的
    progress〔'prɑgrɛs〕*n.* 進步 〔prə'grɛs〕*v.* 進步
    make good progress 有很大的進步
    move〔muv〕*v.* 移動   ***right along*** 不停；不斷；一直
    We are moving right along. (我們一直向前進。) 也可說成：
       We're progressing quickly. (我們進步得很快。)

Part Three ♣ 職場建議

29. 培養技能

☐ **1993**. Give of yourself.　　　　要奉獻自己。

Make a difference.　　　　要產生影響。

Develop new skills.　　　　要培養新的技能。

☐ **1994**. Build experience.　　　　要累積經驗。

Make an impact.　　　　要有影響力。

Gain new perspective.　　　　要獲得新的觀點。

☐ **1995**. Learn the foundations.　　　　要學習基礎。

Learn the fundamentals.　　　　要學習原理。

Learn to walk before you run.　　　　要循序漸進。

** ────────────────

1993. *give of* 提供；獻出 (= *devote oneself to*)

difference〔'dɪfərəns〕*n.* 不同　***make a difference*** 有影響

develop〔dɪ'vɛləp〕*v.* 培養　　skill〔skɪl〕*n.* 技能

1994. build〔bɪld〕*v.* 累積　　experience〔ɪk'spɪrɪəns〕*n.* 經驗

impact〔'ɪmpækt〕*n.* 影響　***make an impact*** 產生影響

gain〔gen〕*v.* 獲得

perspective〔pɚ'spɛktɪv〕*n.* 正確的眼光；洞察力；看法；觀點

1995. foundation〔faʊn'deʃən〕*n.* 基礎

fundamentals〔ˌfʌndə'mɛntl̩z〕*n. pl.* 基礎；原理

Learn to walk before you run. 字面的意思是「先學走路再學跑。」

也就是「循序漸進。」

□ **1996**. Play by the book.   要按照慣例。

        Learn the ropes.   學會做事的訣竅。

        Look before you leap.   【諺】三思而行。

□ **1997**. Know your stuff.   要了解你正在做的事。

        Know it all.   要完全了解你的工作。

        Know what you're doing.   要知道自己正在做什麼。

□ **1998**. Be an expert.   要成為專家。

        Be experienced.   要很有經驗。

        Know everything from A to Z.   要完全了解。

12. 職場英語

** ─────────

1996. ***by the book*** 依照慣例；循規蹈矩

     play by the book 照做 (= *follow the rules*)

     ropes〔rops〕*n. pl.* 祕訣；竅門

     Learn the ropes. 要學會做事的訣竅。(= *Learn how to do it.*)

     leap〔lip〕*v.* 跳   ***Look before you leap.*** 是諺語，

        跳之前先看，也就是「三思而行。」

1997. stuff〔stʌf〕*n.* 東西；自己擅長之處；專長

     know one's stuff 知道自己的本分；精通；擅長 (= *know what*

        you're doing)   ***Know it all.*** 要完全了解你的工作。

     (= *Know everything about your job.*)

1998. expert〔ˈɛkspɝt〕*n.* 專家

     experienced〔ɪkˈspɪrɪənst〕*adj.* 有經驗的

     from A to Z 從頭到尾；完全地

30. 盡本分

☐ **1999**. Pull your own weight.　　　　　做好你自己份內的工作。
Do your part.　　　　　　　　　盡你的本分。
Do your fair share of work.　　　做你份內應該做的工作。

☐ **2000**. Hold up your end.　　　　　　　要盡你的本分。
Do your fair share.　　　　　　　要盡本分。
Everyone must pull their　　　　每個人都要做好份內的事。
　　weight.

☐ **2001**. Do more.　　　　　　　　　　　要多做一點。
Go above and beyond.　　　　　要超出很多很多。
Go beyond the call of duty.　　要做你職責範圍之外的事。

** ————————————

1999. pull〔pʊl〕*v.* 拉;搖(槳);划(船)
weight〔wet〕*n.* 重量;體重　　***pull one's own weight*** 源自拔河
　比賽,用你自己全身的重量去拉,引申為「做好你自己份內的工作」。
do one's part 盡自己的本分　　fair〔fɛr〕*adj.* 公平的;公道的;合
　理的(= *reasonable*)　　share〔ʃɛr〕*n.* 部分;分攤;角色
fair share 應分擔的一分
2000. ***hold up*** 抬起來;支撐　　end〔ɛnd〕*n.* 一頭;一端
Hold up your end. 你那一頭要抬起來,兩人抬重物,各抬一頭,都
　要出力才能成功,引申為「要盡你的本分。」(= *Do your part.*
　= *Do what you are responsible.*)
　【responsible〔rɪ'spɑnsəbl̩〕*adj.* 應負責任的】
2001. above〔ə'bʌv〕*adv.* 在上面
beyond〔bɪ'jɑnd〕*adv.* 在遠處　*prep.* 超過⋯的範圍;出乎⋯之外
go above and beyond 超過很多很多　　***go beyond*** 超過
call〔kɔl〕*n.* 需要;要求　　duty〔'djutɪ〕*n.* 職責
go beyond the call of duty 做自己職責範圍之外的事情

31. 要開始行動

□ **2002.** Get things started. 　　　　開始做事吧。
　　　　Take the first step. 　　　　跨出第一步。
　　　　Step up to the plate. 　　　　開始行動。

□ **2003.** Get a good start. 　　　　要有好的開始。
　　　　Start off on the right foot. 　　　要有成功的開始。
　　　　Well begun is half done. 　　　【諺】好的開始是成功的一半。

□ **2004.** Just start doing. 　　　　開始做就對了。
　　　　Your passion will follow
　　　　　　you. 　　　　你的熱情會跟隨著你；你會發現你的愛好是什麼。
　　　　Your passion will find you. 　　你的熱情會找到你；你會發現你的愛好是什麼。

12.
職場英語

** ─────────────────

2002. take〔tek〕*v.* 採取　　step〔stɛp〕*n.* 腳步；步驟　*v.* 踏出一步
step up to 走近；走上　　plate〔plet〕*n.*（棒球）本壘板（= *home plate*）　***step up to the plate*** 源自於棒球，字面意思是「走向本壘板」，棒球選手要上場時，就拿著球棒踏上本壘，所以這個說法即指「開始行動」（= *take action*）。

2003. start〔stɑrt〕*n. v.* 開始　***start off*** 開始；出發
start/get off on the right foot 有成功的開始（= *start well*）【相反的說法是：start off on the wrong foot（一開始就沒把事情做對）】
Well begun is half done. 是諺語，源自：Anything that is well begun is half done.「有好的開始，就是完成了一半。」也就是「好的開始是成功的一半。」

2004. passion〔'pæʃən〕*n.* 熱情；愛好　　follow〔'fɑlo〕*v.* 跟隨
Your passion will follow you. = You will discover what your passion is. = You will be able to pursue your passion.
Your passion will find you. = You will discover what your passion is. = You will find out what you really want to do.

32. 要熱愛工作

□ **2005**. Love your job.　　　　　　　熱愛你的工作。
Make it your passion.　　　　　使它成爲你的愛好。
You'll never have to "work".　你就絕對不必「工作」。

♣ **要爲自己爭取權益**

□ **2006**. Stand up for yourself.　　　　要捍衛自己的權益。
Don't be a pushover.　　　　　不要太容易受影響。
Don't let people push you　　不要讓人使喚你。
　　　around.

♣ **不要退而求其次**

□ **2007**. Don't settle for less.　　　　　不要退而求其次。
Don't sell yourself short.　　不要低估你自己。
Stick up for yourself.　　　　要捍衛你自己。

**

2005. job〔dʒɑb〕*n.* 工作　　make〔mek〕*v.* 使成爲
passion〔'pæʃən〕*n.* 熱情；愛好

2006. ***stand up for*** 悍衛；支持；維護
pushover〔'puʃ,ovɚ〕*n.* 易受影響的人　　push〔puʃ〕*v.* 推
around〔ə'raund〕*adv.* 到處　　***push*** sb. ***around*** 使喚某人

2007. settle〔'sɛtl̩〕*v.* 決定；安於（不滿意的事物）　　***settle for*** 勉強接受
settle for less 退而求其次（= *settle for second best*）
sell sb. ***short*** 低估；輕視（= *underestimate sb.*）
stick up for sb. 爲⋯辯護；捍衛；支持

☐ **2008**. Pay attention.　　　　　　　要注意。

Stay alert.　　　　　　　　　要保持警覺。

Keep your eye on the ball.　　要小心謹慎。

☐ **2009**. Do quality work.　　　　　　要把工作做好。

Do it right.　　　　　　　　要做得對。

Don't take shortcuts.　　　　不要走捷徑。

☐ **2010**. Be an expert.　　　　　　　要成為專家。

Be a man of action.　　　　要做個行動家。

Get the job done.　　　　　要把工作做完。

** ————————————————

2008. attention〔ə'tɛnʃən〕 *n.* 注意力　　***pay attention*** 注意

　　alert〔ə'lɜt〕 *adj.* 警覺的　　***keep your eye on*** 眼睛盯著(某物)

　　keep your eye on the ball 源自於打球,打球時「眼睛要一直盯著

　　　球看」,引申為「要小心謹慎地行動」(= *give your attention to*

　　　what you are doing at the time)。

2009. quality〔'kwɑlətɪ〕 *adj.* 高品質的　　***Do quality work.*** 把工作做

　　好。(= *Do good work.* = *Do a good job.*)

　　right〔raɪt〕 *adv.* 正確地　　shortcut〔'ʃɔrt,kʌt〕 *n.* 捷徑

　　take shortcuts 走捷徑(= *cut corners*)

2010. expert〔'ɛkspɜt〕 *n.* 專家　　action〔'ækʃən〕 *n.* 行動

　　a man of action 行動家　　get〔gɛt〕 *v.* 使

　　done〔dʌn〕 *adj.* 完成的

33. 不勞則無獲

□ **2011.** No pain, no gain.　　　　　【諺】不勞則無獲。
　　　 Bust your chops.　　　　　要非常努力工作。
　　　 Work like the devil.　　　　　要拼命工作。

□ **2012.** Don't cut corners.　　　　　不要走捷徑。
　　　 Bend over backwards.　　　　　要拼命努力。
　　　 Bring home the bacon.　　　　　要賺取生活費。

♣ 不要惹是生非

□ **2013.** Let sleeping dogs lie.　　　　　【諺】不要惹是生非。
　　　 Don't stir up trouble.　　　　　不要興風作浪。
　　　 Don't make things more　　　　　不要讓事情變得更麻煩。
　　　　 difficult.

**

2011. pain〔pen〕*n.* 辛苦；努力　　 gain〔gen〕*n.* 獲得
　　 bust〔bʌst〕*v.* 使爆裂；弄壞　　 chop〔tʃɑp〕*n.* 肉片
　　 bust one's chops 盡力；非常努力工作（= *work really hard*）
　　 devil〔'dɛvl̩〕*n.* 魔鬼　　 ***like the devil*** 拼命地（= *like hell*）
2012. ***cut corners*** 走捷徑（= *take shortcuts*）
　　 bend〔bɛnd〕*v.* 彎曲　　 backwards〔'bækwɚdz〕*adv.* 向後地
　　 bend over backwards 拼命努力　　 bacon〔'bekən〕*n.* 培根
　　 bring home the bacon 賺取生活費（= *earn a living*）；成功
2013. lie〔laɪ〕*v.* 躺　　 ***Let sleeping dogs lie.*** 是諺語，「讓睡著的狗躺
　　　 著。」也就是「不要惹是生非；不要自找麻煩。」
　　 stir〔stɝ〕*v.* 攪動　　 ***stir up*** 惹起；激起
　　 stir up trouble 惹麻煩；興風作浪；惹是生非
　　 difficult〔'dɪfəˌkʌlt〕*adj.* 困難的；麻煩的

34. 設法解決問題

☐ **2014.** Think hard. 努力想想看。
Think up a solution. 想出一個解決方法。
Necessity is the mother of 【諺】需要為發明之母。
    invention.

☐ **2015.** Find the real cause. 找出真正的原因。
Get to the bottom of it. 追根究底。
Get to the heart of the matter. 深入事情的本質核心。

☐ **2016.** Solve your problems. 解決你的問題。
Arrange your affairs. 安排好你的事情。
Get your house in order. 解決你的問題。

** ——————————————————

2014. hard〔hɑrd〕*adv.* 努力地　　***think up*** 想出（= *come up with*）
solution〔sə'luʃən〕*n.* 解決方法
necessity〔nə'sɛsətɪ〕*n.* 必要；需要
invention〔ɪn'vɛnʃən〕*n.* 發明
Necessity is the mother of invention. 【諺】需要為發明之母。

2015. cause〔kɔz〕*n.* 原因；理由　　bottom〔'bɑtəm〕*n.* 底部；根本；
    真相　　***get to the bottom of*** ~ 徹底查明~的真相
heart〔hɑrt〕*n.* 心；核心；本質　　matter〔'mætə〕*n.* 問題；事情
get to the heart of the matter 深入事情的本質核心

2016. solve〔sɑlv〕*v.* 解決　　arrange〔ə'rendʒ〕*v.* 安排
affair〔ə'fɛr〕*n.* 事情　　order〔'ɔrdə〕*n.* 順序；秩序
in order 整齊；有秩序
Get your house in order. 字面的意思是「把你的房子整理好。」
    引申為「解決你的問題。」(= *Solve your problems.*) 也可說成：
    Take care of your problems first. (先處理你的問題。)

35. 不要過勞

□ **2017.** Go steady. 　　　　　　　穩定進行就好。

　　　Don't get too tired. 　　　不要太累了。

　　　Don't overwork. 　　　　　不要工作過度。

□ **2018.** Don't kill yourself. 　　　不要累死自己。

　　　Don't wear yourself out. 　　不要使自己筋疲力盡。

　　　Don't work yourself to 　　不要一直工作不休息，把自
　　　　death. 　　　　　　　　己累得半死。

□ **2019.** Take a break. 　　　　　　休息一下。

　　　Take some time off. 　　　休息一下。

　　　Recharge your batteries. 　休息一下，恢復體力。

** ————————————

2017. go〔go〕*v.* 進行　　steady〔'stɛdɪ〕*adj.* 穩定的　*adv.* 穩定地
Go steady. 穩定進行就好。(= *Do something at a steady pace.*)
也可説成：Easy does it. (別著急；慢慢來。)
overwork〔'ovɚ'wɝk〕*v.* 工作過度 (= *overdo it*)

2018. kill〔kɪl〕*v.* 使筋疲力盡　***Don't kill yourself.*** (不要累死自己。)
也可説成：Don't work too hard. (別太拼命工作。)
wear out 使筋疲力盡　　work〔wɝk〕*v.* 使工作成 (…狀態)
work oneself ***to death*** 一直工作不休息，把自己累得半死
(= *work too hard*)

2019. break〔brek〕*n.* 休息　***take a break*** 休息一下
take some time off 休息一下　　recharge〔ri'tʃɑrdʒ〕*v.* 再充電
battery〔'bætərɪ〕*n.* 電池　***recharge your batteries*** 字面的意思
是「讓你的電池再充一下電」，引申為「休息、放鬆一下以恢復體力」。

36. 要遵守規則

12.
職場英語

☐ **2020.** Follow the rules.   遵守規則。

Do it the right way.   以正確的方式來做。

Go by the book.   按照規矩來做。

☐ **2021.** Toe the line.   要遵守規則。

Obey the rules.   遵守規則。

Do what you're told.   按照別人告訴你的去做。

☐ **2022.** Don't skip out.   不要突然離開。

Don't back out.   不要退出。

Don't go AWOL.   不要擅離職守。

** ————————————

2020. follow〔'falo〕*v.* 遵守   rule〔rul〕*n.* 規則;規定

by the book 根據常規   ***go by the book*** 照規矩做

2021. ***toe the line*** (賽跑時)將腳尖靠在起跑點而站立;

遵守規則 (= *obey the rules*)

obey〔ə'be〕*v.* 遵守;服從

toe the line

2022. skip〔skɪp〕*v.* 略過;跳過;跑來跑去

skip out 離開;溜走;突然離去   ***back out*** 退出

go〔go〕*v.* 變得   AWOL〔'e,wɔl〕*adj.* 不假外出的;擅離職守的

(= *absent without leave*)【leave〔liv〕*n.* 准假】

go AWOL 不請假而缺席;擅離職守

37. 不要猶豫不決

☐ **2023.** Don't be wishy-washy.   不要優柔寡斷。
    Don't be namby-pamby.   不要軟弱。
    Be firm, strong, and decisive.   要堅定、強硬，而且果斷。

☐ **2024.** Just face it.   要面對問題。
    Deal with it.   要處理問題。
    Try to solve the problem.   努力解決問題。

☐ **2025.** Take it head on!   要正面迎擊！
    Throw yourself into it!   要全心投入！
    Devote yourself to it.   要專心致力。

12. 職場英語

** ─────────────

2023. wishy-washy〔ˈwɪʃɪˌwɑʃɪ〕*adj.* 淡的；水份多的；優柔寡斷的
  Don't be wishy-washy. 也可說成：Don't be indecisive.（不要
  優柔寡斷。）【indecisive〔ˌɪndɪˈsaɪsɪv〕*adj.* 優柔寡斷的】
  namby-pamby〔ˈnæmbɪˈpæmbɪ〕*adj.* 軟弱的；愚蠢的
  Don't be namby-pamby. 也可說成：Don't be feeble.（不要軟
  弱。）Show courage.（要展現你的勇氣。）【feeble〔ˈfibl〕*adj.*
  軟弱的   courage〔ˈkɝɪdʒ〕*n.* 勇氣】
  firm〔fɝm〕*adj.* 堅定的   strong〔strɔŋ〕*adj.* 堅定的；強硬的
  decisive〔dɪˈsaɪsɪv〕*adj.* 果斷的

2024. face〔fes〕*v.* 面對   ***deal with*** 應付；處理（= *handle*）
  try to V. 努力…   solve〔sɑlv〕*v.* 解決

2025. ***head on*** 從正面；迎面地
  Take it head on! 也可說成：Deal with it directly!（要直接應付
  它！）Face it!（要面對它！）Don't avoid it!（不要逃避它！）
  throw *oneself* ***into*** 投入；全力以赴
  devote〔dɪˈvot〕*v.* 使致力於   ***devote*** *oneself* ***to*** 致力於

38. 要賞罰分明

12.
職場英語

☐ **2026.** Focus on the details. 要專注於細節。

Focus on specifics. 要專注於詳細情況。

Stick to the nitty-gritty. 要堅持事情的本質。

☐ **2027.** Don't be too tough. 不要太嚴厲。

Don't be too rough. 不要太粗暴。

Don't demand too much. 不要要求太多。

☐ **2028.** Reward good work. 有功則賞。

Give praise when deserved. 該稱讚就要稱讚。

Give credit where credit is 論功行賞。
due.

** ─────────

2026. ***focus on*** 專注於   detail〔'ditel〕*n.* 細節
specific〔spɪ'sɪfɪk〕*n.* 詳細情況；詳細說明
stick to 堅持；堅守   nitty-gritty〔'nɪtɪ'grɪtɪ〕*n.* 基本的事實；
（問題的）本質；核心（= *the basic facts of a situation*）

2027. tough〔tʌf〕*adj.* 嚴格的；嚴厲的   rough〔rʌf〕*adj.* 粗暴的
demand〔dɪ'mænd〕*v.* 要求

2028. reward〔rɪ'wɔrd〕*v.* 獎賞   ***good work*** 做得很棒；做得好
praise〔prez〕*n.* 稱讚   deserve〔dɪ'zɜv〕*v.* 應得
Give praise when deserved. 源自 Give praise when
it is deserved.   credit〔'krɛdɪt〕*n.* 榮譽；稱讚
where〔hwɛr〕*conj.* 在…的地方
due〔dju〕*adj.* 正當的；適當的

39. 要勇於負責

☐ **2029**. Don't make excuses.　　　　　不要找藉口。
Don't dodge blame.　　　　　不要逃避責任。
Take responsibility.　　　　　要負起責任。

☐ **2030**. Embrace failure.　　　　　要坦然接受失敗。
It's a chance to learn.　　　　這是學習的機會。
Failure leads to success.　　　失敗爲成功之母。

☐ **2031**. The buck stops here.　　　　我責無旁貸。
I make the decisions.　　　　我來做決定。
I accept the responsibility.　　我接受這個責任。

＊＊

2029. excuse〔ɪkˋskjus〕*n.* 藉口　　***make excuses*** 找藉口
dodge〔dɑdʒ〕*v.* 躲避　　blame〔blem〕*n.* 責備；責任
Don't dodge blame. 不要逃避責任。(= *Don't avoid*
responsibility. = *Take responsibility*.)
responsibility〔rɪˏspɑnsəˋbɪlətɪ〕*n.* 責任

2030. embrace〔ɪmˋbres〕*v.* 擁抱；欣然接受　　failure〔ˋfeljɚ〕*n.* 失敗
Failure leads to success.「失敗會讓你走向成功。」也就是「失敗
爲成功之母。」(= *Failure is the mother of success*.) 也可説成：
You will learn from failure and then succeed. (你會從失敗中
學習，然後成功。)

2031. buck〔bʌk〕*n.* (撲克牌局中) 做莊家的標誌，引申爲「責任」，例如
pass the buck 即指「推卸責任」。
The buck stops here. 是前美國總統杜魯門 (Harry S. Truman)
的座右銘，字面的意思是「責任到此爲止。」也就是「責無旁貸；
絕對不會推卸責任。」
decision〔dɪˋsɪʒən〕*n.* 決定　　accept〔əkˋsɛpt〕*v.* 接受

40. 要有遠大的夢想

12.
職場英語

☐ **2032.** Dream big.   要有遠大的夢想。
Plan well.   要有妥善的計畫。
Work like hell and smile.   拼命工作，並面帶笑容。

☐ **2033.** Set a goal.   設定一個目標。
Bit by bit.   一點一點地做。
Step by step to success.   一步一步邁向成功。

☐ **2034.** Find your calling.   找到你的天職。
Figure out what you're good at.   知道你擅長做什麼。
You'll never work a day in   你不會覺得自己在工作，
     your life!   你會非常愉快！

** ────────

2032. ***Dream big.*** 也可加長爲：Dream big dreams.（要有遠大的夢想。）
hell〔hɛl〕*n.* 地獄   ***like hell*** 拼命地
Work like hell and smile. = Work hard and be happy about it.

2033. set〔sɛt〕*v.* 設定   goal〔gol〕*n.* 目標   bit〔bɪt〕*n.* 一點點
bit by bit 一點一點地；逐漸地   step〔stɛp〕*n.* 一步；步驟
step by step 一步一步地；逐步地（ = *bit by bit* = *little by little*
= *gradually*）【gradually〔'grædʒʊəlɪ〕*adv.* 逐漸地】
success〔sək'sɛs〕*n.* 成功

2034. calling〔'kɔlɪŋ〕*n.* 召喚；天職；做某工作的衝動；慾望
figure out 了解   ***be good at*** 擅長
You'll never work a day in your life! 字面的意思是「你這輩子連
一天都不必工作了！」（ = *Your work will not feel like work at all.*
= *You'll never feel like you're working.*）因爲你找到自己喜歡做
的事，天天做會很快樂，不像在工作，所以引申爲「你會非常愉快！」

13. 逛街購物
Going Shopping

用手機掃瞄聽錄音

1. 去購物吧

☐ **2035**. We're running low.　　　　　我們快用完了。
We're almost out.　　　　　我們幾乎用完了。
We need to buy some more.　　我們需要再買一些。

☐ **2036**. Get it on the rebound.　　　　回來時去買。
Get it on the way back.　　　　回程途中去買。
Get it as you return.　　　　　你回來時再去買。

☐ **2037**. What's the catch?　　　　　　有什麼陷阱？
It seems too good.　　　　　　這似乎太好了。
Is it for real?　　　　　　　　這是真的嗎？

13. 逛街購物

＊＊ ——————————————————————

2035. run〔rʌn〕v. 變成　　 low〔lo〕adj. 不足的；短缺的；將耗盡的
run low 減少；快耗盡　　當東西快用完時，除了這三句話之外，你
還可以說：We're low on eggs.（我們的雞蛋快沒有了。）We're
almost out of milk.（我們的牛奶快沒有了。）【_be out of_ 沒有】
We need fruit and vegetables, too.（我們也需要水果和蔬菜。）

2036. get〔gɛt〕v. 買　　 rebound〔'ri,baʊnd〕n. 反彈；跳回
on the rebound 在跳回去時；在回來時　　**_on the way_** 在途中
on the way back 在回程途中　　 return〔rɪ'tɝn〕v. 返回

2037. catch〔kætʃ〕n.（引人上當的）陷阱；圈套（= _hidden problem_）
What's the catch? 也可說成：What's the drawback?（有什麼缺
點？）【drawback〔'drɔ,bæk〕n. 缺點】　　 seem〔sim〕v. 似乎
It seems too good. 也可加長為：It seems too good to be true.
（這似乎太好了，不可能是真的。）動詞也可以改成 is 或 sounds
（聽起來）。　　**_for real_** 真的（= _real_）

□ **2038.** Let's buy groceries.   我們去買食品雜貨吧。

Let's go grocery shopping.   我們去採買吧。

Let's hit the supermarket.   我們去超市吧。

□ **2039.** It's right here.   就在這裡。

This is the place.   就是這個地方。

X marks the spot.   就是這個地方。

□ **2040.** No cars here.   這裡沒有車。

It's a walking area.   這是徒步區。

It's a pedestrian zone.   這是行人專用區。

13.
逛街購物

**

2038. grocery〔'grosərɪ〕*n.* 食品雜貨   ***go shopping*** 去購物；去買東西
go grocery shopping 去買食品雜貨
hit〔hɪt〕*v.* 到達 (= *go to* = *arrive at*)
supermarket〔'supɚ,mɑrkɪt〕*n.* 超市

2039. ***right here*** 就在這裡   mark〔mɑrk〕*v.* 標示
spot〔spɑt〕*n.* 地點
X marks the spot. 字面的意思是「用 X 標示出地點。」也就是「就是
這個地方。」(= *This is the exact spot.*)【exact〔ɪg'zækt〕*adj.*
確切的】通常會用 X 這個記號來標示出犯罪現場、藏寶的地點，或一
些其他特定的地點。

2040. ***No cars here.*** 源自 There are no cars here. (這裡沒有車。)
area〔'ɛrɪə〕*n.* 地區   ***walking area*** 徒步區
pedestrian〔pə'dɛstrɪən〕*n.* 行人   zone〔zon〕*n.* 地帶；地區
pedestrian zone 行人專用區

☐ **2041.** Nice shop!
Lots of stuff.
A little bit of everything.

這家店真不錯！
有很多東西。
每樣東西都有一點。

☐ **2042.** They have everything.
They got whatever you want.
You name it.

他們什麼都有。
他們有你想要的任何東西。
凡是你說得出的都有。

☐ **2043.** What are their hours?
When do they open and close?
Are weekdays and weekends
the same?

他們的營業時間是幾點？
他們何時開門和打烊？
平日和週末都一樣嗎？

** ——————

2041. nice〔naɪs〕*adj.* 好的　　shop〔ʃɑp〕*n.* 商店
lots of 很多的　　stuff〔stʌf〕*n.* 東西
Lots of stuff. 源自 They have lots of stuff.（他們有很多東西。）
a little bit 一點　　***A little bit of everything.*** 源自 They have a
little bit of everything.（他們每樣東西都有一點。）

2042. ***They got***… 他們有…（= *They have*… = *They've got*…）
whatever〔hwɑt'ɛvɚ〕*pron.* 無論什麼　　name〔nem〕*v.* 說出…
的名字　　***you name it*** 凡是你說得出的；應有盡有
You name it. 也可說成：Whatever you want, they have it.
（無論你要什麼，他們都有。）

2043. hours〔aʊrz〕*n. pl.* 時間【在此指 business hours（營業時間）】
What are their hours? 也可說成：When are they open?
（他們的營業時間是什麼時候？）
open〔'opən〕*v.* 開門；開始營業　　*adj.* 開著的；營業中的
close〔kloz〕*v.* 關門；停止營業；打烊
weekday〔'wik,de〕*n.* 平日　　weekend〔'wik'ɛnd〕*n.* 週末
same〔sem〕*adj.* 相同的；同樣的

2. 和朋友分開逛

☐ **2044**. Let's go window-shopping.   我們去逛街吧。
Let's just look.   我們看看就好。
We don't have to buy   我們不必買任何東西。
    anything.

☐ **2045**. Let's look around.   我們四處看看。
Let's walk around.   我們到處走走。
Let's see what's going on.   我們去看看發生什麼事。

☐ **2046**. Let's split up.   我們分開走吧。
You go your way.   你走你的。
I'll go my way.   我走我的。

13.
逛街購物

**

2044. window-shop〔'wɪndo‚ʃɑp〕*v.* 逛街瀏覽櫥窗
just〔dʒʌst〕*adv.* 只是　　look〔lʊk〕*v.* 看
2045. around〔ə'raʊnd〕*adv.* 到處；四處
look around 環顧四周　　***go on*** 發生
2046. split〔splɪt〕*v.* 分裂　　***split up*** 分離；分開
go one's way 走自己的路

□ **2047.** This is the entrance.　　　　　　這是入口。

　　　　This is the exit.　　　　　　　這是出口。

　　　　If lost, meet here.　　　　　　如果迷路的話，就在這裡
　　　　　　　　　　　　　　　　　　碰面。

□ **2048.** Let's meet out front.　　　　　我們在門口碰面吧。

　　　　By the entrance.　　　　　　在入口旁邊。

　　　　At the front door.　　　　　在前門。

□ **2049.** I'll be around.　　　　　　我會在附近。

　　　　I'm not going anywhere.　　我哪裡都不會去。

　　　　You know where to find me.　你知道在哪裡可以找到我。

** ──────────

2047. entrance ('ɛntrəns) *n.* 入口　　exit ('ɛgzɪt, 'ɛksɪt) *n.* 出口
　　　lost (lɔst) *adj.* 迷路的　　***If lost*** 是 If you are lost 的省略。
　　　meet (mit) *v.* 會面

2048. front (frʌnt) *n.* 前面　　*adj.* 前面的
　　　out front 在門外；在正門外面 (= out in front of the door)
　　　中國人説的「門口」，並不是 *the mouth of the outside door* (誤)，
　　　　而是 out in front of the door (在門的前面的外面)，簡化説成
　　　　out front (在門外)，即我們説的「在門口」。
　　　Let's meet out front. (我們在門口碰面吧。)
　　　= Let's meet outside in front of the door.
　　　= Let's meet out in front of the door.
　　　by (baɪ) *prep.* 在…旁邊　　***front door*** 前門

2049. around (ə'raund) *adv.* 在附近
　　　anywhere ('ɛnɪ,hwɛr) *adv.* 任何地方

3. 請朋友在原地等候

□ **2050**. You wait there. 你在那裡等。
You stay there. 你留在那裡。
I'll come to you. 我會來找你。

□ **2051**. Don't take off. 別走開。
Don't wander around. 不要到處閒逛。
I'll be back in a jiffy. 我馬上回來。

□ **2052**. Don't move. 不要移動。
Don't go anywhere. 不要去任何地方。
Stay where you are. 要待在原地。

13. 逛街購物

＊＊ ─────────────

2050. wait〔wet〕v. 等　　stay〔ste〕v. 停留；保持；待在
I'll come to you. 也可說成：I'll go to you. (我會去找你。)

2051. *take off* ①起飛　②離開；走開 (= *go* = *leave*)
wander〔'wɑndɚ〕v. 徘徊；遊蕩
around〔ə'raʊnd〕adv. 到處
wander around 四處徘徊；到處閒逛
be back 回來　　jiffy〔'dʒɪfɪ〕n. 一瞬間 (= *jiff*)
in a jiffy 立刻；馬上 (= *in a minute*)

2052. move〔muv〕v. 移動
anywhere〔'ɛnɪ,hwɛr〕adv. 任何地方
where you are 你所在的地方

☐ **2053.** Stay put. 要留在原地。

Stay here. 要待在這裡。

Stick around. 要待在原地。

☐ **2054.** Keep an eye on my stuff. 注意一下我的東西。

Make sure it's safe. 要確定它安全。

I'll be back in a flash. 我會立刻回來。

☐ **2055.** Wait a while. 等一下。

It won't be long. 不會太久。

Just sit tight. 只要留在原地等候。

**

2053. stay〔ste〕*v.* 保持；停留；待在

put〔pʊt〕*adj.* 一點都不動的　　***stay put*** 留在原地

stick around 逗留；停留；待在原地

2054. ***keep an eye on*** 注意　　stuff〔stʌf〕*n.* 東西

make sure 確定　　safe〔sef〕*adj.* 安全的

flash〔flæʃ〕*n.* 閃光；瞬間　　***in a flash*** 一瞬間；立刻

2055. wait〔wet〕*v.* 等　　while〔hwaɪl〕*n.* 短時間

Wait a while. 等一下。(= *Wait a minute.*)

long〔lɔŋ〕*adj.* 費時很久的　　tight〔taɪt〕*adv.* 緊緊地；完全地

sit tight 坐穩；靜止不動 (= *do not move*)；留在原地等候 (= *stay where you are; wait patiently without taking any immediate action*)

☐ **2056**. They're all alike. 　　　　　　　他們全部都很像。

　　　　They all seem the same. 　　　　他們看起來都一樣。

　　　　Seen one, seen them all! 　　　　看一個就等於看了全部！

☐ **2057**. I spent an hour shopping. 　　　　我花了一個小時購物。

　　　　I paid for some shoes. 　　　　　我付錢買了一些鞋子。

　　　　They cost me one hundred 　　　　它們花了我一百美元。
　　　　　　dollars.

☐ **2058**. Nike is my favorite. 　　　　　　耐吉是我的最愛。

　　　　Adidas is good, too. 　　　　　　愛迪達也很好。

　　　　I also like New Balance. 　　　　我也喜歡紐巴倫。

**

2056. alike〔ə'laɪk〕*adj.* 相像的　　seem〔sim〕*v.* 似乎；好像
　　same〔sem〕*adj.* 相同的
　　Seen one, seen them all! 源自 If you've seen one, you've
　　　seen them all!（如果你看了一個，你就看到全部了！）

2057. spend〔spɛnd〕*v.* 花費
　　「spend + 時間 + (in) + V-ing」表「花時間…」。
　　shop〔ʃɑp〕*v.* 購物　　***pay for*** 支付…的錢
　　I paid for some shoes. 我付錢買了一些鞋子。(= *I bought some*
　　　shoes.)　　cost〔kɔst〕*v.* (事物) 花費；值…

2058. Nike〔'naɪki〕*n.* 耐吉【運動品牌】；【希臘神話】勝利女神
　　favorite〔'fevərɪt〕*n.* 最喜愛的人或物
　　Adidas〔æ'dɪdəs〕*n.* 愛迪達【運動品牌】
　　New Balance〔'nju'bæləns〕*n.* 紐巴倫【運動品牌】

4. 只是逛逛

☐ **2059.** Not needed.　　　　　不需要。
　　　　　Not required.　　　　　不需要。
　　　　　Won't be necessary!　　這並不需要！

☐ **2060.** I'm just looking around.　我只是隨便看看。
　　　　　Just browsing.　　　　　只是隨便看看。
　　　　　If I have a question, I'll ask.　如果我有問題，我會問。
　　　　　【店員問你 "May I help you?"，你可以説這三句話回答】

☐ **2061.** When do you open?　　你們何時開門？
　　　　　When do you close?　　你們何時打烊？
　　　　　What are your hours?　你們的營業時間是什麼時
　　　　　【詢問店員營業時間可説這三句話】　候？

** ────────────

2059. ***Not needed***. 源自 It's not needed. (不需要。)
　　require (rɪ'kwaɪr) v. 要求；需要
　　Not required. 源自 It's not required. (不需要。)
　　necessary ('nɛsə,sɛrɪ) adj. 需要的；必要的
　　Won't be necessary! 源自 It won't be necessary!
2060. just (dʒʌst) adv. 只　　***look around*** 環顧四周；隨便看看
　　browse (brauz) v. 瀏覽；(在商店等) 隨意觀看商品
　　Just browsing. 源自 I'm just browsing. (我只是隨便看看。)
2061. open ('opən) v. (商店) 開始營業；開門
　　When do you open? 也可説成：What time do you open?
　　close (kloz) v. (商店) 關門；打烊
　　hours (aurz) n. pl. 辦公時間【在此指 business hours (營業時間)】

5. 想要買衣服

□ **2062.** Excuse me. 　　　　　　　　　　對不起。

Do you work here? 　　　　　　你在這裡工作嗎？

Could you help me? 　　　　　　你能幫我嗎？

□ **2063.** I'm looking for T-shirts. 　　　我在找 T 恤。

I want to buy polo shirts. 　　　我想要買 polo 衫。

Do you have any? 　　　　　　你們有嗎？

polo shirt

13.
逛
街
購
物

□ **2064.** Do you have my size? 　　　　你們有我的尺寸嗎？

I'd like a loose fit. 　　　　　　我想要寬鬆修身的款式。

I like light colors. 　　　　　　我喜歡淺色。

＊＊

2062. excuse〔 ɪk'skjuz 〕v. 原諒　　***Excuse me.*** 對不起；請原諒。

　　　Could you help me? 也可說成：Could you help me, please?
　　　（可以請你幫我嗎？）

2063. ***look for*** 尋找　　T-shirt〔'ti,ʃɜt 〕n. T 恤

　　polo〔'polo 〕n. 馬球　　***polo shirt*** polo 衫；馬球衫

　　Do you have any? 也可說成：Do you have any in stock?（你們

　　　有貨嗎？）【stock〔 stɑk 〕n. 存貨　　***have…in stock*** 有…的存貨】

2064. size〔 saɪz 〕n. 尺寸　　***I'd like*** 我想要（= I want ）

　　loose〔 lus 〕adj.（衣服）寬鬆的

　　fit〔 fɪt 〕n.（衣服等的）合身；合身的衣服　　***loose fit*** 寬鬆修身

　　light〔 laɪt 〕adj.（顏色）淡的；淺的　　　color〔'kʌlɚ 〕n. 顏色

♣ 想要試穿

☐ **2065.** I like casual styles.　　　我喜歡休閒的款式。

I like loose fitting clothes.　　我喜歡寬鬆的衣服。

I don't like anything too tight.　　我不喜歡太緊的衣服。

☐ **2066.** May I try this on?　　　我可以試穿這個嗎？

Where is the fitting room?　　試衣間在哪裡？

Should I leave my things　　我應該把我的東西留在

here?　　　　　　　　　　這裡嗎？

☐ **2067.** I want to buy this.　　　我想要買這個。

Tell me how much.　　　告訴我多少錢。

How much does it cost?　　這個要多少錢？

** ────────────

2065. casual〔ˋkæʒʊəl〕*adj.* 非正式的；休閒的

style〔staɪl〕*n.* 風格；款式　　loose〔lus〕*adj.* 寬鬆的

fitting〔ˋfɪtɪŋ〕*adj.* 適合的；合身的　*n.* 試穿；試衣

loose fitting 寬鬆的　　tight〔taɪt〕*adj.* 緊的

2066. *try on* 試穿　　*fitting room* 試衣間　　leave〔liv〕*v.* 留下

Should I leave my things here? 也可說成：Should I leave my

bag here?（我應該把我的袋子留在這裡嗎？）或 May I take my

things in?（我可以把我的東西帶進去嗎？）

2067. cost〔kɔst〕*v.* 值（多少錢）

♣ 詢問價格

□ **2068.** How much is this?　　　　　這個多少錢？

　　　　 What's the price?　　　　　價錢是多少？

　　　　 What's the cost?　　　　　價格是多少？

【注意，不可說成：*How much is the price?*（誤）】

□ **2069.** Name your price.　　　　　你開個價吧。

　　　　 State your fee.　　　　　你定個費用吧。

　　　　 How much do you want for it?　這個你要賣多少錢？

□ **2070.** How about a discount?　　　可以打折嗎？

　　　　 How about a good deal?　　算便宜一點好嗎？

　　　　 Can you give me a decent　　可以給我一個好價錢嗎？
　　　　　 price?

**

2068. price〔praɪs〕*n.* 價格；價錢　　cost〔kɔst〕*n.* 費用；價格

2069. name〔nem〕*v.* 指定（價格）　　***name your price*** 開價；出價
　　Name your price.（你開個價吧。）也可說成：How much do
　　　you want for it?（這個你要賣多少錢？）
　　state〔stet〕*v.* 說明；確定；指定　　fee〔fi〕*n.* 費用

2070. ***How about ~ ?*** ~如何？　　discount〔'dɪskaʊnt〕*n.* 折扣
　　deal〔dil〕*n.* 交易　　***good deal*** 好交易；很划算
　　decent〔'disn̩t〕*adj.* 相當好的

13.
逛街購物

6. 店員説很便宜

☐ **2071.** I'm here to help.   我來這裡幫忙你。

       I'm at your service.   我為你服務。

       Anything I can do?   有什麼我可以做的嗎？

☐ **2072.** Red is your color.   紅色是你的顏色。

       Red becomes you.   紅色很適合你。

       You look better in red.   你穿紅色比較好看。

☐ **2073.** Give it to me.   交給我吧。

       Hand it to me.   把它拿給我。

       Hand it over.   把它拿過來。

13.
逛街購物

**

2071. service〔ˋsɝvɪs〕 *n.* 服務   **be at** *one's* **service** 任某人隨意使用
I'm at your service. (我供你差遣；我為你服務。) 也可說成：I'm
willing to help you with whatever you need. (無論你有什麼
需要，我都願意幫助你。)【willing〔ˋwɪlɪŋ〕 *adj.* 願意的】
Anything I can do? 源自 Is there anything I can do? (有什麼我
可以做的嗎？)

2072. color〔ˋkʌlɚ〕 *n.* 顏色   become〔bɪˋkʌm〕 *v.* 適合
Red becomes you. (紅色很適合你。) (= *You look good in red.*
= *Red is a good color for you.*)
look〔lʊk〕 *v.* 看起來   in〔ɪn〕 *prep.* 穿著…

2073. give〔gɪv〕 *v.* 遞給；交給   hand〔hænd〕 *v.* 交給；拿給
hand over 手交；提交；移交
Hand it over. 把它拿過來。(= *Give it over.* = *Give it here.*)

□ **2074**. It's a bargain.   這個很便宜。

It's a good deal.   這個物美價廉。

It's more for your money.   這個物超所值。

□ **2075**. It's a good price.   這個價錢很划算。

It's a good value.   這很划算。

It's more bang for your buck.   這物超所值。

□ **2076**. It was so worth it.   它非常值得。

It was really worth the cost.   它真的物有所值。

It was worth every penny.   它物有所值。

13.
逛街購物

** ─────────

2074. bargain〔ˈbɑrgɪn〕*n.* 交易;廉價品   deal〔dil〕*n.* 交易

It's a bargain. (這個很便宜。)也可說成:It's a good deal.
(這個物美價廉。)It's a good price. (這個價格很划算。)

It's more for your money. 源自 It's more value for your
money. (這個物超所值。)【value〔ˈvælju〕*n.* 價值】

2075. price〔praɪs〕*n.* 價錢   value〔ˈvælju〕*n.* 價值;值得的東西;
與其價格等值的東西   *be a good value* 很划算

It's a good value. 這個很划算。(= *It's a bargain.* = *It's a good
deal.*)   bang〔bæŋ〕*n.* 重擊;刺激;樂趣   buck〔bʌk〕*n.* 美元

more bang for your buck 以較小的代價獲得較大的收益

It's more bang for your buck. 這物超所值。(= *You get more for
your money.*)

2076. so〔so〕*adv.* 很;非常   worth〔wɝθ〕*adj.* 值得…的

worth it 值得的(= *worthwhile*)   cost〔kɔst〕*n.* 費用

penny〔ˈpɛnɪ〕*n.* 一分錢   *It was worth every penny.*「它值得
每一分錢。」通常是指東西很貴,但卻很值得,引申為「它物有所
值。」(= *It was worth what we spent on it.*)也可說成:It was
expensive, but it really was worth it. (它很貴,但真的很值得。)

☐ **2077.** It's super cheap. 　　　　　　這個超便宜。

　　　　 It's a steal. 　　　　　　　　　這個很便宜。

　　　　 You gotta buy it. 　　　　　　你一定要買。

☐ **2078.** It's a great price. 　　　　　　這是個很好的價錢。

　　　　 It's really cheap. 　　　　　　這真的很便宜。

　　　　 Grab it before it's gone. 　　　在賣完之前趕快搶購。

☐ **2079.** It's not much. 　　　　　　　這沒有多少錢。

　　　　 It's chicken feed. 　　　　　　只是小錢。

　　　　 It's just peanuts. 　　　　　　一點點錢而已。

** ────────────────

2077. super〔'supɚ〕*adv.* 超　　cheap〔tʃip〕*adj.* 便宜的

　　steal〔stil〕*n.* 極廉價的物品；低價

　　It's a steal. 這個很便宜。(= *It's a bargain.* = *It's a great deal.*)

　　gotta〔'gɑtə〕必須 (= *have got to* = *have to*)

2078. great〔gret〕*adj.* 極好的；很棒的　　price〔praɪs〕*n.* 價錢

　　grab〔græb〕*v.* 抓取；搶先；搶佔

　　gone〔gɔn〕*adj.* 離去的；消失的

2079. ***It's not much.*** 可加長為：It's not much money. (這沒有多少錢。)

　　feed〔fid〕*n.* 飼料

　　chicken feed 雞飼料；零錢；小錢 (= *small change*)

　　peanut〔'pi,nʌt〕*n.* 花生；(~s) 小錢

　　It's just peanuts. (一點點錢而已。) (= *It's chicken feed.*

　　　= *It's just a little money.* = *It's very little money.*)

7. 客人說太貴了

☐ **2080.** It's expensive.   這個很貴。
It isn't cheap.   這個不便宜。
It costs a small fortune.   這個要不少錢。

☐ **2081.** It's costly.   這很貴。
It costs a pretty penny.   這要很多錢。
It doesn't come cheap.   這不便宜。

☐ **2082.** The cost is unreasonable.   這個價錢不合理。
It's too pricey.   它太昂貴了。
It costs an arm and a leg.   它要一大筆錢。

13.
逛街購物

** ————————————

2080. expensive〔ɪkˋspɛnsɪv〕*adj.* 昂貴的   cheap〔tʃip〕*adj.* 便宜的
cost〔kɔst〕*v.* 使花費;值 (…錢)   *n.* 費用;價格
fortune〔ˋfɔrtʃən〕*n.* 財富;大筆錢
a small fortune 大筆錢 (= *a fortune* = *a pretty penny*)
It costs a small fortune. 這個要不少錢。(= *It costs a pretty penny.* = *It costs an arm and a leg.* = *It costs a large sum of money.*)【sum〔sʌm〕*n.* 金額】

2081. 這三句話意思相同。   costly〔ˋkɔstlɪ〕*adj.* 昂貴的 (= *expensive*)
pretty〔ˋprɪtɪ〕*adj.* 漂亮的;相當大的 (數量等)
penny〔ˋpɛnɪ〕*n.* 一分錢   ***a pretty penny*** 相當多的錢
It costs a pretty penny. 這要很多錢。(= *It costs a lot.*)
come〔kʌm〕*v.* 變成;變得   ***not come cheap*** 不便宜;昂貴
It doesn't come cheap. 這不便宜。(= *It isn't cheap.*)

2082. unreasonable〔ʌnˋriznəbḷ〕*adj.* 不合理的
pricey〔ˋpraɪsɪ〕*adj.* 價格高的;昂貴的   arm〔ɑrm〕*n.* 手臂
leg〔lɛg〕*n.* 腿   ***an arm and a leg*** 一大筆錢

2083. It's too expensive.　　　　　　　它太貴了。
I can't afford it.　　　　　　　　我負擔不起。
The price is too high.　　　　　　價格太高了。

【修飾 price (價格)，要用 high (高的) 或 low (低的)，不能用 expensive (昂貴的)，不可說成：*The price is too expensive.*【誤】】

2084. It's too pricey for me.　　　　　這太貴了。
It's out of my budget.　　　　　　這超出我的預算。
It's out of my price range.　　　這超出我的預算。

2085. It's very expensive.　　　　　　　這個非常貴。
The price is outrageous!　　　　　價格高得離譜！
I have to pay through the nose!　我必須付很多錢！

** ————

2083. expensive〔ɪkˈspɛnsɪv〕*adj.* 昂貴的　　afford〔əˈfɔrd〕*v.* 負擔得起
price〔praɪs〕*n.* 價格；價錢　　high〔haɪ〕*adj.* 高的
2084. pricey〔ˈpraɪsɪ〕*adj.* 價格高的；昂貴的 (= *expensive*)
budget〔ˈbʌdʒɪt〕*n.* 預算　***out of** one's **budget*** 超出某人的預算
range〔rendʒ〕*n.* 範圍
out of** one's **price range 超出某人的預算範圍；太貴了
2085. outrageous〔autˈredʒəs〕*adj.* 駭人的；無法無天的
pay〔pe〕*v.* 付錢　　through〔θru〕*prep.* 透過；經由
nose〔noz〕*n.* 鼻子
pay through the nose 付費過高；花很多錢 (= *pay too much money for sth.*)【據說在九世紀的時候，丹麥攻陷愛爾蘭，丹麥想算一下愛爾蘭有多少人，可是他們不是算人頭，而是算鼻子，然後要向「每一個鼻子」徵收昂貴的稅金，聽說付不出稅金的人，鼻子會被割一刀，作爲懲罰。後來的人就用 "pay through the nose" 這個成語來表示「付出很貴的價格」】

8. 被敲竹槓

☐ **2086.** I paid too much.   我付太多錢了。

They overcharged me.   他們敲我竹槓。

I got ripped off.   我被敲竹槓。

☐ **2087.** I was ripped off.   我被敲竹槓。

I was overcharged.   我被收太多錢了。

I paid through the nose.   我付的價錢太高了。

☐ **2088.** They charged me too much!   他們向我索取太高的金額！

The price was sky high!   這個價錢高得不合理！

It was highway robbery!   這根本是搶錢！

13. 逛街購物

** ————

2086. pay〔pe〕*v.* 付錢

overcharge〔'ovɚ'tʃɑrdʒ〕*v.* 向…索價過高；收費過高

rip off 敲…的竹槓   ***get ripped off*** 被敲竹槓

2087. nose〔noz〕*n.* 鼻子   ***pay through the nose*** 付費過高；花很

多錢（= *pay a price that is much higher than it should be*）

2088. charge〔tʃɑrdʒ〕*v.* 索取金額   ***sky high*** 高入雲霄；高得不合理的

highway〔'haɪ,we〕*n.* 公路   robbery〔'rɑbərɪ〕*n.* 搶劫；搶案

highway robbery 公路搶劫；獅子大開口；搶錢

【英式英語為 daylight robbery「光天化日下搶劫；敲竹槓；搶錢」

（daylight〔'de,laɪt〕*n.* 白天）】

9. 要求退換

☐ **2089.** Can I exchange this?　　　　　我可以退換這個嗎？
　　　　 Can I get a refund?　　　　　　我可以退錢嗎？
　　　　 Here is my receipt.　　　　　　這是我的收據。

☐ **2090.** It's out of order.　　　　　　　它故障了。
　　　　 It's broken.　　　　　　　　　它壞了。
　　　　 It doesn't work.　　　　　　　它無法運作。
　　　　 【看到機器故障，你就說這三句話】

☐ **2091.** Can I get this in a different　　　我這個能換不同的顏色嗎？
　　　　　　color?
　　　　 I don't have a receipt.　　　　　我沒有收據。
　　　　 It was a gift.　　　　　　　　　這是禮物。

13.
逛街購物

** ─────────────────

2089. exchange〔ɪks'tʃendʒ〕v. 交換；退換【「退貨」則用 return】
　　　refund〔'ri,fʌnd〕n. 退錢　　receipt〔rɪ'sit〕n. 收據
2090. order〔'ɔrdɚ〕n. 次序；正常的狀態　***out of order*** 故障
　　　broken〔'brokən〕adj. 損壞了的　　work〔wɜk〕v. 運作
2091. 表「顏色」，用 in。
　　　color〔'kʌlɚ〕n. 顏色　　gift〔gɪft〕n. 禮物

10. 想要借錢

☐ 2092. I spent too much.　　　　　　　　我花太多錢了。

I need to spend less.　　　　　　　我必須少花一點。

It's time to tighten my belt.　　　我該勒緊腰帶節儉度日了。

☐ 2093. I spent too much money.　　　　　我花太多錢了。

I need to make up for it.　　　　　我必須補足赤字。

I want to break even.　　　　　　　我要把帳打平。

☐ 2094. I'm saving up money.　　　　　　　我正在存錢。

I'm putting aside money.　　　　　我正在存錢。

I'm saving for a rainy day.　　　　我在存錢以備不時之需。

13. 逛街購物

** ————

2092. spend〔spɛnd〕v. 花費　　*It's time to V.* … 該是…的時候了

tighten〔'taɪtn̩〕v. 拉緊　　belt〔bɛlt〕n. 皮帶

tighten one's belt 勒緊腰帶；過節儉的生活【這個說法和中文一樣】

2093. *make up for* 彌補；補足

even〔'ivən〕adj. 均衡的；一致的；同樣的

break even 打平；收支平衡；不賺不賠

2094. save〔sev〕v. 儲蓄；存（錢）　　*save up* 儲蓄；存（錢）

put aside 放在旁邊；儲存　　rainy〔'renɪ〕adj. 下雨的

rainy day 雨天；貧苦困難的日子

save for a rainy day 事先準備以備不時之需；未雨綢繆

☐ **2095**. I hate to ask. 我真不願意開口。

I'm short of cash. 我缺現金。

I need some money. 我需要一些錢。

☐ **2096**. I'm broke. 我沒錢。

I'm out of cash. 我沒有現金。

My pockets are empty. 我的口袋是空的。

☐ **2097**. Lend me some money. 借我一些錢。

Just for a few days. 只要幾天就好。

Just to tide me over. 只要幫我度過難關就好。

13.
逛
街
購
物

** ——————

2095. hate〔het〕 *v.* 討厭　　ask〔æsk〕 *v.* 詢問；要求

short〔ʃɔrt〕 *adj.* 缺乏的　　***be short of*** 缺少（= *be short on*）

cash〔kæʃ〕 *n.* 現金

2096. broke〔brok〕 *adj.* 沒錢的；破產的

I'm broke. (我沒錢。) 不可說成：*I'm broken.* (誤) 可加強語氣說

成：I'm dead broke. (我一文不名。)【dead〔dɛd〕 *adv.* 完全地；

全然】　　***out of*** 缺乏；沒有

I'm out of cash. 我沒有錢。(= *I'm out of money.*)

pocket〔'pɑkɪt〕 *n.* 口袋　　empty〔'ɛmptɪ〕 *adj.* 空的

My pockets are empty. (我的口袋是空的。) 也可說成：My

wallet is empty. (我的皮夾是空的。)【wallet〔'wɑlɪt〕 *n.* 皮夾】

2097. lend〔lɛnd〕 *v.* 借（出）；借給　　just〔dʒʌst〕 *adv.* 只

tide sb. over 使某人度過難關

11. 想買手機

☐ **2098.** What's your phone? 你的手機是什麼品牌？
Android or iPhone? 安卓還是蘋果？
Which brand is it? 它是什麼品牌？

☐ **2099.** Your phone takes great 你的手機的照相功能很棒。
photos.
That picture turned out well. 那張照片拍出來的效果很好。
That would look nice on a 那掛在牆上會很好看。
wall.

13.
逛街購物

☐ **2100.** I really like that. 我真的很喜歡那個。
Where did you get it? 你去哪裡買的？
How much did you pay? 你付了多少錢？

** ─────────────────

2098. phone〔fon〕*n.* 電話【在此指 cell phone（手機）】
Android〔'ændrɔɪd〕*n.* 安卓【Google 開發的作業系統】
iPhone〔'aɪ'fon〕*n.* 由蘋果（Apple）公司設計發售的智慧型手機
brand〔brænd〕*n.* 品牌

android

2099. great〔gret〕*adj.* 很棒的；極好的
photo〔'foto〕*n.* 照片　　***take a photo*** 拍照
picture〔'pɪktʃɚ〕*n.* 圖畫；照片　　***turn out*** 結果為；發展為
That picture turned out well. 也可說成：That's a good picture.
（那是一張很好的照片。）　　look〔luk〕*v.* 看起來
nice〔naɪs〕*adj.* 好的　　wall〔wɔl〕*n.* 牆壁

2100. really〔'rɪəlɪ〕*adv.* 真地；非常　　pay〔pe〕*v.* 付錢

□ **2101.** What do you recommend?　　　　你推薦什麼？

What do you suggest?　　　　你有什麼建議？

What do you think is best?　　你認為什麼最好？

□ **2102.** What's your opinion?　　　　你有什麼意見？

What's your impression?　　　你有什麼想法？

What do you think about this?　你認為如何？

□ **2103.** What a long line!　　　　好長的隊伍！

So many are waiting!　　　好多人在等！

Is it worth it?　　　　值得嗎？

** ——————

2101. recommend〔͵rɛkə'mɛnd〕*v.* 推薦

What do you recommend? 也可說成：Do you have any
recommendations?（你有任何推薦嗎？）

注意：recommendations 須用複數形。

suggest〔səg'dʒɛst〕*v.* 建議　　***What do you think is best?***

也可說成：What do you think is the best? 意思相同。

2102. opinion〔ə'pɪnjən〕*n.* 意見

impression〔ɪm'prɛʃən〕*n.* 印象；感覺；想法

2103. what〔hwɑt〕*adj.* 多麼的　　line〔laɪn〕*n.*（等待順序的）行列

So many are waiting! 源自 So many people are waiting!（好
多人在等！）　　worth〔wɝθ〕*adj.* 值得…的

worth it 值得的（＝*worthwhile*）

12. 一分錢，一分貨

☐ 2104. I bought it online.　　　　　　　我在網路上買的。
I ordered it online.　　　　　　　我在網路上訂購的。
It was delivered to my door.　　　它被送到我家門口。

☐ 2105. It's useful.　　　　　　　　　　它很有用。
It's helpful.　　　　　　　　　　它很有幫助。
It comes in handy.　　　　　　　它很有用。

☐ 2106. You get what you pay for.　　　一分錢，一分貨。
Quality depends on the price.　　品質取決於價格。
The price depends on the　　　　價格取決於品質。
　　quality.

13.
逛街購物

** ——————

2104. online〔'ɑn,laɪn〕*adv.* 在線上；在網路上
I bought it online. 我在網路上買的。（= *I got it online.*）
【get〔gɛt〕*v.* 買】　　order〔'ɔrdɚ〕*v.* 訂購
deliver〔dɪ'lɪvɚ〕*v.* 遞送
be delivered to one's door 送到某人的家門口
It was delivered to my door. 較常用，較少說 *It was delivered to*
　my home.
2105. useful〔'jusfəl〕*adj.* 有用的
helpful〔'hɛlpfəl〕*adj.* 有幫助的；有用的
handy〔'hændɪ〕*adj.* 便利的；方便的；正合用的
come in handy 有用；可以派上用場
It comes in handy.（它很有用。）也可說成：It's handy.（它很便利。）
2106. *pay for* 付錢買　　quality〔'kwɑlətɪ〕*n.* 品質
depend on 依賴；取決於　　price〔praɪs〕*n.* 價錢；價格

14. 吃吃喝喝
Eating & Drinking

用手機掃瞄聽錄音

1. 邀約吃飯

☐ **2107.** Let's meet!　　　　　　　　　我們見個面吧！
Let's get together!　　　　　　我們聚一聚吧！
Let's do lunch, OK?　　　　　　我們一起吃午餐，好嗎？

☐ **2108.** Let's have lunch.　　　　　　我們去吃午餐吧。
Let's eat lunch together.　　　　我們一起去吃午餐。
Let's meet over lunch.　　　　　我們邊吃午餐邊聊。

☐ **2109.** Let's grab some food.　　　　我們隨便吃點東西吧。
Get something to eat.　　　　　找點東西吃吧。
Grab a quick bite.　　　　　　很快地吃一點東西吧。

**

2107. meet〔mit〕v. 見面；會面；正式會談　　***get together*** 聚在一起
do lunch 吃午餐（= *have lunch* = *eat lunch*）
Let's do lunch, OK? 也可說成：Let's have lunch sometime.
（我們找個時間吃午餐吧。）【sometime〔'sʌm,taɪm〕*adv.* 某時】

2108. have〔hæv〕v. 吃；喝　　***over lunch*** 午餐時　　***meet over lunch***
邊吃午餐邊聊（= *talk over lunch* = *have a lunch meeting*）

2109. grab〔græb〕v. 急抓；急著利用；胡亂吃　　***Let's grab some food.***
我們隨便吃點東西吧。（= *Let's get something to eat.*）
get〔gɛt〕v. 獲得；買　　***Get something to eat.*** 源自 Let's get
something to eat.（我們找點東西吃吧。）　　quick〔kwɪk〕
adj. 快的　　bite〔baɪt〕*n.* 一口；一小口食物；小吃；點心
grab a quick bite 匆忙地吃一點東西（= *get something quick*）
Grab a quick bite. 源自 Let's grab a quick bite.（我們很快地吃
一點東西吧。）

14.
吃
吃
喝
喝

□ **2110**. Have you eaten? 你吃過了嗎？

You hungry? 你會餓嗎？

Want some food? 想要一些食物嗎？

□ **2111**. I'm hungry. 我餓了。

I'm hungry as hell. 我餓壞了。

I'm hungry as a wolf. 我非常餓。

□ **2112**. I'm really hungry. 我很餓。

I'm feeling weaker by the 我覺得越來越虛弱。
minute.

I need to eat something 我需要吃點營養的食物。
nutritious.

**

14.
吃吃喝喝

2110. hungry〔'hʌŋgrɪ〕*adj.* 飢餓的
You hungry? 是由 Are you hungry? 簡化而來。
Want some food? 是由 Do you want some food? 簡化而來。

2111. hell〔hɛl〕*n.* 地獄
as hell 很；非常；要命；要死【用於強調壞事或令人不快的事】
wolf〔wʊlf〕*n.* 狼　***(as) hungry as a wolf*** 餓如虎狼；非常餓

2112. really〔'rɪəlɪ〕*adv.* 真地；非常　weak〔wik〕*adj.* 虛弱的
minute〔'mɪnɪt〕*n.* 分鐘　***by the minute*** 隨著每一分鐘過去
（= *as every minute passes*），表示「越來越」。
nutritious〔nju'trɪʃəs〕*adj.* 營養的

☐ **2113.** Feel like a bite? | 想要吃點東西嗎？
Want a meal or a snack? | 想要吃飯還是點心？
How hungry are you? | 你有多餓？

☐ **2114.** Let's grab a bite. | 我們去吃點東西吧。
What do you like? | 你喜歡什麼？
What do you feel like eating? | 你想要吃什麼？

☐ **2115.** I feel like fast food. | 我想要吃速食。
Something quick and convenient. | 一些快又方便的東西。
Kentucky Fried Chicken OK? | 肯德基好嗎？

**

2113. ***feel like*** 想要（ = *want* ）　　bite〔baɪt〕*n.* 一口食物；少量食物
Feel like a bite? 源自 Do you feel like a bite? 也可說成：Feel
like some food?（想要吃些食物嗎？）
meal〔mil〕*n.* 一餐　　snack〔snæk〕*n.* 點心
Want a meal or a snack? 源自 Do you want a meal or a snack?
（你想要吃飯還是點心？）　　hungry〔ˈhʌŋgrɪ〕*adj.* 飢餓的

2114. grab〔græb〕*v.* 急抓；急著利用；胡亂吃　　***Let's grab a bite.*** 字
面的意思是「我們去抓一口食物吧。」引申為「我們去吃點東西吧。」
What do you like? 也可說成：What do you like to eat?（你喜歡
吃什麼？）

2115. ***fast food*** 速食　　quick〔kwɪk〕*adj.* 快的
convenient〔kənˈvinjənt〕*adj.* 方便的
Kentucky〔kɛnˈtʌkɪ〕*n.* 肯塔基州
fry〔fraɪ〕*v.* 油炸　　***fried chicken*** 炸雞
Kentucky Fried Chicken 肯德基【速食店名】

2. 關於飲料

☐ **2116**. Thirsty? 口渴嗎？

How about a drink? 來杯飲料如何？

How about a bottle of water? 來一瓶水如何？

☐ **2117**. I need a pick-me-up. 我需要提神劑。

I need something to perk me up. 我需要某個東西來提神。

Let's get some coffee. 我們去買些咖啡吧。

☐ **2118**. I'm giving up soft drinks. 我要戒除清涼飲料。

I'm quitting right now. 我現在正在戒。

I'm going cold turkey. 我要說戒就戒。

** ───────────

2116. thirsty〔'θɝstɪ〕adj. 口渴的

Thirsty? 是由 Are you thirsty? 簡化而來。

How about~? ~如何？

drink〔drɪŋk〕n. 飲料   bottle〔'bɑtḷ〕n. 瓶

thirsty

2117. pick-me-up〔'pɪk mi ‚ʌp〕n. 提神劑

perk sb. up 使某人有活力；使某人振作起來   get〔gɛt〕v. 買

2118. ***give up*** 放棄；停止…的使用；戒除

soft drink 清涼飲料；不含酒精的飲料   quit〔kwɪt〕v. 戒除

right now 現在   go〔go〕v. 變得（= *become*）

cold turkey 突然完全停止服用毒品【爲何用 cold turkey（冷火雞）

這個說法？這個名詞最早是指戒毒的人，一開始會經歷身體發冷，和起難

皮疙瘩的症狀】

go cold turkey 一下子突然戒掉；說戒就戒【而不是慢慢減少次數】

例如：John *quit* smoking *cold turkey*.（約翰說戒就戒了煙。）

I'm going to *go cold turkey* on chocolate.

（我要馬上戒掉吃巧克力的癮。）

I really admire him for *quitting cold turkey*.

（我真的很佩服他說戒就戒。）

14.
吃
吃
喝
喝

☐ **2119.** I'm going to order.

What would you like?

Small, medium, or large?

我要去點餐。

你想要什麼？

小杯、中杯，還是大杯？

☐ **2120.** Do you have any straws?

Extra napkins, please.

Extra packets of ketchup, too.

你們有吸管嗎？

請再多給幾張餐巾紙。

也要再多幾包蕃茄醬。

☐ **2121.** Here's your drink.

Is a glass OK?

Or do you want a straw?

這是你的飲料。

玻璃杯可以嗎？

還是你要吸管？

** ——————————

2119. order〔'ɔrdɚ〕 *v.* 點菜　　***would like*** 想要

small〔smɔl〕 *adj.* 小的

medium〔'midɪəm〕 *adj.* 中等的

large〔lɑrdʒ〕 *adj.* 大的

2120. straw〔strɔ〕 *n.* 吸管

extra〔'ɛkstrə〕 *adj.* 額外的

napkin〔'næpkɪn〕 *n.* 餐巾；餐巾紙（= *paper napkin*）

packet〔'pækɪt〕 *n.* 小包　　ketchup〔'kɛtʃəp〕 *n.* 蕃茄醬

2121. drink〔drɪŋk〕 *n.* 飲料　　glass〔glæs〕 *n.* 玻璃杯

☐ **2122.** Use caution.　　　　　　　　　　要小心。

That's boiling hot.　　　　　　　那個非常燙。

Don't burn yourself.　　　　　　不要燙到自己。

☐ **2123.** Sip it slowly.　　　　　　　　　　慢慢地小口喝。

Blow on it.　　　　　　　　　　　要對著它吹氣。

Don't burn your tongue.　　　　不要燙傷舌頭。

☐ **2124.** I prefer tea in a cup.　　　　　　我比較喜歡用茶杯裝茶。

I like drinks in a glass.　　　　　我喜歡用玻璃杯裝飲料。

I love coffee in a mug.　　　　　我愛用馬克杯裝咖啡。

** ───────

2122. caution〔ˈkɔʃən〕*n.* 小心；謹慎

　　use caution 謹慎行事（= *exercise caution*）

　　boiling〔ˈbɔɪlɪŋ〕*adj.* 沸騰的　*adv.* 沸騰般地；極度地

　　boiling hot 極熱的　　burn〔bɝn〕*v.* 燙傷

2123. sip〔sɪp〕*v.* 啜飲；小口喝

　　slowly〔ˈsloli〕*adv.* 慢慢地　　blow〔blo〕*v.* 吹

　　blow on 往⋯吹氣　　tongue〔tʌŋ〕*n.* 舌頭

2124. prefer〔prɪˈfɝ〕*v.* 比較喜歡

　　cup〔kʌp〕*n.* 杯子　　drink〔drɪŋk〕*n.* 飲料

　　glass〔glæs〕*n.* 玻璃杯　　coffee〔ˈkɔfɪ〕*n.* 咖啡

　　mug〔mʌg〕*n.* 馬克杯

cup

glass

mug

14.
吃吃喝喝

3. 問朋友想吃什麼

□ 2125. Can I get you something?　要我替你買點什麼嗎？

　　Do you need anything?　你需要什麼？

　　What would you like?　你想要什麼？

□ 2126. What do you want to eat?　你想要吃什麼？

　　Don't be shy.　不要不好意思。

　　If I wasn't here, what would　如果我不在這裡，你會點
　　you order?　什麼？

□ 2127. I'm going to get food.　我要去買些食物。

　　What do you feel like?　你想要什麼？

　　What's your order?　你想要點什麼？

** ─────────────

2125. get〔gɛt〕v. 拿；買　　*get sb. sth.* 拿給某人某物；買給某人某物

　　Can I get you something?（要我替你買點什麼嗎？）也可説成：

　　Can I get you something to drink?（要我替你買點什麼喝
　　的嗎？）或 Can I get you something to eat?（要我替你買
　　點什麼吃的嗎？）　　*would like* 想要

2126. shy〔ʃaɪ〕adj. 害羞的；不好意思的

　　現在美國人一般都説 If I wasn't here，較正式的説法是 If I
　　weren't here。　　order〔ˈɔrdɚ〕v. 點（餐）

2127. *feel like* 想要　　order〔ˈɔrdɚ〕n. 點的菜

♣ 隨便挑

☐ **2128.** Let's pig out! 　　　　　　　　我們大吃一頓吧！

　　　　 Let's have a feast! 　　　　　　我們吃大餐吧！

　　　　 Let's eat like there's no 　　　　我們拼命吃吧。
　　　　　　 tomorrow.

☐ **2129.** Pick your poison. 　　　　　　　由你選擇。

　　　　 Select what you like. 　　　　　選你喜歡的。

　　　　 Choose whatever you wish. 　　　選你想要的。

☐ **2130.** It's your choice. 　　　　　　　由你選擇。

　　　　 It doesn't really matter to me. 　　我無所謂。

　　　　 I don't have any preference. 　　我沒有特別的偏好。

**

2128. pig〔pɪg〕*n.* 豬　　***pig out*** 狼吞虎嚥地吃

　　　 have〔hæv〕*v.* 吃　　 feast〔fist〕*n.* 盛宴

　　　 like〔laɪk〕*prep.* 像　　***like there's no tomorrow*** 字面的意思是
　　　　 「好像沒有明天」，引申為「拼命做…；不顧後果地做…；毫無節制地」。

2129. pick〔pɪk〕*v.* 挑選；選擇　　 poison〔'pɔɪzn̩〕*n.* 毒藥

　　　 pick your poison 「選擇你的毒藥」是幽默的話，表示「由你來選擇」。

　　　 select〔sə'lɛkt〕*v.* 挑選　　 choose〔tʃuz〕*v.* 選擇

　　　 whatever〔hwɑt'ɛvɚ〕*conj.* 任何…的東西 (= *anything that*)

　　　 wish〔wɪʃ〕*v.* 希望；想要

2130. choice〔tʃɔɪs〕*n.* 選擇　　 matter〔'mætɚ〕*v.* 重要；有關係

　　　 preference〔'prɛfərəns〕*n.* 喜好；偏好

pig out

14.
吃
吃
喝
喝

2131. Pick out what you like.　　　　挑選你喜歡的。

Select anything you desire.　　　　選任何你想要的。

Whatever you choose is fine　　　　不論你選什麼，我都
　　　with me.　　　　可以。

2132. I'm easy to satisfy.　　　　我很容易滿足。

I'm easy to please.　　　　我很容易滿意。

I'm not too demanding.　　　　我不會要求很高。

2133. I have simple tastes.　　　　我的品味簡單。

I like plain things.　　　　我喜歡平凡的事物。

I'm a meat-and-potatoes person.　　　　我吃得很簡單。

【吃飯時可説這三句話】

** ─────────────

2131. ***pick out*** 挑出；選出　　select〔sə'lɛkt〕v. 選擇；挑選
desire〔dɪ'zaɪr〕v. 想要　　fine〔faɪn〕adj. 好的
be fine with me 對我而言沒問題

2132. satisfy〔'sætɪs,faɪ〕v. 使滿足　　please〔pliz〕v. 取悅；使高興
demanding〔dɪ'mændɪŋ〕adj. 苛求的；要求高的

2133. simple〔'sɪmpl̩〕adj. 簡單的　　taste〔test〕n. 品味；口味；愛好
plain〔plen〕adj. 普通的；平凡的　　meat〔mit〕n. 肉
potato〔pə'teto〕n. 馬鈴薯
meat-and-potatoes adj. 基本的；簡單的；口味一般的

4. 描述自己喜歡的食物

☐ **2134.** I love spicy food. | 我愛吃辣的食物。
I like the hot flavor. | 我喜歡辣的口味。
Spicy hot pot is my favorite. | 麻辣火鍋是我的最愛。

☐ **2135.** I love sweet and sour flavors. | 我愛甜和酸的口味。
I like salty and spicy, too. | 我也喜歡鹹的和辣的。
Bitter and bland, not so much. | 苦的和淡的,就不那麼喜歡。

☐ **2136.** I love fried chicken. | 我愛炸雞。
Chicken wings and chicken breasts. | 雞翅和雞胸都好。
But especially drumsticks. | 尤其是雞腿。

** ────────

2134. spicy〔'spaɪsɪ〕*adj.* 辣的　　hot〔hɑt〕*adj.* 辣的(*= spicy*);熱的
flavor〔'flevɚ〕*n.* 口味　　pot〔pɑt〕*n.* 鍋;盆;壺【圓形深底,
材質可為陶、金屬,或玻璃等】　　***hot pot*** 火鍋
favorite〔'fevərɪt〕*n., adj.* 最喜愛的(人或事物)

2135. 這三句話中包含六個形容味道的單字,有四個 **s**:**s**weet,**s**our,
salty,**s**picy,和二個 **b**:**b**itter,**b**land,非常實用,必背。
sweet〔swit〕*adj.* 甜的　　sour〔saʊr〕*adj.* 酸的【sour 可以指水果
或醋的酸味,也可指食物因發酵而產生的酸味,如 The milk went sour.
(牛奶酸掉了。)】　　***sweet and sour*** ①甜的和酸的 ②糖醋口味的
【如 ***sweet and sour ribs*** 糖醋排骨】　　salty〔'sɔltɪ〕*adj.* 鹹的
bitter〔'bɪtɚ〕*adj.* 苦的　　bland〔blænd〕*adj.* 淡的;無味的
***Bitter and bland*, *not so much*.** 苦的和淡的,就不那麼喜歡。
(*= I don't like bitter or bland food.*)

2136. fried〔fraɪd〕*adj.* 油炸的　　chicken〔'tʃɪkən〕*n.* 雞;雞肉
wing〔wɪŋ〕*n.* 翅膀　　breast〔brɛst〕*n.* 胸部;(雞)胸肉
especially〔ə'spɛʃəlɪ〕*adv.* 特別;尤其是
drumstick〔'drʌm,stɪk〕*n.* 鼓槌;雞腿【雞腿不要說成 chicken leg,
外國人說 chicken leg,指的是「妓女的腿」】

☐ **2137.** I like sour and spicy soup.　　我喜歡酸辣湯。

I enjoy stuff not too salty,　　我喜歡不會太鹹，不會太

not too sweet.　　甜的東西。

I even like bitter food.　　我甚至喜歡苦的食物。

☐ **2138.** I like to try new things.　　我喜歡嘗試新的東西。

Sometimes I like it.　　我有時候喜歡。

Sometimes I don't.　　我有時候不喜歡。

☐ **2139.** This is delicious.　　這個很好吃。

It's a family recipe.　　這是家傳食譜。

It reminds me of home.　　它讓我想到家。

** ————

2137. sour〔saʊr〕*adj.* 酸的　　spicy〔'spaɪsɪ〕*adj.* 辣的

soup〔sup〕*n.* 湯　　***sour and spicy soup*** 酸辣湯

stuff〔stʌf〕*n.* 東西　　salty〔'sɔltɪ〕*adj.* 鹹的

even〔'ivən〕*adv.* 甚至　　bitter〔'bɪtɚ〕*adj.* 苦的

2138. try〔traɪ〕*v.* 嘗試　　sometimes〔'sʌm,taɪmz〕*adv.* 有時候

2139. delicious〔dɪ'lɪʃəs〕*adj.* 美味的　　recipe〔'rɛsəpɪ〕*n.* 烹飪法

family recipe 家傳食譜；祖傳秘方

remind〔rɪ'maɪnd〕*v.* 提醒；使想起

remind *sb.* ***of*** *sth.* 使某人想起某物

14.
吃
吃
喝
喝

5. 關於喝酒

☐ 2140. How about a drink?　　　　　喝杯酒如何？
　　　　Let's get a drink.　　　　　　我們去買杯酒吧。
　　　　Let me buy you a drink.　　　　讓我請你喝杯酒。

☐ 2141. I don't drink.　　　　　　　　我不喝酒。
　　　　I'm a nondrinker.　　　　　　我不喝酒。
　　　　I'm a teetotaler.　　　　　　我滴酒不沾。

☐ 2142. I avoid alcohol.　　　　　　　我避免喝酒。
　　　　I stay far away from it.　　　　我遠離酒精。
　　　　I wouldn't touch it with a　　　我非常討厭酒。
　　　　　ten-foot pole.

** ─────────────

> 2140. ***How about~?*** ～如何？（= *What about~?*）
> drink〔drɪŋk〕*n.* 飲料；（酒的）一杯　*v.* 喝酒　　get〔gɛt〕*v.* 買
> ***buy sb. sth.*** 買某物給某人；請某人吃或喝某物
>
> 2141. 這三句話意思相同。　nondrinker〔'nɑn'drɪŋkə〕*n.* 不喝酒的人
> teetotaler〔ti'totl̩ə〕*n.* 絕對禁酒者；禁酒主義者
> **tee¦total¦er**
> tea¦全部¦人　（全用茶來代替酒的人，就是「滴酒不沾的人」。）
>
> 2142. avoid〔ə'vɔɪd〕*v.* 避開；避免　　alcohol〔'ælkə,hɔl〕*n.* 酒精；酒
> ***stay away from*** 遠離　　touch〔tʌtʃ〕*v.* 觸碰
> foot〔fʊt〕*n.* 英尺　　pole〔pol〕*n.* 竿子
> ***not touch~with a ten-foot pole*** 字面的意思是「就算用一支十英尺
> 　長的竿子也不想去碰」，表示「非常討厭～」。

2143. I tried some wine.　　　　　　我嘗試喝了一點葡萄酒。
It made me feel dizzy.　　　　　這使我覺得頭暈暈的。
I felt a little tipsy.　　　　　　我覺得有點醉了。

2144. I rarely drink wine.　　　　　　我很少喝酒。
I seldom go to bars.　　　　　　我很少去酒吧。
Just once in a blue moon.　　　　幾乎未曾有過。

2145. I'm a light drinker.　　　　　　我酒喝得不多。
I'm a lightweight.　　　　　　　我的酒量不好。
I can't drink much.　　　　　　我不能喝太多。

** ———

2143. try〔traɪ〕*v.* 嘗試　　wine〔waɪn〕*n.* 酒；葡萄酒
dizzy〔'dɪzɪ〕*adj.* 頭暈的　　***a little*** 有點
tipsy〔'tɪpsɪ〕*adj.* 微醉的（= *slightly drunk*）

2144. rarely〔'rɛrlɪ〕*adv.* 很少　　seldom〔'sɛldəm〕*adv.* 很少
bar〔bɑr〕*n.* 酒吧　　once〔wʌns〕*adv.* 一次
moon〔mun〕*n.* 月亮
once in a blue moon 罕有地；幾乎未曾有過；千載難逢地
Just once in a blue moon. 幾乎未曾有過。
　　（= *It happens just once in a blue moon.*）

2145. light〔laɪt〕*adj.* 輕微的；少量的；不多的
drinker〔'drɪŋkə〕*n.* 飲酒者
light drinker 喝酒喝得不多的人（↔ *heavy drinker* 酗酒者；酒鬼）
lightweight〔'laɪt,wet〕*n.* 輕量級選手；很容易喝醉酒的人
I'm a lightweight.（我的酒量不好。）也可說成：I get drunk
　　easily.（我很容易喝醉。）

6. 關於餐廳

☐ **2146.** They're everywhere. 它們到處都是。
They're all around. 它們到處都有。
They're a dime a dozen. 多得不稀罕。

【當看到麥當勞或星巴克時，就可説這三句話】

☐ **2147.** I found a tiny restaurant. 我找到了一家很小的餐廳。
It was out of the way. 它很偏僻。
It was a hole in the wall. 它是間狹小而昏暗的小餐廳。

☐ **2148.** It's too far. 太遠了。
You can't walk it. 你無法走路去。
Take a taxi. 要搭計程車。

** ─────────

2146. everywhere〔'ɛvrɪ,hwɛr〕*adv.* 到處

dime

all around 到處；四處（= *all over*）
dime〔daɪm〕*n.* 一角硬幣　　dozen〔'dʌzn〕*n.* 一打；十二個
a dime a dozen（像一角可以買一打似的）因太多而不值錢，不稀罕；
　　多得不稀罕；稀鬆平常的

2147. tiny〔'taɪnɪ〕*adj.* 微小的　　restaurant〔'rɛstərənt〕*n.* 餐廳
out of the way 偏僻的　　hole〔hol〕*n.* 洞　　wall〔wɔl〕*n.* 牆
a hole in the wall（尤指設於成排建築物中的）狹小而昏暗的小餐館

2148. far〔fɑr〕*adj.* 遠的　　***walk it*** 步行；走去
take〔tek〕*v.* 搭乘　　taxi〔'tæksɪ〕*n.* 計程車

☐ **2149.** It's a popular place.　　　　這是很受歡迎的餐廳。

It's tough to get a table.　　　　很難有位子。

Be prepared to wait in line.　　　要有排隊的心理準備。

☐ **2150.** What do you think?　　　　你認為如何？

How do you feel?　　　　你覺得如何？

How about this place?　　　這個地方如何？

☐ **2151.** Nice place.　　　　這個地方真好。

Nice atmosphere.　　　　氣氛很不錯。

It's cool.　　　　很酷。

**

2149. popular〔'pɑpjələ〕*adj.* 受歡迎的　　place〔ples〕*n.* 地方；餐館

tough〔tʌf〕*adj.* 困難的（= *difficult*）

table〔'tebḷ〕*n.* 桌子；桌位

It's tough to get a table. 很難有一張桌子，引申為「很難有位子。」

也可說成：This place is almost always full.（這裡幾乎總是客

滿。）【full〔fʊl〕*adj.* 客滿的】

prepare〔prɪ'pɛr〕*v.* 使有做⋯的心理準備

be prepared to V. 要有做⋯的心理準備

line〔laɪn〕*n.*（等待順序的）行列　　***wait in line*** 排隊等候

2150. ***How about~?*** ～如何？

2151. nice〔naɪs〕*adj.* 好的　　atmosphere〔'ætməs,fɪr〕*n.* 氣氛

cool〔kul〕*adj.* 很酷的；很棒的

7. 和服務人員對話

☐ **2152.** Could we sit over there? 　我們可以坐那裡嗎？
　　　　 Next to the window? 　　　可以靠窗嗎？
　　　　 In the corner? 　　　　　可以在角落嗎？
　　　　【詢問服務生座位的事情】

☐ **2153.** Save these seats. 　　　　保留這些座位。
　　　　 Hold this table. 　　　　佔著這張桌子。
　　　　 Don't let anyone take it. 　不要讓別人佔了。
　　　　【請朋友佔位子，就說這三句話】

♣ 請朋友過來坐

☐ **2154.** Grab a seat. 　　　　　　找個位子坐下吧。
　　　　 Pull up a chair. 　　　　快點過來坐。
　　　　 You're welcome to sit down. 　歡迎你坐下。

＊＊────────

2152. ***over there*** 在那裡　　***next to*** 在…旁邊
　　window〔'wɪndo〕*n.* 窗戶　　***Next to the window?*** 源自 Could
　　 we sit next to the window?（我們可以坐靠窗的位子嗎？）
　　corner〔'kɔrnɚ〕*n.* 角落　　***In the corner?*** 源自 Could we sit
　　 in the corner?（我們可以坐在角落嗎？）
2153. save〔sev〕*v.* 保留　　 seat〔sit〕*n.* 座位
　　hold〔hold〕*v.* 擁有；佔有　　 take〔tek〕*v.* 佔用；就（座）
2154. grab〔græb〕*v.* 抓住；急抓；急著利用　　***Grab a seat.*** 找個位子
　　 坐下吧。(= *Have a seat.* = *Take a seat.* = *Sit down.*)
　　pull〔pul〕*v.* 拉　　***pull up a chair*** 把椅子拉近；快點過來坐
　　 (= *sit down* = *take a seat* = *bring a chair over here*)

♣ 詢問無限網路 **Wi-Fi** 的密碼

☐ **2155.** I'd like to use the Internet.　我想要使用網路。

　　　Do you have free Wi-Fi　你們這裡有免費的無線網路

　　　　here?　嗎？

　　　What's the name and　名稱和密碼是什麼？

　　　　password?

☐ **2156.** Do you have Wi-Fi here?　你們這裡有無線網路嗎？

　　　What's the password?　密碼是什麼？

　　　Is it free?　是免費的嗎？

☐ **2157.** The Wi-Fi here is good.　這裡的無線網路很好。

　　　It's really fast.　速度真的很快。

　　　Best of all, it's free.　最好的一點是，完全免費。

** ────────────

2155. ***I'd like to V.*** 我想要… (= *I want to V.*)

　　　Internet〔'ɪntɚ,nɛt〕*n.* 網際網路　　free〔fri〕*adj.* 免費的

　　　Wi-Fi〔'waɪ'faɪ〕*n.* 無線網路 (= *Wireless Fidelity* 無線高傳真

　　　= *wi-fi*)　　name〔nem〕*n.* 名字；名稱

　　　password〔'pæs,wɝd〕*n.* 密碼

　　　What's the name and password? 中的 the name

　　　　是指 the router name (路由器名稱)，即在搜尋 Wi-Fi 時，

　　　　畫面上會列出的一連串可連線上網的名稱。

2157. really〔'riəlɪ〕*adv.* 真地　　***best of all*** 最好的一點是

♣ 開始點菜

☐ **2158.** Excuse me, Miss. 對不起，小姐。

We're ready to order. 我們準備好要點餐了。

Could you please take our 可以請妳現在接受我們點

order now? 餐嗎？

☐ **2159.** We don't have much time. 我們沒有很多時間。

We only have forty minutes. 我們只有四十分鐘。

Can we make it? 我們來得及嗎？

【點餐時，要趕去看電影，可以對服務生說這三句話】

☐ **2160.** Is this food fresh? 這個食物新鮮嗎？

It's not spoiled, is it? 它沒壞吧，是嗎？

I'm a picky eater. 我吃東西很挑剔。

【詢問食物是否新鮮，可以說這三句話】

** ————————

^{2158.} excuse〔ɪk'skjuz〕v. 原諒　　***Excuse me.*** 對不起；請原諒。

miss〔mɪs〕n. 小姐　　ready〔'rɛdɪ〕adj. 準備好的

order〔'ɔrdɚ〕v. n. 點餐　　***take*** one's ***order*** 接受某人點餐

^{2159.} minute〔'mɪnɪt〕n. 分鐘　　***make it*** 成功；辦到

^{2160.} fresh〔frɛʃ〕adj. 新鮮的　　spoil〔spɔɪl〕v. 使腐壞

spoiled〔spɔɪld〕adj.（食物）變質的

picky〔'pɪkɪ〕adj. 愛挑剔的；吹毛求疵的

eater〔'itɚ〕n. 食者；吃的人

☐ **2161.** What's your specialty? 　　你們的招牌菜是什麼？

What are you famous for? 　　你們有名的是什麼？

What should I try? 　　我應該品嚐什麼？

♣ **牛肉麵的英文**

☐ **2162.** I'd like a bowl of beef noodle 　　我想要一碗牛肉麵。
soup.

I want a plate of fried noodles. 　　我要一盤炒麵。

That's it for now. 　　先點這些。

☐ **2163.** We can't finish this. 　　這個我們吃不完。

Please bag this. 　　請把這個打包。

A doggie bag, OK? 　　用剩菜袋裝，可以嗎？

＊＊ ───────────────

2161. specialty〔ˈspɛʃəltɪ〕*n.* 招牌菜　　famous〔ˈfeməs〕*adj.* 有名的

What are you famous for?（你們有名的是什麼？）也可說成：

What's your number one dish?（你們最好的菜是什麼？）

或 What's your best dish?（你們最好的菜是什麼？）

【***number one*** 第一流；頭等的　　dish〔dɪʃ〕*n.* 菜餚】

2162. ***I'd like*** 我想要【點餐時可用】＝ I want【並非不禮貌】

≒ *I like*（我喜歡）【誤】，中國人和美國人都常會說錯。

bowl〔bol〕*n.* 碗　　beef〔bif〕*n.* 牛肉

noodle〔ˈnudl〕*n.* 麵【一般使用時用複數，當形容詞時，用單數】

beef <u>noodles</u> 乾牛肉麵　　beef <u>noodle soup</u> 有湯的牛肉麵

plate〔plet〕*n.* 盤子　　fried〔fraɪd〕*adj.* 炒的；炸的

fried noodles 炒麵　　***That's it.*** 就這樣。（＝ *That's all.*）

for now 目前；暫時

2163. finish〔ˈfɪnɪʃ〕*v.* 完成；做完；吃完　　bag〔bæg〕*v.* 將…裝入袋中

doggie〔ˈdɔgɪ〕*n.* 小狗　　***doggie bag***（把在餐廳吃剩的菜帶回家
的）剩菜袋　　OK〔ˈoˈke〕*adj.* 好的；可以的

♣ 稱讚餐廳

☐ **2164.** We're done.　　　　　　　　　我們吃完了。
We're finished.　　　　　　　　我們吃完了。
Check, please.　　　　　　　　請給我們帳單。
　　【吃完飯後，可說這三句】

☐ **2165.** You're doing good business.　你們的生意做得很好。
Great place.　　　　　　　　　這個地方很棒。
I'll be back for sure.　　　　　我一定會再回來。

☐ **2166.** Great service.　　　　　　　　很棒的服務。
Very professional.　　　　　　非常專業。
You guys are the best.　　　　你們是最棒的。

　　【在餐廳或飯店，可以對服務人員説這三句話】

** ————————————

14.
吃
吃
喝
喝

2164. done〔dʌn〕 *adj.* 完成的；結束的
finished〔'fɪnɪʃt〕 *adj.* 完成的；結束的
check〔tʃɛk〕 *n.* 支票；帳單

check

2165. business〔'bɪznɪs〕 *n.* 生意　　***do business*** 做生意
great〔gret〕 *adj.* 很棒的　　place〔ples〕 *n.* 地方；餐館
Great place. 源自 It's a great place. (這個地方很棒。)
back〔bæk〕 *adv.* 返回；回原處　　***for sure*** 一定

2166. great〔gret〕 *adj.* 很棒的　　service〔'sɝvɪs〕 *n.* 服務
professional〔prə'fɛʃənḷ〕 *adj.* 專業的
Very professional. 源自 You are very professional. (你們非常
專業。)　　guy〔gaɪ〕 *n.* 人；傢伙　　***you guys*** 你們

8. 稱讚美食

☐ **2167.** So many dishes!　　　好多道菜！

So much stuff to eat!　　好多東西可以吃！

It's food galore.　　　　有好多食物。

☐ **2168.** Smells good!　　　　聞起來很香！

Smells delicious!　　　聞起來很美味！

Smells so tasty!　　　聞起來真好吃！

☐ **2169.** It smells delicious.　　它聞起來很美味。

It looks tasty.　　　　它看起來很好吃。

I can't wait to dig in.　我等不及要開始吃了。

【看到美食就這麼說】

** ————————————————————

2167. so〔so〕*adv.* 很；非常　　dish〔dɪʃ〕*n.* 菜餚

So many dishes! 源自 There are so many dishes!（有好多道菜！）

stuff〔stʌf〕*n.* 東西【集合名詞】　　***So much stuff to eat!*** 源自

　　There is so much stuff to eat!（有好多東西可以吃！）

galore〔gə'lor〕*adj.*【置於名詞之後】很多的；豐富的

2168. 這三句話的句首都省略了主詞 It。

smell〔smɛl〕*v.* 聞起來【後面接形容詞】

delicious〔dɪ'lɪʃəs〕*adj.* 美味的

tasty〔'testɪ〕*adj.* 美味的；好吃的（= *delicious*）

2169. ***I can't wait*** 我等不及了　　dig〔dɪg〕*v.* 挖　　***dig in*** 開始大吃

□ **2170**. Let's eat. 　　　　　　　　我們吃吧。

　　　　Let's chow down. 　　　　　我們大吃一頓吧。

　　　　Let's pig out. 　　　　　　　我們大吃一頓吧。

□ **2171**. Help yourself. 　　　　　　你自己來。

　　　　Don't hold back. 　　　　　　不要客氣。

　　　　There's plenty. 　　　　　　　有很多。

□ **2172**. Let's start. 　　　　　　　我們開始吧。

　　　　Go ahead. 　　　　　　　　　開始吃吧。

　　　　Take as much as you want. 　　想要多少，就拿多少。

**─────────────────

2170. chow〔tʃaʊ〕*v.* 吃　　　***chow down*** 盡情地大吃；大快朵頤

　　　（ *= eat up = pig out = enjoy one's meal* ）

　　pig out 大吃大喝；狼吞虎嚥

2171. ***help*** *oneself* 自行取用　　　***hold back*** 猶豫；意志

　　　plenty〔'plɛntɪ〕*pron.* 多量的東西；很多

2172. start〔stɑrt〕*v.* 開始

　　　go ahead ①先請 ②開始；做吧 ③繼續　　　

　　　as much as 和…一樣多

□ **2173.** How's the food?　　　　食物如何？

　　　　How's the flavor?　　　　味道如何？

　　　　Taste good?　　　　　　好吃嗎？

□ **2174.** This dish is the best.　　這道菜是最好的。

　　　　It's the house special.　　這是私房菜。

　　　　It's what they're famous for.　這是他們有名的菜。

□ **2175.** It's famous.　　　　　　它很有名。

　　　　It's well-known.　　　　它很有名。

　　　　It's a blue-ribbon product.　它是最棒的產品。

** ————————————

2173. flavor〔'flevɚ〕*n.* 味道；風味　　taste〔test〕*v.* 嚐起來

　　Taste good? 源自 Does it taste good?（它嚐起來好吃嗎？）

2174. dish〔dɪʃ〕*n.* 菜餚　　***This dish is the best.*** 句中的 best 是最高

　　級形容詞，用作修飾用法時，通常作 the best 或 one's best，但

　　用作敘述用法時，常省略 the。如 ***the best*** movie（最好的電影），

　　It is ***best*** to start it now.（最好現在開始。）

　　special〔'spɛʃəl〕*n.* 特別的人或物　　***house special*** 私房菜

　　famous〔'feməs〕*adj.* 有名的　　***be famous for*** 以…而有名

2175. well-known〔'wɛl'non〕*adj.* 有名的　　ribbon〔'rɪbən〕*n.* 緞帶

　　blue ribbon ①藍帶【英國最高勳章嘉德勳章（the Garter）的藍帶】；

　　　藍綬 ②特優獎；最高榮譽

　　blue-ribbon *adj.* 第一流的；最棒的；得第一名的

　　product〔'prɑdəkt〕*n.* 產品　　***It's a blue-ribbon product.*** 它是

　　最棒的產品。（= *It's an award-winning product.* = *It's an*

　　excellent product.）【award〔ə'wɔrd〕*n.* 獎　　award-winning

　　adj. 得獎的　　excellent〔'ɛkslənt〕*adj.* 優秀的；極好的】

□ **2176.** Mmm, this is crunchy! 嗯，這個很脆！
It's crispy! 這個很酥脆！
It's chewy! 這個很有嚼勁！

□ **2177.** Delicious. 很好吃。
Tastes fantastic. 嚐起來很棒。
I love it. 我很喜歡。

□ **2178.** Magnificent food. 好棒的食物。
Marvelous flavor. 風味絕佳。
It was a meal to die for. 這頓飯太棒了。

**

2176. mmm〔m〕*interj.* 嗯　crunchy〔'krʌntʃɪ〕*adj.* 鬆脆的
crispy〔'krɪspɪ〕*adj.* 酥脆的（= *crisp*）
chewy〔'tʃuɪ〕*adj.* 不易咬碎的；需要咀嚼的；耐嚼的

2177. delicious〔dɪ'lɪʃəs〕*adj.* 美味的；好吃的
Delicious. 是由 It's delicious.（很好吃。）簡化而來。
taste〔test〕*v.* 嚐起來　fantastic〔fæn'tæstɪk〕*adj.* 很棒的
Tastes fantastic. 源自 It tastes fantastic.（它嚐起來很棒。）

2178. magnificent〔mæg'nɪfəsn̩t〕*adj.* 壯麗的；很棒的
marvelous〔'mɑrvl̩əs〕*adj.* 很棒的；絕佳的
flavor〔'flevɚ〕*n.* 味道；風味　meal〔mil〕*n.* 一餐
to die for 非常棒的（= *extremely good*）
It was a meal to die for. 字面的意思是「值得為這頓飯而死。」
也就是「這頓飯太棒了。」（= *It was an excellent meal.* = *It was worth dying for.*）【excellent〔'ɛkslənt〕*adj.* 優秀的；極好的
worth〔wɝθ〕*adj.* 值得…的】

14.
吃
吃
喝
喝

□ **2179.** This is delicious! 　　　　　這很好吃！

How is this made? 　　　　　這是怎麼做的？

What's the recipe? 　　　　　是怎麼做的？

□ **2180.** Give it a try. 　　　　　試試看。

Give it a chance. 　　　　　給它一個機會。

What have you got to lose? 　　　你有什麼損失？

□ **2181.** Try it. 　　　　　試試看。

Taste it. 　　　　　嚐嚐看。

You might like it. 　　　　　你可能會喜歡。

**

2179. delicious〔dɪ'lɪʃəs〕 *adj.* 美味的（= *tasty* ）

recipe〔'rɛsəpɪ〕 *n.* 食譜；烹調法

2180. try〔traɪ〕 *v. n.* 嘗試　　***give it a try*** 試試看（= *try it* ）

chance〔tʃæns〕 *n.* 機會　　***have got*** 有（= *have* ）

lose〔luz〕 *v.* 損失

What have you got to lose? （你有什麼損失？）也可說成：

You have nothing to lose. （你不會有什麼損失。）

2181. taste〔test〕 *v.* 品嚐　　might〔maɪt〕 *aux.* 可能

14.
吃
吃
喝
喝

2182. What a delicious meal! | 這一餐真好吃！
Every dish was so tasty. | 每一道菜都很好吃。
I've never had better. | 我從來沒吃過比這更好的。
【稱讚餐點好吃，可以用這三句話】

2183. I'm satisfied. | 我很滿足。
I have no complaints. | 我沒有怨言。
Everything is fine. | 一切都很好。

2184. Hey, wipe your mouth. | 嘿，擦擦你的嘴巴。
There is something there. | 那裡有東西。
In the corner of your mouth. | 在你的嘴角。

** ——————————

14.
吃吃喝喝

2182. what〔hwɑt〕*adj.*【用於感嘆句】多麼　meal〔mil〕*n.* 一餐
dish〔dɪʃ〕*n.* 菜餚　so〔so〕*adv.* 很；非常
tasty〔'testɪ〕*adj.* 美味的；好吃的
have〔hæv〕*v.* 吃；喝　better〔'bɛtɚ〕*n.* 較佳之事物

2183. satisfied〔'sætɪs,faɪd〕*adj.* 感到滿意的；滿足的
complaint〔kəm'plent〕*n.* 抱怨　fine〔faɪn〕*adj.* 好的

2184. hey〔he〕*interj.* 嘿　wipe〔waɪp〕*v.* 擦
mouth〔mauθ〕*n.* 嘴巴　corner〔'kɔrnɚ〕*n.* 角落
In the corner of your mouth.（在你的嘴角。）也可説成：You
have some food in the corner of your mouth.（你的嘴角有
一些食物。）

9. 請朋友幫忙遞醬料

☐ **2185.** Please pass me a napkin.　　請遞給我一張餐巾紙。

Hand me the hot sauce.　　把辣椒醬拿給我。

Give me the vinegar.　　給我醋。

☐ **2186.** Pass that, please.　　請把那個遞給我。

Hand me that.　　把那個拿給我。

Please give that to me.　　請把那個給我。

☐ **2187.** It's too bland.　　味道太淡了。

It needs soy sauce.　　它需要醬油。

Maybe some vinegar.　　也許需要一些醋。

** _____

2185. pass〔pæs〕 *v.* 傳遞；(用手) 遞 (東西)

napkin〔'næpkɪn〕 *n.* 餐巾；餐巾紙

hand〔hænd〕 *v.* 拿給；遞給　　hot〔hɑt〕 *adj.* 辣的

sauce〔sɔs〕 *n.* 醬；醬汁

hot sauce 辣椒醬 (= *hot pepper sauce*)

vinegar〔'vɪnɪgɚ〕 *n.* 醋

2186. ***hand*** *sb. sth.* 把某物拿給某人 (= *hand sth. to sb.*)

2187. bland〔blænd〕 *adj.* (食物) 清淡的；無味的

soy〔sɔɪ〕 *n.* 大豆　　***soy sauce*** 醬油

maybe〔'mebɪ〕 *adv.* 也許

soy sauce　vinegar

□ **2188**. Want some soy sauce? 想要一些醬油嗎？

How about some vinegar? 一些醋如何？

How about some hot sauce? 一些辣椒醬如何？

□ **2189**. Here you are. 拿去吧。

Here it is. 拿去吧。

Here is what you wanted. 你要的東西在這裡。

□ **2190**. There you are. 給你。

There you go. 給你。

You got it. 你拿到了。

【把東西拿給對方時，同時說這三句話】

** ——————————

14.
吃
吃
喝
喝

2188. soy〔sɔɪ〕*n.* 大豆　　sauce〔sɔs〕*n.* 醬汁

soy sauce 醬油　　***Want some soy sauce?*** 是由 Do you want

some soy sauce?（你要一些醬油嗎？）簡化而來。

how about …如何　　vinegar〔ˋvɪnɪgɚ〕*n.* 醋

hot〔hɑt〕*adj.* 辣的　　***hot sauce*** 辣椒醬

2189. ***Here you are.*** 你要的東西在這裡；拿去吧。(= *Here it is.*)

what you want 你要的東西

2190. ***There you are.*** 【禮貌用語】這是你要的；你要的東西在這裡。

(= *There you go.*)

You got it. ①沒問題。②你得到它了。(= *You got what you*

wanted.) ③你明白啦。④你說對啦。⑤我馬上照辦。

10. 鼓勵朋友多吃一點

☐ **2191**. Want some?　　　　　　要來一些嗎？

Have a bite.　　　　　　吃一口。

Don't be polite.　　　　不要客氣。

☐ **2192**. Try some.　　　　　　　試一點看看。

Have a little.　　　　　吃一點。

Make me happy.　　　　讓我高興一下。

☐ **2193**. Please eat more.　　　　請多吃一點。

You're looking too skinny.　你看起來太瘦了。

Get some meat on your　你的骨頭要多長點肉！
　　　bones!

**

2191. ***Want some?*** 是由 Do you want some? (你要一些嗎？) 簡化

而來。　　have〔hæv〕*v.* 吃；喝

bite〔baɪt〕*v.* 咬　*n.* 一口；一小口食物；小吃；點心

Have a bite. 也可說成：Have a little. (吃一點。)

polite〔pəˈlaɪt〕*adj.* 有禮貌的；客氣的

2192. try〔traɪ〕*v.* 試嚐；試吃　　make〔mek〕*v.* 使

2193. look〔lʊk〕*v.* 看起來

skinny〔ˈskɪnɪ〕*adj.* 很瘦的；皮包骨的

meat〔mit〕*n.* 肉　　bone〔bon〕*n.* 骨頭

□ **2194.** Eat all you can. 你儘量吃。

Eat till you're full. 吃到你飽了爲止。

Eat to your heart's content. 要盡情地吃。

【鼓勵朋友儘量吃，就説這三句話】

□ **2195.** There's one piece left. 還剩下一塊。

You take it. 你吃吧。

You have the last piece. 你吃最後一塊。

□ **2196.** I'm on a diet. 我在節食。

I'm cutting calories. 我正在減少卡路里的攝取。

I want to lose weight. 我想要減重。

** ──────────

2194. ***Eat all you can.*** 你儘量吃。(= *Eat as much as you can.*)

【「吃到飽」則是 all you can eat】

till (tɪl) *conj.* 直到　　full (fʊl) *adj.* 吃飽的

heart (hɑrt) *n.* 心　　content (kənˈtɛnt) *n.* 滿足

to one's ***heart's content*** 盡情地；盡量地

2195. piece (pis) *n.* 一片；一塊　　left (lɛft) *adj.* 剩下的

take (tek) *v.* 拿；吃；喝　　have (hæv) *v.* 吃；喝

2196. diet (ˈdaɪət) *n.* 飲食；飲食限制　　***on a diet*** 節食

cut (kʌt) *v.* 減少　　calorie (ˈkælərɪ) *n.* 卡路里【熱量單位】

lose (luz) *v.* 減少　　weight (wet) *n.* 體重

lose weight 減輕體重；減肥

11. 吃太飽

□ **2197.** I overate. 　　　　　　　　我吃太飽了。
　　　 I feel sleepy now. 　　　　　我現在覺得想睡。
　　　 I'm in a food coma. 　　　　我吃飽了很想睡。

□ **2198.** My stomach is full. 　　　　我的肚子很飽。
　　　 There is no room left. 　　　沒有剩下任何空間了。
　　　 I'm going to explode. 　　　我要爆炸了。

□ **2199.** I ate too much. 　　　　　　我吃太多了。
　　　 I've had more than enough. 　我吃得太飽了。
　　　 I want to walk it off. 　　　我想要散散步把它消耗掉。

【吃完飯後，覺得吃太飽了，可以說這三句話】

**

2197. overate〔'ovæ'it〕v. 吃得過飽
　　 sleepy〔'slipɪ〕adj. 想睡的（= *drowsy*）
　　 coma〔'komə〕n. 昏迷　　***food coma*** 字面的意思是「食物昏迷」，
　　　　指的是「吃飽飯後昏昏欲睡的狀態」。
　　 I'm in a food coma. 我吃飽了很想睡。(= *I'm drowsy after that
　　 big meal.*)【drowsy〔'drauzɪ〕adj. 想睡的
　　　　big〔bɪg〕adj. 豐盛的　　meal〔mil〕n. 一餐】
2198. stomach〔'stʌmək〕n. 胃；肚子
　　 full〔fʊl〕adj. 滿的；裝滿的；飽的　　room〔rum〕n. 空間
　　 left〔lɛft〕adj. 剩下的　　explode〔ɪk'splod〕v. 爆炸
2199. have〔hæv〕v. 吃；喝　　enough〔ɪ'nʌf, ə'nʌf〕adj. 足夠的
　　 more than enough 過多　　***walk off*** 以散步消除

12. 準備結帳

♣ 各付各的

☐ **2200.** Let's go Dutch. 　　　　　　 我們各付各的。
　　　　　 You pay your share. 　　　　　你付你的。
　　　　　 I'll pay mine. 　　　　　　　我付我的。

☐ **2201.** Let's both pay. 　　　　　　　我們兩個一起付錢。
　　　　　 Let's split it. 　　　　　　　我們平均分攤。
　　　　　 Let's each pay half. 　　　　　我們兩個各付一半。

☐ **2202.** Let's go halves. 　　　　　　　我們各付一半。
　　　　　 Go fifty-fifty. 　　　　　　　我們平均分攤。
　　　　　 Half for you, half for me. 　　你出一半，我出一半。

** ——————————————

2200. go〔go〕*v.* 變得　　Dutch〔dʌtʃ〕*adj.* 荷蘭的
　　go Dutch 各付各的【17世紀時英國人和荷蘭人不斷爭奪貿易路線，所以有這個成語暗示荷蘭人不大方】　　pay〔pe〕*v.* 支付；付錢
　　share〔ʃɛr〕*n.* 一份　　***mine*** 在此等於 my share（我的那一份）。

2201. split〔splɪt〕*v.* 使分裂；分攤
　　half〔hæf〕*n.* 一半【複數形是 halves〔hævz〕】

2202. ***go halves*** 平分；均分；各半
　　go fifty-fifty 每個人付百分之五十，也就是「平均分攤」。
　　Go fifty-fifty. 源自 Let's go fifty-fifty.（我們平均分攤吧。）
　　Half for you, half for me. 是慣用語，一半給你，一半給我，也就是「一半你付，一半我付。」（= *You pay half, and I'll pay half.*）
　　Let's go Dutch. 我們各付各的。（= *Let's go halves.* = *Let's go fifty-fifty.* = *Let's split the bill.* = *Let's each pay half.*）
　　【bill〔bɪl〕*n.* 帳單】

14.
吃
吃
喝
喝

♣ 我請客

☐ **2203**. It's my treat.　　　　　　　　　我請客。

It's on me.　　　　　　　　　　　我請客。

Let me pay.　　　　　　　　　　　讓我付錢。

【要付帳請客時，就說這三句話】

☐ **2204**. Be my guest.　　　　　　　　　我請客。

Let me treat you.　　　　　　　　讓我請你。

Please don't say no.　　　　　　　請不要拒絕。

☐ **2205**. I want to treat you.　　　　　　我想要請你。

Charge it to me.　　　　　　　　　記在我的帳上。

Let me take care of the bill.　　　讓我來付帳。

**

2203. treat〔trit〕*n.* 請客　*v.* 款待；請客

be on *sb.* 由某人支付；由某人請客　　pay〔pe〕*v.* 付錢

2204. guest〔gɛst〕*n.* 客人　　***Be my guest.*** ①我請客。②請便。

say no 拒絕

2205. charge〔tʃɑrdʒ〕*v.* 收費；記帳；把（費用）記在（某人的帳上）< *to* >

take care of 負責處理；支付

bill〔bɪl〕*n.* 帳單　　***take care of the bill*** 付帳單

13. 準備離開

☐ **2206.** We're leaving soon.　　　　　　　　　我們很快就要走了。

　　　　Last chance for the bathroom.　　　　這是上廁所的最後機會。

　　　　Go before we leave.　　　　　　　　要在我們離開之前去。

　　　　【要離開前，提醒朋友去洗手間】

☐ **2207.** I can't wait.　　　　　　　　　　　我等不及了。

　　　　I can't hold it anymore.　　　　　　我忍不住了。

　　　　My bladder is about to explode.　　　我的膀胱要爆炸了。

☐ **2208.** Let's take turns.　　　　　　　　　我們輪流吧。

　　　　You first, then me.　　　　　　　　你先，然後我。

　　　　You go, then I'll go.　　　　　　　你去，然後我再去。

　　　　【和朋友一起去洗手間，可以說這三句話】

14.
吃
吃
喝
喝

**

2206. leave〔liv〕*v.* 離開　　soon〔sun〕*adv.* 很快
　　chance〔tʃæns〕*n.* 機會　　bathroom〔'bæθ,rum〕*n.* 浴室；廁所
　　Last chance for the bathroom. 源自 It's your last chance for
　　　the bathroom.（這是你們上廁所的最後機會。）
　　Go before we leave. 源自 You should go before we leave.
　　　（你們應該在我們離開之前去。）

2207. wait〔wet〕*v.* 等　　***not…anymore*** 不再…
　　hold〔hold〕*v.* 抑制；忍住　　bladder〔'blædə〕*n.* 膀胱
　　be about to V. 即將…；快要…　　explode〔ɪk'splod〕*v.* 爆炸

2208. 如玩遊戲、上廁所、吃自助餐時，都可以說這三句。
　　turn〔tɝn〕*n.* 輪流　　***take turns*** 輪流　　then〔ðɛn〕*adv.* 然後

14. 在家招待客人

☐ **2209.** Welcome, everybody.　　歡迎大家。

We're like one big family.　　我們像是一個大家庭。

Let's break bread together.　　我們一起吃飯吧。

☐ **2210.** Please come in.　　請進。

Take your shoes off.　　把鞋子脫掉。

Put on some slippers.　　穿上拖鞋。

♣ 感謝招待

☐ **2211.** It's an honor.　　我們很榮幸。

Thank you for inviting us.　　謝謝你邀請我們。

We're happy to be here.　　我們很高興能來這裡。

**

2209. welcome〔'wɛlkʌm〕*interj.* 歡迎　like〔laɪk〕*prep.* 像
family〔'fæməlɪ〕*n.* 家庭　break〔brek〕*v.* 打破；折斷
bread〔brɛd〕*n.* 麵包　***break bread*** 字面意思是「把麵包折斷」，
表示「一起吃飯」(= *eat together*)。
Let's break bread together. 也可說成：Let's break bread.
（我們一起吃飯吧。）

2210. ***take off*** 脫掉　shoes〔ʃuz〕*n. pl.* 鞋子
put on 穿上　slippers〔'slɪpɚz〕*n. pl.* 拖鞋

slippers

2211. honor〔'ɑnɚ〕*n.* 光榮；光榮的事
invite〔ɪn'vaɪt〕*v.* 邀請　***be here*** 在這裡；來這裡

♣ 叫外送

□ **2212.** Are you hungry?　　　　你們會餓嗎？

Let's order something.　　我們來點一些東西吧。

Let's have it delivered.　　我們叫外送吧。

□ **2213.** Let's not make dinner.　　我們不要做晚餐了。

Let's order takeout.　　　我們點外賣吧。

Let's order online.　　　　我們上網點餐吧。

□ **2214.** I dine out a lot.　　　　　我經常在外面吃飯。

I enjoy variety.　　　　　我喜歡有變化。

I like to pick and choose.　　我喜歡有選擇。

** ─────────

2212. hungry〔ˈhʌŋgrɪ〕*adj.* 飢餓的　　order〔ˈɔrdɚ〕*v.* 訂購；點（餐）

have + O. + p.p. 請人把（東西、人）…

deliver〔dɪˈlɪvɚ〕*v.* 遞送

2213. ***make dinner*** 做晚餐　　takeout〔ˈtekˌaut〕*n.* 外賣（外帶）的食物

（飲料）　　***Let's order takeout.***（我們點外賣吧。）也可說成：

Let's have something delivered.（我們叫外送吧。）

online〔ˌɑnˈlaɪn〕*adv.* 在線上；在網路上

2214. dine〔daɪn〕*v.* 用餐　　***dine out*** 在外面吃飯　　***a lot*** 常常

enjoy〔ɪnˈdʒɔɪ〕*v.* 喜歡　　variety〔vəˈraɪətɪ〕*n.* 變化；多樣性

I enjoy variety.（我喜歡有變化。）也可說成：I like to have

choices.（我喜歡有很多選擇。）【choice〔tʃɔɪs〕*n.* 選擇】

pick〔pɪk〕*v.* 挑選　　choose〔tʃuz〕*v.* 選擇

14. 吃吃喝喝

♣ 採購食物

☐ **2215.** What's in the fridge?　　冰箱裡有什麼？
　　　Let's heat up some food.　　我們來加熱一些食物吧。
　　　Let's microwave something　　我們來微波一些好吃的東
　　　　good.　　西吧。

☐ **2216.** All gone.　　全都沒了。
　　　No more.　　沒有了。
　　　None left.　　沒有剩下的了。

　　【如果有人問：Any milk in the fridge?（冰箱裡有沒有牛奶？）
　　　就可以回答以上三句話】

☐ **2217.** Is this still good?　　這個還可以吃嗎？
　　　How long has it been in here?　　這個放在這裡面多久了？
　　　Better to throw it out.　　最好把它丟掉。

** ──────────────

2215. fridge〔frɪdʒ〕*n.* 冰箱（= *refrigerator*）
　　heat〔hit〕*v.* 使變熱　　***heat up*** 把…加熱
　　microwave〔'maɪkrə,wev〕*v.* 用微波爐加熱（食物）；用微波爐烹調
2216. gone〔gɔn〕*adj.* 用光了的　　***All gone*.** = It's all gone.
　　no more 不復存在的；沒有了　　***No more*.** = There is no more.
　　none〔nʌn〕*pron.* 一點也沒有；完全沒有
　　left〔lɛft〕*adj.* 剩下的　　***None left*.** = There is none left.
2217. still〔stɪl〕*adv.* 仍然　　good〔gʊd〕*adj.* 仍可食用的；沒有變質的
　　how long 多久　　***throw out*** 扔掉；丟棄
　　***Better to throw it out*.** 源自 It's better to throw it out.
　　（最好把它丟掉。）

□ **2218.** Buy only fresh fruit.   只買新鮮的水果。

Make sure it's ripe.   要確定它是熟的。

Don't buy anything spoiled.   不要買任何腐壞的東西。

□ **2219.** Check the label.   要檢查標籤。

Check the date.   要檢查日期。

Make sure it hasn't expired.   要確定它沒有過期。

【購買食物時要說這三句話來提醒】

□ **2220.** There's a bakery.   那裡有一家麵包店。

Let's buy something fresh.   我們去買一些新鮮的東西吧。

Bread, cake, or cookies?   麵包、蛋糕，或餅乾？

** ————————————

2218. fresh〔frɛʃ〕*adj.* 新鮮的   ***make sure*** 確定

ripe〔raɪp〕*adj.* 成熟的   spoiled〔spɔɪld〕*adj.* (食物)腐壞的

2219. check〔tʃɛk〕*v.* 檢查   label〔'lebḷ〕*n.* 標籤

date〔det〕*n.* 日期

Check the date. (要檢查日期。) 源自 Check the expiration date.

(要檢查保存期限。)【expiration〔͵ɛkspə'reʃən〕*n.* 期滿;到期】

expire〔ɪk'spaɪr〕*v.* 到期;期滿

2220. bakery〔'bekərɪ〕*n.* 麵包店

bread〔brɛd〕*n.* 麵包

cake〔kek〕*n.* 蛋糕   cookie〔'kʊkɪ〕*n.* 餅乾

cookies

15. 飲食建議

☐ **2221**. Eat healthy. 要吃得健康。

　　Eat nutritious. 要吃得營養。

　　Eat natural food. 要吃天然的食物。

☐ **2222**. Eat better. 要吃得好一點。

　　You'll feel better. 你會感覺更好。

　　You'll look better, too. 你也會看起來更好。

☐ **2223**. Eat smart. 要聰明地吃。

　　Eat right. 要吃得正確。

　　What you eat matters. 你吃的東西很重要。

＊＊————————————————

2221. healthy〔'hɛlθɪ〕*adj.* 健康的　*adv.* 健康地

　　nutritious〔nju'trɪʃəs〕*adj.* 有營養的

　　natural〔'nætʃərəl〕*adv.* 自然的；天然的

2222. better〔'bɛtɚ〕*adv.* 更好　*adj.* 更好的【well 或 good 的比較級】

　　look〔lʊk〕*v.* 看起來

2223. smart〔smɑrt〕*adv.* 聰明地　　right〔raɪt〕*adv.* 正確地

　　what you eat 你吃的東西　　matter〔'mætɚ〕*v.* 重要

☐ **2224.** Eat well. | 要吃得好。
Eat nutritiously. | 要吃得營養。
Eat what's good for you. | 要吃對你有益的東西。

☐ **2225.** Eat more natural. | 要多吃天然的食物。
Eat less artificial. | 要少吃人工的食品。
Fruit, nuts, and vegetables are best. | 水果、堅果,和蔬菜是最好的。

☐ **2226.** Stay hydrated. | 要多喝水。
Drink plenty of water. | 要喝很多水。
Drink eight glasses a day. | 一天喝八杯。

【提醒朋友多喝水】

14.
吃
吃
喝
喝

**

2224. nutritiously〔nju`trɪʃəslɪ〕 *adv.* 營養地

2225. natural〔`nætʃərəl〕 *adj.* 自然的;天然的
artificial〔ˌɑrtə`fɪʃəl〕 *adj.* 人造的;人工的
Eat more natural. 和 *Eat less artificial.* 句尾都
省略了 foods。
fruit〔frut〕 *n.* 水果　　nut〔nʌt〕 *n.* 堅果
vegetable〔`vɛdʒətəbl̩〕 *n.* 蔬菜

nuts

2226. stay〔ste〕 *v.* 保持　　hydrate〔`haɪdret〕 *v.* 為…提供水分
Stay hydrated. 字面的意思是「要保持身體的水分。」在此引申為
「要多喝水。」　　*plenty of* 很多的 (= *a lot of*)
glass〔glæs〕 *n.* 玻璃杯;一杯

□ **2227.** Use less.　　　　　　　　　　　　少用一點。

Don't take too much.　　　　　　不要拿太多。

Go easy on the sugar.　　　　　　糖少吃一點。

□ **2228.** Lay off the sweets.　　　　　　要戒掉甜食。

Go easy on the salt.　　　　　　　吃鹽要節制。

That kind of food will kill you.　那種食物會害死你。

□ **2229.** Avoid sugary treats.　　　　　　要避免吃甜食。

Avoid salty foods.　　　　　　　　要避免鹹的食物。

No sodas or soft drinks.　　　　　不要喝汽水或不含酒精

　　　　　　　　　　　　　　　　　的飲料。

**

2227. use〔juz〕v. 使用

go easy 客氣地使用（或吃、喝）；對（吃/喝/用）有節制

go easy on sth. 有節制地使用某物　　sugar〔ˈʃugɚ〕n. 糖

Go easy on the sugar. 糖少吃一點。(= *Consume less sugar.*

= *Eat less sugar.*)【consume〔kənˈsjum〕v. 消耗；吃；喝】

2228. ***lay off*** 暫時解僱；取消；停止；戒除

sweets〔swits〕n. pl. 甜食　　salt〔sɔlt〕n. 鹽

kind〔kaɪnd〕n. 種類　　kill〔kɪl〕v. 殺死；使喪生

2229. avoid〔əˈvɔɪd〕v. 避免

sugary〔ˈʃugərɪ〕adj. 糖的；甜的　　treat〔trit〕n. 非常好的事物

salty〔ˈsɔltɪ〕adj. 含鹽的；有鹹味的　　soda〔ˈsodə〕n. 汽水

soft drink 不含酒精的飲料；清涼飲料

♣ 健康吃三餐

☐ **2230**. Eat breakfast like a king.   早餐要吃得像國王。
        Eat lunch like a prince.   午餐要吃得像王子。
        Eat dinner like a beggar.   晚餐要吃得像乞丐。

☐ **2231**. Eat a big breakfast.   早餐要吃得豐盛。
        Eat a moderate lunch.   午餐要吃得適中。
        Eat a light dinner.   晚餐要吃得少。

☐ **2232**. Watch what you eat.   要注意你吃的東西。
        Stop eating junk food.   不要再吃垃圾食物。
        You are what you eat.   你吃什麼，就長成什麼樣。

** ————————————

14.
吃
吃
喝
喝

2230. breakfast〔'brɛkfəst〕*n.* 早餐   king〔kɪŋ〕*n.* 國王
    lunch〔lʌntʃ〕*n.* 午餐   prince〔prɪns〕*n.* 王子
    dinner〔'dɪnɚ〕*n.* 晚餐   beggar〔'bɛgɚ〕*n.* 乞丐
    西方有一句諺語說：「早上吃得像國王、中午像王子，晚上像乞丐。」早
      餐要吃好，午餐要吃飽，晚餐要吃少。早餐是最重要的一餐，因為你經
      過一夜睡眠，非常需要營養供應，同時早上七點到九點也是胃最活躍的
      時候，這時候吃早餐最容易消化吸收，早餐也影響一天的情緒和精力。
2231. big〔bɪg〕*adj.* 豐盛的   moderate〔'madərɪt〕*adj.* 適度的
    light〔laɪt〕*adj.*（量）輕微的；（食物）清淡的
2232. watch〔watʃ〕*v.* 注意   ***what you eat*** 你吃的東西
    stop + V-ing 停止…   junk〔dʒʌŋk〕*n.* 垃圾
    junk food 垃圾食物【空有熱量，沒有營養價值的食物，如洋芋片、薯條等】
    You are what you eat. 你就是你所吃的東西，也就是「你吃什麼，
      就長成什麼樣。」吃得好，就長得好，「人如其食。」

15. 旅遊娛樂
Travel & Recreation

用手機掃瞄聽錄音

Part One ♣ 旅遊篇

1. 熱愛旅遊

☐ 2233. I want to travel.　　　　　　　　我想要旅行。
I want to take a trip.　　　　　　我想要去旅行。
I want to go abroad.　　　　　　　我想要出國。

☐ 2234. I want to see the world.　　　　我想要看看這個世界。
I want to travel the planet.　　　我想要遊歷全球。
I'll go to the four corners of　　我要走遍世界各地。
the earth.

☐ 2235. It's important to me.　　　　　　這對我而言很重要。
It's in my blood.　　　　　　　　這個是我天生的。
It's in my DNA.　　　　　　　　這個是我很重要的一部份。

**

2233. travel〔ˈtrævḷ〕*v.* 旅行；去～旅行；遊歷　　trip〔trɪp〕*n.* 旅行
take a trip 去旅行　　abroad〔əˈbrɔd〕*adv.* 到國外
go abroad 出國（= *go overseas*）

2234. planet〔ˈplænɪt〕*n.* 行星【在此指「地球」（= *earth*）】
corner〔ˈkɔrnɚ〕*n.* 角落　　earth〔ɝθ〕*n.* 地球；世界
the four corners of the earth 世界各地

2235. important〔ɪmˈpɔrtṇt〕*adj.* 重要的　　blood〔blʌd〕*n.* 血
in one's blood 天生的；生來就有的　　DNA *n.* 去氧核糖核酸
in one's DNA「在某人的 DNA 裡」，即是「是某人很重要的一部份」
（= *be an intrinsic or fundamental part of one*）.

15.
旅
遊
娛
樂

2. 鼓勵旅遊

☐ **2236.** Travel.   旅行吧。

It's thrilling and fun.   旅行刺激又有趣。

You'll get a kick out of it.   你會從中獲得興奮刺激。

☐ **2237.** Get itchy feet!   要有渴望到某處的心情！

Don't miss the boat!   不要錯過機會！

Travel highways and byways.   要到大街小巷去旅行。

☐ **2238.** Adventure and explore.   要冒險與探索。

Visit all four corners.   要走訪各個角落。

Make sure to be happy.   一定要快樂。

** ————————

2236. travel〔'trævḷ〕*v.* 旅行   thrilling〔'θrɪlɪŋ〕*adj.* 令人興奮的；
刺激的（= *exciting*）   fun〔fʌn〕*adj.* 有趣的
kick〔kɪk〕*n.* 刺激；興奮（= *excitement* = *thrill*）
get a kick out of 從～中獲得興奮刺激

2237. itchy〔'ɪtʃɪ〕*adj.* 癢的；渴望的   feet〔fit〕*n. pl.* 腳
itchy feet 渴望到某處去的心情
Get itchy feet!（要有渴望到某處的心情！）也可說成：Have the
desire to travel!（要渴望去旅行！）【desire〔dɪ'zaɪr〕*n.* 渴望】
miss〔mɪs〕*v.* 錯過   boat〔bot〕*n.* 船
miss the boat 錯過機會（= *miss your chance*）
highway〔'haɪ,we〕*n.* 公路；大道   byway〔'baɪ,we〕*n.* 旁道；
邊道   ***highways and byways*** 大街小巷（= *everywhere*）

2238. adventure〔əd'vɛntʃə〕*n. v.* 冒險
explore〔ɪk'splor〕*v.* 探險；探索   visit〔'vɪzɪt〕*v.* 拜訪；去
corner〔'kɔrnə〕*n.* 角落   ***four corners*** 各個角落
Visit all four corners. 要走訪各個角落。（= *Travel everywhere.*）
make sure 確定

15.
旅
遊
娛
樂

☐ **2239.** Just be happy. 　　　　　　快樂就對了。

I want you to be happy. 　　　我要你快樂。

If you're happy, I'm happy. 　如果你快樂，我就快樂。

☐ **2240.** Here's a tip. 　　　　　我有個建議。

Take a trip. 　　　　　　去旅行。

You won't regret it. 　　　你不會後悔的。

☐ **2241.** Pick up your ticket. 　　　拿起你的機票。

Pack up your bag. 　　　　打包你的行李。

Get the ball rolling. 　　　開始進行。

**

2239. 想給別人建議、鼓勵別人時，可說這三句話。

just〔dʒʌst〕*adv.* 僅僅；只；就【在告訴某人做某事時表示強調】

2240. tip〔tɪp〕*n.* 祕訣；建議（= *advice*）　　trip〔trɪp〕*n.* 旅行

take a trip 去旅行　　regret〔rɪ'grɛt〕*v.* 後悔

2241. ***pick up*** 拿起　　pack〔pæk〕*v.* 打包

pack up 打包好　　bag〔bæg〕*n.* 旅行袋；行李

Pack up your bag.（打包你的行李。）

= Get packed.【packed〔pækt〕*adj.* 收拾妥當的】

roll〔rol〕*v.* 滾動

get the ball rolling 開始（= *get started*）

15.
旅遊娛樂

☐ 2242. Go abroad.　　　　　　　　要出國。
　　　　Go overseas.　　　　　　　要出國。
　　　　Travel the world.　　　　　要去環遊世界。

☐ 2243. Go everywhere.　　　　　　每個地方都要去。
　　　　See the world.　　　　　　去看看世界。
　　　　Travel to the four corners　去世界的各個角落旅行。
　　　　　of the world.

☐ 2244. Let's see the unseen.　　　　我們去看沒看過的東西。
　　　　Let's do what's never been　我們做以前沒做過的事。
　　　　　done before.
　　　　Let's travel the world far　　我們到世界各地去旅行吧。
　　　　　and wide.

**

2242. abroad〔ə'brɔd〕*adv.* 到國外　　overseas〔'ovə'siz〕*adv.* 到海外
　　travel〔'trævl〕*v.* 旅行；去…旅行；遊歷
　　Travel the world. 也可說成：Go to a lot of foreign countries.
　　（要去許多其他的國家。）【foreign〔'fɔrɪn〕*adj.* 外國的】

2243. everywhere〔'ɛvrɪ,hwɛr〕*adv.* 到處；各處
　　corner〔'kɔrnə〕*n.* 角落
　　four corners of the world 四面八方；五湖四海；世界的各個角落

2244. unseen〔ʌn'sin〕*adj.* 看不見的；沒看過的　　***far and wide*** 到處
　　Let's travel the world far and wide.（我們到世界各地去旅行吧。）
　　= Let's travel to places in the world far and wide. = Let's
　　travel around the world. = Let's travel all over the world.
　　【***around the world*** 全世界（= *all over the world*）】

☐ 2245. Try new things. 　　　　　　　嘗試新事物。
　　　　 Be a first-timer. 　　　　　　做沒做過的事。
　　　　 Get your feet wet. 　　　　　開始去參加活動。

☐ 2246. You're totally free. 　　　　　你完全自由。
　　　　 You can come and go. 　　　你想來就來，想走就走。
　　　　 You're as free as a bird. 　你完全自由。

☐ 2247. You can do anything. 　　　　你可以做任何事。
　　　　 You can go anywhere. 　　　你可以去任何地方。
　　　　 The world is your oyster. 　這個世界任你遨遊。

** ────────────────

2245. first-timer〔'fɜst,taɪmə〕n. 新手
Be a first-timer. 要當個新手，引申為「要做沒做過的事。」(= *Do something new.* = *Do somehing you've never done before.*)
feet〔fit〕n. pl. 腳　　wet〔wɛt〕adj. 濕的
get *one's* **feet wet** 字面的意思是「把腳弄濕」，這個片語源自於學游泳的新手，怕水又要學游泳，所以先把腳放到水裡試試，引申為「開始參加」(= *start a new activity or job* = *get started*)。

2246. totally〔'totḷɪ〕adv. 完全地 (= *completely*)　　free〔fri〕adj. 自由的
come and go ①來來去去；時有時無 ②來去自如；想來就來，想走就走
You can come and go. 可加長為：You can come and go as you please.【please〔pliz〕v. 喜歡；想做】
(as) free as a bird 像鳥一樣自由；完全自由 (= *completely free*)

2247. oyster〔'ɔɪstə〕n. 蠔；牡蠣
one's **oyster** 某人可以隨意處理的東西
The world is your oyster. 這個句子出自莎士比亞的喜劇，字面的意思是「這個世界是你的牡蠣。」牡蠣是孕育珍珠的生物，莎士比亞把世界比喻成牡蠣，珍珠則是世界上的美好，故這句話也解釋為「這個世界任你遨遊；這個世界盡在你的掌握中。」

15. 旅遊娛樂

□ **2248**. Go after it.　　　　　　　　　　去追求你想要的。

Go get it.　　　　　　　　　　　去實現它。

Chase and catch your dream!　　要實現你的夢想！

□ **2249**. Don't wait.　　　　　　　　　　不要等待。

Don't hesitate.　　　　　　　　不要猶豫。

Don't procrastinate.　　　　　　不要拖延。

□ **2250**. Don't postpone.　　　　　　　　不要拖延。

Don't put it off.　　　　　　　　不要延遲。

Take action now.　　　　　　　現在就採取行動。

＊＊ ───────────────

2248. *go after* 追求（＝ *pursue*）

Go get it. (去實現它；去得到它。) 源自 Go and get it.

chase〔tʃes〕*v.* 追求　　catch〔kætʃ〕*v.* 抓住

dream〔drim〕*n.* 夢想

Chase and catch your dream!「要追求並抓住你的夢想！」引申為
「要實現你的夢想！」(＝ *Realize your dream!*)

2249. wait〔wet〕*v.* 等；等待　　hesitate〔ˈhɛzə͵tet〕*v.* 猶豫

procrastinate〔prəˈkræstə͵net〕*v.* 拖延（＝ *delay*)

2250. postpone〔postˈpon〕*v.* 拖延；延遲

put off 延期；延遲（＝ *delay* ＝ *postpone*)

action〔ˈækʃən〕*n.* 行動

take action 採取行動（＝ *act* ＝ *do it*)

☐ **2251.** Go ahead and do it.　　　　　去做吧。

　　　 Give it a try.　　　　　　　　去試試看。

　　　 Knock yourself out.　　　　　要盡全力。

☐ **2252.** Do it now.　　　　　　　　　現在就去做。

　　　 Make it happen.　　　　　　　去做吧。

　　　 Don't drag your feet.　　　　不要拖拖拉拉。

☐ **2253.** Just act!　　　　　　　　　　做就對了！

　　　 Act right now!　　　　　　　　立刻行動！

　　　 Act in the present.　　　　　　要活在當下。

** ────────────

2251. ***go ahead*** ①向前走②進行③做吧　　**try**〔traɪ〕*v. n.* 嘗試

　　give it a try 試試看　　**knock**〔nɑk〕*v.* 敲；打

　　knock out 徹底打垮；使筋疲力盡　　***knock yourself out*** ①把你

　　　自己累垮 ②去做吧；努力做好事情；盡全力（= *give it your all*）

2252. **happen**〔'hæpən〕*v.* 發生　　***Make it happen.*** 去做吧。（= *Do it.*）

　　drag〔dræg〕*v.* 拖曳；拖拉　　feet〔fit〕*n. pl.* 腳

　　drag *one's* ***feet*** ①拖著腳，走不動了 ②故意拖著腳；拖拖拉拉

　　（= *drag one's heels* = *do something slowly and reluctantly*）

　　【**heel**〔hil〕*n.* 腳跟　　reluctantly〔rɪ'lʌktəntlɪ〕*adv.* 不情願地】

2253. just〔dʒʌst〕*adv.* 就　　act〔ækt〕*v.* 行動

　　right now 現在（= *now*）；立刻（= *immediately*）

　　present〔'prɛzn̩t〕*n.* 現在　　***in the present*** 現在

　　Act in the present. 現在行動，引申為「要活在當下。」（= *Be present.*

　　　= *Live for today.* = *Don't think about tomorrow or yesterday.*）

15.
旅遊娛樂

3. 旅遊建議

☐ **2254**. My advice to you:　　　　　　我給你的建議是：
Don't carry too much.　　　　別帶太多。
Don't burden yourself.　　　　不要讓自己有負擔。

☐ **2255**. Travel light.　　　　　　　　要輕裝旅行。
Pack light.　　　　　　　　　要輕裝上陣。
Have adventures.　　　　　　要去冒險。

☐ **2256**. Be open to strangers.　　　　要願意接受陌生人。
They don't bite.　　　　　　他們不會咬人。
But keep your guard up.　　　但是要保持警戒。

** ————————

2254. advice〔əd'vaɪs〕*n.* 建議；勸告　　carry〔'kærɪ〕*v.* 攜帶
burden〔'bɝdn̩〕*v.* 使負（重擔）

2255. travel〔'trævl̩〕*v.* 旅行　　light〔laɪt〕*adv.* 不帶東西地；輕便地
travel light 輕裝旅行；旅行時攜帶很少的行李
pack〔pæk〕*v.* 打包　　***pack light*** 輕裝上陣（= *don't pack too much*）　　adventure〔əd'vɛntʃɚ〕*n. v.* 冒險
Have adventures.（要去冒險。）也可説成：Look for new experiences.（要尋找新的經驗。）

2256. ***be open to*** 對…開放；願意接受　　stranger〔'strendʒɚ〕*n.* 陌生人
Be open to strangers.（要願意接受陌生人。）也可説成：Be willing to talk to people you don't know.（要願意和不認識的人説話。）
【willing〔'wɪlɪŋ〕*adj.* 願意的】　　bite〔baɪt〕*v.* 咬
They don't bite. 他們不會咬人；他們沒什麼可怕的。(= *You don't need to be afraid of them*.)　　guard〔gɑrd〕*n.* 警戒
keep* your *guard up 保持警戒（= *be careful*）

15.
旅遊娛樂

□ **2257.** Avoid tourist traps.　　　　　避免觀光的陷阱。
　　　　 Eat with locals.　　　　　　和當地人一起吃東西。
　　　　 Save a lot.　　　　　　　　要節省很多錢。

□ **2258.** Learn to haggle.　　　　　　學會討價還價。
　　　　 Stay in hostels.　　　　　　住青年旅館。
　　　　 Make copies of your　　　　影印你的文件。
　　　　　　documents.

□ **2259.** Buy me a souvenir.　　　　　買個紀念品給我。
　　　　 Bring back a memento.　　　帶個紀念品回來。
　　　　 Bring me a reminder of　　　帶一個你旅行的紀念品給我。
　　　　　　your trip.

**

2257.　tourist〔'turɪst〕*adj.* 觀光客的　　trap〔træp〕*n.* 陷阱
　　　 local〔'lokl̩〕*adj.* 當地的　*n.* 本地人　　save〔sev〕*v.* 節省
　　　 Save a lot. = Save a lot of money.
2258.　haggle〔'hægl̩〕*v.* 討價還價 (= *bargain*)　　stay〔ste〕*v.* 暫住
　　　 hostel〔'hɑstl̩〕*n.* 青年旅館　　***make a copy of*** 影印
　　　 document〔'dɑkjəmənt〕*n.* 文件
　　　 Make copies of your documents. 也可說成：Make a copy of
　　　　your passport. (要影印你的護照。)【passport〔'pæs,port〕*n.* 護照】
2259.　***buy sb. sth.*** 買某物給某人　　souvenir〔,suvə'nɪr〕*n.* 紀念品
　　　 bring back 帶回　　memento〔mɪ'mɛnto〕*n.* 紀念品
　　　 bring sb. sth. 帶某物給某人　　reminder〔rɪ'maɪndɚ〕*n.* 提醒者；
　　　　提醒物；令人回憶的東西　　trip〔trɪp〕*n.* 旅行
　　　 Bring me a reminder of your trip. 帶一個你旅行的紀念品給我。
　　　 (= *Bring me something from your trip.*)

15.
旅
遊
娛
樂

☐ **2260**. Shoot the breeze. 要閒聊。

Laugh till you cry. 要笑到流淚。

Chow down at the night 要在夜市盡情地大吃。
　　market.

☐ **2261**. Let's follow the locals. 我們模仿當地人吧。

Do what the locals do. 做當地人會做的事。

Eat what the locals eat. 吃當地人吃的食物。

☐ **2262**. Enjoy your stay. 祝你在這裡過得愉快。

Have a good time. 好好玩。

Hope you like it here. 希望你喜歡這裡。

** ――――――――――――

2260. shoot〔ʃut〕*v.* 射擊　　breeze〔briz〕*n.* 微風

shoot the breeze 聊天；閒聊（= *chat*）

Laugh till you cry.（要笑到流淚。）也可說成：Laugh hard.

（要拼命地笑。）　　chow〔tʃau〕*v.* 吃

chow down 盡情地大吃（= *eat a lot*）

market〔'markɪt〕*n.* 市場　　*night market* 夜市

2261. follow〔'falo〕*v.* 模仿；仿效　　local〔'lokl̩〕*n.* 當地人

2262. enjoy〔ɪn'dʒɔɪ〕*v.* 享受；喜歡　　stay〔ste〕*n.* 停留；暫住

Have a good time. 玩得愉快；好好玩。(= *Have fun.*

= *Enjoy yourself.*)

Hope you like it here. 句首省略了主詞 I。「喜歡這裡」英文要說

like it here，不可說成：*like here*（誤），因為 here 在此是副詞，

不能做 like 的受詞。

4. 旅途平安

☐ **2263.** Travel safe.
Come home safely.
Come back in one piece.

旅途平安。
要安全地回家。
要平安地回來。

☐ **2264.** Pleasant journey.
Best of luck.
God be with you.

祝你旅途愉快。
祝你好運。
願上帝與你同在。

☐ **2265.** Bon voyage!
Have a great trip.
Have a safe journey.

祝你一路順風！
旅途愉快。
一路平安。

**

2263. travel〔'trævḷ〕*v.* 旅行　　safe〔sef〕*adv.* 安全地　*adj.* 安全的
safely〔'seflɪ〕*adv.* 安全地　　piece〔pis〕*n.* 片；塊；個
in one piece 完整地；安然無恙地

2264. pleasant〔'plɛzn̩t〕*adj.* 愉快的　　journey〔'dʒɜnɪ〕*n.* 旅程；旅途
Pleasant journey. 源自 Have a pleasant journey.（祝你旅途
愉快。）　　***Best of luck.*** 源自 I wish you the best of luck.
（我祝你好運。）【wish〔wɪʃ〕*v.* 祝（某人）…】
God be with you. 源自 May God be with you.【may（祝…；
願…）用於祈願句，後面接主詞，再接原形動詞】

2265. voyage〔'vɔɪ‧ɪdʒ〕*n.* 旅行（= *journey* = *trip* = *tour*）
Bon voyage! 源自於法語，用來祝福別人一路順風，相當於
Have a nice trip!
great〔gret〕*adj.* 極好的；很棒的　　trip〔trɪp〕*n.* 旅行

5. 迷路了

☐ **2266.** I need help.   我需要幫忙。

    Could you help me?   你能幫我嗎？

    Do you mind?   你介意嗎？

☐ **2267.** I'm lost.   我迷路了。

    I've lost my way.   我迷路了。

    I don't know where I am.   我不知道自己在哪裡。

☐ **2268.** I can't find my way.   我找不到路。

    I don't know where to go.   我不知道要去哪裡。

    Where is this place?   這個地方是哪裡？

【要記住，不可以説成：*Where is here?* (誤)】

** ─────────

2266. help〔hɛlp〕*v. n.* 幫助   mind〔maɪnd〕*v.* 介意

2267. lost〔lɔst〕*adj.* 迷路的   way〔we〕*n.* 道路；方向

    lose one's way 迷路

2268. *where to go* 去哪裡

15.
旅遊娛樂

2269. I'm lost. | 我迷路了。
Where am I? | 這裡是哪裡？
Where are we? | 這裡是哪裡？

【問「這裡是哪裡？」，不能説 *Where is here?* (誤)】

♣ 要求導覽

2270. Can you give me a tour? | 你能替我導覽嗎？
Introduce this place. | 介紹這個地方。
Please show me around. | 請帶我四處參觀一下。

2271. Ever travel abroad? | 曾經出過國嗎？
Go overseas? | 出過國嗎？
Visit a foreign country? | 去過外國嗎？

**

2269. lost〔lɔst〕*adj.* 迷路的
Where am I? 字面的意思是「我在哪裡？」也就是「這裡是哪裡？」
Where are we? 字面的意思是「我們在哪裡？」也就是「這裡是哪裡？」

2270. tour〔tur〕*n.* 遊覽　*give sb. a tour* 帶某人遊覽；替某人導覽
introduce〔͵ɪntrə'djus〕*v.* 介紹　show〔ʃo〕*v.* 給…看
show sb. around 帶某人到處參觀

2271. ever〔'ɛvɚ〕*adv.* 曾經　abroad〔ə'brɔd〕*adv.* 到國外
Ever travel abroad? 源自 Did you ever travel abroad?
overseas〔'ovɚ'siz〕*adv.* 到國外　*go overseas* 出國
Go overseas? 源自 Did you ever go overseas?
visit〔'vɪzɪt〕*v.* 遊覽；去　foreign〔'fɔrɪn〕*adj.* 外國的
Visit a foreign country? 源自 Did you ever visit a foreign country? (你曾經去過外國嗎？)

15.
旅遊娛樂

6. 四處遊覽

☐ **2272.** So much to do.　　　　　　　　有很多事情可做。
So much to see.　　　　　　　　有很多東西可看。
Let's get going.　　　　　　　　我們出發吧。

☐ **2273.** Let's walk around.　　　　　　　我們到處走走吧。
Let's cruise around.　　　　　　我們到處走走吧。
Let's see what we can see.　　　看看我們能看到什麼吧。
【邀請朋友到處走走，可以說這三句話】

☐ **2274.** Let's walk down every street.　　　我們要走遍每條街。
Let's cover every inch of this　　我們要走遍整個城市。
　　city.
Let's get to know this city　　　我們來徹底了解這個城
　　inside out.　　　　　　　　　市吧。

**
────────────

2272. ***So much to do.*** 是由 There is so much to do. 簡化而來。
So much to see. 源自 There is so much to see.
get going 出發

2273. around〔ə'raʊnd〕 *adv.* 到處；四處　　***walk around*** 到處走走
cruise〔kruz〕*v.* 巡航；(人)毫無目標地到處走；漫遊

2274. down〔daʊn〕*prep.* 沿著(= *along*)
cover〔'kʌvə〕*v.* 覆蓋；走過　　inch〔ɪntʃ〕*n.* 英寸
every inch of~ ~的各個角落　　***get to know*** 了解；認識
inside out 徹底地(= *inside and out*)

7. 拍照留念

☐ **2275.** Many streets.　　　　　有很多街道。

Lots of alleys.　　　　　有很多巷子。

Many tiny lanes.　　　　有很多小巷子。

☐ **2276.** Let's take a picture.　　我們來拍照吧。

You guys get together.　你們站在一起。

Get in closer.　　　　　靠近一點。

☐ **2277.** Go back.　　　　　　　後退。

Come closer.　　　　　往前一點。

Stop right there.　　　就停在那裡。

【幫別人拍照時，指揮他移動位置，可以這麼說】

**

2275. alley〔'ælɪ〕*n.* 巷子　　　tiny〔'taɪnɪ〕*adj.* 微小的

lane〔len〕*n.* 巷子

2276. picture〔'pɪktʃɚ〕*n.* 照片　　***take a picture*** 拍照

guy〔gaɪ〕*n.* 人；傢伙　　***you guys*** 你們

get together 在一起　　***get in*** 進入；參加

close〔klos〕*adv.* 靠近地；接近地

Get in closer. 字面的意思是「進去更靠近一點。」也就是拍照時要

　進到畫面裡，所以要「靠近一點。」

2277. ***go back*** 回去；後退

Come closer. 字面的意思是「再靠近一點。」引申為「往前一點。」

stop〔stap〕*v.* 停止　　***right there*** 就在那裡

♣ 請別人幫忙拍照

☐ **2278.** Sorry to bother you.　　　　　　很抱歉打擾你。

Sorry to ask.　　　　　　　　　很抱歉要問你。

Could you please take our　　　你能幫我們拍照嗎？
　　picture?

☐ **2279.** Would you please take our　　　能請你幫我們拍照嗎？
　　picture?

We'd be so grateful.　　　　　　我們會很感激。

We'd really appreciate it.　　　　我們真的會很感激。

☐ **2280.** Please give us a hand.　　　　　請幫助我們。

Lend us a hand.　　　　　　　　幫我們一個忙。

We need your help.　　　　　　　我們需要你的幫忙。

** ─────────────────────

^{2278.} bother〔ˈbɑðɚ〕 *v.* 打擾

Sorry to bother you. 是 I'm sorry to bother you. 的省略。

Sorry to ask. 是 I'm sorry to ask. 的省略。

picture〔ˈpɪktʃɚ〕 *n.* 照片　　***take one's picture*** 幫某人拍照

^{2279.} so〔so〕 *adv.* 很；非常　　grateful〔ˈgretfəl〕 *adj.* 感激的

appreciate〔əˈpriʃɪˌet〕 *v.* 感激

^{2280.} ***give sb. a hand*** 幫助某人　　lend〔lɛnd〕 *v.* 借（出）

lend sb. a hand 幫助某人（= *give sb. a hand* = *help sb.*）

help〔hɛlp〕 *n. v.* 幫忙

8. 評論地點

☐ **2281.** What is that building?　　　　那棟建築物是什麼？

What is that place?　　　　那是什麼地方？

It looks so interesting.　　　　它看起來很有趣。

☐ **2282.** What a skyline!　　　　多麼好看的天際線！

So many skyscrapers!　　　　有好多摩天大樓！

All reaching up to the sky.　　　　全都高聳入雲。

☐ **2283.** I love the big city.　　　　我愛這個大城市。

It's so exciting.　　　　它非常刺激。

There's so much to do.　　　　有很多事情可做。

**
———————

2281. building〔'bɪldɪŋ〕 *n.* 建築物

look〔lʊk〕 *v.* 看起來　　so〔so〕 *adv.* 很；非常

interesting〔'ɪntrɪstɪŋ〕 *adj.* 有趣的

skyline

2282. what〔hwɑt〕 *adj.* 多麼的；何等的

skyline〔'skaɪ,laɪn〕 *n.* （群山、都市建築物等的）空中輪廓；天際線

What a skyline! 也可說成：What a nice skyline!（多麼好看的

天際線！）　　skyscraper〔'skaɪ,skrepɚ〕 *n.* 摩天大樓

So many skyscrapers! 源自 There are so many skyscrapers!

reach〔ritʃ〕 *v.* 達；及；到 < *to* >　　***reach up to*** 延伸到

sky〔skaɪ〕 *n.* 天空　　***reach up to the sky*** 高聳入雲

2283. exciting〔ɪk'saɪtɪŋ〕 *adj.* 令人興奮的；刺激的

15.
旅
遊
娛
樂

♣ 問朋友問題

□ **2284.** See that sign?   你看見那個告示牌了嗎？

What does it say?   上面寫什麼？

I can't make it out.   我看不懂。

□ **2285.** What's the meaning of this?   這是什麼意思？

What's the definition?   它的定義是什麼？

How would you define this?   你會怎麼給這個下定義？

□ **2286.** It stands out.   它很顯目。

It's easy to see.   它很容易看到。

You can't miss it.   你不會錯過。

** ─────────

2284. sign〔saɪn〕*n.* 告示牌   ***See that sign?*** 源自 Do you see that sign?（你看見那個告示牌了嗎？）

say〔se〕*v.* 說；寫著（= *read*）   ***make out*** 看懂

I can't make it out. 我看不懂。（= *I can't read it.* = *I can't tell what it says.*）【tell〔tɛl〕*v.* 知道；看出】

2285. meaning〔'minɪŋ〕*n.* 意思   definition〔ˌdɪfə'nɪʃən〕*n.* 定義 define〔dɪ'faɪn〕*v.* 給…下定義

How would you define this?（你會怎麼給這個下定義？）也可說成：How would you explain this?（你會如何解釋這個？）Can you explain this?（你能解釋一下這個嗎？）

【explain〔ɪk'splen〕*v.* 解釋】

2286. ***stand out*** 突出；顯目   miss〔mɪs〕*v.* 錯過

☐ **2287.** This place is so busy.　　　　　這個地方非常熱鬧。
So many people coming and　　這麼多人來來去去。
　　going.
It's like Grand Central Station.　就像中央車站一樣。

☐ **2288.** It's a popular place.　　　　　這是個受歡迎的地方。
Many people come here.　　　很多人會來這裡。
It's a hot spot.　　　　　　這是個熱門地點。

☐ **2289.** It's an active place.　　　　　這個地方很熱鬧。
It's lively and full.　　　　它很熱鬧、擠滿了人。
It's the place to be.　　　　它是時髦又受歡迎的地方。

** ————————————

2287. busy〔ˈbɪzɪ〕*adj.* 忙碌的；熱鬧的
So many people coming and going. 源自 There are so many
　　people coming and going.　　like〔laɪk〕*prep.* 像
　　grand〔grænd〕*adj.* 雄偉的；主要的
　　central〔ˈsɛntrəl〕*adj.* 中央的　　***Grand Central Station***「（紐約
　　市）中央車站」，是全世界最大的火車站，是美國最繁忙的火車站之一。

2288. popular〔ˈpɑpjələ〕*adj.* 受歡迎的　　spot〔spɑt〕*n.* 點；地點
hot spot 熱點；熱門地點；受歡迎的地點（= *popular place*）

2289. active〔ˈæktɪv〕*adj.* 活躍的；在活動中的（= *lively*）
It's an active place. 這是個活躍的地方，也就是「這個地方很熱
　　鬧。」也可說成：There's a lot going on here.（這裡有很多
　　活動。）【**go on** 進行】
　　lively〔ˈlaɪvlɪ〕*adj.* 充滿活力的；熱鬧的　　full〔fʊl〕*adj.* 滿的
the place to be 時髦而且受歡迎的地方（= *a hip, popular spot,
　　such as a club, restaurant, or neighborhood*）
It's the place to be. 它是個時髦又受歡迎的地方。（= *It's a trendy
　　and popular place.*）【trendy〔ˈtrɛndɪ〕*adj.* 時髦的】

15.
旅
遊
娛
樂

☐ **2290.** It was spotless. 這一塵不染。

It was perfectly neat. 非常乾淨。

It was clean as a whistle. 非常乾淨。

☐ **2291.** It's mind-blowing! 這令人印象深刻！

It blows my mind! 這使我非常震撼！

It blows me away! 這使我非常興奮！

☐ **2292.** It's interesting here. 這裡很有趣。

I'm glad we came. 我很高興我們來了。

Thanks for bringing me. 謝謝你帶我來。

**

2290. spotless〔'spɑtlɪs〕*adj.* 無污點的；一塵不染的；潔淨的

perfectly〔'pɝfɪktlɪ〕*adv.* 完全地；非常

neat〔nit〕*adj.* 整潔的；乾淨的（= *clean*）

clean〔klin〕*adj.* 乾淨的 whistle〔'hwɪsl̩〕*n.* 哨子

(as) clean as a whistle 非常乾淨的（= *extremely clean*）

2291. mind-blowing〔'maɪnd,bloɪŋ〕*adj.* 令人印象深刻的；令人興奮的；
令人驚奇的

It's mind-blowing!「這令人印象深刻！」（= *It's impressive!*）也可說
成：It's amazing!（真令人驚奇！）或 It's awesome!（太棒了！）

blow〔blo〕*v.* 使爆炸 mind〔maɪnd〕*n.* 心；精神；頭腦

blow one's mind 令人感到極度興奮；令人十分震驚

blow sb. away 令某人印象深刻；令某人極度興奮

2292. interesting〔'ɪntrɪstɪŋ〕*adj.* 有趣的

glad〔glæd〕*adj.* 高興的 bring〔brɪŋ〕*v.* 帶（人）來

☐ **2293**. This place is famous.　　　　這個地方很有名。

　　　This area is popular.　　　　這個地區很受歡迎。

　　　Everyone knows this place.　　每個人都知道這個地方。

☐ **2294**. I love this place.　　　　　我愛這個地方。

　　　I feel right at home.　　　　我覺得很自在。

　　　This is my favorite hangout.　這是我最喜歡去的地方。

☐ **2295**. This is my new hangout.　　這是我新的常來的地方。

　　　I can be myself here.　　　　我在這裡很自在。

　　　This is where I hang my hat.　我常來這裡。

＊＊ ————————

2293. famous〔ˋfeməs〕*adj.* 有名的　　area〔ˋɛrɪə〕*n.* 地區
　　popular〔ˋpɑpjələ〕*adj.* 受歡迎的
2294. right〔raɪt〕*adv.* 完全地；全然　　*at home* 自在
　　feel at home 覺得自在　　favorite〔ˋfevərɪt〕*adj.* 最喜愛的
　　hangout〔ˋhæŋˏaʊt〕*n.* 常去的地方；聚會處
2295. *be oneself* 行動自然；舒服
　　hang〔hæŋ〕*v.* 懸掛
　　This is where I hang my hat.「這是我掛帽子
　　的地方。」也就是這個地方像是我家一樣，表
　　示「我常來這裡。」

hang my hat

♣ 到了一個沒有人的景點

□ **2296.** So, this is it.   噢，就是這個地方。

I'm finally here.   我終於到了。

I've heard so much about it.   我聽說過很多關於它的事。

□ **2297.** So relaxing.   很令人放鬆。

So comfortable.   很舒服。

This place is great!   這個地方很棒！

□ **2298.** There is nobody here!   這裡沒有任何人！

We're all alone.   只有我們。

We have this place to ourselves.   我們可以獨享這個地方。

** ————————————

2296. so〔so〕*adv.* 所以；噢；原來；很；非常

finally〔'faɪnḷɪ〕*adv.* 最後；終於

here〔hɪr〕*adv.* 到了；在這裡   ***hear about*** 聽說關於…的事

2297. relaxing〔rɪ'læksɪŋ〕*adj.* 令人放鬆的

comfortable〔'kʌmfətəbḷ〕*adj.* 舒服的

great〔gret〕*adj.* 極好的；很棒的

2298. nobody〔'no‚bɑdɪ〕*pron.* 沒有人；無人

alone〔ə'lon〕*adj.* 單獨的；獨自的   ***all alone*** 獨自一人

have sth. to oneself 可獨自使用某物；可以獨享某物

9. 人山人海

☐ **2299.** What a crowd! 　　　　　　人好多！
This place is packed. 　　　　這個地方擠滿了人。
So many people are here. 　　這裡人很多。

☐ **2300.** What a mountain of people! 　眞是人山人海！
What a sea of people! 　　　　眞是人山人海！
What a ton of people! 　　　　人好多！

☐ **2301.** It was jam-packed. 　　　　　這裡擠爆了。
We stood shoulder to shoulder. 　我們肩並肩地站著。
We were packed like sardines. 　我們擠得像沙丁魚一樣。

**────────────

2299. 「人山人海」不是 *People mountain, people sea.*（誤）看到人很多
時，可說這三句話。

what〔hwɑt〕*adj.* 多麼的；何等的【用於感嘆句】
crowd〔krɑʊd〕*n.* 人群；群衆
What a crowd! 源自 What a crowd it is!（人好多！）
packed〔pækt〕*adj.* 非常擁擠的；擠滿的

2300. ***a mountain of*** 很多的（= *a sea of* = *a ton of* = *a bunch of*）
【bunch〔bʌntʃ〕*n.* 一群；一束；一串】　　***a sea of***（如海水般）多
量的；許多的　　ton〔tʌn〕*n.* 公噸　　***a ton of*** 很多的

2301. jam〔dʒæm〕*v.* 塞滿；阻塞　　jam-packed *adj.* 擠滿的
shoulder〔'ʃoldɚ〕*n.* 肩膀
shoulder to shoulder 肩並肩地；緊靠地
We stood shoulder to shoulder. 也可說成：We stood very close
together.（我們靠得很近地站著。）【close〔klos〕*adv.* 靠近地】
like〔laɪk〕*prep.* 像　　sardine〔sɑr'din〕*n.* 沙丁魚
packed like sardines 擠得像沙丁魚一樣；擁擠不堪

10. 品嚐美食

☐ **2302.** I like to try new things.　　　　　　我喜歡嘗試新事物。

That looks delicious.　　　　　　那個看起來很好吃。

What's it called?　　　　　　那個叫什麼？

☐ **2303.** It's popular here.　　　　　　它在這裡很受歡迎。

It's a specialty.　　　　　　它是特產。

It must be good.　　　　　　它一定很好吃。

☐ **2304.** Let's taste it.　　　　　　我們嚐嚐看吧。

Maybe we'll like it.　　　　　　也許我們會喜歡。

What have we got to lose?　　　　　　我們會有什麼損失呢？

** ————————————

2302. try〔traɪ〕*v.* 嘗試　　look〔lʊk〕*v.* 看起來

delicious〔dɪ'lɪʃəs〕*adj.* 美味的

be called~ 叫作~；被稱爲~

2303. popular〔'pɑpjələ〕*adj.* 受歡迎的

specialty〔'spɛʃəltɪ〕*n.* 特產；名產

must〔mʌst〕*aux.* 一定

2304. taste〔test〕*v.* 品嚐　　maybe〔'mebɪ〕*adv.* 也許

lose〔luz〕*v.* 損失

What have we got to lose? 我們會有什麼損失呢？

【*have got nothing to lose* 不會有任何損失；不會有任何壞處】

11. 免費招待

2305. It's free.　　　　　　　　　　　這是免費的。
　　　It's free of charge.　　　　　　　這是免費的。
　　　It's on the house.　　　　　　　　免費招待。

2306. Don't take it all.　　　　　　　不要全部拿走。
　　　Save some for me.　　　　　　　　留一點給我。
　　　Share a little, OK?　　　　　　　分享一點可以嗎？

2307. I love eating this.　　　　　　　我喜歡吃這個。
　　　It's my comfort food.　　　　　　這是我的療癒食物。
　　　It's just like my mom used to　　　這正合我的口味。
　　　　make.

**
_____

2305. free〔fri〕*adj.* 免費的；免除…的 *< of >*
　　charge〔tʃɑrdʒ〕*n.* 費用　***free of charge*** 免費的 (= *free*)
　　on the house 中的 house 不是指「房子」，而是指「餐廳」或「酒
　　　吧」，on 是指「由～請客」，on the house「由店家請客；由老闆
　　　請客」，也就是「免費招待」。

2306. save〔sev〕*v.* 保存；保留 (= *keep*)
　　share〔ʃɛr〕*v.* 分享　***a little*** 一點

2307. ***love* + *V-ing*** 很喜歡… (= *love to V.*)
　　comfort〔ˈkʌmfət〕*n.* 舒適；安慰；慰藉
　　comfort food 療癒食物；舒適食物；安慰食物【指當你心情不好，
　　　如傷心或焦慮時，可以帶給你慰藉的食物】
　　It's my comfort food. = It's the food that makes me feel good.
　　be just like 就像　mom〔mɑm〕*n.* 媽媽　***used to V.*** 以前…
　　just like my mom used to make 字面的意思是「就像我媽媽以前做
　　　的一樣」，也就是「有家庭烹調風味；正合口味」。

12. 天氣狀況

☐ **2308.** It's a cloudy day. 今天天氣多雲。
It's breezy. 有微風。
It's chilly. 有點冷。

☐ **2309.** It's not too hot. 天氣不太熱。
It's not too cold. 天氣不太冷。
It's just right. 剛剛好。

☐ **2310.** A beautiful day awaits. 美好的一天正等待著我們。
The weather is in our favor. 天氣對我們有利。
Let's take advantage of it. 我們好好利用吧。

** ————————————————

2308. cloudy 〔ˈklaʊdɪ〕 *adj.* 多雲的
breezy 〔ˈbrizɪ〕 *adj.* 有微風的
chilly 〔ˈtʃɪlɪ〕 *adj.* 寒冷的

2309. 看到天氣很好，可先說：I can't believe what a beautiful day it
is!（我真不敢相信天氣會這麼好！）再說這三句話。
just right 剛剛好

2310. beautiful 〔ˈbjutəfəl〕 *adj.* 美麗的；美好的
await 〔əˈwet〕 *v.* 等待　　weather 〔ˈwɛðɚ〕 *n.* 天氣
favor 〔ˈfevɚ〕 *n.* 偏愛；支持　　***in one's favor*** 對某人有利
advantage 〔ədˈvæntɪdʒ〕 *n.* 優點；優勢
take advantage of 利用

☐ **2311**. I'm sweating. 　　　　　　　我正在流汗。

I'm sweaty. 　　　　　　　　　我汗流浹背。

I have sweat all over. 　　　　　我全身都是汗。

☐ **2312**. Let's find some shade. 　　　我們去找個陰涼的地方吧。

We can cool off. 　　　　　　　我們可以涼快一下。

We can escape this heat. 　　　我們可以避暑。

☐ **2313**. It might rain. 　　　　　　　可能會下雨。

Bring some rain gear. 　　　　要攜帶一些雨具。

Bring an umbrella just in 　　帶把雨傘以防萬一。
　　case.

** ————————————

2311. sweat〔swɛt〕*v.* 流汗　*n.* 汗

sweaty〔'swɛtɪ〕*adj.* 發汗的；汗流浹背的

all over 全身；到處

2312. shade〔ʃed〕*n.* 蔭；陰涼處　　cool〔kul〕*v.* 變涼爽

cool off 變涼　　escape〔ə'skep〕*v.* 逃離；避免

heat〔hit〕*n.* 熱　　***escape the heat*** 避暑

2313. rain〔ren〕*v.* 下雨　*n.* 雨　　bring〔brɪŋ〕*v.* 帶來

gear〔gɪr〕*n.* 裝置；裝備　　***rain gear*** 雨具

umbrella〔ʌm'brɛlə〕*n.* 雨傘

in case 以防；萬一　　***just in case*** 以防萬一

rain gear

□ **2314.** It's a light rain. | 正在下小雨。
It's a drizzle. | 正在下毛毛雨。
It's sprinkling on and off. | 正在下斷斷續續的小雨。

□ **2315.** I'm wet. | 我淋濕了。
I'm wet to the bone. | 我濕透了。
I'm wet through and through. | 我全身濕透了。

□ **2316.** I'm soaked. | 我濕透了。
I'm drenched. | 我濕透了。
I got caught in the rain. | 我淋到雨了。

【遇到大雨，全身都淋濕了，就可以説這六句】

**—————————————————

2314. light〔laɪt〕*adj.* 輕微的
light rain 小雨（↔ *heavy rain* 大雨）
drizzle〔'drɪzl̩〕*n.* 毛毛雨　　sprinkle〔'sprɪŋkl̩〕*v.* 撒；下小雨
on and off 斷斷續續地（= *off and on*）

2315. wet〔wɛt〕*adj.* 濕的　　bone〔bon〕*n.* 骨頭
to the bone 徹底地；到極點
I'm wet to the bone. 也可説成：I'm wet to the skin.
（我的衣服濕透了。）【*wet (through) to the skin* 衣服濕透了】
through and through 完全地；徹底地
be wet through and through 全身濕透

2316. soak〔sok〕*v.* 浸泡；使濕透　　drench〔drɛntʃ〕*v.* 使濕透
get caught in 遇到　　***get caught in the rain*** 淋到雨

bone

13. 筋疲力盡

□ **2317.** I'm beat.　　　　　　　　　　我好累。
I'm bushed.　　　　　　　　　我好累。
I can't keep my eyes open.　我累得眼睛快張不開了。

♣ 走不動了，想要休息一下

□ **2318.** I'm tired out.　　　　　　　　我非常疲倦。
I'm totally beat.　　　　　　我徹底累垮了。
I need to get off my feet.　我需要歇歇腳。

♣ 恢復體力

□ **2319.** I feel refreshed.　　　　　　　我感覺精神恢復了。
I got my second wind.　　　我精神恢復了。
I'm ready to go again.　　　我準備好再次出發。

**

2317. beat〔bit〕*adj.* 疲倦的；筋疲力盡的
bushed〔buʃt〕*adj.* 疲倦的【bush 當名詞時，是指「灌木叢」】
keep〔kip〕*v.* 使保持（某種狀態）　　open〔'opən〕*adj.* 開著的

2318. *tired out* 非常疲倦；累垮了
totally〔'totl̩ɪ〕*adv.* 完全地；徹底地　　feet〔fit〕*n. pl.* 腳
get off one's *feet* 坐下或躺下（而不是站著或走路）(= *sit or lie down, rather than stand or walk*)

2319. refresh〔rɪ'frɛʃ〕*v.* 使恢復精神
wind〔wɪnd〕*n.* 風；氣息；呼吸
second wind （激烈運動後的）換氣；重新振作；恢復精神
ready〔'rɛdɪ〕*adj.* 準備好的　　go〔go〕*v.* 前進；出發；進行活動

14. 交通

☐ **2320.** A car is coming.　　　　　　有車子來了。

Move over.　　　　　　　　　向旁邊移動。

Get out of the way.　　　　　快讓開。

☐ **2321.** Stay on the sidewalk.　　　　留在人行道上。

Stay off the curb.　　　　　　遠離人行道路緣。

Get out of the street.　　　　離開街道。

【可說這三句話來提醒朋友，走路要注意安全】

☐ **2322.** Stick around.　　　　　　　　待在這裡。

Stay a while.　　　　　　　　待一會兒。

Don't leave.　　　　　　　　不要離開。

** ————————————

2320. move〔muv〕*v.* 移動　　***move over*** 向旁邊移動

　　　get out of the way 讓路；避開

2321. stay〔ste〕*v.* 停留

　　　sidewalk〔'saɪd,wɔk〕*n.* 人行道

　　　off〔ɔf〕*prep.* 離開；脫離

　　　curb〔kɝb〕*n.* 路邊；(人行道旁的) 邊石；路緣

　　　get out of 離開

curb

2322. stick〔stɪk〕*v.* 黏住；在一起　　around〔ə'raʊnd〕*adv.* 在附近

　　　stick around 待在附近；待一陣子　　***a while*** 一會兒

　　　leave〔liv〕*v.* 離開

□ **2323.** Buckle up! 　　　　　　　　繫好安全帶！

Fasten your seat belt! 　　　繫好你的安全帶！

Safety first! 　　　　　　　　安全第一！

【上車、上飛機時要說這三句話】

□ **2324.** Start up your engine. 　　　發動你的引擎。

Step on the gas. 　　　　　　踩下油門。

Pick up your speed. 　　　　加快速度。

□ **2325.** No bad traffic. 　　　　　　交通狀況還不錯。

No fast cars. 　　　　　　　沒有快速行駛的車輛。

We're safe here. 　　　　　　我們在這裡很安全。

** ————————

seat belt

2323. buckle〔'bʌkḷ〕*v.* 扣住；扣緊

buckle up （在飛機、汽車上）繫好安全帶

fasten〔'fæsn̩〕*v.* 繫上　　***seat belt*** 安全帶（= *seatbelt*）

safety〔'seftɪ〕*n.* 安全　　***Safety first!*** 安全第一！；安全是最重
要的！（= *The most important thing is safety!*）

2324. ***start up*** 啟動；使開始運轉　　engine〔'ɛndʒɪn〕*n.* 引擎

step〔stɛp〕*v.* 踩　　gas〔gæs〕*n.* 汽油

step on the gas 踩（汽車的）油門；加快速度

pick up 增加（速度）　　speed〔spid〕*n.* 速度

2325. traffic〔'træfɪk〕*n.* 交通

No bad traffic. 源自 There is no bad traffic. 「沒有不好的交通。」
也就是「交通狀況還不錯。」　　fast〔fæst〕*adj.* 快速的

No fast cars. 源自 There are no fast cars.

safe〔sef〕*adj.* 安全的

☐ **2326**. Drive carefully. 小心開車。

Don't take any chances! 不要冒險!

Come back home safe and 要安然無恙地回家。
　　sound.

☐ **2327**. Drive safe. 要安全地開車。

Be cautious driving. 要小心地開車。

Be careful on the road. 在路上要小心。

☐ **2328**. Be safe. 要安全。

Safety first. 安全第一。

Better safe than sorry. 安全總比後悔好。

**　****

2326. carefully〔'kɛrfəlɪ〕*adv.* 小心地

chance〔tʃæns〕*n.* 機會;危險;冒險

take a chance 冒險;碰運氣 (= *take chances*)

safe〔sef〕*adj.* 安全的　　*adv.* 安全地

sound〔saʊnd〕*adj.* 健全的;完好的　　***safe and sound*** 安然無恙

2327. cautious〔'kɔʃəs〕*adj.* 小心的;謹慎的

Be cautious driving. = Be cautious while driving.

（開車時要小心。）【*while* + *V-ing* 當…的時候】

careful〔'kɛrfəl〕*adj.* 小心的　　road〔rod〕*n.* 道路

2328. safety〔'seftɪ〕*n.* 安全　　sorry〔'sɔrɪ〕*adj.* 遺憾的;後悔的

Better safe than sorry. 是諺語,源自 It is better to be safe than
　　sorry.（安全總比後悔好。）

15. 指路

☐ **2329**.　It's far away.　　　　　那裡很遠。

　　　　It's not nearby.　　　　並不是在附近。

　　　　It's out of the way.　　　那裡很偏僻。

☐ **2330**.　Walk that way.　　　　往那邊走。

　　　　Go down there.　　　　往那邊走。

　　　　Go down the street.　　沿著那條街走。

☐ **2331**.　It's dead ahead.　　　　它就在前方。

　　　　It's straight ahead.　　它就在前方。

　　　　It's right in front of you.　它就在你的前面。

**

2329. ***far away*** 遙遠　　nearby〔ˈnɪrˌbaɪ〕 *adv.* 在附近

out of the way 離開道路；很偏僻

It's out of the way. 很偏僻。(= *It's remote.*)

　【remote〔rɪˈmot〕 *adj.* 偏僻的】

2330. way〔we〕 *n.* 方向　　***that way*** 那個方向；那邊

down〔daʊn〕 *prep.* 沿著…走　　***go down there*** 去那邊

2331. dead〔dɛd〕 *adv.* 直直地；正好地　　ahead〔əˈhɛd〕 *adv.* 在前方

dead ahead 就在前方　　straight〔stret〕 *adv.* 筆直地

right〔raɪt〕 *adv.* 正好；就　　***in front of*** 在…的前面

15.
旅遊娛樂

☐ **2332.** Go two blocks.   走兩條街。

Go two intersections.   過兩個十字路口。

Just two red lights.   只要過兩個紅燈。

☐ **2333.** Go straight.   直走。

Turn right and turn left.   右轉,然後左轉。

You'll see it.   你就會看到它。

☐ **2334.** Pull over, please.   請靠路邊停車。

This is it.   就是這裡。

I want to get out here.   我想要在這裡下車。

**

2332. go〔go〕*v.* 去;移動;前進　　block〔blɑk〕*n.* 街區
intersection〔͵ɪntɚˋsɛkʃən〕*n.* 十字路口　　***red light*** 紅燈

2333. straight〔stret〕*adv.* 直直地　　turn〔tɝn〕*v.* 轉彎
right〔raɪt〕*adv.* 向右地　　left〔lɛft〕*adv.* 向左地

2334. ***pull over*** 靠邊停車

Pull over, please. 請靠路邊停車。(= *Stop the car, please.*)

This is it. 也可說成:This is the place. (就是這裡。)
    We're here. (我們到了。)

get out 下車【從小車,如汽車或計程車上下來,用 get out;從大車,
    如公車或火車上下來,則用 get off】

15.
旅遊娛樂

16. 塞車

☐ **2335.** We're stuck in traffic.　　　　　我們被困在車陣裡。
　　　　It's a traffic jam.　　　　　　　現在塞車。
　　　　It's bumper to bumper.　　　　　車子一輛接一輛。

　　　　【遇到塞車時可說這三句話】

☐ **2336.** We are stuck.　　　　　　　　我們動彈不得。
　　　　We are trapped.　　　　　　　我們被困住了。
　　　　We can't move.　　　　　　　我們沒辦法動。

☐ **2337.** We're cornered.　　　　　　　我們被困住了。
　　　　We're boxed in.　　　　　　　我們被困住了。
　　　　There's no way out.　　　　　沒路可走。

** ————————————————

bumper

bumper to bumper

2335. stuck〔stʌk〕*adj.* 困住的
　　　traffic〔'træfɪk〕*n.* 交通；往來的車輛
　　　jam〔dʒæm〕*n.* 阻塞　　***traffic jam*** 交通阻塞
　　　bumper〔'bʌmpɚ〕*n.* (汽車車身前後的) 保險桿
　　　bumper to bumper 車子一輛接一輛 (= *with many cars that are
　　　　so close that they are almost touching each other*)

2336. stick〔stɪk〕*v.* 困住；阻塞　　***We are stuck.*** 「我們被困住了。」表
　　　示「我們動彈不得。」　　　trap〔træp〕*v.* 使落入圈套；使陷入困境
　　　move〔muv〕*v.* 移動；前進；行進

2337. corner〔'kɔrnɚ〕*n.* 轉角　*v.* 使陷入絕境
　　　We're cornered. 「我們被擠到牆角。」表示「我們被困住了。」
　　　box〔bɑks〕*v.* 把…裝箱　　***box in*** 困住　　***way out*** 出路
　　　There's no way out. 也可說成：We have absolutely no way
　　　　to escape. (我們完全無路可逃。) 【absolutely〔'æbsə,lutlɪ〕*adv.*
　　　　完全地　　escape〔ə'skep〕*v.* 逃走】

15.
旅遊娛樂

17. 搭車

☐ **2338.** Are you able? 你還行嗎？

Are you feeling tired? 你會覺得累嗎？

Want me to drive? 要我開車嗎？

☐ **2339.** Hang a right. 向右轉。

Turn right. 向右轉。

Go to your right. 往右邊走。

☐ **2340.** Go faster. 快點。

Hurry up. 趕快。

Pick up the pace. 加快速度。

**

2338. able〔ˋebḷ〕*adj.* 能夠做的；有能力的

Are you able? = Are you up to it? = Can you do it?

【*be up to* 能做；能勝任】 tired〔taɪrd〕*adj.* 疲倦的

Want me to drive? 源自 Do you want me to drive?

2339. hang〔hæŋ〕*v.* 懸掛 right〔raɪt〕*n.* 右邊 *adv.* 向右地

hang a right 向右轉（= *make a right turn* = *turn right*）

2340. go〔go〕*v.* 去；移動；前進 ***hurry up*** 趕快

pick up 增加（速度） pace〔pes〕*n.* 步調；速度

pick up the pace 加快速度

☐ **2341**. Whoa! 　　　　　　　　　　　遏！
　　　　Slow down. 　　　　　　　　　慢下來。
　　　　Easy does it. 　　　　　　　　慢慢來。

☐ **2342**. Don't drive too fast. 　　　　不要開太快。
　　　　Take it easy. 　　　　　　　　放輕鬆。
　　　　No need for full speed. 　　　不必全速前進。

☐ **2343**. We're getting there quickly. 　　我們很快就會到達那裡。
　　　　We're making good time. 　　　我們走得很快。
　　　　We have plenty of time to 　　我們還剩很多時間。
　　　　　spare.

**

2341. whoa〔wo〕*interj.* 遏！【喝令馬停下的喊叫聲】
　　slow down 慢下來　　*Easy does it.* 慢慢來；放輕鬆。
2342. *take it easy* 放輕鬆　　need〔nid〕*n.* 必要；需要
　　No need for… 不必…；不需要…（= *There is no need for*…）
　　full〔fʊl〕*adj.* 充足的；最高限度的
　　speed〔spid〕*n.* 速度　　*full speed* 全速；最高速度
2343. get〔gɛt〕*v.* 到達　　quickly〔'kwɪklɪ〕*adv.* 很快地
　　make good time 高速行駛；快速前進；走得很快；在旅途中花的
　　　時間比預計的少　　*plenty of* 很多的
　　spare〔spɛr〕*v.* 撥出；抽出　　*to spare* 多餘的；剩下的

15.
旅
遊
娛
樂

☐ **2344**. Hey, pay attention. 　嘿，注意一點。
　　　　 Focus on driving. 　專心開車。
　　　　 Eyes on the road. 　眼睛看著路。

☐ **2345**. Pull over. 　靠邊停車。
　　　　 Turn off the road. 　離開這條路。
　　　　 Move to the side of the road. 　開到路邊去。

☐ **2346**. Keep the change. 　不用找了。
　　　　 Keep the rest. 　剩下的你留著。
　　　　 You deserve it. 　這是你應得的。

** ————————

2344. hey〔he〕*interj.* 嘿　　attention〔ə'tɛnʃən〕*n.* 注意（力）
　　pay attention 注意（= *be careful*）
　　focus〔'fokəs〕*v.* 集中；專注；專心 <*on*>
　　focus on 集中於；專注於　　***Eyes on the road.*** 源自於 Keep
　　　your eyes on the road.【***keep*** *one's* ***eyes on*** 留意；注意】
2345. pull〔pul〕*v.* 拉　　***pull over*** 開到路邊；靠邊停車
　　turn off 離開（某條路）　　***Turn off the road.*** 也可說成：Drive
　　　your car off the road.（把你的車開離這條路。）
　　move〔muv〕*v.* 移動；前進
　　move to 在此等於 drive to 或 go to。
　　side〔saɪd〕*n.* 旁邊　　***the side of the road*** 路邊
2346. change〔tʃendʒ〕*n.* 找的零錢　　***Keep the change.*** 字面的意思
　　　是「找的零錢你留著。」也就是「不用找了。」
　　rest〔rɛst〕*n.* 其餘的人或物　　deserve〔dɪ'zɜv〕*v.* 應得

15.
旅遊娛樂

Part Two ♣ 娛樂篇

18. 狂歡作樂

☐ **2347**. Get a life! 你找點事做吧！

Have some fun. 好好玩一玩。

Don't be so boring. 不要這麼無聊。

☐ **2348**. Have a blast. 要狂歡。

Let your hair down. 要無拘無束。

Stay up all night. 要整晚熬夜。

☐ **2349**. Eat, drink, and be merry. 及時行樂。

Make the most of the moment. 及時行樂。

Who knows if tomorrow will 誰知道明天會不會來？
　come?

**

2347. ***Get a life!*** 你過你的生活吧；你找點事做吧！【當別人沒意義的事做太久，或太過干涉你的生活，太把重心放在你身上的時候，就可說這句話】

(= *Start living a more interesting life!*)

have fun 玩得愉快　boring 〔ˈborɪŋ〕 *adj.* 無聊的

2348. blast 〔blæst〕 *n.* 狂歡　***Have a blast.*** = Have a great time.

let one's ***hair down*** 不拘禮節；無拘無束 (= *relax*)

stay up 熬夜

2349. merry 〔ˈmɛrɪ〕 *adj.* 歡樂的

Eat, drink, and be merry. (= *Enjoy yourself.*) 源自「聖經」：

Eat, drink, and be merry, for tomorrow we die.

make the most of 善用　moment 〔ˈmomənt〕 *n.* 時刻；此刻

Make the most of the moment. 善用此刻，引申為「及時行樂。」

(= *Enjoy yourself as much as possible.*)　if 〔ɪf〕 *conj.* 是否

**15.
旅遊娛樂**

□ **2350.** Enjoy the holiday.   好好享受假日。

       Do something fun!   做一些有趣的事！

       Live it up!   要狂歡！

□ **2351.** Boost happiness.   增加快樂。

       Bust stress.   打擊壓力。

       Reinvent yourself.   徹底改造自己。

□ **2352.** Pig out!   狼吞虎嚥地吃吧！

       Party hearty.   在派對中盡情享受。

       Paint the town red!   要狂歡慶祝！

** ─────────

2350. enjoy〔ɪn'dʒɔɪ〕 v. 享受　　holiday〔'hɑlə,de〕 n. 假日
fun〔fʌn〕 adj. 有趣的　　***live it up*** 狂歡；盡情享樂

2351. boost〔bust〕 v. 提高；增加 (= *increase*)
happiness〔'hæpɪnɪs〕 n. 快樂
bust〔bʌst〕 v. 打擊　　stress〔strɛs〕 n. 壓力
Bust stress. = Get rid of your stress. (擺脫你的壓力。)
reinvent〔,riɪn'vɛnt〕 v. 重新發明；徹底改造
Reinvent yourself. = Become the person you want to be.

2352. ***pig out*** 狼吞虎嚥地吃 (= *eat as much as you want*)
party〔'pɑrtɪ〕 v. 開派對；狂歡
hearty〔'hɑrtɪ〕 adj. 盡情的
Party hearty. = Have fun at a lively party.
　【***have fun*** 玩得愉快　lively〔'laɪvlɪ〕 adj. 熱鬧的】   paint
paint〔pent〕 v. 油漆；把…漆成 (…色)　　town〔taʊn〕 n. 城鎮
paint the town red 狂歡慶祝 (= *go out and enjoy yourself*)

19. 邀約朋友

☐ 2353. The gang's all here!　　　　大夥兒都在！
How's it going, you guys?　　你們好嗎？
Having a party without me?　舉辦派對卻不找我？

【當你看到一群朋友時，可說這三句話】

☐ 2354. Let's go crazy.　　　　　我們來瘋狂一下。
Let's let our hair down.　我們要無拘無束。
Let's have a good time.　我們好好玩一玩吧。

☐ 2355. Let's party hearty.　　　我們盡情玩樂吧。
Let's live it up.　　　　我們狂歡作樂吧。
Let's celebrate tonight.　我們今天晚上來慶祝吧。

** ────────────────

2353.　gang〔gæŋ〕*n.* 一群；一幫
The Gang's All Here（大夥兒都在）
　　是一部 1943 年的電影。

The Gang's All Here

go〔go〕*v.* 進展　　***How's it going?*** 情況如何？；你好嗎？
guy〔gaɪ〕*n.* 人；傢伙　　***you guys*** 你們
have〔hæv〕*v.* 舉行　　***have a party*** 舉行派對
Having a party without me? 源自 Are you having a party
　　without me?

2354.　crazy〔'krezɪ〕*adj.* 瘋狂的　　***go crazy*** 發瘋
let *one's* ***hair down*** 無拘無束　　***have a good time*** 玩得愉快

2355.　party〔'partɪ〕*v.* 開派對；狂歡　　hearty〔'hartɪ〕*adj.* 盡情的
party hearty 盡情歡樂（= *have a great time*）；慶祝（= *celebrate*）
live it up 盡情玩樂；狂歡作樂　　celebrate〔'sɛlə,bret〕*v.* 慶祝

☐ **2356.** Let's have some fun. 　我們找些樂趣吧。

Let's enjoy ourselves. 　我們玩得高興點。

Let's kick up our heels. 　讓我們盡情放鬆吧。

☐ **2357.** Go crazy. 　要瘋狂。

Go nuts. 　要瘋狂。

Let your hair down. 　不要拘束。

☐ **2358.** We're going to have a good 　我們會玩得很愉快。
time.

It's going to be fun. 　會很好玩。

You will enjoy it for sure. 　你一定會喜歡。

** ————————

2356. fun〔fʌn〕*n.* 樂趣　*adj.* 有趣的　　***have fun*** 玩得愉快
enjoy〔ɪn'dʒɔɪ〕*v.* 喜歡；享受；快樂地體驗
enjoy *oneself* 玩得愉快　　kick〔kɪk〕*v.* 踢
heel〔hil〕*n.* 腳跟
kick up *one's **heels*** 「把腳跟踢高」，表示「盡情放鬆；自在享樂」。

2357. go〔go〕*v.* 變得（= *become*）　　crazy〔'krezɪ〕*adj.* 瘋狂的
go crazy 發瘋　　nuts〔nʌts〕*adj.* 發瘋的
go nuts 發瘋　　*let* *one's **hair down*** 盡情放鬆；不要拘束

2358. ***have a good time*** 玩得愉快；過得開心（= *have fun* = *enjoy oneself*）
for sure 確定地；毫無疑問地（= *for certain*），這裡的介系詞 for 加
上形容詞 sure 成為一個副詞片語，是一種特別的用法，「介系詞＋形
容詞」的慣用語很少見。

2359. Let's celebrate.　　　　　　　我們來慶祝吧。

Let's have a party.　　　　　　我們來舉辦派對吧。

Let's enjoy it.　　　　　　　　我們好好玩一玩吧。

2360. Let's have a ball.　　　　　　我們要玩得開心。

Let's have a blast.　　　　　　我們要玩得開心。

Let's cut loose.　　　　　　　我們要無拘無束。

2361. Forget your troubles.　　　　　忘卻你的煩惱。

Leave all your worries behind.　　把你所有的煩惱都忘掉。

Let the good times roll.　　　　開始歡樂的時刻。

**

2359. celebrate〔'sɛlə,bret〕v. 慶祝　　have〔hæv〕v. 舉辦
have a party 舉辦派對 (= *give a party* = *throw a party*)
enjoy〔ɪn'dʒɔɪ〕v. 享受；快樂地體驗

2360. ball〔bɔl〕n. 舞會；玩得開心 (= *a lot of fun*)
have a ball 過得愉快；玩得開心 (= *enjoy oneself*)
blast〔blæst〕n. 爆炸；愉快的經歷 (= *a very enjoyable
experience*)　　***have a blast*** 玩得很開心
loose〔lus〕adj. 鬆的　　***cut loose*** 鬆開；無拘束

2361. forget〔fə'gɛt〕v. 忘記　　trouble〔'trʌbl̩〕n. 麻煩；煩惱
leave sth. behind 忘了某事　　worry〔'wɝɪ〕n. 擔心；煩惱的事
roll〔rol〕v. 滾動；(時間) 流逝
Let the good times roll. = Let the fun begin.〖fun〔fʌn〕n. 樂趣〗

15.
旅
遊
娛
樂

☐ **2362.** Let's go outside.   我們去外面吧。

Let's get some air.   我們去呼吸一些新鮮的空氣。

Let's stretch our legs.   我們去伸伸腿吧。

☐ **2363.** Let's go see a movie.   我們去看電影吧。

Let's watch a show.   我們去看表演吧。

You deserve some fun.   你應該要玩得愉快。

☐ **2364.** Please join me.   請和我一起去。

I invite you.   我邀請你。

Let's go together, OK?   我們一起去，好嗎？

**

2362. outside (ˈaʊtˈsaɪd) *adv.* 到外面   air (ɛr) *n.* 空氣

get some air 呼吸一些新鮮的空氣 (= *get some fresh air*)

stretch (strɛtʃ) *v.* 伸展   leg (lɛg) *n.* 腿

2363. *go see a movie* 去看電影 (= *go and see a movie*)

show (ʃo) *n.* 表演；秀   deserve (dɪˈzɜv) *v.* 應得

fun (fʌn) *n.* 樂趣；消遣；有趣的事

2364. join (dʒɔɪn) *v.* 加入；和…一起做同樣的事

invite (ɪnˈvaɪt) *v.* 邀請   together (təˈgɛðɚ) *adv.* 一起

15.
旅遊娛樂

☐ **2365**. Let's take a ride.　　　　　　　我們開車去兜風吧。

Let's go for a drive.　　　　　　我們開車去兜風吧。

Let's cruise around town.　　　　我們開車去市區到處兜風吧。

☐ **2366**. Let's party.　　　　　　　　　我們來舉辦派對吧。

Let's raise hell.　　　　　　　　我們要瘋狂地玩。

Let's wake the dead.　　　　　　我們要瘋狂地玩。

☐ **2367**. Join us.　　　　　　　　　　加入我們。

Only if you wish.　　　　　　　不要勉強。

No pressure at all.　　　　　　不要有壓力。

**

2365. ride〔raɪd〕*n.* 搭乘　　***take a ride*** 乘車；開車去兜風（= *take a drive*）　　***go for a drive*** 開車去兜風（= *go for a ride*）

cruise〔kruz〕*v.* 巡航；（開車）緩慢巡行；兜風

around〔ə'raʊnd〕*prep.* 在…到處

town〔taʊn〕*n.* 城鎮；（城鎮的）市中心

2366. party〔'pɑrtɪ〕*v.* 舉辦派對；狂歡　　raise〔rez〕*v.* 提高；舉起

hell〔hɛl〕*n.* 地獄　　***raise hell*** 引起大騷動；胡鬧

wake〔wek〕*v.* 叫醒　　***the dead*** 死者

wake the dead （噪音）大得煩人

raise hell 把地獄抬起來，***wake the dead*** 把死人吵醒，都表示「大吵大鬧」，在此指「瘋狂地玩」。

2367. join〔dʒɔɪn〕*v.* 加入；和（某人）一起做同樣的事

only if 只有當…才　　wish〔wɪʃ〕*v.* 想要　　***Only if you wish.***

字面的意思是「只有當你想要的時候。」引申為「不要勉強。」

no…at all 一點…也沒有　　pressure〔'prɛʃə〕*n.* 壓力

No pressure at all. 源自 There is no pressure at all.

20. 想要參加

☐ **2368**. I'm in.   我要加入。

I want in.   我想要加入。

Count me in.   算我一份。

☐ **2369**. Let me in.   讓我加入。

Let me participate.   讓我參加。

Take me into account.   要把我考慮在內。

☐ **2370**. I'll join in.   我要參加。

I'll participate.   我要參加。

I'm a definite yes.   我一定贊成。

**

2368. in〔ɪn〕*adv.* 在裡面

    I'm in. (我要加入。) 也可說成：I'll join in. 或 I'll participate.

      都表示「我要參加。」

    count〔kaʊnt〕*v.* 數；算   ***count~in*** 把~算在內

2369. let〔lɛt〕*v.* 讓   participate〔pɑrˈtɪsəˌpet〕*v.* 參加

    take…into account 把…考慮在內；考慮到…

2370. join〔dʒɔɪn〕*v.* 加入   ***join in*** 參加

    definite〔ˈdɛfənɪt〕*adj.* 一定的；明確的

    yes〔jɛs〕*n.* 同意；贊成票；投贊成票的人

2371. I'm down.　　　　　　　　　　　我同意。
　　　 I'm willing.　　　　　　　　　我願意。
　　　 I'm open to it.　　　　　　　　我願意接受。

2372. I want it.　　　　　　　　　　 我想要。
　　　 I desire it.　　　　　　　　　 我非常想要。
　　　 I want it with all my heart.　　我真心想要。

2373. Sounds good to me.　　　　　　我覺得聽起來不錯。
　　　 I'm up for it.　　　　　　　　 我願意。
　　　 Sign me up.　　　　　　　　　 讓我加入。

**

2371. ***I'm down.***（我同意；我樂意去做。）源自 I'm down with it.
　　（我同意。）也可說成：I'm down for it.（我同意。）或 I'm
　　up for it.（我非常願意。）　　　willing〔ˈwɪlɪŋ〕*adj.* 願意的
　　be open to 願意接受（= *be willing to accept*）

2372. desire〔dɪˈzaɪr〕*v.* 渴望
　　with all one's ***heart*** 真心地；誠心誠意地（= *completely sincerely*）
　　I want it with all my heart.（我真心想要。）也可說成：I want it
　　so badly.（我非常想要。）【badly〔ˈbædlɪ〕*adv.* 非常地】

2373. sound〔saʊnd〕*v.* 聽起來
　　Sounds good to me. 源自 It sounds good to me.
　　up for 願意做　　 ***sign up*** 報名
　　sign sb. ***up*** 使某人正式登錄；讓某人加入

21. 拒絕參加

☐ **2374.** Want to come?　　　　　　　要來嗎？

Want to tag along?　　　　　要跟著來嗎？

Care to keep me company?　　要陪我嗎？

☐ **2375.** I pass.　　　　　　　　　　跳過我吧。

I'm not going.　　　　　　　我沒有要去。

Don't count me in.　　　　　不要把我算在內。

☐ **2376.** I'm not taking part.　　　　　我沒有要參加。

I'm not participating.　　　　我沒有要參加。

I'm going to sit this one out.　我沒有要參加這個。

**

2374. 這三句話句首都省略了 Do you。

tag〔tæg〕*n.* 標籤　*v.* 貼標籤；尾隨；緊跟在後 < *along/behind* >

care〔kɛr〕*v.* 想做某事　　*care to V.* 想要…

company〔'kʌmpənɪ〕*n.* 陪伴　　***keep sb. company*** 陪伴某人

2375. pass〔pæs〕*v.* 跳過；不叫牌

I pass. 我免了；我不用了；跳過我吧。

count〔kaʊnt〕*v.* 數；算　　***count…in*** 把…算在內

2376. ***take part*** 參加　　participate〔pɑr'tɪsə,pet〕*v.* 參加

sit out ①坐在戶外　②坐在一旁不參加

□ **2377.** Count me in for today.　　　　今天算我一份。

Count me out for tomorrow.　　明天不要把我算在內。

I pass on tomorrow.　　　　　　我明天不參加。

♣ **票售完、演出取消**

□ **2378.** All sold out.　　　　　　　　全都賣完了。

All bought up.　　　　　　　　全被買光了。

They ran out of tickets.　　　他們沒有票了。

□ **2379.** It was cancelled.　　　　　　它被取消了。

It was called off.　　　　　　它被取消了。

It was rescheduled.　　　　　重新排定時間了。

**

─────────────

2377. count〔kaʊnt〕*v.* 數；算　　***count…in*** 把⋯算在內

Count me in for today. = I'll do it today. = I'll participate today.【participate〔pɑr'tɪsə‚pet〕*v.* 參加】

count out 不把⋯算入；把⋯除外

Count me out for tomorrow. 明天不要把我算在內。

(= *I won't/can't/don't want to do it tomorrow.*)

pass on ①傳遞 ②拒絕 (= *decline or refuse something*)

I pass on tomorrow. = I don't want to do it tomorrow.

2378. ***sold out*** 銷售一空；售完的

All sold out. = They're all sold out.　　***buy up*** 全部買下

All bought up. = They're all bought up.

run out of 用完；耗盡　　ticket〔'tɪkɪt〕*n.* 票

2379. cancel〔'kænsḷ〕*v.* 取消　　***call off*** 取消 (= *cancel*)

reschedule〔ri'skɛdʒul〕*v.* 重新排定時間

It was rescheduled. 也可說成：It was put off to another day.

（它被延到別天了。）【*put off* 拖延；延期】

22. 快放假了

□ **2380.** The holiday is coming. 　假日就要來了。
　　　 I'm looking forward to it. 　我很期待。
　　　 I can hardly wait. 　我等不及了。

□ **2381.** It's coming soon. 　時間快到了。
　　　 It won't be long now. 　距離現在不會很久。
　　　 It'll be here before you know it. 　很快就會來到。

□ **2382.** Happy Dragon Boat Festival! 　端午節快樂！
　　　 Eat rice dumplings! 　吃粽子！
　　　 Watch dragon boat races! 　看龍舟競賽！

＊＊ ─────────────

2380. holiday〔'hɑlə,de〕*n.* 假日　　***look forward to*** 期待
　　 hardly〔'hɑrdlɪ〕*adv.* 幾乎不
　　 I can hardly wait. 也可說成：I can't wait.（我等不及了。）
2381. ***It's coming soon.*** 時間快到了。
　　 例如：Christmas is coming soon.（聖誕節快到了。）
　　 long〔lɔŋ〕*adj.*（時間）很久的
　　 before you know it 在你知道之前；很快地（= *very soon*）
2382. dragon〔'drægən〕*n.* 龍　　***dragon boat*** 龍舟
　　 festival〔'fɛstəvḷ〕*n.* 節日；節慶　　rice〔raɪs〕*n.* 米；飯
　　 dumpling〔'dʌmplɪŋ〕*n.* 肉餡湯糰　　***rice dumpling*** 粽子
　　 race〔res〕*n.* 比賽　　***dragon boat race*** 龍舟競賽

☐ **2383**. Happy Mother's Day! 母親節快樂！
We owe you everything. 我們的一切都要歸功於您。
We are thankful and grateful. 我們非常感激。

☐ **2384**. Happy Moon Festival! 中秋節快樂！
Happy Mid-Autumn Festival! 中秋節快樂！
Wishing you all the best. 祝你萬事如意。

☐ **2385**. Have a wonderful Moon 祝你有個很棒的中秋節！
Festival!
Enjoy your family reunion. 好好享受全家團圓。
Enjoy a nice feast together. 好好一起享用美好的大餐。

**

2383. ***Mother's Day*** 母親節　　owe〔o〕*v.* 欠；把…歸功於
owe sb. sth. 把某事歸功於某人（= *owe sth. to sb.*）
thankful〔'θæŋkfəl〕*adj.* 感謝的
grateful〔'gretfəl〕*adj.* 感激的

2384. moon〔mun〕*n.* 月亮　　festival〔'fɛstəvḷ〕*n.* 節日
Moon Festival 中秋節　　***Mid-Autumn Festival*** 中秋節
wish〔wɪʃ〕*v.* 希望；祝（某人）…
Wishing you all the best. 也可說成：I wish you all the best.

2385. wonderful〔'wʌndəfəl〕*adj.* 很棒的　　enjoy〔ɪn'dʒɔɪ〕*v.* 享受
family〔'fæməlɪ〕*n.* 家庭；家人　　reunion〔rɪ'junjən〕*n.* 團圓
nice〔naɪs〕*adj.* 好的　　feast〔fist〕*n.* 盛宴

15.
旅遊娛樂

♣ 祝賀生日

☐ **2386.** Happy birthday! 生日快樂！
Congratulations! 恭喜！
We wish you all the best! 我們祝你萬事如意！

☐ **2387.** What gift do you want? 你想要什麼禮物？
What present would you like? 你想要什麼禮物？
What's your birthday wish? 你的生日願望是什麼？

☐ **2388.** I wish you luck. 我祝你好運。
I'll cross my fingers. 我會祈求好運。
Knock on wood. 我會祈求好運。

【祝別人好運，要說這三句話】

**————

2386. congratulations 〔 kənˌgrætʃʊˈleʃənz 〕 *n. pl.* 恭喜
wish 〔 wɪʃ 〕 *v.* 祝（某人）… *n.* 願望
wish you all the best 祝你一切順利；祝你萬事如意

2387. gift 〔 gɪft 〕 *n.* 禮物　　present 〔ˈprɛznt〕 *n.* 禮物
would like 想要　　birthday 〔ˈbɝθˌde〕 *n.* 生日

2388. luck 〔 lʌk 〕 *n.* 運氣；幸運　　cross 〔 krɔs 〕 *v.* 使交叉
cross one's fingers （為避災難等而）將中指彎曲重疊在食指上；
祈求好運　　knock 〔 nak 〕 *v.* 敲　　wood 〔 wʊd 〕 *n.* 木頭
knock on wood 祈求好運【用手碰木頭據說可以避邪，帶來好運與平安，
因此，當提到某件不好的事絕不會在自己身上發生時，又不願如此誇口一語
成讖招來厄運，人們通常會在講 knock on wood 的同時敲敲木頭，以避
免厄運真的發生】

15.
旅遊娛樂

☐ **2389.** I have a hunch.　　　　　　　我有一種直覺。

I have a feeling.　　　　　　我有一種預感。

You will make it big.　　　　你會飛黃騰達。

☐ **2390.** I can sense it.　　　　　　　我可以感覺到。

I can feel it.　　　　　　　　我可以感覺到。

Great things are waiting for　　很棒的事情正等待著你。

　　you.

☐ **2391.** Bless you.　　　　　　　　　願上帝祝福你。

God be with you.　　　　　　願上帝與你同在。

I wish you well.　　　　　　　我祝你一切順利。

**
_____

2389. hunch〔hʌntʃ〕*n.* 預感；直覺　　feeling〔'filɪŋ〕*n.* 感覺；預感
make it big 獲得巨大成功；飛黃騰達

2390. sense〔sɛns〕*v.* 感覺到；察覺　　feel〔fil〕*v.* 感覺到
great〔gret〕*adj.* 很棒的　　***wait for*** 等待

2391. bless〔blɛs〕*v.* 祝福　　***Bless you.*** = God bless you.
God〔gɑd〕*n.* 上帝　　***God be with you.*** = May God be with
you.【may〔me〕*aux.* 願…】

wish〔wɪʃ〕*v.* 祝；願　　well〔wɛl〕*adj.* 健康的；安好的
I wish you well. 也可説成：I hope you are well in the future.
（我希望你未來順利。）或 I hope things go well for you.
（我希望你一切順利。）【go〔go〕*v.* 進展】

☐ **2392.** Good luck!   祝你好運！

       Fingers crossed!   我爲你祈求好運！

       Break a leg!   祝福你！

☐ **2393.** May fortune smile on you.   祝你福星高照。

       Hope things go your way.   希望你一切順利。

       Hope you get a lucky break.   希望你很幸運。

☐ **2394.** Good luck.   祝你好運。

       Best wishes.   獻上最誠摯的祝福。

       I wish you all the best.   我祝你萬事如意。

       【祝福別人的萬用語，必背】

** ————————————

2392. luck〔lʌk〕*n.* 運氣   finger〔'fɪŋɚ〕*n.* 手指

     cross〔krɔs〕*v.* 使交叉

     Fingers crossed! 源自 My fingers are crossed for you!（我爲你祈求好運！）【*keep one's **fingers crossed*** 「（食指和中指交叉）祈求好運」，源自基督教將手指交叉，像是十字架，有祝福的意味】

     break〔brek〕*v.* 折斷   leg〔lɛg〕*n.* 腿

     break a leg 祝福；祝…成功【*break a leg* 不是字面的意思「斷條腿吧」，而是眞心地祝對方一切順利。源自伊莉莎白女王時期，觀衆欣賞表演時，如果覺得滿意，不是用手鼓掌（applause），而是會拿椅子用力撞擊地板，如果他們太喜歡那場演出，椅子的腳就會被撞到折斷】

2393. may〔me〕*aux.* 祝…；願…   fortune〔'fɔrtʃən〕*n.* 幸運

     fortune smile on sb. 福星高照；鴻運當頭

     第二句和第三句都省略了主詞 I。   ***go one's way*** 順某人的意

     break〔brek〕*n.* 機會；運氣；幸運   ***a luck break*** 幸運

2394. wishes〔'wɪʃɪz〕*n. pl.* 祝福   wish〔wɪʃ〕*v.* 祝（某人）…

16. 談情說愛
Talking About Love

用手機掃瞄聽錄音

1. 請人介紹

☐ **2395.** She dazzled me.   她使我神魂顛倒。
    She bewitched me.   她使我著迷。
    She swept me off my feet.   她使我為之傾倒。

☐ **2396.** She's too good for me.   她對我而言太好了。
    I'm not at her level.   我和她不同等級。
    She's out of my league.   我配不上她。

☐ **2397.** I want to date her.   我想要跟她約會。
    Can you arrange it?   你可以安排嗎？
    Can you fix me up?   你可以幫我安排嗎？

** ───────────────

2395. dazzle〔'dæzḷ〕*v.* 使目眩；使驚奇；使讚嘆不已；使傾倒
  She dazzled me. 她使我神魂顛倒。(= *She amazed me.*)
  bewitch〔bɪ'wɪtʃ〕*v.* 使著迷 (= *captivate* = *charm*)
  sweep〔swip〕*v.* 掃   ***sweep sb. off sb.'s feet*** 使某人立刻著迷
2396. level〔'lɛvḷ〕*n.* 程度；等級   ***I'm not at her level.*** (我配不上
  她。) 也可說成：I'm not her equal. (我比不上她。) She's
  better than me. (她比我好。)【equal〔'ikwəl〕*n.* 相匹敵的人】
  league〔lig〕*n.* 聯盟；(同一性質的) 一群；同類
  out of one's league 高不可攀；高不可及【當男女交往時，一方的財
   富、智慧、容貌或能力上，與另一方差距很大時，就可用這個成語來形容】
2397. date〔det〕*v.* 和…約會   arrange〔ə'rendʒ〕*v.* 安排
  fix up 為 (某人) 安排 (聚會等)

□ **2398.** She matches people.   她會撮合別人。

She's a matchmaker.   她是個媒人。

She plays Cupid.   她喜歡當紅娘。

♣ 媒人的台詞

□ **2399.** You get along.   你們很合得來。

You suit each other.   你們適合彼此。

You deserve each other.   你們很相配。

□ **2400.** You're perfect for each other.   你們是絕配。

You go so well together.   你們非常相配。

You're a match made in heaven.   你們是天造地設的一對。

** ————————————

2398. match〔mætʃ〕v. 為…找出與…相配之物

She matches people. 她會撮合別人。(= *She helps people find partners.* = *She introduces compatible couples.*)【partner〔'partnɚ〕n. 夥伴   introduce〔͵ɪntrə'djus〕v. 介紹   compatible〔kəm'pætəbḷ〕adj. 合得來的   couple〔'kʌpḷ〕n. 一對（男女）】

matchmaker〔'mætʃ͵mekɚ〕n. 媒人   play〔ple〕v. 扮演

Cupid〔'kjupɪd〕n. (愛神) 丘比特【羅馬神話中維納斯之子，為媒介戀愛之神】

play Cupid 「扮演丘比特」，也就是「當紅娘；當月下老人；做媒」。

2399. ***get along*** 相處得很好 (= *get along well*)   suit〔sut〕v. 適合

each other 互相；彼此   deserve〔dɪ'zɝv〕v. 應得；值得

2400. perfect〔'pɝfɪkt〕adj. 完美的；最合適的 < *for* >

go together 相配；搭配   match〔mætʃ〕n. 一對

heaven〔'hɛvən〕n. 天國；天堂

a match made in heaven 天造地設的一對

2. 傳授追求技巧

☐ 2401. Join the club. 我們彼此彼此。
You're one of us now. 你現在和我們一樣了。
We're in the same boat. 我們處境相同。

☐ 2402. Be charming. 要非常迷人。
Wine and dine her. 要請她喝酒吃飯。
Sweep her off her feet. 要令她神魂顛倒。

wine

☐ 2403. Keep dating. 要持續約會。
Play the field. 要和很多異性朋友交往。
Someday you'll find the one! 總有一天你會找到對的人！

**

2401. join〔dʒɔɪn〕v. 加入　　club〔klʌb〕n. 俱樂部
Join the club. 字面的意思是「加入俱樂部。」引申為「彼此彼此。」
指的是「與對方處境相同，同樣倒霉，同樣不走運等。」
be in the same boat 在同一條船上；處境相同

2402. charming〔'tʃɑrmɪŋ〕*adj.* 迷人的；有魅力的
wine〔waɪn〕v. 用葡萄酒款待　　dine〔daɪn〕v. 宴請；招待
（某人）吃飯　　***wine and dine***（在餐廳等）用酒飯款待（某人）
Wine and dine her.（要請她喝酒吃飯。）也可說成：Take her out
and treat her well.（帶她出去，好好招待她。）
sweep〔swip〕v. 橫掃　　***sweep sb. off sb's feet*** ①使某人站不
住腳 ②使某人迷得神魂顛倒（= *impress sb.* ）

2403. ***keep + V-ing*** 持續⋯　　date〔det〕v. 約會；和⋯約會
field〔fild〕n. 田野；（賽馬場的）全部馬匹
play the field ①（賽馬中）廣下賭注 ②在廣泛的領域中活動 ③與
很多異性朋友交往（= *date many people* ）
someday〔'sʌm,de〕*adv.* 將來有一天　　***the one*** 在此指 your
perfect match（你理想的另一半）、your future partner（你未
來的伴侶），或 the one you will marry（你的結婚對象）。【match
〔mætʃ〕n.（合適的）配偶　　partner〔'pɑrtnɚ〕n. 夥伴；配偶】

3. 試探心意

☐ **2404**. Are you alone?　　　　　　　　　你一個人嗎？

Mind if I join you?　　　　　　你介意我和你一起嗎？

Can I buy you a drink?　　　　我能請你喝一杯嗎？

☐ **2405**. Are you single?　　　　　　　　你單身嗎？

Are you available?　　　　　　你單身嗎？

Are you unattached?　　　　　你單身嗎？

☐ **2406**. I like you a lot.　　　　　　　　我很喜歡你。

Could we go on a date?　　　　我們可以去約會嗎？

Would you go out with me?　　你願意和我約會嗎？

** ────────────

2404. alone〔ə'lon〕*adj., adv.* 獨自的（地）　　mind〔maɪnd〕*v.* 介意

join〔dʒɔɪn〕*v.* 加入；和（某人）一起做同樣的事　***Mind if I join***

you? 源自 Do you mind if I join you?（你介意我和你一起嗎？）

buy〔baɪ〕*v.* 請（人）…　　drink〔drɪŋk〕*n.* 飲料；一杯（酒）

buy you a drink 請你喝一杯

2405. 這三句話意思相同，也可說成：Are you seeing anyone?（你有對象

了嗎？）　　single〔'sɪŋgḷ〕*adj.* 單身的

available〔ə'veləbḷ〕*adj.* 可獲得的；單身的；未戀愛的；未婚的

unattached〔ˏʌnə'tætʃt〕*adj.* 未訂婚的；未結婚的

2406. ***a lot*** 很；非常（= *very much*）　　date〔det〕*n.* 約會

go on a date 去約會　　***go out with*** sb. 和某人交往；和某人約會

Would you go out with me? 字面的意思是「你願意和我出去嗎？」

在此引申為「你願意和我約會嗎？」（= *I'd like to take you out.*

= *Would you like to go out sometime?*）

☐ **2407.** Do you care about me?　　你在乎我嗎？

What do you think of me?　　你認爲我怎麼樣？

What am I to you?　　對你而言我算什麼？

☐ **2408.** How much do you care
　　　 about me?　　你有多在乎我？

How important am I?　　我有多重要？

What am I in your life?　　我在你的人生中是什麼角色？

☐ **2409.** Are we just friends?　　我們只是朋友嗎？

Are we something more?　　我們不只是朋友嗎？

Where do we stand?　　我們是什麼關係？

** ────────────────────

2407. ***care about*** 在乎；關心　　***think of*** *sb.* 認爲某人…；覺得某人…

What do you think of me? 也可説成：What's your opinion of
me?（你對我有什麼看法？）【opinion〔ə'pɪnjən〕*n.* 看法；意見】

What am I to you? 對你而言我算什麼？（= *What am I in your life?*）

2408. important〔ɪm'pɔrtn̩t〕*adj.* 重要的　　***What am I in your life?***
也可説成：What role do I play in your life?（我在你的人生中扮
演什麼角色？）How important am I in your life?（我在你的人
生中有多重要？）Where do I rank in your life?（我在你的人生
中排第幾名？）【rank〔ræŋk〕*v.* 位居；排列；具有…等級】

2409. just〔dʒʌst〕*adv.* 只是　　***Are we something more?*** 也可説成：
Are we more than friends?（我們不只是朋友嗎？）

stand〔stænd〕*v.* 處於（某種狀態）　　***Where do we stand?***（我
們是什麼關係？）(= *What is our relationship?*) 也可説成：How
would you define our relationship?（你會如何定義我們的關
係？）【relationship〔rɪ'leʃən͵ʃɪp〕*n.* 關係　　define〔dɪ'faɪn〕*v.*
爲…下定義】

□ **2410.** Do you really not know? | 你眞的不知道嗎？
Are you pretending? | 你在假裝嗎？
Are you playing dumb? | 你在裝傻嗎？

□ **2411.** Are you into me? | 你喜歡我嗎？
Are you asking me out? | 你是在約我出去嗎？
Do you find me attractive? | 你覺得我很有吸引力嗎？

□ **2412.** Are you hitting on me? | 你在對我放電嗎？
Are you interested in me? | 你對我有興趣嗎？
Are you flirting with me? | 你在對我打情罵俏嗎？

**

2410. really〔ˈriəlɪ〕*adv.* 眞地   pretend〔prɪˈtɛnd〕*v.* 假裝
play〔ple〕*v.* 扮演   dumb〔dʌm〕*adj.* 啞的；愚蠢的
play dumb 裝傻；裝聾作啞；裝蒜
2411. into〔ˈɪntʊ〕*prep.* 有興趣（= *interested in*）；喜歡（= *like*）
ask sb. out 邀請某人外出（約會）   find〔faɪnd〕*v.* 發現；覺得
attractive〔əˈtræktɪv〕*adj.* 吸引人的；有吸引力的
2412. ***hit on sb.*** 對某人放電；對某人調情
interest〔ˈɪntrɪst〕*v.* 使感興趣
be interested in 對…有興趣   flirt〔flɜt〕*v.* 調情；打情罵俏

16.
談
情
說
愛

4. 請求陪伴

☐ **2413.** Don't go. | 不要走。

Don't leave. | 不要離開。

Don't take off. | 不要離開。

☐ **2414.** Join me. | 和我一起去。

Go with me. | 和我一起去

Come along for the ride. | 陪陪我。

☐ **2415.** I'm feeling lonely. | 我覺得很寂寞。

I feel bored. | 我覺得很無聊。

Spend more time with me. | 多花點時間陪我吧。

** ────────────

2413. ***take off*** 起飛;離去;走掉　　leave〔liv〕*v.* 離開

2414. join〔dʒɔɪn〕*v.* 加入;和(某人)一起做同樣的事

　come along 一起來　　ride〔raɪd〕*n.* 騎乘;乘坐;搭便車

　come/go/be along for the ride 搭順風車;湊熱鬧

　Come along for the ride. 來湊熱鬧,也就是「陪我。」

　　(= *Keep me company.*)【company〔'kʌmpənɪ〕*n.* 陪伴

　　keep sb. company 陪伴某人】

2415. lonely〔'lonlɪ〕*adj.* 寂寞的　　bored〔bord〕*adj.* 無聊的

　spend〔spɛnd〕*v.* 花費;度過

□ **2416.** Stay longer.   再待久一點。

Stick around awhile.   再待一會兒。

I enjoy your company.   我喜歡你陪我。

□ **2417.** Don't run off.   不要逃走。

Stay with me.   留在我身邊。

Keep me company.   陪陪我。

□ **2418.** Give me a hug.   給我一個擁抱。

Let me hold you.   讓我抱著你。

Let me squeeze you tight.   讓我緊緊抱著你。

**

2416. stay〔ste〕*v.* 停留   long〔lɔŋ〕*adv.* 長久地;長時間地

stick〔stɪk〕*v.* 黏著   *stick around* 逗留

awhile〔ə'hwaɪl〕*adv.* 片刻;一會兒

enjoy〔ɪn'dʒɔɪ〕*v.* 喜歡

company〔'kʌmpənɪ〕*n.* 陪伴;同伴

2417. *run off* 逃跑   *keep sb. company* 陪伴某人

2418. hug〔hʌg〕*n. v.* 擁抱

hold〔hold〕*v.* 抓住;握住;抱住

squeeze〔skwiz〕*v.* 擠壓;緊抱;緊握

tight〔taɪt〕*adj., adv.* 緊緊的(地)

Let me squeeze you tight.(讓我緊緊抱著你。)也可說成:

    Let me give you a big hug.(讓我給你一個大大的擁抱。)

5. 想要分手

☐ **2419.** We're over.　　　　　　　　　我們結束了。
We're in the past.　　　　　　　我們已成爲過去。
We're friends, always and　　　　我們永遠是朋友。
　forever.

☐ **2420.** We're done.　　　　　　　　　我們結束了。
We're through.　　　　　　　　我們結束了。
I don't love you anymore.　　　　我不再愛你了。

☐ **2421.** I'm over you.　　　　　　　　　我不在乎你了。
I'm done with you.　　　　　　　我和你結束了。
My feelings have changed.　　　　我的感情已經變了。

**
───────────────

2419. over ('ovɚ) *adv.* 結束；完畢　　past (pæst) *n.* 過去
We're in the past. (我們已成爲過去。) 也可說成：Our relationship
　is over. (我們的關係結束了。) 或 We're done. (我們結束了。)
forever (fɚ'ɛvɚ) *adv.* 永遠　　*always and forever* 直到永遠
We're friends, always and forever. 也可說成：We can still be
　friends. (我們仍然可以是朋友。) We'll always be friends.
　(我們會是永遠的朋友。)

2420. done (dʌn) *adj.* 結束的　　through (θru) *adv.* 結束；斷絕關係
not…anymore 不再…

2421. *I'm over you.* 我忘了你了；我不在乎你了；我不愛你了。
　(= *I no longer love you.*)
be done with 結束 (= *be finished with*)
feelings ('filɪŋz) *n. pl.* (喜怒哀樂等) 各種感情
change (tʃendʒ) *v.* 改變

□ **2422.** We're finished!   我們結束了！

We're no more!   我們完了！

I'm through with you!   我和你已經結束了！

□ **2423.** You're dead to me.   你對我來說已經死了。

You're gone for good.   你永遠離開了。

You're out of my life.   你離開我的生活了。

□ **2424.** We broke up.   我們分手了。

I've moved on.   我已經向前走了。

You should, too.   你也應該這麼做。

**

2422. 這三句話意思相同。   finished〔ˈfɪnɪʃt〕*adj.* 結束的；成為過去的

be no more 不復存在

We're no more! 我們結束了！(= *We're over!*)

through〔θru〕*adj.* 完結的；斷絕的

I'm through with you! 我和你已經結束了！(= *I'm done with you!*)

2423. 這三句話意思相同。   dead〔dɛd〕*adj.* 死的；不再重要的

You're dead to me. (你對我來說已經死了。) 也可說成：I never

want to see you again. (我不想再見到你了。) Don't call me.

(不要打電話給我。) I want nothing more to do with you.

(我不想再和你有任何關係了。)【*have to do with* 與⋯有關】

gone〔gɔn〕*adj.* 離去的   ***for good*** 永遠 (= *forever*)

You're gone for good. 你永遠離開了。(= *You're out of my life.*)

out of 離開

2424. ***break up*** 分手   move〔muv〕*v.* 移動；走

move on 繼續前進

6. 我們當朋友就好

□ 2425. I'm spoken for.　　　　　　　我有對象了。
　　　　I'm not available.　　　　　我不是單身。
　　　　I can't go out with you.　　　我不能跟你出去。

□ 2426. I like you as a friend.　　　　我喜歡你當我的朋友。
　　　　We have different styles.　　我們的風格不同。
　　　　You're not my type.　　　　你不是我喜歡的類型。

□ 2427. Let's just be friends.　　　　我們當朋友就好。
　　　　You'll be better off.　　　　這樣你會比較好。
　　　　I'm not the one for you.　　我不是你的眞命天子。

** ―――――――――――――

2425.　speak〔spik〕*v.* 預購；申請；預約　　***spoken for*** 已有固定伴侶的
　　　available〔ə'veləbḷ〕*adj.* 單身的　　***go out with*** *sb.* 和某人約會
2426.　as〔əz〕*prep.* 當作；作爲　　***I like you as a friend***.（我喜歡你當我
　　　的朋友。）也可説成：Let's just be friends.（我們當朋友就好。）
　　　style〔staɪl〕*n.* 風格；品味　　type〔taɪp〕*n.* 類型
　　　be not *one's* ***type*** 不是某人喜歡的類型
2427.　just〔dʒʌst〕*adv.* 只　　***be better off*** 處境更好；更有錢
　　　You'll be better off.（這樣你會比較好。）也可説成：Your life
　　　will be better without me.（你的人生沒有我會更好。）
　　　I'm not the one for you. 字面的意思是「我不是適合你的那個人。」
　　　　也就是「我不是你的眞命天子。」（= *I'm not your Mr. Right*.）
　　　　或「我不是你的眞命天女。」（= *I'm not your Miss Right*.）
　　　【***Mr. Right*** 眞命天子　　***Miss Right*** 眞命天女】

7. 痛苦傷心

☐ **2428**. Don't run away.　　　　　不要逃跑。

Don't abandon me.　　　　不要拋棄我。

Don't leave me alone.　　　不要不理我。

☐ **2429**. My heart is broken.　　　　我的心碎了。

You crushed me.　　　　　你使我崩潰。

You hurt my feelings.　　　你傷害了我的感情。

☐ **2430**. You stole my heart.　　　　你偷走了我的心。

You broke my heart.　　　　你讓我心碎。

You threw my heart away.　　你拋棄了我的心。

＊＊ ────────────────

2428. ***run away*** 逃跑　　abandon〔əˋbændən〕*v.* 拋棄

leave〔liv〕*v.* 離開；使處於（某種狀態）

alone〔əˋlon〕*adj.* 獨自的；單獨的　　***leave sb. alone*** 不理會某人

2429. heart〔hɑrt〕*n.* 心　　broken〔ˋbrokən〕*adj.* 破碎的

crush〔krʌʃ〕*v.* 壓碎；摧毀；（在精神上）打垮；使崩潰

hurt〔hɝt〕*v.* 傷害　　feelings〔ˋfilɪŋz〕*n. pl.* 感情

2430. steal〔stil〕*v.* 偷；偷走

steal one's heart 不知不覺中贏得某人歡心；獲得某人的愛

break〔brek〕*v.* 打破；使破碎　　***break one's heart*** 讓某人心碎

throw away 丟棄　　***You threw my heart away.***（你拋棄了我的

心。）也可說成：You threw my love away.（你拋棄了我的愛。）

16. 談情說愛

8. 不想當電燈泡

☐ **2431.** You two, not me.
Two's company, three's
a crowd.
I don't want to be a third
wheel.

你們兩個去做就好，我不去。
【諺】兩個人是伴，三個就嫌
多。

我不想要當電燈泡。

♣ 想念心上人

☐ **2432.** I miss you!
I miss your everything!
I'm dying to see you.

我想念你！
我想念你的一切！
我非常想要見你。

☐ **2433.** I want you back.
I need you now.
Come back to me.

我要你回來。
我現在很需要你。
回到我的身邊。

** ——

2431. ***You two, not me.*** 源自 You two do something, not me.
company〔ˈkʌmpənɪ〕*n.* 同伴　　crowd〔kraʊd〕*n.* 群眾
Two's company, three's a crowd. 【諺】兩個人是伴，三個就嫌多。
(*= Two people are good company, but three people are too
many.*)　　wheel〔hwil〕*n.* 輪子
a third wheel 字面的意思是「第三個輪子」，在古代，兩輪馬車的第
三個輪子，是額外的、多餘的，在此引申為「兩人約會時在一旁多餘
的人」，也就是所謂的「電燈泡」。
I don't want to be a third wheel. (我不想當電燈泡。) 也可說成：
I don't want to be in the way. (我不想要妨礙你們。)
　　【*in the way* 妨礙】

2432. miss〔mɪs〕*v.* 想念　　***be dying to V.*** 渴望…；很想要…

2433. back〔bæk〕*adv.* 返回
I want you back. (我要你回來。) (*= I want you to come back.*)

9. 她拋棄了我

☐ **2434.** She ignored me. 她不理我。
　　　 She avoided me. 她迴避我。
　　　 She gave me the cold 她對我很冷淡。
　　　　　shoulder.

☐ **2435.** She left me. 她離開我。
　　　 She broke up with me. 她和我分手。
　　　 She ended our relationship. 她結束了我們的關係。

☐ **2436.** She dumped me. 她把我甩了。
　　　 She ditched me. 她把我甩了。
　　　 She dropped me. 她把我甩了。

**　——————————————————————

2434. ignore〔ɪg`nor〕*v.* 忽視;不理
She ignored me.(她不理我。)也可說成:She turned her back
　on me. 字面的意思是「她轉身背向我。」也就是「她不理我。」
avoid〔ə`vɔɪd〕*v.* 避免;避開;迴避
shoulder〔`ʃoldɚ〕*n.* 肩膀 　**_cold shoulder_** 冷淡的對待;冷落
give sb. the cold shoulder 對某人很冷淡;冷落某人 (= *ignore sb.*)

2435. leave〔liv〕*v.* 離開 　**_break up_** 分手 　end〔ɛnd〕*v.* 結束
relationship〔rɪ`leʃən͵ʃɪp〕*n.* 關係;戀人或親屬關係

2436. 這三句話意思相同。 　dump〔dʌmp〕*v.* 傾倒;丟棄;拋棄
【dump 的基本意思是「丟(垃圾)」,把人當垃圾丟掉,即「甩了(某人)」】
She dumped me. 她把我甩了。(= *She left me.* = *She broke up*
with me.)【**_break up with_** 和⋯分手】 　ditch〔dɪtʃ〕*v.* 丟棄;
甩掉【ditch 的主要意思是「水溝」,把某人丟入水溝,即是「把(某人)
甩了」】 　drop〔drɑp〕*v.* 和(朋友)絕交 (= *dump* = *ditch*)
She dropped me. 她和我絕交,也就是「她把我甩了。」

☐ **2437.** It was painful. 　　　　　　它使人痛苦。

It hurt my feelings. 　　　　它傷害了我的感情。

It was like a knife in the heart. 　它就像是一把刀插在心上。

【聽到難聽的話，可說這三句】

☐ **2438.** It's stuck in my head. 　　　　它已經印在我的腦海裡。

I'll never forget it. 　　　　　我永遠不會忘記。

I'll always keep it in mind. 　　我會永遠銘記在心。

☐ **2439.** Don't mind me. 　　　　　　不要顧慮我。

Don't worry about me. 　　　不要擔心我。

Do your own thing. 　　　　做你自己的事。

**

2437. painful 〔'penfəl〕 *adj.* 使人痛苦的

It was painful. (它使人痛苦。) 在此等於 The words hurt. (那些

feelings 〔'filɪŋz〕 *n. pl.* 感情

knife 〔naɪf〕 *n.* 刀子　　heart 〔hɑrt〕 *n.* 心

knife

2438. stick 〔stɪk〕 *v.* 刺；黏貼；固定住

be stuck in one's *head* 銘記在腦海 (= *remain in one's thinking*)

keep sth. *in mind* 把某事牢記在心

2439. mind 〔maɪnd〕 *v.* 介意；顧慮　　worry 〔'wɜɪ〕 *v.* 擔心

worry about 擔心　　own 〔on〕 *adj.* 自己的

Do your own thing. 做你自己的事。(= *Do anything you normally*

like to do. = *Do whatever you like to do.* = *Do what interests*

you. = *Do as you please.*) 【normally 〔'nɔrmlɪ〕 *adv.* 通常

interest 〔'ɪntrɪst〕 *v.* 使感興趣　　please 〔pliz〕 *v.* 喜歡；想做】

10. 勸朋友分手

☐ **2440.** Break up.　　　　　　　　　　　分手吧。

Break it off.　　　　　　　　　　分手吧。

End the relationship.　　　　　　結束這段關係吧。

☐ **2441.** They're engaged.　　　　　　　　他們訂婚了。

They're betrothed.　　　　　　　他們訂婚了。

They plan to marry next year.　　他們打算明年結婚。

☐ **2442.** They're getting married.　　　　　他們要結婚了。

They're getting hitched.　　　　　他們要結婚了。

They are going to tie the knot.　　他們要結婚了。

**

2440. ***break up*** 分手　　***break off*** 終止（某種關係）

　　　Break it off. 中的 it 是指 the relationship（關係），要終止這段關
　　　　係，就是「分手吧。」

　　　Break it off. 分手吧。(= *End it.* = *Break up.*)

　　　end〔ɛnd〕*v.* 結束　　relationship〔rɪˈleʃənˌʃɪp〕*n.* 關係

2441. engaged〔ɪnˈgedʒd〕*adj.* 已訂婚的

　　　betrothed〔bɪˈtrɔθt〕*adj.* 訂過婚的 (= *engaged*)

　　　plan to V. 計劃…；打算…　　marry〔ˈmærɪ〕*v.* 結婚

2442. 這三句話意思相同。　　marry〔ˈmærɪ〕*v.* 和…結婚

　　　get married 結婚　　hitch〔hɪtʃ〕*v.* 栓住

　　　get hitched 結婚【源自十六世紀至十七世紀初，會用將馬栓在馬車上來
　　　　比喻兩個人結婚】

　　　tie〔taɪ〕*v.* 綁　　knot〔nɑt〕*n.* 結；緣份；情誼；結合

　　　tie the knot 結婚【源自中古世紀，結婚時會用布在新郎和新娘的手上打結】

11. 關於愛情

☐ **2443**. Love is patient. 　　　　　　　愛是恆久忍耐。
　　　 Love is kind. 　　　　　　　　愛是恩慈。
　　　 Love rejoices in the truth. 　　愛只喜歡眞理。

☐ **2444**. Love conquers all. 　　　　　愛能征服一切。
　　　 Love is all powerful. 　　　　愛無所不能。
　　　 Love and be loved. 　　　　　要去愛人，並且被愛。

☐ **2445**. It's OK to be apart. 　　　　分開沒關係。
　　　 It's not bad to be away. 　　　離開不是壞事。
　　　 Distance makes the heart 　　距離使兩顆心靠得更近。
　　　　grow fonder.

** ──────────────────────────

2443. patient〔'peʃənt〕*adj.* 有耐心的　　kind〔kaɪnd〕*adj.* 仁慈的
　　rejoice〔rɪ'dʒɔɪs〕*v.* 高興　　truth〔truθ〕*n.* 眞理；眞相；事實
　　這三句話出自聖經，第三句源自："Love does not delight in evil
　　　but rejoices with the truth." (愛不喜歡不義，只喜歡眞理。)
　　【delight〔dɪ'laɪt〕*v.* 喜歡 <in>　　evil〔'ivḷ〕*n.* 邪惡】

2444. conquer〔'kɑŋkɚ〕*v.* 征服　　powerful〔'pauɚfəl〕*adj.* 強有力的
　　Love is all powerful. 愛無所不能。(*= Nothing is stronger than
　　love. = Love can do anything.*)

2445. OK〔'o'ke〕*adj.* 好的；沒問題的　　apart〔ə'part〕*adj.* 分開的
　　away〔ə'we〕*adv.* 離開　　distance〔'dɪstəns〕*n.* 距離
　　heart〔hart〕*n.* 心　　grow〔gro〕*v.* 變得
　　fond〔fand〕*adj.* 喜歡的　　***Distance makes the heart grow***
　　fonder. 距離使心變得更喜歡，也就是「距離使兩顆心靠得更近。」
　　源自諺語：Absence makes the heart grow fonder. (小別勝新
　　婚；離別更增思念之情。)【absence〔'æbsṇs〕*n.* 缺席；不在】

☐ **2446.** Judging beauty is personal.
Everyone has different tastes.
Beauty is in the eye of the
　　beholder.

對美的判斷是很個人的。
每個人有不同的喜好。
【諺】情人眼裡出西施。

☐ **2447.** Never wait when it comes to
　　love.
Never hesitate to act.
The regret will haunt you
　　forever.

當遇到愛情時，絕不要
等待。
要快點行動，不要猶豫。
不然你會終生後悔。

☐ **2448.** It's easy to forget.
The absent are forgotten.
Out of sight, out of mind.

要忘記很容易。
不在就會被忘記。
【諺】眼不見，心不念；
離久情疏。

＊＊───────────────

2446. judge〔dʒʌdʒ〕v. 判斷；評定　　beauty〔'bjutɪ〕n. 美
personal〔'pɝsn̩l〕adj. 個人的；私人的
taste〔test〕n. 品味；喜好　　beholder〔bɪ'holdɚ〕n. 看的人
Beauty is in the eye of the beholder.【諺】美在看的人眼裡；
　　情人眼裡出西施。

2447. ***when it comes to*** 一提到；一碰上 (= *when you encounter*)
hesitate〔'hɛzə,tet〕v. 猶豫　　act〔ækt〕v. 行動
regret〔rɪ'grɛt〕n. 後悔　　haunt〔hɔnt〕v. 不斷地糾纏；縈繞於…
　　的腦海中　　forever〔fə'ɛvɚ〕adv. 永遠
The regret will haunt you forever. = You'll be forever sorry.

2448. forget〔fə'gɛt〕v. 忘記　　absent〔'æbsn̩t〕adj. 缺席的；不在的
the absent 不在的人 (= *absent people*)　　sight〔saɪt〕n. 看見
out of sight 看不見　　mind〔maɪnd〕n. 心；精神；頭腦
out of mind 漸漸忘記　　***Out of sight, out of mind.*** 是諺語，
　　看不見就不想念，也就是「眼不見，心不念；離久情疏。」

12. 找新的對象告白

☐ **2449**. I like you.　　　　　　　　　我喜歡你。

I have feelings for you.　　　我對你有感覺。

I have a crush on you.　　　　我迷戀你。

☐ **2450**. I'm into you.　　　　　　　　我喜歡你。

I really like you.　　　　　　我非常喜歡你。

I want to be with you.　　　　我想要和你在一起。

☐ **2451**. I'm thinking of you.　　　　　我一直在想你。

My thoughts are with you.　　我一直在想你。

You are on my mind.　　　　　你在我的心裡。

**────────────

2449. like〔laɪk〕*v.* 喜歡　　feeling〔'filɪŋ〕*n.* 感覺；*(pl.)* 感情

I have feelings for you.「我對你有感覺。」也就是「我喜歡你。」

crush〔krʌʃ〕*n.* 壓扁；迷戀　　***have a crush on*** *sb.* 迷戀某人

2450. into〔'ɪntu〕*prep.* 熱中於；喜歡

I'm into you. 我喜歡你。(= *I really like you.*)

2451. ***think of*** 想到；想著　　thoughts〔θɔts〕*n. pl.* 想法；心思

mind〔maɪnd〕*n.* 心；精神；頭腦

be on *one's* ***mind*** 在某人的心裡

□ **2452**. I love you. 　　　　　　　　　　　　　我愛你。
　　　　　　I worship you. 　　　　　　　　　　我崇拜你。
　　　　　　I think the world of you. 　　　　　我非常喜歡你。

□ **2453**. I'm crazy about you. 　　　　　　　　我爲你瘋狂。
　　　　　　I'm madly in love. 　　　　　　　　我瘋狂地愛你。
　　　　　　I'm head over heels! 　　　　　　　我神魂顛倒！

□ **2454**. I always think of you. 　　　　　　　我總是想到你。
　　　　　　You're always on my mind. 　　　　你一直在我的心裡。
　　　　　　I can't stop thinking about you. 　　我無法停止想你。

※※ ————————

2452. worship〔ˈwɝʃɪp〕*v.* 崇拜　　world〔wɝld〕*n.* 世界
think the world of 非常喜歡；非常敬重；非常欽佩
I think the world of you. 我非常喜歡你。(= *I like you very
much.*) 也可説成：I care about you. (我很在乎你。) I have
high regard for you. (我非常敬重你。)【*care about* 在乎
regard〔rɪˈgɑrd〕*n.* 尊敬；敬意】

2453. crazy〔ˈkrezɪ〕*adj.* 瘋狂的；迷戀的　　*be crazy about* 很喜歡
madly〔ˈmædlɪ〕*adv.* 瘋狂地；狂熱地　　*be in love* 戀愛；墜入愛河
I'm madly in love. 也可加長爲：I'm madly in love with you.
(我瘋狂地愛上你。)　　heel〔hil〕*n.* 腳跟
head over heels 頭朝下地；神魂顛倒；深深地愛上
I'm head over heels! (我神魂顛倒！) 也可加長爲：I'm head
over heels in love! (我愛得神魂顛倒！)

2454. *think of* 想到　　mind〔maɪnd〕*n.* 心；精神；頭腦
be on one's mind 在某人的心裡
You're always on my mind. 你一直在我的心裡。(= *I can't stop
thinking about you.*)　　*stop* + *V-ing* 停止…

☐ **2455.** I adore you.　　　　　　我非常喜歡你。

I'd die without you.　　　　沒有你我會死。

I'm nothing without you.　　沒有你我什麼都不是。

☐ **2456.** I admire you sincerely.　　　我真心地欣賞你。

I'm completely devoted to you.　我全心全意地愛你。

I love you with all my heart.　我真心地愛你。

☐ **2457.** I'm wild about you.　　　　我為你瘋狂。

You rock my world.　　　　你震撼了我的世界。

You take my breath away.　　你讓我神魂顛倒。

＊＊ ─────────────

2455. adore〔ə'dor〕*v.* 非常喜愛

2456. admire〔əd'maɪr〕*v.* 讚賞；欽佩；欣賞

sincerely〔sɪn'sɪrlɪ〕*adv.* 真心真意地；真誠地

completely〔kəm'plitlɪ〕*adv.* 完全地；全然地；非常

devoted〔dɪ'votɪd〕*adj.* 忠誠的；摯愛的 *< to >*

I'm completely devoted to you. 我全心全意地愛你。(＝ *I'm dedicated to you.*)【dedicated〔'dɛdɪ͵ketɪd〕*adj.* 一心一意的；熱誠的 *< to >*】也可説成：I would do anything for you. (我願意為你做任何事。)　　***with all*** *one's* ***heart*** 誠心誠意地；真心地

2457. wild〔waɪld〕*adj.* 瘋狂的　　***be wild about*** 對⋯瘋狂；迷戀

rock〔rɑk〕*v.* 搖晃　　breath〔brɛθ〕*n.* 呼吸

take *one's* ***breath away*** 使某人激動得透不過氣來；(印象深刻或美麗的) 令人目瞪口呆；令人大吃一驚

☐ **2458.** I treasure you.　　　　　　　我珍惜你。

I admire you.　　　　　　　我很仰慕你。

You fill my heart.　　　　　　你填滿了我的心。

☐ **2459.** I loved you then.　　　　　　我當時愛你。

I love you still.　　　　　　　我現在還是愛你。

Always have, always will!　　一直愛你，始終如一！

☐ **2460.** You make me happy.　　　　　你讓我很開心。

You make me feel good.　　　你讓我感覺很棒。

You always make me smile.　你總是能讓我微笑。

**

2458. treasure〔ˈtrɛʒɚ〕 v. 珍惜（= *cherish*）

admire〔ədˈmaɪr〕 v. 讚美；欽佩；仰慕

fill〔fɪl〕 v. 填滿　　heart〔hɑrt〕 n. 心

2459. 這三句話都出自英文歌曲。　　then〔ðɛn〕 adv. 當時

still〔stɪl〕 adv. 仍然；還是　　***Always have, always will!*** 源自

I loved you in the past, I love you now, and I will love

you in the future.（我過去愛著你，我現在愛你，我未來也會

愛你。）〔*in the past* 在過去　　*in the future* 在未來〕

2460. smile〔smaɪl〕 v. 微笑

☐ **2461**. You had me at hello.　　　　　你和我打招呼時，我就愛

上你了。

I loved you from the start.　　我從一開始就愛上你了。

It was love at first sight.　　那是一見鍾情。

☐ **2462**. You caught my eye.　　　　　你吸引了我的目光。

You got my attention.　　　　你引起了我的注意。

I noticed you right away.　　我立刻注意到你。

☐ **2463**. You stole my heart.　　　　　你偷走了我的心。

You captured my soul.　　　你擄獲了我的靈魂。

I am a prisoner of your love.　我是你愛情的俘虜。

** ────────────

2461. ***You had me at hello***. 字面的意思是「你和我打招呼時就擁有了我。」
也就是「你和我打招呼時，我就愛上你了。」這句話出自 1996 年的經
典電影 *Jerry Maguire*（征服情海），女主角對男主角說的話。

from the start 從一開始　　sight〔saɪt〕*n.* 看見
at first sight 第一眼　　***love at first sight*** 一見鍾情

2462. catch〔kætʃ〕*v.* 抓住　　***catch one's eye*** 吸引某人的目光
attention〔əˈtɛnʃən〕*n.* 注意　　notice〔ˈnotɪs〕*v.* 注意到
right away 立刻；馬上（= *at once*）

2463. steal〔stil〕*v.* 偷　　capture〔ˈkæptʃɚ〕*v.* 擄獲；俘虜
soul〔sol〕*n.* 靈魂　　prisoner〔ˈprɪznɚ〕*n.* 囚犯；俘虜

I am a prisoner of your love.（我是你愛情的俘虜。）也可說成：

I can't live without you.（我不能沒有你。）

【***can't live without*** 不能沒有】

□ **2464**. I'm attracted to you.　　　　　　　我被你吸引。

I'm so into you.　　　　　　　　我很喜歡你。

I have a big crush on you.　　　我深深迷戀著你。

□ **2465**. I know you well.　　　　　　　　　我對你很熟悉。

I understand you.　　　　　　　　我了解你。

I can read you like a book.　　　我知道你在想什麼。

□ **2466**. I like you best.　　　　　　　　　我最喜歡你。

You are my favorite.　　　　　　你是我最喜愛的人。

You are the apple of my eye.　　你是我最珍貴的人。

**

2464. attract〔əˋtrækt〕*v.* 吸引

be attracted to 被⋯吸引【不可説成 *be attracted by*（誤）】

so〔so〕*adv.* 很；非常　　into〔ˋɪntu〕*prep.* 熱中於；喜歡

I'm so into you. 我很喜歡你。(= *I love you.*)

crush〔krʌʃ〕*n.* 迷戀　　***have a crush on sb.*** 迷戀某人

I have a big crush on you. 我深深迷戀著你。(= *I'm attracted
to you.* = *I'm interested in you.* = *I want to be with you.*)

2465. ***know⋯well*** 很熟悉　　understand〔͵ʌndəˋstænd〕*v.* 了解

read sb. like a book 完全了解某人的心思；對某人瞭若指掌

2466. ***like⋯best*** 最喜歡　　favorite〔ˋfevərɪt〕*n.* 最喜歡的人或物

the apple of one's ***eye*** 極珍愛的人或物；掌上明珠；心肝寶貝

【apple 原指「瞳孔」，***the apple of*** one's ***eye*** 即表示「如眼珠般重要
之物」之意】

☐ **2467.** I think about you first.　　　　　我第一個就想到你。

You have my full attention.　　　我所有注意力都在你身上。

I care about you the most.　　　　我最在意你。

☐ **2468.** Anything for you.　　　　　　　我會為你做任何事。

Whatever you want.　　　　　　　你想要什麼都可以。

Your wish is my desire.　　　　　你的願望就是我的願望。

☐ **2469.** I want you to be happy.　　　　　我想要你快樂。

Your happiness is my goal.　　　　你的快樂是我的目標。

If you're happy, I'm happy.　　　　如果你快樂，我就會快樂。

**
———————

2467. ***think about*** 想到　　first〔fɜst〕*adv.* 最先

　　I think about you first.（我第一個就想到你。）也可說成：You are
　　more important than anyone else.（你比任何其他人都重要。）

　　full〔fʊl〕*adj.* 完全的　　attention〔əˈtɛnʃən〕*n.* 注意；注意力

　　care〔kɛr〕*v.* 在乎　　***care about*** 在乎；關心

2468. ***Anything for you.*** 源自 I'll do anything for you.（我會為你做任
　　何事。）　　whatever〔hwɑtˈɛvɚ〕*pron.* 任何事物

　　Whatever you want.（你想要什麼都可以。）也可說成：Whatever
　　you say.（無論你說什麼都可以；你說了算。）

　　wish〔wɪʃ〕*n.* 願望；希望　　desire〔dɪˈzaɪr〕*n.* 慾望；願望

2469. happiness〔ˈhæpɪnɪs〕*n.* 快樂　　goal〔gol〕*n.* 目標

☐ **2470**. I'm yours.   我是你的。

       I've fallen for you.   我迷戀你。

       I'm in love with you.   我愛上你了。

☐ **2471**. I only have eyes for you.   我只關心你。

       I can't take my eyes off you.   我無法不看你。

       You're just too good to be   你太好了，不像是真的。

         true.

☐ **2472**. I came for you.   我為了你而來。

       I'm here for you.   我為了你來到這裡。

       You are the reason.   你就是我來這裡的理由。

** ——————

2470. fall〔fɔl〕*v.* 落下；倒下；屈服於誘惑

     fall for 愛上；對…傾心；迷戀   ***be in love with*** 愛上

2471. ***have eyes for*** 關心；對…有興趣

     take *one's* ***eyes off*** 使眼睛離開；不看

     just〔dʒʌst〕*adv.* 真地；的確   ***too…to*** 太…以致於不

2472. ***be here*** 在這裡；來這裡   reason〔'rizn〕*n.* 理由

     You are the reason. 「你就是理由。」在此引申為「你就是我來

     這裡的理由。」也可説成：You are why I am here. (你就是

     我來這裡的理由。)

13. 說甜言蜜語

☐ **2473.** You look stunning.　　　　　　　妳看起來很迷人。

You look dazzling.　　　　　　　妳看起來非常耀眼。

You're so beautiful.　　　　　　　妳非常美麗。

☐ **2474.** Be my sweetheart.　　　　　　　當我的情人。

Be my soulmate.　　　　　　　做我的知己。

Be the love of my life!　　　　　做我一生中最心愛的人！

☐ **2475.** Let's date.　　　　　　　　　　我們去約會吧。

Let's go out together.　　　　　我們交往吧。

Let's go steady.　　　　　　　我們交往吧。

＊＊————————————

2473. look〔luk〕v. 看起來

stunning〔'stʌnɪŋ〕adj. 極漂亮的；極迷人的

dazzling〔'dæzlɪŋ〕adj. 令人目眩的；耀眼的

so〔so〕adv. 很；非常

2474. sweetheart〔'swit,hɑrt〕n. 甜心；戀人；情人

soulmate〔'sol,met〕n. 靈魂伴侶；知己；知音

love〔lʌv〕n. 愛；愛人；情人　　***the love of** one's **life*** 一生中最心
愛之人；一生至愛　　***Be the love of my life!*** 做我一生中最心愛
的人！（＝*Be the person I love most in my life!*）

2475. date〔det〕v. 約會

go out together 一起出去，引申為「（與異性）出遊；交往」。

go〔go〕v. 變得　　steady〔'stɛdɪ〕adj. 穩定的

go steady 穩定交往

☐ **2476**. You are my sunshine.　　　　　你是我的陽光。

You are my everything.　　　　你是我的一切。

You are my whole world.　　　你是我的全世界。

☐ **2477**. You light up my life.　　　　　你照亮我的生命。

You mean the world to me.　　　你是我的一切。

A day without you is like a　　　沒有你的日子，就像沒

day without sunshine.　　　　有陽光。

☐ **2478**. You brighten me up.　　　　　你使我高興。

You bring out the best in me.　你使我發揮我的長處。

You make me a better person.　你讓我變得更好。

**
────────────

2476. sunshine〔'sʌn,ʃaɪn〕*n.* 陽光

everything〔'ɛvrɪ,θɪŋ〕*pron.* 一切事物；最重要的東西

whole〔hol〕*adj.* 全部的；整個的　　　world〔wɝld〕*n.* 世界

2477. ***light up*** 照亮　　mean〔min〕*v.* 具有…意思；具有…重要性

mean the world to *sb.* 是某人的一切；對某人非常重要

like〔laɪk〕*prep.* 像

2478. brighten〔'braɪtn̩〕*v.* 使發亮；使愉快

brighten *sb.* ***up*** 使某人高興　　***bring out*** 使表現出

in me「在我身上」，in 表「性質；能力」。

make〔mek〕*v.* 使成為

2479. You're my sunrise! 你是我的日出！
You're my sunset! 你是我的日落！
You're the sunshine of my life! 你是我生命中的陽光！

2480. You brighten my day! 你使我今天非常愉快！
You make my day better. 你使我很高興。
I love being around you. 我很喜歡在你身邊。

2481. Whenever I see you, it's like a 每當我看到你，就像呼
breath of fresh air. 吸了一口新鮮的空氣。
You make me feel like a brand- 你使我精神為之一振。
new man.
You make me feel like a million 你使我精神很好。
bucks.

**———————————

2479. sunrise (ˈsʌnˌraɪz) *n.* 日出　　sunset (ˈsʌnˌsɛt) *n.* 日落
sunshine (ˈsʌnˌʃaɪn) *n.* 陽光

2480. brighten (ˈbraɪtn̩) *v.* 使發亮；使歡樂　***You brighten my day!***
你使我今天非常愉快！(= *You make me feel better!* = *You really
cheer me up!*)【*cheer sb. up* 使某人高興起來】
You make my day better. 你使我的一天變得更好，也就是「你使我
很高興。」(= *You make my day.*)【*make one's day* 使某人很高興】
around (əˈraʊnd) *prep.* 在⋯周圍　***I love being around you.***
也可說成：It's fun spending time with you. (和你在一起很有趣。)
【fun (fʌn) *adj.* 有趣的　spend (spɛnd) *v.* 度過】

2481. breath (brɛθ) *n.* 呼吸；氣息　　fresh (frɛʃ) *adj.* 新鮮的
air (ɛr) *n.* 空氣　　brand-new (ˈbrændˌnju) *adj.* 嶄新的
million (ˈmɪljən) *n.* 百萬　　buck (bʌk) *n.* 一美元
feel like a million bucks 很舒服；精神很好 (= *feel like a million
dollars* = *feel like a million*)

☐ **2482.** You're precious. 　　　　你很珍貴。
　　　　You're priceless. 　　　　你是無價之寶。
　　　　I cherish you. 　　　　我很珍惜你。

☐ **2483.** You're an original. 　　　　你是原版的創作。
　　　　You're one of a kind. 　　　　你是獨一無二的。
　　　　With you, they broke the mold. 　你非常特別。

☐ **2484.** You lift me up. 　　　　你使我振作起來。
　　　　You boost my spirits. 　　　　你提振了我的精神。
　　　　You're my shot in the arm. 　　你激勵了我。

**
────────────

2482. precious〔'prɛʃəs〕*adj.* 珍貴的　　priceless〔'praɪslɪs〕*adj.* 無價的
　　cherish〔'tʃɛrɪʃ〕*v.* 珍惜（= *treasure* = *value*）

2483. original〔ə'rɪdʒənḷ〕*n.* 原作品；原物　　***You're an original.***（你
　　是原版的創作。）也可說成：There is no one else like you.
　　（沒有人像你一樣。）　　kind〔kaɪnd〕*n.* 種類
　　one of a kind 獨一無二的；特別的　　mold〔mold〕*n.* 模子
　　break the mold 打破常規　　***With you, they broke the mold.*** 字
　　面的意思是「對於你，他們打破了模子。」造物者在製造你時，打破
　　常規，也就是「你是獨一無二的；你非常特別。」（= *You're unique.*
　　= *You are special.*）【unique〔ju'nik〕*adj.* 獨特的】

2484. lift〔lɪft〕*v.* 提高；舉起　　***lift sb. up*** 使某人振奮；使某人振作精神
　　boost〔bust〕*v.* 提高；振作　　spirit〔'spɪrɪt〕*n.* 精神
　　boost one's spirits 提振某人的精神　　shot〔ʃat〕*n.* 注射；打針
　　arm〔arm〕*n.* 手臂　　***shot in the arm*** ①在手臂上打一針　②刺
　　激、鼓勵的事物　　***You're my shot in the arm.***（你激勵了我。）
　　也可說成：You have a positive effect on me.（你對我有正面的
　　影響。）【positive〔'pazətɪv〕*adj.* 正面的　　effect〔ɪ'fɛkt〕*n.* 影響】

16.
談
情
說
愛

☐ 2485. You fascinate me.　你使我著迷。

I can't forget you.　我忘不了你。

I think about you all the time.　我老是想到你。

☐ 2486. You make me so happy.　你讓我很開心。

You really cheer me up.　你眞的讓我高興起來。

You just make my day.　你讓我今天眞高興。

☐ 2487. Being with you is great.　和你在一起很棒。

You're the highlight of my
day.　你是我今天最精彩的部份；你讓我很高興。

Seeing you makes my day.　看見你讓我很高興。

** _____

2485. fascinate〔ˈfæsn͵et〕*v.* 使著迷（ = *captivate*）

forget〔fəˈgɛt〕*v.* 忘記　　***think about*** 想關於…的事

all the time 一直；總是

2486. so〔so〕*adv.* 很；非常　　***cheer sb. up*** 使某人振作；使某人高興起來

（ = *make sb. happier*）　　***make one's day*** 使某人高興

2487. great〔gret〕*adj.* 很棒的　　highlight〔ˈhaɪ͵laɪt〕*n.* 最精彩的部份

You're the highlight of my day. 你是我今天最精彩的部份；你讓我很高興。（ = *You're the best part of my day.*）也可說成：You
make my day. （你使我很高興。）

Seeing you makes my day. 看見你讓我很高興。（ = *Meeting you
makes my day.* = *Seeing you makes me happy.*）

☐ **2488**. You're my soulmate.   你是我的靈魂伴侶。

You're my everything.   你是我的一切。

You're my missing piece.   你是我缺失的那一塊拼圖。

☐ **2489**. You're my priority.   你在我心中優先於一切。

You're number one on my list.   你在我心中是第一位。

You're most important to me.   你對我而言非常重要。

☐ **2490**. You're the best thing in my life.   你是我生命中最美好的事物。

I couldn't do it without you.   沒有你我絕不會成功。

You're my saving grace.   你是上帝拯救我的靈魂的恩典。

** ———————————————

2488. soulmate〔'sol,met〕*n.* 靈魂伴侶；知己

missing〔'mɪsɪŋ〕*adj.* 找不到的；失蹤的   piece〔pis〕*n.* 一片

You're my missing piece.（你是我缺失的那一塊拼圖。）也可説成：

I would be lost without you.（沒有你我會不知所措。）You complete me.（你使我的生命更完整。）【lost〔lɔst〕*adj.* 迷惑的；茫然的   complete〔kəm'plit〕*v.* 使完整】

2489. priority〔praɪ'ɔrətɪ〕*n.* 優先的事物   ***number one*** 第一號；第一的

list〔lɪst〕*n.* 名單；清單【在此指 list of important things 或 list of important people】   most〔most〕*adv.* 非常地（= *very*）

2490. ***do it*** 成功（= *make it*）   ***I couldn't do it without you.*** 沒有你我絕不會成功。（= *I could never be happy/successful without you.*）

saving〔'sevɪŋ〕*adj.* 救助的；挽救的   grace〔gres〕*n.* 優雅；神的恩典；恩寵   ***saving grace*** 可取之處；上帝拯救靈魂的恩典

You're my saving grace. 你是上帝拯救我的靈魂的恩典。

= You redeem me. = You're the only good thing about me.

【redeem〔rɪ'dim〕*v.* 拯救；救贖】

□ **2491.** You complete me. | 你使我的生命更完整。
You're everything to me. | 你是我的一切。
You've captured my heart. | 你已經擄獲了我的心。

□ **2492.** You fill me up. | 你使我心滿意足。
You're my other half. | 你是我的另一半。
We suit each other. | 我們彼此很適合。

□ **2493.** You mean a lot to me. | 你對我而言意義重大。
You matter so much. | 你非常重要。
You're the world to me. | 你是我的全世界。

**

2491. complete〔kəm'plit〕*v.* 完成；使完整
everything〔'ɛvrɪ,θɪŋ〕*pron.* 一切；最重要的東西
capture〔'kæptʃɚ〕*v.* 逮捕；擄獲；獲得　　heart〔hɑrt〕*n.* 心

2492. 這三句話意思相同，都等於 You make me feel whole. (你使我
覺得完整。) You're the only one for me. (你是我的唯一。)
fill up 填滿　　***fill sb. up*** 使某人感到滿足
half〔hæf〕*n.* 一半　　***other half*** 另一半【指丈夫、妻子，或伴侶】
suit〔sut〕*v.* 適合

2493. mean〔min〕*v.* 具有…意思；具有…重要性　　***mean a lot*** 意義重大
matter〔'mætɚ〕*v.* 重要　　***so much*** 非常地
You're the world to me. 你是我的全世界；你是我的一切；你最
重要。(= *You mean the world to me.*) 也可說成：You are
everything to me. 或 You mean everything to me. 意思相同。

14. 你是我的唯一

□ 2494. You're the one I need! 你就是我需要的人！
You make me whole. 你使我變得完整。
I choose only you. 我只選擇你。

□ 2495. No one but you. 除了你之外，沒有別人。
It's just you. 就只有你。
You're the only one. 你是唯一。

□ 2496. You're all I can see. 我的眼中只有你。
You're the light of my life. 你是我心愛的人。
I can't live without you. 我不能沒有你。

** ————————————————

2494. whole〔hol〕*adj.* 整個的；完整的　　choose〔tʃuz〕*v.* 選擇
2495. but〔bʌt〕*prep.* 除了…之外　　just〔dʒʌst〕*adv.* 只
2496. light〔laɪt〕*n.* 光；光線　　***the light of*** *one's life* 親愛的人；
心愛的人（= *darling* = *sweetheart* = *honey* = *love*）
You're the light of my life. 字面的意思是「你是我的生命之光。」
引申為「你是我心愛的人。」也可說成：You're the love of my
life.（你是我最心愛的人。）You light up my life.（你照亮了
我的生命。）【***the love of*** *one's life* 一生中最心愛之人；一生至愛
light up 照亮】
can't live without 不能沒有（= *can't do without*）

☐ **2497.** You're the center of my world. 　　你是我的世界的中心。

You're my number one. 　　你是我最重要的人。

You're my one and only. 　　你是我的唯一。

☐ **2498.** You're all that I want. 　　我只要你。

You're all that I've hoped for. 　　我只希望能擁有你。

You're the love of my life. 　　你是我一生中最心愛的人。

☐ **2499.** You're it! 　　就是你！

You're my destiny! 　　你是我命中註定的另一半！

You're the only one for me! 　　你是我的唯一！

** ――――――――――――――――――――――――

2497. center〔'sɛntɚ〕 *n.* 中心；核心人物　　world〔wɝld〕 *n.* 世界

number one 頭號人物；最重要的事物

You're my number one. 你是我最重要的人。(= *You're the most important person to me.*)

one and only 獨一無二；絕無僅有　　***my one and only*** 我的唯一

2498. ***hope for*** 希望；盼望　　***You're all that I've hoped for.*** (我只希望能擁有你。) 也可說成：You're what I've dreamed of. (你是我的夢想。) You're a dream come true. (你使我夢想成眞。)

【***dream come true*** 夢想成眞】　　love〔lʌv〕 *n.* 愛；愛人；情人

the love of one's life 一生中最心愛之人；一生至愛

2499. ***You're it!*** 字面的意思是「你就是它！」也就是「就是你！」

(= *It's you!*)　　destiny〔'dɛstənɪ〕 *n.* 命運；命中註定的事

You're my destiny!「你是我的命運！」也就是「你和我是命中註定的！」、「你是我命中註定的另一半！」

☐ **2500**. I want only you. 　　　　　　　 我想要的只有你。

I want to be with you. 　　　　　 我要和你在一起。

I want you morning, noon, 　　　 我早、午、晚都需要你。
　　and night.

☐ **2501**. You're the one. 　　　　　　　 你是我命中注定的另一半。

You're my dream come true. 　 你讓我夢想成真。

I only have eyes for you. 　　　 我的眼中只有你。

☐ **2502**. You're the only one for me. 　 你是我的唯一。

You're my better half. 　　　　 你是我的另一半。

I'd be lost without you. 　　　 沒有你我會不知所措。

** ────────────────

2500. *be with sb.* 和某人在一起　　　noon〔nun〕*n.* 中午
　　I want you morning, noon, and night. 我早、午、晚都需要你。
　　(= *I want you all the time.*)

2501. *You're the one.* 你是我的真命天子/真命天女。(= *You're the one I*
　　want to spend my life with. = *You are my match.*)
　　【match〔mætʃ〕*n.* 配偶】

　　dream come true 夢想成真

　　You're my dream come true. (你讓我夢想成真。) 也可說成：You're
　　all I've ever wanted. (我一直想要的就是你。)
　　【ever〔ˈɛvɚ〕*adv.* 永遠；始終；總是】

　　have eyes for 關心；對⋯有興趣

　　I only have eyes for you. 我的眼中只有你。(= *I want only you.*)

2502. half〔hæf〕*v.* 一半　　*better half* 另一半【某人的夫或妻】；配偶
　　lost〔lɔst〕*adj.* 迷失的；茫然不知所措的

15. 求婚的台詞

☐ 2503. I want you forever.　　　　　　我永遠都需要你。
I love you completely.　　　　　我全心全意地愛你。
I love you with all my heart　　　我全心全意地愛你。
　　and soul.

☐ 2504. I'll never dump you.　　　　　　我絕不會拋棄你。
I'll never ditch you.　　　　　　我絕不會拋棄你。
I'll never throw you away.　　　　我絕不會拋棄你。

☐ 2505. I'm not leaving you.　　　　　　我不會離開你。
I'm with you for life.　　　　　　我會一輩子陪著你。
You'll never get rid of me!　　　　你永遠無法擺脫我！

** ───────────

2503. forever〔fəˈɛvɚ〕*adv.* 永遠
I want you forever. 有兩個意思：①我想要你成為我的終生伴侶。
　　②我永遠都需要你。也可說成：I will never stop loving you.
　　（我絕不會停止愛你。）　　completely〔kəmˈplitlɪ〕*adv.* 完全地
I love you completely. 有兩個意思：①我喜歡你的一切。（= *I love*
　everything about you.）②我全心全意地愛你。
soul〔sol〕*n.* 靈魂　　***heart and soul*** 全心全意地
2504. 這三句是同義句。　　dump〔dʌmp〕*v.* 拋棄
I'll never dump you.（我絕不會拋棄你。）也可說成：I won't
　break up with you.（我不會和你分手。）【***break up with*** 和⋯分手】
ditch〔dɪtʃ〕*v.* 丟棄（東西）；甩開（某人）
I'll never ditch you.（我絕不會拋棄你。）（= *I'll never abandon*
　you.）【abandon〔əˈbændən〕*v.* 拋棄】也可說成：I'll never
　leave you.（我絕不會離開你。）
throw away 丟棄（= *desert* = *abandon* = *dump* = *ditch*）
2505. leave〔liv〕*v.* 離開　　***be with sb.*** 和某人在一起
for life 終生　　***get rid of*** 除去；擺脫

16.
談情說愛

☐ 2506. My eternal love.　　　　　　　我永遠的愛人。

I'll love you forever.　　　　　　我會永遠愛你。

I'll never stop loving you.　　　　我絕不會停止愛你。

☐ 2507. We should be together.　　　　我們應該在一起。

We're meant for each other.　　我們是天生一對。

You belong to me.　　　　　　　你屬於我。

☐ 2508. It's like our destiny.　　　　　這就像是我們的命運。

It seems like our fate.　　　　　這似乎是我們的命運。

You are mine and I am yours.　你是我的，我是你的。

**　**

2506. eternal〔ɪ'tɝnl̩〕*adj.* 永恆的

love〔lʌv〕*v.* 愛　*n.* 愛；愛人；情人

My eternal love. 我永遠的愛人。(= *I will always love you.*
= *I will love you forever.*)　　forever〔fə'ɛvə〕*adv.* 永遠

never〔'nɛvə〕*adv.* 絕不；永不　　*stop* + *V-ing* 停止…

2507. together〔tə'gɛðə〕*adv.* 一起　　mean〔min〕*v.* 預定；註定

be meant for each other 是天生一對

We're meant for each other. (我們是天生一對。) 也可說成：
We're suited for one another. (我們很適合彼此。) We're
meant to be. (我們註定要在一起。)【*be suited for* 適合
be meant to be 註定要在一起】　　belong〔bɪ'lɔŋ〕*v.* 屬於 < *to* >

2508. like〔laɪk〕*prep.* 像　　destiny〔'dɛstənɪ〕*n.* 命運

seem〔sim〕*v.* 似乎　　*seem like* + *N.* 似乎是…

mine〔maɪn〕*pron.* 我的 (東西)

yours〔jʊrz〕*pron.* 你的 (東西)

☐ **2509.** Grow old with me. 　　　　和我白頭偕老。

　　　Together forever! 　　　　永遠在一起！

　　　Together till the end! 　　　在一起直到最後！

☐ **2510.** Marry me. 　　　　　　嫁給我。

　　　Be my wife. 　　　　　　做我的妻子。

　　　Be my partner for life. 　　　做我終生的伴侶。

☐ **2511.** Let's get married. 　　　　我們結婚吧。

　　　Let's tie the knot. 　　　　我們結婚吧。

　　　Let's be husband and wife. 　　讓我們成為夫妻吧。

** ────────────────

2509. grow〔gro〕v. 變得　　***grow old*** 變老

Grow old with me.（和我白頭偕老。）也可說成：Spend your life
with me.（和我共度一生。）　　together〔tə'gɛðə〕adv. 一起

forever〔fə'ɛvə〕adv. 永遠　　***Together forever!***（永遠在一起！）
源自 We will be together forever!（我們會永遠在一起！）

till〔tɪl〕prep. 直到（= until）　　end〔ɛnd〕n. 最後

Together till the end! 源自 We will be together until the end!
（我們會在一起直到最後！）也可說成：We will stay together
always!（我們會永遠在一起！）或 Till death do us part!（直到
死亡將我們分開！）【***do us part*** 將我們分開】

2510. marry〔'mærɪ〕v. 和…結婚；娶…；嫁…

wife〔waɪf〕n. 妻子；太太　　partner〔'pɑrtnə〕n. 夥伴；配偶

for life 終生　　***a partner for life*** 終生伴侶

2511. ***get married*** 結婚　　tie〔taɪ〕v. 綁　　knot〔nɑt〕n. 結；緣份；
情誼；結合　　***tie the knot*** 結婚【源自中古世紀，結婚時會用布在新
郎和新娘的手上打結】　　husband〔'hʌzbənd〕n. 丈夫

千金易得，知音難求

在高雄那場講座中，有位「哈培訓學校」老闆──陳彥心，立購買了40本書，我非常感動。千金易得，知音難求，我特別打電話，表示感謝。

「完美英語」以「容易記」為第一優先。今天錄影時、因為沒有稿子，我口述一遍，美籍老師Bailey 也能夠記住。你也試試看：

You light up my life.（你照亮了我的生命。）
You mean the world to me.（你對我而言最重要。）
You are my whole world.（你是我的一切。）

好聽、有靈魂的話，就是「完美英語」。再試試看：

I love you.（我愛你。）
I love you with all my heart and soul.（全心全意。）
I love you from the bottom of my heart.（真心誠意。）

是不是唸一遍便記得？英文唯有不斷地「使用」，才不會忘記。

歡迎大家在「快手」和「抖音」上留言，和我用英文交流，想要說什麼，可以查閱「完美英語會話寶典」。你會愈來愈喜歡寫！得心應手，進步讓你快樂無比！

17. 媽媽英語
Talking to Kids

用手機掃瞄聽錄音

1. 叫小孩起床，準備上學

☐ **2512.** Wake up. 　　　　　　起床。
Get up. 　　　　　　起床。
Rise and shine. 　　　快起床。

☐ **2513.** Good morning. 　　　早安。
Sleep well? 　　　　　睡得好嗎？
Feel good? 　　　　　感覺好嗎？

☐ **2514.** Get out of bed. 　　　起床。
Face the day. 　　　　面對新的一天。
Don't be a lazybones. 　不要做懶骨頭。

** ———————

2512. ***wake up*** 起床；醒來　　***get up*** 起床
rise〔raɪz〕*v.* 起床　　shine〔ʃaɪn〕*v.* 發出光芒
rise and shine 快起床

2513. ***Sleep well?*** 是由 Did you sleep well? 簡化而來。
Feel good? 是由 Do you feel good? 簡化而來。

2514. ***get out of bed*** 起床　　face〔fes〕*v.* 面對
lazybones〔'lezɪ͵bonz〕*n.* 懶骨頭【單複數同形，如：You two
are lazybones.（你們兩個是懶骨頭。）】

☐ **2515.** Ready?　　　　　　　　　　　準備好了嗎？

　　　Get your stuff.　　　　　　　要拿你的東西。

　　　Time for school.　　　　　　　該去上學了。

☐ **2516.** Here you are.　　　　　　　拿去吧。

　　　Here's your bag.　　　　　　你的書包在這裡。

　　　Have everything?　　　　　　每樣東西都帶了嗎？

☐ **2517.** Pack your bag.　　　　　　把東西裝進你的書包。

　　　Check your stuff.　　　　　　要檢查你的東西。

　　　Double check.　　　　　　　　要仔細檢查。

** ───────────

2515. ready〔'rɛdɪ〕*adj.* 準備好的　　stuff〔stʌf〕*n.* 東西

Time for school. 是 It's time for school. 的省略。也可說成：

　　It's time for you to go to school. 意思相同。

2516. *Here you are.* 你要的東西在這裡；拿去吧。(= *Here it is.*)

　　bag〔bæg〕*n.* 袋子；書包 (= *schoolbag*)

2517. pack〔pæk〕*v.* 打包；把物品裝進…

Pack your bag. 把東西裝進你的書包。

　　(= *Put your things in your schoolbag.*)

check〔tʃɛk〕*v.* 檢查

double〔'dʌbḷ〕*adv.* 兩倍地；加倍地

double check 仔細檢查；複查

□ **2518**. Need a jacket? 需要夾克嗎？

Gym clothes? 需要體育服嗎？

Supplies? 需要用品嗎？

□ **2519**. Want a treat? 要不要帶點吃的？

How about a snack? 點心如何？

A piece of fruit? 一片水果如何？

□ **2520**. Pack it up. 要打包好。

Put in your stuff. 要把你的東西放進去。

Don't forget anything. 不要忘了任何東西。

＊＊————————

2518. jacket〔ˈdʒækɪt〕*n.* 夾克

Need a jacket? 源自 Do you need a jacket?

gym〔dʒɪm〕*n.* 體育館　clothes〔kloz〕*n. pl.* 衣服

supplies〔səˈplaɪz〕*n. pl.* 用品；補給品

2519. treat〔trit〕*n.* 樂事；好東西

How about~? ～如何？

snack〔snæk〕*n.* 點心；小吃　piece〔pis〕*n.* （一）片

fruit〔frut〕*n.* 水果

2520. ***pack up*** 打包　stuff〔stʌf〕*n.* 東西

forget〔fəˈgɛt〕*v.* 忘記

2. 催小孩動作快

17.
媽媽英語

☐ **2521.** Hurry up!   趕快！

        Hustle up!   趕快！

        I'm waiting for you.   我正在等你。

☐ **2522.** We'll be late!   我們會遲到！

        We don't want to be late.   我們不想要遲到。

        We have to go.   我們必須走了。

☐ **2523.** Tie your shoes.   綁好你的鞋帶。

        Pull up your pants.   把你的褲子往上拉。

        Here's money for lunch.   這是午餐的錢。

**

2521. hurry〔ˈhɝɪ〕 *v.* 趕緊；匆忙
hurry up 趕快   hustle〔ˈhʌsḷ〕 *v.* 趕快
hustle up 趕快   ***wait for*** 等待

2522. late〔let〕 *adj.* 遲到的   ***have to V.*** 必須…

2523. tie〔taɪ〕 *v.* 綁   shoes〔ʃuz〕 *n. pl.* 鞋子
pull〔pʊl〕 *v.* 拉   pants〔pænts〕 *n. pl.* 褲子
pull up *one's* ***pants*** 把褲子往上拉
lunch〔lʌntʃ〕 *n.* 午餐

3. 上學前提醒小孩

☐ **2524.** Respect your teachers.　要尊敬老師。
Play nice with others.　要和別人好好玩。
Don't talk in class.　上課不要說話。

☐ **2525.** Call me after school.　放學後打電話給我。
I'll come pick you up.　我會開車來接你。
I'll be waiting outside.　我會在外面等。

☐ **2526.** Make someone's day.　要讓別人高興。
Sit with someone new.　要和不認識的人坐在一起。
Make a new friend.　要交新朋友。

** —————————————————————

2524. respect〔rɪ'spɛkt〕*v.* 尊敬
play nice with sb. 跟某人好好玩　　***in class*** 在課堂上
2525. call〔kɔl〕*v.* 打電話給　　***after school*** 放學後
pick sb. ***up*** 開車接某人
outside〔'aʊt'saɪd〕*adv.* 在外面
2526. ***make*** one's ***day*** 使某人很高興
make a friend 交一個朋友

4. 關於校外教學

□ 2527. Going on a field trip?　　　要去校外教學嗎？
　　　　Where are you going?　　　你們要去哪裡？
　　　　I'll sign your slip.　　　　我會幫你在回條上簽名。

□ 2528. Need my permission?　　　需要我的同意嗎？
　　　　Here's my signature.　　　這是我的簽名。
　　　　Don't lose it.　　　　　不要弄丟了。

□ 2529. Need parents to go along?　需要家長一起去嗎？
　　　　Need a volunteer?　　　需要義工嗎？
　　　　I'll provide snacks.　　　我會提供點心。

**────────────

2527. **go on a trip** 去旅行
　　field trip 實地考察旅行；校外教學
　　sign〔saɪn〕v. 在…簽名　　slip〔slɪp〕n. 紙條
2528. need〔nid〕v. 需要　　permission〔pə'mɪʃən〕n. 同意
　　signature〔'sɪgnətʃə〕n. 簽名
　　lose〔luz〕v. 遺失
2529. **go along** 一起去　　volunteer〔‚vɑlən'tɪr〕n. 義工
　　provide〔prə'vaɪd〕v. 提供　　snack〔snæk〕n. 點心

【背景說明】

2512. 叫別人起床，除了 *Wake up. Get up. Rise and shine.* 之外，還可說：Stop sleeping. (不要睡了。) Stop dreaming. (不要做夢了。) Open your eyes. (張開眼睛。) Sleep time is over. (睡覺時間結束了。) Get up and out of bed. (起床。) *Get out of bed.* (起床。) *Wake up.* 可加長為：Time to *wake up*. (該起床了。) *Get up.* 可說成：Time to *get up*. (該起床了。) *Rise and shine.* 可說成：Time to *rise and shine*. (該起床了。) *rise and shine* 字面的意思是「起來和發光」，引申為「快起床」。美國人也常說：Hurry and *wake up*. (快點起床。) (= *Get up in a hurry.*) 【hurry〔ˋhɝɪ〕*v., n.* 趕快】You need to *get up* and get ready. (你需要起床準備好。)

2516. *Have everything?* (每樣東西都帶了嗎？) (= *Do you have everything? = Have everything you need? = Do you have everything you need?*) Have everything in your bag that you need? (你需要的東西都有在書包裡面嗎？) You didn't forget anything, did you? (你沒有忘記任何東西，對不對？)

2518. *Supplies?* (需要用品嗎？) (= *Need any supplies?*) Do you need supplies? (你需要一些用品嗎？) supplies 的主要意思是「補給品」，對學生來說，supplies 就是指筆 (pen)、鉛筆 (pencil)、尺 (ruler)、筆記本 (notebook)、平板電腦 (tablet) 等學生用品。還可說成：Have the stuff you need? (有你需要的東西嗎？) 【stuff〔stʌf〕*n.* 東西】Have enough supplies? (有足夠的用品嗎？)

2519. *Want a treat?* (要不要帶點吃的？) (= *Do you want a treat?*) treat 的主要意思是「招待」，在這裡當名詞，作「好東西」解，如 healthy snack (健康的點心)、dried fruit (果乾)、a piece of fruit (一片水

果）、raisin（葡萄乾）、apple（蘋果）等。可說成：*Want a treat*
for school?（要帶點吃的到學校嗎？）*Want a treat* in your bag?
（書包裡要放點吃的東西嗎？）

2520. *Pack it up*.（要打包好。）也就是 Pack it.，可加強語氣說成：*Pack
it* all *up*.（要全部打包好。）*Pack it up* in your bag.（要打包好放
進你的書包。）*Put in your stuff*.（要把你的東西放進去。）（= *Put
your stuff in*.）可說成：*Put in all your stuff*.（要把你所有的東西
都放進去。）Place your stuff in your bag.（要把你的東西放進書
包。）Place your things in the bag.（要把你的東西放進書包。）
【place〔ples〕*v.* 放置】

2523. 我們中國人常說「綁鞋帶」、「繫鞋帶」，美國人也有，說成：Tie your
shoelaces.【lace〔les〕*n.* 細帶子；絲帶】但沒有 *Tie your shoes*.
（綁好你的鞋帶。）常用。可說成：Tie your shoes well.（把你的
鞋帶繫好。）（= *Tie your shoes tight*.）Don't forget to tie your
shoes.（不要忘記把你的鞋帶繫好。）You must tie your shoes.
（你必須綁好你的鞋帶。）

「要穿上褲子」是 Wear your pants. 或 Put on your pants. 而
Pull up your pants. 則是「把你的褲子往上拉。」孩子們通常褲子
穿得很低，父母或老師就會勸小孩說：Your pants are too low.
Please pull up your pants.（你的褲子太低了。請把你的褲子往上
拉。）Fix your pants.（要把你的褲子穿好。）【fix〔fɪks〕*v.* 修理；
整理】Don't let your pants look sloppy.（不要讓你的褲子看起來
很邋遢。）【sloppy〔'slɑpɪ〕*adj.* 邋遢的】

2524. 美國父母勸導孩子，***Play nice with others***. (要和別人好好玩。) (= *Play well with others.*) Get along with everyone. (要和所有人好好相處。)【***get along with***　和⋯處得好】Be polite to everybody. (對每個人都要有禮貌。)【polite〔pə'laɪt〕*adj.*　有禮貌的】Don't argue or fight. (不要爭吵或打架。)【argue〔'ɑrgju〕*v.*　爭吵 fight〔faɪt〕*v.*　打架；吵架】

2526. You made my day. 是「你讓我今天很高興。」***Make someone's day***. (要讓別人高興。) (= *Make someone happy.*) 可説成：Bring joy to others. (要給別人帶來快樂。)【joy〔dʒɔɪ〕*n.*　快樂；喜悅】讓別人高興，最簡單的方法，就是稱讚。Compliment people. (要稱讚大家。)【compliment〔'kɑmplə,mɛnt〕*v.*　稱讚】***Sit with someone new***. (要和不認識的人坐在一起。) 目的是結交新朋友。Try to make new friends. (要結交新朋友。) Don't let anyone sit alone. (不要讓任何人單獨坐著。)【alone〔ə'lon〕*adv.*　單獨地；獨自】Don't sit with the same people every day. (不要每天和同樣的人坐在一起。)

2527. ***Going on a field trip?*** (要去戶外教學嗎？) (= *Are you going on a field trip?*) 可簡化説成：Field trip today? (今天有校外教學嗎？) Is your class going somewhere? (你們班上要去什麼地方嗎？) Taking a class trip? (要去校外教學嗎？)【***take a trip***　去旅行】***I'll sign your slip***. (我會幫你在回條上簽名。) 在美國，學生參加校外教學需要家長同意 (must write a note or sign a slip)，否則無法去。

□ **2530**. Stranger danger! 　　　　　陌生人很危險！

Don't wander off. 　　　　　不要走散了。

Never leave with anyone. 　　　絕不要和任何人離開。

□ **2531**. Stick with the group. 　　　　要緊跟著大家。

Stay away from strangers. 　　　要遠離陌生人。

Never accept a gift. 　　　　　絕不要接受禮物。

□ **2532**. Take turns. 　　　　　　　　要輪流。

Keep your hands to yourself. 　手不要碰到任何東西。

Don't touch others. 　　　　　　不要碰到別人。

**

2530. stranger〔'strendʒ⋆〕 *n.* 陌生人

danger〔'dendʒ⋆〕 *n.* 危險

wander〔'wɑndⴰ〕 *v.* 到處走；徘徊　　***wander off*** 走散

2531. ***stick with*** 緊跟　　group〔grup〕 *n.* 群體

stay away from 遠離　　accept〔ək'sɛpt〕 *v.* 接受

gift〔gɪft〕 *n.* 禮物

2532. ***take turns*** 輪流

keep your hands to yourself 不要碰到任何東西

(= *don't touch anything*)

touch〔tʌtʃ〕 *v.* 碰觸　　others〔'ʌðⴰz〕 *pron.* 別人

5. 出門去玩

☐ **2533.** Want to go out?   想要出去嗎？

Be good.   要乖。

Be polite.   要有禮貌。

☐ **2534.** Be quiet.   要安靜。

Play quietly.   要安靜地玩。

Don't scream and yell.   不要尖叫和吼叫。

☐ **2535.** Keep it down.   要安靜一點。

You're too noisy.   你太吵了。

Don't disturb others.   不要打擾別人。

** ————————

2533.
   go out 出去
   Want to go out? 是 Do you want to go out? 的省略。
   good〔gʊd〕*adj.* 好的；乖的
   polite〔pəˋlaɪt〕*adj.* 有禮貌的

2534.
   quiet〔ˋkwaɪət〕*adj.* 安靜的
   quietly〔ˋkwaɪətlɪ〕*adv.* 安靜地
   scream〔skrim〕*v.* 尖叫   yell〔jɛl〕*v.* 吼叫

2535.
   keep it down 安靜一點（ *= lower your voice* ）
   noisy〔ˋnɔɪzɪ〕*adj.* 吵鬧的   disturb〔dɪˋstɝb〕*v.* 打擾

6. 換上外出服

☐ 2536. Change clothes.   要換衣服。
        Get dressed.   要穿衣服。
        Wear something nice.   要穿好看的衣服。

☐ 2537. Take that off.   把那件脫掉。
        Put this on.   穿上這件。
        OK with you?   你覺得可以嗎？

☐ 2538. Today will be fun.   今天會很有趣。
        It will be great.   今天會很棒。
        I promise you.   我向你保證。

** ─────────────────

2536. change〔tʃendʒ〕v. 更換   clothes〔kloz〕n. pl. 衣服
dress〔drɛs〕v. 使穿衣   wear〔wɛr〕v. 穿；戴
nice〔naɪs〕adj. 好的

2537. ***take off*** 脫掉   ***put on*** 穿上   OK〔'o'ke〕adj. 可以的
OK with you?（你覺得可以嗎？）源自 Is it OK with you?
也可說成：Is this OK?（這樣可以嗎？）

2538. fun〔fʌn〕adj. 有趣的   great〔gret〕adj. 很棒的
promise〔'prɑmɪs〕v. 向⋯保證

7. 去公園玩

☐ **2539.** Want to take a walk?　　　　想去散步嗎？
Hit the park?　　　　　　　　要去公園嗎？
Put on your sneakers.　　　　穿上你的運動鞋。

17. 媽媽英語

☐ **2540.** Take the elevator?　　　　　要搭電梯嗎？
Take the stairs?　　　　　　　要走樓梯嗎？
Let's go down.　　　　　　　　我們下樓吧。

☐ **2541.** Which way?　　　　　　　　要走哪一邊？
Old or new?　　　　　　　　　舊的還是新的路？
You decide.　　　　　　　　　你做決定。

** ────────────────────

2539. *take a walk* 散步
Want to take a walk? 源自 Do you want to take a walk?
hit〔hɪt〕*v.* 去（= *go to*）；到達（= *arrive at*）
park〔pɑrk〕*n.* 公園　　***put on*** 穿上
sneakers〔'snikɚz〕*n. pl.* 運動鞋
2540. take〔tek〕*v.* 搭乘　　elevator〔'ɛlə,vetɚ〕*n.* 電梯
stair〔stɛr〕*n.* 樓梯　　***take the stairs*** 走樓梯
go down 下去；下樓
2541. way〔we〕*n.* 方向　　old〔old〕*adj.* 舊的
Old or new? 也可說成：Do you want to go there the usual way
or do you want to go a new way?（你要走常走的路去那裡，還
是想走新的路？）　　decide〔dɪ'saɪd〕*v.* 決定

□ **2542**. Go crazy. 　　　　　　　要玩得瘋狂。

　　　　 Have a blast. 　　　　　要玩得盡興。

　　　　 Have a ball. 　　　　　　要玩得很痛快。

□ **2543**. Swing on the swings. 　　　要盪鞦韆。

　　　　 Slide on the slide. 　　　　要溜滑梯。

　　　　 Climb on the monkey bars. 　要爬攀爬架。

□ **2544**. Play in the sand. 　　　　　要在沙堆中玩。

　　　　 Ride the seesaw. 　　　　　要坐翹翹板。

　　　　 Ride on the spring riders. 　要騎搖搖樂。

** ————————————————

2542. go〔go〕*v.* 變得（= *become*）　　crazy〔'krezɪ〕*adj.* 瘋狂的

　　　 blast〔blæst〕*n.* 狂歡的聚會　　 ***have a blast*** 狂歡；玩得盡興

　　　 ball〔bɔl〕*n.* 舞會；愉快的經歷　 ***have a ball*** 痛快地玩；狂歡

2543. swing〔swɪŋ〕*v.* 盪鞦韆　*n.* 鞦韆

　　　 Swing on the swings. = Play on the swings.

　　　 slide〔slaɪd〕*v.* 滑；滑行　　*n.*（兒童玩的）滑梯

　　　 Slide on the slide. = Play on the slide. = Go down the slide.

　　　 bar〔bɑr〕*n.* 金屬條　　 ***monkey bars*** 攀爬架

2544. sand〔sænd〕*n.* 沙子　　ride〔raɪd〕*v.* 騎乘；乘坐

　　　 seesaw〔'si,sɔ〕*n.* 翹翹板　　spring〔sprɪŋ〕*adj.* 彈簧的

　　　 rider〔'raɪdɚ〕*n.* 騎乘者　　 ***spring rider*** 搖搖樂（設施）

8. 過馬路要小心

☐ **2545.** Safety first.
Stay with me.
Hold my hand.

安全第一。
要和我在一起。
要握著我的手。

☐ **2546.** Stay on the sidewalk.
Stay off the curb.
Stop at the corner.

留在人行道上。
不要靠近道路邊緣。
要在轉角停下來。

☐ **2547.** Wait for the light.
Look both ways.
Use the crosswalk.

要等綠燈。
要看兩邊。
要使用行人穿越道。

＊＊ ──────

2545. safety (ˈseftɪ) *n.* 安全　　stay (ste) *v.* 停留；保持
hold (hold) *v.* 握住；抓住

2546. sidewalk (ˈsaɪd͵wɔk) *n.* 人行道　　***stay off*** 遠離
curb (kɝb) *n.* 路邊石；道路邊緣　　stop (stɑp) *v.* 停止
corner (ˈkɔrnɚ) *n.* 轉角

2547. light (laɪt) *n.* 燈；紅綠燈 (= *traffic light*)
Wait for the light. 要等綠燈。(= *Wait for the green light.*)
也可説成：Wait for the walk sign. (要等行人通行的燈亮。)
Don't cross when it's red. (紅燈時不要過馬路。)
way (we) *n.* 方向；方面
crosswalk (ˈkrɔs͵wɔk) *n.* 行人穿越道

□ **2548.** Never run ahead.　　　　　　絕不要跑在前面。

　　　　　Never cross alone.　　　　　絕不要獨自過馬路。

　　　　　We stick together.　　　　　我們要在一起，不可分開。

□ **2549.** So many cars.　　　　　　　車子很多。

　　　　　So many bikes.　　　　　　摩托車很多。

　　　　　It's dangerous.　　　　　　很危險。

□ **2550.** Be safe.　　　　　　　　　要安全。

　　　　　Be alert.　　　　　　　　要提高警覺。

　　　　　Watch out.　　　　　　　要小心。

** ————————————————

2548. ahead〔ə'hɛd〕*adv.* 在前面；向前方　　cross〔krɔs〕*v.* 橫越

　　stick〔stɪk〕*v.* 黏　　***stick together*** 黏在一起

　　We stick together.（我們要在一起，不可分開。）也可説成：

　　　Let's stay together.（我們要在一起。）Let's go together.

　　　（我們要一起走。）Stick with me.（要和我在一起。）

2549. so〔so〕*adv.* 非常

　　bike〔baɪk〕*n.* 腳踏車（= *bicycle* ）；摩托車（= *motorbike* ）

　　dangerous〔'dendʒərəs〕*adj.* 危險的

2550. safe〔sef〕*adj.* 安全的　　alert〔ə'lɝt〕*adj.* 警覺的

　　watch out 小心

9. 拒絕抱小孩

☐ **2551.** I can't hold you. 我不能抱你。

You're too heavy. 你太重了。

You're growing too fast. 你長得太快了。

☐ **2552.** I can't lift you. 我無法抱起你。

I can't carry you. 我無法抱著你。

I can't pick you up. 我無法抱起你。

☐ **2553.** My arms ache. 我的手臂很痛。

My arms are tired. 我的手臂很累。

I have no strength. 我沒有力氣。

** ————————————

2551. hold〔hold〕 *v.* 抱著　　heavy〔'hɛvɪ〕 *adj.* 重的

grow〔gro〕 *v.* 成長　　fast〔fæst〕 *adv.* 快地

2552. lift〔lɪft〕 *v.* 舉起；抱起　　carry〔'kærɪ〕 *v.* 抱著

pick up 抱起

2553. arm〔ɑrm〕 *n.* 手臂　　ache〔ek〕 *v.* 疼痛

tired〔taɪrd〕 *adj.* 疲倦的

strength〔strɛŋθ〕 *n.* 力量；體力

10. 勸小孩停止哭鬧

☐ **2554.** Stop crying.　　　　不要哭。

　　　　Stop yelling.　　　　不要叫。

　　　　It won't help.　　　　沒有用。

☐ **2555.** Stop whining.　　　　不要哭喊。

　　　　Stop screaming.　　　不要尖叫。

　　　　It's no use.　　　　這沒有用。

☐ **2556.** Give me a hug.　　　給我一個擁抱。

　　　　Give me a kiss.　　　給我一個親吻。

　　　　Sit on my lap.　　　　坐在我的膝上。

** ────────────────

2554. stop〔stɑp〕v. 停止　　cry〔kraɪ〕v. 哭
　　　yell〔jɛl〕v. 大叫　　help〔hɛlp〕v. 有幫助；有用

2555. whine〔(h)waɪn〕v. 哭喊；哀叫；抱怨
　　　scream〔skrim〕v. 尖叫　　***no use*** 沒有用

2556. hug〔hʌg〕n. 擁抱　　kiss〔kɪs〕n. 親吻
　　　lap〔læp〕n. 膝上

【背景説明】

2533. ***Be polite.*** (要有禮貌。) 也可説成：Show good manners. (要有禮貌。)【show〔 ʃo〕v. 展現　　manners〔'mænəz〕n. pl. 禮貌】Behave. (要守規矩。)【behave〔 bɪ'hev〕v. 守規矩】

2535. ***You're too noisy.*** (你太吵了。) 可説成：Don't be too noisy. (不要太吵。)

2536. ***Change clothes.*** (要換衣服。) 可説成：Change your clothes. (要換你的衣服。) It's time to change your clothes. (該是你換衣服的時候。) Put on other clothes. (穿其他衣服。)【***put on*** 穿上】 ***Get dressed.*** (要穿衣服。) 可説成：Please get dressed. (請穿衣服。) It's time to get dressed. (是該穿衣服的時候了。) ***Wear something nice.*** (要穿好看的衣服。)(= *Wear something that looks nice.*) Put on some nice clothes. (要穿一些好看的衣服。) Wear clothes that look nice. (要穿好看的衣服。)【look〔 lʊk〕v. 看起來】I want you to look nice. (我要你看起來好看。)

2539. ***Hit the park?*** (要去公園嗎？) 源自 Do you want to ***hit the park***? (你想要去公園嗎？) 美國人常用 ***hit*** 代替 go to，例如：Let's hit the road. (走吧。) I need to hit the ATM. (我要去自動提款機提款。)【***ATM*** n. 自動提款機 (= *automated-teller machine*)】

2540. ***Take the stairs?*** (要走樓梯嗎？)(= *Shall we take the stairs?*) 不可説成：Walk the stairs? (誤) 可説成：Use the stairs? (要走樓梯嗎？) Shall we walk up the stairs? (我們要走樓梯上去嗎？)(= *Shall we walk up?*) Shall we walk down the stairs? (我們要走樓梯下去嗎？)(= *Shall we walk down?*) Shall we take the stairs or elevator to go down? (我們要走樓梯還是坐電梯下去？)(= *Which do you like better, the stairs or the elevator? = How do you want to go down, the stairs or the elevator?*)

2546. ***Stay off the curb***. (不要靠近道路邊緣。)(= *Stay away from the edge of the road.*) 可說成：Don't walk on the curb. (不要走在道路邊緣上。) Avoid the curb. (要避開道路的邊緣。) Walking on the curb is bad. (走在道路的邊緣不好。) The curb is dangerous. (道路的邊緣很危險。) I don't want you to walk on the curb. (我不希望你走在道路的邊緣上。)

2553. 中文說「我手很累」，但美國人不說 *My hands are tired.* (誤) 累的地方是手臂，所以美國人說：***My arms are tired***. (我的手臂很累。) 也可說成：My arms hurt. (我的手臂很痛。)(= *My arms are sore.*)【hurt〔hɝt〕v. 痛　　sore〔sor〕adj. 痛的】My arms are dead. (我的手不能動了。)【dead〔dɛd〕adj. 無感覺的；麻木的；不動的】中文裡的「手」包含「手臂」。I can't use my arms. (我的手無法使用了。) ***I have no strength***. (我沒有力氣。) 不可說成：*I have no power.* (誤) 但可說：I have no energy. (我沒有力氣。)(= *I'm out of energy.*)【energy〔'ɛnɚdʒɪ〕n. 活力】可加強語氣說成：I have no strength left. (我沒有力氣了。)(= *I have no energy left.*)【left〔lɛft〕adj. 剩下的】美國人也常說：I'm beat. (我累死了。)(= *I'm exhausted.*)【beat〔bit〕adj. 筋疲力盡的　　exhausted〔ɪg'zɔstɪd〕adj. 筋疲力盡的】

2555. 中國人不太會唸 whine〔hwaɪn〕這個字，其實美國人 h 通常不發音，唸成〔waɪn〕，和 wine (酒) 同音。***Stop whining***. 有兩個意思：①不要抱怨。(= *Stop complaining.*) ②不要哭喊。(= *Stop crying.*)

☐ **2557.** Don't cry.   不要哭。

           Don't make a fuss.   不要小題大作。

           There's nothing I can do.   我無能爲力。

☐ **2558.** Listen now.   現在注意聽。

           I'm telling you.   我現在告訴你。

           I just can't.   我就是不行。

☐ **2559.** Stop that now.   現在就停止那樣。

           Stop it this instant.   現在就停止。

           Want a timeout?   你要暫停活動嗎？

** ───────────

2557. fuss〔fʌs〕*n.* 大驚小怪；小題大作

make a fuss 大驚小怪；小題大作

2558. listen〔'lɪsn̩〕*v.* 聽；傾聽

I'm telling you. 我現在告訴你；聽我說。

just〔dʒʌst〕*adv.* 就

2559. stop〔stɑp〕*v.* 停止   instant〔'ɪnstənt〕*n.* 時刻

timeout〔'taɪm͵aʊt〕*n.* 暫停時間；(小孩表現不好而受懲罰的)

    暫停活動

Want a timeout? 源自 Do you want a timeout?

11. 教小孩守規矩，要有禮貌

□ 2560. Behave yourself.　　　　　要守規矩。

　　　　Mind your manners.　　　　要注意你的禮貌。

　　　　Make me proud.　　　　　要讓我驕傲。

□ 2561. Don't interrupt.　　　　　不要插嘴。

　　　　Listen first.　　　　　　要先聽。

　　　　Listen before you speak.　　說話之前要先傾聽。

□ 2562. Say "Please."　　　　　　要說「請。」

　　　　Say "Thank you."　　　　要說「謝謝。」

　　　　And "You're welcome."　　還有「不客氣。」

** ────────────────

2560. behave〔bɪˈhev〕v. 使檢點；使守規矩

　　　***behave** oneself* 守規矩（= *behave*）

　　　mind〔maɪnd〕v. 注意　　manners〔ˈmænɚz〕n. pl. 禮貌

　　　proud〔praʊd〕adj. 驕傲的

2561. interrupt〔͵ɪntəˈrʌpt〕v. 打斷；插嘴

　　　listen〔ˈlɪsn̩〕v. 聽；傾聽　　speak〔spik〕v. 說話

2562. please〔pliz〕v. 請　　welcome〔ˈwɛlkəm〕adj. 受歡迎的

　　　You're welcome. 不客氣。

☐ **2563.** Wait your turn.   要等待輪到你。

Hands to yourself.   手不要碰到別人。

Never hit.   絕不要撞到人。

☐ **2564.** Ask with "May I?"   要問「我可以嗎？」

Use "Excuse me."   要說「對不起。」

Don't forget "No, thank
   you."   不要忘了「不用，謝謝你。」

☐ **2565.** Never curse.   絕不要罵髒話。

Ignore rude people.   不要理會無禮的人。

Just walk away.   只要走開就好。

17.
媽
媽
英
語

**

2563. turn〔tɝn〕*n.* 輪流　　*one's turn* 輪到某人
wait one's turn 等待輪到自己
hands to yourself 手不要亂碰東西　　hit〔hɪt〕*v.* 打；撞

2564. may〔me〕*aux.* 可以　　use〔juz〕*v.* 使用
forget〔fɚˈgɛt〕*v.* 忘記

2565. curse〔kɝs〕*v.* 罵髒話　　ignore〔ɪgˈnor〕*v.* 忽視；不理
rude〔rud〕*adj.* 粗魯的；無禮的
just〔dʒʌst〕*adv.* 只是　　*walk away* 走開

12. 幫助小孩上廁所

☐ **2566.** Don't pee your pants.　　不要尿褲子。
Hold it.　　要忍住。
Use the bathroom.　　要使用廁所。

☐ **2567.** Tell me.　　要告訴我。
Let me know.　　要讓我知道。
I can help.　　我能幫忙。

☐ **2568.** Wash your hands.　　要洗手。
Scrub them good.　　要用力搓洗。
Dry them off.　　要把它們擦乾。

** ――――――

2566. pee〔pi〕*v.* 尿；尿濕
pants〔pænts〕*n. pl.* 褲子
hold〔hold〕*v.* 抑制；克制
bathroom〔'bæθ,rum〕*n.* 浴室；廁所

2568. scrub〔skrʌb〕*v.* 用力搓洗；刷洗
good〔gʊd〕*adv.* 非常　　***dry off*** 把…擦乾

【背景説明】

2557. fuss 的意思是「大驚小怪；小題大作」(＝*a lot of unnecessary worry or excitement about something*)。***Don't make a fuss.*** (不要小題大作。) 可説成：Don't get angry. (不要生氣。) (＝*Don't get upset.*) Don't shout and scream. (不要喊叫和尖叫。)【shout〔ʃaʊt〕 *v.* 喊叫】Don't whine. (不要哭喊。) Don't be difficult. (不要難以相處。)【difficult〔'dɪfə,kʌlt〕 *adj.* 困難的；難以相處的】

2558. ***I'm telling you.*** (我現在告訴你。) 有警告的意味。可加強語氣説成：***I'm telling you,*** not asking you. (我現在是在告訴你，不是在問你。) 可接著説：I won't change my mind. (我不會改變心意。) You have no choice. (你沒有選擇。) You must obey me. (你必須服從我。)【*change one's mind* 改變心意　obey〔ə'be〕 *v.* 服從】

2559. ***Want a timeout?*** (你要暫停活動嗎？) *timeout* 的主要意思是「(球類比賽中的)暫停；(工作、活動時的)暫停時間；休息時間」，在此是指對小孩的懲罰——「暫停活動」，通常叫小孩回房間，不讓他看電視，不讓他玩。例如：For hitting your brother, go take a timeout. (因爲你打了你弟弟，你必須暫停活動。) ***Want a timeout?*** 源自 Do you want a timeout? 可説成：Want to be punished? (想要受處罰嗎？) Want me to punish you? (要我處罰你嗎？) Want me to send you to your room? (要我把你送到房間嗎？)【punish〔'pʌnɪʃ〕 *v.* 處罰】

2563. ***Hands to yourself.*** (手不要碰到別人。) 源自 Keep your hands to yourself. 字面的意思是「使你的手靠近你自己。」也就是「手不要碰到別人。」也可説成：Don't touch anyone. (不要碰到任何人。) No hitting, shoving, or grabbing others. (不要撞、推擠或抓別人。)【shove〔ʃʌv〕 *v.* 推；擠　grab〔græb〕 *v.* 抓住】***Never hit.*** (絕不要

撞到人。)(=*Never hit another.*) 可加強語氣説成：Never, ever hit another. (絕對不要撞到別人。) Don't hit anyone. (不要撞到任何人。) No fighting. (不准打架。)【fight〔faɪt〕*v.* 打架】

2565. ***Never curse***. (絕不要罵髒話。) 可加強語氣説成：No matter what, never curse. (無論如何，都不要罵髒話。) Remember to never curse. (記得絕不要罵髒話。) Do not swear. (不要罵髒話。)(=*Do not use foul language.*)【swear〔swɛr〕*v.* 罵髒話　　foul〔faʊl〕*adj.* 下流的；辱罵性的　　***foul language*** 粗話】

2566. ***Don't pee your pants***. (不要尿褲子。) 可説成：Don't wet your pants. (不要把褲子弄濕了。)【wet〔wɛt〕*v.* (以尿)弄濕】Don't go number one in your pants. (不要尿褲子。)【***go number one*** 小便】Pee in the toilet, not your pants. (要尿在馬桶裡，不要尿在褲子裡。)【toilet〔'tɔɪlɪt〕*n.* 馬桶；廁所】***Hold it***. (要忍住。) 可説成：***Hold it*** in. (要忍住。)(=*Don't let it out.* 不要尿出來。) Control it. (要控制住。) Hold it until you get to the bathroom. (要忍耐到去廁所。)【bathroom〔'bæθ,rum〕*n.* 廁所】Wait for the toilet. (要等到去廁所。) Use the toilet. (要用馬桶。) 可加強語氣説成：Don't pee anywhere but the toilet. (要尿只能尿在馬桶裡。)

2568. ***Scrub them good***. (要用力搓洗。)(=*Scrub them well.*) 可説成：Rub and clean them good. (要用力把它們擦洗乾淨。)【rub〔rʌb〕*v.* 摩擦】Wash them well. (要好好地洗一洗。) ***Dry them off***. (要把它們擦乾。)(=*Dry them.*) 可説成：Wipe off all the water. (要把水全部擦掉。)【wipe〔waɪp〕*v.* 擦　　***wipe off*** 擦掉】Dry your hands. (把手擦乾。) Wipe your hands dry. (把你的手擦乾。) Get them dry. (把它們擦乾。)

13. 陪小孩玩遊戲

☐ **2569.** How about a game?　　　　玩個遊戲如何？
　　　　Hide-and-seek?　　　　　捉迷藏？
　　　　Hot and cold?　　　　　　忽冷忽熱？

☐ **2570.** Go hide.　　　　　　　去躲起來。
　　　　I'll count to ten.　　　　我會數到十。
　　　　Then I'll look for you.　　然後我會去找你。

☐ **2571.** Hurry, hide.　　　　　　趕快，去躲起來。
　　　　I'm counting now.　(1,2,3,　我現在在數了。(1,2,3,4...)
　　　　　4,...)
　　　　Ready or not, here I come.　不管你準備好了沒，我來了。

** ────────────────

2569. *How about~?* ~如何？　　hide〔haɪd〕*v.* 躲藏
　　seek〔sik〕*v.* 尋找　　hide-and-seek〔͵haɪdən'sik〕*n.* 捉迷藏
　　hot and cold 忽冷忽熱【一種美國小孩玩的遊戲，安排一位小孩尋找先
　　藏好的東西，靠近目標物時，就說 hotter，非常近就說 burning 或
　　scorching；遠離時，說 colder，更遠時，說 icy 或 freezing 來作提示】
2570. *Go hide.* 源自 Go and hide.　　count〔kaʊnt〕*v.* 數
　　look for 尋找
2571. hurry〔'hɜɪ〕*v.* 趕快　　*Hurry, hide.* 源自 Hurry, go hide.
　　Ready or not, ... 源自 Whether you are ready or not, ...
　　here I come 我來了

**17.
媽媽英語**

□ **2572.** Let's play catch.　　　　　　　我們來玩接球。

Here's a ball.　　　　　　　　這裡有一個球。

Here—you first.　　　　　　　球在這裡——你先。

□ **2573.** Catch and throw.　　　　　　　要接球和丟球。

I throw—you catch.　　　　　　我丟——你接。

You throw—I catch.　　　　　　你丟——我接。

□ **2574.** Nice catch.　　　　　　　　　接得好。

Nice throw.　　　　　　　　　丟得好。

You're really good.　　　　　　你真的很棒。

＊＊

2572. catch〔kætʃ〕*n. v.* 接球　　***Here's....*** 這裡有…。

　　ball〔bɔl〕*n.* 球　　here〔hɪr〕*adv.* 在這裡

　　first〔fɜst〕*adv.* 最先地

　　Here—you first. (球在這裡——你先。) 也可說成:

　　　You go first. (你先。) Here's the ball. You throw first.

　　　(球在這裡。你先投。)

2573. throw〔θro〕*n. v.* 投 (球);丟;拋

2574. nice〔naɪs〕*adj.* 好的　　really〔ˈriəlɪ〕*adv.* 真地

□ **2575.** Let's play a game.	我們來玩個遊戲。
Let's have fun.	我們要玩得愉快。
Sound good?	聽起來不錯吧？
□ **2576.** Have crayons.	我們有蠟筆。
Have paper.	有圖畫紙。
Let's color.	我們來著色吧。
□ **2577.** Want to draw?	想要畫畫嗎？
Want to paint?	想要用顏料畫嗎？
Make a picture.	畫一張圖畫吧。

** ——————————

2575. ***play a game*** 玩遊戲　　***have fun*** 玩得愉快
sound〔saʊnd〕*v.* 聽起來
Sound good? 源自 Does it sound good?

2576. crayon〔'kreən〕*n.* 蠟筆
Have crayons. 源自 We have crayons.
Have paper. 源自 We have paper.
color〔'kʌlə〕*v.* 給…上顏色；給…著色

2577. draw〔drɔ〕*v.* 畫（畫）　　paint〔pent〕*v.*（用顏料）繪畫
picture〔'pɪktʃə〕*n.* 圖畫　　***make a picture*** 畫一張圖畫

14. 陪小孩看電視

☐ **2578.** Let's watch TV.　　　　　　　　我們來看電視吧。

Find a movie.　　　　　　　　找一部電影。

See a show.　　　　　　　　看一個節目。

☐ **2579.** See what's on.　　　　　　　　看看在演什麼。

What's on Disney?　　　　　　迪士尼頻道有什麼？

Peppa Pig?　　　　　　　　粉紅豬小妹？

☐ **2580.** Move back.　　　　　　　　往後退。

You're too close.　　　　　　你太靠近了。

Turn it down, please.　　　　　請把它關小聲一點。

＊＊ ————————————

2578. movie〔'muvɪ〕 *n.* 電影　　　show〔 ʃo 〕 *n.* 表演；節目

See a show. 也可説成：Watch a TV show. (看一個電視節目。)

2579. on〔 ɑn 〕 *adv.* 在播放　　　Disney〔'dɪznɪ〕 *n.* 迪士尼

What's on Disney? (迪士尼頻道有什麼？) 源自 What's on the
Disney channel? 【channel〔'tʃænl̩〕 *n.* 頻道】

Peppa Pig 粉紅豬小妹【卡通名】

2580. move〔 muv 〕 *v.* 移動　　　***move back*** 後退

close〔 klos 〕 *adj.* 接近的　　　***turn down*** 把⋯關小聲

□ **2581**. Give me the remote. 　　　給我遙控器。

　　　　Don't play with it. 　　　不要玩它。

　　　　Find a good channel. 　　　找一個好的頻道。

□ **2582**. Change the channel. 　　　轉台吧。

　　　　That's for adults. 　　　那是給成人看的。

　　　　That's not suitable. 　　　那不適合。

□ **2583**. Find something funny. 　　　找個有趣的節目。

　　　　Stick with it. 　　　持續看。

　　　　Stop switching channels. 　　　不要一直轉台。

17.

媽
媽
英
語

＊＊

―――――

2581. remote〔rɪ'mot〕*adj.* 遙遠的　*n.* 遙控器（= *remote control*）

play with 玩　　channel〔'tʃænḷ〕*n.* 頻道

2582. change〔tʃendʒ〕*v.* 改變；更換　　adult〔ə'dʌlt〕*n.* 成人

suitable〔'sutəbḷ〕*adj.* 適合的

2583. funny〔'fʌnɪ〕*adj.* 好笑的　*stick with* 堅持；不改變

Stick with it.（要持續看。）也可說成：Don't change the

　　channel.（不要轉台。）

stop + *V-ing* 停止…　　switch〔swɪtʃ〕*v.* 轉換；變更

15. 詢問小孩想吃什麼

☐ **2584.** You hungry?   你會餓嗎？

          You thirsty?   你會渴嗎？

          Want something?   想要吃點東西嗎？

☐ **2585.** A snack?   點心？

          A treat?   好吃的東西？

          A quick bite?   還是很快地吃點東西？

☐ **2586.** Some cookies?   一些甜的餅乾？

          Crackers?   鹹的餅乾？

          Biscuits?   餅乾？

**

2584. hungry〔'hʌŋgrɪ〕*adj.* 飢餓的

     You hungry? 源自 Are you hungry?

     thirsty〔'θɜstɪ〕*adj.* 口渴的

     You thirsty? 源自 Are you thirsty?

     Want something? 源自 Do you want something?

2585. snack〔snæk〕*n.* 點心

     treat〔trit〕*n.* 樂事；好東西（ = *something nice*)

     quick〔kwɪk〕*adj.* 快的   bite〔baɪt〕*n.* 一小口食物；少量食物

     A quick bite? 也可說成：Something quick?（很快就吃完的東

       西？）Something small?（一點小東西？）

2586. cookie〔'kʊkɪ〕*n.* 甜餅乾   cracker〔'krækə〕*n.* 薄脆餅乾

     biscuit〔'bɪskɪt〕*n.* 餅乾；小圓麵包；比司吉

16. 吃飯時提醒小孩守規矩

□ **2587.** Time to eat.

Go wash your hands.

Do it right now.

吃飯的時間到了。

去洗手。

立刻就做。

□ **2588.** Don't play with your food.

Don't make a mess.

Be neat.

不要玩你的食物。

不要弄得亂七八糟。

要整潔。

□ **2589.** Chew with your mouth closed.

Be seen, not heard.

Have good table manners.

嚼的時候嘴巴要閉上。

孩子不該吵鬧。

要有好的餐桌禮儀。

**

2587. ***Time to eat.*** 是由 It's time to eat. 簡化而來。

Go wash your hands. 源自 Go and wash your hands.

right now 現在；立刻

2588. ***play with*** 玩弄　　mess〔mɛs〕*n.* 雜亂

make a mess 弄得亂七八糟　　neat〔nit〕*adj.* 整齊的；清潔的

2589. chew〔tʃu〕*v.* 嚼　　mouth〔mauθ〕*n.* 嘴巴

Be seen, not heard. 源自諺語 Children should be seen and not
heard. (孩子不該吵鬧。) 也可說成：Stop talking. (不要再說了。)
Don't talk. (不要說話。)

manners〔ˈmænɚz〕*n. pl.* 禮貌　　***table manners*** 餐桌禮儀

17. 餐桌禮儀

☐ **2590.** Sit right.

Sit up straight.

Don't slouch.

要坐好。

要挺直身體坐著。

不要彎腰駝背。

☐ **2591.** Napkin on your left.

One hand on your lap.

Eat with the other hand.

餐巾放在左邊。

一隻手放膝上。

用另一隻手吃。

☐ **2592.** Don't talk while chewing.

Don't make eating noises.

Elbows off the table.

咀嚼的時候不要說話。

吃東西不要發出聲音。

手肘要離開餐桌。

**

2590. right〔raɪt〕*adv.* 正確地；恰當地　　straight〔stret〕*adv.* 直直地

sit up straight 挺直身體坐著　　slouch〔slaʊtʃ〕*v.* 彎腰駝背

2591. napkin〔'næpkɪn〕*n.* 餐巾　　left〔lɛft〕*n.* 左邊

Napkin on your left. 源自 Put your napkin on your left.

（把你的餐巾放在左邊。）　　lap〔læp〕*n.* 膝上

One hand on your lap. 源自 Put one hand on your lap.

（把一隻手放在膝上。）　　***the other***（兩者的）另一個

2592. while〔hwaɪl〕*conj.* 當…時候　　chew〔tʃu〕*v.* 咀嚼

while chewing 當你在咀嚼時（= *while you are chewing*）

make〔mek〕*v.* 製造　　noise〔nɔɪz〕*n.* 聲響；噪音

elbow〔'ɛl,bo〕*n.* 手肘　　off〔ɔf〕*prep.* 離開

Elbows off the table. 源自 Keep your elbows off the table.

（手肘要離開餐桌。）

18. 要小孩不要浪費食物

☐ **2593.** Don't waste food. ／ 不要浪費食物。

Clean your plate. ／ 要把盤子裡的食物吃光。

Eat every bite. ／ 所有的食物都要吃掉。

☐ **2594.** That's not good. ／ 那樣不好。

That's not OK. ／ 那樣不可以。

That's bad. ／ 那樣很糟。

☐ **2595.** Don't do that. ／ 不要那麼做。

Don't make me mad. ／ 不要使我生氣。

I'm warning you. ／ 我是在警告你。

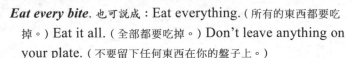

✳✳

2593. waste〔west〕*v.* 浪費　　clean〔klin〕*v.* 把（盤中食物）吃乾淨

plate〔plet〕*n.* 盤子

clean one's plate 把自己盤子裡的食物吃乾淨

bite〔baɪt〕*n.* 一小口；少量；食物

Eat every bite. 也可說成：Eat everything.（所有的東西都要吃掉。）Eat it all.（全部都要吃掉。）Don't leave anything on your plate.（不要留下任何東西在你的盤子上。）

2594. OK〔'oʹke〕*adj.* 好的；可以的　　bad〔bæd〕*adj.* 不好的；差勁的

2595. mad〔mæd〕*adj.* 發瘋的；生氣的　　warn〔wɔrn〕*v.* 警告

【背景説明】

17.
媽媽英語

2589. Chew *with your mouth closed*. (嚼的時候嘴巴要閉上。)「with + 受詞 + 形容詞」表「附帶狀態」,伴隨著主要動詞。可説成:Don't chew food with an open mouth. (不要張開嘴巴嚼食物。) When eating, keep your mouth closed. (吃東西的時候,要把嘴巴閉起來。) Never let others see food in your mouth. (絕不要讓別人看到你嘴巴裡有食物。)

2590. 有教養的家庭,會從小教導孩子,吃飯要有禮貌。*Sit right*. (要坐好。) (= *Sit correctly*.) Sit the way you are supposed to. (坐要有坐相。)【way〔we〕*n.* 方式;樣子　*be supposed to* 應該】*Sit up straight*. (要挺直身體坐著。) Have good posture. (要有好的姿態。)【posture〔'pɑstʃɚ〕*n.* 姿態】No slouching. (不要彎腰駝背。) Don't bend over while sitting. (坐的時候不要彎腰。) (= *Don't slouch while sitting*.)【*bend over* 彎腰】

2593. *Clean your plate*. 字面的意思是「要把你的盤子清理乾淨。」引申爲「要把盤子裡的食物吃光。」可説成:Eat all the food on your plate. (要吃光你盤子上的所有食物。) Leave no food on your dish. (你的盤子上不要留下食物。) (= *Leave nothing on your plate*.)【leave〔liv〕*v.* 留下　dish〔dɪʃ〕*n.* 盤子】

19. 稱讚小孩表現好

☐ 2596. Look at me.　　　　　　看著我。
　　　　Listen to me.　　　　　　注意聽。
　　　　Hear what I say.　　　　　聽我說。

☐ 2597. I'm proud of you.　　　　　我以你爲榮。
　　　　You're a wonderful child.　你是個很棒的小孩。
　　　　You make me very happy.　你使我非常快樂。

☐ 2598. Super job!　　　　　　　　你做得超級好！
　　　　You did great!　　　　　　你做得很棒！
　　　　Keep it up.　　　　　　　要繼續努力。

**───────────

2596. ***look at*** 看著　　***listen to*** 傾聽
　　　Hear what I say. 要聽到我說的話，也就是「聽我說。」也可說成：
　　　Listen carefully. (要仔細聽。)【carefully (ˈkɛrfəlɪ) *adv.* 小心地；
　　　仔細地】

2597. proud〔praud 〕*adj.* 驕傲的　　***be proud of*** 以…爲榮
　　　wonderful (ˈwʌndəfəl) *adj.* 很棒的

2598. super (ˈsupɚ) *adj.* 超級的；極好的；很棒的
　　　Super job! 是 You did a super job! 的省略。
　　　do great 做得很棒　　***keep it up*** 繼續努力；繼續加油

☐ **2599**. You make me proud.   你讓我很驕傲。

You're a good child.   你是個好孩子。

You're kind and polite.   你很親切而且有禮貌。

☐ **2600**. You try hard.   你很努力。

You really care.   你真的很在乎。

You do your best.   你盡力而為。

☐ **2601**. You're my pride.   你是我的驕傲。

You're my joy.   你是我的喜悅。

I'm so lucky to have you.   有你我很幸運。

** ————————————————

2599. proud〔praʊd〕*adj.* 驕傲的   child〔tʃaɪld〕*n.* 小孩

     kind〔kaɪnd〕*adj.* 親切的   polite〔pəˈlaɪt〕*adj.* 有禮貌的

2600. try〔traɪ〕*v.* 嘗試；努力   hard〔hɑrd〕*adv.* 努力地

     really〔ˈrɪəlɪ〕*adv.* 真地；非常   care〔kɛr〕*v.* 在乎

     You really care. 也可說成：You really want to do well.（你真的

       想要好好表現。）   ***do one's best*** 盡力

2601. pride〔praɪd〕*n.* 驕傲

     You're my pride. 也可說成：I'm so proud of you.（我非常以你

       為榮。）   joy〔dʒɔɪ〕*n.* 喜悅

     You're my joy. 也可說成：You make me so happy.（你使我很

       高興。）   so〔so〕*adv.* 非常   lucky〔ˈlʌkɪ〕*adj.* 幸運的

20. 催小孩洗澡

□ **2602.** It's bath time.　　　　　　　洗澡的時間到了。

Time for a bath.　　　　　　該洗澡了。

Time to wash up.　　　　　　是該清洗的時候了。

□ **2603.** Take off your clothes.　　　脫掉你的衣服。

Get in the tub.　　　　　　進去浴缸。

Get in the water.　　　　　進到水中。

□ **2604.** How's the water?　　　　　水怎麼樣？

Temperature OK?　　　　　溫度可以嗎？

Comfortable?　　　　　　　舒服嗎？

**

2602. bath〔bæθ〕*n.* 洗澡　　***take a bath*** 洗澡

Time for a bath. (= *It's time for a bath.*)

wash up 清洗

Time to wash up. (= *It's time to wash up.*)

2603. ***take off*** 脫掉　　clothes〔kloz〕*n. pl.* 衣服

tub〔tʌb〕*n.* 浴缸

2604. temperature〔'tɛmpərətʃɚ〕*n.* 溫度　　OK〔'o'ke〕*adj.* 可以的

comfortable〔'kʌmfətəbḷ〕*adj.* 舒服的

【背景説明】

2598. ***Super job!*** 源自 You did a ***super job***!（你做得超級好！）job 可用 work 代替，説成：Super work!（= *Excellent work!*）意思相同。 ***You did great!***（你做得很棒！）要把這句話當成慣用句，do 後面常加 形容詞。可説成：You did super!（你做得很棒！）***Keep it up.***（要繼 續努力。）（= *Keep doing it.* = *Continue the work.* = *Don't stop.* = *Don't quit.*）【quit〔kwɪt〕*v.* 停止】

2602. ***Time to wash up.*** 源自 It's ***time to wash up***. 或 It's time to wash.（是該清洗的時候了。）也可説成：You have to wash now.（你現在必須去清洗。）句中 up 表示「結束」或加強語氣。如 eat up（吃完）、drink up（喝完）、 use up（用完）。

2604. ***Temperature OK?*** 源自 Is the ***temperature OK***?（溫度可以嗎？） Is the temperature good?（溫度好嗎？）***Comfortable?*** 源自 Are you ***comfortable***?（你舒服嗎？）可説成：Does it feel good?（感 覺好嗎？）【feel〔fil〕*v.* 使人感覺】Do you like it?（你喜歡嗎？） Satisfied?（滿意嗎？）OK?（可以嗎？）Is it OK?（它可以嗎？） Everything OK?（一切都可以嗎？）

□ **2605.** Here's a towel.　　　　毛巾在這裡。
　　　　Here's the soap.　　　　肥皂在這裡。
　　　　Get clean.　　　　　　要弄乾淨。

□ **2606.** Wash everywhere.　　　每個地方都要洗。
　　　　Scrub everywhere.　　　每個地方都要用力搓洗。
　　　　Need some help?　　　　需要幫忙嗎？

□ **2607.** Wash under your arms.　腋下要洗。
　　　　Behind your ears.　　　耳朵後面要洗。
　　　　Between your toes.　　　腳趾縫也要洗。

17.
媽媽英語

** ───────────────

2605. towel〔'tauəl〕*n.* 毛巾　　soap〔sop〕*n.* 肥皂
　　get〔gɛt〕*v.* 變得　　clean〔klin〕*adj.* 乾淨的
2606. everywhere〔'ɛvrɪˌhwɛr〕*adv.* 到處
　　scrub〔skrʌb〕*v.* 用力搓洗；刷洗
　　Need any help? 是由 Do you need any help? 簡化而來。
2607. under〔'ʌndɚ〕*prep.* 在…之下　　arm〔ɑrm〕*n.* 手臂
　　behind〔bɪ'haɪnd〕*prep.* 在…之後
　　Behind your ears. = Wash behind your ears.
　　between〔bə'twin〕*prep.* 在（兩者）之間
　　toe〔to〕*n.* 腳趾
　　Between your toes. = Wash between your toes.

☐ **2608.** Get under the water.　要泡入水中。

Get your hair wet.　把你的頭髮弄濕。

Here's the shampoo.　洗髮精在這裡。

☐ **2609.** Close your eyes.　要閉起眼睛。

Lean back.　要往後仰。

Lather up.　要讓它起泡沫。

☐ **2610.** Wash your hair.　要洗你的頭髮。

Scrub your scalp.　要用力搓洗你的頭皮。

Get squeaky clean.　要變得十分乾淨。

＊＊ ────────────

2608. ***get under*** 到…下面

Get under the water. 也可說成：Dunk your head.（頭要泡入水中。）【dunk〔dʌŋk〕*v.* 把…泡入水中】

get〔gɛt〕*v.* 使；變得　　hair〔hɛr〕*n.* 頭髮

wet〔wɛt〕*adj.* 濕的　　shampoo〔ʃæmˈpu〕*n.* 洗髮精

2609. close〔kloz〕*v.* 閉上　　lean〔lin〕*v.* 傾身；曲身

lean back 往後仰　　lather〔ˈlæðɚ〕*v.*（肥皂等）起泡沫

lather up 使起泡沫（＝*soap up*）

2610. scrub〔skrʌb〕*v.* 用力搓洗；刷洗　　scalp〔skælp〕*n.* 頭皮

squeaky〔ˈskwikɪ〕*adj.* 吱嘎作響的

squeaky clean 十分乾淨的（＝*really clean*）

【背景説明】

2605. ***Get clean***. 源自 ***Get*** yourself ***clean***. (要把自己弄乾淨。) 可加強語氣
説成：***Get*** yourself ***cleaned up***. (要把自己弄乾淨點。) ***Get*** your
body ***clean***. (要把你的身體弄乾淨。) ***Get*** all ***clean***. (要把全部弄乾
淨。) ***Get*** your whole body ***clean***. (要把整個身體弄乾淨。)
【whole〔hol〕*adj.* 整個的】Wash off the dirt. (要把污垢洗掉。)
【*wash off* 洗掉　dirt〔dɜt〕*n.* 污垢；泥】

2607. ***Wash under your arms***. (腋下要洗。) 可加強語氣説成：Don't
forget to ***wash under your arms***. (不要忘了清洗腋下。) (= ***Make
sure to clean under your arms***.) 也可説成：Wash your armpits.
(腋下要洗。) Clean your armpits. (要清洗腋下。)
【armpit〔'ɑrm,pɪt〕*n.* 腋下】

2610. ***Get squeaky clean***. (要變得十分乾淨。) 句中的 squeaky〔'skwikɪ〕
本來的意思是「吱嘎作響的」，這裡用來加強語氣，強調「非常」
(= ***extremely*** ; ***especially***)。***squeaky clean*** 是「非常乾淨的」，如
The windows were washed until they were ***squeaky clean***.
(那些窗戶被洗到非常乾淨。) ***squeaky clean*** 也可指「道德高尚的」，
如 He had a ***squeaky clean*** reputation. (他有非常清白的名聲。)
【reputation〔,rɛpjə'teʃən〕*n.* 名聲】***Get squeaky clean***. 還可説成：
Get as clean as possible. (要儘可能弄乾淨。) Get extremely
clean. (要弄得非常乾淨。)【*as…as possible* 儘可能…
extremely〔ɪk'strimlɪ〕*adv.* 非常】

21. 說床邊故事

☐ **2611**. Story time. 　　　　　　　　 說故事的時間到了。

　　　Go get a book. 　　　　　　　 去拿一本書。

　　　Pick something out. 　　　　　 去挑選一本書。

☐ **2612**. Practice English. 　　　　　　 要練習英文。

　　　English only. 　　　　　　　　 只能說英文。

　　　No Chinese. 　　　　　　　　　 不能說中文。

☐ **2613**. Read for me. 　　　　　　　　 讀給我聽。

　　　I'm ready for a story. 　　　　 我準備好要聽故事了。

　　　Ready when you are. 　　　　　 你準備好我就準備好了。

** ————————————————

2611. ***Story time***. 源自 It's story time.

　　　Go get a book. 源自 Go and get a book.

　　　pick out 挑選

2612. practice〔'præktɪs〕*v.* 練習

2613. read〔rid〕*v.* 閱讀　　ready〔'rɛdɪ〕*adj.* 準備好的

　　　Ready when you are. 源自 I'm ready when you are. 也就是

　　　　I'm ready when you are ready. (你準備好我就準備好了。)

17.
媽媽英語

22. 準備上床睡覺了

☐ **2614.** Go to the bathroom.　　　　去浴室。
　　　　Brush your teeth.　　　　　刷牙。
　　　　Take a pee.　　　　　　　去小便。

☐ **2615.** Slippers off.　　　　　脫掉拖鞋。
　　　　Socks off.　　　　　　脫掉襪子。
　　　　Pajamas on.　　　　　穿上睡衣。

☐ **2616.** Hit the hay.　　　　　上床睡覺。
　　　　Hit the sack.　　　　　去睡覺。
　　　　Have a good sleep.　　好好睡一覺。

** ────────────

2614. bathroom〔'bæθˌrum〕*n.* 浴室　　brush〔brʌʃ〕*v.* 刷
　　teeth〔tiθ〕*n. pl.* 牙齒　　pee〔pi〕*n.* 小便　　***take a pee*** 去小便
2615. slippers〔'slɪpəz〕*n. pl.* 拖鞋　　off〔ɔf〕*adv.* 脫掉
　　Slippers off. 源自 Take your slippers off. (把你的拖鞋脫掉。)
　　【***take off*** 脫掉】　　socks〔saks〕*n. pl.* 短襪
　　Socks off. 源自 Take your socks off. (把你的襪子脫掉。)
　　pajamas〔pə'dʒæməz〕*n. pl.* 睡衣　　on〔an〕*adv.* 穿著
　　Pajamas on. 源自 Put your pajamas on. (穿上你的睡衣。)
　　【***put on*** 穿上】
2616. hit〔hɪt〕*v.* 打　　hay〔he〕*n.* 乾草
　　hit the hay 上床睡覺 (= *go to bed*)　　sack〔sæk〕*n.* 一大袋
　　hit the sack 睡覺 (= *go to bed*)　　***Have a good sleep.*** 也可說
　　成：Have a good night's sleep. 意思相同。

17. **媽媽英語**

□ **2617.** It's bedtime.   睡覺的時間到了。

Time for bed.   該睡覺了。

Time to sleep.   該睡覺了。

□ **2618.** Go to bed.   去睡覺。

Get in bed.   上床睡覺。

Good night.   晚安。

□ **2619.** Sleep tight.   睡個好覺。

Sleep well.   要睡得好。

Sweet dreams.   做個好夢。

** ————————

2617. bedtime〔'bɛd,taɪm〕*n.* 就寢時間

bed〔bɛd〕*n.* 床;就寢(時間)

Time for bed. 源自 It's time for bed.

Time to sleep. 源自 It's time to sleep.

2618. ***get in bed*** 上床(= *go to bed*)

2619. tight〔taɪt〕*adv.* 充分地;酣睡地

sleep tight 睡個好覺(= *sleep well*)

sweet〔swit〕*adj.* 甜美的

Sleep tight. Sleep well. Sweet dreams. 是美國人睡覺

前常說的三句話。

23. 叫小孩起床迎接客人

☐ **2620.** Get up. 　　　　　　　起床。

　　　Guests are here. 　　　　客人來了。

　　　We have visitors. 　　　　我們有訪客。

☐ **2621.** Come greet them. 　　　來迎接他們。

　　　Come to the door. 　　　來到門口。

　　　Come say "hello." 　　　來說「哈囉。」

☐ **2622.** Say "Welcome." 　　　說「歡迎。」

　　　"How are you?" 　　　　「你好嗎？」

　　　"Nice to meet you." 　　「很高興認識你。」

** ─────────────────

2620. ***get up*** 起床　　guest〔gɛst〕*n.* 客人
visitor〔'vɪzɪtə〕*n.* 訪客

2621. greet〔grit〕*v.* 迎接；和…打招呼
Come greet them. 源自 Come and greet them.
door〔dor〕*n.* 門；門口　　hello〔hə'lo〕*interj.* 哈囉
Come say "hello." 源自 Come and say "hello."

2622. welcome〔'wɛlkəm〕*interj.* 歡迎
nice〔naɪs〕*adj.* 好的　　meet〔mit〕*v.* 認識

「再見」要怎麼說才好？

通常，美國人說：Good-bye. 我們的「完美英語」則說：

So long.（再見。）
Ta-ta.（再見。）
Farewell.（再見。）

Good-bye for now.（再見，回頭見。）
Good bye till later.（再見，回頭見。）
Good-bye till next time.（再見，回頭見。）

加上 for now（暫時），till later, till next time（直到以後，到下次）就有依依不捨的感覺。

我每天和無數粉絲朋友交流，我永遠不會厭倦，因為我使用「完美英語」，一次說三句。自己不停地進步，每天進步，天天有成就感。

Stop memorizing single words.（不要背單字。）
Stop memorizing one single sentence.
（不要背單獨一個句子。）
Memorize three sentences together.
（要三個句子一起背。）

英文裡，有時一個句子往往有好幾個意思。如：Like it? Enjoy it? Dig it?（喜歡？喜歡？喜歡嗎？）在這裡，Dig it? 是「喜歡嗎？」（＝Like it?）而 Understand? Comprehend? Dig it?（懂嗎？懂嗎？懂了嗎？）在這裡，Dig it? 是「懂了嗎？」（＝Understand?）所以，要說，就說三句話，而且一定要說「完美英語」（Perfect English），說了有生命的話，自己最快樂！

18. 爸爸英語
Parenting in English

用手機掃瞄聽錄音

1. 要聽話不頂嘴

2623. Listen to your parents.　　　　要聽父母的話。
　　　 Obey your teachers.　　　　　要服從老師。
　　　 Respect your elders.　　　　　要尊敬長輩。

2624. Don't talk back.　　　　　　　不要頂嘴。
　　　 Don't fight back.　　　　　　　不要反擊。
　　　 Turn the other cheek.　　　　　要打不還手，罵不還口。

2625. Bite your tongue.　　　　　　　要忍住不說。
　　　 Button your lip.　　　　　　　不要講話。
　　　 Just keep your mouth shut.　　只要把嘴巴閉上。

**

2623. obey〔ə'be〕v. 服從；遵守
　　　 respect〔rɪ'spɛkt〕v. 尊敬　　elders〔'ɛldəz〕n. pl. 長輩
2624. ***talk back*** 頂嘴　　***fight back*** 反擊　　cheek〔tʃik〕n. 臉頰
　　　 Turn the other cheek. (被人打了一耳光)再轉過一邊給人打；甘受
　　　 侮辱；打不還手。也可說成：Don't get even. (不要報復。)
　　　 【even〔'ivən〕adj. 同樣的；對等的　　***get even*** 報復】
2625. tongue〔tʌŋ〕n. 舌頭　　***Bite your tongue.*** = Hold your tongue.
　　　 button〔'bʌtn〕v. 扣上；扣住；閉緊(嘴)　　lip〔lɪp〕n. 嘴唇
　　　 button one's ***lip*** 不講話；閉嘴 (= keep quiet)
　　　 mouth〔maʊθ〕n. 嘴巴　　shut〔ʃʌt〕adj. 閉上的

2626. Let others scold you.　　　　讓別人罵你。

Let others correct you.　　　讓別人糾正你。

Just take it.　　　　　　　　忍受就對了。

2627. Say nothing!　　　　　　　　什麼話都不要說！

Save your breath.　　　　　　不要白費唇舌。

Have no regrets.　　　　　　　不要後悔。

2628. It's no big deal.　　　　　　這沒什麼大不了。

It's nothing at all.　　　　　這真的沒什麼。

Take it with a grain of salt.　要對它持保留的態度。

18. 爸爸英語

**　—————————

2626. scold〔skold〕*v.* 責罵

correct〔kəˈrɛkt〕*v.* 改正；指正　　take〔tek〕*v.* 忍受

2627. save〔sev〕*v.* 節省　　breath〔brɛθ〕*n.* 呼吸

save one's breath 不必白費唇舌

Save your breath. = Talking is useless.

= Don't waste your time.　　regret〔rɪˈgrɛt〕*n.* 後悔

2628. *big deal* 了不起的事　　*at all* 根本；完全

grain〔gren〕*n.* 顆粒　　salt〔sɔlt〕*n.* 鹽

take⋯with a grain of salt 對⋯持保留的態度；不完全相信

Take it with a grain of salt.

= Don't believe everything you hear.

2629. Be silent.　要安靜。

Shut up.　閉上嘴巴。

Just listen.　只要聽就好。

2630. Don't shake your head.　不要搖頭。

Don't roll your eyes.　不要翻白眼。

Just endure it.　只要忍受就好。

2631. Don't talk trash.　不要說廢話。

Don't say anything mean.　不要說卑鄙的話。

Silence is golden.　【諺】沈默是金。

**

2629. silent〔ˈsaɪlənt〕*adj.* 沈默的；安靜的；無聲的

shut up 閉嘴　　listen〔ˈlɪsn̩〕*v.* 聽

2630. shake〔ʃek〕*v.* 搖動　　roll〔rol〕*v.* 使滾動；使轉動

roll one's eyes 轉動眼睛；翻白眼　　endure〔ɪnˈdjur〕*v.* 忍受

2631. trash〔træʃ〕*n.* 垃圾；廢話　　***talk trash*** 說廢話

Don't talk trash. 也可說成：Don't be insulting. (不要侮辱人。)

　　【insulting〔ɪnˈsʌltɪŋ〕*adj.* 侮辱的】

mean〔min〕*adj.* 卑鄙的　　silence〔ˈsaɪləns〕*n.* 沈默

golden〔ˈgoldn̩〕*adj.* 黃金的

Silence is golden. 【諺】沈默是金。

2. 要幫忙做家事

☐ **2632.** Help out at home.   在家要幫忙。

Help keep house.   幫忙做家事。

Clean up your room.   打掃你的房間。

☐ **2633.** Run errands.   要跑腿。

Do chores.   做家事。

Do your share.   做你份內的工作。

☐ **2634.** Pitch in.   要有貢獻。

Pull your weight.   要盡本分。

Pick up after yourself.   要物歸原位。

18.

爸爸英語

** ————————————

2632. *help out* 幫忙   *keep house* 做家事

Help keep house. 幫忙做家事。(= *Help with the housework.*)

【housework〔ˈhaʊsˌwɝk〕*n.* 家事】   *clean up* 打掃；整理

2633. errand〔ˈɛrənd〕*n.* 差事   *run errands* 跑腿

chores〔tʃɔrz〕*n. pl.* 雜事；家事   share〔ʃɛr〕*n.* 一份

do one's *share* 做份內的工作 (= *do* one's *part*)

2634. pitch〔pɪtʃ〕*v.* 投擲

pitch in 齊心協力 (= *help out*)；支援；做出貢獻 (= *contribute*)

pull〔pʊl〕*v.* 拉   weight〔wet〕*n.* 重量

pull one's *weight* 盡本分 (= *do* one's *fair share*)

pick up after oneself 物歸原位

Pick up after yourself. 也可說成：Clean up your own mess.

（自己弄亂的要自己收拾。）【mess〔mɛs〕*n.* 雜亂；亂七八糟】

☐ **2635.** Make your bed.　　　　整理你的床舖。

Hang up your clothes.　　把衣服掛起來。

Put stuff away.　　　　要收拾東西。

☐ **2636.** Sweep up dirt.　　　　要掃掉污垢。

Throw out garbage.　　要扔掉垃圾。

Take out the trash.　　要倒垃圾。

☐ **2637.** Always be clean.　　　　一定要很乾淨。

Little things count.　　小事情很重要。

Your help matters a lot.　你的幫忙很重要。

**

2635. *make one's bed* 整理床舖

hang up 掛起　　clothes〔kloz〕*n. pl.* 衣服

put away 收拾　　stuff〔stʌf〕*n.* 東西【集合名詞】

2636. sweep〔swip〕*v.* 掃　　*sweep up* 掃去

dirt〔dɝt〕*n.* 泥土;污垢　　*throw out* 扔掉

garbage〔'garbɪdʒ〕*n.* 垃圾　　*take out* 將…拿出去

trash〔træʃ〕*n.* 垃圾

2637. clean〔klin〕*adj.* 乾淨的　　count〔kaʊnt〕*v.* 重要

Little things count. 也可說成:Even small things are
important.(即使是小事也很重要。)

matter〔'mætɚ〕*v.* 有關係;重要　　*a lot* 非常

3. 要讓父母以你為榮

☐ **2638.** Bring honor. 要帶來榮耀。
Bring praise. 要帶來讚美。
Make your parents proud. 要使你的父母感到驕傲。

☐ **2639.** Keep the respect. 要保持別人對你的尊敬。
Keep the reputation. 要保持名聲。
Uphold your family name. 要維護你的家族名聲。

☐ **2640.** In school, score high. 在學校，要得高分。
At work, get results. 在職場，要有成績。
In society, be admired. 在社會上，要令人欽佩。

18. 爸爸英語

** ─────────

2638. honor〔'ɑnɚ〕 *n.* 榮耀
Bring honor. 也可說成：Win admiration.（要贏得讚賞。）
【admiration〔,ædmə'reʃən〕 *n.* 讚賞】
praise〔prez〕 *n.* 稱讚   proud〔praʊd〕 *adj.* 驕傲的
2639. respect〔rɪ'spɛkt〕 *n.* 尊敬
Keep the respect. 源自 Keep the respect of others.
reputation〔,rɛpjə'teʃən〕 *n.* 名聲
uphold〔ʌp'hold〕 *v.* 維護   name〔nem〕 *n.* 名聲
2640. score〔skor〕 *v.* 得分   ***score high*** 得高分（= *get good grades*）
at work 在工作場所   result〔rɪ'zʌlt〕 *n.* 成果；(*pl.*) 成績
At work, get results. 在職場，要有成績。(= *Achieve great things
in your job.*)【achieve〔ə'tʃiv〕 *v.* 達成；完成】
admire〔əd'maɪr〕 *v.* 讚賞；欽佩

4. 要有良好的生活習慣

☐ **2641.** Don't be a night owl.   不要做夜貓子。

Hit the hay early.   要早點上床睡覺。

Rise and shine early.   要早起。

☐ **2642.** Be all ears.   要全神貫注地聽。

Be on the ball.   要有警覺。

Be as busy as a bee.   要非常忙碌。

☐ **2643.** Don't beat around the bush.   不要拐彎抹角。

Don't judge a book by its cover.   不要以貌取人。

Everything in moderation.   做任何事都要適度。

** ——————————

2641. owl〔aʊl〕*n.* 貓頭鷹   ***night owl*** 很晚睡覺的人;夜貓子

hay〔he〕*n.* 乾草   ***hit the hay*** 上床睡覺(= *go to bed*)

rise and shine 快起床(= *get up*)

2642. ***be all ears*** 傾聽;全神貫注地聽   ***on the ball*** 警覺的(= *alert*)

bee〔bi〕*n.* 蜜蜂   ***as busy as a bee*** 非常忙碌

Be as busy as a bee. = Keep yourself busy.

2643. bush〔bʊʃ〕*n.* 灌木叢   ***beat around the bush*** 拐彎抹角

judge〔dʒʌdʒ〕*v.* 判斷   cover〔ˈkʌvɚ〕*n.* 封面

moderation〔ˌmɑdəˈreʃən〕*n.* 適度;節制

in moderation 適度地;有節制地

Everything in moderation. 源自 Do everything in moderation.

5. 早上起床，準備出門

☐ **2644.** Wake up early. 要早起。

Get up at dawn. 要天亮就起床。

Get out of bed. 要起床。

☐ **2645.** Jump to it. 要趕快。

Hit the floor. 要起床。

Hit the bathroom. 要去浴室。

☐ **2646.** Wash up. 要洗手洗臉。

Clean up. 要梳洗整齊。

Get yourself ready. 要讓自己準備好。

18.
爸爸英語

** ──────────

2644. ***wake up*** 醒來；起床　　***get up*** 起床

dawn〔dɔn〕*n.* 黎明　***get out of bed*** 起床

2645. jump〔dʒʌmp〕*v.* 跳　　***jump to it*** 趕快（= *do it right now*）

hit〔hɪt〕*v.* 打擊；去（= *go to*）

hit the floor 落到地上【在此指「起床」（*get out of bed*；*get up*）】

bathroom〔'bæθ,rum〕*n.* 浴室；廁所

2646. ***wash up*** 盥洗；洗手、洗臉

clean up 清洗；梳洗整齊（= *wash up* = *clean yourself*
= *make yourself clean*）

ready〔'rɛdɪ〕*adj.* 準備好的

□ **2647.** Take off your pajamas.   脫掉你的睡衣。

Put on fresh clothes.   穿上乾淨的衣服。

Pull on socks.   穿上襪子。

□ **2648.** Button up shirts.   扣上襯衫的鈕扣。

Buckle up belts.   扣緊皮帶。

Zip up zippers.   拉上拉鏈。

□ **2649.** Get ready.   做好準備。

Grab a bite.   很快地吃點東西。

Head out the door.   走出家門。

**────────────

2647. ***take off*** 脫掉   pajamas〔pəˋdʒæməz〕*n. pl.* 睡衣

put on 穿上   fresh〔frɛʃ〕*adj.* 新鮮的；乾淨的

pull on 用力拉；穿上   socks〔sɑks〕*n. pl.* 短襪

2648. button〔ˋbʌtn̩〕*n.* 鈕扣 *v.* 扣上鈕扣   ***button up*** 扣上鈕扣

buckle〔ˋbʌkl̩〕*v.* 扣住；扣緊＜*up*＞   belt〔bɛlt〕*n.* 皮帶

zip up 拉上（拉鏈）   zipper〔ˋzɪpɚ〕*n.* 拉鏈

2649. grab〔græb〕*v.* 急抓   bite〔baɪt〕*n.* 一小口食物

grab a bite 匆匆忙忙吃點東西

head〔hɛd〕*v.* 出發；啓程

6. 要用功讀書

☐ **2650.** Do it well. 　　　　　　要把事情做好。

Whatever you do. 　　　　無論你做什麼事。

No matter what. 　　　　　無論是什麼。

☐ **2651.** Try harder. 　　　　　　要更努力。

Do your best. 　　　　　　要全力以赴。

It pays off. 　　　　　　　這是值得的。

☐ **2652.** Hit the books. 　　　　　要用功讀書。

Crack the books. 　　　　　要用功讀書。

Burn the midnight oil. 　　要熬夜。

＊＊ ────────────

2650. whatever〔hwɑt'ɛvɚ〕*pron.* 無論什麼（ = *no matter what* ）

no matter 無論

2651. try〔traɪ〕*v.* 嘗試；努力 　***try hard*** 努力

Try harder. 也可説成：Try as hard as you can.（要盡可能努力。）

do one's ***best*** 盡力 　***pay off*** 值得；有回報

It pays off. 這是值得的。(= *It's worth it.*)

2652. ***hit the books*** 用功讀書 　crack〔kræk〕*v.* 使破裂

crack the books 用功讀書 (= *study hard*)

midnight〔'mɪd,naɪt〕*n.* 半夜 　oil〔ɔɪl〕*n.* 油

burn the midnight oil 熬夜

7. 要積極參與，考試得高分

□ 2653. Apply yourself!　　　　　　要專心致力！
　　　　Get involved.　　　　　　　要參與。
　　　　Get into it!　　　　　　　　要投入其中！

□ 2654. Raise your hand.　　　　　　要舉手。
　　　　Answer questions.　　　　　問問題。
　　　　Join discussions.　　　　　加入討論。

□ 2655. Ace exams.　　　　　　　　　要在考試中得到好成績。
　　　　Try for straight A's.　　　　爭取全部甲等。
　　　　Try to stand out.　　　　　　努力變得傑出。

** ————————————

2653. apply〔ə'plaɪ〕v. 使專注
apply *oneself* 專心致力（= *try one's best*）
involve〔ɪn'vɑlv〕v. 使牽涉在內；使參與　　***get involved*** 參與
get into it 投入其中（= *get involved* = *get interested in it*）

2654. raise〔rez〕v. 提高；舉起　　join〔dʒɔɪn〕v. 加入
discussion〔dɪ'skʌʃən〕n. 討論

2655. ace〔es〕v. 在…中得到好成績　　***Ace exams.*** = Get A's on your
exams. = Do well on your exams.【*do well* 考得好】
try for 爭取　　　straight〔stret〕adj. 連續的
straight A's 全部甲等
Try for straight A's. = Try to get all A's.
stand out 突出；傑出（= *excel*）

☐ **2656.** Be a smart cookie. 要做個聰明的人。

A study animal. 做個愛讀書的人。

A bookworm. 做個書呆子。

☐ **2657.** Nerds win out. 書呆子最後會成功。

Nerds are not bad. 書呆子沒什麼不好。

Teachers' pets are the best. 老師的寵兒是最棒的。

☐ **2658.** Sail through exams. 要順利通過考試。

Study dawn to dusk. 要從早到晚讀書。

Pass with flying colors. 要高分通過考試。

18.
爸爸英語

** ——

2656. smart〔smɑrt〕*adj.* 聰明的　　cookie〔'kʊkɪ〕*n.* 甜餅乾；人；
傢伙　***Be a smart cookie.*** = Be clever.

animal〔'ænəml̩〕*n.* 動物；某一類人

A study animal. 源自 Be a study animal. (= *Study all the time.*)

bookworm〔'bʊk,wɝm〕*n.* 喜愛讀書者；書呆子

A bookworm. 源自 Be a bookworm. (= *Read a lot.*)

2657. nerd〔nɝd〕*n.* 書呆子　　**win out** 最後能成功 (= *win in the end*
= *succeed in the end*)　　pet〔pɛt〕*n.* 寵物

teachers' pets 老師的寵兒　　***Teachers' pets are the best.***
= The best students are the teachers' favorites.

2658. ***sail through*** 順利通過　　dawn〔dɔn〕*n.* 黎明

dusk〔dʌsk〕*n.* 黃昏　　***Study dawn to dusk.*** = Study all day.

with flying colors 出色地；成功地

pass with flying colors 以高分通過 (= *ace exams*)

8. 要規劃時間

☐ **2659**. Work hard.　　要努力用功。

　　Push yourself.　　要鞭策自己。

　　Embrace hard work.　　欣然接受辛苦的工作。

☐ **2660**. Organize your time.　　要規劃你的時間。

　　Get rid of distractions.　　要擺脫令人分心的事物。

　　That's a no-brainer.　　那是毫無疑問的事。

☐ **2661**. Accomplish something.　　要完成某件事。

　　Nobody owes you anything.　　沒有人欠你任何東西。

　　Nothing in life is guaranteed.　　人生中並不能保證任何事。

18.

爸爸英語

**

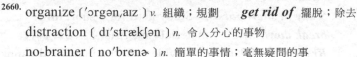

2659. push〔puʃ〕*v.* 逼迫；催促

　　embrace〔ɪm'bres〕*v.* 擁抱；欣然接受

2660. organize〔'ɔrgənˌaɪz〕*v.* 組織；規劃　　***get rid of*** 擺脫；除去

　　distraction〔dɪ'strækʃən〕*n.* 令人分心的事物

　　no-brainer〔no'brenɚ〕*n.* 簡單的事情；毫無疑問的事

　　That's a no-brainer. 也可說成：That's obvious.（那是顯而易見

　　的事。）【obvious〔'ɑbvɪəs〕*adj.* 明顯的；顯而易見的】

2661. accomplish〔ə'kɑmplɪʃ〕*v.* 完成　　owe〔o〕*v.* 欠

　　guarantee〔ˌgærən'ti〕*v.* 保證

　　Nothing in life is guaranteed.

　　＝Nothing is certain.【certain〔'sɝtn̩〕*adj.* 確定的】

9. 努力求進步

☐ 2662. Pursue excellence. 要追求卓越。
Get good grades. 要得到好成績。
Give it your all. 要盡全力。

☐ 2663. Study in short bursts. 要一鼓作氣地讀書。
Break material down. 把資料分成幾個部份。
Break tasks into small parts. 把任務分成許多小部份。

☐ 2664. Set deadlines. 要設定截止日期。
Set up study routines. 要建立讀書的慣例。
Strive for progress. 要努力求進步。

18.

爸爸英語

** ————————————————

2662. pursue〔pəˋsu〕*v.* 追求　　excellence〔ˋɛksḷəns〕*n.* 卓越；優秀
grade〔gred〕*n.* 成績　　***give it one's all*** 盡力
2663. burst〔bɝst〕*n.* 爆發；一鼓作氣
***Study in short bursts*.** = Study hard for a short time.
break down 分解　　material〔məˋtɪrɪəl〕*n.* 資料；材料
***Break material down*.** = Divide material into small chunks.
　　【chunk〔tʃʌŋk〕*n.* 厚塊；大部份】　　***break…into~*** 把…分成~
***Break tasks into small parts*.**
= Divide your work into smaller tasks.
2664. deadline〔ˋdɛd,laɪn〕*n.* 截止日期　　***set up*** 設立；精心策劃
routine〔ruˋtin〕*n.* 例行公事；慣例　　strive〔straɪv〕*v.* 努力
progress〔ˋprɑgrɛs〕*n.* 進步

10. 一試再試，永不放棄

☐ **2665.** Pay your dues.　　　　　　　　必須爲自己想要的付出努力。
No shortcuts.　　　　　　　　　沒有捷徑。
No substitute for hard work.　　努力是無可取代的。

☐ **2666.** Try again and again.　　　　　　要一再地嘗試。
Try one more time.　　　　　　　要再試一次。
Giving up is losing.　　　　　　放棄就是失敗。

☐ **2667.** Learn material by heart.　　　　要背誦資料。
Bone up on lessons.　　　　　　要溫習課業。
Burn the candle at both　　　　蠟燭要兩頭燒。
　ends.

**

2665. due〔dju〕*n.* 應繳款；應付的東西
pay *one's* ***dues*** 爲自己想要的付出努力
***Pay your dues*.** = Don't expect to succeed without working
　for it.　　shortcut〔ˈʃɔrtˌkʌt〕*n.* 捷徑
substitute〔ˈsʌbstəˌtjut〕*n.* 替代品 *<for>*　　***hard work*** 努力
2666. ***again and again*** 一再地　　***one more time*** 再一次
give up 放棄　　losing〔ˈluzɪŋ〕*n.* 失敗
***Giving up is losing*.** = If you stop, you have lost.
2667. ***learn…by heart*** 背誦　　material〔məˈtɪrɪəl〕*n.* 材料；資料
bone up on 溫習 (= *review*)；對…死記硬背
***Bone up on your lessons*.** = Review your lessons.
candle〔ˈkændl̩〕*n.* 蠟燭　　end〔ɛnd〕*n.* 一端

11. 從錯誤中學習

□ **2668.** Behave yourself.　　　　　　　　要守規矩。
Knuckle down.　　　　　　　　要開始用功讀書。
Keep your nose to the　　　　　要努力學習。
grindstone.

□ **2669.** Don't be a chicken.　　　　　　不要做個膽小鬼。
Say what's on your mind.　　　　說出你心中的話。
Don't bury your head in the　　　不要逃避現實。
sand.

□ **2670.** Failure is an opportunity.　　　失敗是個機會。
Learn from mistakes.　　　　　要從錯誤中學習。
Your life is up to you.　　　　你的人生由你決定。

** ─────────────────

2668. behave〔bɪˋhev〕*v.* 使守規矩　　***behave* oneself** 守規矩
knuckle〔ˋnʌkl̩〕*v.* 用指關節敲打
knuckle down 開始努力工作；開始用功讀書（= *apply yourself
seriously*）【***apply* oneself** 專心致力】
grindstone〔ˋɡraɪndˏston〕*n.* 石磨　　***keep* one's *nose to the
grindstone*** 使某人努力學習（= *keep working hard*）
2669. chicken〔ˋtʃɪkɪn〕*n.* 膽小鬼；懦夫
bury〔ˋbɛrɪ〕*v.* 埋　　sand〔sænd〕*n.* 沙子
bury* one's *head in the sand 逃避現實；自欺欺人
（= *try to hide from one's problems*）
2670. opportunity〔ˏɑpɚˋtjunətɪ〕*n.* 機會　　***be up to*** 由…決定

12. 養成好習慣

☐ **2671**. Sleep is key. 　　　　　　　　睡眠很重要。
.　　　　Nutrition is vital. 　　　　　營養很重要。
　　　　Form good habits. 　　　　　要養成好習慣。

☐ **2672**. Get things done. 　　　　　　要把事情做完。
　　　　Get started to get ahead. 　　要開始才能成功。
　　　　You get what you work for. 　努力才會獲得。

☐ **2673**. Things take time. 　　　　　　凡事都需要時間。
　　　　It won't happen overnight. 　　不會一夜之間就發生。
　　　　Rome wasn't built in a day. 　【諺】羅馬不是一天造成的。

** ————————

2671. key〔ki〕*adj.* 重要的　　nutrition〔nju'trɪʃən〕*n.* 營養
vital〔'vaɪtl̩〕*adj.* 非常重要的　　form〔fɔrm〕*v.* 形成；養成
habit〔'hæbɪt〕*n.* 習慣

2672. done〔dʌn〕*adj.* 完成的　　***get started*** 開始
get ahead 進步；領先；獲得成功
Get started to get ahead. = You have to begin in order to
　succeed. = You'll never succeed if you don't start.
You get what you work for. 也可説成：You have to earn what
　you get. 意思相同。【earn〔ɝn〕*v.* (經努力而) 獲得】

2673. take〔tek〕*v.* 需要
overnight〔'ovɚ'naɪt〕*adv.* 一夜之間；突然地
Rome〔rom〕*n.* 羅馬

13. 不要翹課

☐ **2674.** Use time wisely. 　　　　　要聰明地使用時間。

Don't goof off. 　　　　　　　不要混日子。

Don't put things off. 　　　　　不要拖延。

☐ **2675.** Don't gossip. 　　　　　　　不要說閒話。

Don't spread rumors. 　　　　　不要散播謠言。

Mind your own business. 　　　少管閒事。

☐ **2676.** Don't cut class. 　　　　　　不要翹課。

Don't skip school. 　　　　　　不要逃學。

Take it seriously. 　　　　　　要認真看待學業。

** ───────────

2674. wisely〔'waɪzlɪ〕*adv.* 聰明地

goof〔guf〕*v.* 混日子 < *off*; *around* >

Don't goof off. = Don't fool around. = Don't waste time.

【***fool around*** 鬼混】　***put off*** 拖延

2675. gossip〔'gɑsəp〕*v.* 說閒話　　spread〔sprɛd〕*v.* 散播

rumor〔'rumɚ〕*n.* 謠言　　mind〔maɪnd〕*v.* 注意

business〔'bɪznɪs〕*n.* 事情

Mind your own business. 少管閒事。

2676. ***cut class*** 翹課　　skip〔skɪp〕*v.* 略過;跳過;翹(課);逃(學)

skip school 逃學;翹課 (= *skip class* = *miss school* = *miss class*
= *be absent*)　　seriously〔'sɪrɪəslɪ〕*adv.* 認真地

take *sth.* ***seriously*** 認真看待某事

14. 要專注，要投入

☐ **2677.** Listen to teachers.　　　　要聽老師的話。

　　　　Be active in class.　　　　在課堂上要積極參與。

　　　　Be eager to learn.　　　　要渴望學習。

☐ **2678.** Devote yourself.　　　　要專注。

　　　　Dedicate yourself.　　　　要投入。

　　　　Develop a reputation.　　　　要培養好的名聲。

☐ **2679.** Get recognition.　　　　要得到認可。

　　　　Gain honors.　　　　要獲得榮耀。

　　　　Rewards will come.　　　　這樣一定會有回報。

** ——————————

2677. **_listen to_** 聽；聽從　　active〔'æktɪv〕 *adj.* 活躍的；積極的

　　in class 在課堂上　　eager〔'igɚ〕 *adj.* 渴望的

2678. devote〔dɪ'vot〕 *v.* 奉獻　　**_devote_** oneself 專注

　　dedicate〔'dɛdɪˌket〕 *v.* 奉獻　　**_dedicate_** oneself 全心投入

　　develop〔dɪ'vɛləp〕 *v.* 培養

　　reputation〔ˌrɛpjə'teʃən〕 *n.* 名聲；好名聲

　　Develop a reputation. 也可說成：Be known as a good student.

　　（要被稱為好學生。）【**_be known as_** 被稱為】

2679. recognition〔ˌrɛkəg'nɪʃən〕 *n.* 認可　　gain〔gen〕 *v.* 獲得

　　honor〔'ɑnɚ〕 *n.* 榮耀；(*pl.*) 榮耀獎；優等成績

　　reward〔rɪ'wɔrd〕 *n.* 獎賞；報酬

15. 要讓老師喜歡

☐ **2680.** Be friends with teachers.   要和老師做朋友。
Get to know them.   要能認識他們。
Get them to like you.   要讓他們喜歡你。

☐ **2681.** They're on your side.   他們站在你這邊。
They're there for you.   他們會支持你。
They're allies, not enemies.   他們是盟友，不是敵人。

☐ **2682.** Greet them with a smile.   要用微笑迎接他們。
Ask what you can do.   問他們你能做什麼。
Make teachers remember you.   要讓老師記得你。

18. 爸爸英語

**

2680. ***be friends with*** 和…做朋友
get to V. 得以…   ***get sb. to V.*** 使某人…

2681. ***be on*** *one's* ***side*** 站在某人這邊；支持某人
They're there for you. 他們會為了你而在那裡，引申為「他們會支持你。」(= *They will support you.*)
ally〔ˈælaɪ〕*n.* 盟友   enemy〔ˈɛnəmɪ〕*n.* 敵人

2682. greet〔grit〕*v.* 迎接；和…打招呼

16. 要守規矩

☐ **2683.** Communicate with teachers.　　要和老師溝通。

Be positive and polite.　　要積極而且有禮貌。

Be respectful at all times.　　要一直很恭敬。

☐ **2684.** Never skip class.　　絕不翹課。

Never play hooky.　　絕不逃學。

Above all, don't be late.　　最重要的是，不要遲到。

☐ **2685.** Always behave.　　一定要守規矩。

Address any issues.　　要處理任何的問題。

Apologize for past mistakes.　　要為過去的錯誤道歉。

** ——————

2683. communicate〔kə'mjunə,ket〕*v.* 溝通
positive〔'pazətɪv〕*adj.* 樂觀的；積極的
respectful〔rɪ'spɛktfəl〕*adj.* 恭敬的　　***at all times*** 一直；隨時

2684. skip〔skɪp〕*v.* 略過；跳過　　***skip class*** 翹課
hooky〔'hʊkɪ〕*n.* 不正當的休息；偷懶
play hooky 逃學（= *play truant* = *skip class*）
above all 最重要的是　　late〔let〕*adj.* 遲到的

2685. behave〔bɪ'hev〕*v.* 守規矩
address〔ə'drɛs〕*v.* 處理（= *deal with*）
issue〔'ɪʃju〕*n.* 問題　　apologize〔ə'palə,dʒaɪz〕*v.* 道歉
past〔pæst〕*adj.* 過去的

17. 要向老師請教

□ **2686**. Offer your help. 要提供協助。
Join activities. 要加入活動。
Volunteer for chores. 要自願去做雜事。

□ **2687**. Participate in class. 在課堂上要參與。
Pay attention during class. 在上課期間要專注。
Put forth a serious effort. 要認真努力。

□ **2688**. Ask questions. 要問問題。
Be willing to learn. 要願意學習。
Catch your teacher after class. 下課後要去找老師。

**18.
爸爸英語**

** ——————

2686. offer〔'ɔfɚ〕*v.* 提供　　join〔dʒɔɪn〕*v.* 加入
activity〔æk'tɪvətɪ〕*n.* 活動
volunteer〔ˌvɑlən'tɪr〕*v.* 自願從事　　chore〔tʃor〕*n.* 雜事
Volunteer for chores. = Offer to do chores.
　　= Be willing to do things.
2687. participate〔pɑr'tɪsəˌpet〕*v.* 參與　　*in class* 在課堂上
pay attention 注意　　*put forth* 發揮（力量）
put forth an effort 盡力　　serious〔'sɪrɪəs〕*adj.* 認真的
Put forth a serious effort. = Try your best. = Do your best.
2688. willing〔'wɪlɪŋ〕*adj.* 願意的
catch〔kætʃ〕*v.* 抓住；找到（某人）　　*after class* 下課後

☐ **2689.** Ask teachers for insight.   要向老師請求深刻的見解。

       Ask for advice.   要請求建議。

       Try to chat.   試著聊天。

☐ **2690.** Be a live wire.   要做一個充滿活力的人。

       Be that squeaky wheel.   要勇於表達自己的觀點。

       Get in good with teachers.   要和老師關係良好。

☐ **2691.** Make learning fun.   要使學習變有趣。

       Make the job easy.   要使學習變容易。

       Teachers arc friends for life.   老師是終生的朋友。

18.
爸爸英語

** —————

2689. ***ask for*** 要求　　insight〔'ɪn,saɪt〕 *n.* 洞察力；深刻的見解
Ask teachers for insight. = Ask your teachers for advice.
advice〔əd'vaɪs〕 *n.* 勸告；建議　　chat〔tʃæt〕 *v.* 聊天

2690. live〔laɪv〕 *adj.* 活的；通電的　　wire〔waɪr〕 *n.* 電線
live wire 精力充沛的人；有進取心的人
Be a live wire. = Be energetic.
squeaky〔'skwikɪ〕 *adj.* 嘎吱作響的　　wheel〔hwil〕 *n.* 輪子
Be a squeaky wheel. 也可說成：Get noticed. (要引起注意。)
    源自諺語 The squeaky wheel gets the grease. (會吵的小孩
    有糖吃；勇於表達自己的觀點才會受到重視。)
in good with 與…關係良好

2691. fun〔fʌn〕 *adj.* 有趣的　　job〔dʒɑb〕 *n.* 工作；費力的事
for life 終生

18. 要拼命閱讀

☐ **2692.** Be a reader. 要喜歡閱讀。
Become book smart. 要從書中學到知識。
Bury your head in a book. 要埋首於書本中。

☐ **2693.** Do better. 要表現得更好。
Be smart. 要聰明。
Read like hell. 要拼命閱讀。

☐ **2694.** Read critically. 要批判性地閱讀。
Read between the lines. 要看出字裡行間的意思。
Learn all you can. 要盡可能多學習。

** ─────────────

2692. reader〔'ridə〕 *n.* 讀者;愛好閱讀的人
Be a reader. = Read a lot.
book smart 很會讀書的;能從書中學到知識的
Become book smart. = Get your knowledge from books.
bury〔'bɛrɪ〕 *v.* 埋
bury *one's* ***head in*** 埋首於;專心於 (= *be buried in*)

2693. do〔du〕 *v.* 表現　　smart〔smɑrt〕 *adj.* 聰明的
like hell 拼命地 (= *like crazy*)

2694. critically〔'krɪtɪkḷɪ〕 *adv.* 批評地;批判地　　line〔laɪn〕 *n.* 行
read between the lines 看出字裡行間的意思;領悟言外之意
all *one* ***can*** 盡力

2695. Read all the time.　要一直閱讀。
　　　Read all you can.　要盡力閱讀。
　　　Read, read, read.　要不停地閱讀。

2696. Find out facts.　要查明事實。
　　　Figure out answers.　要想出答案。
　　　Be open to new ideas.　要願意接受新的想法。

2697. Improve your mind.　改善你的想法。
　　　Expand your brain.　增加你的知識。
　　　Books change your life.　書能改變你的人生。

**18.
爸爸英語**

＊＊ ────────────

2695. *all the time* 一直；總是　　*all one can* 盡力
　　　Read all you can. = Read as much as you can.
2696. *find out* 查明　　*figure out* 想出
　　　be open to 對…開放　　idea〔aɪˈdɪə〕*n.* 想法
2697. improve〔ɪmˈpruv〕*v.* 改善　　mind〔maɪnd〕*n.* 想法
　　　Improve your mind. = Develop your mind.
　　　　　= Develop your thinking skills.
　　　expand〔ɪkˈspænd〕*v.* 擴展　　brain〔bren〕*n.* 大腦
　　　Expand your brain. 擴展你的大腦，也就是「增加你的知識。」
　　　（= *Expand your knowledge.*）
　　　change〔tʃendʒ〕*v.* 改變

☐ **2698**. Switch off the TV. 關掉電視。

Turn off the wi-fi. 關掉無線網路。

Put your nose in a book. 要埋首於書本

☐ **2699**. Today be a reader. 今天是讀者。

Tomorrow be a leader. 明天就是領導人。

Be well-read. 要博覽群書。

☐ **2700**. Books open your eyes. 書能開拓你的眼界。

Books sharpen your mind. 書能使你的思維變得敏銳。

Books stretch your brain. 書能增加你的知識。

18.
爸爸英語

** ————————————————

2698. ***switch off*** 關掉

turn off 關掉　　wi-fi〔'waɪ'faɪ〕*n.* 無線網路

put *one's* ***nose in*** 埋首於（ = *bury one's nose in* ）

2699. leader〔'lidɚ〕*n.* 領導者

Today be a reader. Tomorrow be a leader.

= If you read a lot, you will succeed.

well-read〔'wɛl'rɛd〕*adj.* 博覽群書的；博學的

2700. ***open*** *one's* ***eyes*** 開拓某人的眼界

sharpen〔'ʃɑrpən〕*v.* 使敏銳；使敏捷

Books sharpen your mind. = Books make you think better.

= Reading develops your thinking skills.

stretch〔strɛtʃ〕*v.* 伸展；使極度使用　　brain〔bren〕*n.* 頭腦

stretch *one's* ***brain*** 使某人動一動腦；增加某人的知識

（ = *give sb. more knowledge* ）

☐ **2701**. Learn by heart.　　　　　　要背誦。

Learn for life.　　　　　　要終生學習。

Make it fun.　　　　　　要使它變有趣。

☐ **2702** Open your mind.　　　　　　要有開放的心胸。

Take it in.　　　　　　要理解。

Soak it up.　　　　　　要吸收。

☐ **2703**. Day by day.　　　　　　日復一日。

From year to year.　　　　　　年復一年。

Till your last breath.　　　　　　直到生命結束。

**

2701. learn〔lɜn〕*v.* 學習；記憶；背

learn by heart 默記；背誦（ = *memorize*）　　***for life*** 終生

Learn for life. = Learn it forever. = Never forget it.

fun〔fʌn〕*adj.* 有趣的

2702. mind〔maɪnd〕*n.* 頭腦；心　　***take in*** 接受；理解

soak〔sok〕*v.* 吸收　　***soak up*** 吸收

Take it in. = ***Soak it up.*** = Absorb it. = Learn it.

【absorb〔əb'sɔrb〕*v.* 吸收】

2703. ***day by day*** 日日；每天

from year to year 年年（ = *year after year*）

till〔tɪl〕*prep.* 直到　　breath〔brɛθ〕*n.* 呼吸

19. 持續學習新知

☐ **2704.** Keep learning.   要持續學習。

Keep your mind fresh.   你的想法要新穎。

Take classes.   要上課。

☐ **2705.** Know what's up.   要知道發生了什麼事。

Know what's what.   要知道事實真相。

Know the score.   要了解情況。

☐ **2706.** Keep abreast.   要了解最新情況。

Get knowledge.   要獲得知識。

Don't fall behind.   不要落後。

18.
爸爸英語

** ———

2704. keep〔kip〕*v.* 持續;使保持   mind〔maɪnd〕*n.* 頭腦;想法
fresh〔frɛʃ〕*adj.* 新鮮的;新穎的;有獨創性的
Keep your mind fresh. = Keep your mind active.
【active〔'æktɪv〕*adj.* 活躍的】   ***take classes*** 上課

2705. ***what's up*** 發生什麼事   ***what's what*** 事情的真相;事實真相
Know what's what. = Understand situations well.
score〔skor〕*n.* 分數;情況;真相
know the score 了解情況;了解真相(= *have a*
good understanding)【good〔gʊd〕*adj.* 充分的】

2706. abreast〔ə'brɛst〕*adv.* 並排;並肩
keep abreast 了解;跟上(最新情況)(= *keep up* = *stay informed*)
knowledge〔'nɑlɪdʒ〕*n.* 知識   ***fall behind*** 落後;跟不上

20. 掌握時事

☐ **2707**.　Be with it.　　　　　　　　要跟上潮流。

　　　Be up to date.　　　　　　要知道最新消息。

　　　Be in the know.　　　　　　要知道內幕。

☐ **2708**.　Keep up.　　　　　　　　　要跟上。

　　　Be informed.　　　　　　　要消息靈通。

　　　Be the first to know.　　　要第一個知道。

☐ **2709**.　Stay tuned in.　　　　　　要了解情況。

　　　Stay in touch.　　　　　　要熟知情況。

　　　Stay on top of things.　　要能掌控情況。

**

2707.　***with it*** 時髦；新潮；明白情況的　　***Be with it***. = Follow the
trends. (要跟上趨勢。)　　***up to date*** 流行的；最新的
Be up to date. = Know what's going on.
in the know 知道實情；掌握內幕

2708.　***keep up*** 跟上；不落後 (= *keep up with what's going on*)
informed〔ɪnˋfɔrmd〕*adj.* 了解情況的；見多識廣的；消息靈通的

2709.　tune〔tjun〕*v.* 調頻道；調台　　***be tuned in*** 了解；理解
Stay tuned in. = Stay alert to what's happening.
　　【alert〔əˋlɝt〕*adj.* 警覺的】　　touch〔tʌtʃ〕*n.* 接觸；聯絡
in touch 保持連絡；熟知情況　　***Stay in touch***. = Keep up with
developments.　　***on top of things*** 完全掌握；控制全局
Stay on top of things. = Always be aware of what's happening.

21. 利用背誦來學習

☐ **2710.** Memorize to learn.　　　　利用背誦來學習。

Recite over and over.　　　　要一再地朗誦。

Repeat again and again.　　　要一再地重複唸。

☐ **2711.** Keep on speaking.　　　　要持續地說。

As often as you can.　　　　要儘可能常說。

At all times possible.　　　在所有可能的時候說。

☐ **2712.** Little by little.　　　　一點一點地。

Step by step.　　　　一步一步地。

After a while, it's yours.　　過了一陣子，它就會是你的。

18. 爸爸英語

** ————

2710. memorize〔'mɛmə,raɪz〕*v.* 背誦；記憶

recite〔rɪ'saɪt〕*v.* 朗誦　　***over and over*** 一再地

Recite over and over. = Say it again and again.

repeat〔rɪ'pit〕*v.* 重複；重複地說　　***again and again*** 一再地

2711. ***keep on*** 持續　　***as…as one can*** 儘可能…

at all times 隨時；一直　　possible〔'pasəbḷ〕*adj.* 可能的

At all times possible. = Whenever it's possible.

2712. ***little by little*** 一點一點地；逐漸地　　***step by step*** 一步一步地

while〔hwaɪl〕*n.* 一會兒；一段時間

after a while 過了一會兒；不久　　***After a while, it's yours.***

= After some time, you will know it well.

22. 做事要穩紮穩打

□ **2713.** Take your time. 　　慢慢來。

Take it easy. 　　別著急。

Take it slow. 　　慢慢來。

□ **2714.** Slow it down. 　　慢一點。

Slow and steady. 　　要穩紮穩打。

Stay in control. 　　不要失控。

□ **2715.** Once is enough. 　　一次就夠了。

No second chances. 　　沒有第二次機會。

Get it right the first time. 　　第一次就把它做好。

** ────────

2713. ***take one's time*** 慢慢來

take it easy 別著急

take it slow 慢慢來 (= ***take your time*** = ***don't rush***)

2714. ***slow down*** 減速；慢下來　　　steady〔ˈstɛdɪ〕*adj.* 穩定的

slow and steady 穩紮穩打地　　control〔kənˈtrol〕*n.* 控制

in control 在控制內的

Stay in control. 也可說成：Manage your time. (要管理你的
時間。) Don't get nervous. (不要緊張。)

2715. once〔wʌns〕*adv.* 一次　　chance〔tʃæns〕*n.* 機會

get it right 把事情做對　　　***the first time*** 第一次

Get it right the first time. = Don't make any mistakes.

☐ **2716.** Do a good job. 要把事情做好。

Do it right. 要做得對。

Don't rush it. 不要著急。

☐ **2717.** Easy does it. 慢慢來。

Pace yourself. 要一步一步來。

Haste makes waste. 【諺】欲速則不達。

☐ **2718.** Quality first. 品質第一。

Quality counts. 品質很重要。

Quality over quantity. 要重質不重量。

18.
爸爸英語

＊＊ ————————

2716. ***do a good job*** 做得好　　right〔raɪt〕*adv.* 正確地
rush〔rʌʃ〕*v.* 催促；趕緊做
Don't rush it. = Don't hurry. = Take your time.

2717. easy〔'izɪ〕*adv.* 輕鬆地　　***Easy does it.***（不要慌）慢慢來；
　（別緊張）放輕鬆；沈著點。(= *Do it slowly and carefully.*)
pace〔pes〕*v.* 為…調整步調　　***Pace yourself.*** = Do it at a
　steady speed.【steady〔'stɛdɪ〕*adj.* 穩定的】
haste〔hest〕*n.* 匆忙　　waste〔west〕*n.* 浪費
Haste makes waste.【諺】匆忙造成浪費；欲速則不達。

2718. quality〔'kwɑlətɪ〕*n.* 品質　　count〔kaʊnt〕*v.* 重要
over〔'ovɚ〕*prep.* 超過；勝過　　quantity〔'kwɑntətɪ〕*n.* 數量
Quality over quantity.
= Quality is more important than quantity.

23. 要獨立自主

☐ **2719.** Be your own person.

Be your own superhero.

Be an army of one!

要獨立自主。

要成爲自己的超級英雄。

要孤軍奮戰！

☐ **2720.** Rely on yourself.

Depend on your brain.

Don't lean on others.

要靠自己。

要靠自己的頭腦。

不要依靠別人。

☐ **2721.** Don't join the crowd.

Don't follow the pack.

Decide things for yourself.

不要人云亦云。

不要盲目跟隨大家。

要自己決定事情。

18.
爸爸英語

**

2719. ***be your own person*** 獨立自主；自己做主（＝*don't let others tell you what to do*）　superhero〔'supɚ͵hɪro〕*n.* 超級英雄
Be your own superhero.
＝Don't expect anyone else to save you.
army〔'ɑrmɪ〕*n.* 軍隊　***an army of one*** 孤軍奮戰
Be an army of one! ＝Be strong and self-reliant!

2720. ***rely on*** 依賴　***depend on*** 依靠　brain〔bren〕*n.* 頭腦
lean〔lin〕*v.* 傾斜；倚靠　***lean on*** 依靠

2721. crowd〔kraʊd〕*n.* 群衆　***join the crowd*** 人云亦云；隨波逐流
（＝*follow the pack* ＝*do what everyone else does*）
pack〔pæk〕*n.* 一群；一夥　***for oneself*** 自己

☐ **2722**. It's not selfish. | 這不是自私。
It's not vain. | 這不是自負。
It's the best way. | 這是最好的方式。

☐ **2723**. We all need help in life. | 我們在人生中都會需要幫助。
We all need people to get ahead. | 我們全都需要別人才能成功。
But helping yourself is most important. | 但是幫助自己是最重要的。

☐ **2724**. Know your worth. | 要知道自己的價值。
Stand tall. | 要驕傲又有自信。
Build yourself up. | 要增強自信心。

18.
爸爸英語

** ————————————

2722. selfish〔'sɛlfɪʃ〕*adj.* 自私的
vain〔ven〕*adj.* 虛榮的；自負的（= *conceited* = *arrogant* ）
2723. *get ahead* 進步；獲得成功（= *succeed* ）
help oneself 幫助自己；自行取用　　most〔most〕*adv.* 最
is most important = is the most important thing
2724. worth〔wɝθ〕*n.* 價值
stand tall 昂然挺立；驕傲又有自信（= *be proud* = *be confident* ）
build up 增強；增強自信心
Build yourself up. 也可說成：Develop your self-confidence.
（要培養自信。）Believe in yourself.（要相信自己。）

2425. Who stands with you? 　　　　誰和你站在一起？
　　　 Who gives you strength? 　　　誰給你力量？
　　　 The answer must always be 　　答案必須永遠是你自己。
　　　　　you.

2726. In trouble, it's you. 　　　　　遇到困難時，是你。
　　　 In times of need, you. 　　　　在有需要時，是你。
　　　 Independence is the name of 　獨立是很重要的。
　　　　　the game.

2727. Freedom is self-dependence. 　　依靠自己才會自由。
　　　 Self-reliance conquers all. 　　依靠自己能征服一切。
　　　 Build your own bridges. 　　　要改善自己的人際關係。

18. 爸爸英語

**

2725. ***Who stands with you?*** 也可說成：Who supports you?
　　（誰會支持你？）　　　strength〔strɛŋθ〕*n.* 力量
2726. ***in trouble*** 遇到困難　　independence〔ˌɪndɪˈpɛndəns〕*n.* 獨立
　　the name of the game 最重要的方面；問題的關鍵；事物的本質
2727. freedom〔ˈfridəm〕*n.* 自由
　　self-dependence〔ˌsɛlf dɪˈpɛndəns〕*n.* 依靠自己
　　self-reliance〔ˌsɛlf rɪˈlaɪəns〕*n.* 自力更生；自立；依靠自己
　　conquer〔ˈkɑŋkɚ〕*v.* 征服　　bridge〔brɪdʒ〕*n.* 橋
　　build bridges 建造橋樑，引申為搭起友誼的橋樑，即「改善或加強
　　　人際關係」。
　　Build your own bridges. 也可說成：Establish your own
　　　support system.（要建立自己的支援系統。）

24. 要心胸寬大

☐ 2728. Be young at heart. 心態要年輕。
   Be grateful for life. 要對活著心存感激。
   Take nothing for granted. 不要把任何事視為理所當然。

☐ 2729. Never show off. 絕不要炫耀。
   Never tear down others. 絕不要貶低別人。
   Never turn down a gift. 絕不要拒絕禮物。

☐ 2730. Have a big heart. 要有寬大的心胸。
   Admit mistakes quickly. 要很快地承認錯誤。
   Work things out. 要解決問題。

18. 爸爸英語

** ─────────────

2728. *at heart* 心裡；內心是　　grateful〔'gretfəl〕*adj.* 感激的
   Be grateful for life. = Appreciate the fact that you are alive.
   take sth. for granted 把某事視為理所當然
2729. *show off* 炫耀
   tear down 貶低；詆毀；猛烈批評 (= *criticize severely*)
   turn down 拒絕
2730. *big heart* 寬大的心胸　　admit〔əd'mɪt〕*v.* 承認
   work out 解決　　*work things out* 解決個人問題
   Work things out. 也可說成:Reach a compromise. (要達成
   協議。)【compromise〔'kɑmprə,maɪz〕*n.* 協議】

25. 和朋友和睦相處

☐ **2731.** Make friends.
Get along with all.
Make the best of each day.

要交朋友。
要跟大家和諧相處。
要善用每一天。

☐ **2732.** Don't find fault.
Don't take advantage.
Don't make fun of others.

不要挑剔。
不要佔便宜。
不要取笑別人。

☐ **2733.** Let go of the past.
Leave the bad alone.
Don't dwell on mistakes.

要忘掉過去。
不要理會不好的事。
不要老是想著所犯的錯。

** ─────────────

2731. *make friends* 交朋友　　*get along with* 和…和諧相處
Get along with all. – Have a good relationship with everyone.
make the best of 善用

2732. fault〔fɔlt〕*n.* 過錯　　*find fault* 挑剔
take advantage 佔便宜　　*Don't take advantage.* 也可説成：
Don't use others.（不要利用別人。）　　*make fun of* 取笑

2733. *let go of* 放開　　*Let go of the past.* = Forget the past.
leave…alone 不理會　　*Leave the bad alone.* 也可説成：
Don't dwell on bad memories.（不要老是想著不好的回憶。）
Forgive and forget.（要既往不咎。）
dwell on 老是想著　　mistake〔məˈstek〕*n.* 錯誤

26. 努力改善自己

☐ **2734.** Don't nag.   不要嘮叨。

Don't nitpick.   不要挑剔。

Get off people's backs.   不要再批評別人。

☐ **2735.** Work on yourself.   要努力改善自己。

Get rid of your faults.   要擺脫自己的缺點。

Give up savage behavior.   要放棄野蠻的行為。

☐ **2736.** Don't be a know-it-all.   不要做一個自以為無所不知的人。

Don't make body noises.   不要讓身體發出聲音。

Never stare at others.   絕不要瞪眼看別人。

18. 爸爸英語

** ——————

2734. nag〔næg〕v. 嘮叨

nitpick〔'nɪt,pɪk〕v. 挑剔 (= *be overly critical*)

get off *one's **back*** 不再批評某人

Get off people's backs. = Stop criticizing others.

2735. ***work on*** 致力於

Work on yourself. = Try to improve yourself.

get rid of 擺脫；除去   fault〔fɔlt〕n. 缺點

give up 放棄   savage〔'sævɪdʒ〕adj. 野蠻的

behavior〔bɪ'hevjɚ〕n. 行為   ***Give up savage behavior***.

也可說成：Don't be violent. (不要使用暴力。)

2736. know-it-all〔'noɪt,ɔl〕n. 自以為無所不知的人

Don't be a know-it-all. = Don't act like you know everything.

noise〔nɔɪz〕n. 噪音   stare〔stɛr〕v. 瞪眼看 < *at* >

27. 要願意付出

□ **2737.** Reach out.　　　　　　　要提供幫助。

　　　　Help others out.　　　　　要幫助別人。

　　　　Give something back.　　　要回饋。

□ **2738.** Offer yourself.　　　　　要願意貢獻一己之力。

　　　　Be of use.　　　　　　　要有用。

　　　　Be of service.　　　　　　要有幫助。

□ **2739.** Live to give.　　　　　　活著就要付出。

　　　　Give to receive.　　　　　付出才會有收穫。

　　　　Life is about service.　　　人生的意義就是服務。

** ————

2737. ***reach out*** 提供幫助 (= *offer others help*)

　　help out 幫助⋯擺脫困難　　***give back*** 回饋 (= *return favors*)

2738. offer〔'ɔfə〕*v.* 提供；奉獻

　　Offer yourself. 也可說成：Let others know you're willing to
　　　help. (要讓別人知道你願意幫忙。)　　***of use*** 有用的 (= *useful*)

　　of service 有用的；有幫助的 (= *helpful*)

2739. ***Live to give.*** 也可說成：Make giving to others a priority. (要使
　　　對別人付出成為最優先的事。)【priority〔praɪ'ɔrətɪ〕*n.* 優先事項】

　　receive〔rɪ'siv〕*v.* 接受

　　Give to receive. 也可說成：If you help others, they will help
　　　you. (如果你幫助別人，別人也會幫助你。)

　　A is about B. A 的意義就是 B。(= *B is the meaning of A.*)

　　Life is about service.

　　= Helping others is an important part of life.

28. 把別人擺在第一位

☐ **2740.** Put others first.　　　　　要把別人放在第一位。

Put yourself second.　　　　要把自己放在第二位。

It'll set you apart.　　　　這會讓你與眾不同。

☐ **2741.** People first.　　　　　要把人擺在第一位。

People matter most.　　　　人最重要。

Material things don't count.　　物質的東西不重要。

☐ **2742.** Wish all well.　　　　希望大家一切都好。

Want all to succeed.　　　想要大家成功。

We rise by lifting others.　　我們因助人而成長。

**

2740. ***put…first*** 把…放在首位　　***set apart*** 使有區別；使受到注意

It'll set you apart. = You'll stand out from others.

2741. ***People first***. = Put people first.　　matter〔'mætɚ〕*v.* 重要

material〔mə'tɪrɪəl〕*adj.* 物質的　　count〔kaʊnt〕*v.* 重要

2742. wish〔wɪʃ〕*v.* 希望；但願

「***wish*** *sb.* (***to be***) + 補語」表「希望某人…」。

well〔wɛl〕*adj.* 健康的；安好的

Wish all well. = Hope that everyone will be happy.

succeed〔sək'sid〕*v.* 成功

Want all to succeed. = Wish for everyone's success.

rise〔raɪz〕*v.* 地位提高　　lift〔lɪft〕*v.* 使向上；提高…的地位

We rise by lifting others. 是詩人 Robert Frost 的名言。

(= *When we help others, we become better people*.)

29. 要慷慨大方

2743. Be generous.　要慷慨。
Don't be selfish.　不要自私。
Put up with it.　要忍受一切。

2744. Plan for tomorrow.　要計劃明天。
Live for today.　要活在今天。
Live young every day.　每一天都要保持年輕。

2745. Nothing is perfect.　沒有什麼是完美的。
No one is perfect.　沒有人是完美的。
Be grateful, humble, and　要心存感激、謙虛，而且親
　　kind.　切。

** —————————

2743. generous〔ˈdʒɛnərəs〕*adj.* 慷慨的　selfish〔ˈsɛlfɪʃ〕*adj.* 自私的
put up with 忍受　***Put up with it.***（= *Tolerate it.*）也可說成：
　　Don't complain.（不要抱怨。）
2744. plan〔plæn〕*v.* 計劃
Live for today. 也可說成：Focus on the present.（要專注於
　　現在。）Don't worry about the future.（不要擔心未來。）
　young〔jʌŋ〕*adj.* 年輕的　***live young*** 永保年輕
Live young every day. = Always be young at heart.
2745. perfect〔ˈpɜfɪkt〕*adj.* 完美的　grateful〔ˈgretfəl〕*adj.* 感激的
　humble〔ˈhʌmbḷ〕*adj.* 謙虛的
　kind〔kaɪnd〕*adj.* 親切的；好心的

30. 姿勢要端正

☐ **2746.** Stand up straight.　　　　要站直。
　　　　Shoulders back.　　　　抬頭挺胸。
　　　　Shake hands firmly.　　　要堅定地握手。

☐ **2747.** Don't slouch.　　　　　不要彎腰駝背。
　　　　Don't touch your face.　不要碰你的臉。
　　　　Don't cross your arms.　不要交叉雙臂。

☐ **2748.** Make eye contact.　　　　要做目光接觸。
　　　　Maintain good posture.　要維持良好的姿勢。
　　　　Make a good impression.　要給人留下好印象。

**───────────────

2746. straight〔stret〕*adv.* 直立地;垂直地
　　shoulder〔'ʃoldɚ〕*n.* 肩膀　　***shake hands*** 握手
　　firmly〔'fɝmlɪ〕*adv.* 堅定地
2747. slouch〔slaʊtʃ〕*v.* 彎腰　　touch〔tʌtʃ〕*v.* 碰觸
　　Don't touch your face. = Don't touch your eyes, nose,
　　　　mouth, etc.【碰臉頰 (cheek) 沒問題,碰臉上其他部位可能是不
　　　　禮貌,而且也是使人分心的行為】　　cross〔krɔs〕*v.* 使交叉
2748. contact〔'kɑntækt〕*n.* 接觸　　***eye contact*** 目光接觸
　　maintain〔men'ten〕*v.* 維持　　posture〔'pɑstʃɚ〕*n.* 姿勢
　　impression〔ɪm'prɛʃən〕*n.* 印象
　　make a good impression 給人好印象

□ **2749.** Lean forward. 　　　　　　　　　身體要往前傾。

　　　　Look people in the eye. 　　　　要看著別人的眼睛。

　　　　Hands at your side. 　　　　　　要把雙手放在身側。

□ **2750.** Smile gently. 　　　　　　　　　要優雅地微笑。

　　　　Face people squarely. 　　　　　要堅定地面對大家。

　　　　Stand with your feet apart. 　　要雙腳分開地站著。

□ **2751.** Don't squirm. 　　　　　　　　　不要坐立不安。

　　　　Don't bounce around. 　　　　　　不要坐立不安。

　　　　Keep your body relaxed. 　　　　要使身體保持放鬆。

**

2749. lean〔lin〕*v.* 傾身；彎腰　　forward〔'fɔrwɚd〕*adv.* 向前
　　Lean forward.（身體要往前傾。）表示你很專心聽對方說話。
　　look *sb.* ***in the eye*** 看某人的眼睛　　side〔saɪd〕*n.*（身體的）腹側
　　Hands at your side. = Keep your hands at your side.

2750. gently〔'dʒɛntlɪ〕*adv.* 溫和地；優雅地　　face〔fes〕*v.* 面對
　　squarely〔'skwɛrlɪ〕*adv.* 正面地；堅定地
　　Face people squarely. = Face people directly.
　　apart〔ə'pɑrt〕*adv.* 分開地

2751. squirm〔skwɝm〕*v.*（因焦躁而）扭動身體；侷促不安（= *fidget*）
　　bounce〔bauns〕*v.* 彈跳　　around〔ə'raund〕*adv.* 到處
　　Don't bounce around. 不要到處彈跳，在此引申為「不要坐立不
　　　安。」（= *Don't fidget.*）【fidget〔'fɪdʒɪt〕*v.* 坐立不安】
　　relaxed〔rɪ'lækst〕*adj.* 放鬆的

31. 人要衣裝

☐ **2752.** Dress up.   要盛裝打扮。

Dress sharp.   要穿著時髦。

Dress for success.   要爲獲得成功而穿衣打扮。

☐ **2753.** Look nice.   要好看。

Look like a winner.   要看起來像個贏家。

Live a good life.   要過很好的生活。

☐ **2754.** Send a message.   要傳達訊息。

Sell an image.   要行銷形象。

Clothes make the man.   【諺】人要衣裝，佛要金裝。

** ————

2752. ***dress up*** 盛裝打扮   sharp〔ʃɑrp〕*adj.* (裝扮)漂亮的；時髦的
2753. winner〔'wɪnɚ〕*n.* 贏家；優勝者
   Look like a winner. = Look like you are successful.
    = Look like you are someone who can succeed.
   live a ~ life 過著~生活
2754. send〔sɛnd〕*v.* 傳送   message〔'mɛsɪdʒ〕*n.* 訊息
   Send a message. 也可說成：Make an impression. (要使人留下
    印象。)   sell〔sɛl〕*v.* 宣傳；使被接受；使極感興趣
   image〔'ɪmɪdʒ〕*n.* 形象
   Sell an image. = Make an impression. = Impress others.
    = Portray a good image.【portray〔por'tre〕*v.* 描繪】
   clothes〔kloz〕*n. pl.* 衣服   make〔mek〕*v.* 造就
   Clothes make the man.【諺】人要衣裝，佛要金裝。
    (= *The tailor makes the man.*)

□ **2755.** Try to fit in. 要努力使人接受。

Try to stand out. 要努力變得突出。

What you wear matters. 你的穿著很重要。

□ **2756.** Paint a neat picture. 要表現得很棒。

Play a fine part. 要扮演一個好的角色。

Present yourself well. 要好好地展現自己。

□ **2757.** Wear clean clothes. 要穿乾淨的衣服。

Not too loose or tight. 不要太鬆或太緊。

You are what you wear. 你穿什麼，就變成什麼樣。

**

2755. *try to V.* 努力… *fit in* 適合；適應；被接受

Try to fit in. = Try to get along with others.

= Try to adapt to the ways of the group.

stand out 突出　　matter〔'mætɚ〕*v.* 重要

2756. paint〔pent〕*v.* 畫　　neat〔nit〕*adj.* 整潔的；很棒的

paint a neat picture 表現得很棒　　*Paint a neat picture.* 畫一

幅很棒的畫，引申為「要表現得很棒。」也可説成：Dress neatly.

（要穿著整潔。）Be well groomed.（要穿戴整潔。）

play a…part 扮演一個…角色（= *play a…role*）

Play a fine part. 也可説成：Look good and behave well.（要

看起來好看，而且很有教養。）　　present〔prɪ'zɛnt〕*v.* 呈現

2757. loose〔lus〕*adj.* 鬆的　　tight〔taɪt〕*adj.* 緊的

You are what you wear. = Your clothes say a lot about you.

32. 不要打擾別人

☐ **2758.** Have class.　　　　　　　　要有格調。

　　　　Show taste.　　　　　　　　要顯示品味。

　　　　Show manners.　　　　　　　要展現禮貌。

☐ **2759.** Think of others.　　　　　　要想到別人。

　　　　Think before you act.　　　　三思而後行。

　　　　Don't tick people off.　　　　不要使人生氣。

☐ **2760.** Don't bother others.　　　　不要打擾別人。

　　　　Don't annoy them.　　　　　不要使人心煩。

　　　　Don't disturb others.　　　　不要擾亂別人。

** ──────────────────

2758. class〔klæs〕*n.* 格調；氣質；優雅

Have class. 也可說成：Be classy. (要舉止得體。) Be respectful and considerate. (要恭敬又體貼。) Be well-mannered. (要有禮貌。)【classy〔'klæsɪ〕*adj.* 高級的；舉止得宜的　considerate〔kən'sɪdərɪt〕*adj.* 體貼的】

show〔ʃo〕*v.* 顯示；展現　　taste〔test〕*n.* 品味

manners〔'mænɚz〕*n. pl.* 禮貌

2759. ***think of*** 想到　　act〔ækt〕*v.* 行動

tick *sb.* ***off*** 使某人生氣

Don't tick people off. = Don't make others angry.

2760. bother〔'bɑðɚ〕*v.* 打擾　　annoy〔ə'nɔɪ〕*v.* 使心煩

disturb〔dɪ'stɝb〕*v.* 擾亂

33. 要有氣質

□ **2761.** Show class.　　　　　　　要展現氣質。
　　　　 Show respect.　　　　　　要表示尊敬。
　　　　 Just zip it.　　　　　　　要把嘴巴閉上。

□ **2762.** Words matter.　　　　　　言語很重要。
　　　　 Actions matter.　　　　　行爲很重要。
　　　　 Don't be rude.　　　　　　不要粗魯無禮。

□ **2763.** Don't add fuel to the fire.　不要火上加油。
　　　　 Just ignore it.　　　　　　不要理它就好了。
　　　　 In one ear and out the other.　要左耳進，右耳出。

**

2761. show〔ʃo〕v. 展現；表示　　class〔klæs〕n. 優雅；高尚；高雅
　　Show class. 也可說成：Be classy. (要舉止得體。)
　　　Be well-mannered. (要有禮貌。)
　　respect〔rɪ'spɛkt〕n. 尊敬　　zip〔zɪp〕v. 把…的拉鏈拉上
　　zip it 閉嘴　　***Just zip it.*** = Just be quiet. = Stop talking.
2762. words〔wɝdz〕n. pl. 言語　　matter〔'mætɚ〕v. 重要
　　actions〔'ækʃənz〕n. pl. 行爲　　rude〔rud〕adj. 粗魯的；無禮的
2763. ***add A to B*** 把 A 加到 B 上　　fuel〔'fjuəl〕n. 燃料
　　Don't add fuel to the fire. = Don't make it worse.
　　ignore〔ɪg'nor〕v. 忽視；不理　　***one…the other*** 一個…另一個
　　in one ear and out the other 左耳進，右耳出
　　(= *forget what was said* = *don't pay any attention to it*)

34. 要準時

☐ **2764**. Be on time.　　　　　　　　要準時。

Better yet, go early.　　　　更好的是，要早點去。

Get there ahead.　　　　　　要提前到。

☐ **2765**. Set an example.　　　　　　　要樹立典範。

Send a clear message.　　　要傳達清楚的訊息。

It's a sign of respect.　　　這是尊重的表示。

☐ **2766**. Never arrive late.　　　　　　絕不要遲到。

Never make others wait.　　絕不要讓別人等。

Nothing's worse.　　　　　　沒什麼比這個更糟的。

**

2764. ***on time*** 準時　　***better yet*** 更好的是

ahead〔 əˋhɛd 〕 *adv.* 預先；事先

2765. set〔 sɛt 〕 *v.* 樹立

example〔 ɪgˋzæmpḷ 〕 *n.* 榜樣；典範

Set an example. = Be a good example to others.

message〔ˋmɛsɪdʒ 〕 *n.* 訊息

Send a clear message. 也可說成：Let others know that you
　are a reliable person. (讓別人知道你是一個可靠的人。)

sign〔 saɪn 〕 *n.* 表示；徵兆　　respect〔 rɪˋspɛkt 〕 *n.* 尊敬；尊重

2766. late〔 let 〕 *adv.* 遲；晚

Nothing is worse. = Making other people wait for you is the
　worst thing you can do.

35. 不要爲失敗找藉口

☐ **2767.** Don't make excuses.　　　不要找藉口。

Take responsibility.　　　要負責任。

Take the blame.　　　要承擔責任。

☐ **2768.** Failure happens.　　　誰都會失敗。

It's part of life.　　　它是生活的一部份。

Learn and move on.　　　要學習並繼續前進。

☐ **2769.** Denial holds you back.　　　否認會阻撓你。

Be an action taker.　　　要做個採取行動的人。

Don't be an excuse maker.　　　不要做個找藉口的人。

** ——————————

2767. excuse〔ɪk'skjus〕*n.* 藉口　　***make excuses*** 找藉口

responsibility〔rɪ,spɑnsə'bɪlətɪ〕*n.* 責任

blame〔blem〕*n.* 責備；責任　　***take the blame*** 承擔責任

2768. failure〔'feljɚ〕*n.* 失敗　　***It's part of life.*** = It's inevitable.

【inevitable〔ɪn'ɛvətəbl̩〕*adj.* 無法避免的】　　***move on*** 繼續前進

Learn and move on. = Learn what you can from it and move

on.（要盡力從中學習，然後繼續前進。）

2769. denial〔dɪ'naɪəl〕*n.* 否認　　***hold back*** 阻礙⋯成功

Denial holds you back. = Not admitting your mistakes will

prevent you from progressing.【***prevent⋯from*** 使⋯無法】

action taker 採取行動的人

Be an action taker. = Take action.【***take action*** 採取行動】

Don't be an excuse maker. = Don't make excuses.

36. 不要報復

☐ **2770.** Deal with it.

Get over it.

Let it go.

要處理它。

忘記它。

放下它。

☐ **2771.** He hurt you.

Don't you hurt him back.

Two wrongs don't make a right.

他傷害了你。

你不要去報復他。

【諺】積非不能成是。

☐ **2772.** Don't get even.

Don't go for revenge.

Just don't mind it.

不要報復。

不要報仇。

不要在意它。

18.
爸爸英語

**—————————

2770. ***deal with*** 應付；處理　　***get over*** 把⋯忘懷

Get over it. = Forget about it.　　***let go*** 鬆手；放開；忘掉

2771. hurt〔hɝt〕*v.* 傷害【三態同形】　　back〔bæk〕*adv.* 回報

Don't you hurt him back. 也可說成：Don't hurt him back.

（= *Don't seek revenge.* = *Don't retaliate.*）【seek〔sik〕*v.* 尋求

wrong〔rɔŋ〕*n.* 壞事；不良的行為　　make〔mek〕*v.* 等於

right〔raɪt〕*n.* 正當的行為

Two wrongs don't make a right.（積非不能成是。）

= It is not right for you to act in a similar way.

2772. even〔'ivən〕*adj.* 一致的；同樣的　　***get even*** 報復

revenge〔rɪ'vɛndʒ〕*n.* 報仇；報復

go for revenge 報仇（= *get revenge* = *seek revenge*）

Don't go for revenge. = Don't try to get even.

mind〔maɪnd〕*v.* 在意

37. 尊敬長輩，效法偉人

□ 2773. Look up to your elders. 要尊敬長輩。
Look after the young. 要照顧小孩。
Care about the needy. 要關心窮困的人。

□ 2774. Take after the greats. 要模仿偉人。
Figure out their methods. 要了解他們的方法。
Follow in their footsteps. 要效法他們。

□ 2775. Back up your words. 要實現你說的話。
Carry out what you start. 要執行你開始做的事。
Be true to yourself. 要忠於自己。

18.
爸爸英語

** ————————

2773. ***look up to*** 尊敬（= *respect*） ***one's elders*** 長輩
look after 照顧 ***the young*** 年輕人；小孩子們
Look after the young. = Take care of younger people.
care about 關心 needy（ˈnidɪ）*adj.* 窮困的

2774. ***take after*** 模仿；像 great〔gret〕*n.* 偉人；大師
Take after the greats. = Imitate great people. 〔imitate〔ˈɪməˌtet〕
v. 模仿〕 ***figure out*** 了解 footstep（ˈfʊtˌstɛp）*n.* 腳步
follow in one's ***footsteps*** 跟著某人走；效法某人
（= *do what one did*）

2775. ***back up*** 支持；證實
Back up your words. = Keep your word. = Do what you say.
carry out 實行 true〔tru〕*adj.* 忠誠的 ***be true to*** 忠於
Be true to yourself. = Be your own person. = Stick to your
beliefs. 〔***stick to*** 堅持 beliefs〔bɪˈlifs〕*n. pl.* 信念〕

38. 要分辨是非

☐ 2776. Know right from wrong.　　　　要明辨是非。
Know good from bad.　　　　　要分辨好壞。
Always do the right thing.　　　一定要做對的事。

☐ 2777. Know what matters.　　　　　　要知道什麼是重要的。
Know your limits.　　　　　　　要知道你的極限。
Question everything.　　　　　　要質疑每一件事。

☐ 2778. Goodness is better than riches.　善良比財富好。
Bigger than fame.　　　　　　　比名聲重要。
Honesty above all.　　　　　　　最重要的是誠實。

18.
爸爸英語

**

2776. **_know A from B_** 能分辨 A 與 B　　right〔raɪt〕n. 正確;對
wrong〔rɔŋ〕n. 錯誤
2777. matter〔'mætɚ〕v. 重要　　limits〔'lɪmɪts〕n. pl. 限制;極限
question〔'kwɛstʃən〕v. 質疑
Question everything. = Think for yourself.
2778. goodness〔'gʊdnɪs〕n. 善良　　riches〔'rɪtʃɪz〕n. pl. 財富
Goodness is better than riches. = Being a good person is more
important than being rich.
big〔bɪg〕adj. 重要的　　fame〔fem〕n. 名聲
Bigger than fame. = Being a good person is more important
than being famous.
honesty〔'ɑnɪstɪ〕n. 誠實　　**_above all_** 最重要的
Honesty above all. = Being honest is the most important thing.

39. 要有公德心

☐ **2779.** Don't be in the wrong.　　　　不要弄錯。
Don't drive people nuts.　　　不要把人逼瘋。
Always behave yourself.　　　一定要守規矩。

☐ **2780.** Don't use swear words.　　　　不要罵髒話。
Don't cut in line.　　　　　不要插隊。
Don't be a litterbug.　　　　不要亂丟垃圾。

☐ **2781.** Don't be a cellphone driver.　　不要邊講手機邊開車。
Don't talk during movies.　　在看電影時不要說話。
Know when to keep your　　　要知道何時要閉上嘴巴。
　　mouth shut.

18. 爸爸英語

** ————————————————

2779. ***in the wrong*** 弄錯；應承擔責任
　Don't be in the wrong. = Don't be on the wrong side of an
　　argument. = Don't insist on something that is incorrect.
　drive〔draɪv〕*v.* 迫使　　　nuts〔nʌts〕*adj.* 發瘋的（= *crazy*）
　drive sb. nuts 把某人逼瘋　　***behave oneself*** 守規矩
2780. ***swear words*** 髒話　　***cut in line*** 插隊
　Don't cut in line. 也可說成：Wait your turn.（要等輪到你。）
　litterbug〔'lɪtə,bʌg〕*n.* 亂丟垃圾的人
　Don't be a litterbug. = Don't litter.【litter〔'lɪtə〕*v.* 亂丟垃圾】
2781. ***cellphone driver*** 邊開車邊使用手機的人
　Don't be a cellphone driver.
　= Don't use your phone behind the wheel.
　= Don't use your cell phone when you are driving a car.
　shut〔ʃʌt〕*adj.* 關閉的

40. 情緒要穩定

☐ 2782. Don't get angry. 　　　　不要生氣。
　　　　Don't be worried. 　　　　不要擔心。
　　　　Don't have a cow. 　　　　不要生氣。

☐ 2783. Calm down. 　　　　　　冷靜下來。
　　　　Chill out. 　　　　　　冷靜一下。
　　　　Pull yourself together. 　要鎮定。

☐ 2784. Be happy and excited. 　要開心興奮。
　　　　Be full of energy. 　　　要充滿活力。
　　　　Be in high spirits. 　　　要興高采烈。

18.
爸爸英語

** ＊＊ ──────────────────

2782. worried〔ˋwɝɪd〕*adj.* 擔心的　　cow〔kaʊ〕*n.* 母牛
have a cow 非常生氣；很激動（= *become angry or excited*）
【have 在此是指「生（小孩）」（= *give birth to*），源自古代女人生小孩，
很怕出問題，萬一生的不是小孩，而是「母牛」（cow），當然會「非常生
氣；很激動」】　　***Don't have a cow*.** 不要生氣。（= *Don't make*
a fuss.）【卡通 The Simpsons（辛普森家庭）裡面的兒子常說：Don't
have a cow, man.（不要生氣，老兄。）】

2783. calm〔kɑm〕*adj.* 平靜的　*v.* 平靜　　***calm down*** 平靜下來
chill〔tʃɪl〕*v.* 變冷　　***chill out*** 冷靜（= *calm down*）
pull〔pʊl〕*v.* 拉　　***pull oneself together*** 使平靜；冷靜；鎮定
（= *get control of oneself*）

2784. excited〔ɪkˋsaɪtɪd〕*adj.* 興奮的　　***be full of*** 充滿
energy〔ˋɛnɚdʒɪ〕*n.* 精力；活力　　spirit〔ˋspɪrɪt〕*n.* 精神
in high spirits 興高采烈；興致勃勃
***Be in high spirits*.** 也可說成：Be lively.（要有活力。）
Be cheerful.（要高高興興的。）【lively〔ˋlaɪvlɪ〕*adj.* 活潑的；
充滿活力的　　cheerful〔ˋtʃɪrfəl〕*adj.* 高興的；有精神的】

41. 忠於自己

☐ **2785.** Stay true.

Don't pretend.

Keep it real.

做眞正的自己。

不要假裝。

要眞實。

☐ **2786.** Be genuine.

Be authentic.

Be who you really are.

要眞實。

要眞實。

要做眞正的自己。

☐ **2787.** Change for the better.

Make a fresh start.

Turn over a new leaf.

要變得更好。

要有全新的開始。

要改過自新。

**

2785. stay〔ste〕v. 保持　　true〔tru〕adj. 眞實的　　***Stay true.*** 源自
Stay true to yourself.（要忠於自己。）也可説成：Stick to what
you believe no matter what.（無論如何都要堅持自己的信念。）
pretend〔prɪˈtɛnd〕v. 假裝　　real〔ˈriəl〕adj. 眞實的
keep it real 保持眞實（= be genuine = be honest）

2786. genuine〔ˈdʒɛnjʊɪn〕adj. 眞正的
authentic〔ɔˈθɛntɪk〕adj. 眞正的（= genuine = true = real）
be who you are 做你自己　　***Be who you really are.*** = Be true
to yourself. = Don't try to be something you're not.

2787. ***Change for the better.*** = Improve yourself.
fresh〔frɛʃ〕adj. 新鮮的；新的　　***a fresh start***（尤指失敗之後）
全新的開始　　leaf〔lif〕n.（書的）一頁
turn over a new leaf 翻開新的一頁；改過自新；重新開始
Turn over a new leaf. 也可説成：Start to act in a better way.
（要開始有更好的行爲。）【act〔ækt〕v. 行爲擧止；表現得】

42. 要發揮潛力

☐ **2788.** Be the best you. 　　　　　　　做最好的自己。

Be all you can be. 　　　　　　　　發揮你所有的潛力。

Try to achieve your potential. 　　努力發揮你的潛力。

☐ **2789.** Lead by example. 　　　　　　　要以身作則。

Be a role model. 　　　　　　　　　要當榜樣。

Show others how to act. 　　　　　讓別人看看該如何做。

☐ **2790.** Give and share. 　　　　　　　　要付出及分享。

Love and care. 　　　　　　　　　　要愛與關懷。

Do this everywhere. 　　　　　　　要身體力行。

18. 爸爸英語

** ————————————————

2788. ***be all*** *one* ***can be*** 發揮所有的潛力　　***try to V.*** 努力…

achieve〔əˋtʃiv〕*v.* 達到　　potential〔pəˋtɛnʃəl〕*n.* 潛力

realize/reach/achieve *one's* ***(full) potential*** 發揮潛力

2789. lead〔lid〕*v.* 帶領；領導

example〔ɪgˋzæmpḷ〕*n.* 例子；模範

lead by example 以身作則　　***role model*** 榜樣

show〔ʃo〕*v.* 給…看　　act〔ækt〕*v.* 做事；行動

2790. 這三句話句尾有押韻。　　give〔gɪv〕*v.* 付出

share〔ʃɛr〕*v.* 分享　　care〔kɛr〕*v.* 關心；在乎

everywhere〔ˋɛvrɪˏhwɛr〕*adv.* 到處

Do this everywhere. 也可說成：Always give and share.

　　Always love and care.

43. 第一印象很重要

☐ 2791.　Look your best.　　　　　　　展現你最好的一面。
　　　　Dress to impress.　　　　　穿著得體給人好印象。
　　　　First impressions are　　　第一印象很重要。
　　　　　important.

☐ 2792.　Be really polite.　　　　　　要非常有禮貌。
　　　　Show your best self.　　　　展現自己最好的一面。
　　　　Put your best foot forward.　要儘量給人留下好印象。

☐ 2793.　Less is more.　　　　　　　　少即是多；簡單就是美。
　　　　Fewer is better.　　　　　　越少越好。
　　　　Brevity is the soul of wit.　【諺】簡潔是智慧的靈魂；
　　　　　　　　　　　　　　　　　　言以簡潔為貴。

** ————————————————

2791. ***look* one's *best*** 看起來最美；展現最好的一面（ = *look as good as one can* ）　　dress〔drɛs〕*v.* 穿著
　　impress〔ɪm'prɛs〕*v.* 使印象深刻
　　impression〔ɪm'prɛʃən〕*n.* 印象

2792. polite〔pə'laɪt〕*adj.* 有禮貌的　　show〔ʃo〕*v.* 展現
　　self〔sɛlf〕*n.* 自己　　one's ***best self*** 最好的自己；自己最好的一面
　　forward〔'fɔrwɚd〕*adv.* 向前地
　　put* one's *best foot forward ①盡全力；全力以赴 ②儘量給人留下好印象（ = *do one's best to make a good impression* ）

2793. 要別人不要太多話，可說這三句。
　　***Less is more*.**（少即是多；簡單就是美。）這是極簡主義所提倡的，意思是 Having less of something is sometimes better than having a lot of it.　　brevity〔'brɛvətɪ〕*n.* 簡短；簡潔
　　soul〔sol〕*n.* 靈魂；精華　　wit〔wɪt〕*n.* 智慧；機智

44. 要竭盡所能

☐ **2794.** You only live once.　　　你只活一次。
Do it all.　　　要做所有的事情。
Do as much as you can.　　　要盡量多做一點。

☐ **2795.** Try new things.　　　要嘗試新事物。
Taste every dish.　　　嘗試每一件事。
Explore all avenues.　　　要竭盡所能。

☐ **2796.** Hunger for knowledge.　　　要求知若渴。
Hang out with the best.　　　要和最好的人在一起。
Set the world on fire.　　　要極為成功並引起轟動。

18.
爸爸英語

** ————————————

2794. once〔wʌns〕*adv.* 一次　　***as…as one can*** 儘可能…
2795. taste〔test〕*v.* 品嚐　　dish〔dɪʃ〕*n.* 菜餚
explore〔ɪk'splor〕*v.* 探索
avenue〔'ævəˌnju〕*n.* 大道；方法；手段
explore all avenues 探索所有的途徑，也就是「想盡辦法；竭盡所能」。
Taste every dish.（品嚐每一道菜。）和 ***Explore all avenues.***（竭
盡所能。）在此都相當於 Try everything.（嘗試每一件事。）
2796. hunger〔'hʌŋgɚ〕*v.* 飢餓；渴望 *< for >*
knowledge〔'nɑlɪdʒ〕*n.* 知識
Hunger for knowledge. = Always want to learn.
hang out with 和…在一起（= *associate with*）
on fire 起火燃燒　***set the world on fire*** 極為成功並引起轟動
（= *do something remarkable*）

45. 要持續進步

☐ **2797.** Continue to improve. 　　　　要持續進步。

Get better with age. 　　　　隨著年紀增長要越來越好。

Be like a fine wine. 　　　　要像好酒一樣，越陳越香。

☐ **2798.** Be somebody. 　　　　要當個了不起的人。

Make something of yourself. 　　　　把你自己變成重要人物。

Do something with your life. 　　　　用你的生命做點有用的事。

☐ **2799.** Life is a gift. 　　　　人生是個禮物。

It's a wonderful trip. 　　　　它是個很棒的旅程。

Celebrate the journey! 　　　　要讚美這趟旅程！

** ————————

2797. continue〔kən'tɪnjʊ〕*v.* 繼續；持續

improve〔ɪm'pruv〕*v.* 改善；進步　　age〔edʒ〕*n.* 年齡；年老

Get better with age. = Improve with time.

like〔laɪk〕*prep.* 像　　fine〔faɪn〕*adj.* 好的

wine〔waɪn〕*n.* 葡萄酒　　***Be like a fine wine.*** = The older

　you get, the better you should be.

2798. somebody〔'sʌm,bɑdɪ〕*n.* 某人；重要人物；了不起的人

make something of~ 使～成為重要人物或事物

Make something of yourself.（把你自己變成重要人物。）也可說

　成：Achieve something.（要有成就。）

2799. ***Life is a gift.*** 也可說成：Life is precious.（人生很珍貴。）

wonderful〔'wʌndəfəl〕*adj.* 很棒的　　trip〔trɪp〕*n.* 旅行

celebrate〔'sɛlə,bret〕*v.* 慶祝；讚美　　journey〔'dʒʒnɪ〕*n.* 旅程

Celebrate the journey! 也可說成：Enjoy the ups and downs

　of life!（要享受人生的起起伏伏！）【*ups and downs* 盛衰；浮沈】

46. 愛情與婚姻

□ **2800.** Forget about your break-up. 忘記你分手的事。
You'll find another love. 你會找到另一個愛人。
There are plenty of fish in the 天涯何處無芳草。
sea.

□ **2801.** Never marry a handsome man. 絕不要嫁給英俊的男人。
Never have a pretty wife. 絕不要娶個漂亮的老婆。
You'll be happy for life! 你會一輩子都快樂!

□ **2802.** Here's my best advice. 這是我給你最好的建議。
Keep your wife happy. 要讓你的老婆開心。
Happy wife, happy life. 老婆開心,才有好日子過。

18.
爸爸英語

** ─────

2800. ***forget about*** 忘記 　　break-up〔'brek͵ʌp〕*n.* 分手 (= *breakup*)
love〔lʌv〕*n.* 愛人;情人;戀人　　***plenty of*** 許多的
There are plenty of fish in the sea. 字面的意思是「大海裡有很多
魚。」相當於中文的「天涯何處無芳草。」

2801. marry〔'mærɪ〕*v.* 娶;嫁;和…結婚
handsome〔'hænsəm〕*adj.* 英俊的　　pretty〔'prɪtɪ〕*adj.* 漂亮的
for life 終生　　***You'll be happy for life!*** 也可說成:You will
always be happy! (你會永遠快樂!) You'll have a happy
marriage! (你會有幸福的婚姻!)【marriage〔'mærɪdʒ〕*n.* 婚姻】

2802. advice〔əd'vaɪs〕*n.* 勸告;建議　　keep〔kip〕*v.* 使保持
Happy wife, happy life. = If your wife is happy, you will have
a happy life. (如果你的老婆開心,你才會有幸福的生活。)

47. 我永遠支持你

□ **2803.** You're not alone.　　　　　　你並不孤單。

You'll always have me.　　　你一直有我。

I'll never abandon you.　　　我絕不會拋棄你。

□ **2804.** I'm here for you.　　　　　　你還有我。

I'll support you all the way.　　我會毫無保留地支持你。

I'll never let you down.　　　我絕不會讓你失望。

□ **2805.** Take my advice.　　　　　　聽從我的勸告。

Take my word for it.　　　　相信我的話。

Take it from me.　　　　　相信我。

**　*　*

2803. alone〔ə'lon〕*adj.* 獨自的；孤獨的；單獨的

never〔'nɛvɚ〕*adv.* 絕不　　abandon〔ə'bændən〕*v.* 拋棄

2804. ***I'm here for you***. 字面的意思是「我是爲了你而在這裡。」引申爲
「你還有我。」或「我會支持你。」(＝*I'm available to support
you.*)　　support〔sə'port〕*v.* 支持

all the way 毫無保留地；自始至終；一直

I'll support you all the way. ＝ I'll support you without
reservation. ＝ There is no limit to my support.

let sb. down 讓某人失望

2805. take〔tek〕*v.* 聽從　　advice〔əd'vaɪs〕*n.* 勸告；建議

take one's word for it 相信某人的話

Take my word for it. (相信我的話。) ＝ Take it from me.
＝ Believe me. ＝ Trust what I'm saying.

take it from sb. 相信某人

☐ **2806.** I like to mentor.   我喜歡給人建議。

      I can guide you.   我可以引導你。

      Let me take you under my wing.   讓我來庇護你。

☐ **2807.** I'll look after you.   我會照顧你。

      I'll take care of you.   我會照顧你。

      I'll keep an eye on you.   我會好好照顧你。

☐ **2808.** I'm rooting for you.   我為你加油。

      I'm cheering for you.   我為你加油。

      More power to you!   加油！

18. 爸爸英語

** ———

2806. mentor〔'mɛntɚ〕*n.* 良師 *v.* 以良師身分協助

I like to mentor. 我喜歡給人建議。(= *I like to advise others.*)

guide〔gaɪd〕*v.* 引導；指導   wing〔wɪŋ〕*n.* 翅膀

take sb. under one's wing 字面的意思是「把某人帶到
自己的羽翼之下」，即指「保護某人；庇護某人」。

2807. *look after* 照顧   *take care of* 照顧

keep an eye on 照看；仔細看守好；仔細照顧 (= *watch out for*)

2808. root〔rut〕*v.* 加油；喝采

cheer〔tʃɪr〕*v.* 鼓舞；聲援；歡呼   power〔'pauɚ〕*n.* 力量

More power to you! 加油做吧！ (= *More power to your
elbow!*) 也可說成：I wish you continued success! (祝你
一直都很成功！)

48. 要活在當下

□ **2809**.　After rain, a rainbow.　　　　雨後總有彩虹。

　　　After pain, a gain.　　　　　　痛苦後總有收穫。

　　　There's a reason for everything.　凡事事出必有因。

□ **2810**.　Be open.　　　　　　　　要有開放的心胸。

　　　Be willing.　　　　　　　　要願意做事。

　　　Let nature take its course.　要順其自然。

□ **2811**.　Be mindful.　　　　　　　要注意。

　　　Be here in the now.　　　　要活在當下。

　　　Live in the moment.　　　　要活在當下。

** ──────────────

2809. rainbow〔'ren,bo〕*n.* 彩虹　　reason〔'rizn̩〕*n.* 原因

　　After rain, a rainbow. 源自 There's always a rainbow after
　　rain. 也可說成：Things will get better. (情況會好轉。)

　　After pain, a gain. 也可說成：No pain, no gain. (不勞則無穫。)

2810. ***Be open.*** 也可說成：Be open-minded. (要心胸開闊。)

　　willing〔'wɪlɪŋ〕*adj.* 願意的；樂意的

　　nature〔'netʃɚ〕*n.* 自然　　course〔kors〕*n.* 前進路線；發展

　　let nature take its course 順其自然

2811. mindful〔'maɪndfəl〕*adj.* 小心的；注意的

　　Be mindful. 要注意。(= *Pay attention.*) 也可說成：Think
　　about what you are doing. (想想自己在做什麼。)

　　Be here in the now. 要在此時此刻，也就是「要活在當下。」

　　moment〔'momənt〕*n.* 片刻；時刻

　　Live in the moment. 要活在這一刻，也就是「要活在當下。」
　　　(= *Live for today.* = *Don't worry about the past or future.*)

49. 保持樂觀

☐ **2812.** Be optimistic.

樂觀一點。

Look on the bright side.

看事物的光明面。

Tomorrow is a new day.

明天又是新的一天。

☐ **2813.** The world keeps turning.

世界持續在轉動。

The sun comes up again.

太陽會再次升起。

Tomorrow is a new beginning.

明天是新的開始。

☐ **2814.** The past is history.

過去是歷史。

Good or bad, it's OK.

無論是好是壞,都沒關係。

Live for today.

要為今天而活。

** ————

2812. optimistic〔͵ɑptə'mɪstɪk〕*adj.* 樂觀的

look on the bright side (***of things***) 看事物的光明面

2813. ***keep + V-ing*** 持續…   turn〔tɝn〕*v.* 轉動

The world keeps turning. 也可說成:Time marches on.

(時間不停向前進。) Life goes on. (生活會繼續下去。)

【march〔mɑrtʃ〕*v.* 行進   ***march on*** 持續前進   ***go on*** 繼續】

sun〔sʌn〕*n.* 太陽   ***come up*** 升起 (= *rise*)

The sun comes up again. 也可說成:There will be a new day.

(新的一天會到來。) Life will go on. (生活還是會繼續。)

beginning〔bɪ'gɪnɪŋ〕*n.* 開始

2814. past〔pæst〕*n.* 過去   history〔'hɪstrɪ〕*n.* 歷史

it's OK 沒關係 (= *it's all right*)

Good or bad, it's OK. 源自 Whether it's good or bad, it's OK.

Live for today. 也可說成:Don't worry about the future.

(不要擔心未來。) Enjoy the present. (享受現在。)

【present〔'prɛznt〕*n.* 現在】

☐ **2815.** We're in golden days.　　　現在是我們的黃金歲月。

We're in happy times.　　　現在是我們的幸福時刻。

The glass is more than　　　杯子是半滿的。

　　half full.

☐ **2816.** Don't expect too much.　　　不要期望太多。

Don't get your hopes up.　　不要期待過高。

It's always better that way.　那樣總是比較好。

☐ **2817.** Leave the past.　　　　　　忘了過去。

Never look back.　　　　　　絕不要回顧過去。

Start your new life.　　　　　要開始你的新生活。

**

²⁸¹⁵· ***golden days*** 黃金歲月　　***We're in golden days.*** = This is the
best time of our lives.　　***happy times*** 幸福時刻
The glass is half full. 杯子是半滿的；杯子裡還有半杯水。(= *Be
optimistic.* = *Things are good.*)【有這種想法的人，是樂觀主義者；
如果認為 The glass is half empty. (杯子是半空的；杯子裡只剩半杯

²⁸¹⁶· expect 〔 ɪkˋspɛkt 〕 *v.* 期待　　***get one's hopes up*** 期待過高
that way 那樣　　***It's always better that way.*** 也可說成：It's
always better to be realistic. (實際一點總是比較好。)

²⁸¹⁷· leave 〔 liv 〕 *v.* 離開；丟下；遺忘　　past 〔 pæst 〕 *n.* 過去
Leave the past. = Forget about the past. = Move on.
look back 回頭看；回顧
Never look back. = Never think about the past.

50. 衷心祝福

☐ 2818. Find your star and make a
wish.
Follow your dreams.
Focus on the future.

要找到你的幸運星並許願。

要追求你的夢想。

要專注於未來。

☐ 2819. Have a wonderful day.
Have a beautiful tomorrow.
Happiness is waiting for you.

祝你有個很棒的一天。

祝你有個美好的明天。

幸福正等待著你。

☐ 2820. I wish you all the best.
I wish you fortune and
success.
I wish you happiness and
good health.

我祝你萬事如意。

我祝你好運又成功。

我祝你幸福又健康。

18.
爸爸英語

**
―――――――

2818. star〔star〕*n.* 星星   wish〔wɪʃ〕*n.* 願望   ***make a wish*** 許願
Find your star and make a wish. 源自英國人認為,凝視天黑之後
出現的第一顆星星並許願,就會實現願望。
follow〔'falo〕*v.* 跟隨;追求(夢想)   ***focus on*** 專注於
Focus on the future. 也可說成:Think about the future.(要考
慮未來。)Keep your goals in mind.(要牢記你的目標。)

2819. wonderful〔'wʌndəfəl〕*adj.* 很棒的;極好的
happiness〔'hæpɪnɪs〕*n.* 快樂;幸福   ***wait for*** 等待

2820. wish〔wɪʃ〕*v.* 祝;願   ***wish you all the best*** 祝你萬事如意
fortune〔'fɔrtʃən〕*n.* 幸運;財富   success〔sək'sɛs〕*n.* 成功
health〔hɛlθ〕*n.* 健康

🔖 句子索引

句子索引

句子索引

句子索引

句子索引

句子索引

句
子
索
引

句子索引

句子索引

I

句子索引

句子索引

句子索引

句子索引

句子索引

句子索引

句子索引

句子索引

句子索引

T

句子索引

句子索引

U

V

X , Y , Z

句子索引

我如何增強抵抗力

要增強自身抵抗力，才能夠抵抗任何疾病。

1. 我每天早晨吃一顆蘋果：An apple a day keeps the doctor away.（每天吃一顆蘋果不會生病。）這句話之所以成為諺語，是因為前人多年的經驗。蘋果是增強免疫力的最佳水果。

2. 黑咖啡加兩杯溫熱開水：喝完咖啡之後，再喝溫熱開水，有助於利尿，將毒素排出去。

3. 鳳梨原汁加檸檬：有一次，我咳嗽不止，找過所有的醫生，吃過所有的藥，咳到最後背部都痛了。看到書上寫，這樣治療咳嗽的方法，真的治好我的頑疾。

4. 薑汁加檸檬：能夠促進血液循環，有消炎的作用。

5. 溫蜂蜜檸檬：提升新陳代謝、舒緩感冒症狀、強健消化系統，還可以養顏美容。

6. 洋蔥湯：平常有機會盡量喝洋蔥湯。當我覺得身體不舒服的時候，就只喝洋蔥湯和吃麵包。洋蔥湯抗發炎、能增強免疫力、抑制病毒。

7. 足浴按摩：促進血液和淋巴循環，達到排毒的效果。有次發現快要感冒，立刻去按摩、刮痧、拔罐，早、晚兩小時，立刻康復。

8. 要有好心情：張學良說：「即使明天要槍斃我，我今天還是睡得很好。」我靠著每天和網友用「完美英語」交流，維持好的心情。

我覺得每天都要增強抵抗力，預防疾病。感冒是萬病之源！一旦有感冒的前兆，立刻要危機處理，吃藥是不得已的最後手段。

關鍵字索引

我有兩個願望：
期待全世界的人都和我一樣，
1. 唸「英文一字金」。
2. 說「完美英語」。

剛好和證嚴法師說的一樣。Be good. Do good. Say good.（做好人，做好事，說好話。）如，「英文一字金②人見人愛經」中，有Seek. Serve. Satisfy.（尋找你所要的，提供服務，要令人滿意。）這三句話（三個字）告訴我們，Seek what you want.（尋找你所要的。）Seek new acquaintances.（認識新朋友。）Serve others.（服務別人。）Serve the situation.（隨時提供服務。）Satisfy needs.（滿足需要。）Satisfy the audience.（滿足觀眾的需要。）唸「英文一字金」，會潛移默化，讓你天天進步，每天有成就感，不會變老，會愈來愈有自信。

我現在正在「快手」和「抖音」教「完美英語」，粉絲人數，都已經超過100萬。可見，好聽的話，說出來像是一件「無價的藝術品」。感謝那些和我在一起工作三、四十年的同仁，幸虧他們看起來，都沒有變老！把我一生願望成真！

我們在說中文的時候，我們沒有學到東西。當我們在說英文的時候，我們有在學一點。當在我的網站上用英文留言的時候，你們就會有收穫。一天一天過去，你的夢想就會實現。While speaking Chinese, we don't learn. While speaking English, you learn. While writing English on my site, you learn, gain, and grow. Day after day, all your dreams will come true.

我在「快手」和「抖音」成功建立了全球唯一用「英文」留言的平台。好朋友可以在「劉毅完美英語」網站上，和我的百萬粉絲交流。Start using English now. Don't be shy. Just copy my videos and comments. Use my sentences to write. Only by using English can you remember. 你只要抄我的視頻和留言，抄多了，便成為自己的語言。英文只有使用，才不會忘記。Write comments in my English words. No one is better. You can be the best. No one can hold a candle to you. 用我的英文句子來留言，沒有人會比你好。你可以成為最好的，沒有人能夠和你比。

說「完美英語」會讓別人佩服你、愛上你。你的粉絲和朋友，會愈來愈多！期待和大家在我的網站上，深度交流！給我機會，請你吃美食！

我提倡說「完美英語」。中國人聽得懂,美國人聽了佩服。

1. 融入中國文化

中國人說,想要成功,必須要有「志氣」「骨氣」「豪氣」。「完美英語」則是 Have ambition. Have integrity. Have courage. Success will follow. 如果把「豪氣」翻成 Have heroism. 就不平易近人了。

2. 要容易記得住

I'm up for it. (我願意。) I'm down for it. (我願意。) I'm more than willing. (我非常願意。) 原先美國作者第二句寫的是 I'm ready. 我們改編後,變得好記又幽默。

3. 說短句有力量

句子愈短愈好,但一定要三句,才有熱情。我們發明「英文一字金」,把「高中常用7000字」融入其中,如「人見人愛經」中,Be accessible. Be accountable. Be amiable. (要容易親近,要可靠,要和藹可親。) 你看看,全天下有誰可以說出這麼有深度的語言!

> Pain is inevitable.
>
> （身體上的疼痛，無法避免。）
>
> Suffering is optional.
>
> （心靈上的痛苦，可以選擇。）
>
> It's all in your mind.
>
> （全看你的想法。）

　　我一生不斷被所愛的人背叛，我心情不受太大影響，全靠背「英文一字金」和「完美英語」。You can't win all the time. You win some. You lose some. C'est la vie. （你不可能一直贏。有些贏，有些輸。那就是人生。）

　　失敗是正常的，要從失敗中前進！Fail forward. Learn from mistakes. Use failure as a stepping stone to success. （要從失敗中向前進。記取失敗的教訓。失敗是成功的墊腳石。）

　　記住，Happiness determines 50% of longevity. （快樂決定50%的壽命。）Exercise is 30%. （運動佔30%。）Diet is 20%. （飲食佔20%。）其實「吃得好」和「運動」都有助於「快樂」。